KB271142

염상섭

문장 전집

I

1918-1928

엮은이

한기형 韓基亨, HAN Kee Hyung
1962년 충남 아산생
성균관대 대학원에서 문학박사학위 취득
현재 성균관대 동아시아학술원 교수

이혜령 李惠鈴, LEE Hye Ryoung
1971년 서울생
성균관대 대학원에서 문학박사학위 취득
현재 성균관대 동아시아학술원 교수

염상섭 문장 전집 I

초판인쇄 2013년 5월 25일 **초판발행** 2013년 5월 30일
엮은이 한기형 이혜령 **펴낸이** 박성모 **펴낸곳** 소명출판 **출판등록** 제13-522호
주소 서울시 서초구 서초동 1621-18 란빌딩 1층
전화 02-585-7840 **팩스** 02-585-7848
전자우편 somyong@korea.com **홈페이지** www.somyong.co.kr

값 45,000원　　　ⓒ 한기형 이혜령, 2013

ISBN 978-89-5626-870-5 04810
ISBN 978-89-5626-869-9 (세트)

이 책은 2007년 정부(교육과학기술부)의 재원으로 한국연구재단의 지원을 받아 수행된 연구임
(NRF-2007-361-AL0014)

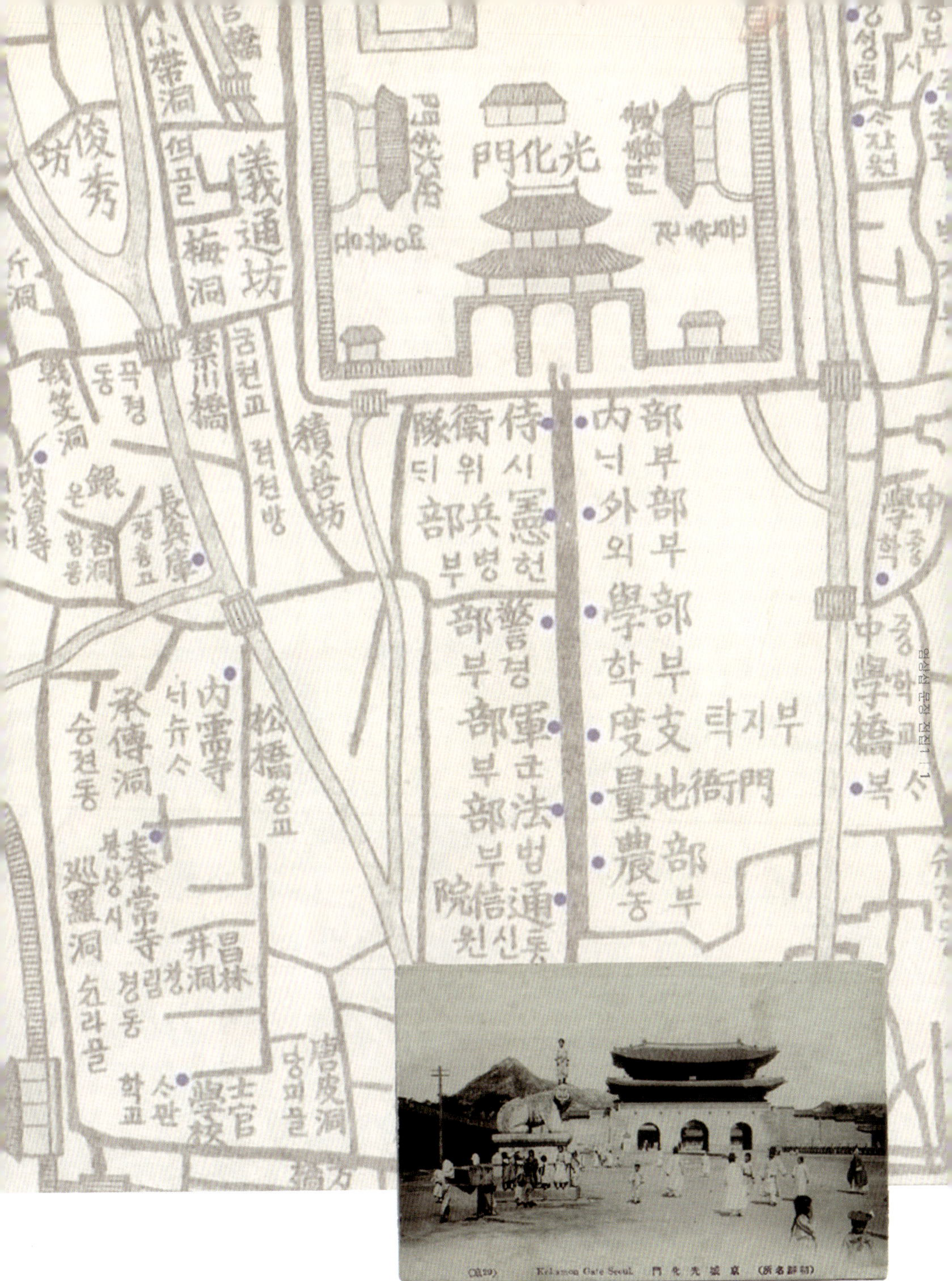

염상섭의 문장은 광화문 육조(六曹) 거리를 지나 대한문에 이르는 서울, 곧 경성의 심장부의 변화를 감지하는 데서 침통해진다. 특히 강제철거 당하는 광화문과 같은 운명을 겪은 해태는 염상섭에게 불우한 친구처럼 애통한 존재였다.

1919년 3월 오사카에서의 독립운동으로 체포, 수감된다. 복역 후 석방될 무렵 일본인 간수와 함께 찍은 사진. 염상섭은 1919년 3월 19일 오후 7시 무렵 오사카 덴노지(天王寺) 공원에서 독립선언을 거행하고자 했으나, 8시 무렵 집회 장소에 모인 다른 참가자 22명과 더불어 경찰에 체포됐다.

(오른쪽) 『신생활』 1922년 8월호. 염상섭은 『신생활』에 「여자 단발 문제와 그에 관련하여」, 「지상선을 위하여」와 소설 「묘지」 등을 게재한다. 그는 『신천지』, 『신생활』 필화사건에 대한 언론계와 법조계의 항의운동에 『동명』의 기자로 참여한다.

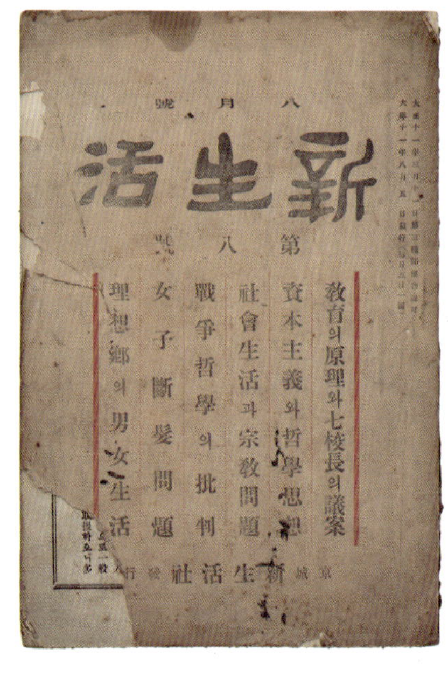

(아래) 진학문, 최남선이 주축이 된 시사 주간지 『동명』의 후신인 『시대일보』 사회부장 시절 사진. 『시대일보』 사옥은 명치정(明治町), 즉 지금의 명동 초입에 위치했는데 이 3층 건물은 19세기 말 조선에 진출한 유명한 중국의 상업상사인 동순태(同順泰)의 건물로 쓰이기도 했다. 염상섭은 1929년 10월부터 『조선일보』에 연재된 장편소설 『광분』에서 이 건물을 1929년 박람회 통에 우후죽순으로 생긴 여관으로 둔갑시킨다.

1924년 고려공사 판(좌)과 1948년 수선사 판(우), 두 개의 『만세전』

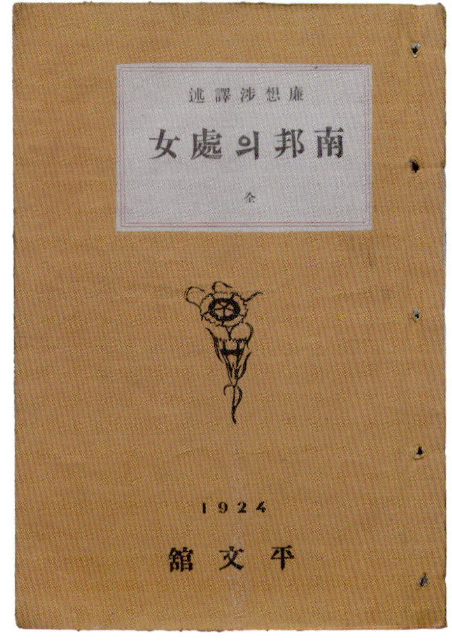

첫 단편소설집 『견우화』(1924, 박문서관) / 번역소설로 알려진 『남방의 처녀』(1924, 평문관)

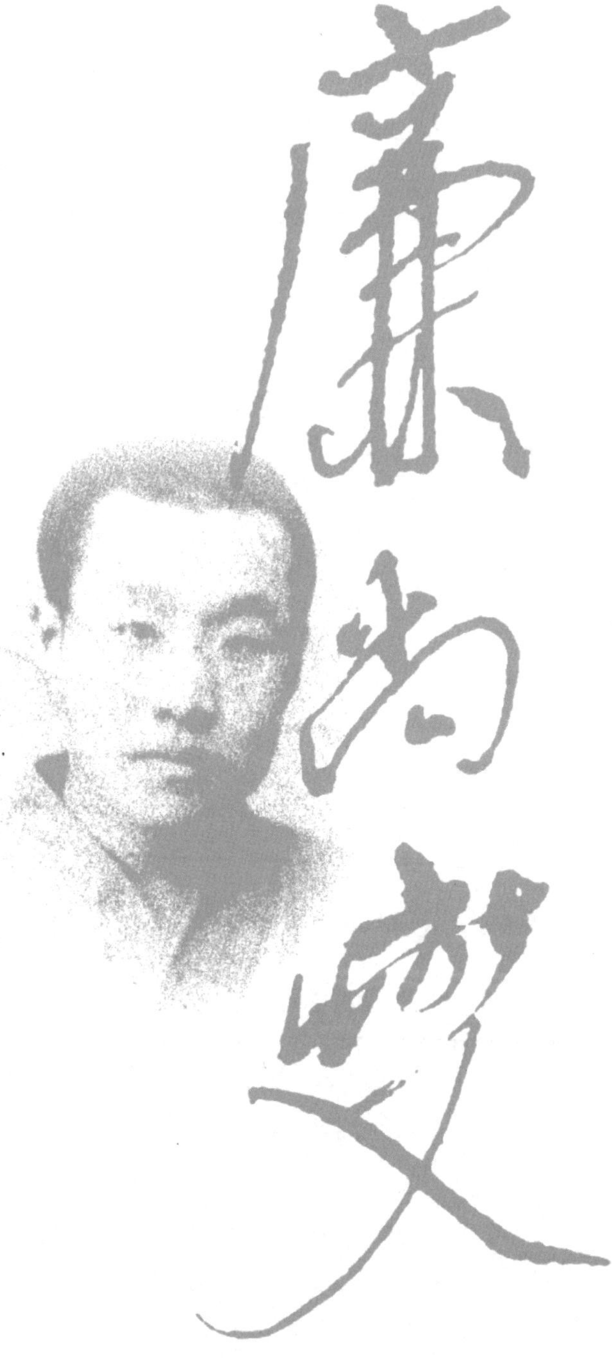

염상섭
문장 전집

I

1918-1928

한기형·이혜령 엮음

소명출판

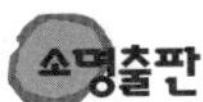

일러두기

1. 발표 당시의 표기 방식을 따르지 않고 현재의 표기 방식으로 수정하였다. 단, 의미가 분명하다면 당대와 염상섭의 언어 사용의 맛을 해치지 않기 위해서 원문 텍스트를 존중한다. 또 어의나 지시 대상(고유명의 경우)이 불분명하거나 확정하기 어려운 경우에도 원문의 표기를 그대로 두었다.
2. 한자 표기는 한글화하되 한글만으로 의미가 모호한 경우 한자를 병기하였다. 또한 저자가 순우리말의 단어의 이해를 위해 괄호에 한문을 병기한 경우 그대로 둔다.
   예 검부재(藁火)
3. 외국어 표기는 모두 현대식으로 전환한다. 경우에 따라 본문 또는 각주에 외국어를 병기한다.
   예 '씨인' → 신(scene). 일본어의 경우, 한국식 한문음독으로 관습적으로 쓰는 경우(예, 東京 → 동경(東京))는 그대로 준용하고, 그 밖의 것은 현대 외국어 표기를 준용한다. 또한 외국어 표기에서 따옴표를 없앤다.
4. 숫자의 한자 중 아라비아 숫자로 교체하여 자연스러운 것은 교체하였다.
5. 판독불능인 글자는 □로 표시한다.
6. 원문의 복자는 그대로 두었으며, 원문에 □ 표시로 된 것은 각주에 복자임을 표시한다.
7. 현대어 전환 이외의 인명이나 문맥의 추정 등에 의해 원문을 수정할 때는 각주에 해당 원문, 그리고 경우에 따라서는 수정 근거를 제시한다.
8. 해당 글의 첫 번째 각주에는 발표지면 상의 이름이나 필명(한자 병기), 출처를 밝혀둔다. 경우에 따라서는 게재지의 편집에 따른 글의 성격을 밝혀둔다.
   예 염상섭(廉想涉), 「무엇이나 때가 있다」, 『별건곤』, 1929.1. 이 글은 '새해를 맞으면서 내가 생각하는 조선문단 진흥책'이라는 표제하에 실린 글 중 하나이다.
9. 단어, 인명, 기존연구사 등 원문 텍스트의 이해를 위해 제공된 편집자 주 또한 각주로 처리한다.

소설은 물론 염상섭의 모든 글들을 읽어보자는 과업은 아직도 달성하지 못했다. 그러나 그의 글 가운데 '문장'을 정리하는 작업이 불비하나마 결실을 맺게 되었음을 기쁘게 생각한다. 이 일의 처음은 한기형과 이혜령이 함께 개설한 2010년도 성균관대 동아시아학과 대학원 수업에서 비롯되었다. 그의 상당수 소설도 그렇지만, 적지 않은 염상섭의 '문장'들은 전모가 채 드러나지 않았고 따라서 충분한 독해의 대상이 되지 못한 상태였다. 두 사람이 함께 한 수업은 한 학기 더 이어졌다. 학생들이 보태준 땀과 신선한 독해 덕분에, 우리는 염상섭의 '문장'을 읽는 것이 20세기 한국인이 지녔던 지적 사유의 심부에 접근하는 것이라고 확신을 갖게 되었다.

사상을 지니고 살아가는 것, 혹은 그것을 표현하고 실천하는 것이 극단적으로 억압되었던 20세기 한국에서 염상섭은 문학이라는 대중언어를 통해 자기가 처한 시대의 곤혹에 대해 지속적인 사유와 해석을 시도했다. 우리는 그런 의미에서 염상섭의 문학은 사상의 형상이었다고 생각한다. 그의 인식은 시대의 주류들에 대한 불화와 비타협의 정신으로 표현되었다. 그가 의도적으로 불화했던 대상은 누구보다 반세기 가까이 한국을 점령했던 제국의 식민자들이었다. 그러나 염상섭은 단성적인 언어와 사고방식을 고집했던 일부 프롤레타리아 비평가들, 자신의 언어조차 갖지 못했던 우익 이데올로그들의 편협과 나태에 대해서도 신랄한 공격을 주저하지 않았다. 비유컨대 근대 한국의 사상적 정황 속에서 염상섭은 상반되는 양쪽 모두를 비추는 야누스의 거울과 같은 존재였다.

독선과 자기애의 포로들에 대한 가혹한 멸시야말로 염상섭이 지녔던 지성의 본질이었다. 그들은 자신들이 다른 사회적 존재들에 의존하고 있음을 망각하고 그들의 삶에 각인되어 있는 중첩된 시간성을 깨닫지 못했다. 그렇기 때문에 그 존재와 시간성을 현전화하고 의미화하려는 언어의 자리조차 부정함으로써 그 흔적을 말소시키려고 한다. 이 같은 나르시시즘과 동물성에 대한 염상섭의 명징한 자의식은 아직도 한국사회가 해결하지 못하고 있는 치부의 정면을 응시하고 있다. 염상섭의 문장은 역사를 결정하거나 정의한 자들의 오류를 파헤치는 데 바쳐졌다고 해도 과언이 아닌데, 이것이야말로 '문학다운 것'이라는 점에서 그가 작가로서의 최대치에 다가간 한 징표로 이해해도 좋을 것이다.

염상섭은 불청객 취급을 받고 경원시되더라도 끊임없이 말을 거는 두터운 신경의 소유자였다. 그는 『만세전』의 이인화처럼 듣고자 하는 인내심이 출중했던 청자이기도 했다. 프롤레타리아 문학 비평가들과 가장 열띤 논전을 벌인 문인이 염상섭이라는 사실은, 그가 절충주의자라거나 민족주의자라는 것을 의미하기보다 사회주의와 사회주의 운동세력의 역사적 존재성을 진지하게 받아들였음을 뜻한다. 그것은 사회주의를 잉태한 세계의 전체 안에 자신도 거하고 있다는 공통성의 감각에 기초해 있었다. 염상섭은 진정으로 응답하는 자였다.

세계공황 이후 맹위를 떨치던 프로문학이 침체에 빠져들고 이른바 '사상의 동요'가 확산되던 1934년 초 염상섭은 "…… 조선에는 엄정한 의미로 '우익'은 없다. 자본주의가 발달 안 된 조선, 따라서 독자(獨自)의 자본주의적 문학이 생성치 못한 우리의 문학이란 것은 다분(多分)의 모방일지는 몰라도 완전한 부르주아 문학은 아닐 것이다. 따라서 예술지상주의에까지 올라가지도 못하였거니와 물론 파쇼화한 경향도 보지 못한 것이다. 그러므로 조선에서 구태여 이름 짓자면 '중간파'와 '좌파'는 있어도 '우익'이라는 것은 좀 부당할 것 같다"라고 말했다.

이 언급은 그 자신에게 붙여진 부르주아 문학자니 하는 규정에 대한 유감의 표현이기도 했지만, 무엇보다 전체성과 그것에 기반하여 생성되어야 할 삶과 사유의 공통성에 대한 환기였다. 그 공통성을 표현하고 상상하는 자궁 혹은 플랫폼이 문학이며, 문학은 엄습해오는 파국을 지연시킬 사유의 힘을 길러낼 것이라고 생각했다. 하지만 반이성(反理性)의 배중률(排中律)이 지배했던 한반도 현대사에서 염상섭의 본뜻은 충분히 이해받지 못했다.

우리는 여기서 염상섭이 사태를 관찰하고 판단하는 장외 비평가의 위치에만 있었던 것이 아니라는 점도 강조해두고 싶다. 오사카 한국노동자 일동 대표(「독립선언서」)로 3·1운동에 참여했던 염상섭은 1947년 임화와 김남천 등이 모두 월북한 즈음에서야, 즉 사상 통제가 가혹해진 8·15해방의 끝자락에서 조선문학가동맹에 가입해 활동했다. 혹자의 추측처럼 문학가동맹 측이 헤게모니를 위해 그의 이름을 임의로 올린 것이 아니었다. 자발적 의사로 가입했다는 사실은 1947년 11월 1일, 2일에 『중앙신문』에 실린 「조선문학을 어떻게 추진할까」라는 대담에서 분명히 확인된다.

김동인, 백철과 함께 한 『중앙신문』 좌담회에서 염상섭은 조선문학가동맹의 '정치주의'와 전조선문필가협회의 '순수성'이라는 양극단을 버린다면 '합류(合流)의 가능성'이 없지 않음을 강조했다. 38선 이남에서의 정세가 좌우를 똑같이 저울질할 수 없었던 상황에서 조선문학가동맹에 참여한 것은 이념과 정국의 비대칭적 기울기를 조금이라도 줄이기 위한 필사적 기투였다. 염상섭의 해방기 문학 활동이 모두 그 낯설고 추상적이며 동시에 직접적이었던 38선에 대한 사유에 바쳐졌던 이유가 여기에 있었다.

이제 모두에게 익숙한 문장으로 돌아갈 때가 되었다. 노라와 예수를 개인의 절대성을 강조하는 아나키즘의 인격적 표상으로 내세운 글인 「지상선(至上善)을 위하여」(『신생활』, 1922)에서 염상섭은 "자기의 독이(자)성을 스스로 멸살하고 자기의 본질적 요구를 스스로 거부함으로써 타아를 위하여 자아를 희생하는 것"이야말로 인간의 생활에서 '가장 추하고 악한 것'이라 주장했다. 그런데 개인의 절대적 자유를 고창한 이 말은 거꾸로도 해석되어야 한다. 자아를 위하여 타아를 희생시키는 것 또한 자아의 자율성, 독이성에 대한 극도의 부정이라는……. 그는 민중주의적 가치를 신봉하지는 않았지만 누구보다 더 삶의 고난과 고통, 운명의 아이러니, 역사적 질곡의 무게와 같은 인간들이 직면해 있는 한계상황에 예민했다. 그 이유는 한계상황 속에서 인간은 서로의 삶을 자기 명분의 실현도구나 수단으로 훼손하기 때문이다. 그런 이유에서 염상섭의 문장은 놀랍도록 현재적이었다.

책을 만들기로 결정한 후 2년의 세월이 흘러 『염상섭 문장 전집』을 세상에 내놓게 되었다. 여기서 '문장'이란 표현을 선택하게 된 이유를 간략히 적는다. 우리는 비평이니 평론이니, 정론이니, 수필이니 하는 레테르를 달아 대상 자료를 분류하기보다 그 모두를 통칭할 필요를 느꼈다. 표면적 형식들과 무관하게 염상섭의 글들은 사유의 긴밀한 내적 소통 속에서 씌어졌다는 점을 강조하고 싶었다. 시대의 징후를 드러내고 사태의 전말을 끌어내는 그의 심후한 문장들이 하나의 전체상으로 이해된다면, 사안의 맥락에 대한 심각한 고뇌로부터 글쓰기를 시작하는 사상가로서의 염상섭을 만날 수 있을 것이다.

이 전집에 기록된 횡보(橫步)와 제월(霽月), 상섭(想涉)과 상섭(尙燮) 등의 이름 뒤에는 또 다른 얼굴들이 감추어져 있다. 염상섭 문장들의 기초 서지는 김종균, 김윤식, 이보영, 김경수 선생의 노작을 통해 그 체계를 세웠다. 염상섭의 풍성한 어휘에 대한 이해는 곽원석 선생의 역작에서 그 실마리를 찾았다. 전집의 내용이 갖추어지는 데에는 많은 학생들의 적극적 참여가 있었다. 이재은, 전상희, 첸옌(錢妍), 김민정, 김경미, 강부원, 왕저(王哲), 이용희, 장지영, 박형진, 장병극, 김진수, 허민, 오승목, 하시모토 세리(橋本妹里), 최은환, 윤태희, 최우석, 조영란 씨 등 열아홉 사람이 두 학기 수업 안팎에서 자료를 찾고 타이핑을 하는 어려운 수고를 감내했다. 특히 오혜진, 이종호 두 동학의 헌신적 노력을 각별히 기록해 둔다. 이들은 기획부터 자료 수집과 검토, 마지막 교정까지를 함께한 공동 연구자들이다. 두 사람의 진지한 협력이 없었다면 이만큼의 체계가 갖춰지기 어려웠을 것이다. 염상섭 시대의 문채(文彩)를 살리면서도 오늘날 표기로 고치는 과정을 세심하게 살펴준 박현수 선생에게도 고마움을 표한다. 그러나 아직 찾지 못한 문장들, 서툰 교열이나 주해는 모두 엮은이들의 게으름과 부족 탓이다. 앞으로 보완하고 수정할 것을 약속한다.

서문을 마무리하면서 따님 염희영 선생의 따뜻한 배려를 말하지 않을 수 없다. 염 선생은 생전 아버님의 모습을 참으로 실감나고 살뜰하게 들려주었을 뿐 아니라 귀한 자료들을 흔쾌히 내어주셨다. 이 자리를 빌어 염 선생과 유족 여러분께 깊은 감사의 말씀을 드린다.

지난 1월 이틀간 성균관대학교에서 열린 염상섭학회의 수준 높은 발표와 토론, 청중들의 진지한 반응은 우리 작업의 흥을 돋우었다. 가까운 곳에서 이 일의 추진을 지지해준 정우택, 천정환, 황호덕 선생께도 심심한 우의를 표한다. 동아시아학술원 인문한국(HK)사업단의 연구비 지원이 작업을 진행하는 데 큰 힘이 되었음도 밝혀둔다.

끝으로 소명출판의 노고에 진심어린 고마움을 전한다. 공홍 부장은 성심을 다해 품격 있는 책을 만들어 내었다. 우리는 박성모 사장이 보여준 한국문학에 대한 남다른 애정을 오래 동안 잊지 않을 것이다.

2013년 5월 15일
이혜령, 한기형

차례

1918

부인의 각성이 남자보다 긴급한 소이所以[1]

1. 인류의 노력은 해방을 획득함에 있음

인류의 간단(間斷)없는 노력은 필의(畢意) 인생의 무한한 향상과 생명의 진전 우(又)는 행복의 증식을 도(圖)함에 불과하다 하나 나의 관찰하는 바로 논(論)하면 우리 ― 생물의 일부인 인류의 노력은 생물의 본능적 요구되는 자유의 획득, 즉 모든 것에 대한 해방을 수행·실현하려 함에 있고, 향상·발전은 그 결과라 하고자 하나이다.

역사가가 우리의 역사는 위인의 사업록(事業錄)이니, 역사는 반복하나니 함도 그 이면을 상찰(詳察)할진대 주권에 대한 불평과 반항, 전제에 대한 민주, 계급에 대한 평등, 구속과 압박에 대한 해방 등 자유를 강구하는 근본적 정신이 일관함을 볼 수가 있고, 그 변천은 이러한 정신의 활동에 기인한다 하고자 하나이다. 즉 역사의 반복은 인류의 '상태(常態)'일 자유해방의 '상태(狀態)'가 소위 위인(협의로 이름. 즉 나옹(那翁) 같은 자(者))이라는 무장한 악마가 일반 민중의 무지무력(無智無力)함을 기화(奇貨)로 삼아 부도덕한 폭행을 전천(專擅)함으로 생(生)하는 '변조(變調) ― 무법(無法)한 압제와 협박'과 우리의 노

---

1 제월(霽月), 「부인의 각성이 남자보다 긴급한 소이(所以)」, 『여자계』, 1918.3.

력으로 복구되는 '해방 상태'가 반복상체(反復相替)됨을 이름이라 함이외다.

고로 소위 위인의 무장이 해방되지 않아서 그의 투구가 그의 머리 위에 흘연(屹然)히 올라앉았고, 그의 칼과 우리의 자유·생명·재산에 대한 여탈의 권(權)이 그의 손 가운데에 있을 동안은 우리의 역사가 의연히 그의 사업사(事業史)가 될지며, '불행'한 반복·전도가 계속되어 우리의 문화가 항상 고정·삽체(澁滯)되리니 만일 우리가 무한한 향상과 영원한 평화의 확보를 그다지 요구할진대 우리는 그이의 항복을 받을 때까지 힘 있고 굳센 소리로 신성한 자유를 절규하면서 우리의 전(全) 노력을 해방에 집중치 않으면 안 되겠다 하나이다.

그런 후, 모든 압박으로부터 완전히 방석(放釋)되어 영원한 자유와 평화를 영득(贏得)한 후라야 비로소 우리의 노력을 원만히 문화의 극치(極致)되는 진선미(眞善美)에다가만 경주할 수 있으며 우리의 진정한 행복이 자차(自此)로 시작되리라 확신하나이다.

나의 부인의 각성이 시급하다 함도 이러한 신념에서 나옴이외다. 즉 금일의 구(舊) 가정은 자유와 평등을 몰각한 전제주의 하에 성립되어 가장과 처자의 관계가 마치 위인이라는 악마와 무지몽매한 민중의 관계와 같으니, 이에 부인이 각성하고 자식이 자각하여 위선(爲先) 자유평등의 평주적(平主的) 가정을 건설한 후라야 민족적·세계적 해방을 얻을 수가 있다 함이외다.

2. '개성안면제(個性安眠劑)'의 중독

그러나 인사(人事) 상에 멸시키 어려운 것은 습관이외다. 습여성성(習與成性)이라 이름도 선악을 불문하고 습관이 천성을 마비시키고 중독시킴을 이름이라 하나이다. 아편 먹는 자(者)가 '인' 박임같이, 새장에 든 '운작(雲雀)'이 잘 날지 못함같이…….

허나 아편쟁이의 '인'은 모루히네 주사로 생기(生氣)를 돋울 수 있고, 농중(籠中)에 참새는 개방함으로써 비상을 달빈(達濱)시킬 수 있으되 우리 여자 ─ 남자의 '전횡과 편리'라는 사시(砂匙)[2]로 자유사상 금지, '개성안면제'라는 독약을 먹이므로 4천여 년 동안 혼몽상태(昏夢狀態)에 있는 우리 조선여자에게는 무슨 해독제를 복용시켜야 자아의식의 말은 '사람'이 될까요? 실로 피등(彼等)은 사람의 천부(天賦)인 개성과 자유의지가 마취되고 중독되었을 뿐 아니라 몰함(沒陷)되고 탈각되었으며 수면(睡眠)이 변하여 빈사(頻死)의 상태에 이르렀나이다. 이에 천성은 습관에 패배됨이 되고 본능은 거세되어 허위의 만족과 가면의 행복을 깨닫지 못하나이다.

그러나 이같이 무신경하고 무자각하게 된 일부 ─ 거의 전부일지도 모르나 ─ 의 제군은 혹(或) 왈(曰), "남가일몽(南柯一夢)이라니 꿈보다 더 자미있고 평화(平和)함이 있으리요. 깨이면 깨이니만치 현세의 고통과 번뇌를 받지 않는가." 할지나, 시관(試觀)하시오. 오늘날 조선가정에 그 누가 평화와 안락을 누리나이까. 이날 이때까지 몰상식한 부모의 절대친권(絶對親權) 하에 자라나 겨우 이 세상이 무엇인지, 인정이 무엇인지 분별과 지각이 날라 말라 하게 되자 소위 혼서지(婚書紙)라는 형식적 반(半) 종문서 같은 것 한 장에 팔려서 부모의 손으로부터 보도 듣도 못하던 남자의 손에 넘어가면 무조건(無條件)한 제재(制裁)와 전횡방사(專橫防肆)한 부권(夫權) 하에 고개를 못 들고, 혹(或) 천행(天幸)으로 낭군의 총애 ─ 내 눈으로 보면 안가(安價)하고 무의미하고 불철저한 ─ 를 받는다 하더라도 다만 피(彼)의 육욕과 물욕을 만족시키는 기계가

---

2 사시(砂匙) : 송장. '죽은 사람의 몸'을 이르는 말.

되어 진미(珍味)의 요리와 미의(美衣)의 침선(針繕)과 생아(生兒)의 분만·양육 —차등(此等)이 결코 불미(不美)한 악습이라 함은 아니요, 오히려 자차(自此)로 건설할 신부덕(新婦德)에도 불가결한 요건이나, 다만 이를 여자의 본분의 전부요, 능사라 하여 일생을 몽중에서 지냄이 인도(人道) 상 가련하고 또 무궁히 향상할 우리의 문화를 지연시킬 뿐 아니라 방해됨을 통탄하는 바이다 —에다가만 전력을 다하며 피(彼)의 미(美)에 대한 탐욕을 만족시키는 희롱의 난작(亂作)이 되었고, 만일 그런 총애나마 못 받는 날은 인간에 모든 참혹(慘酷)한 비극과 세도(世道)에 문란·혼란이 이로부터 시작되었나이다. 일생을 감옥에 든 죄인같이 낭군의 부도덕한 압박과 무인정(無人情)한 학대를 받으면서 규오(閨奧)에 홀로 앉아 설움과 한심(寒心)으로 가슴을 태우고, 근심과 눈물로 불같은 청춘의 일생을 허송하니 이에 더한 참극이 어디에 있으며, 이것이 과연 자미있고 평화로운 가정생활이오니까.

더구나 우리 조선같이 남자에게만 편리하게 된 번문욕례(繁文褥禮)의 형식적 구도덕이 아직도 세력을 독점한 사회는 이같이 정신적 가정 파산자의 불품행(不品行)을 묵인·간과하니 도덕의 퇴패(頹敗)는 물론이려니와 자질(子侄)의 교육을 어찌할 수 있으며, 또 결혼법이 불완비하고 조혼(早婚)의 폐(幣)가 상존하여 나이 고작 많아야 14, 5세에 취처영실(娶妻迎室)하므로 생리상 필연적 결과로 사망의 율(率)이 증다(增多)하여 이팔(二八)의 연소(年少) 과부로 일생을 보내게 되는 여자가 허다하니 이를 무엇으로 구하며 또한 예방하여야 할지 실로 중대한 문제라 하나이다.

허나 나의 의견으로 말하면 무엇보다도 급하고 유력한 방침은 부인 자신이 각성함에 있다 하나이다. 여하히 각성을 유치(誘致)할까 함에 관하여는 선각(先覺)한 형제자매의 다대한 연구와 노력에 기대할 바나, 여하간 구급수단은 차(此)에 재(在)하며 모든 사회문제의 해결도 이로부터 출발한다 하나이다.

3. 여자의 힘은 위대함–각성이 긴급한 이유 8개조

세속에 '남자는 강하다, 여자는 약하다' 이름은 인습도덕의 선입관념에서 생(生)하는 습견(謬見)에 불과하며, 여자가 간섭하는 일에 잘 되는 일 없다 함은 남자 자신의 도덕적 소양이 결핍하며 여성에 대한 이해가 부족하므로, 여자를 일종의 매력을 가진 요마(妖魔) ― 나도 중학교장에게 '여마(女魔)'라는 숙어를 휴업할 때마다 들었습니다 ― 거나 혹(或) 성적(性的) 기능만 발달된 동물로 오상(誤想)함에서 나오는 말이라 하나이다.

오늘날 형사상(刑事上) 문제 쳐놓고 여자가 관련되지 않은 것이 없다 함은 여자의 불명예한 일이나, 일편(一便)으로 보면 여자의 힘이 크다는 것을 의미한다 하겠나이다. 할 뿐만 아니라 만일 제군이 스파르타의 강경(强徑)이 상무교육에 있고, 그 배면에는 출정하는 낭군과 자질(子姪)에게 "승전하고 돌아오거나 여기 놓여 오시오." 하며 방패를 쥐어주던 용장현숙(勇壯賢淑)한 부인이 있었음을 아시며, 안토니우스의 명지(明智)와 용감(勇猛)으로도 클레오파트라의 정신적 노예가 된 기담(奇談)을 아실진대 여자의 힘이 위대하다는 나의 소론(所論)에 유행을 맹종하고 세속에 영합을 바라는 경박자(輕薄子)의 궤변이 아님을 아시리이다.

여하간 현대사회가 여자의 노력을 요구함은 세계열강의 공통하는 사실이요, 남자에게 양보치 않을 만한 능력이 있음도 일반 식자(識者)가 공인하는 바이니 다시 췌언(贅言)코자 아니하옵나이다.

더욱이 우리 조선사회에 횡재(橫在)한 모든 시급한 문제는 실로 여자 제군(諸君)이 완전히 각성한 후 대대적으로 활동치 않으면 안 되겠나이다. 우(右)에 그 긴급한 문제 8개조를 열거하여 부인의 각성이 남자보다도 시급한 소이(所以)를 밝히고자 하나이다.

1. '로마(羅馬)는 하루에 되지 않았다' 함과 같이 우리의 모든 사업은 우리 생전(生前)에 그 결과를 보려 함은 아니외다. 우리는 다만 제2, 제3국민을 위하여 견고한 토대를 쌓아놓으며 우수한 자손을 남겨놓고 가면 만족하고 명목(瞑目)하리라 합니다. 이에 건실한 새로운 현모양처가 있어야 하겠나이다. 이것이 나의 부인의 각성을 절규하는 제1의 이유요.

2. 미국이 신흥한 국가의 통폐(通弊)되는 물질만능, 황금절대의 사회로도 정신계의 결함을 보지 않음이 부인의 공로라 함은 이구동음(異口同音)으로 상탄(賞歎)하는 바이어니와 더구나 금일의 조선같이 생활난이 극도에 올라 물욕이 팽일(膨溢)된 사회에서는 더욱이 부인의 정신적 방향에 활동을 요구하며, 또 활동할 여지와 편리가 남자보다 수 배 됨은 깊이 생각하여보시면 아실 바라 하나이다. 이것이 그 제2이유요.

3. 시대에 추이를 따라서 남자의 지식 정도가 앙진(昂進)하므로 자기의 배우자에게 대하여 정신적 요구를 하게 되니, 재래의 구식여자로는 결혼이 불가능하게 되나이다.

4. 제3항에 논함과 같은 결과로, 자각 있고 새로운 기혼 남자 간에 요구되는 이혼문제의 해결 ― 차(此)에 관하연 내가 재(在) 교토(京都) 시(時)에 소문을 진술하고 약평(略評)코자 하나이다. 당사자와는 면식도 없고, 또 직접 대면하여 그 진상을 듣지 못하였으나 사실은 대개 이렇소이다. (만일 이것이 사실 무근의 허설(虛說)이라 할진대 제자(諸者)·제군은 나의 한 설제(說題)와 거기에 대한 의견으로 생각하여주시길 바라나이다).

상당한 연령에 달하고 견식(見識)과 생산의 도(途)가 있는, 즉 대외적 제(諸) 책임을 부담할 만한 자격 있는 기혼한 모 씨가 일(一) 일본여자 ― 이혼한 독신자인지 혹 그 수속을 아직 마치지 않았던 부인인지는 미상(未詳)함 ― 와 연애관계를 맺어 결혼을 약(約)하고 그 최초의 배합자(配合者)와는 이혼을 단행하였다 함이외다.

만약 이것이 사실 상이(相異) 없고 그이들이 철저한 연애를 근저로 삼아 성실한 내용을 가지고 정당한 형식을 받았다 하면 최초의 결합이 불완전하였음은 사실이었을 터인 고로 나는 대략 동정을 표(表)코자 하나이다. 허나 한 가지 문제되는 것은 연애의 성립과 이혼의 결행(決行)이 서로 관련되었거나 혹 전자가 후자의 직접 원인 — 여자 편도 그러했다 하면 더욱이 — 이 되었다 할진대 자각 있고 새로운 남녀의 행동일수록 더욱이 동정할 수 없고 용서할 여지가 없다 하고자 함이외다.

그러나 이는 그 시간의 차이라든지 그 진척 경로의 진상을 자세히 모르는 나로는 경솔히 논단키 어려우므로 이에 그치나, 차(此)에 관하여 간과치 못할 바는, 이혼한 부인을 어찌하였으면 좋으냐 함이외다. 새로 결혼한 양인(兩人)은 물론이려니와 그 여자와 이혼한 남자도 자기의 불합의(不合意)한 사람과 이별하고 적당한 여자를 선택하여 재혼할 터이니 행복이라 하겠나이다마는 이 부인만 자기가 무지몽매하므로 참혹한 희생을 바치게 되니 가련민망(可憐憫惘)할 뿐 아니라 차(此)로 인하여 국가가 받은 손해가 얼마나 큰가 재사삼고(再思三考)하여야 하겠나이다. 하고 보면 차(此)의 구급방침은 다만 남자의 동정과 조화에 바라나, 이는 고식지계(姑息之計)요, 근본적 해결은 역시 여자 자신이 각성하여 남자에게 버려지지 않게 하거나, 혹 부득이 이혼을 당하더라도 철저한 태도로 나서서 재혼을 할 만하게 되어야 하겠나이다. 이것이 각성의 시급을 논하는 이유의 제4요.

5. 전 장(章)에도 개론(槪論)하였거니와 조혼한 연소(年少) 과부[3]도 자기가 철저한 자각과 결심이 있어서 선부(先夫)의 망령을 위하여 정조를 지키려 함

---

3 원문에는 '관부(寬婦)'로 되어 있으나, '과부(寡婦)'의 오식으로 추정되어 바로잡았다.

에 대해선 물론 이의 없으나, 다만 '정부(貞婦)는 불견이부(不見二夫)'라는 고루한 형식적 구도덕의 내용 없는 외각(外殼)의 미려함만 보고 아무 이유 없는 정조를 강제함은 죄악일 뿐만 아니라 우리의 생활이 그렇게 공허한 것이 아니외다. 남자의 재혼을 허하는 이상 여자의 재가(再嫁)가 무슨 수치이오니까. 무지한 자의 무견식(無見識)한 세평(世評)을 두려워서 가문이니 무엇이니 하는 쓸데없고 공허한 문자를 늘어놓는 완고님네들은 하는 수 없으나, 만일 새로운 풍조를 맛보고 새로운 내용 있는 착실한 생활을 하려 할진대 모름지기 구각(舊殼)을 탈(脫)하고 신의(新衣)를 착(着)하려 노력하지 않으면 안 되겠나이다. 허나 이 노력은 큰 자각이 있은 연후에야 나오리니 이것이 각성을 재촉하는 소이의 제5외다.

최후에 오해를 피(避)키 위하여 '정부(貞婦)는 불견이부'라 함에 관한 의견을 말씀하겠나이다. 대체 우리나라 완고님네들은 윤리라는 것은 영원불변하는 생명과 진리를 가지고 우리는 다만 맹종하여가지 않으면 안 될 것으로만 아는 모양이니 한심한 노릇이외다. 도덕이 고정(固停)함은 민중의 정신적 생활이 생기를 잃고 날로 퇴영되어 감을 이른다 하고자 하나이다. 그런 고로 '정부는 불견이부'라 함도 과거시대에 사람은 여하히 해석하였는지 모르나, 신시대에 처하여 생기 있고 활기 있는 신생활을 하려는 우리는 당연히 새로운 견해를 가져야 하겠나이다. 즉 나의 의견에는 유부(有夫)의 여(女)가 외타(外他)의 남자를 보지 말라 함이 이혼하였거나 혹 망부(亡夫) 되어 독신이 되어도 재가(再嫁) 말라 함은 아니라 생각하나이다. 또 여자가 '불견이부(不見二夫)'의 정조를 지키는 이상 남자도 '불견이부(不見二婦)'의 정조를 지켜야 하겠고, 어서 여자가 각성하여 남자에게 맹렬히 요구하기를 절망(切望)하옵나이다. 허나 이는 여자 자신의 지위가 정신상과 물질상으로 대등하게 된 후라야 실현되리니 시급한 문제는 역시 여자의 교육, 각성, 수양 등 실력양성이외다.

6. 남자의 분일광란(奔逸狂亂)키 쉬운 성욕을 절제조리(節制調理)시키며 일가(一家)를 지탱하여간다든지, 혹 직업의 관계 등 여러 가지 원인으로 소략(疎略)하게 되기 쉬운 정신적 생활을 완전히 하게 함은 여자의 힘에 기대하나, 이는 여자가 남자에게 경외를 받을 만한 인격과 지식이 있은 연후에 은전함을 얻을 바라 하나이다. 이것이 그 제6의 이유요.

7. 차(此) 일절(一節)은 특히 조선 계신 일부의 신여자 제군께 드리려 하나이다. 대저 어떠한 사회든지 신구(新舊)가 개체상촉(改替相觸)될 때 내외적 생활이 혼돈실조(渾沌失調)하여 도덕의 기반이 동요하고 민중의 귀추(歸趨)를 이름은 면할 수 없는 바나, 금일의 조선의 소위 신교육을 받았다는 여자계와 같이 혼돈암담(混沌暗澹)하고 부패함은 전고(前古)에 없겠다 하나이다. 나는 직접 여자계에 간섭하여 내정을 탐색은 못하였으나 제군 중에 상당한 교육을 받았다는 4, 5인의 여자를 교제하므로 그들의 사상과 행동을 자세히 알고, 또 그이들에게 들은 바 일반 경성 여자계의 소식을 종합하여 논단하면, 제군은 재래의 인습·도덕의 압박과 구속에 대한 반동으로 구부덕(舊婦德)을 혐오·배척함에 급하고 신부덕(新婦德)을 생각지 않으며, 소위 신교육은 도리어 그들의 만심(慢心)을 조장시켜 안고수비(眼高手卑)하여 혹 왈, 결혼할 남자가 없느니, 남자는 무능하니 하는 등 불근신(不勤愼)·불단정(不端正)한 방언(放言)을 하거나 도리공론(徒理空論)의 남녀동등, 여권확장, 자유연애, 자유결혼 등 설(說)을 주창하는 일편에는 여자의 생명으로 아는 정조 ― 신시대의 철저한 신여자는 남자에게 자기들과 같이 '신도덕의 정조'를 지키라고 요구하여야 할 것이요, 또 남자 자신도 지켜야 할 ― 에 대한 관념이 탈각되고 양심이 마비되어 불품행(不品行)한 사실이 빈출(頻出)하며 혹간(或間) 생각 있는 청년이 힐책하면 "Love is blind"라는 구인적(蚯蚓的) 문자를 추켜들고 자기의 책임을 피하려 하는 것이 전반(全般)은 아니나 현금(現今) 소위 개명(開明)하였다

는 일부 여자의 개황(槪況)임을 알 수가 있나이다.

이러한 여자에게 어찌 사회개량의 조력을 바라며 건실한 제2국민을 양성할 중대한 책임을 맡길 수가 있으오리까. 타흉고두(打胸叩頭)하면서 방성통곡(放聲痛哭)하여도 시원치 못할 일임을 깨달으시나이까.

남녀동등! 여권신장! 자유연애! 자유결혼! 대찬성이외다. 우리는 이런 사회를 시급히 건설하여야 하겠고, 내가 감기를 들어 머리가 깨지는 듯한 것을 참고 이 일편을 초(草)하여 제군께 듣기 싫은 고언(苦言)을 정(呈)함도 어서어서 그런 사회의 행복을 누리자는 열심에서 나옴이외다마는 지금의 제군으론 절망이외다. 지금 제군을 남자와 동일한 수평선상에 인공으로 무리하게 끌어올리면 제군은 능히 동등한 지위를 보전할 만한 소양이 있나이까? 여권이 확장되면 그 권리를 정당히 사용할 능력이 있나이까? 연애의 자유를 얻으면 소위 "Love is blind"라는 진부한 문자 뒤에 숨어 자기의 부도덕·불단정한 행동을 피치 않고 능히 명철(明哲)한 이지(理智)로 판단하며 해부하고 분석하는 '정열적' 연애를 우리 생활의 기조로 삼을 만한 소양이 있나이까? 결혼의 자유를 얻으면 모든 책임을 자부하고 부모형제 등 가족에게 누를 끼치지 않고 적당한 상대자를 선택하여 가정을 이룰 만한 소양과 실력과 각오가 있나이까? 이러한 '힘'도 없고 또 그 힘을 양성할 생각도 아니 하고, 공연히 '여편네'라든지 '계집애'라고 부르지 말고 '부인' 혹 '여자'라 부르라는 등 사소하고 유치한 말만 하면 여권은 확장되고 남녀는 동등이 되리라 생각하는 일부 여자를 볼 때 나는 실망하고 증오하고 실소하였나이다.

너무 과격히 말씀을 하여 노하실지 모르나, 노하시면 노하시니만치 아직 각성치 못함을 발표함이오며, 또 이런 말씀을 함은 세평을 과신하는 천견(淺見)에서 나오는 오해라고 하실 분이 있을 듯하오나 '나'라는 산 증인이 있는 이상 사실은 하는 수 없소이다. 너무 욕은 마시오. 허나 실로 단단히 정신 차리지 않으시면 미구(未久)에 결혼할 만한 여자 없다는 소리가 남자 입에서 나올 것은 명약관화한 사실이외다. 각성! 각성!

8. 이와 같이 하여 여자가 깨어 크게 활동하면 아직 꿈꾸고 있는 남자가 자극되고 흥분됨이 남자끼리 지도하고 계발함보다 크게 효과가 있겠나이다. 이것이 최후로 절규하는 소이의 하나이외다.

지금 생각나는 대로만 열거하여도 8개조나 되옵나이다. 가히 얼마나 여자의 각성이 남자보다 시급함을 알겠나외다.

4. 결론─진정한 신여자의 일군이 출현함을 열망함

이상 3방면 ─ 인류의 상향(上向)과 여자, 사회와 여자, 개인의 행복과 여자의 ─ 으로 여자의 노력의 필요를 논하고 그 선결문제로 부인의 각성을 최촉(催促)하였거니와 다만 한 가지 학업에 종사하시는 자매 제군께 간망(懇望)하는 바는 용감하고 견실한 정신을 가지고 철두철미 새로운 일군이 많이 나오시라 함이외다. 그러나 일을 하려면 상당한 준비가 있어야 하겠는즉 위선(爲先) 결혼문제 같은 것은 잠깐 중지하고 활동에 필요한 지낭(智囊)을 만들기 위하여 일본에 유학하심을 권(勸)코자 하나이다. 학사(學事)에 취하면 혼기(婚期)를 잃을까 하여 묘령의 여식(女息)을 가진 부모도 걱정이려니와 그 당인(當人)도 노심(勞心)함은 무리치 않으나, 그렇다고 무자각(無自覺)하고 무교육(無敎育)한 남자와 만나 일생을 의미 없이 지냄도 생각할 바라 하나이다. 이같이만 하면 독신생활을 장려하는 듯하나, 나의 뜻은 결코 그렇지 않소이다. 남성이 결혼하기 위하여 나지 않음과 같이 여성도 결혼의 필요에만 응하실 작정으로 조물주가 만들지 않았었을 터이니, 만일 남자가 인(人)의 부(夫)가 되며 부(父)가 되는 직책 이외의 사명이 있다 하면, 여자도 따라서 인(人)의 처(妻)가 되며 모(母)가 되는 본분 이외의 사명이 있어야 하겠나이다. 하고 보면 결코 독신생활을 해야만 무슨 일을 할 수 있다 함은 약한 소리라 합니다. 일본에 요사노 아키코(與謝野晶子)[4] 부인은 11인의 자녀를 기르면서도 능히 문단의 일각을 점령하고 활동함을 보아도 성력(誠力)만 있으면 되리라 하나이다. 요컨대 나의 바라는 바는, 다만 좀 혼령(婚齡)이 늦고 부모께서 다소 반대가 있더라도 열심분투하면 최후에 행복은 걱정 않아도 되오리니 위선 공부를 좀 하시라 함이외다. 그리 하와야 제군 자신이 구식부인과 같이 비참한 가정생활을 하지 않을 수 있고, 또 지금 그런 생활을 계속하고 있는 자매를 구원할 수 있나이다.

이제 각필(擱筆)함에 임하여 또 한 번 여성대호(勵聲大呼)하노니 각성! 자아의 각성! 이것이 곧 아편쟁이의 모루히네요, 안면제(安眠劑)에 대한 해독제올시다. 해방은 각성한 뒤의 노력의 대상이요, 또한 당연히 획득할 가능성의 요구라 하나이다. 지금부터 무자각한 부인들을 구치(驅馳)하여가지고 완고하신 부로(父老)와 정신적으로 거세된 대부분의 청년에게 대하여 해방을 재촉한들 무슨 소용이 있으오리까. 실상 말하면 각성의 긴급이나 해방의 요구가 비단 부인에게만 급한 게 아니외다. 남자에게도 시급한 문제가 불가승수(不可勝數)외다. 다만 부인에 관하여는 남녀가 같이 요구할 해방 이외에 여자가 남자에게 구할 바와 구도덕에 대하여 구할 (남녀공동 요구 이외에 여자만 구할 것) 양 방면의 요구가 중첩하므로 남자보다 배가의 노력을 요할 따름이외다. 종(從)하여 책임도 중(重)하려니와 금일까지의 절대적 억압에 대한 반동으로

오는 각성도 당연히 준열할 것이요, 철저할 것이요, 또 그리하여야만 할 것이외다.

차(此)를 요컨대 우리가 전인적으로 생활하려는 요구가 심각할수록 그만치 해방에 대한 노력을 하여야 할 것이요, 그 해방은 각성을 전제로 한다 함이외다.

현상윤玄相允 씨에게 여與하여 「현시現時 조선청년과 가인불가인可人不可人을 표준」을 갱론更論함[5]

『기독청년』의 존재를 모르던 나는 오늘 비로소 그 신년호를 얻어 보게 되었다. 그러나 그중에 제일 나의 의문을 환기한 것은 현상윤 씨의 '가인불가인론(可人不可人論)'이다. 물론 씨의 근본적 정신―뜻이 어디 있는 것을 짐작하라는 그 뜻―에 대하여 이의를 가진 바는 아니다. 오히려 나는 열정을 가지고 공명하려 하는 바이나, 다만 그 표준의 양식이라든지 논리에 관해서는 전연(全然)히 찬동할 수 없는 까닭이다. 하므로 자(玆)에 일언(一言)을 제(題)하여 그 소이(所以)를 간명케 하고자 한다.

그러나 씨와는 면식도 없고 또 유치한 나로서 감히 비평처럼 중언부언함은 씨의 충성된 본의(本義)를 이간(離間)함이 되고 나의 경솔함을 자시(自示)함일 듯하여 실로 주저하는 바이나, 나의 열정은 묵묵히 간과하도록 냉담치 못하기에 드디어 펜을 든 것이다. 이것이 결코 태변가(駄辯家)의 논리를 위한 논리가 아니며, 발표를 위한 발표가 아니요, 나 역(亦) 우리 조선을 사랑하고 우리 청년을 위하여 다소의 참고가 될까 하는 비망(非望)을 가진 까닭임은 물론이다.

5　제월(霽月), 「현상윤(玄相允) 씨에게 여(與)하여 「현시(現時) 조선청년과 가인불가인(可人不可
　　人)을 표준」을 갱론(更論)함」, 『기독청년』, 1918.4.16. 이 글은 『기독청년』 3호(1918, 신년호)
　　에 실린 현상윤의 글에 대한 비판이다. 『기독청년』 3호는 소장처가 확인되지 않았다. 현상윤
　　은 『기독청년』(1918.5)에 「제월씨의 비평을 독함」을 게재하고, 이어 염상섭이 「비평, 애, 증오」
　　를 발표하는 등 논전을 펼친다.

우리의 도덕이 고정된 무기물(無機物)이 아닌 이상 더구나 과거의 모든 것에 대하여 불문과 불평과 의문과 불안을 가진 금일의 우리로서는 '가불가(可不可)' 우(又)는 '선악'의 표준을 세우기가 그리 쉬운 일이 아니다. 설사 씨와 같이 그 표준의 범위를 '공사인적(公私人的) 도덕관념'으로 나누고 '조선혼(朝鮮魂)' — 씨의 '조선인적 의식'을 위(謂)함 — 의 철저, 향공(向公)의 성의 급(及) 조선을 위한 경륜(經綸) 등으로 좁힌다 하더라도 그 의의는 의연(依然)히 모순됨을 면할 수 없다.

우선 공사인적 도덕관념으로 논하여도 나는 씨의 의견을 부정치 않을 수 없다. 대체 우리의 사회적 생활은 유기적 활동이다. 우리의 몸에 세포 하나가 농화작용(濃和作俑)을 시작하면 '나'라는 전체의 고통이 되며 전 세포, 세포가 건강하면 '나'의 전체가 행복함과 같이 '개인의 사생활'이 정신적으로나 물질적으로나 배선(倍善)의 향상을 도(圖)하여야만 사회가 경공(勁鞏)할 수 있고, 사회가 건전하여야만 비로소 개인의 행복을 확보할 수 있는 것이다. 고성(古聖)이 수신(修身)을 제가(齊家) 치국(治國) 평천하(平天下)보다 제일의(第一義)로 삼고, 충신(忠臣)을 효자(孝子)의 문(門)에 가 구하라 함이 진부한 말인 듯하나 오히려 일편(一片)의 진리를 가르친다.

하므로 씨가 사람의 인격을 '사회적(社會的)'과 '개인적(個人的)', 즉 '공인적(公人的)'과 '사인적(私人的)'으로 이분(二分)하여 씨의 거(擧)한 표준에만 적합하면 개인적 생활의 불합리라든지 사인적 행위의 부도덕 등 모든 약점을 용서하고 '가인', 즉 '좋은 사람'이라 하며 차(此)에 반(反)한 자는 아무리 개인 — 사인적으론 우월한 선점(善點)이 있더라도 '불가인', 즉 '좋지 못한 사람'이라 이름은 설령 '지금 우리 조선사람에게는 사인적 요구보다 공인적 요구가 더욱 필요하고 개인적 이해(利害)보다 사회적 이해가 더욱 긴급하다'는 전제가 있더라도 합리한 의견이라 할 수 없을 뿐만 아니라 잘못하면 도리어 민중에게 해를 주지 않을까 한다. 과연 과거시대에는 민중이 암우(暗愚)하여 — 그 실은 자기들의 행동을 절대적으로 자유스럽게 하기 위하여 암미(暗昧)하게 만든 것이나 — 소수인만 정권을 농단(壟斷)하던 전제시대에는 여러 가지 원인과 이유로 영웅호걸은 호주호색(豪酒好色)이라 하여 윤리상 보기 좋은 파고자라도 다만 호대(豪大)하기만 하면 칭송과 숭배를 받았으나, 현대와 같이 민중의 계몽이 이같이 보급되고 개인과 사회와의 관계가 이같이 밀접하게 된 오늘날 와서는 도저히 불가능한 일이다.

제일(第一)에 나는 인격을 이분하여 생각할 수 없다. 씨가 "개인이 사회와의 관계를 떠나서 윤리나 도덕의 존재를 인식할 수 없다." 함 같이 나는 "개인이 사회를 떠나서는 인격의 존재를 인식할 수 없다." 한다. 즉 인격의 존재, 가치, 존숭 등의 관념은 주관으로 말하면 대외적 관계를 가장 안전히 보호하려 함에서 나옴이요, 객관으로 논하면 윤리·도덕 — 사회생활에 수요(須要)한 — 을 수행하여 사회 자신의 안녕을 보전함에 필요한 수단적 조건이 아닌가 한다. 환언하면 이 세상에 다만 일(一) 개인만 생존하여 대외적 관계가 전연히 없던 시대가 있었다 하면 가사(假使) '인격' 그 물건은 얻더라도 그것의 의식이 없었을 것이요, 따라서 그것의 필요, 가치, 존중 등의 관념이 없었을 것이라 함이다. 그러므로 나는 '사회적 인격 즉 개인적 인격'이요, '공인적 인격 즉 사인적 인격'이라 한다. 갱언(更言)하면 인격은 일(一)이요, 또한 일(一)뿐이라 함이다. 이같이 말하면 혹은 궤변을 농(弄)하는 공론(空論)이라 할 것이지만 이상에도 말함과 같이 개인과 사회가 가장 근접한 금일에 지(至)해서는 그 인격에 부수되는 모든 조건 — 대외적 제(諸) 책임 — 권리, 의무 등 — 의 대소다과(大小多寡)의 별(別)은 있을지라도 모든 개인이 사인인 동시 공인이 아닌 자가 없음은, 소소한 예를 들어 생각해보아도 알 것이며, 따라서 사인의 도덕적 행위가 곧 공인(사회적)의 도덕적 행위가 된다 한다. (나의 '공인'이라 함은 다만 행정·사무를 장리(掌理)하는 소부분만 지적하고자 하는 것은 아님. 가장 광의(廣義)로 말함.)

또 설사 공인의 의미를 협의로 해석한다 하더라도 씨의 소론(所論)으로 추리하면, 사인으로서는 강간이나 사기 취재(取才)의 범죄가 있더라도 공인(협의로)으로서는 커미선을 받는 부정행위만 없으면 그에게 사회적 생명을 존속시키자 함이니 이는 실로 무생명·무권위한 소극적 도덕이라. 이같이 말하면 일본의 메이지(明治) 시대에 이토(伊藤)와 같은 인물도 있었으니 그 같은 시대를 만난 우리도 어쩔 수 없다 말할지나 이는 시대를 모르는 말이요, 우리의 지위와 장래 발전의 경로를 통찰치 못함에서 나오는 오상(誤想)이라 단언코자 한다. 차(此)를 갱언하면 금일의 우리는 내부적으로 착수하여야 할 것이요, 외부로 노력하기에는 아직 이르다 함이다. 그렇고 내부의 충실은 민중 전체의 노력이요, 외부의 노력은 과두사업가의 일이라 함이다. 이만치 말하면 나의 진의를 이해할지?

하고 보면 씨의 거(擧)한 바 3항 조건에 적합지 않으면 아무리 출중한 재능이 있더라도 '불가인'이라 하여 사회에 매거(埋去)하게 함은, 너무 과격하다. 가령 지금 여기 어떠한 배우가 있어서 철저한 견식(見識)과 상당한 예능(藝能)을 가지고 예술을 자기의 생명보다 중히 여기고 예술의 세계를 자기의 생존욕을 만족시키는 무대로 삼아 건실히 노력한다 하면 구사상(舊思想)으로 보면 일종의 타락이요, 창기나 '광대' 같은 천업(賤業)이라고 빈척(擯斥)할지요, 또 씨의 표준으로 보면 무정신·무성의·무경륜한 자 — 즉 '불가인'이라 비방할지나, 예술의 존불존(尊不尊)·귀불귀(貴不貴)라든지 당자(當者)의 주관의 성공·불성공은 고사하고라도 이것이 과연 공공도리(共公圖利)에 과효(寡效)할까? 현시(現時) 유행되는 민중예술의 시급을 고(告)함은 무엇을 의미하나? 더구나 우리 조선같이 전연히 사상으로 지도하지 못할 민중에게는 이 연극같이 제일 필요한 것은 없다고 생각한다. 실로 우리에게는 이같이 외형적으로 사회와 '밀접한 이해(利害)가 없는 듯한' 모든 노력이 그 실은 가장 긴급하고 중요하다.

내가 일전에 음악적 재분(才分)이 풍부한 모우(某友)더러 중학교 졸업 후 음악의 수업을 권하였더니 머리를 내두르며 하는 말이, 음악은 현시 조선에 불긴(不緊)하니까 자기는 그리 자신이 없을지라도 타 방면으로 가겠다 했다. 나는 이런 말을 들을 때마다 금일 우리 조선청년이 얼마나 사회에 대한 성의가 열렬함을 기뻐하는 동시에 얼마나 그 성의의 표현의 방식을 그릇되게 하는지 알 수 없으며, 또한 애석히 생각지 않을 수 없다. 과연 금일의 우리 청년 일반은 애사회심(愛社會心)·애민족심(愛民族心)의 표현방식을 유상(謬想)하므로, 마치 일확천금의 비망(非望)을 품은 '무리'와 같이 자기의 사명과 천품(天稟)의 재질을 탐구·자각하여 자기의 적합한 순로(順路)를 진행하려 하지도 않고, 아무 근저(根柢)·정견(定見)·경륜(經綸) 없이 다만 '사업, 사업' 하고 공허한 명예심에만 급업(岌業)함도 현 씨와 같은 '가인불가인'의 표준을 맹신(盲信)하며, 또 사회가 모두 이런 표준으로 규구(規矩)를 삼는 까닭이 아닌가 한다. 물론 일전에 시급한 고통으로부터 해방되려는 절실한 요구가 있으므로, 또 시대가 다사다단(多事多端)하므로 소위 손에 침칠하고 덤벼들어 나도 한번 영화로운 공명, 더욱이 심한 것은 정치공명을 얻으려 함이 4천 년 이래 관료의 권위에 압박을 착실히 받고, 또 출사(出仕)를 무상(無上)의 영광으로 아는 유교의 폐습에 젖어 내려온 우리로는 고위고관을 영득(贏得)함으로 자기의 공명심을 만족시키려 하며, 국가에 대한 봉사의 충성을 다함 같이 생각함이 무리치 않으나, 이것은 민중을 도외시하고 평민을 노예시하던 봉건시대의 표준이었다. 현대의 우리는 반드시 개인, 개인이 다 원대한 경륜을 가지고 직접으로 자기의 성의를 표현할 지위에 앉아야만 국민적 의식이 있는 사람이라 하고, 그렇지 못하면 불가인이라 속단함은 오해라 하지 않을 수 없다.

이상의 배우의 예로도 말하였거니와 가령 음악으로 보더라도 일견(一見)하면 안일(安逸)을 탐하는 풍류의 유민(遊民)이나 혹 방탕아의 할 바요, 결코 유위(有爲)한 청년의 할 바가 아니라 할지나 대저 일 국민의 취미성을 향상시킴이 그리 필요 없다 할 수 있을까? 취미성의 비열은 곧 도덕적 타락을 유치(誘致)함이 아닌가? 더구나 내부적으로 충실한 실력을 양성하여야만 할 금일의 우리로서는 이같이 무의미한 듯하고 '불가인'같이 보이는 정신적 노력이 얼마나 필요한지 모르겠다. 오히려 나는 이같이 사회의 향응과 이해를 못 받고 따라서 면할 수 없는 생활난의 고통을 배제하면서 황무지를 개척하듯 노력하는 차류(此類)의 인사에게 대하여 만강(滿腔)의 사의(謝意)를 표하고, 또 이러한 형제를 진정한 애국자라고 하려 한다. 그러므로 나는 씨의 그 표준에 대하여는 철두철미 불복이다. 적어도 이것으로 일반청년을 이끌 수는 없다고 생각한다.

또 한 마디 이 기회를 타서 부언하려 함은 경자(頃者) 유행되는 세계주의니 국가주의니 하며 서로 오해함에 관하여 관견(管見)을 약술코자 함이다. 이는 나의 졸문 「산문화(散文化)의 사회」[6]를 보시고 혹 오해하여 '불가인'이라는 씨의 선고를 받을까 염려하여 지금부터 변명함은 아니나 하여간 씨의 표준으로 보면 세계주의는 확실히 '불가인'의 호적에 들어갈 것이다. 그러나 만일 철저한 근저(根底)와 신조(信條)가 있고 결코 타협적 고의(姑意)의 수단이 아니며 또 투르게네프와 같이 낙담·비관에서 나오는 주장이 아닐진대 세계주의자—반드시 '불가인'이 아니라 하고자 한다.

나는 세계주의자의 노력과 국가주의자의 노력을 이와 같이 비유한다. — 지금 여기 2개의 컵이 있다고 생각합시다. 1개는 청수(靑水)가 3분의 1이 차

6　이 글은 소재는 현재까지 확인되지 않았다.

고, 다른 1개는 홍수(紅水)가 3분의 2를 점령한. 그리고 세계주의자의 노력을 이 2개 컵에 자색(紫色)의 물을 동시에 충만(充滿)시킴이라 비(比)하여 봅시다. 만일 내가 세계주의자라 할진대 나는 우선 이 2개의 컵을 세관(細管)으로 연결시켜 같은 수평선을 가진 자색의 물을 만들어가지고 어떠한 컵에든지 마음대로 자기의 노력의 자색수(紫色水)를 경주(傾注)하면 이 2개의 양배(洋杯)는 동일한 시간에 충일(充溢)하리라 한다.

하고 보면 아무리 세계주의자라도 3분의 1의 수위(水位)를 가진 청색수의 컵을 우선 3분의 2의 수위에까지 오르도록 노력함과 같이 인류의 수평선에 오르지 못한 민족을 위한 노력이 제일의(第一義)로 될 것은 찬언(贊言)을 불요(不要)한다. 하므로 가사(假使) 씨의 표준으로 논하더라도 세계주의자 역(亦) '가인'일 수가 있다 한다.

이만치 말하면 대개 나의 진의(眞義)는 요해(了解)하여줄 듯하나 오해를 피하기 위하여 다시 그 대지(大旨)를 초록(抄錄)할진대, 1. 사인적 불품행(不品行)을 사회에 대한 봉사의 대가로 용서한다 함은 문명한 사회를 가지려는 우리에게는 용인할 수 없고 더구나 금일의 조선같이 무중축(無中軸)·무윤리(無倫理)한 사회에는 절대적 부당하다 함이요, (단, 사인적 부도덕도 현시 일반사회가 표준으로 삼는 구도덕으로 논함이 아님. 구도덕으론 비방하여도 신도덕으론 칭후(稱詡)할 경우가 허다하니 혼동하지 말도록…….) 2. 3개의 표준에 조(照)해서는 '불가인'의 배척을 받을지라도 그 이면에는 족히 '가인'이라 할 만한 요소 있으니 공연히 이 같은 표준을 세움으로 일반청년에게 자기의 진로를 그릇하게 함이 될까 염려하는 소이(所以)다. 제일 쉬운 예는 아무 상식이라든지 정견(定見) 없이 정법과(政法科)의 전문부를 유명무실하게 다니는 유학생이 많고, 착실히 순서적(順序的)으로 자기의 취미와 재능에 응하여 수학하는 형제가 적음이 역시 이런 정신을 그릇되게 '짐작'하는 것이 일대 원인이 아닌가 한다. 실로 내가 자기의 천견독필(淺見禿筆)을 불고(不顧)하고, 차(此) 일문(一文)을 촉(屬)함은 우(右)의 2개 이유를 가진 까닭이다. 제군의 재사(再思)하심 되면 행심(幸甚)일 듯하며 최후에 나의 '가인불가인'의 표준을 거(擧)하고 이만 각필(擱筆)하려 한다.

나의 표준하는 '가인'은 '악착 모지게' '살려고 하는 사람'이란 일언(一言)에 진(盡)한다. 과연 낙심 않고 '강하게 살려고' 부둥부둥 발버둥질 칠 만한 '힘' 있는 사람이 제일 좋은 사람이다. 일본상점에 고용이 되든지, 총독부 판임관이 되어 금모루를 번쩍거리고 다니든지, 하여간 살아야만 한다. 하지만 한 가지 조건이 있다. 배가 부른 때든지 배가 고파서 눈이 여산(廬山) 칠십 리를 들어간 때라도 항상 의문을 가지고 전 노력을 다하여 이 의문을 해결하려 하여야 한다는 조건이다. 무슨 의문? '산다는 것은 무엇인가? 무슨 까닭에 사나? 어떻게 살아야만 정말 사는 것인가?' 하는 의문! 이것이다. 옳다! 옳다! 참 정말 살아야 하겠고 또 '잘' 살아야 하겠다. 그러고 제가 살고 힘이 남거든 남을 살려야 하겠다. 이런 생각이 없고 이런 노력이 없는 자는 곧 '불가인'이다. 혼이니 정신이니 성의이니 경륜이니 하는 것은 없어도 무관하다. 다만 'What? Why? How?'의 3대 의문을 가진 '잘' 살려는 노력만 있으면 모든 것이 그 속에서 나오는 것이다.

하므로 개인주의(편리상 현 씨의 표준에 적합지 못하는 듯이 보이는 자를 이같이 이름)든지 국가주의든지 세계주의든지 다 상관없다. 왜 그러냐 하면 그들의 노력은 마치 광체(光體)의 각 부분에서 발(發)하는 허다(許多)의 강약 있는 광선이 요철면경(凹凸面鏡)의 포커스(focus)를 통과치 않으면 아니 됨과 같이 모두 '어떠한 목적의 일점(一點)에 집중'될 것은 정리(定理)이기 때문에.

2.24.

비평, 애(愛), 증오(憎惡)[7]

　'비평, 애, 증오'의 관계를 논하려면, 위선(爲先) 비평의 의의와 비평의 목적을 천명(闡明)히 할 필요가 있다. 그러나 비평의 의의에 관하여는, 지금의 나로선 전문적 논평을 할 만한 책임을 질 수가 없고, 또 차(此) 문제를 논함에는 그리 필요치 않기로 다만 보통 쓰는 의미의 '비평'이란 뜻으로 한정하고, 따라서 비전문적 범위 내에서 비견(卑見)을 약술코자 한다.

　우리가 통상 '비평'한다는 것은 '험담'한다는 뜻과 '찬양'한다는 뜻의 2종이 있으나, 다른 나라 사람은 모르되 우리나라 사람은, 나의 아는 범위에서 말하면 아마 전자(前者), 즉 험담한다는 의미가 많이 포함된 모양이다. 그 원인은, 사회생활의 단련이 없어서 상호부조의 정신이 부족한데다가, 정치적 당파열(黨派熱) ― 더구나 이조(李朝) 시(時)에 와서 ― 이란 것이 극단의 자위무교섭주의(自衛無交涉主義), 배타주의, 비밀주의, 경계주의, 시기, 질투, 참무(讒誣), 비방, 모해(謀害) 등의 정신을 부지불식간에 국민의 골수에 박히게 한 때문이라고 나는 생각한다. 과연 우리가 비평한다면 반드시 험담인 줄 알고, 또 대개는 험담이 되고 말았다. 하므로 사람의 평(評)을 말라는 것이 한 가지 훈계이고, 또 평을 받는 것을 지상(至上)의 수치(羞恥)로 알아냈다고 생각한다. 이

7　제월(霽月), 「비평, 애(愛), 증오(憎惡)」, 『기독청년』, 1918.9.16.

에 관하연, 이하에 자세하게 말하려 하나, 하여간 여기서 나는 '비평(Criticism)'이란 것은, '비난한다('to censure; to reproach; to blame; to blame the faults'의 의미가 있으나, 나는 비교적 경(輕)한 듯하고 명확히 지시하는, 최후의 구(句)를 취한다)'는 뜻과, '찬양한다(to praise)'의 의미로만 한정하여둔다.

또 비평의 목적은 고원(高遠)하게 말하면 인류의 행복을 증진하려 함이요, 비근하게 말하면 1. '지식의 확실성'을 얻으려 함. 2. 그 '대상의 가치를 평정(評定)'하려 함(가치의 표준은, 나는 다만 공리적, 즉 인류사회에 대하여 적어도 '그 대상이 어떤 작품인 경우에는' 작자 자신이나 평자(評者) 자신에게 대하여 얼마나 유익한가 함에 두고자 한다. 그 외에도 예술지상론, 탐미, 향락 등 설(設)로부터 생기는 차이가 있으나 ……. 또 혹자는 '가치의 개조'로 유일의 목적이요, 비평정신의 원동력이라 하나 나는 다소의 이의를 가지므로 '가치평정(價値評定)'이라고 한다). 3. '민중'을 '교양'하려 함의 3개 조건을 거(擧)한다.

차(此)는 다만 다소의 문견(聞見)과, 독서, 관극(觀劇) 기타에 관하여 비판코자 하는 거의 본능적 요구가 무슨 동기에 있나 함을 자성(自省)하고 열거함에 불과하므로 결코 완전무결한 것이라고는 자신치 않는다. 타일(他日) 다소의 연찬(硏鑽)이 있고, 또 발표할 필요가 있으면 보단(補短)코자 한다. 또 차(此)에 관하연, 별로 증명할 필요가 없으나, 만일을 염려하여 사족(蛇足)의 한(恨)을 품으며 약진(略陳)코자 한다.

지식이란 것이 무엇이냐는 고상한 근본문제는, 나의 무학(無學)으론 말할 수 없으나, 하여간 사람에게 지식욕이 있고, 또 얻은바 지식을 확실히 이해·조사코자 함은 본능이다. 하므로 어떠한 '물건'을 대할 제, 세밀히 관찰한 후, 자기의 과거에 얻은 경험 지식으로 판단하려 함도 자연한 일이다. 그리고 판단코자 함은 비평의지다. 그 다음에, 그 비평의 대상물 자(自)□이 진위선악미추(眞僞善惡美醜) 간 얼만한 정도, 즉 가치를 가졌고 또 그로부터 얻은 지식이 얼만한 가치를 가졌나 함을 평정(評定)코자 함도 역시 그러한 일이다. 그리고 민중이란 것은 어느 때든 무지하란 법은 없으나, 정도의 차는 있을 것이니까, 또 한 걸음 나가서 자기의 정확하다는 소신을 발표함으로써, 일반 민중에게 시비곡직(是非曲直)을 천명히 가리킴으로, 계몽의 책(策)을 취하여야 할 것이다. 그러므로 결국은 인류를 사랑함이요, 사회를 위함이 된다 함이다. 최후 제3항은 가장 필요함이요, 더욱이 우리 조선엔 다른 큰 사상가, 큰 예술가를 급구함과 같이 큰 비평가가 나서, 과거 문명의 진가(眞價)를 찾고 사회의 개량을 책(策)하고 사상의 귀추(歸趨)를 정(定)함으로써 민중의 지적 향상을 영도(另圖)하여야 할 것이라고 생각한다.

이상 비평의 의의·목적은 대략 말하였으나, 그러면 비평의 근본정신은 어디다가 두어야 할까? 이것이 나의 논하려는 바, 비평과 애(愛), 증(憎)의 관계다.

근대사상이, 선악(善惡)의 가치전도 우(又)는 선악의 접근의 경향을 보임과 같이, 애(愛)와 증오는 전연히 상이한 것이 아니라, 증오도 역시 애(愛)의 불완전한, 혹은 애(愛)의 다른 일종의 표현이라고 하는 것이 일반 견해다. 이에 대하연 나도 찬동이다. 마치 영어의 'Want'란 자(字)가 '원한다'·'요구한다'는 의미가 있는 동시에, '없다'·'결핍하다'는 뜻이 있는 것과 같이, '사랑하려' 우(又) '사랑하기 때문에' 미워하는 수가 있다. 다시 말하면, 만일 그 대상물과 아무 연(緣)이라든지 관계가, 즉 애(愛)가 없으면 미운 행동이 있기로 미운 증(症)이 아니 날 것이다. 그러나 사람에게 이기심 내지 허영심이라든지, 참인성(慘忍性)(참혹한 일을 감작(敢作)하는 성품)이 없었다면 모르겠지만, 성현이 아닌 보통 사람에겐 다소 차는 있으나 아주 없지는 않은 이상, 증오가 반드시 애(愛)의 근원을 가지란 법이 없다. 이기심·허영심·명예욕으로부터 나오는 좋지 못한 의미의 시기심 등이 보다 더 많고 강한 사람은, 타인을 참무(讒

誣)·모해(謀害)하고라도 자기의 명예를 더 나타내려고 할 것이요, 참인성이 보다 더 심한 사람은, 별로 자타의 이해관계는 없으나, 타인의 군박(窘迫)이, 자기의 승리를 의미함인 줄로 오상(誤想)하므로 나오는 일종의 쾌감을 얻기 위하여 비난공박(非難攻駁)을 도도히 하고, 홀로 가가대소(呵呵大笑)할 것이다. 이러한 심리상태에서 나오는 증오는 결국엔 다만 증오를 위한 증오가 되고, 그 대상이라든지 일반 공중은 물론이려니와, 자기 자신까지에게도 해독(害毒)을 끼칠 따름이다.

하고 보면 비평상 '비난'이란 것도 '증오'와 같이 3개의 형식으로 표현될 것이다. 즉 애(愛)로부터 나오는 비난, 이기심으로 나오는 비난, 무용한 쾌감을 얻으려는, 마치 일본말에 '정반회의(井畔會議)'란 것과 같이 소일삼아 하는 비난(쾌감의 주체가 자기이므로, 이기심에서 나오는 비난이라 할 수도 있다)이 이것이다.

그러나 비평의 목적이 인류의 '행복증진 = 지식의 확실, 가치의 평정, 민중의 교선(敎善)' 등에 있는 이상, 비평적 비난이 다만 비난을 위한 비난이 되고 말아서는, 그 목적을 달할 수 없음은 물론, 비평의 정신이 나변(那邊)에 존재하였는지를 모를 것이다. 하므로 결국에 비평은 비난·찬양을 불문하고, '애(愛)'가 근본정신이 아니 되어서는 아니 된다 한다. 물론 비난이란 것은, 받는 그 당자에게는 불쾌하고 불명예할 것이나, 애(愛)에 나오는, 즉 평자의 소주관(小主觀)의 계루(係累)를 받지 않는 비난인 이상, 확실한 결점이 있을 것은 정(定)한 일이요, 그 결점의 지적은 곧, 비난자의 악감을 사는 데 그치지 않고, 향상의 계기를 만들어줄 것은 췌언(贅言)을 불요(不要)할 바이다. 찬양도 애(愛)에서 출발치 않으면, 다만 지분(脂粉)에 싸인 '어여쁜' 피륙(皮肉)'(조선말로 '빙정거린다' 할지? 영역(英譯)하면 'sarcasm'이다)에 지나지 못한다.

과연 '애(愛)'는 비평의 제1요건이다. 인류를 사랑하고, 자기를 사랑하는 인생의 열애자(熱愛者)만 능히 비평할 권리를 가질 수 있다.

그리고 애(愛)는 동정이다, 이해다.

이 일문(一文)은 독립한 소논문이다. 수월(數月) 전, 본지(本誌)를 통하여 현상윤(玄相允) 씨의 제공한 문제를 □론(論)하고, 또다시 해씨(該氏)의 「모(某)의 비평을 독(讀)함」[8]이라는 반박을 받은 논자가 지금 이러한 평론을 발표함은, 해씨에게 대한 암풍(暗諷)은 아닌가라고 짐작하실 분이 계실지 모르나, 결코 그렇지 않음을 진심으로 명언(明言)해둔다. 씨에게 대한 답변은 곧 발표하려고 본지(本誌) 급(及) 기타 모지(某誌)와 교섭하였으나, 다소의 구애(拘碍)가 있어 아직 중지하고 있다. 후일 호기(好機)를 얻어서, 씨와 독자 제위의 고현(高賢)을 얻음으로 해오(解誤)코자 하거니와, 이 문제와 다소의 관련되는 점이 있기에, 취후(取後)에 여백을 얻어 부언해둘 것은, '첫째', 씨는 내가 '갱론(更論)'이라 함과 같이 전혀 나의 견해를 표백함인 것을 '비평'하였다 하여 그 방식에다가 넣어보려는 것이 오해였고, 둘째, 나의 논박은 조금도 악의가 없었다고 자신하는데, 동정이 없다고 하고 기상천외의 반박을 하심은, 나의 표현방법이 졸렬함이거나, 혹은 씨의 유견(謬見)오해(誤解)인 듯하다. 만일 그 원인이 전자(前者)에 속하였다면 나는 사의(謝意)를 가지고 씨의 관용을 바라고, 겸하여 씨의 반성을 권(勸)한다. 하여간 자세한 논점의 상이(相異)는 발표기(發表期)에 양(讓)하여 둔다.

혹(或) 발표할 기회를 얻지 못할지도 모르기에, 수자(數字) 부기할 뿐. 이상(以上).

1918.8.6.

---

8 현상윤(玄相允), 「제월(霽月) 씨의 비평을 독(讀)함」, 『기독청년』, 1918.5.16.

염상섭 문장 전집

1919

독립선언서 獨立宣言書[9]

평화의 제단(祭壇)에 숭고한 희생으로서 바친 3천만의 망령(亡靈)에 의하여 가장 웅변(雄辯)으로, 또 가장 통절히 오인(吾人)에게 가르쳐준 것은 실로 '민족자결주의'란 오직 한마디이다.

일본은 입을 모아 조선을 혹은 '동족(同族)'이라 말하고 혹은 '동조(同祖)'라 역설한다. 그러나 사실은 무엇보다도 증거가 된다. 우리 한국은 4천 3백년이란 존엄한 역사가 있는데 일본은 한국에 뒤지기가 실로 3천여 년이다. 이를 봐도 조선민족은 야마토(大和) 민족과 하등의 상관이 없다는 것은 췌언(贅言)할 필요도 없는데, 합병(合倂) 이래 이미 10년이 지난 오늘까지 일본은 조선에 임(臨)함에 얼마나 참학(慘虐)과 무도(無道)를 극(極)하였던가. 오인의 말을 기다릴 것 없이 일본국민 스스로가 돌이켜보아 뉘우치는 바가 있을 것이다.

만약 오인이 이성을 빼앗기고, 신경이 마비되고, 맹우(盟友)를 봉쇄(封鎖)했다면, 오인은 혹은 민족의 파멸에 만족하고 군벌의 관료적 가정(苛政)에 묵묵

---

9 염상섭은 1919년 3월 19일 오후 7시 무렵 오사카 덴노지(天王寺) 공원에서 독립선언을 거행하고자 했으나, 8시 무렵 집회 장소에 모인 다른 참가자 22명과 더불어 경찰에 체포됐다. 염상섭은 거사(擧事) 시에 배포할 목적으로 이 「독립선언서」를 작성했다. 이 같은 사실은 日本內務省警保局保安課, 「朝鮮人槪況第三」, 大正九年六月三十日(朴慶植 編, 『在日朝鮮人關係資料集成第一卷』, 三一書房, 1975)에서 확인할 수 있다. 이 글의 번역은 『한민족독립운동사』 3, 국사편찬위원회, 1988, 214쪽을 바탕으로 약간의 수정을 가한 것이다.

히 오직 순종했을 것이다. 그러나 지금 오인은 입만으로의 감언(甘言)에 속기에는 너무나 자신을 지나치게 알게 되었다. 폭수(暴手)가 두려워 이에 굴종(屈從)하기에는 너무나 자유의 존엄을 지나치게 깨달았다. 주저할 바 있겠는가. 마땅히 한 목숨을 걸어 독립을 선언하는 바이다.

재(在) 오사카(大阪) 한국노동자일동대표

염상섭(廉尙燮)

격檄[10]

묘향산(妙香山)에는 높은 정기(精氣)가 있다. 우리 자손이 의력(意力)이 없으면 이와 동시에 기력(氣力)이 없고 생기(生氣)가 없게 되니 타락할 수밖에 길이 없다. 조국이 어지러워 망국민족(亡國民族)으로서 사방에 유리(流離)하고 한없는 비애와 극도에 달하는 굴욕을 받더라도 원통함을 모르고 분노함을 모르게 된다. 잔혹한 일본인에게 굽실거리면서 매일 양식을 얻기에 전전긍긍하고 있다. 이와 같은 양심의 마비자(痲痺者)도 없거니와 신경(神經)의 탈각자(脫却者)도 없다.

지금 내외(內外)는 물론 대한인(大韓人)의 전자(轉者)는 부모처자를 버리고 자기 생명을 버리고 자유를 위하여 국가사업을 일으키려면 모두 와신상담(臥薪嘗膽)해야 할 고통스러운 기초가 있어야 한다. 피지(彼地)에서는 분투하고 있는데 아직 오사카(大阪)에 거주하는 우리 동포만은 구구(區區)한 내일의 생계를 염려하여 마음 편히 방관만 하고 있으니 한반도민족의 일대(一大) 수치

10　염상섭은 1919년 3월 19일 오후 7시 오사카 덴노지(天王寺) 공원에서 독립선언을 거행하기 위해, 18일 밤 오사카에 있는 노동자들에게 이 격문을 배포했으며, 19일 거사 때에도 이를 소지하고 있었다. 이 같은 사실은 日本內務省警保局保安課, 「朝鮮人槪況第三」, 大正九年六月三十日(朴慶植 編, 『在日朝鮮人關係資料集成第一卷』, 三一書房, 1975)에서 확인할 수 있다. 이 글의 번역은 『한민족독립운동사』3, 국사편찬위원회, 1988, 213～214쪽을 바탕으로 약간의 수정을 가한 것이다.

(羞恥)다. 제군(諸君)은 열분(熱憤)으로써 시기(時機)를 기대(期待)하고 우리들이 참여해야 할 경우이므로 자기 국가를 주의·경계해야 할 것이다. 부모를 도적당해도 태연자약(泰然自若)하고 이웃에 상사(喪事)가 있어도 경시(輕視)한다면 냉혈(冷血) 행위라 할 것이다. 오호(嗚呼)! 미국의 동정(同情)도 있다.

오사카 한국노동자 여러분! 지금 삼천리강토는 어디에서나 탄약(彈藥)을 받고 제군의 부모, 제군의 처자들은 탄우(彈雨) 속에서 앞을 다투어가며 그 생명을 깎이고 있다. 제군도 편안히 포식(飽食)치 말고 사멸(死滅)에 떨어지는 생활비를 준비할 것이다.

제군이여. 한반도의 다혈아(多血兒)인 제군이여! 나는 제군의 비열한 양심의 타락을 경계한다. 그것이 많아짐을 불쌍히 생각하고 또 이와 같이 무정무도(無情無道)한 동포들을 우려한다.

아! 각고노력(刻苦努力)해야 할 제군이므로 삼천리강토를 빈 산하(山河)로 하지 말고 장엄한 산하가 맹금악수(猛禽惡獸)의 소굴이 되지 않도록 사려(思慮)하여 내일 오후 7시 정각에 만사를 제치고 공원 육각정(六角亭) 앞에 모이기를 열루(熱淚)를 흘리며 바라노라. 오라. 오라.

오사카에 있는 형제여! 이완용(李完用) …… 송병준(宋秉畯) …… 배격하라!

기미(己未) 3월 18일

영산생(靈山生)

19일 오후 7시 정각

덴노지(天王寺) 공원 내 영산생(靈山生)

조야의 제공에게 호소함 朝野の諸公に訴ふ[11]

여(余)의 말이 반드시 조선청년 일반의 마음을 대변하는 것은 아니더라도 그 일단을 들여다보기에는 충분하도록 감히 직간접적으로 국정(國政)에 관여하고 있는 제공(諸公)에게 한번 생각하는 번거로움을 끼치는 것이 헛되지 않을 것이라고 믿으면서 조금 내 심정을 호소하고자 한다.

최근 여러 신문보도는 동경(東京)에 있는 우리 유학생 사이에 소위 불온한 행동이 있었고, 그에 대한 처벌을 엄히 했다는 사실을 전하고 있다. 그런데도 제국의회(帝國議會)에서는 이런 일선(日鮮) 양 민족 간의 중대 문제를 불과 두세 가지 문답에 부치고 말았을 뿐, 그 언설(言說)의 공허함에 이르러서는 실로 불만을 느끼지 않을 수 없다. 그들이 스스로의 신변에 가해질 위해를 예상하면서도 여전히 그런 행동에 나설 수밖에 없는 심정의 연민을 고려한다면 고국에 있는 우리들도 침묵할 수만은 없다.

우리는 현실을 떠나서는 아무것도 아니다. 우리는 눈앞에 닥친 생존문제에 의해서 움직이게 된다. 혀가 있어도 벙어리가 되지 않으면 안 되고, 붓이 있어도 언론이 없고, 다리가 있어도 웅크려 앉을(踞坐) 수 없는 금일의 우리에

11　廉尙燮, 「朝野の諸公に訴ふ」, 『デモクラシイ』, 1919.4. 이 글의 존재는 김경수의 「1차 유학시기 염상섭 문학 연구」(『어문연구』, 2010)를 통해 국내에 소개됐다. 이 글의 번역은 동 논문에 게재된 역문(譯文)을 바탕으로 약간의 수정을 가한 것이다.

게, "그대들은 우리와 조상이 같으니 결코 학대하는 것이 아니다."라고 하는
그 말이 과연 어떤 가치가 있는 것인가. 혹시 그들의 행동의 원인을 '민족적
인 차이에 토대를 둔 독립'이라는 식의 미명(美名)에 이끌린 망동(妄動)이라고
생각하는가. 그것을 거꾸로 추리한다면, 작년 가을 일본의 쌀 폭동과 같은
것은 어떻게 해석해야 하는가. 무릇 진심으로부터 우러나온 절실한 요구만
큼 진실한 것은 없다. 쌀 폭동과 유학생의 행동은 그 표면은 달라도 그 생존
의 보장을 얻으려는 진지한 내면의 요구에 있어서는 다른 점이 없다. 여(余)
는 시험 삼아 묻는다. 조선에 언론의 자유가 있는가. 교육의 자유가 있는가.
인간으로서의 존립을 인정하고 그것을 보증해주었는가. 병합(倂合) 이후 이
미 십년이 흐른 오늘, 우리는 유감스럽게도 백주(白晝)에 거리에 열(列)을 지
어 다니는 헌병(憲兵)의 모습과 우민(愚民)을 경악시키기에 족한 물자문명(物
資文明)의 사소한 진보를 볼 뿐이다. 만약 조선인이 도저히 현대문명에 관여
할 수 없는 열등인종이라고 한다면 오늘날과 같은 저급한 보통교육만으로
만족할 것이다. 그러나 우리들도 역시 인간으로서 그와 같은 것으로써 만족
하지 못한다. 우리에게는 4천년의 유구한 문화가 있다. 우리의 정신이 향상
을 위해 타오르는 것은 일본의 청년과 어떤 차이도 없다. 돌이켜 생각해 내지
(內地) 유학생의 현재 상태를 보면, 당국이 우리를 사갈시(蛇蝎視)하고 문제시
하는 것은 이루 말로 다 할 수 없을 정도다. 정치·법률·문학에 뜻을 두는 것
을 달가워하지 않는 것은 물론, 취미상으로도 러시아문학을 연구하는 것은
즉시 위험사상을 가진 것으로 보고 미행한다. 그리고 학업을 마치고 한번 고
향 땅을 밟으면 헌병순사가 파리처럼 달라붙는 것은 말할 것도 없고 가끔 직
업을 구하려고 해도 그 학대는 이를 데가 없다. 그것은 어디까지나 내지(內
地) 유학생을 방지(防止)하려는 천박한 수단이다. 무릇 사랑은 이해로부터 시
작하는 것이다. 만약 조선인들로 하여금 충심으로 일본에 끌리게 하려면 유

학생을 환영하고 우대하며 선도하여 일본의 충심을 이해시키고 감격의 눈물을 흘리게 하여 고향에 돌아가게 해야 한다. 그럼에도 불구하고 이것은 무엇인가. 그들을 대하기를 찬밥의 식객(食客)으로 취급하고 그들을 대함에는 광인취급을 하고, 강압당한 결과 인내심의 실마리가 느슨해졌다고 하여 극형에 처하는 것은 무슨 일인가? 오늘날 그들의 행동은 그 수단방법에 있어서 적절하지 않은 점이 있다 하더라도, 각성한 인격에 대한 억압과 경멸 등이 이미 어쩔 수 없는 울분이 되고 자포자기가 되어 발로한 것이라고 말해야 할 만큼 오히려 동정해야 할 것이다. 또한 제군(諸君)은 조선민족이 야마토민족(大和民族)의 일 분가(分家)·분파(分派)라고 말하지만 조선을 현 상태 그대로 두는 한, 그 말은 겉모양만 그럴듯하고 내실은 없는 것일 뿐이다. 사실이 그 무엇보다도 이를 웅변해준다. 만약 그대들이 충심에서 조선의 획득을 당연시하고 영유(領有)를 기뻐한다면, 거듭 그대들이 말하는 것처럼 동포적·애정적 편견을 버리고 쓸데없는 걱정을 버릴 수 있는 실증(實證)을 보여야 한다. 그럼에도 불구하고 조선을 대함에 있어 반은 가면을 쓴 국제적 외교 태도로 일관하고 내밀(內密)한 진정함을 결한 것이 과연 일본 스스로에게 최선의 대책이 될 수 있는가. 흔히들 말한다. 로마는 하루아침에 이루어진 것이 아니라고. 만일 일본이 동양의 맹주(盟主)로서 유색인종에 대한 편견의 그릇됨을 부르짖고, 그럼으로써 영원의 평화를 위해, 인류의 복지를 위해, 한 줌의 흙을 쌓아올리려 한다면 우선 우리 상호간의 뇌리에 교착된 계급적 편견, 민족적 차별, 남을 혐오하고 배척하는 감정을 깨끗하게 버린 뒤에, 함께 상호협력해서 그것의 준비를 서둘러야 한다. 그럼에도 불구하고 무턱대고 안으로는 마수를 숨기고 밖으로는 공허한 문자를 나열하여 일선동화(日鮮同化)를 역설하니, 의구(疑懼)는 의구를 낳고 질시는 질시를 더하게 되니 끝내는 논리가 없게 된다. 고시(古詩)에 이르기를 의기(意氣)를 느끼게 되면 누구라도 또한 공명

(功名)을 논하지 않는다고 하니, 오늘 제공(諸公)들이 한번 의(義)가 있고 눈물이 있는 애정을 보인다면, 분명히 우리는 그것에 감격해 그것을 일반적으로 받아들일 것이다.

삼광송 三光頌[12]

삼광(三光)! 삼광! 삼광아!

너는 어떤 성진(星辰) 하에 무슨 빛을 띠고서 나왔기에 이름조차 '삼광'이라 하였느냐?

광선(光線)·열선(熱線)·화학선(化學線)의 3대 위력(偉力)을 가진 태양 밑에 났으므로 '삼광'이냐? 금성·목성·수성의 삼성사주(三星四柱)를 타고나서 '삼광'이냐? 유태(猶太) 성인(聖人) 야소(耶穌) 씨의 탄생을 축하하러 가는 삼(三)박사를 인도하던 서광이 재림하여 '삼광'이 되었느냐? 삼신(三神)이 점지하여 '삼광'이냐? 인지용(仁智勇)과 법신(法身)·반야(般若)·해탈(解脫)의 삼덕(三德)을 구비하여 '삼광'이냐? 삼양삼락(三養三樂)을 기르느라고 '삼광'이냐? 맹모(孟母)의 삼천지교(三遷之敎) 받아서 '삼광'이냐? 한패공(漢沛公)의 삼걸(三傑)이 소생하여 '삼광'이냐? 삼한삼국(三韓三國) 후예가 되어 '삼광'이냐? 백(白)·적(赤)·청(靑)의 영롱한 삼색을 띠고 나서 '삼광'이냐? 음악·미술·문학의 삼대(三大) 예술을 연찬(硏鑽)하여 광채 있는 신문화를 삼천리강토에 건설할 사명을 가지고 나온 것이 '삼광'이냐?

---

12 염상섭(廉想涉), 「삼광송(三光頌)」, 『삼광』, 1919.12. 『삼광』은 홍영후(홍난파)가 편집 겸 발행인을 맡아 일본 동경에서 발행한 잡지이다. 1919년 12월에 창간하여 1920년 4월에 통권 제3호로 종간했다. 발행소는 '재동경유학생 악우회(樂友會)'이다.

삼광! 삼광! 삼광아!

너의 영광, 너의 광채, 너의 광희(光熙) 눈부시고 놀라우며, 너의 사명 크다마는, 더 크고 더 밝은 광(光)이 또 있지 않으냐?

북빙양(北氷洋)의 세찬 바람 남극까지 불어내려 곳곳마다 산을 싸고, 창궁(蒼穹)의 깊은 구름 녹아져서 내가 되니, 울림창생(鬱林蒼生) 다 묻히고 다 떠나며, 신불보살(神佛菩薩) 다 돌아가, 등활(等活) 아비팔지옥(阿鼻八地獄)이 순시간(瞬時間)에 성(城)을 싸고, 염라대왕 진좌(鎭坐)하사, 편배(采配)를 떨쳐드니, 신칙(神勅)이 환발(渙發)하여 산신수신(山神水神) 승명(承命)하고 벌산활수(伐山活水) 하옵실 제, 시산(屍山)은 금륜제(金輪際) 깊은 굴에 함몰하고, 혈하(血河)는 태평대서(太平大西) 남양수(南洋水)에 정(淨)코 맑게 씻겨서, 청룡도(靑龍刀) 황룡도(黃龍刀) 꺾어버리고 갑옷투구 불 지른 후, 구의혁대(裘衣革帶) 장신(裝身)하고, 찾은 1양(羊)(미(未)) 좌수(左手)로 안으며 포주우탄(砲宙雨彈)에 무양(無恙)하던 99양(羊) 우수(右手)로 안으니 목양신(牧羊神)의 안상(顔上)에는 '평'심'화'기애애(平心和氣靄靄)하고, '조'일'선'명(朝日鮮明) 부상해(扶桑海)엔 '삼광'이 비쳤구나!

삼광! 삼광! 삼광아!

이것이 네가 아니냐?

미(未)(羊)년(年)[13] 양춘(陽春)에 서기광풍(瑞氣光風)이 어리어서 나왔으니 너는 '평화의 서광'이요, 묘향산 높은 정기 골수에 깊이 맺혀 단목(檀木) 하에 비쳤으니 너는 '근역(槿域)의 서광'이고, 2천만의 우리 동포 갈 바를 지도하니 너는 '암야(暗夜)의 월광(月光)'이 아니냐?

아! 장한 너, 귀한 너, 중한 너, 애닲은 너, 나는 너를 안고 심금(心琴)의 파

---

13 양(羊)의 해였던 미년, 즉 1919년 기미년을 말한다.

동과 느낌을 압제(押制)치 못하였다. 너의 백옥같이 '흰' 얼굴, 너의 피같이 '붉은' 열정, 너의 창천같이 '푸른' 이지(理智). 나는 너를 볼 제, 안아보고 놓고 보고 뺨에 대어보았다.

삼광아! 삼광아! 너는 반도의 바그너, 너는 조선의 밀레, 너는 배달의 나라의 사옹(沙翁),[14] 너는 삼천리의 정화(精華). 우리는 너로 하여금 부활하고, 우리는 너로 하여금 소생한다.

만수무강 삼광아(三光兒)야! 심한 풍우(風雨), 험한 한서(寒暑), 간 곳마다 너의 의기(意氣), 너의 생명, 시기하고 탐낼지나, 부디부디 잘 자라라.

---

14 사옹(沙翁) : 당시에 '셰익스피어'를 이르던 말.

상아탑 형께[15]
「정사丁巳의 작作」과 「이상적 결혼」을 보고

내가 작년 초춘(初春)에 동경(東京)에 올라가서 모 씨에게 어떠한 대가(大家)(?)의 소식을 자세히 듣고, 나는 이때껏 그의 존재도 몰랐노라고 자백을 하니까 '조선청년 쳐놓고 그이의 성명도 모른다는 것은 군(君)이 그이보다 잘났다는 게 아니라, 군이 꿈을 꾸고 있었다는 의미'라고 하며 웃습디다. 과연 나는 철이 날 만한 때부터 근자(近者)까지 5, 6년간을 조선청년과 절연을 하고 촌리(村里)에서 혼자 무용(無用)한 번민으로 세월을 보내었을 뿐 아니라, 꿈을 꾸고 있었소이다. 여하간 그같이 숭배와 찬양을 받고, 또 유치한 신흥하려는 문단일망정 잡지 부스러기나 보는 형제의 입으로, '대천재·대문호'라는 칭호까지 받들어드리는 그이의 작품이 어떠한가 하는 큰 기대와 호기심을 가지고, 묵은 잡지를 얻어다 놓고 두어 가지쯤 읽어보았소이다. 그러나 나는 만족한 감흥을 얻음보다도 실망함이 오히려 많았소이다. 그는 혹 내가 너무 큰 기대를 가졌었던 까닭인지도 모르겠고, 또 아무리 천재라도 늘 한결같이 걸작을 발표하란 법은 없으니까 어찌 생각하면 이같이 말하는 내가 무리의 주문을 하는지 알 수 없지마는, 우리는 첫째, 문학이란 것은 능필(能筆)·달필(達筆)이거나, 미문(美文)을 쓰는 것이 아니라는 것을 깨달아야 하겠

15　제월(霽月), 「상아탑 형께－「정사(丁巳)의 작(作)」과 「이상적 결혼」을 보고」, 『삼광』, 1919.12.

소이다. 미문을 가려내거나 혹은 달필을 가지고 최고표준을 삼으면, 하루에 적어도 수삼백 행(行)을 1, 2시간 동안에 써내는 신문기자도 대문학가라 하겠소이다. 문장이란 것은 문장 자신으로 제일의(第一義)일지 모르나, 문학이란 것으로 보면 제이의(第二義)라고 생각합니다. 자연이란 것은 가르치지 않고, 사회의 진상을 뚫지 않고, '사람'을 가르치지 않고, 인생과 및 인생의 기미(機微)에 부딪히지 않는, 즉 어떠한 제재를 가지고 종횡으로 묘사를 마음대로 하더라도, 우리의 생활과 아무 교섭이 없으면, 아무리 능란한 미문을 써놓았더라도, 결국은 미장(美裝)한 '현대여자'요, 청보(靑褓)에 개똥 싼 것이요, 빈탕이 아닐지요. 나아가 그의 작(作) ― 단편소설과 일 소서신(小書信) ― 을 보고 나서 생각한 것이 이것이외다. 과연 나는, 무슨 때문에, 무엇을 독자에게 나누어주려는 예기(豫期)와 자신을 가지고 있는지 알기에 괴로웠습니다. 나는 다만 그이에게 능필이라는 찬사를 드리고, 또 능필과 미문을 가지고 걸작이라는 우리나라 독자계급을 탄식하였소이다. 우리나라 사람은 관료적 사상, 계급적 관념 ― 문벌을 보는 등 ― 이 골수에 박혀서 그런지 모르나, 학벌이란 것과 사소한 명성이라는 것을 과중시하는 결과, 다소의 학력이 있고 명성이 있는 사람의 작(作)이라면, 콩을 팥이라고 하여도 옳소이다, 옳소이다 하여 쌍수를 들어 부화(附和)[16]하는 것 같소이다. 이러하기 때문에 인조적 천재, 속성 문학대가가 배출하여 사방모자(四方帽子)를 쓰지 못하여서 노심(勞心)을 함이 아닌가 합니다. 이같이 말한다고, 내가 천재를 천재가 아니라고 하는 것도 아니요, 또 내 마음에 없는 말을 하는 것도 아니외다. 다만 우리는 상당한 수련을 쌓은 후 정확한 표준으로, 모든 가치를 공정히 비판하여야 하겠다 함이외다. 쓸데없이 무표준(無標準)·무정견(無定見)으로 남이

---

16 원문에는 '符和'으로 표기되어 있는데, '附和'의 오식으로 추정되어 바로잡았다.

고액의 호가(呼價)를 한다고, 맛도 안 보고 다액(多額)을 지불함은 낭비일 뿐만 아니라 도리어 만심(慢心)을 더하게 함이요, 따라서 그의 향상을 막음이 될까 함이외다. 하여간 나는 그와 같은 실망을 가지고 동경을 떠나서 또다시 절연상태로 생활을 하였으므로 그 후의 소식[17]은 물론, 내가 전일(前日)에 실망하였던 최고표준의 그이의 작품을 볼 사이도 없었소이다. 하다가 이번에 이곳으로 와서 대개 소식도 듣고, 또 동거하는 K군이 나를 어찌 보았든지 왜 이 모양이 되어 가느냐고 하여 어서 쓰라고 부탁하기 때문에 자기의 무력함도 불원(不願)하고 수개 잡지의 기고한 일도 있소이다마는, 제일 기꺼움으로 받은 것은『삼광』의 창간호였소이다. 나는『삼광』을 받을 적에 고운 귀여운 처녀의 손목을 붙드는 기분으로 대하였습니다. 체재(軆裁)의 정돈됨과 내용의 풍부함은 향자(嚮者)에 H·R 양(兩) 형께 드린 글 가운데에 약진(略陳)하였거니와 지금 부분적으로 들어가서 말씀하면 「음악상의 신지식」, 「인문 발달의 3대 시기」[18] 등 자미있게 보았습니다. 만일 거기 대하여 불만족을 말하라면 좀 더 친절하게 '스펙트럼 밴드'를 '색대(色帶)'라든지 하는 자세한 설명이 있었더라면 더 한층 좋았으리라고 생각함이외다. 그 다음에 제일 감흥을 가지고 본 것은 형의 「정사(丁巳)의 작(作)」과 유지영(柳志永) 군의 「이상적 결혼」이었습니다.

　나는 그 시를 처음 볼 제, 모 씨에게 어느 분의 성명도 모른다는 것은 꿈을 꾸고 있었다는 세음(細音)으로, 상아탑(象牙塔) 씨의 존재를 이제야 알게 된 것을 부끄러워하였고 한(恨)하였소이다. 그리고 상아탑 씨의 뉘 됨을 몰라서 이 사람 저 사람에게 물어보았으나 그야말로 선골(仙骨)의 은사(隱士)라, 이러한 곳에서 알 도리가 없었소이다. 그 후에 이태왕(李太王) 장일(葬日) 날 집회에

17　원문에는 '悄息'으로 표기되어 있는데, '消息'의 오식으로 추정되어 바로잡았다.
18　두 글은 모두『삼광』의 편집 겸 발행인이었던 홍영후(홍난파)의 글이다.

참례(參例)하러 가는 길에서, L씨에게 상아탑 씨가 나를 찾더라는 전신(傳言)
과, 6, 7년 전에 동경(東京) 간다구(神田區) 성천관(聖天館)에서 뵈옵든 형이 곧
상아탑 씨라는 희보(喜報)를 전하여줌이 형을 다시 만나 뵈온 동기였소이다.

세상에서 천재라고 떠드는 분의 성화를 귀에 못이 박이도록 듣고 나서 그
글을 보고 실망한 나는 형의 이름을 듣기 전에, 형의 일편(一片)의 시를 통하
여 만나지 못함을 한(恨)하도록 애착을 가졌소이다. 과거의 실망이 나의 머리
가 좋지 못하여 오류적 판단으로 생긴 것이라 하면, 형의 시를 애독하고 경모
함도 또 내가 저능아이기 때문인지는 독자 제위의 공정한 비판에 일임할 바
이지마는, 여하간 나는 적어도 현금(現今) 우리나라 사람의 천재라는 표준으
로라도 형께 천재시인이라고 불러드리지 않으면 마음이 편치 않소이다. 원
시(元是) 나로 말하면 시단(詩壇)과는 몰교섭[19]한 자인 고로, 정확한 비평을 시
험코자 함은 망령된 일이나, 다만 나의 해석과 인상을 말씀하려 합니다.

이같이 말하면 창간호에 집필하신 제언(諸彦)에게 큰 실례이겠지마는, 나
는 여러 작품 중에서 「정사의 작」 1편에 최고 가치를 드리려 합니다. 이는 내
가 상아탑 씨가 누구이신지를 알고, 또 형이 오래 일본시단에서 분투를 하신
경력을 지실(知悉)함으로거나, 혹은 이 글을 형께 드리기 때문에 교언영색(巧
言令色)으로 인사치레로 하는 말이 아니외다. 이때껏 시 같은 시를 별로 읽어
보지 못하였던 나는 큰 느낌을 처음으로 받은 때문이외다. 이것은 형을 뵈옵
기 전에 이미 모 씨에게도 명언(明言)한 바외다.

나는 위선(爲先) 그 시를 읽고서, 적열(赤熱)이 청열(靑熱) 혹은 백열(白熱)로
변한 물체를 연상하였소이다. 다시 말하면 정(情)이 이지(理智)의 지배를 받
는 심경을 그려보았습니다.

19　원문에는 '沒交陟'으로 표기되어 있는데, '沒交涉'의 오식으로 추정되어 바로잡았다.

'기아(棄兒)'로 말하면 단테가 청담(晴澹)한 삼림에서 방황타가, 조일선명(朝日鮮明)한 희락(喜樂)의 산 = 인생의 정도(正道)되는 소산(小山)에 반등(攀登)하려다가 '빈표(牝豹)'와 사자(獅子)와 낭(狼)의 박해를 받으므로, 무한한 고통과 실망과 고독을 감(感)하는 상태라 할 수 있소이다. "적영(赤嬰), 진나신(眞裸身)의 신(神)의 유복자가 묘장(墓場)에, 빙사(氷砂) 위에" 버려졌다는 것이, 마치 단테가 암림(暗林)에서 홀로 방회(彷徊)하여 소산록(小山麓)에 의지가지(依之假之) 없이 선 모양이외다. "크게 입 벌리고 오는 자악수성(紫腭獸性), 창백(蒼白)으로 번쩍이는 상치(上齒), 낯에 닿는 찬 혀(冷舌), 약한 혼에 삼입(滲入)하는 마약의 향, 나신(裸身)의 아픈 진탕(振蕩)" ― 이것은 곧 단테의 앞을 막는 빈표(牝豹)와 사자(獅子)와 낭(狼)이라 하겠소이다. 여기서 고통과 비애와 고독은 그 극에 달하였고, 드디어 단테가 베아트리체를 만남과 같이, '전지(全智)의 어머님'을 절규하고 애호(哀呼)함은 당연한 경로라 하겠습니다.

여기서 「신아(新我)의 서곡(序曲)」이 나옵니다. 단테가 베아트리체의 선도로 길을 바꾸어서 지옥·연옥·천당에 오르는 수도(首途)와 같은, '욕일(蓐日)의 곡(曲)'과 '신아(新我)의 송(頌)'이 시작된 것은 탄복 않을 수 없소이다. "위(僞)의 골동(骨董)에 매(魅)하였던 낡은 나"를 버리고 "삼위일체의 태(胎)에 협소(頰笑)하고" 나서 "죽음과 늙음은 조화의 화화(花火)다, 석연(夕宴)이다."라고 부르짖음에 이르러서 과연 '슬픔 없고, 무서움 없고, 괴로움 없을' 것이요, 이에 비로소 철저하였고, 나의 이른바 적열(赤熱)이 청열(靑熱) 우(又)는 백열(白熱)에 이르렀다 함이요, 따라서 정관(靜觀)이란 것과 안주안정(安住安定)이란 것을 얻은 것이라고 우고(愚考)합니다. 죽음과 늙음이 조화의 화화(花火)요, 석연(夕宴)이라고 함이 일편으로 보면 안가(安價)한 단념, 무의미한 항복 같으나, 돌려 생각하면 단테가 지옥문에서 실신하고, 제1환(第一環)에서 졸도하였다가, 천당에 다녀 나올 적에, 지옥에서 고초 받는 자에게 연민의 정을 표함은 신(神)의 정도(正道)를 거역함이요, 모독함이라 하여 오히려 증오와 혐염(嫌厭)의 눈으로 본 것과 같다 하겠소이다.

셋째로 '야유(揶揄)'로 말하면 이 경지에 달한 이상에는 육(肉)의 대한 야유가 있을 것이외다. 원시(元是) 야유는 반드시 부정을 상반(相伴)하는 것은 아닌 고로, 삼위일체의 태(胎)의 협소(頰笑)한 후에, 육(肉)을 야유터라도 조금도 모순이 없을 것이라고 생각합니다. 다만 대아(大我)의 인력(引力)에 감전(感電)한 육(肉)의 책목(柵木)을 떠난, 신아(新我)의 영(靈)이 암(闇)의 녹문(綠門)(아치)에 드는 신월(新月) 같은 진리와 부딪침을 말함인가 합니다. 그러므로 다시 말하자면 생명이 있는 이상 육령(肉靈)과 자연의 조화를 도(圖)하기는 하나 신아의 영생불멸, 진리의 싹은 육(肉)보다도 영(靈)에 있다는, 즉 영(靈)을 고조함이라고 우찰(愚察)합니다.

이상은 서투른 의사의 메스 모양으로 함부로 칼질을 하여 해부함에 불과하므로, 과연 귀의(貴意)를 얻었는지 혹은 그야말로 콩을 팥이라 하였는지 모르겠소이다마는, 내가 여기서 이같이 장황히 말씀함은, 현금(現今) 독자 간에 좋지 못한 경향이 있음을 심통(心痛)하여, 그이들의 일종의 환영을 깨뜨려드리고자 하여, 더욱이 이같이 함이외다. 즉 이상에도 말씀함과 같이 우리의 대개는 작품을 대할 제, 작품 그 물건과, 작자의 성격, 사위(四圍, Milieu)를 가지고 품평하고 완미(玩味)하려 하지 않고, 무엇보다 먼저 그 작자의 학력 여하 또는 명성 여하를 염두에 두고 ― 다시 말하면 선입견 혹은 성심(成心)(마음에 어떠한 불완전한 표준을 가지고)을 토대로 하여가지고 도(導)하므로, 공평함을 잃고 혹은 미옥(美玉)을 가지고도 노변(路邊)에 와력(瓦礫)같이 오상(誤想)하여, '이까짓 것도 글인가? 시인가? 되지 못하게 어렵게만 써놓으면 누가 보나!'라고 매도하는 일반 경향을 고치게 하려 함이외다. 과연 이러한 관념이 우리나라 사람의 머리를 지배한다는 것은 큰 불상사요, 또 문운(文運)의 진전을 크게 저해함이라 생각합니다.

하고 보면 우리는 어떠한 작(作)이든지 위선(爲先) 허심탄회로 대하여, 늘 공정을 잃지 말리라는 용의(用意)를 하여야겠소이다. 또 쓸데없는 찬사를 함부로 쓰는 것은, 우리 문단이 치유(稺幼)하다는 것을 자백함이니, 우리는 무엇보다도 정중히 하여야 하겠고, 또 문인으로 자임하는 분도 어디까지 부끄러워할 것이요, 겸양하여야 할지며, 상도상조(相導相助)하여야 할 것이라 함이외다.

말이 너무 기로(岐路)로 나갔소이다마는 최후에 유(柳) 형의 「이상적 결혼」을 일별코자 합니다. 그 작(作)은 전부를 보지 못하였으니까 아직 말씀할 수 없으나, 나의 생각건대 씨는 성격부터 희극적으로 되었다 하겠소이다. 분반(噴飯)할 만치 자미있소이다. 현금 정계(政界)나 일반사회에 데모크라시(평주주의(平主主義))가 최대 유행임과 같이, 우리 조선청년 간에는 주야장천 결혼·이혼으로 세월을 보내는 시세(時勢)에, 일대 호독물(好讀物)이라고 주(註) 않을 수 없소이다. 이것을 우리 전 사회의 문제로 보아도 좋고, 또 개인 문제로 생각하여도 적절하겠소이다. 허나 개인 문제로 보면 너무 노골적이요, 너무 피륙(皮肉)이요, 심한 가책이라고 생각합니다. 여하간 널리 애독하심을 바라고 또 씨가 성공하실 줄 믿나이다. 더 깊은 더 상세한 것은 기회 있으면 후일에 따로 발표코자 하나이다.

두 분의 작품을 계통을 밟아 보지도 못하고 경솔히 말씀하여 만일 유루(遺漏) 없으리라고 단언은 못하겠소이다마는 상사(相似)한 듯한 건 용서하시고 보아주시옵기 바라나이다.

3월 6일 오사카(大阪)서.

염상섭 문장 전집

1920

머리의 개조와 생활의 개조[20]
안방주인마님께

『춘향전』 대신에 ─ 막힌 귀를 후비려 ─ 헌 방석 꿰어 매듯 ─ 깨고 못 깨는 열쇠 ─ 머리를 개조 ─ 깨인다는 세 가지 뜻 ─ 깨었다는 사람의 말 ─ 부인은 '상전'인가 '종'인가 ─ 노라의 이야기

1

덮어놓고 속히 써서 보내라기에 쓰기는 씁니다마는 무엇을 써야 또 알맞을지 모르겠습니다. 처음에는 '해방과 퇴폐적 경향'을 논하여 현재 여자 여러분께 드리는 것이 꾸지람을 들을 때 듣더라도 『여자시론』이란 잡지에는 적당타 생각하고 쓰다가, 순조선문으로 쓰라는 문체의 제한이 있는 것을 비로소 보고 아마 안방 속에 들어앉으셔서 『춘향전』이나 『옥루몽』과 씨름을 하시거나 사오십전의 신문값을 치르는 것은 제4면 꼭대기에 매달린 가정소설을 보고 싶기 때문이라 하시는, 마님 아씨네들을 표준삼고 쓰라는 것이라고 짐작하고, 위선 이 글을 안방주인마님 전에 급히 써 올립니다. 그러나 원시

---

20 염상섭, 「머리의 개조와 생활의 개조─안방주인마님께」, 『여자시론』, 1920.1.

이 이야기가 소설과 달라서 여러분의 막힌 귀를 후벼드리려는 사명밖에 없
는 고로, 아마 귀가 좀 아프실 것이요, 더구나 말솜씨가 없어서 혹 보시다가
굴복제나 지내시지 않을까 염려되지마는, 아무쪼록 저녁밥 해치우고 뜨뜻한
안방에 홀어머님, 어머님, 아주머님, 누님네들이 옹기옹기 모여 앉아서, 일
본 갔다가 겨울방학에 돌아온 우리 집 서방님의 이야기를 들으시는 셈 치시
고, 틈 있는 대로 끝끝내 보아주심을 바라나이다.

    2

헌 누더기가 다 된 방석을 꺼내놓고, 이 귀퉁이를 꿰매면 저 귀퉁이가 메
지고 저쪽을 얽어매면 이쪽이 찢어져서, 손을 댈 수가 없는 것과 같이, 지금
우리나라의 여러 가지 시급한 문제를 내어놓고 이것을 어찌하였으면 좋겠느
냐고 의논을 하자면, 여간 구차한 집 마님이 헌 방석 꿰매는 노력에 비할 게
아니외다. 왜 그러냐 하면 조선이란 나라가 4천 2백여 년의 오랜 나라이지
만, 역시 4천 2백여 년이나 쓰던 방석같이 헐기 때문이요, 또 사회란 것이 그
같이 연줄이 닿고 심히 복잡하기 때문이외다. 위선 한 예를 들어 말씀하면 한
집안이 흥하고 망하며, 한 나라가 강하고 약한 것이 그 나라 백성과 그 집 자
손이 잘 나고 못 나는 데에 달린 고로, 그 자질을 원만히 교육시키자면, 제일
에 안부모되는 여자가 깨이고 수양이 있어야 하겠다고는 누구든지 하는 말
이외다. 그러나 부인네들이 깨이려면 처녀 때부터 가르쳐야 할 것은 물론이
려니와, 소위 구식여자라는 안방마님, 건넌방 아씨네께서 집 속에서라도, 하
루에 몇 시간씩 조용히 들어앉아서, 혹 잡지를 본다든지 혹 신문을 볼 시간
과, 마음의 여유가 있어야 할 것이요, 그러한 시간의 여유를 얻으려면, 첫째

에 살림살이를 될 수 있는 대로 간단하게 하여, 한 시간 걸릴 일을 반 시간에 하도록 가정을 개량하여야 하겠고, 가정생활을 개량하려면 산업이 흥왕하여서, 일반이 먹고 입는 데는 그리 노심·노력치 않게 하여야 하겠으며, 또 그와 같이 하자면 자본량이나 가진 소위 부자라는 자들의 머리를 다시 만들어서, 가지고 있는 재산을 널리 이용해야 회사를 세우고 광산을 파고 큰 농장을 만들어 개척을 하게 하고, 혹은 큰 장사를 하여 쉽게 말하면 기업을 장려하여서, 일반 백성이 구실이 없이 편편히 놀면서 굶거나, 설혹 놀지 않더라도 겨우 연명만 해가고 자질의 교육도 변변히 못 시키는 오늘날 상태에서 벗어나지 않고서는 부인의 각성을 말해야 쓸데없다 생각합니다.

이와 같이 오늘날 여자의 깨이고 못 깨이는 것이 아무 연줄도 없이 보이는 '산업문제'와 관계가 있고, 따라서 이마를 뚫어도 진물이 한 점 안 나오는 소위 부자라는 구두쇠의 손에 매달렸다 하겠는 고로, 문제의 요점은 여자보다도 실업가를 먼저 깨이게 하여야 하겠다는 데에 이릅니다. 혹은 사돈의 팔촌이라도 끌어다 대어 잇겠다 하겠지요마는 결코 억설이 아니라. 실로 오늘날 같이 소위 부호란 자들이, 재산을 봉해놓고 파먹기만 하거나 겨우 한다는 것이 전당국이나 미두회사의 중개업 같은 나라와 사회에 악한 해독을 흘려놓고, 큰 죄를 지으며 빈한한 자를 적게는 못할망정 점점 늘려놓고, 가난뱅이의 코 묻은 돈까지 뺏어가서, 전국 인구의 구 할 이상, 즉 이천만에 천구백만 이상의 대다수가 기갈을 겨우 면하거나, 그나마 못하는 터에, 덮어놓고 자질을 잘 교육하여라, 집안에 들어앉은 부인은 밥장사만 하지 말고, 마전장이[21]만 되지 말고, 침모 노릇만 하지 말고, 다른 데도 좀 눈을 뜨라고 백년 떠들어야, 앉은뱅이더러 어서 일어나라고 재촉하는 셈이 아니겠습니까. 물론 충충으로

---

21 마전장이 : 피륙을 바래는 일을 직업으로 하는 사람.

사람을 부리고, 주부 되는 마님은 물을 튀기고 앉아 있는 부인네가 없지 않겠지요. 그러나 그러한 부인은 그리 쓸데도 없으려니와, 또 가장 적은 수효외다. 백에 하나거나 둘도 못 되겠지요. 하여간 있는 집일수록 안팎 치다꺼리에 (치다꺼리는 대개 먹는 치다꺼리지요. 우리나라 사람은 먹기에 볼일 못 보고 망한 나라니까) 더 괴로운 지경입니다. 왜 그러냐 하면 가장 되는 사람은 대개 첩을 두고, 그야말로 자기까지 침을 꽤 흘리며 상전같이 받들지만, 원 자기 집에는 아무쪼록 군사람을 쓰지 않고 될 수 있는 대로 자기의 마누라, 며느리, 딸자식들 혹은 누이들을 종년 부리듯이 부려서, 조금도 신지식을 얻으며 수양할 여유를 주지 않습니다. 이것이 첫째 돈에 잇속이 있고, 또 여자가 깨어오면 이전 같이 자기 수중에 넣고 마음대로 휘두를 수가 없게 될까 봐서 그리 함이요, 셋째에는 습관이 되어서, 여자도 의례히 이러한 경우에 있으려니 하며, 또 남자도 그것밖에는 여자의 할 바 직책이 없다고 생각하기 때문이외다. 이것을 시체 문자로 말하면 '자본가계급'이란 돈푼 가진 자의 흉악한 수단이오, 또 구식가정의 가장 포학한 '전제군주'의 특색이외다.

하여간 여자의 거의 전 수가, 모두 이 같은 처지에서 고생하고 있는 것은 사실이올시다. 하므로 순리로 말하면 여러분더러 깨이라고 하기 전에, 여러분이 깨일 만한 경우를 만들어드리고 나서, 재촉을 하여야 하겠습니다. 그러나 이러한 여러 가지 장애도 역시 여러분이 스스로 일어나서 물리치려고 하시지 않으면, 우리의 손으로만은 안 될 것이 허다합니다. 할 뿐만 아니라 부득이한 경우에는 좀 괴롭고, 멀지라도 돌아서 가는 수밖에는 없겠습니다. 한즉 여러분은 다만 이같이 아니하면, 집안이 흥하지 않고 나라가 망하는 징조요, 자손과 문중에 큰 죄를 범하는 것이요, 사회와 나라에 불충하는 것이라는 깊고 튼튼한 마음만 있으면 능히 깨어 나가려는 욕망과 자질을 잘 기르려는 사업과 나라의 무엇을 바치려는 큰 뜻을, 실행을 할 수가 있을 것이외다. 반절을 깨치려다 못하여 홧김에 소지를 올려서[22] 냉수에 타 먹었다는 여자의 열심과 분개한 마음을 잊지 말고 나가십시다.

3

여자 스스로가 깨어야 하겠다, 지식이 있어야 하겠다, 자질을 교육함에는 여자가 깨인 후에야, 비로소 완전히 될 수가 있다, 또 그리함에는 가정을 개량하지 않아서는 아니 되겠다고, 입이 닳고 귀에 못이 백이도록 떠드나, 배고픈 놈더러 밥을 먹어야 한다고만 가르치고, 어찌하면 먹을 수가 있다는 방법을 일러주지 않음과 같이, 여러 마님과 아씨네들은 어찌하였으면 좋을지를 모르시겠습니다. 하므로 이 아래에 순서를 밟아서 여러 가지 방면으로 대강 좁은 소견을 이야기하겠습니다. (이 다음호에 계속)[23]

---

22 '소지(燒紙)를 올린다'는 것은 '신령 앞에서 비는 뜻으로, 희고 얇은 종이를 불살라서 공중으로 올리는 일'을 뜻한다.
23 이 글이 연재될 것으로 예고된 『여자시론』 2호의 소재는 현재까지 알려지지 않았다.

백악(白岳) 씨의 「자연의 자각」을 보고서[24]

　나는 『현대』 제1호에 기재된 소설 — 백악(白岳) 씨의 「자연의 자각」을 보고서 한 마디 아니 쓸 수가 없어서 지금 붓을 들었다. 나의 붓 들음이 결코 사소한 의미에 있지 아니하고 적어도 우리의 신흥하는 문단계(文壇界)를 위해서 너무나 느껴짐이 많기로 두어 마디 하려 한다.

　"대패질 안 한 문장으로 그린, 소설의 중심 생명이라고 할 만한 개성(個性) — 개성이란 말은 인물에만 한(限)한 것이 아니다 — 의 암시 없는, 평범한 P와 K, O와의 교제사(交際史), 더 심하게 말하면, 소설 중 일(一) 인물인 K의 '노골적 자아광고'라고 하는 것이 씨의 「자연의 자각」을 평가하는 나의 부르는 최고액이다. 물경(勿驚)[25]하라. 그리고 소설을 통관(通貫)한 모든 미문(美文)은, K에게 대한 찬사는, 전혀 백악 씨 자신이 백악 씨 자신에게 드리는 송가(頌歌)이니, 이에서 더 철저한 자아광고가 어디 있을까. 자기 자신을 소설의 주인공으로 함은 물론 가(可), 자기 자신을 송영(頌榮)함도 역(亦) 가(可), 소설을 쓰는 목적이 자기광고에 있을 때, 그의 예술은 타락의 심연으로 스스로 최

24　제월(霽月), 「백악(白岳) 씨의 「자연의 자각」을 보고서」, 『현대』, 1920.2. 이 글을 계기로 김환의 「자연의 자각」(『현대』, 1920.1)을 둘러싸고 김동인과의 논전이 펼쳐진다. 김동인의 「제월 씨의 평자적 가치 — 「자연의 자각」에 대한 평을 보고」(『창조』, 1920.5), 「제월 씨에 대답함」(『동아일보』, 1920.6.12~6.13), 「비평에 대하여」(『창조』, 1921.5)가 관련 글이다.
25　물경(勿驚) : '놀라지 마라' 또는 '놀랍게도'의 뜻으로, 엄청난 것을 말할 때에 미리 내세우는 말.

축(催促)하는 운명밖에 없음을, 나는 그 작자를 위하여 슬퍼하고, 그 문단의 기풍을 위하여 통곡하는 바이다.

하여간 이로부터 내용을 검토하여 보건대,

"P가 의자에 걸터앉아서 ……." 운운한 데부터 소설적 묘사의 조건을 잊어버렸다. "오늘날은 열한 시부터 의자에 걸터앉아서 공상을 하며, 기뻐도 하고 비관하였다."라는 P의 상용일기장이면 이이(而已)어니와, 현대소설이 아무리 오스카 와일드의 말마따나 평범한 사실의 사화(史化)밖에 못 되도록 사실주의로 일관할지라도, 결코 사실의 개념만을 추상하여 묘사하는 것이 사실주의의 본령도 아니요, 또 그래가지고는 예술품과 역사나 상용일기와의 구별이 없어질 것이다.

"그 다음에 친고(親故)를 대하면 활발하게 ……. " 운운한 데에 이르러서, P의 성격을 암시하거나, 혹은 성(性)의 눈이 뜨일 전후(前後)와, 사상적 유아의 발견기(發見期)의 현상을 묘사하므로, P의 금후의 (소설 중에서) 발전경로를 예언하는 복선이라고 추측하고, 다소간 기대를 가졌었으나 그 역(亦) 허대(虛待)였음은 유감이다.

묘사에 관하여는 더 추구(推究)코자도 아니하거니와, 다소간 불만족함이 있을지라도 피차(彼此)에 서로 연찬(研鑽)하여 나가는 우리라, 그리 흉 될 것이 없겠지만, 나는 다만 씨가 이 소설 쓰고자 하는 동기 — 작가로서의 감흥과 충동 — 가 내변(奈邊)에 있었더냐는 것을 소위 '예술가로서의 양심'이라는 점으로 비론(批論)할 제, 씨를 미워하고 씨의 장래를 위하여 애석하는 바임을 언명하여, 씨의 반성도 돕고 또 우리 문단의 — 문단일 뿐 아니라 — 일반적 경향의 악화(惡化)를 고치고자 함이다.

「향촌(鄕村)의 누이로부터」라는 글을 써놓고 보니까, "뜨거운 느낌과 으쓱으쓱하는 어깨로 빙글빙글 웃으면서, 자미있게 맛있게 읽을 만하기에, 부득이하여 준(準) 관보(官報)인 『매일신보』의 소위 '매일문단(每日文壇)'에 발표하였다." 하고, 또 나는 경험이 많고 이상이 높고, 실연(失戀)한 결과 독신주의를 실행하나 동정할 분은 남녀 간 위로(慰怒)하여달라고 명료히 알기 쉽게 설명함이 P라는(가상이든 사실이든 여하간) 인물로 하여금 자연이니 연애니 하며 장황하게 떠들게 함보다 기층배(幾層倍) 경첩(輕捷)하였을지 모른다고 생각한다.

우리는 실연이 참담한 고통을 준다는 설명을 듣고자 하는 것도 아니요, 자연의 대법칙을 깨달았다는 보도를 듣고자도 아니한다. 창세(創世) 이후로 기억만인(幾億萬人)이 경험한 '실연의 참고(慘苦)', 매일 신문 잡보란에, 혹은 온천을, 혹은 해안을, 혹은 철도를, 혹은 법정을 배경으로 하고 소설 이상의 필치로서 묘사하여서 안가(安價)한 쾌감을 제공하는 '실연의 고뇌, 참극'을, 무엇하자고 소설가로서의 씨의 설명을 기다릴 필요가 있으며, 또 사람의 운명은 '인공'으로, 자유로 못한다는, 백만인이 다 깨달은 진리를, 왜 또 다시 듣기를 원하리오. 우리의 알고자 하는 것은, 또 우리가 알리고자 하는 것은, '실연은 고통'이라는 정의나 혹은 소위 씨의 '격언'이 아니라, '실연'이란 사업이 인생에게 어떠한 활동을 하는가, 환언하면 그 당(當) 사고(事考)의 심리, 행동, 성격 등이 글로 인하여, 어떻게 변천하는 것을 '개성적'으로 묘사하여서 주기를 바라며, 또 운명에 대해서도 그와 같은 산 사실을, 미지의 진리를 알려주기 원하는 것이다.

너무 주제넘은 소리를 하였으나, 여하간 '소설'에 관한 비견(卑見)은 다른 기회에 양(讓)함이 온당키로 이에 그쳐두고, 최후로 고언(苦言)을 씨에게 정(呈)코자 함은 씨의 자연관인지 숙명론인지에 따라서, 우리는 천분(天分)의 다과(多寡)와 명성의 고하(高下)는 운명에 일임하여두고, 다만 자기의 가진 천분을, 5분(分)이면 5분, 10분이면 10분을 충분히 발휘하므로 크게는 인류에게, 적게는 우리 사회에 진력하고 갈 따름이요, 결코 5분의 천분밖에 없는 자가

10분 가진 자를 시기할 것도 아니요, 10분 가진 자가 5분 가진 자를 능멸할 것도 아니라 함이다.

또 내가 이와 같은 말을 함은, 무슨 원한이 있어서 듣기 싫은 소리를 하여 드리려 함은 아니다. 다만 작(作)의 우열을 따라서 될 수 있는 대로는 공정히 비평함으로 신흥문단에 중축을 하루바삐 세우려는 미충(微衷)의 소로(所露)일 따름인즉, 씨와 몇 독자 제공(諸公)의 관서(寬恕)를 절기(切祈)하며, 망언(妄言)을 다사(多謝)하는 바이다.

1.29.

이중해방二重解放²⁶

전쟁이 끝났다. 파리의 소위 미증유하다는 세계개조의 회의도, 푸르락불그락 하면서도 하여간 무사히 최후의 막이 내린 모양이다. 그 결과 세계지도의 빛(色)이 변하였다.

항려(巷閭)의 속중(俗衆)은 이것을 가리켜 가로되, "세계는 개조되었다. 인류는 영원한 유토피아 화단 아래에 목침을 높이 괴고 잘 수 있다."고 떠든다. 그러나 나의 눈에는 장군의 흉간에 보지 못하던 훈장이, 또 한 개 매어달린 것밖에 비치지 않는다.

과연 그 이상의 변화가 없다.

전쟁이 끝났다. 파리에 모였던 귀빈들이, 다 헤어졌다. 그러고, 또 다시 북미(北米)로 모여들어서, 노동자를 위하여(?) 만찬의 연(宴)을 베풀었다. 그 결과, 노동자는 8시간만 일하여도 좋게 될 듯하고, 부인과 유년자는 야업(夜業)할 필요가 없고, 15세까지는 굶어죽더라도 노동을 못하게 되는가보다.

세속의 잡배는 이것을 가리켜 가로되, "사회는 개조되었다. 혹은 된다."고 찬송한다. 그러나 나의 귀에는 탐욕과 인색의 검은 소리가, 위선의 감언(甘言)을 토(吐)하는 것밖에 들리지 않는다.

26　염상섭(廉尙燮), 「이중해방(二重解放)」, 『삼광』, 1920.4.

과연 그 이상의 광경은 아니다.

세계개조, 사회의 개조 ……. 진실로 인류를 위하여 경하할 만한 천래(天來)의 복음이다. 그러나 '해방'을 전제로 하지 않는 개조, '해방'을 의미치 않는 개조, 부분적·비세계적 개조는 쓸데없다. 또 다른 새로운 화근을 잉태한 개조인 까닭이다. 나는 '해방'을 상상치 않고는 개조를 생각할 수 없다.

'해방'의 갈구가 개조의 유일의 동기요, '해방'의 획득이 그 결과가 아닐 지경이면, 개조는 도리어 우리 민중을 도탄에 인도함에 지나지 않는다. 우리는 그 참담한 불행한 사실을, 유사 이래로 계속하여왔다. 사이비의 개조는 생각만 하여도 소름이 끼친다.

세계는 늘 개조하여왔다. 사회는 부단(不斷)의 개조를 계속하여왔다. 궁시(弓矢)의 장인(匠人)이 나고, 갑주창검(甲胄鎗劍)의 양공(良工)이 있음으로부터, 포병공창(鉋兵工廠)과 도크에 직공이 모집될 때까지, 기천(幾千) 년, 기만(幾萬) 년 동안, 세계지도의 빛이 몇 십 번, 몇 백 번 변하였는지 알 수 없고, 사회의 제상(諸相)이 얼마나 개혁되었는지 이루 헤일 수 없다. 그러나 '해방'은 없었다. '해방'을 의미하는 개조는 없었다.

항상 그 동기(개조의)는 '해방'의 요구로부터 출발하였으나, 그 결과는 늘 반대의 사실에 그쳤었다. 다만 한 권위가 항복하므로, 다른 한 권위가 전자(前者)를 압복(壓服)하였다는 사실과 우상을 숭배하는 우매한 민중은 노예적 봉사에는 최적(最適)하게, 교묘히 훈련한 민중은 희생을 바쳤다는 사실 이외에 아무것도 없었다. (우상숭배하는 것은, 종교적 의미에 한한 것이 아니다. 권위에 복(服)하는 것, 즉 나옹(奈翁)[27]을 숭배하는 것도 우상숭배이다.)

사가(史家)가 '역사는 반복한다' 함은 이 까닭이다. '해방'을 의미치 않는 개

---

27 나옹(奈翁) : 당시에 '나폴레옹'을 이르던 말.

조가, 기백·기천 번 실현되기로, 권위와 권위와의 쟁투 이외에 다른 사실이 없는 고로, 인류적 전 생활의 광영과, 행복을 기록할 역사가, 오직 개인의 인물평전이 되고 말고, 또 유형적 인물의 유사한, 간혹 전연히 동일한 치적과 평전을 기록하게 됨은 필연지세요, 따라서 단조(單調)하게 반복함은 조금도 괴이한 것이 아니다.

'권위'의 교대! 실로, 이제는 참을 수 없는 고통이다.

하므로, 금일의 개조운동이, 또 다시 과거의 사실을 반복함에 그친다면, 이는 인류의 큰 불행뿐 아니라, 우리의 무력함을 입증함이요, 또 지금 새삼스럽게 '개조, 개조' 하며 효효훤훤(囂囂喧喧) 떠들 필요가 없을 것이다.

인류로 하여금, 문명의 도(盜)요, 인도에 적(賊)인 불합리·몰도의(沒道義)한, 완명불령(頑冥不逞)·전횡폭려(專橫暴戾)한 일체의 권위로부터 완전히, 조금도 양보치 않고, 해방시키려는 심각한 자각과, 고매한 이상과, 열렬한 성의와, 절실한 갈망이 있고서야, 비로소 금일의 개조운동이 의미 있다 할 수 있는 것이다.

미후충비(微嗅衝鼻)하는 구도덕의 질곡으로부터 신시대의 신인을, 완명고루(頑冥固陋)한 노부형(老父兄)으로부터 청년을, 남자로부터 부인을, 구관누습(舊慣陋習)의 연벽(鍊壁)으로 당(撞)□한 가정으로부터 개인을, 노동과잉과 생활난의 견뇌(堅牢)한 철쇄(鐵鎖)로부터 직공을, 자본주(資本主)의 채찍으로부터 노동자를, 전제의 기반(羈絆)으로부터 민중을, 모든 권위로부터 민주 데모크라시(democracy)에 철저히 해방하여야 비로소 세계는 개조되고, 이상의 사회는 건설되며, 인류의 무한한 향상과 행복을 보장할 수 있다.

내적 해방과 외적 해방, 영(靈)의 해방과 육(肉)의 해방, 정치생활의 해방과 경제생활의 해방, 이 양자(兩者) 이외에는 오인(吾人)의 노력의 대상이 없다. 해방의 욕구는 인류의 본능이요, 권리요, 또한 공통한 노력이다.

이것을 통절히 자각하고 열렬·심각히 추구함으로써, 아니다. 이것으로만 능히 진정한 개조를 기도할 수 있다.

1919.11.26.

자기학대에서 자기해방에[28]
생활의 성찰

1

일체의 긍정이 아니면 일체의 부정. 이 이외에 어떠한 다른 입각지(立脚地)를 예상하는 것은 사람의 견딜 수 없는 고통이며, 자기가 자기 스스로에게도 용허할 수 없는 자기학대요, 또 큰 범죄올시다. 서로 모순되는 자기분열, 참담한 내적 고투, 모든 비극은 여기서 발효(醱酵)하는 것이 아닐까요.

'긍정'과 '부정'이 한없이 나의 심경에 반복(反覆)될 때, 약한 나는 여기서 한없이 방황하며 그칠 새 없이 가혹한 핍박과 구치(驅馳)와 우롱 밑에서 신음하였습니다 ……. 이것이 나의 이성(理性)이 눈뜬 날부터 시작된 나의 생활의 전부요, 자기학대의 정점(頂點)이었나이다.

어떠한 때는 마수의 힘이 좀 더 세기를 바라기도 하고, 또 어떠한 때는 '긍정'의 찬 웃음과 철비(鐵扉)로 끌려가는 자의 힘없는 희망이, 고맙기도 하였습니다. 그리고 자기의 비겁과 연약을, 스스로 혹은 조소도 하고 혹은 매도하면서도, 그러한 상태에서 방황하는 자기 자신에게 일종의 흥미와 위안을 감

---

28 염상섭(廉尙燮), 「자기학대에서 자기해방에－생활의 성찰」(전4회), 『동아일보』, 1920.4.6～4.9.

(感)하였습니다. 그뿐만 아니올시다. 그 같은 상태가 자기생활의 본연의 형체라고 생각하였으며, 또는 이 무저항의 자기학대의 생활이 계속되는 중에, 자기의 의지가 아니고 더 크고 더 굳은 다른 의지가, 어떠한 종국에까지든지 끌고 가기를 바라고 믿었습니다. 모든 권위를 부인하려는 일면의 사상과는 큰 모순을 가지고, 나는 도리어, 이 다른 의지에게 절대복종을 무조건으로 승낙하고 가만히 앉아서 이 '윌(will)'의 농단(壟斷)대로 구사(驅使)되는 자기의 모양을 냉연히 정시(靜視)함으로써, 생(生)의 비통한 자의식과 및 잔인성으로부터 생기는 일종의 내적 쾌감을 맛보고자 하여왔습니다.

이것을 주관으로 보면, 참을 수 없는 고통이요 비애요, 불안정이며 객관으로 보면 용서할 수 없는 자기위만(自己僞瞞), 자기조롱(自己嘲弄), 자기몰각(自己沒却), 자기포기(自己抛棄)이올시다. 이에서 더한 자기학대가, 또 어디 있겠습니까. 그러나 나는 오늘날까지, 이것이 인생의 일면을 탐구하는 유일의 수단이요, 특수한 일 개성의 발전이며 또 관조라고, 변명하여왔습니다. 하나 이것은 추부(醜婦)의 지분(脂粉) 이외에 아무것도 아니었나이다.

2

모든 사람은, 자기를 가장 사랑하는 자는, 자기 이외에 또다시 없다고 생각합니다. 그러나 자기를 가장 학대하는 자도 자기 이외에 또다시 없는 줄을 깨닫지 못합니다. 우용(愚庸)의 도(徒)일수록, 자기학대와 정화(淨化)한 정신적 자애(自愛)를 혼동합니다. 그 실례(實例)를, 그 제1자(第一者)를, 제군은 이 어리석은 자로 하여금 안전(眼前)에 보실 수가 있습니다. 과연 나는 자기를 조롱하고 구치(驅馳)하고 학대하는 폭군과, 또 이것을 받는 노예와의 이중생활의 수행자올시다. 그뿐만 아니외다. 자기분열, 의식분열뿐만 아니외다. 자기분열을 방어하고 자기내홍(自己內訌)을 해결하기 전에 나는 전아(全我)를 들어서 '경우(境遇)'의 폐하(陛下)에 기척(棄擲)하였습니다. 하므로 나에게 대한 '경우'는 절대권위였습니다. 불가항력이었습니다. 나는 나의 생활에 대하여, 발언권이 없었습니다. 없는 게 아니라 포기하였습니다. 위에 제2자(第二者)의 의지의 활동을 간망(懇望)하였다는 것이, 곧 이 '경우'라는 위력을 의미함이외다. 하므로 '자기를 사랑한다'는 것이, '자기에게 충실하라, 자기의 생활을 생활하라'는 의미일진대, '경우'의 권위를 전적으로 용인하는 생활, 즉 자기의 '윌'을 몰각하고 제2자의 '윌'을 예상하는 생활과, 자기분열에 의한 이중생활은 반드시 자기를 사랑치 않는 생활이요, 따라서 자기학대의 생활이라 하겠습니다.

'자기를 사랑한다', 혹은 '자기에게 충실하라'는 말이 이기주의를 가리키는 천박한 의미가 아님은 짐작하실 줄 믿습니다. 이것을 일언(一言)으로 폐(蔽)하면, 모든 권위와 우상이 환멸된 생활, 자기의 내면에 미만파식(瀰蔓播殖)된 제2천성 혹은 성벽(性癖)(속어(俗語)의 의미가 아니요)의 뇌각(牢殼)을 탈각한 생활, 개성의 자유로운 발전을 방해치 않는 생활 ……. 일체로부터 해방된 생활을 이름이외다.

그러나 자기의 분열, 내적 암투 내지 '경우'의 불가항력이라는 것은 전(全)긍정이든지 전(全) 부정이든지의 어디로든지 자기의 진로를 확정하는 데에 따라서 능히 해결할 수 있는 것이외다. 취중(就中) '경우'에게 불가항력이라고 하여 절대의 권위를 부여한 것은 오늘날까지 일찍이 한번이라도 반항하여 승패를 결(決)한 결과도 아니요, 또 불가항력이므로 부득이(不得已)라 하여 단념한 소이(所以)도 아니외다. 오랜 도덕과 부란(腐爛)한 사회에서 자라난 부모의 피를 이어가지고 나와서, 또 그와 다름없는 오히려 그보다 더한 사회에서 노예적 봉사에만 유용한 교육을 받아 자아방기(自我放棄)의 강요를 받고, 의

뢰심(依賴心)의 굳은 쇄(鎖)로 결박된 위에 자기내홍의 참담한 백병전(白兵戰)이 겸지(兼之)하여, 인심(人心)의 연약(軟弱)을 유치(誘致)한 것이 그 최대 원인이라 하겠습니다. 과연 나에게 대하여 '되어가는 대로'라는 일언(一言)은 나의 과거의 생활을 지배한 유일의 잠언인 동시에, 금일까지의 나의 생활이 얼마나 피로와 타성(惰性)에 채웠던가를 설명함에 충분합니다. 하므로 만일 전(全) 부정 하에서 자기의 존재를 영원히 소멸시키지 않을 지경이면, 무엇보다도 급한 나의 당면의 노력은 자기 자신에게 대한 선전포고와 '경우'에게 대한 도전이라 하겠습니다. 이것이 자기해방의 출발점이요, 생활개조의 제1조건이며, 또 그 과정이외다. (1920.4.6)

3

나는 지금 홍수를 치르고 앉았습니다. 내가 누구에게든지 자랑할 수 있는 것은 '적라(赤裸)의 자기'로 돌아갔다 함이외다. ◇◇관(館)의 10일! 그것은 확실히 일생일대에 꼭 한 번만 경험할 인생의 수도(首途)에서 만나는 홍수를 치른, 사람의 일생과 같이 길고, 일생과 같이 짧은 시간이었나이다. 그 동시에 '때'의 기억이 계속될 동안은 잊을 수 없는, '영혼의 자각한 눈물의 엉그럼'이었나이다. 만일 그 10일이라는 시간이 '나'라는 존재의 만 22년 2개월간의 총결산을 우수리 없이 마감한 반생(半生)의 끝 페이지를 맺고 또 첫 페이지를 비롯한 일 전기(轉機)가 아니었다 하면, 그것은 오직 자기파산의 참극(慘劇)이었을 뿐이외다.

지옥문을 바라본 자의 비참과 오뇌와 절망을 가슴에 품고 다시 방랑생활에 들어선 첫날 꿈을 W시 ◇◇관 2층에 맺은 것은 인류사(人類史) 상 영원히 잊지 못할 미년(未年)[29] 납월(臘月)[30] 하순(下旬) 어떤 날 밤이었습니다. 열병에 걸린 놈 모양으로 찬바람이 획획 부는 빈 방 속에, 드러누웠던 나의 머릿속에도 찬바람이 불었습니다. 머리가 공허하였을 뿐 아니라, 의식의 한계, 안계(眼界)의 일체가 공허하였습니다.

사업, 명예, 성공, 연애 ……. 인생의 일체를 부정하고 난 나에게 남은 생명은 일종의 가책이요, 악형(惡刑)이라고 생각지 않을 수 없었습니다. 사람에게 받아온, 지금도 받는 굴욕, 영원히 소멸시킬 수도 없고 복수할 수도 없는 굴욕의 크고 더럽고 깊음을 내려다 볼 제, '이' 갈리고 치가 떨리고 분노에 가슴이 타는 듯하였습니다. 그뿐만 아니다. 선미(善美)하리라고 몽상하고, 선미케 되지 않으면 안 되리라고 바라던 인성(人性)의 모든 추악, 모든 간악, 모든 약점을 볼 때, 가장 통절한 현실폭로의 비애에 울 제, 사회현상의 근저적(根底的) 불합리와 권위의 압도, 개성의 무시를 분개할 제, 나는 아아, 나는 관목(棺木)에 대패질하는 소리를 들었습니다. 절망의 묘혈(墓穴)에 한 발□ 디뎌 놓았었습니다. 요 적은 힘으로 무엇을 하리요. 요 적은 힘으로 소위 인류를 위하여, 문화의 궁전의 역사(役事)에 한줌 흙을 부을 수도 없거니와, 설혹 그리할 수 있다 하기로 '그것이 무엇이냐?'라고 목덜미를 어루만지던 다음 순간에는 이미 희망의 날개가 서리 맞은 박잎이 되었습니다.

여기서 나는 생명의 유희적 낭비를 전천(專擅)하는 신(神)에게 문책하려 하였습니다. 반역하라, 음모하라 하였나이다. 산욕(産褥)에 떨어지던 순간부터 예비되었던 흙에 몰아가기를 최촉(催促)하였습니다. 아, 얼마나 얼마나 8월 초삼일이란 나의 생일을 저주하였던가. 절망의 수레를 타고 타력(惰力)에 끌려가는 자에게 남은 것은 다만 심장의 고동이지만, 나는 그것조차 일각(一刻)이라도 속히 단절하려 한 것이외다. (1920.4.7)

---

29 미년(未年) : 지지(地支)가 '미(未)'로 된 해. 기미년, 을미년, 신미년 등.
30 납월(臘月) : '음력 섣달을 달리 이르는 말.

4

　그러나 지금 나는 8132일 동안의 총결산을 마치고 대차청산서(貸借淸算書)를 교환하였습니다. 자기학대 개전(改悛)의 최후통첩을 보냈습니다. 조론모개적(朝論暮改的) 방황상태에서 벗어났습니다. 나의 지금 갈 길은 가장 명료히 의식하고 있습니다. 그러나 이것은 결코 광명과 희망과 심각한 생의 충동이 있어서 순간순간의 명맥을 연시(延施)하고 있는 것은 아니외다. 다만 자기학대에서 자기해방의 수도(首途)에 취(就)하였을 따름이외다. 하지만 만일 일보(一步)를 더 나가서 추궁할 지경이면, 나는 반분(半分) 쯤의 본능적 성공과 타협하고, 'Yes(可)'의 길을 취하였다고 자백하겠습니다. 모든 것에게 피착(被捉)되었던 생물을 '적라의 자기'로 해방하여놓고 "Yes로냐?, No(否)로냐?"라고 물으면, 누구든지 무의식적으로 언하(言下)에 'Yes'라고 대답할 것이외다. 기(其) '의식적으로'라는 것이 곧 본능이기 때문이외다. 그러나 이에는 (내가 'No'라고 하지 않은 데에는) 또 한 가지 이유가 있습니다. 성연(盛宴)에 초대장 없이 가서 푸대접 받으면서 한구석에 끼어 앉았다가, 비슬비슬 도망하는 비굴한 추태를 보이기 싫어서 그리함이외다. 번화(繁華)한 연석(宴席)에서 불만과 불평을 가지고, 흰 동자(瞳子)로 두리번두리번 좌우만 흘겨보며 엉덩이가 질기게 앉아있는 것 ― 이미 인생을 저주하고 부정하면서도 오히려 'Yes'라고 하는 것 ―은 큰 모순같이 보이지만, 이것이 도리어 연석에 더 오래 앉아있으려는, 즉 인생을 긍정하려는 유력한, 아니요, 유일한 이유가 됩니다. 이러한 빙퉁그러진 심사를 가진 자에게는, 물론 그 연회에 애착과 호의가 있는 것은 아니외다. 또 이위(已爲) 왔으니 과실 부스러기나 얻어먹고 구경이나 하다가 가겠다거나, 혹은 갈까 말까 하며 주저하는 소이도 아니외다. 환언하면 이위 인간에 나왔으니 이럭저럭 지내며 조그마한 성공이나 하려거나, 또는 상술한 소위 자기내홍의 여세(餘勢)로 그리함도 아니외다. 오히려 그와 반대올시다. 일체를 적으로 삼고 대립상태올시다. 증오와 반항과 선전과의 태도올시다. 인생에 대한 반생반숙(半生半熟)의 애착? 이것처럼 위험한 것은 없습니다. 영혼의 타락은 여기서 시작되는 것이올시다. 하므로 이 의미 하에서 나의 인생에 대한 이 태도가 반생반숙의 미온적 처착(處着)보다 기층배(幾層倍)나 나을 것이외다. 이와 같은 상태에서 이와 같은 상태로 생활개조를 기도함에는 물론 절대의 기용(氣勇)과 노력이 필요합니다. 하므로 만일 이 긴장한 심금(心琴)이 느즈러지는 날은, 곧 관개(棺蓋)에 못 박는 날이올시다. 'Yes'로부터 'No'. 변(變)에 홀(忽)하는 순간이올시다. 그러나 이 사이에 결코 일시적 정류(停留)에 요(要)하는 제3입각지를 예비치 않을 작정이외다. 이 점이 자기학대에서 해방된 전과 후를 식별할 시금석이외다. (1920.4.8)

5

우리는 무엇보다도 적라의 개인으로, 자기로 돌아가야 하겠습니다. 노예적 모든 관습으로부터, 기성적 모든 관념으로부터 적라의 개인에! 이것이 우리의 모토가 아니면 아니 되겠습니다. 자기 심령을 잠식하는 자기가 심령 속에 속속들이 미만(彌蔓)된 우상, 권위와 성벽(性癖)으로부터 해방되어야 하겠습니다. 자기기만·자기포기·자기학대로부터 자기해방에![31] 인성유린(人性蹂躪)으로부터 개인해방에!

이것이 정치적, 사회적, 경제적, 도덕적 ─ 일체의 외적 해방의 출발점이

<hr>

31 원문에는 '?'로 되어 있으나 '!'의 오식으로 추정되어 바로잡았다.

요, 제1요건이외다. 자기가 자기에게 대하여 위선 최후통첩을 발송하고 나서, 제도와 도덕에 대하여 선전포고를 발(發)할 것이외다. 자기가 자기의 노예인 동안은 대외적인 해방을 요구할 자각도 없고 권리도 없습니다. 우리의 당면의 노력은 이외에 없겠습니다. 자기가 자기를 해방한 후에야, 비로소 긍정이 아니면 부정의 입각지를 확정할 수 있고, 따라서 자기의 생활을 생활할 수 있습니다. 자기를 진정으로 자애(自愛)하는 자일 수가 있습니다.

6

제군은 날더러 약한 자, 낙오자, 무주견(無主見)·무정심(無定心)한 자라고 책하지 마시오. 그리할 권리가 제군에게는 없습니다.

신불(神佛)더러 마귀가 되라고 하고, 악마더러 신불이 되라고는 못하는 법입니다. 숙명적인 성격과 자연적인 그 발로는 자기 자신도 간섭할 수 없는 것이외다. 그 질(質)의 여하를 순객관적(純客觀的)으로 비평할 수는 있지마는, 그러나 윤리적 관조는 불허할 바올시다. 하므로 내가 늘 사상과 및 생활의 안정을 얻지 못하고, 긍부(肯否) 양로(兩路)에서 방황하다가 금일의 입각지에 도달한 것을, 선악으로 해석치는 못할 것이외다. 이와 같은 금일까지의 불순한 동요는 '경우', 사위(四圍), 생리적 과정 등 여러 가지 원인이 없지 않지만, 그 배후와 근저에는 성격의 위력이 있음을 간과치 못하겠기 때문이외다.

1920. 1. 9

(1920. 4. 9)

조선인을 상(想)함[32]

 "굴원(窟院)(경주 석불사(石佛寺) 석굴암)의 불상(佛像)을 본 것은, 지금도 잊을 수 없는 행복스러운 순간적 추억이다. 오직 그 신광(晨光)으로 비춰보는 그녀(彼女)(관음(觀音)의 조각)의 횡안(橫顔)은, 실로 지금도 나의 호흡을 빼앗는다."

 이것이 이 논문을 쓴 젊은 신비주의자가 조선의 미술을 찬탄하고, 동경하는 첫 말이다. 씨가 여(余)로 더불어 종일 담화한 화제가, 조선 예원(藝苑)의 장래를 송영(頌榮)하는 이외에, 아무것도 없는 것을 보아도, 씨가 얼마나 조선의 예술을 열애하며, 얼마나 조선민족의 예술적 천분이 풍부함을 기뻐하는가를 알 수 있을 것이다.

 "고려자기의 곡선미! 이것은 곧 조선 민족성의 상징이다. 내가 조선의 예술을 통하여, 그 민족성의 델리케이트(delicate)한 조선인을 상각(想覺)할 제, 나는 무한한 온정을 감(感)한다."

 씨의 일언일구(一言一句)가 사교적 식사(飾辭)거나, 수단적 교언(巧言)이라고, 누가 훼기(毁棄)하리요. 이것은 진리에 살겠다는 자(者)면, 능히 간파할 수 있는 것이다. 씨의 내외 양면의 생활을 일규(一窺)한 자면 용이하게 승인할

32　야나기 무네요시(柳宗悅), 제생(霽生) 역(譯), 「조선인을 상(想)함」(전6회), 『동아일보』, 1920.4.12～
　　4.18. 이 글은 『요미우리신문(讀賣新聞)』에 게재되었던 야나기 무네요시의 「朝鮮人を想ふ」을
　　염상섭이 번역한 것이다. 필자의 이름 옆에는 '東洋大學 哲學科 敎授'라고 병기되어 있다.

수 있는 것이다. 그러나 씨에 대하여, 좀 더 명료한 소개는 후일에 양(讓)하고, 위선(爲先) 이 논문을 역재(譯載)함으로써 독자 제위의 공정한 비판을 망(望)하는 바이다. (제생(霽生))

1

여(余)는 조선에 관하여 충분한 예비지식은 없으나 만일 다소간 있다 할 지경이면 4년 전에 약 1개월간 조선 각지를 순력(巡歷)한 것과, 출발하기 전에 2, 3의 조선역사를 통독한 것과, 또 연래(年來)로 조선의 예술에 대하여 심후(深厚)한 흠모의 정(情)을 가졌던 이 이삼(二三)의 사실 뿐이다.

하므로 이 같은 사소한 근거를 가지고는 도저히 조선에 관하여 논담(論談)할 수 없을지 모르나 참을 수 없는 충정(衷情)이, 여(余)로 하여금 이 일편(一篇)을 쓰게 한 것이다. 여(余)에게는 이전부터 조선에 대한 여(余)의 심정을 피력하려는 열망이 있었더니, 이번에 불행한 사실이 야기한 결과 드디어 이러한 기회를 여(余)에게 준 것이다.

여(余)는 금번 사건(작춘(作春)의 독립운동)에 대하여 적지 않은 주의를 환기한 동시에, 일본의 식자(識者)들이 어떠한 태도로 어떻게 논평하는가를 더욱이 유의하여 보았다. 그러나 그 결과, 조선에 대하여 경험 있고 지식 있는 인사(人士)들의 사상이 거의 전부가 아무 현명함과 심절(深切)함이 없을 뿐 아니라, 온정조차 없음을 볼 제, 여(余)는 인방인(隣邦人)을 위하여 동정의 눈물을 흘린 때가 많았다.

여(余)는 이상(以上)에도 말하였거니와 조선에 대하여 아무 지식도 없지마는 다행히 그 예술에 표현된, 조선인의 중심 요구를 맛보기 때문에, 충분한 애정을 감(感)하는 바이다. 대저 일국의 국민으로서 타국을 가장 심각히 이해케 하는 길은, 과학이나 정치상 지식이 아니라 종교와 예술적인 내면의 이해라고 생각한다. 환언하면 경제와 법률상 지식이 오인(吾人)으로 하여금 타국에 마음을 끄는 것이 아니라 진순한 애정에서 우러나오는 이해가 가장 깊이 그 국정(國情)을 내면적으로 맛보게 하는 것이라 생각한다. 여(余)는 일본에 고이즈미 야쿠모(小泉八雲)(라프카디오 헌(Lafcadio Hearn) 이는 불국인(佛國人)으로 일본에 귀화한 문학자)[33]가 일본에 내도(來渡)한 것을 기(其) 적례(適例)라 한다. 실상 금일까지 헌만치 일본을 내면으로 맛본 자는 없을 것이다. 외국인의 일본에 관한 저서가 기백(幾百) 종(種)이나 있으나, 헌의 저서같이 미화(美華)하고 예리하고 온정에 충만한 자는 없을 것이다. 씨는 실로 어떠한 일부의 일본인보다도 일본을 일층(一層) 더 이해하는 예술가였다. 예술은 실로 예민한 직관적 이해가 아니면 안 되는 것이지만, 과학이나 정치라는 것은, 독단과 이기주의에 빠지는 불순한 이해다.[34] (1920.4.12)

그뿐만 아니라, 타인의 마음에 부딪히는 계기는, 지(智)보다도 정(情)이 오히려 더 깊은 이해를 주는 것이다. 인인(隣人)과 사귐에는, 오직 애(愛)만 능히 결합시키는 것이다. 군정(軍政)이나 압박이, 사람과 사람을 결합시킨다고 누가 생각할 수 있을까. 지(智)도 아니고 칼날도 아니고, 오직 정(情)만 미력(迷力)이 있는 것이다. 평화를 사랑하는 자는, 늘 미소(微笑)할지라. 노호(怒號)가 어느 때 어느 곳에 평화를 재래(齎來)한 적이 있었던가.

조선에 이주하고, 조선어를 통하는 일본인 간에, 일찍이 헌과 같은 자가 1인이라도 있었던가. 고분(古墳)을 발총(發塚)하고, 고예술(古藝術)을 수집하는

---

33 그는 프랑스인이 아니라 영국인이었다. 라프카디오 헌(Lafcadio Hearn, 1850~1904) : 일본으로 귀화한 영국출신의 작가. 일본 이름은 고이즈미 야쿠모(小泉八雲). 일본의 전설과 괴담에 관한 저술을 남겼다.

34 1회 연재의 맨 마지막에 '讀賣新聞所載'라고 기재되어 있다.

자는 있을지 모르나, 글로 하여금 조선에 대하여, 애(愛)의 사업을 한 자는 1인도 없었다. 피등(彼等)(이주자(移住者))은 어떠한 미(美)를 포득(捕得)하였는가. 동정의 눈물이, 일찍이 피등의 눈에 우러나온 일이 있었던가. 일본은 다액(多額)의 금전과 군대와 정치가를 그 나라에 보냈지마는, 언제 진심의 애(愛)를 준 적이 있었는가. 어떠한 일본의 예술가가 피등 간에 있었던가. 하물며 어떠한 종교가가 조선의 영(靈)을 구하려 하였으리요. 여(余)는 아노라, 모든 조선인은 금전보다도 정치보다도 군대보다도 다만 일편(一片)의 인정에 무엇보다도 더 주린 것을.

2

　누구든지 조선사(朝鮮史)를 펼 때, 그 암흑하고 비참한, 어떠한 때에는 공포에 찬 그 역사에 대하여, 가슴이 저리지 않는 자가 뉘리오. 동양의 황금시대 ― 당조(唐朝)의 성대(盛代)에는 조선의 신라도 성대였다. 경주에 여행하는 자는, 나라(奈良)(일본 고도(古都))에 가서 스이코(推古), 덴표(天平)(스이코는 스이코(推古) 천황시대 서력 600년 경, 덴표는 쇼무(聖武) 천황시대의 연호 서력 703년 경)의 옛 적을 추억함과 같은 감개가 있을 것이다. 그러나 조선사는, 이같이 명쾌한 시대에만, 산 것은 아니다. 오히려 그것은 순간에 지나지 않고, 항상 습래(襲來)하는 외구(外寇)와, 상투상훼(相妬相毀)하는 내란으로 하여 국민은 안도할 틈이 없었다. 후자는 자신의 죄이지만, 전자는 견디기 어려운 운명이었다. 역사가는 그 국시(國是)를 '사대주의'라고 할지나, 그러나 지리상으로 볼지라도, 이 면할 수 없는 피등의 숙명은, 오인에게 깊은 동정을 일으키게 한다.

　강대조폭(强大粗暴)한 북방대륙의 한(漢) 민족은 피등(조선인)의 잔약(孱弱)

한 몸에는 불가항력의 압박이었다. 피등은 간단없는 약탈을 받았을 뿐 아니라, 연공(年貢)과 견사(遣使)로 하여 뼈에 맺히는 굴욕을 받지 않으면 안 되었다. 그러나 피등에게 자유스러운 독립의 호흡을 허하지 않았던 것은, 오직 잔인한 북방의 대국만은 아니었다. 약한 피등을 또 괴롭게 한 것은 실로 우리의 선조였다.

역사가는 언필칭(言必稱) 조선정벌은 일국의 용감한 기록이라 하나, 그것은 다만 고대의 무사가 피등의 정벌욕을 만족시키기 위하여 무의미하게 기획한 죄행(罪行)이었다. 여(余)는 여차(如此)한 원정을 일국의 명예스러운 사실이라고 생각지 않는다. 더구나 금일의 조선의 고예술, 즉 건축과 미술품이 거의 폐퇴(廢頹)하고 파괴된 것은 그 대부분이 실로 왜구의 죄행이었다. 지나(支那)는 조선에 종교와 예술을 주었으나, 그것을 거의 파괴한 자는 우리들의 무사였다. 차등(此等) 사실은 조선인에게는 골수에 맺히는 원한일 것이다. 그러나 국가는 짧으나 예술은 장구하다. 미래의 애(愛)는 승리를 자랑하던, 우리의 무사에게 대해서보다도 근근이 잔유(殘遺)한 피등의 예술에 종진(鍾臻)할 것이다. 승리하는 것은 피등의 미(美)요, 우리의 칼날은 아니다. (1920. 4. 13)

금일의 조선인 간에 전래하는 미담, 즉 의사니 충신이나 열녀니 하는 옛이야기는 거의 전부가 왜구에 대하여 용감히 항거한 인사들의 이야기뿐이라는 것을 들었다.

금일 총독부가 조선인 학교에 역사를 교수치 않는 사실도 이러한 죄가 있기 때문이다. (여(余)는 여(余)의 지인인 모(某) 일본역사가가 조선인에게 읽히기 위하여 특별한 역사교과서를 편찬하는 것을 보았다. 그러나 '특별'이란 말은 물론 일본이 조선을 괴롭게 한 부분을 역사로부터 삭제하는 것을 지칭함이다.) 여(余)는 여행 중 조선인의 가옥에 붙인 노기(乃木) 대장[35]의 초상을 본 일이 있다. 이에 대하여 혹자가 자백하기를 만일 노기 대장을 모범할 지경이면 반드시 노기 대장과 같은 의신(義臣)이기 때문에 조선을 위하여 일본에 반항할 것인 고로 이것을 떼버려야 한다고 하였다. 일부의 혹자들이 소위 의신을 숭배하면서, 일편(一便)으로 조선인의 반항을 매도하는 것은, 마치 누구든지 의신(義臣)이 되어서는 아니 된다고 하는 것과 같은 것이다. 오인(吾人)은 이같이 설명할 수 없는 모순에 빠지면서 여러 가지 궤변으로써 그 모순된 태도를 변명하려 한다. 오등(吾等) 일본인이 지금 조선인의 경우에 처하였다고 가정하여볼진대 아마 의분(義憤)을 좋아하는 우리 일본인이야말로 가장 폭동을 기도하는 자일 것이며, 어떠한 도덕가는 차시(此時)야말로 지사·열녀의 이상(理想)을 달(達)할 때라고 부르짖을 것이다. 하고 보면 다만 자기의 일이 아니기 때문에, 그것(작춘(作春)의 독립운동)을 폭동이라고만 매도하는 것이니, 여(余)는 여사(如斯)한 자(者)를 현명한 방법이거나 찬상(贊賞)할 만한 태도라고는 생각지 않는다. 그러나 피등을 오직 매도만 할 뿐 아니라, 오히려 피등(운동자)을 구속하는 태도는 모순에 찬 추하고 우열(愚劣)하고 편협한 심사에 불과하다 생각한다. 오인의 태도에 모순이 없다고 능언(能言)할 자가 누구리오. 금세(今世)는 정치가 도덕의 역(域)에도 달(達)치 못하였다. 그러나 이것이 이러한 정치의 변명은 아니 된다. 도리어 의식할 만한 치욕이 아니면 안 될 것이다. 반항하는 피등보다도 일층 우열(愚劣)한 것은, 피등을 압박하는 오인이다. 유혈에까지 이르는 폭행을 사람은 어느 때든지 피해야 할 것이나, 차(此)와 동시에 압박으로써 사람에게 함구(緘口)를 강요하는 우(愚)를 중복하여서는 아니 될 것이다. 여사(如斯)히 하여, 일찍이 어디든지 진정한 평화와 우정을 재래(齎來)한 일은 없다. 칼날의 힘은 결코 현량(賢良)한 힘을 낳지 못한다.

---

35 노기 마레스케(乃木希典, 1849~1912). 일본의 육군대장. 메이지(明治) 천황이 죽자 따라서 자결했다.

조선역사가 받은 운명은 비참한 것이었다. 피등은 억압에 억압을 받으면서 4천여 년의 세월을 보내왔다. 피등은 권력도 욕심나거니와 금력(金力)도 욕심날 것이다. 그러나 가학(苛虐)에 고초 당하는 몸에는 무엇보다도 인정을 바라는 것이다. 애(愛)를 갈구하는 것이다. 실로 피등처럼 애정에 주리고 구하는 인민은 없을 것이다. 기독교가 피등에게 환영받는 것도 실로 자연한 것이다. 깊은 사색과 두터운 신앙이 피등의 마음을 움직이게 한 주인(主因)은 아니다. 다만 애정의 교훈이 피등에게는 기꺼움에 겨운 복음이라 하겠다. 군정에 피등은 침묵할지는 모르나 그 냉혹함에는 누가 기뻐하리오.

여(余)는 조선의 예술, 특히 그 요소라고 할 만할 선(線, line)의 미(美)는 실로 피등이 애(愛)에 주린 심정의 심벌(상징)이라고 생각한다. 곱고 길고 길게 그은(劃) 조선의 선(미술품의)은, 실로 심중(心中)을 연총(連總)히 허소(許訴)하는 심정의 그 자체다. 피등의 원한도, 피등의 기망(祈望)도, 피등의 갈구도, 피등의 혈루(血淚)도, 모두 그 선을 따라서 흐르는 것 같다. 일(一) 불상을 묘상(描想)하거나, 일 도기(陶器)를 택하여 보아도, 오인은 이 조선 '선'에 접촉할 수가 있다. 눈물을 못 이기면서, 처량히 허소하는 애달픈 마음, 모두 이 선에 의지하여 발휘된다. 피등은 그 고적(孤寂)한 심중, 그 무엇을 바라고 기다리는 고민·초조의 정(情)을, 미려하고도 개절(剴切)히, 그 유장(悠長)한 선에 포함케 한 것이다. 강대하고 태연한 지나(支那) 형(form, 미술품의 형체)의 미(美)와, 조선선(朝鮮線)과는 실로 볼만한 대비라 하겠다. 피등(조선인)은 미로써 고적(孤寂)을 허소하고, 고적에 미를 포함케 한 것이다. (1920.4.14)

핍박과 억압을 받는 피등의 운명은 간단없이 고적과 동경에서, 위안의 세계를 구하였다. 비모(悲母)의 관음(觀音)은 피등의 영(靈)의 위안이었다. 우아

하고 온유한 고려의 자기는 매일의 즐거운 친고(親故)이었다. 여(余)는 그 예술을 생각할 때마다 솟아나오는 [눈물][36]을 생각지 않을 때가 없다. 그 예술품을 제작한 자가 무엇을 구하며 무엇을 표현코자 하였는가를 아는 자는 애정을 피등에게 보내지 않을 수 없을 것이다. 약함을 조롱하는 것이 무슨 자랑이 되리요. 피등의 고적함은 심저(心底)로부터 삼출(滲出)하는 것이다. 그것은 간절한 생명의 소리다. 이러한 경험이 그 예술로 하여금 영원케 하고 그 작품을 영겁(永劫)의 미에 인도한 것이다.

그러나 여하한 국가도, 피등에게 정애(情愛)를 준 자는 없었다. 지나는 거항(拒抗)할 수 없는 폭군이었다. 그 세력이 쇠하였을 때에, 대립한 것은 조선 자신이 아니요, 만주로부터 협박하여 온 노국(露國)의 세력이었다. 그리고 최근에 그 지위를 빼앗은 자도 역시 조선 자신이 아니요, 현해(玄海)를 격(隔)한 일본이었다. 조선은 다만 때의 흐름과 같이 변하는 폭군을 맞을 뿐이었다. 피등은 점차로 피로하고 쇠퇴한 비경(悲境)에 하는 수 없이 빠졌다. 물론 새로운 지배자는 옛적과 같이 약탈과 수감(收歛)으로 피등을 괴롭게 하지는 않는다. 오히려 차(此)에 반(反)하여 다액의 금전과 제반 정치조직과 소위 교육이란 것을 피등에게 보내려고 노력하였다. 그러나 오인은 위선 피등에게서 군대를 빼앗은 후에 피등의 것이 아닌 오인의 군대를 보냈다. 오인은 피등에게 대하여 영원히 독립이 불가능할 고정적 방법을 취하였다. 그뿐만 아니라 자립할 피등의 정신을 무시함으로써 다만 일본에 적당한 도덕과 교육을 주었다. 일언(一言)으로 찰(察)하면 물질로나 영(靈)으로나 피등의 자유와 독립을 박탈하였다. 이같이 하여 일본의 사상을 부식(扶植)코자는 하나 피등의 심령을 살리려고는 아니한다. 피등에게 대할 때에 주는 것은 칼날이요, 애

---

36 원문에 누락되어 있으나, 맥락을 고려하여 첨기했다.

(愛)는 아니었다. 오인은 비용과 주권자를 주고, 피등의 자유와 교환하였다. 피등은 생명과 재산의 보증을 얻기 위하여 애(愛)를 영원히 단념할 수밖에 없는 비애를 맛보았다. 그러나 사람은 지위를 빼앗을 수는 있으되 그 마음까지 빼앗지는 못하는 것이다. 피등은 전여(前如)히 애(愛)에 주린 불안한 날을 속(續)하고 있다.

4

"일본은 오인을 위하여 교육하느냐, 일본을 위하여 교육하느냐."라고 어떠한 조선인이 여(余)에게 질문한 일이 있었다. 여하한 일본인이든지 전자(前者)라고 능히 대답할 자가 있을까. 실로 그 교육은 피등의 충심(衷心)의 요구와 역사적 사상을 중시하는 교육이 아니다. 오히려 여차(如此)한 자를 부정하고, 역사를 교수치 않고, 외국어를 피하고, 일본어로만 일본의 도덕과 피등과 지금까지 무관계(無關係)였던 황실의 은혜를 중추로 삼아, 피등의 사상 방면까지를 변경하려는 교육이다. 전연히 갱신한 교육방침에 대하여 생소한 정(情)을 가짐도 자연한 사실일 것이다. 피등에게는 약탈자로 보이던 자를 가장 존경하라는 것은 피등에게 이해할 수 없는 기이하고 모순에 찬 소리로 들릴 것이다.

여(余)는 경성에서 어떤 날 이조(李朝) 초기의 작(作)인 듯한 고대의 우수한 자수(刺繡)를 구하였다. 적확히 명조(明朝)의 작(作)의 영향 받은 것이나, 그 색채로 보든지, 선으로 보든지, 도안으로 보든지, 고(古) 조선의 미를 표명함에 충분한 작품이었다. 그 후 며칠이 안 되어 여(余)는 안내를 얻어서 조선인의 고등여학교를 내친(來親)하여 생도의 제작품을 무수히 보았으나, 마침 벽에 걸렸던 대작(大作)의 자수를 볼 때, 여(余)는 기이한 감개를 이기지 못하였다. 그것은 어디로 보든지 조선 고유의 미(美)를 인식할 수 없는 현대 일본식의 작품—즉 반(半) 서양화하여 취미도 없고 기품도 없는, 우열(愚劣)한 도안과 천박한 색채의 작품이었다. 그러나 교사는 그것을 설명하되 최우(最優)·최량(最良)한 작품이라 하였다. 여(余)는 여(余)의 소유한 고(古) 자수를 회상하여보고, 그릇된 교육의 죄를 생각하였으며, 이러한 교육을 무리하게 받음으로써 그 고유의 미를 잃어가는 조선의 손실을 야속히 생각하였다.

일본의 고(古) 예술은 은혜를 받은 것이다. 호류사(法隆寺)나 나라(奈良)의 박물관을 방문하는 자는 그 사실을 숙지할 것이다. 오인이 금일에 국보라 하여 해외에 자랑할 만한 것은 거의 지나와 조선의 은총을 받지 않은 자(者)는 없을 것이다. 그러하거늘 금일의 일본은 그 고유한 조선예술의 파괴로써 이에 보답하였다. 혹(或) 호사가는 고(古) 작품을 취집(聚集)할지는 모르나, 피등에게 이 같은 작품을 재조(再造)하려는 열심(熱心)을 환기케 하려는 것은 아니다. 이것이 소위 동화책(同化策)이라 할진대, 그것은 가공(可恐)한 동화(同化)다. 여(余)는 세계의 예술에 중요한 위치를 점령한 조선의 명예를 보류하는 것이, 일본의 취할 바 정당한 인도(人道)라고 사유하는 바이다. 교육은 피등을 살리기 위한 교육이요, (정신적으로) 죽이기 위한 교육은 아니다. (1920.4.15)

1개월의 여행을 마친 후, 지나에 향하는 도중 기차가 개성을 발(發)하여 신의주로 향하는 어떤 날 석양(夕陽)이었다. 여(余)가 객(客)이 적은 찻간에서 독서하며 앉았으려니까 별안간에 보이가 오더니 "참 실례올시다만 '그런 말을 하여도 그것은 무리다.'라고 하는 말을 영어로는 무엇이라 하면 좋겠습니까." 하며 묻기를 여(余)는 기이히 생각하여 그것은 왜 묻느냐 한즉 보이는 자기의 경험담을 이야기하였다. 피(彼)의 말을 들은즉 이 조선에 있는 외국인처럼 아무 경우 없고 오만한 하등인(下等人)은 없어서 기차 속에서도 별별 짓이다 많기 때문에, '그런 말을 하여도 그것은 무리다.'라는 말을 배우려는 것이라 하며, 그 보이는 차등(此等) 외국인이 대개는 선교사거나 그 동반(同伴)들이란 말까지 하였다. 여(余)는 이 에피소드(삽화)가 얼마큼 정치상에도 관계가 있는지는 모르겠다. 그러나 종교도(宗敎徒)의 신분으로 부정행위를 하는 자가 선교사 간에 있다는 것은 부인할 수 없는 사실일 것이다. 피등이 정치적 음모를 간혹 기획하는 것은 허다 식민지에 종종 발견되는 사실이다. 또 종교를 어떠한 방편에 이용하는 것은 늘 어떠한 행위를 변명함에 유리하였었다. 여(余)는 항상 선교사의 죄악사(罪惡史)가 그 선업사(善業史)보다도 면수(頁數)가 더 많다고 생각한다. 금차(今次)의 불행한 사건에 얼마나 여차(如此)한 배경이 있었었는지는 모르나, 차(此)로 인하여 그 불행한 사건의 원인을 조선인과 선교사에게만 돌려보냄으로써 오등 자신의 죄를 엄폐하는 것은 비열한 태도라 생각한다. 설사 피등에게 명백한 죄가 있을지라도, 도리어 여차(如此)한 죄를 양성한 죄가 오인에게 있는 것을 자각치 않으면 안 될 것이다. 일본이 피등에게 애(愛)를 주지는 아니하고 일본에 대한 애만 피등에게 강요하는 것은 무리다. 여차한 애는 기독교가 홀로 피등에게 주었다. 선교사가 피등의 애를 받게 된 것은 자연지세(自然之勢)라고 할 수밖에 없다. 대부분의 종교가는 불순할지 모르나 피등(선교사)의 일부 인사가 일본의 치정자(治政者)보다도, 더 온정으로 조선을 사랑한 것은 사실이다.

5

오인과 인인(隣人) 간에 영원한 평화를 구하려 할진대, 위선(爲先) 오인의 마음을 애(愛)로써 정(淨)케 하고, 동정으로써 따뜻하게 하는 이외에 다른 도리는 없다. 그러나 일본은 불행히 예인(銳刃)을 가하고 매리(罵詈)를 여(與)하였다. 이것이 과연 호상간(互相間)의 이해를 생(生)케 하고 협력의 실(實)을 얻고 결합을 완전케 할까. 아니다, 아니다. 조선의 전(全) 인민이 골수에 감(感)하는 바는, 끝없는 원한이다. 반항이다. 증오이다. 분리다.

피등이 일본을 사랑할 수 없는 것이야말로 자연이요, 공경할 수 있다는 것은 예외다.

사람은 애(愛)의 앞에서는 종순(從順)하는 것이나, 억압에 대하여는 완강한 것이다. 일본은 어떠한 길로써 인방인(隣邦人)에 접근하려 하는가. 평화가 그 희망일진대, 무슨 까닭으로 치우(穉愚)를 중복하여 억압의 도(道)를 택하는가. (1920.4.17)

금전과 정치로 마음과 마음이 접촉될 수는 없다. 오직 애(愛)만이 환희(마음과 마음이 융합하는)를 주는 것이다. 식민지의 평화는 정책이 낳는 것은 아니라, 애(愛)가 호상간의 이해를 낳는 것이다. 이 애(愛)의 힘에 우월한 군력(軍力)도 없거니와 정권도 없다. 대저 나라와 나라를 결합시키고, 사람과 사람을 접근케 하는 것은, 과학이 아니요 예술이며, 정치가 아니요 종교며, 지(智)가 아니요 정(情)이라고 여(余)는 생각한다. 오직 종교적 혹은 예술적 이해만 사람의 마음을 내면으로 맛보게 하며, 또 맛보이는 자에게 무한한 애(愛)를 환기시키는 것이다.

일본은 조선을 다스리고 군인을 보내고 정치가를 보낸다. 그러나 우정과 평화의 진의를 아는 자는 종교가와 예술가다. 여(余)는 국제문제를 홀로 정치가에게만 일임하는 습관을 기이하고 유치한 태도라고 생각한다. 여(余)는 고석(古昔)에 소크라테스나 플라톤과 여(如)한 또는 공자나 노자와 여(如)한 현철(賢哲)이, 진실로 일국의 치평(治平)과 만국(萬國)의 평화를 능언(能言)할 수 있다고 확신한다.

조선인 제군이여, 여(余)는 제군에 관하여 아무 지식도 없고 경험도 없으며, 또 지금까지 제군 간에 1인의 지인(知人)도 없으나, 여(余)는 제군의 고국의 예술을 사랑하고 인정을 사랑하며 그 역사가 맛본 고적(孤寂)한 경험에 대하여 무한한 동정을 가지는 자이다. 또 제군이 그 예술을 통하여 장구(長久)한 동안 무엇을 갈구하고 무엇을 허소하는가를 마음에 들을 수가 있다. 여(余)는 여(余)의 심중에 그것을 생각할 때마다 적막을 감(感)하고, 북받쳐 올라오는 애(愛)를 제군에게 드리지 않을 수가 없다.

조선인 제군이여, 설사 아국(我國)의 모든 식자(識者)가 제군을 매도하고 또 제군을 괴롭게 할지라도, 피등(일본인) 중에 이 일문(一文)을 초(草)한 자가 있는 것을 알아주기 바란다. 또 여(余) 뿐만 아니라 여(余)의 사랑하는 또는 여(余)의 지인은 같은 애정을 제군에게 대하여 감(感)하는 것을 알아주기 바란다. 그리하여 아국이 정당한 인도를 받지 아니한다는 명료한 반성이 우리 동지 간에 있는 것을 알아주기 바라는 바이다. 여(余)는 짧은 일문(一文)으로 하여금 적어도 제군에게 대한 여(余)의 정을 피력할 수 있으면, 여(余)에게는 적지 않은 환희라 하는 바이다.

1919년 5월 10일 (1920.4.18)

조선 벗에게 정(呈)하는 서(書)[37]

　나의 아는, 또 아직 보지도 못하고 알지도 못하는, 여러분 조선의 벗에게, 진심으로 이 서한을 드린다. 지금 나에게, 이렇게 하라는 명(命)이 있기 때문에, 나는 (제군의) 앞으로 나가서 참을 수 없는 이 심중을 제군에게 말씀하려 함이요. 또 제군은 이러한 말을 들어주실 줄 믿는 바이다. 만일 이 일문(一文)을 통하여, 두 마음이 상촉(相觸)할 수 있을 지경이면 그것은 얼마나 나의 기꺼움일까. 제군도 그 적막한 침묵을 나의 앞에서는 깨뜨려주기 바라는 바이다. 사람은 언제든지 심중을 서로 토설할 만한 친구를 구하는 것이다. 더구나 제군 간에는 애(愛)를 심저(心底)로부터 갈구한다고 나는 생각한다. 이같이 생각할 때, 어떻게 나는 이 방문을 아니하리요. (애(愛)를 보내지 않을 수 없다는 뜻) 제군도 이 서한을 손에 들고, 나에게 대답하기를 주저치는 않을 것이다. 나는 그리하리라고 믿는 터이다.

37　야나기 무네요시(柳宗悅), 「조선 벗에게 정(呈)하는 서(書)」(전2회), 『동아일보』, 1920.4.19~ 4.20. 이 글은 야나기 무네요시의 「朝鮮の友に贈る書」(『改造』, 1920.4)를 일부 번역한 것이다. 원문에는 '역자'가 따로 명기되어 있지 않으나, 염상섭의 번역인 「조선인을 상(想)함」에 계속해서 이어지는 점으로 미루어 볼 때, 이 글 역시 염상섭의 번역으로 추정되어 수록한다. 필자의 이름 옆에 '東洋大學 哲學科 敎授'라고 병기되어 있다.

1

　나는 요사이 웬일인지 조선에만 정신이 팔렸다. 왜 그런가는 나도 설명할 수 없다. 어디에 정(情)을 설명할 수 있는 충분한 말이 있을까. 제군의 심사(心事)와 고적함을 살필 때, 나는 알 수 없는 눈물을 금치 못한다. 나는 지금 제군의 운명을 생각하며 또 이 세상의 부자연한 형세를 회상한다. 세상에는 있을 수 없는 사건이 목전에 현출(現出)될 때, 나의 마음은 평화를 얻을 수 없다. 내 마음이 제군에게 향할 때, 나도 같이 제군의 고통을 받는다. 무엇인지 알 수 없는 힘이, 나를 부르는 것 같이 생각될 제, 나는 그 소리를 듣지 않을 수 없다. 그것은 내 마음으로부터, 사람의 애(愛)를 깨워주는 것이다. 애정은 지금 나를 힘세게 제군에게 유인한다. 아아, 나는 잠자코 있을 수는 없다. 어찌하여 제군에게 가까이 함이 그릴쏜가. 친한 (정(情)이) 피 속에 끓어오를 때, 마음은 마음에 이야기하고 싶어 하지 않는가. 될 수 있으면 나는 이 '손'까지라도 내놓아 악수하고 싶다. 이러한 일은 이 세상의 자연한 요구라고 제군도 믿어주실 것이다.

　사람은 세상에 나오면서 사람을 그리워하는 것이다. 증오와 쟁투가 사람의 본지(本旨)일 이치(理致)가 없다. 다만 여러 가지 불순한 동기 때문에 국가와 국가는 분열하고, 마음과 마음은 떨어져가고, 부자연한 세력이 추한 지배에 거만을 부리는 것이다. 그러나 능히 영속할 수 있는 부자연의 세력이 어디 있으랴. 모든 마음은 자연에 돌아가려고 하는 것이다. 그리하여 모든 것이 자연에 돌아가면 애(愛)는 더욱이 번창하여 우리 사이에 통하리라고 나는 생각한다. 그러나 무엇인지 부자연한 힘이 우리를 분열시키는 것이다.

　'너희들 서로 사랑하라'고 성교(聖敎)는 일렀다. 그러나 이러한 가르침이 생기기 전부터 (사람이) 이 세상에 나면서부터, 인정(人情)은 '상애(相愛)하고 싶다'고 애(愛)를 구하는 것이다. 사람이 자연한 인정(人情)대로 살 수 있으면 이 세상은 얼마나 따뜻할까. 이 세상에 진실로 귀한 것은, 권력도 아니요, 지식도 아닌, 일편(一片)의 인정이라고 늘 생각한다. 그러나 웬 까닭인지, 인정의 생활은 유린되어, 금력(金力)과 무력이 이 세상을 지탱하는 양주(梁柱)가 된다고들 생각한다. 이러한 형세는 마치 '서로를 미워하라'고까지 하는 것 같이 보인다. 국가와 국가와는 항상 전쟁의 준비를 부지런히 하나, 그러나 인정에 배반되는 이러한 세력이 어찌 영원한 평화와 행복을 깨우쳐줄까. 오직 이같이 부자연한 것이 미만(彌滿)하기 때문에 마음과 마음이 본의는 아니건만 분열되는 것이다. 오랫동안 서로 교대되는 무력과 위압 때문에, 어디까지든지 인정을 유린한 조선의 역사를 생각할 때, 나는 솟아나오는 눈물을 억제할 수 없다. (1920.4.19)

조선은 지금 적막히 고통 받고 있다가 파문(巴紋)(태극)의 기(旗)는 높이 떨치지 못하고, 봄은 오나 이화(梨花)는 영원히 그 봉오리를 봉(封)하였다. 고유의 문화는 나날이 멀리 태생한 고향으로부터 스러져간다. 허다의 탁월한 문명의 사적(事蹟)은, 오직 과거의 고사(古史)로만 일컫는다. 노상(路上)에 지나가는 자의 머리는 앞으로 떨어지고 고통과 원한이 그 미간에 나타난다. 이야기하는 목소리조차 지금은 그 소리가 낮고, 백성은 일광(日光)을 싫어서 검은 그늘에 모여드는 것 같다. 어떠한 세력이 제군을 이렇게 하게 하는가. 나는 제군의 심신이 얼마나 암담한 기분에 함(陷)하여 있는가를 잘 살피지 않을 수가 없다. 제군의 것은 아마 혈루(血淚)가 있을 것이다. 사람은 웬만한 고통은 참을 수도 있을 것이다. 그러나 애(愛)의 자유가 없는 데는 아무리 하여도 살 수가 없는 것이다. 어찌 제군뿐이리오. 이 세상에 이러한 것(애(愛)와 자유)을 추구하느라고 그 고향까지 버리고 역려(逆旅)에 방황한 자가 얼마나 많을까. 모든 사람은 자유스러운 공기를 구하고 인정의 따뜻한 맛을 사모한다. 이것저것을 생각할 때 억제할 수 없는 동정을 제군에게 감(感)한다. 일찍이 어떠한 나라에 정(情)으로 행하는 정치가 있었던가. 애(愛)를 가진 무력이 있었던가. 쟁투에는 도덕이 없고 전쟁에는 어떠한 때든지 종교가 없는 것이니, 이것은 진리를 아는 인민에게는 고통일 것이다. 나는 일본이 언제든지 정당하고 따뜻한 일본이 되기를 바란다. 만일 무정한 행위를 자랑하는 일이 있을 지경이면 그때의 일본은 종교의 일본일 수가 없을 것이다. 그러나 금일은 불행히 국제관계가 아직 도덕의 역(域)에 도달치 못하였으니, 더구나 그간에 종교적 애(愛)가 있을 까닭이 있으리오. 모든 부정(不正)과 죄악이 간혹 국가의 이름으로서 변호치 않는가. 어느 때든지 국가가 진리에 쫓지 못하고, 진리가 국가에 순응하여 변화된다. 이러하기 때문에 부자연한 세력이 백주에 횡행하는 것이다. 그러나 사람은 대개 그 죄를 의심내지 않을 뿐 아니라, 그것은 피할 수 없는 불완전한 세태라고 하여 어느 때든지 간과한다. 그러나 이러한 행위로 인하여 고통 받는 인민이 있다 할진대, 그것은 일국의 치욕이요, 또 인류에게 주는 모욕일 것이다. 일본이 만일 정직한 일본이 되고자 할진대, 이러한 행위를 고침을 주저하여서는 안 된다. 우리는 어느 때든지 국가를 진리에까지 끌어올리기를 절망(切望)하는 바이다.

　나는 그것이 자기 자신의 행위는 아닐지라도 일본이 부정(不正)하였다고 생각할 때, 일본의 태어난 자의 1인으로서 이에 그 죄를 제군에게 사죄하려 한다. 나는 심중으로 신에게 향하여 그 죄를 용서하십시사고 빌지 않을 수가 없다. 일본이 신의 나라에서 죄 깊은 자로 인정되는 것은 나는 참을 수 없는 바이다. 나는 일본의 영예를 위하여서도 우리는 자기의 고국을 종교로써 깊게 하려 한다. 나는 목격자는 아니나 여러 가지 참혹한 사건이 제군 간에 발생한 사실을 들을 때, 나의 마음은 저리고, 그것을 묵묵히 참지 않을 수 없는 제군의 운명에 대하여 나는 무엇이라고 하여야 좋을지 모르겠다. 나는 심중으로 용서하시라고 빌면서 스스로 이렇게 말한다. "만일 일본이 부정할진대, 어느 때든지 일본에서 제군을 위하여 편들고 나서는 자가 있을 것이다. 진정한 일본은 결코 포학(暴虐)을 행하고자는 아니한다. 적어도 미래의 일본은 인도(人道) 옹호자가 되기를 갈망한다."고. 제군은 이러한 소리를 믿어주실까.

요사이 제군과 우리 사이가 나날이 벌어져간다. 근접하려는 인정이 이별을 원하는 증오에 돌아간다는 것은 얼마나 부자연한 일인가. 어떤 자의 마음이든지 이에 나와서 이러한 증오를 자연한 애(愛)에 다시 돌아가게 하지 않으면 아니 되겠다. '힘'의 일본이 이러한 화합을 재래(齎來)치 못할 것은, 나의 아는 바이다. 그러나 정(情)의 일본은 그것을 할 수가 없을까. 강력의 위압이 아니요, 오직 눈물 많은 인정만이 세상에 평화를 재래케 한다. (1920.4.20)

노동운동의 경향과 노동의 진의(眞義)[38]

1. 서언(緒言)

금일의 소위 노동운동은 차(此)를 일언(一言)으로 폐(蔽)하면, 심각한 '인간고(人間苦)'의 장구하고 참담한 경험과, 이에 대한 통절한 자각으로부터 우러나오는 해방의 전진곡(前進曲)이올시다. 인류 생활상에 현대문명이 과한 반면(半面)의 해독과 과중한 위압으로부터 완전히 탈리(脫離)하여, 자주자영(自主自營)의 인적(人的) 생활을 갈망하는 자의 정당하고 진솔한 절규가 노동운동이라는 무장을 하고, 낙막(落寞)한 전후(戰後)의 황야를 횡행활보하게 된 것이외다. 불합리한 모든 조직을 근저로부터 타파하고, 인성(人性)의 근본요구를 기초로 삼은 신조직(新組織)을 재건할 때까지, 일체에 대하여 선전을 포고하고, 최후의 승리를 영득(贏得)할 때까지, 용전(勇戰)하려는 불기불피(不羈不披)의 각오가 유(有)한 자의 함성이, 곧 이것이올시다. 하므로 이 문제를, 유행성의 일시적 천박한 경향이거나, 또는 오직 노동조건, 즉 노동시간, 임금 급(及) 기타 용자(傭者)와 피용자(被傭者) 간의 계약조건의 개선에만 국한하고, 그 이상(以上)

---

38 염상섭(廉尙燮), 「노동운동의 경향과 노동의 진의(眞義)」(전7회), 『동아일보』, 1920.4.20~4.26.

의 이상(理想)이 무(無)하다고 간주함은, 일대(一大) 유상(謬想)이라 하겠습니다. 투철한 자각과 심각한 사상의 근저와 의의가 무(無)하고, 고원(高遠)한 이상(理想)에서 출발치 않았다 할진대, 이에 관한 제종(諸種) 운동은, 결국에 회분(灰分)으로 고탑(高塔)을 쌓으려는 자의 우(愚)일 것이외다. 그러나 행(幸)이었든 불행(不幸)이었든, 하여간 이것이 영겁불변하는 뇌호불발(牢乎不拔)의 진리 위에 선, 전 인류의 엄숙한 노력이요, 또 위대한 사업임을 능히 논증할 수 있음은 여(余)의 천학비재(淺學菲才)함이, 그 임(任)에 당(當)하고 부당(不當)함을 불문하고, 하여간 지광지영(至光至榮)한 바라 사유(思惟)하나이다.

그러나 여(余)가 이에서 논(論)코자 하는 바는, 오직 상식 문제의 범위 이내에서, 사상 방면으로 비판코자 함에 불과하고 결코 실행 문제와 관련하여 혹은 선전을 시험하려거나 선악과 찬부(贊否)를 논단함으로써 독자 제군의 공명을 얻고자 함이 아님을 이에 명언(明言)코자 하나이다.

2. 노동운동의 기인(起因)

노동운동이 금일과 여(如)히 격심케 되어 오직 산업적 범위일 뿐 아니라 사회, 경제, 정치, 사상 등 각 방면에 긍(亘)하여, 멸시치 못할 일대 세력을 점유케 된 그 근본원인은 노동문제의 기인(起因)을 공구(攻究)함으로써 명백케 할 수가 있겠습니다.

그러나 지금 노동문제의 발생된 그 연혁을 고찰하려면, 제14세기 초두로부터 적어도 16세기 전후의 문예부흥시대에 이미 이 문제가 배태된 연유를 일언(一言)할 필요가 있으나 지금의 여(余)로는 차(此)를 상론할 만한 연구와 참고서적도 없거니와 또 그리 긴요치 않기로, 다만 그 직접 근인(近因)이 되는 제18세기 후반기의 산업혁명을 약론(略論)한 후, 최근에 구주대전이 차(此)를 일층 촉진한 소이(所以)에 논급코자 하나이다.

산업혁명, 이것은 생산기관의 거의 전부가 가정으로부터 공장에, 노동의 대부분이 손(手)으로부터 기계에 빼앗겼다는 것이 곧 이 혁명이었나이다. 하므로 이 산업혁명의 장본인은 뉴턴이나 아크라이트[39]나 와트와 같은 과학자·발명가라 할 수 있겠습니다. 과학이 급격한 속도로 발달됨에 따라서 공장에 윤전기가 도는 순간에 벌써 노동문제는 잉태되었습니다. 그리고 기계의 발명은 '자본'의 '집중'과 대규모의 기업을 촉진하여 노동의 대부분이 기계로 이전되는 동시에 여기서 소위 노자(勞資)의 양 계급이 확연히 구획되고 빈부의 현격(懸隔)이 우심(尤甚)케 된 것이외다. (1920.4.20)

과거에는 소자본으로 소규모의 가정적 산업을 경영할 수가 있었지마는 문명의 이기가 발달됨을 종(從)하여 누만(屢萬)의 투자로 대규모의 공장설비가 무(無)하고는 도저히 성공을 기(期)키 난(難)한지라 고로 빈궁한 자가 일단 노동자의 경우에 함(陷)하여 약간의 자력(資力)을 축양(蓄養)할지라도 상당한 일개 자본가의 지위를 획득키는 지난지사(至難之事)인 일편(一便)에 자본에 집중으로써 대기업을 계획하는 자본가는 유의유식(遊依遊食)으로도 거만(巨萬)의 폭리를 획득하는 결과 일반 생활 정도의 향상, 물질의 등귀(騰貴) 등 문제를 유치(誘致)하므로 사소한 임금으로만 근근이 노명(露命)을 지지하는 노동자는 우유(尤愈)히 궁경(窮境)에 지(至)할 것은 필연지세(必然之勢)라 하겠습니다.

여사(如斯)히 하여 유산무산(有産無産)의 계급적 금성철벽(金城鐵壁)은 더 높고 더 굳게 싸였으며, 양 계급 간에 횡재(橫在)한 구거(溝渠)[40]는 더 멀고 더 깊

---

39 리처드 아크라이트(Richard Arkwright, 1732~1792) : 영국의 방적기계 발명가이자 면방적공
    업 창시자이다.
40 구거(溝渠) : 수챗물이 흐르는 작은 도랑.

게 되었습니다.

이것이 노동문제를 야기한 일대원(一大原)이올시다.

2의 2.[41] 임금제도의 폐(弊)

이상은 극단의 자본주의 생산조직이 그 반동으로서 노동문제와 차(此)에 대한 제종(諸種) 운동을 야기함을 개론(槪論)하였거니와, 기차(其次)에 중요한 원인으로 거(擧)할 바는, 현재의 임금제도올시다.

노예제도가 농노제도로 변하고, 농노제도가 갱(更)히 길드(동업조합 혹은 상사(商社))로 일변하여 임금제도에 지(至)한 기(其) 연혁은 자(玆)에 논급할 여유가 없거니와, 하여간 금일의 임금제도를 일견(一見)하면, 물론 자유노동제도라 하겠습니다. 일 노동자가 직업의 종류와 노동할 장소, 시기 등에 대하여 자유일 뿐 아니라, 용자(傭者)와의 계약과 수입금(收入金) 소비의 자유를 보유하는 점은 인권을 신장하고 사회적 지위가 향상하였다는 의미로서 과거의 노예제도와 운니(雲泥)[42]의 차(差)라 하겠습니다. 그러나 물질 방면, 즉 생활의 보장과 안정을 득(得)함에 지(至)하여는 노예제도가 임금제도에 비하여 기층배(幾層倍)나 우월할 수가 있습니다.

노예시대와 농노시대에는 인격을 물격(物格)에 저하시(低下視)하여 노동자를 다만 노동력을 함유한 일개의 기계적 물품으로 간주하였던 고로 예속된 그 주인의 임의로 매매될 뿐 아니라 용자(傭者)와 피용자(被傭者) 간의 자유계약은 물론 수입한 임금의 소비에 대한 자유까지도 없었으나 의식주의 보장은 있었습니다. 하므로 노동을 감내할 만한 육체만 있으면 일정한 장소에서

---

41 원문에 '2의 1'은 따로 표시되어 있지 않다.
42 운니(雲泥) : '구름과 진흙'이라는 뜻으로, 차이가 매우 심함을 이르는 말.

일정한 기간 혹은 일 생애를 통하여 노동할 수가 있었고, 또 그것이 아무리 일신(一身)이나 일가족(一家族)을 지지함에 최저한도에 불과할지라도 하여간 그 주인에게 제공한 노력의 대상(代償)으로 생활상 기근한습(饑饉寒濕)을 면할 만한 정도의 보수를 물품으로써 받을 수가 있었습니다. 또 중세기의 길드로 논하면 그 말기에 지(至)하여 귀족적·전천적(專擅的) 폐풍(弊風)에 지(至)하였을지라도 그 주인(主人)이 일정한 기간에 자기가 용입(傭入)한 도제(徒弟)를 양성하여 독립·자영할 만한 기능과 자본을 전수하였습니다.

그러나 금일의 임금제도 하에서 행하는 소위 자유노동은 상술함과 여(如)히, 사회적 지위는 개선되었으나 탐염불람(貪饜不婪)한 자본주(資本主) 하에서 과거의 물품 대신에 금전의 형체로 약간의 임금을 획득함으로써 자기 일신은 물론 전 가족의 생활에 대한 전(全) 책임을 자부하는 고로 차(此)에 지(至)하여 허다 문제를 유치합니다. 위선(爲先) 자본가는 자본이라는 무기로써 노동력 이외에는 아무 무장(武裝)이 [없는][43] 무산자를 위압하는 고로 산업적 혹은 경제적 전제주의의 횡행은 자연지세(自然之勢)라 하겠습니다. 하므로 노자(勞資) 양자 간의 계약(고용조건, 즉 노동임금, 시간 등 기타 일체)의 당초부터, 용자(傭者), 즉 자본주의 이익이 그 주안(主眼)일 것은 췌언(贅言)을 불요(不要)할 것이외다. 그것도 만일 노동자가 불저(拂底)하여 노동공급이 수요보다도 과소한 지경이면 일반 시장의 매매원칙에 의하여 노동자에게 유리한 계약이 성립될지나, 금일과 여(如)히 무산자가 전 인류의 9할[44] 이상을 점하는 경우에 노동공급 과잉은 필연지세(必然之勢)라, 불리한 조건에 만족치 않을 수 없음은 물론이려니와 반(反)히 실업자를 족출(簇出)하며 노임(勞賃) 저하를 유치하

---

43 원문에는 누락되어 있으나, 문맥을 고려하여 첨기했다.
44 원문에는 '7할(七割)'로 기재되어 있지만, 7회 연재분(1920.4.26) '정오(正誤)'에 따라 '9할(九割)'로 수정했다.

고, 또 현대의 이기주의의 권화(權化)라 할 만한 자본주는 철두철미 자기본위인 고로, 종래의 사업을 축소하여 인원의 도태를 행하거나 혹은 노동시간을 단축함으로 임금을 저렴케 하는 등 사(事)가 유(有)할 시(時), 노동자의 불가피한 협위(脅威)와 생활의 불안은 기(期) 극(極)에 달할 것이외다. 그뿐 아니라 중세기의 길드시대에는 도제가 일정한 기간에 봉사를 필(畢)하면 일개(一個)의 소자본주(小資本主)로서 그 업무를 독립하여 경영할 수가 있었지만, 전단(前段)에 약술한 바이거니와 자본을 집중하여 대규모의 기업이 유행하는 금일에는 오직 노자 양 계급이 대립함으로써 의사(意思)가 소격(疏隔)하여, 과거의 길드시대에 사제관계(師弟關係)와 여(如)한 온정과 장래의 성공을 보장할 수 없을 뿐 아니라, 생활 정도의 앙진(昻進)한 금일의 사회에서, 사소한 임금으로는 매일의 생활도 유지키 난(難)한지라, 해가(奚暇)[45]에 일약(一躍)하여 자본가의 지위를 몽상하리요, 실로 금일의 노동자는 노역이라는 감사한 재산과 빈궁이라는 명예로운 관위직품(官位職品)을 천세만대(千世萬代)에 유전(遺傳)치 안으면 안 될 함정에 빠졌다 하겠습니다. (1920.4.21)

2의 3. 전후(戰後)의 기운(機運)

상술한 바, 산업혁명 후의 자본집중과 임금제도로 하여 극단의 빈부 현격(懸隔)과 계급적 대립을 양성함은 노동운동의 중요 기인(起因)이거니와 기외(其外)에 부인노동·유소년노동·공장법의 불비(不備) 등 제다(諸多) 문제도, 물론 그 일부일 것이외다.

그러나 이 문제가 구주대전 후에 세계 사조(思潮)를 풍미하여, 정치, 산업,

---

45 해가(奚暇) : 어느 겨를.

사회 등 제(諸) 방면에, 실제문제로서 최고의 지반을 점령케 됨은 물론 노동자 자신의 자각에 기인한 바이거니와, 그 중요한 원인을 고찰하건대, 대개 삼자(三者)를 거(擧)하겠으니,

1. 금차(今次) 대전(大戰)은 구주대륙의 제국(諸國)이, 거의 국민적 총동원을 단행함으로써 종식된 자(者)라, 통계로 논하면, 기(其) 동원수가 연합(聯合)·독오(獨墺)의 양측을 병합하여 교전국(交戰國)의 전 인구[46]의 41.8%, 즉 6,900여만의 다수이니, 기중(其中)에서 상실병(喪失兵)과 상비병(常備兵)을 제외한 기여(其餘), 즉 전후의 제대(除隊) 병원(兵員) 수로만 계지(計之)라도, 유(裕)히 2,500, 2,600만에 달할 것이외다. 고로 여차한 다수의 노동자를, 전지(戰地)로부터 일시에 급격히 노동시장[47]에 수송한 결과, 수요공급의 난조(亂調)를 정(呈)하였을 뿐 아니라, 전시 중에는 다대수(多大數)의 장년 남자가 동원(動員)에 응모하였으므로, 부인이 노동계의 일각(一角)을 기점(既占)하였고, 또 전후 일부 산업의 부진, 규모 축소 혹은 전폐(全廢) 등 허다 원인으로 하여, 실업자가 족생(簇生) 격증하는 현상을 정(呈)하였습니다. 하고 보면 금차(今次)의 대전이 참호전(塹壕戰)이요, 노동자의 전쟁이라고까지 할 만치, 국가에 대한 공헌이 다대한 노동자를, 승전개선(勝戰凱旋)하여 일단 제대 후, 논공행상의 은전(恩典)은 고사하고, 건장한 신체와 충분한 노동력을 구유(具有)하고도, 일정한 업무에 취(就)키 난(難)할 뿐 아니라, 기아를 미면(未免)함에 지(至)한지라, 차(此)에 대하여, 불평불만의 정(情)을 억제치 못하고, 자아구제(自我救濟)의 책(策)을 취(取)함은 필연지세(必然之勢)라 할지니, 이것이 곧 노동문제를 일층 더 복잡케 하고, 차(此)에 관한 운동의 기세(幾歲)를 촉진·격심케 한 소이(所

---

46 원문에는 '전인류'(全人類)로 기재되어 있지만, 7회 연재분(1920.4.26) '정오'(正誤)에 따라 '교전국의 전인구'(交戰國의 全人口)로 수정했다.
47 원문에는 '시장'(市場)으로 기재되어 있지만, 7회 연재분(1920.4.26) '정오'(正誤)에 따라 '노동시장'(勞動市場)으로 수정했다.

以)라 하겠습니다.

2. 전후의 타력(惰力)으로 부생(副生)하는 물자의 결핍은, 물가의 폭등을 유치하여, 종래의 노동조건, 더욱이 그 임금으로는, 도저히 생활을 유지키 난(難)함과, 그 일면에 전시 폭리를 탐한 소위 자본가계급이, 배구(倍舊)의 거부(巨富)를 옹(擁)하고 사치부화(奢侈浮華)한 생활을 영(營)함에 대한 반동이, 역시 기(其) 일인(一因)이라 하겠습니다.

기차(其次)에 제3인(第三因)으로 거(擧)할 바는, 민주사상의 난숙과 횡일(橫溢)이 곧 이것이라 합니다. 개조의 기운(機運)이 일세(一世)에 팽창하여, 현상타파를 절규하며, 해방의 뇌함(雷喊)이 천지에 진탕(振盪)함은, 민주사상의 거룩한 개가(凱歌)가 아니면 아닐 것이외다.

7천만의 신령한 생명이, 탄산포연(彈霰砲烟)에 싸인 참호 중에서, 운명에 던진 육척단신을 간단없이 전율케 하는, 심장의 고성(鼓聲)에 귀를 기울일 제, 그 누가 회의의 심연에 빠지지 않으며, 그 누가 사람의 본연성(本然性)에 돌아가지 않으리오. 아, 이 회의의 심연, 이 진순(眞純)한 적라(赤裸)의 본연성이야말로, 해방을 절규할 용기의 효모(酵母)인 민주사상의 심각한 자각에 인도하고, 현상의 모든 불합리를 타파할 기개와 권리를 부여한 것이외다. 과연 금일 민주사상의 일반적 보급과, 그 근저의 심원한 정도는, 실로 예상외에 급(及)하였으며, 또 이 데모크라시 사상의 자각이 노동자의 심저에 삼입(滲入)하였기 때문에, 금일의 노동운동이 고원(高遠)한 의의와 심견(深堅)한 근저 위에 서고, 또 전 인류에 대하여 중대한 사명을 가지게 된 것이외다.

그뿐만이 아니라 민주주의가 정치적 영분(領分)에서, 사회적(社會的)과 및 산업적 경역(境域)까지 정복함과 같이, 노동운동도 산업적 영역에서 정치경제의 분계(分界)에 확대됨은 실로 노동자 자신의 자각에 기인함이요, 그 자각은 구주대전의 고가(高價)한 반사물(頒賜物)이라 하겠습니다.

금일의 노동자는 해방되지 않으면 안 되겠다는, 철저한 자각과 인류의 일원으로서의 거룩한 노력을 계속합니다.

3. 노동운동의 경향

이상은 본론에 들어가는 순서상 그 원인을 약술한 바이거니와, 여(余)가 이 논문에 집필한 동기는 오직 사상적 관찰로서 현하 노동운동의 경향을 논하여 노동의 근본의의에 급(及)코자 하는 바이외다. 하므로 독자 제군도 이상 논술 중 미급(未及)한 자(者)는 양해하시고 여(余)의 이 논문을 초하는 여(余)의 근본정신을 짐작하여주기를 바라나이다.

대저 노동운동의 의의 여하(如何)요 하면, 노동상태의 개선이라는 일언(一言)에 그칠 것이외다. 그러나 이러한 설명은 물론 개괄적이요, 또 천박한 견해에 지나지 못합니다. 하므로 시간과 지면의 여유만 있으면 여하한 수단으로 여하한 개선을 기도하며 요구하는가를 상론(詳論)코자 하나, 차(此)는 후기(後期)에 약(約)하고 다만 이에서는, 노동상태의 개선이라는 것이 결코 노동운동의 전부도 아니요, 근본의의도 아니라는 것을 부언하여두고, 또 독자 제위의 기억을 바라는 바이외다. (1920.4.22)

3의 2.[48] 노동운동의 궁극의 목적

노동조건의 개선이 노동운동의 당면의 요구임은 물론이나, 차(此)는 오직

---

[48] 원문에 '3의 1'은 따로 표시되어 있지 않다.

그 계제(階梯)에 불과합니다. 금일의 구미 제국(諸國)의 경향을 고찰하면, 그 종국의 목적이 일층 심원(深遠)한 합리적 요구로부터 출발한 것을 용이히 간파할 수 있습니다.

작년 10월 말에 북미합중국 워싱턴(華盛頓)에서 국제노동회의에 관하여, 동국(同國) 모(某) 신문이 차(此)를 평가하여 왈, "세계 각국의 진객(珍客)(노동사절)이 내미(來米)하였으나, 대체 피등(彼等)은 여하한 사건을 심의코자 하는가. 여하간 풍경이나 충분히 완상(玩賞)케 하고 각각 귀국케 함이 득책(得策)일 것이다." 운운한 논조에 징(徵)하여 보아도, 미국의 일반사회가 그 노동회의에 대하여 여하히 냉담하였던가를 능히 규지(窺知)할 수 있습니다. 물론 당시 미국에는 9월 20일로부터 약 1개월 이상에 긍(亘)한 30여만의 동철공동맹파공(銅鐵工同盟罷工)과 12만의 부두인부파업(埠頭人夫罷業)(1919년 10월 중) 급(及) 11월 1일에 폭발된 탄광부파업(炭鑛夫罷業) 등 합중국 전토(全土)에 70개소의 동맹파업이 유(有)하였으므로, 차(此)에 대한 해결을 등한히 하고 국제적 노동규약 체결에 분주하는 당국자에 대한 풍자적 논조라 운(云)할지나, 하여간 노동자에게 대하여는 복음이라 할 만한 노동상태 개선을 대대적으로 심의하는 이상, 차(此)를 불필요시(不必要視)함은, 그 반면에 노동운동이 결코 노동조건의 개선으로만 만족치 못한다는 일반 경향을 규지(窺知)케 함이 아닐까 하나이다. 과연 강철공대파업(鋼鐵工大罷業)에 대한 강철노동자조합장 파토리크 씨의 선언은 차(此)를 가장 웅변으로 증명합니다. 씨는 "차(此) 대파업이 단순한 노동조건 개선 문제가 아니요, 기본적 제(諸) 공업을 사회주의화하는 제1보(第一步)라." 하고, "설사 게리 씨(강철연합회장이요, 미국의 강철왕)가 노동자의 요구를 용인하더라도 시기는 이만(已晚)이라. 지금 동맹파업은 노동자가 사회적 정당한 지위를 영득(嬴得)할 때까지, 전국에 미만(瀰滿)하리라."고 주장하였습니다. 하고 보면, "기본적 제(諸) 공업의 사회주의화"라는 것은 무엇이며, "노동자의 요구가 승인될지라도 ……." 운운한 것은 무슨 의미이겠습니까.

기차(其次)에 작동(昨冬) 이래의 영국의 상황으로 논지(論之)컨대, 1919년 9월 11일에 강철업동맹파업이 야기한 후 차(此)를 해결키 전에 9월 27일에 지(至)하여, 전영(全英) 철도종업원 약 100만인의 총동맹파업이 야기하였습니다. 그 이유는 전전(戰前)의 임금 1주 20지(志)[49](약 10원)를 전시(戰時) 중 영(英) 정부는 53지(志)(26원여)로 증급(增給)하였다가, 평화극복 후 차(此) 전시 임금은 1919년 12월 말일까지 유지하고, 기후(其後)에는 전전 평시 임금 20지(志)의 10할 증급을 행하겠다는 정부의 제안에 반대하고, 차(此) 전시 임금 53지(志)를 평시 임금으로 하라는 요구였습니다. 그 결과 정부는 금년(1920년) 9월까지는 차(此)를 개정치 않기로 하여 해결되었으나 차(此)에 대하여 수상 로이드 조지[50] 씨가 "정당한 이유가 무(無)한 자(者)라" 하고, 노동대신 호온 씨는 "금회(今回)의 파업이 임금 증여와 조건 개선을 목적으로 하는 자가 아니라"고 간파한 점은 일고의 가치의 있습니다.

또 작년 11월 중에 브리스톨에서 개최한 철도종업원 집회석에서 동(同) 조합회장 토마스 씨가 철도종업원으로 하여금 철도관리에 참여케 하려는 정부의 제안을 발표하고, 선언한 연설의 요점을 일감(一瞰)하면 노동운동의 궁극의 목적이 나변(奈邊)에 재(在)한가를 일층 명료히 간파할 수가 있습니다.

그 정부의 제안은 일언으로 평하면, 노동자에게 자본가와 전연(全然)히 동등한 지위와 권한을 부여하여 철도업 관리에 참여케 함이외다. 예(例)하면 철도행정위원회에 동종업자 3명을 참가케 하여 철도관리원과 동등한 권한을 여(與)하고, 연합철도원은 관리원 5명과 종업자 5명으로 조직하는 등 노자(勞

---

49 '志'는 영국 화폐 단위 '실링'(shilling)을 표기한 것이다.
50 데이비드 로이드 조지(David Lloyd George, 1863~1945) : 영국의 정치가. 허버트 애스퀴스 총리의 자유당 정권(1906~1915)에서 재무장관을 맡아 국민보험, 실업보험 등 사회보장제도를 도입하고, 자유당 주도의 연립내각의 총리(1916~1923)로 제1차 세계대전을 승리로 이끌었다.

資) 양자 간의 일호(一毫)의 차별이 무(無)합니다.

그러나 토마스 씨는 "이 제안이 최후의 도착점이거나 최후의 해결이 아니라, 오인(吾人) 노동자가 기(其) 관리를 주장하는 일개의 계제에 불과하다. 노동자는 산업기관을 파악하는 동시에 정권까지 획득치 않으면 아니 된다. 자치도시의 선거의 결과, 동맹파업의 결과, 노동자의 결속 등은 불원간 노동자가 전 영국을 지배케 되리라는 것을 명료히 증명한다." 운운한 것은 금일의 구미의 노동운동이, 즉 선진 제군의 노동자의 요구가 오직 노동조건의 개선으로만은 만족할 수 없다는 것을 반증하는 동시에, 노동의 종국의 목적은 제반 산업의 완전한 지배권을 획득하려 함에 재(在)함을 용이히 인지할 수가 있습니다.

과연 민주주의라는 사상의 위력은 선악을 불문하고 여하간 자각 있는 노동자에게 자기의 일은 자기가 처리하라는 평범하고도 무한한 의미가 있는 진리로서 산업의 관리지배권을 요구하고 주장하라고 명하였습니다. (1920.4.23)

이에서 관리권이라는 말에 관련하여 부언코자 하는 바는, 산업기관의 국유(國有)라는 것이외다. 영국에서는 전시 중 철도를 이위(已爲) 국유로 하였거니와, 작년(1919년) 9월에 글래스고에서 개최한 영국노동조합대회에 제출한 의안(議案) 중에도 탄광 국유의 건이 탄광부(炭鑛夫) 조합장 스마일리 씨의 제안으로 부의(附議)하여 4,780표에 대한 77,000표의 절대다수로 가결되고 차(此)를 조합대회와 탄광부조합이 협력하여 정부에 강요하기로 결정하였습니다.

여사(如斯)히 금일의 노동자는 산업국유를 주장합니다. 그러나 '국유'라는 것은 결코 산업에 관한 일체 권리를 정부에 일임한다는 의미는 물론 아니외다. 모든 산업을 국가의 명의로 경영한다 함에 불과하고 그 관리권의 전부와 경영상의 주요 권한은 노동자의 손에 수확(收穫)하려는 것이외다.

4. 관리권 요구의 논거

자각 있는 노동자는 '우리의 세계'가 도래할 것을 확언합니다. 피등(彼等)은 산업이라는 동맥 계통을 지배함으로써 세계라는 육체의 주재권(主宰權)을 가진 심장의 직무를 자임합니다. 득롱망촉(得隴望蜀)[51]의 한없는 욕심은, 피등으로 하여금 산업관리권의 획득을 출발점으로 하여, 장래에는 정치, 사회, 경제, 사상 등 인류생활의 전 국면을 지배케 되지 않고는 인류의 최고의 행복을 예상할 수 없다고 합니다. 이것이 과연 진리이겠느냐 아니겠느냐는 문제는 고사하고, 하여간 피등은 차(此)를 가장 맹렬히 주장하고 또 이 주장의 합리성을 논증함에는 항상 노동은 상품이 아니며, 노동자의 노동력은 기계나 자본금 같은 생산의 용구가 아니라는 무기로 논전을 시험합니다. 1919년에 체결한 베르사유강화조약 중 노동규약의 일반원칙 제1조에도 차(此)에 관하여 명료히 규정되었습니다. 즉 "노동은 단(單)히 화물 우(又)는 상품으로 인정치 않을 사(事)"라고 명기한 것을 보면, 오직 노동자 자신의 아전인수적 논거가 아니라 금일의 위정자와 자본가도 차(此)의 진리라고 인식함을 알 수 있습니다.

과연 노동이 1일에 1,300, 1,400칼로리의 열을 발산하고 생명의 분해를 예상하는 정력의 완만한 소모를 희생함으로써 약간의 임금을 일신의 생활을 유지키도 불능한 임금을 획득함이라 할진대, 자유노동이니 자유계약이니 하는 미명 하에서 노동력을 매각하므로 우마(牛馬)와 같이 고역에 취(就)치 않으면 아니 되는 것이 노동이라 할진대, 그것은 주저(呪詛)할 만한 일종 형벌이요, 인류의 묵인키 어려운 일대치욕이겠습니다.

그러나 일편(一便)에 우리의 양심은 이것을 부인합니다. 하므로 이에서 우

---

51 득롱망촉(得隴望蜀) : '농서 지방을 얻고 나니 촉 지방이 탐난다'는 말로, 사람 욕심은 끝이 없음을 가리키는 말.

리는 큰 모순을 감(感)합니다.

"이마에 땀 내지 않는 자에게 밥 주지 마라."는 성철(聖哲)의 교훈이 있기 전부터 노동은 노동자라는 일부분의 특수한 계급에만 한한 특권(?)이거나 또는 인위적 과역(課役)이 아니라, 전 인류의 개인, 개인이 인류 전체에게 대하여지는 최중(最重)한 의무라는 지고지순한 관념이 있습니다. 노동을 피하려는 자는 생존권을 포기하려는 자이올시다. 하므로 노동이 금일과 여(如)한 상태에 재(在)함은, 기(其) 근본의의가 그릇된 소이가 아니요, 오직 시대적 현상에 불과함이외다. 즉 현재의 모든 조직이 불합리와 큰 모순에 빠지기 때문이외다.

4의 1. 노동의 5대의(大義)

그러면 노동의 진의(眞義) 여하(如何)오. 여(余)는 5대 의의를 부여코자 하노니, 1왈(曰), 생명의 발로. 2왈, 창조 혹은 개조의 환희. 3왈, 인류의 무한한 향상. 4왈, 행복의 원천. 5왈, 가치의 본체가 곧 이것이외다.

1. 생명의 발로. 사람이 사람을 낳을 제, 이에서 다른 일개의 생명이 출현됩니다. 사람의 노력으로 하여 일엽(一葉)의 초(草), 일간(一幹)의 목(木)이 성장할 때, 이에서 일개의 신생명(新生命)의 송가(頌歌)를 드립니다. 물론 이것은 자연과 인력과의 협력이지만, 그 새로운 생명 가운데에는 자연의 대법칙에 의한 '초인간력(超人間力)'이 포함된 동시에 노력을 공헌한 자의 생명을 체현하는 그 무엇이 있는 것이외다. 일개의 미술품, 일개의 건축물이 노동의 은혜가 아니면, 어찌 인류의 행복에 채운 미장(美壯)한 문화의 궁전을 장식할 수가 있으며, 그 작물에 작자 자신의 전 생명이 용로(鎔鑪)의 철탕(鐵湯)을 주입(鑄入)함과 같이, 응결치 않고서는 또 어찌 가치가 있으리오. 생명은 영원한 것이외다. 육체를 떠난 생명은 영원한 것이외다. 예술가가 항상 "예술은

영원하다."고 감탄하는 것은, 또 예술이 사실상 영원한 생명을 가진 것은 영원성을 가진 생명이 노동을 통하여 생명의 발로로서 모든 작품에 응결되기 때문이외다. 동서고금의 영원히 기념할 만한 대(大) 미술품, 대 건축물은 실로 우리 노동자가 일가(一架)의 흙을 져오고 돌을 담아옴으로부터 무궁한 생명을 가지게 된 것이외다. (1920.4.24)

2. 창조(혹은 개조)의 환희. 예술가가 최후의 붓대를, 그 화가(畫架)로부터 최후의 칼날을, 그 조각으로부터 떼고 나서, 환희에 타는 만면의 미소를 감추지 못하며, 자기의 작품을 바라보고 섰을 제, "몇 천원이나 받기에 그리 기뻐하느냐"고 묻는 자가 있으면, 그는 반드시 양권(兩拳)을 빼내들고 달려들 것이외다. 만일 그에게 그만한 용기가 없다 할진대, 그 억제치 못하는 환희는, 불원간 금전의 형태로 자기 품에 들어오리라고 예상하는 그 작품의 교환가치에 대하여 감(感)하는 자인 동시에, 그의 예술은 타락의 심연에 빠질 것이외다. 그의 환희는 반드시 지고지순한 창조의 환희가 아니면 아닐 것이외다. 그와 같이 일(一) 직공이, 공장에서 자기가 제조한 물품이 성적이 양호할 제, 과거의 고심, 노력과 차(此)에 대한 보수의 다과(多寡)를 타산(打算)하기 전에 자기의 수공(手工)의 교묘와 진보와 숙련에 대한 희열의 정(情), 내지(乃至) 일사(一事)에 성공하였다는 행복의 미소가 다만 일순간이라도 구변(口邊)에 흐를 것이외다. 이것이 인생의 가장 높고, 가장 순결하고, 가장 가치 있으며, 가장 행복스러운 창조의 환희이외다. 그러나 금일의 노동자가 이러한 행복의 경험이 없고, 이러한 향락의 맛을 모르는 것은, 노동이란 것이 본질적으로 그와 같은 소질이 없는 것도 아니요, 노동자의 심경이 이것을 환기할 만한 원동력이 결핍한 소이도 아니외다. 오직 금일과 여(如)한 자본주의와 임금제도 하에서 매일 장시간의 노동을 마치고 피로와 권염(倦厭)과 기갈(饑渴)에 원기(元氣)를 소실(消失)한 자에게는, 하여간 임금을 받아들고 고대하는 처자에게로

돌아갈 생각 이외에 다른 여유가 없을 것이외다.

차(此)를 요컨대 금일의 산업제도가 사람의 창조력을 소멸시킨 죄올시다. 물론 사람에게는 완전한 창조는 없습니다. 오직 대자연의 일부를 개조함에 불과하고, 또 이것을 지칭하여 '창조'라 하는 바이거니와 하여간 금일과 여(如)히 노동을 상품시하여 순전한 생산용구의 일부로 간주하는 결과, 노동자에게 산업에 관한 책임관과 애착이 무(無)하므로 노동이 창조의 희열을 환기함은 고사하고 반(反)히 고통을 불감(不堪)케 하는 바이외다.

3. 인류의 무한한 향상. '인류를 위하여, 인류의 무한한 향상을 위하여'라는 말은 현대에 지(至)하여는 결코 공허한 수식적 문자가 아니외다. 만일 우리의 뇌리에서 이러한 말을 빼앗을 지경이면, 우리의 모든 노력은 설괴(雪塊)[52]를 열화(烈火)에 투입함에 불과할 것이외다.

그러나 이것은 노동을 제치(除置)하고는 기대할 수 없는 것이외다. 과거에도 그리하였지마는, 미래에는 우(又) 일층 그러함을 능히 논증할 수 있습니다. 20세기 초의 문명이 기십억만인(幾十億萬人)의 노동의 총화가 아니라도 능히 반박할 자가 그 누구며, 장래의 문화가 노동에 의하여만 그 광희(光照)를 더하리라 함을 믿지 않을 자가 그 누구이겠습니까. 전 인류의 행복, 문화의 향상은 노동자의 질의 향상으로부터 출발하고, 노동자의 질의 향상은 노동을 전 인류가 분담함으로써 비로소 차(此)를 기대할 수 있는 동시에 노동의 결과만 미래의 세계에 융륭찬란(隆隆燦爛)한 최고의 문화를 건설하고 이상의 향(鄕)을 개척할 수 있습니다.

4. 행복의 원천. 만골(萬骨)이 참담황폐(慘憺荒廢)한 광야에서 마르는 동안, 일장(一將)의 흉간(胸間)에는 만민(萬民)이 찬영(讚榮)하는 공훈(功勳)의 광채가

---

52 설괴(雪塊) : 눈의 덩어리.

찬란합니다. 그와 같이 우리의 행복은 그 전부를 다수의 노동자에게서 은혜받았습니다. 차부(車夫)의 노동력은 우리의 정력과 시간을 절약시키며 우리의 사업을 신속케 하느라고, 얼마나 그 자신을 희생하는가. 이것은 가장 비근한 일례나 하여간 피등이 구슬 같은 땀을 흘리며, 땅을 파고 흙을 지며, 사람을 끌고 달음질 제, 우리의 가슴은 양심의 가책을 느끼지 않으면 아니 될 것이외다. 과연 우리의 행복은 일부 자(者)의 제공하는 노동으로 말미암아 비로소 지지(持支)할 수 있습니다. 그러나 미래의 우리는 반드시 전 인류가 서로 노동함으로써 서로 돕고 서로의 행복을 증진케 하여야 하겠습니다.

5. 가치의 본체. 이것은 과학적 관찰이외다. 독일의 칼 맑스(1818~1882년)는 이것을 설명하되, '상품의 가치라는 것은 그 상품 중에 함유한 추상적 노동의 분량'이라고 하였습니다. 이것을 평이하게 설명하면, 즉 정수(井水)는 천연의 산물이므로 사용가치(실제효용의 가치) 이외의 상품으로서의 가치는 없으나, 일가(一架)의 수(水)를 구매할 제 2, 3전(錢)의 가치를 생(生)함은, 그 정수 자체의 가격이 아니라 일가의 수(水)를 운반하는 노동의 가치라 함이외다. (1920.4.25)

5. 결론

'자유평등'이란 용어는 야소(耶蘇)의 설교와 불란서혁명의 인권선언, 혹은 미국독립선언서의 대문자를 보지 않더라도, 고금의 별(別)이 없이 평범히 사명(使命)됩니다.

그러나 어느 때, 어느 곳에 진정한 자유·평등이 존재하였습니까. 권위와 권위가 한없이 교대하는 간(間)에 자유·평등은 무참히 유린되었습니다. 불란서혁명이 자유·평등의 근본정신에 입각하였다 할지라도. 이것은 다만 귀족계급과 시민계급이 자본계급과 노동계급의 형체로 변함에 불과함이 아니었습니까. 소유권의 신성을 선언한 일편(一便)에 자본주의 산업이 왕성함에 지(至)하여, 이에서 자본가계급의 정치적·사회적·산업적 패권이 무산계급의 두상(頭上)에 압도할 것은 필연지세라 하겠습니다. 이같이 하여 인류 역사의 어느 페이지에든지, 권위의 포학은 기록되어 있으나, 자유평등의 향기로운 문자는 영원히 매몰되었습니다.

노동이 물품이 아니요, 천역(賤役)이 아니며, 도리어 인류생활의 기본요건이요, 신성한 의무임을 자각할 제, 우리는 무산계급을 위하여 만곡(萬斛)의 누(淚)를 불석(不惜)하는 동시에 모든 불합리와 모순 위에 성립된 이 사회현상을 저주치 않을 수가 없습니다. 물론 자유라는 말은 이기적 욕망을 무제한으로 만족시킨다는 의미도 아니요, 또 평등이란 것이 사람을 본질적으로 평등하다는 것도 아니외다. 오직 개인 개인이 그 무제한으로 요구하는 일면의 욕망을 자제함으로써 정치, 산업, 사회 등 각인(各人)의 외적 생활상 평등한 기회를 부여하라 함이외다. 항상 하는 말이지만, 인류 전체의 행복과 최고 문화의 건설은 오직 개인이 천부한 재능을 유감없이 발휘함으로써 성취할 수 있고, 또 이것은 각인의 기회를 균등케 함으로만 기대할 수 있습니다. "모든 사람의 견상(肩上)으로부터 가혹한 부담을 삭제하고 모든 사람에게 평등한 기회를 주지 않으면 안 된다."고 흑노(黑奴)의 은부(恩父) 에이브러햄 링컨은 인도(人道)를 위하여 갈파하였습니다. 이것이 소위 민주주의의 근본정신인 동시에 산업적 민주주의를 표방하는 노동운동을 일관한 주의주장이라 하겠습니다.

기억만인(幾億萬人)의 일체의 생활이 극소수의 특권계급에 농단(壟斷)됨이, 합리하고 불합리함은 고사하고 이것이 과연 인류에 패려(悖戾)[53]함이 아니라고 능히 논증할 자가 있겠습니까.

인민의, 인민으로 된, 인민을 위한 모든 시스템. 이것을 내면적으로 관찰하면 개인의 의사를 존중하고 각인(各人)의 의사(意思)로만 지배하는 모든 조직의 건설, 이것만 우리의 정당한 요구요, 또 이것만 우리의 노력의 대상인 동시에 노동운동의 최후의 귀착점이외다.

6. 조선과 노동문제

이상은 본 제하(題下)에서 논코자 하는 바를 약술하였습니다. 물론 불충분하고 불만족한 점이 많습니다. 더구나 노동의 5의의를 초할 시(時)는 시간이 촉급하여 용두사미의 탄(歎)을 면치 못함은 큰 유감으로 생각하는 바외다. 그러나 기회는 금후 허다하겠으므로 시간의 여유가 있는 대로는 일층 상론코자 합니다마는, 최후에 간단히 일언코자 함은 조선에도 노동문제가 발생하고 또 차(此)에 관한 운동이 있겠느냐 하는 문제와, 만일 있다 하면 이것을 어찌 지도하겠느냐는 문제에 대하여 비견(卑見)을 피력하여, 선배 제위의 고교(高敎)를 걸(乞)코자 하는 바외다.

작하(昨夏) 이래로, 경성 시내의 전차 차장의 소(小) 파업, 활동사진관의 변사·기사 등의 동맹파업, 기타에 일전(日前) 부산에 야기한 인부의 동맹파업 등 사실에 징(徵)하여도, 다소간 조선에도 해외의 영향이 피급(波及)한 모양이거니와, 오직 논리적 견해로 논할지라도, 장래에 발생할 허다한 요건을 구비하였습니다.

제1에 거할 바는 계급사상의 반동이외다. 금일의 조선인같이 계급사상이

53　패려하다 : 언행이나 성질이 도리에 어그러지고 사납다.

발달된 민족은 없겠습니다. 관존민비(官尊民卑)의 고루한 사상은 물론이려니와 기천년(幾千年) 간 뇌리에 교착한 계급사상, 즉 양반상한(兩班常漢)의 개념은 고사하고 노동이라면 노예적 천역으로 간주하는 결과 노동자를, 우마와 같이 멸시함은 사실이외다. 하므로 노동자가 일단 자각함에 지(至)하면, 반드시 그 반동으로 사회적 평등한 지위와 대우를 요구할 것이외다.

제2는, 산업제도의 모방이외다. 목하 조선의 산업계는, 제(諸) 외국에 비하여 현저히 지완(遲緩)하나, 하여간 기(其) 제도는 선진국을 모방하여 자본의 집중으로 주식회사, 공장적 생산을 경영합니다. 하고 보면 여차(如此)한 제도의 필연적 부산물인 노동운동을 유치(誘致)함은 명백지사(明白之事)라 하겠습니다.

제3에는, 부호의 항명(頑冥)과 생활난의 압박이외다. 원래가 빈궁한 국민인데, 생활정도는 산업발달과 반비례로 앙진합니다. 그렇지 않아도 도시 발달에 따라서 문명의 여앙(餘殃)[54]으로 생활난을 호소하는 현상(現狀)에 산업은 부진하고 부호는 항명하여 누만(屢萬)의 자금을 심장(深藏)하므로 재계가 불황한즉, 이에서 무산계급으로 임금생활도 경영키 난(難)케 되는 결과, 필야(必也)에는 여차한 문제를 발생할지며.

기차(其次)에 제4로, 거(擧)코자 하는 바는 소작인 문제라 하겠습니다. 구미 제국(諸國)의 노동문제와 및 그 운동은 대개 공장노동자에 한하나, 아(我) 조선은 농본국(農本國)인 고로 노동자의 수로 논하여도 소작인이 대다수를 점(占)할지며, 상차(尙且) 금일과 여(如)히 일반(一般)히 참담한 상태에 함(陷)하여 있는 이상 반드시 차(此)에서 일대 문제가 장래에는 야기하리라고 용이히 예상할 수 있습니다.

---

54 여앙(餘殃) : 남에게 해로운 일을 많이 한 값으로 받는 재앙.

이상은 그 대개(大概)에 불과하거니와 여사(如斯)한 원인으로 대소(大小)를 불문하고 차(此)에 관한 제종(諸種) 운동이 야기한다 하면, 우리는 차(此)를 여하히 지도할까 하는 문제가 실로 중대합니다. 물론 여러 가지 사회적 사업과 시설로써 이러한 화근을 미전(未前)에 방어근치(防禦根治)함은, 관민협력으로 노력할 바이거니와, 자본가와 지주도 십분 유의할 바이나, 유식자로서는, 무엇보다도 위선 노동자의 질의 개선, 즉 교양에 착목하여 분려(奮勵)하는 동시에 차(此) 문제의 연구와 해결에 관하여 십분 노력치 않으면 아니 되리라고 우고(愚考)하나이다. 그러나 이에서 특히 경계할 바는 사회문제 혹은 사회적 운동을 정치문제 혹은 정치적 운동과 혼동함이외다. 금일의 우리로 무엇을 경영하든지 정치문제와 관련케 하고는, 충분한 발달과 성과를 수호키 어렵거니와, 더욱 노동문제를 정치적 범위 이내에 예입(曳入)하는 경우 비단 노동문제 해결을 지완(遲緩)케 할 뿐 아니라, 허다(許多)의 폐해를 자초하리라 생각합니다.

1920.4.24.

(1920.4.26)

여(余)의 평자적(評者的) 가치를 논함에 답함[55]

우리의 생활을 감정의 지배하에 방임하는 것은 물론 찬성할 수 없는 바이지만 그렇다고 우리의 감정을 학대하거나 허식(虛飾)하여서는 아니 된다. 또 그리할 수도 없는 것이다. 지금 『창조』 동인의 1인 김동인 군이 나더러 "너는 백악(白岳) 군의 작(作)을 평할 때 무슨 이상한 감정을 가지고 인신공격을 하였다." 하며 비난하면서도 기실 자기 역시 백악 군에게 대한 감정(나의 감정이 '악'하다 하면 김 군의 감정은 '선'이라 할 것이다)이 나에게 대하여 전혀 무리한 힐책(詰責)의 독시(毒矢)를 보낸 것을 보면 사람은 감정을 초월키 극난(極難)함을 알 것이다. 그러나 만일 김 군이 이것을(즉 백악 군을 무조건으로 변호하려는 감정을) 부인할진대 백악 군의 작(作)에 대한 여(余)의 평으로 말미암아 여(余)의 평자적(評者的) 가치를 논한 그 일문(一文)(『창조』 5월호 소재)은 전혀 김동인 군의 무식(無識)이거나 천려(淺慮)에서 나온 것이라 않을 수 없다.

나는 어떠한 친고(親故)의 주의로 김 군의 그 글을 읽어가며 한없는 미소를 금치 못하였다. 내가 처음에 백악 군의 소위 「자연의 자각」이라는 작(作)에 대한 평을 발표한 후, 혹은 창조사 동인이 총공격을 하리라는 소문도 듣고 혹은 백악 군 자신이 반박문을 기초(起草)하여 모지(某誌)에 기고하였다는 소식

---

55 제월(霽月), 「여(余)의 평자적(評者的) 가치를 논함에 답함」(전3회), 『동아일보』, 1920.5.31~6.2.

도 알고 앉아서 기분간(幾分間) 호기심과 기대를 가지고 격사(激射)의 일탄(一彈)이 정면으로 날아오는 시간을 기다렸다. 그러나 급기야에 창조사 동인의 총동원도 아니요, 백악 군 자신도 아닌 김 군의 솜방망이가 소리 없이 허구리를 찌르는 데 불과함을 보니 나 같은 약한 놈에게는 불행 중 다행이나 기운이 빠진 것 같아 한없는 미소를 연발한 것이다. 또 그 다음에 내가 미소를 금치 못한 이유는 김 군은 마치 혹을 떼러 갔다가 혹을 달고 온 모양이기 때문이다. 김 군은 여(余)의 평자적 가치를 평하여 왈(曰), "제로(零)"라 하였다. 소설 작법에 대한 지식이 제로이므로 소설 평자(評者) 될 자격도 제로일 뿐 아니라 "평자적(評者的) 상식과 인격과 자격의 극하열(極下劣)함을 발견치 않을 수가 없다."고까지 기고만장이다. 이에 대하여 나는 옳소이다, 옳소이다 하며 사례치 않을 수 없다. 그러나 왜 "제로"라는 말 한 마디에 그치지 않고 군더더기의 썩은 살과 뼈를 붙여서 도리어 그 "제로"라는 말이 그릇됨을 자박(自駁)하는 동시, 나의 무식함만치 군도 또한 무식함을 폭로하였는가 의문이며, 또 군을 위하여 애석히 생각하는 바라. 애석히 생각하며 미소함은 좀 참혹하나, 역시 감정의 소치라 어찌 나오는 웃음을 막으랴.

그러면 소위 군더더기의 썩은 살과 뼈라는 것은 무엇인가. 그 논문의 순서대로 이하에 약론(略論)하면,

제1. "작품을 비평하려는 눈은 절대로 작자의 인격을 비평하려는 눈으로 삼지 말 것"이라 하였다. 그러나 이것은 마치 재판관더러 범인의 신분을 조사하지 말라는 것과 이구동음(異口同音)이다. 내가 백악 군의 「자연의 자각」을 평하는 일문(一文) 중에 과연 백악 군의 인격을 평하였는지 아니하였는지 별문제려니와, 하여간 그 작가의 인격이 작물(作物)의 배후에 잠복함은 어떠한 평가(評家)의 논(論)이든지 일치하는 바며, 또 사실상 그러한 것이다. 단테나 괴테나 혹은 위고, 톨스토이와 같은 대작가더러 저급(低級)의 비근(卑近)한

통속물을 지으라는 요구는 무리가 아닐까. 그뿐만 아니라 평가(評家)가 일개의 작(作)을 평(評)코자 할진대 반드시 그 작자의 집필하던 당시의 경우·성격·취미·연령·사상의 경향 등 제(諸) 방면에 면밀한 고찰이 유(有)하여야 완전함을 기할 수 있으며, 또 비등(比等) 제(諸) 조건이 실로 일 개인의 인격을 구성하는 바인 이상 작(作)을 평함에 제(際)하여 그 작자의 인격을 음미함이 당연한 사(事)가 아닌가. 그러하나 이 인격이라는 말은 결코 재래에 도덕을 유일의 표준으로 삼고 사정(査定)하는 바는 아니다. 오직 진리에 살겠다는 예술가로서의 양심에 비추어서 논평함이다. (1920.5.31)

　제2. 인신공격이라 하여, 나의 평자적(評者的) 상식과 인격과 자격이 극하열(極下劣)타 하였고, 또 인신공격이라고 논단한 유일의 논거는 "자기광고"라고 한 나의 백악 군의 작(作)에 대한 평이다. 여(余)는 시문(試問)하노니 인신공격의 의의 여하(如何)오. 인신공격이라는 것은 공인(公人)으로 비판할 시에 사적(私的) 행위, 더욱이 그의 파렴치적 방면을 적발하여 수치(羞恥)를 폭로케 함을 운(云)함이니 여(余)가 백악 군의 작(作)을 평하여 자기광고라 함이 무슨 이유로 그의 파렴치한 사적 행위를 난힐(難詰)함과 동류시할 수 있을까. 또 백악 군이 그 작중에서 'K'라는 인물을 주인공으로 하여놓고 그 K가 모월 모일에 『매일신보』의 '매일문단'에 기고한 작(作)(「향촌의 누이로부터」라는 산문)이 우승(優勝)타는 것을 극력 찬양함이 결국 자아자찬에 불과하였다는 사실을 발표함이 그릇되었다 할지라도 그것은 결코 인신공격, 즉 프라이빗(private)의 행위, 백악 군 자신이 극력은휘(極力隱諱)코자 하는 사실을 악의로써 공중(公衆)에 폭로함이 아니요, '매일문단'에 발표된 「향촌의 누이로부터」라는 일문(一文)과 「자연의 자각」이라는 소위 소설을 쓴 분이 동일한 작자요, 또 「자연의 자각」 중의 K라는 인물이 백악 군 자신임을 아는 자는 누구든지 공지(公知)하는 사실인 이상, 내가 결코 그가 현로(現露)됨을 기탄(忌憚)하는 바를 악의로 적발치 않음은 물론이요, 따라서 인신공격이 아님은 명백한 사실이다. 그러나 백보(百步)를 양(讓)하여 이것을 인신공격이라 할지라도 만일 내가 같은 사실을 가지고 찬양을 하였을 경우에도 역시 인신공격이라 할까.

제3. 이상에 논술함과 같이 김 군은 공지하는 사실을 가지고 자기광고라 논단하였다 하여 인신공격이라 비난하나, 여기서 김 군은 변명할 수 없는 모순에 자함(自陷)하였다. 즉 김 군 왈(曰), "'자가광고(自家廣告)를 목적으로 한 소설은 실패의 이(理)'이라는 것은 무슨 이유인지 이 세상에 ― 소위 자서전이니 참회록이니 하는 명칭 아래에 발표되는 작품은 모두 제월 씨의 부르는 바 '자가광고적'이 아닌가? 이(「자연의 자각」)는 다만 제3자를 이용한 참회가 아니냐?"라고 명언(明言)하였다. 이로 말미암아 볼진대 '자기광고'라는 말은 인신공격도 아니요, 불명예한 것도 아님은 물론이려니와 도리어 명예스러운 찬사가 아닌가. 즉 내가 백악 군더러 "군은 자기광고의 작(作)을 썼다." 하는 말이 "군은 참회록을 썼다." 하는 말과 같은 의미가 되는 고로 이것이 김 군이 부지불식간에 자아당착(自我撞着)에 자함(自陷)한 동시에 군의 무식을 폭로하였다는 이유다. 그러나 김 군을 왜 무식하다고 하나? 제1에 김 군은 '자아광고'라는 말과 '자아표현'이라는 말의 구별을 못하는 것. 제2에는 '목적'과 '자연적 결과'라는 양어(兩語)를 변별치 못하는 소이(所以)다. 자서전이나 참회록을 자아광고를 '목적'으로 하는 작(作)이라고 독단하는 군에게 예술은 참을 수 없는 횡일(橫溢)한 예술적 충동에만 존재하는 것이라는 설명이 무용(無用)타고 하겠지만, 이에서 한마디 명언하여둘 것은 자서전이나 참회록은 비굴한 자가광고를 목적치 않음은 물론이려니와 자아표현도 목적치 않는다는 것이다. 오직 '자기'를 말함으로써 인생을 이야기하고 자연을 이야기하고, 사회를 이야기하고, 진리를 이야기하며, 또 인생과 자연과 사회와 진리 등을 이야기하는 중에서 자연히 '자기'를, 전아(全我)를 발로함이다. 하므로 '자아표현'이

염상섭 문장 전집 I

란 것은 고의로 목적을 삼는 것이 아니라 예기치 않은 결과라 한다. 만일 자서전이나 참회록을 쓸 때에 자가(自家)를 광고하려는 혹은 자기를 고의로 표현코자 하는 목적을 가지고 쓴다 할진대 그것은 허위에 채운 자기과장(自己誇張)과 자가자찬(自家自讚)의 불순한 후기(嗅氣)뿐일 것이다. 왜 그러냐 하면, 사람은 늘 자기를 보다 더 낫게 보이려는 본능이 있기 때문에. 하므로 나는 늘 작(作)의 우열을 비판키 전에 그 동기를 예술가의 양심에 비춰보는 것이다. 이것을 김 군은 "평자는 다시 직접 인신공격으로 들러붙어서 작품 평자인 자기의 본분을 잊고, 해(該) 소설(백악 군의 작(作))을 쓰게 된 동기를 난힐하기를 예술가로서의 양심으로써……." 하며 운운하였으니 대체 김 군은 '예술가로서의 양심'이란 말을 어떻게 해석하고 하는 말인지 모르겠다. (1920.6.1)

제4. 김 군은 "상용일기도 완전한 예술품이 될 수 있다고 단언한다."고 하였다. 이것은 마치 역사의 연대표도 우수한 예술품이라는 무식자의 궤변과 다름없는 말이다. '상용일기'라는 '상용' 2자(字)를 모르는 군에게 소설은 무엇이니 예술은 무엇이니 논란할 필요가 없기로 그만둔다.

제5. "백만인이 다 아는 문자와 일정한 어사(語辭)를 못쓴다 하면 ……." 운운한 것은 한인(閑人)의 섬어(譫語)라고 하면 아무 죄는 없겠지만 그것은 무슨 당치 못한 소리인가. 들을 필요가 없기로 묻지 않는다. 이에 일언(一言)할 바는 우주에 채운 모든 소리는 자유로 두드릴지어다. 사람에게 허락한 말이란 말은 감정을 충분히 표현할 때까지 임의로 쓸지어다. 우리에게는 그러한 자유도 있거니와 권리도 가졌다. 그러나 '오직 한 일에 오직 한 말밖에 없다.'라는 플로베르의 명언을 기억할지어다. 그리고 세련(洗練)한 한 마디, 한 마디의 말 사이에는 조화가 있어야 한다는 것이다.

제6. "제월 씨가 이 비평을 쓴 동기는 모르지마는 처음부터 끝까지 다만 백악 씨를 공격하려는 마음을 가진 것은 그 글이 증명한다. 즉 이 평론은 작품에 대한 것보다 인신공격이다."라고 하였다. 군은 '종야통곡(終夜痛哭)에 부지하방(不知何房) 마누라 상사(喪事)'[56]라는 속언(俗諺)과 같이 나의 평자적 가치를 논하면서 내가 그 평을 쓴 동기를 모른다는 것은 무책임함도 한(限)이 없다. 도적을 잡다 놓고 그놈이 효성이 지극하여 아사할 지경에 빠진 부모를 구(救)키 위하여 도적을 하였는지, 주색박혁(酒色博奕)에 탐닉하여 그리하였는지를 모르고 어찌 정당한 재판을 하리요. 그같이 명료한 나의 동기를 모르고 평자적 가치를 운운함은 실로 너무 무렴의(無廉義)한 언동이라 하는 바이다. 또 백악 군을 오직 공격만 한 것이, 즉 인신공격이라 하였으니 이러한 논법이 과연 구성될까. 'a'라는 사람의 작품을 공격만 하고 찬양치 않음이 곧 인신공격이라는 논법이 합리적이라고 할 수 있다면 그는 정신이상이 아니면 억설(臆說)이다. 설사 '작품' 2자(字)를 빼고 '백악 군을 철두철미 공격'하였다 하기로 백악 군의 공적 행위를 공박함인지, 사적 행위를 공격, 즉 소위 인신공격을 하였는지는 경솔히 단언키 난(難)할 바이다.

이것을 너무 노노(呶呶)히 반박함은 군을 위하여 자미없는 일이요. 또 그리할 가치도 없지만 묵묵간과(默默看過)함은 군에게 대하여 예가 아니며, 겸하여 군의 오류를 자각케 할 기회를 영원히 잃음이 되겠기로 총망(悤忙) 중 소가(小暇)를 논하여 답하는 터이며, 최후에 "어떤 사람처럼 겉으로는 공순(恭順)하고 속에는 독을 품은 말을……." 운운한 것은 군이 속히 취소키를 바라는 바이다. 또 백악 군의 「자연의 자각」은 결코 양작(良作)은 못 된다는 변명을 일부러 부언한 군의 고충에 대하여 한없는 동정을 보내는 동시에 감심(感心)한다고 일언하여둔다.

하여간 서로 면식도 없는 군과 이러한 사소한 문제로 설왕설래함은 자미

---

56 종야통곡(終夜痛哭)에 부지하방(不知何房) 마누라 상사(喪事) : 밤새도록 통곡해도 어느 마누라 초상인지 모른다.

적은 일이나, 이것이 만일 우리의 그룹에 대하여 다소의 흥미와 유익이 있으면 분에 겨운 수확이라 생각하여 초(草)한 것이요, 결코 나더러 이것이 '제로'요, 저것이 '제로'라고 평이 듣기 싫거나 무서워서 그리함은 아니다. 내가 전연(全然)히 모르는[57] 사람이 나를 자세히 이해치 못하고 혹은 미친놈이라거나 혹은 극하열(極下劣)한 악한(惡漢)이라기로 그리 흉 될 것도 없고 듣기 싫을 것도 없다. 오직 일소(一笑)에 부(附)하면 천하는 태평(泰平).

5.27.

(1920.6.2)

---

57 원문에는 '못하는'으로 표기되어 있는데, 문맥상 '모르는'의 오식으로 추정되어 바로잡았다.

김 군께 한 말[58]

상주(喪主)보다 복인(服人)[59]의 설움이 더하기로 별로 괴이치는 않으나, 당자(當者)이신 백악(白岳) 군은, 부족거론(不足擧論)이므로 치지물론(置之勿論)하여 그리하였던지, 하여간 일언반사(一言半辭)의 논란이 없거늘, 알지 못하고 보지 못한 김 군의 고론탁설(高論卓說)은, 일일이 감복하는 바이로되 복인의 설움이, 그 극(極)함을 도리어 미안히 생각합니다.

더구나 군의 말씀이, 나에게 알지 못할 곳이 많고, 또 그 문리(文理)를 투득(透得)하여도, 그 의미를 난해(難解)일 뿐 아니라, 사람의 글을 면밀히 검토치 않고, 혹은 못하고, 오직 박(駁)함에 급한 이상, 나는 군에게 반성을 구할 권리는 있으되, 일일이 답변할 의무가 없으므로, 종금(從今) 이후로는 묵과치 않을 수 없는, 나의 부득이한 무례를 사죄함에 그치려 하오니 군은 모름지기 심량해유(深諒海宥)하심을 천만절망(千萬切望)하노이다.

---

58 제월(霽月), 「김 군께 한 말」, 『동아일보』, 1920.6.14.
59 복인(服人) : 일 년 이하의 상복(喪服)을 입는 사람.

법의 法衣[60]

(요코하마(橫濱) 인쇄공장에서)

방울 같은 눈이

난사(亂射)의 시선이

순간에만 사는, 절제 없는 리듬이

이리로 이리로 뻗어올 제

나는, 나는 외면한다.

아 —

가엾은 아주머님!

젊은 냄새에 주린 아씨님!

무엇을 보고 싶어

나를, 이 나를 쳐다보시오?

숱 달린 이 옷이

---

60 제월(霽月), 「법의(法衣)」, 『폐허』, 1920.7.25.

하도 우스워서?

밤송이 같은 대가리가

하도 보기 싫어서?

땀 흘리는 소같이

헐떡거리는 숨소리가

하도 듣기 싫어서?

도장(屠場)의 양 같은, 우둔한 내 눈이

하도 이상스러워서?

백지장같이 마른 뺨 위에 뻗친

광대뼈가, 꿈에나

보일까 봐서

아 ―

보지 마시오, 보시지 말으시오.

그러나

보시는 것은 막을 수 없소.

보시는 것은 마음대로요.

허나, 허나

제발, 제발 가까이는 오지 말아주시오.

그대의 생기 있는

그 눈동자

나는 두려워하고, 부끄러워하면서도

가슴에 미소하며 찰나의 행복을 맛보지만
그대의 주름진 꺼치러운[61]
얼굴을 가까이 볼 때에
나는
실망하오. 원망하오.

신부(信夫)의 '법의(法衣)'는 보고 싶으나
승려의 가사(袈裟)[62]는 찬란하지만
법의를 벗은
가사를 떼어놓은
그대는 모든
숭엄과 경건을 빼앗아 가누나.

1920.1.28.

---

61 꺼치럽다 : '거칠다'의 경북 방언.
62 가사(袈裟) : 승려가 장삼 위에 왼쪽 어깨에서 오른쪽 겨드랑이 밑으로 걸쳐 입는 법의.

상여[63]
想餘

    땅이 말라서 쩍쩍 갈라지고, 풀잎이란 풀잎은 새까맣게 타며, 돈이 말라서 우후(雨後)의 죽순(竹筍) 같은 주식회사의 간판이 날아가고, 호주머니 속에서 회리바람[64]이 부는 이 때다. 과연 '폐허'다. 금년의 수확이 얼마나 될지는, 물론 예상외다마는 이 한발(旱魃), 이 전황(錢慌) 속에서, 하여간 이 세상에, 나오게 된 것만 다행이다. 이것은 실로 고(高) 군의 진력과 상아탑(象牙塔), 안서(岸曙) 양 군의 노력이다. 우리 동인은 3군에게 사(謝)하는 바이다. 또 독자 제군에게는 양두(羊頭)를 걸고 구육(狗肉)을 파는 죄를 사(謝)한다. 그러나 제2호를 출간할 때쯤, 혹 모나 내이게 감우(甘雨)가 수점(數點) 똑똑 하면, 다소간 제군의 만족을 드릴까 한다. 몸이 괴로워 이만 그친다.

---

63 제월(霽月), 「상여(想餘)」, 『폐허』, 1920.7.25. 이 글은 '상여'라는 제하에 '억생(億生)', '벽생(壁生)', '제월(霽月)', '고(高)'가 함께 쓴 글이다. 여기에는 염상섭이 '제월'이라는 필명으로 쓴 글만 발췌에서 수록했다.
64 회리바람 : '회오리바람'의 강원도 방언.

폐허에 서서[65]

일우일아(一雨一芽)의 따뜻한 봄바람이, 부활의 송영(頌榮)을 받드는 초춘(初春)의 날, 늦은 아침이었습니다.

아담·이브의 머릿속에 지(智)의 이삭이, 북돋은 때로부터, 입에 물었던 '재갈'의 자죽[66] 스러져가고, 때를 따라 등에 흐르던, 옛 도덕의 '□□' □□□□ □□□□[67]한 무리, 배달의 자손들은, 지난 밤 운무(雲霧)에 싸여 험한 뫼에 높이 올라, 서로 끼고 울며 날 새이던 괴롬과 슬픔, 다 잊어버리고, 오직 가슴을 압착하는 듯한, 초련(初戀)에 마음 졸이는 소녀가, 환희와 희망과 추억에 타나, 그러나 고독과 불만을 호소하는 듯한, 애처로운 한숨을 고요히 쉬이며, 묵묵히 동(東)으로 동으로, 가벼우나 느린 보조(步調)로 걸어 나갑니다.

소언(少焉)[68]에 한 큰 '황야'가, 그 무리의 안역(眼域)을 점령할 때, 그들의 심금은 또 한 번 추억과 동경에 울렸습니다.

거기에는 오직, 님 없는 교목과, 기둥 없는 주춧돌과, 영롱한 채색에 싸인 옛 목재가 지기(知己)의 벗을 기다리며, 고적(孤寂)히 이곳저곳 흩어져 누워

65　제월(霽月), 「폐허에 서서」, 『폐허』, 1920.7.25.
66　자죽 : '자국'의 강원도 방언.
67　원문상의 복자(伏字).
68　소언(少焉) : 잠깐 동안.

있을 따름이외다.

그러나 거기에는 소생의 금파(金波)가, 운작(雲雀)의 개가(凱歌)에 발맞춰, 전폭(全幅)에 무도(舞蹈)하고, 누런 잎에 싸인 연녹색의 잔디의 새 이삭은, 흙으로부터 소리 없이 울려나오는 생의 방순한 향기와, 양류(嘹嚦)한 멜로디에 취하여, 숨이 막혀서 쌔근거립니다.

이 처참하나 거룩한 '성전(聖殿)'에 들어온 청년의 무리는, 자기들이, 이 정밀한 침묵과 찬란한 리듬을, 파괴하는 침입자가 아닐까 두려워하는 동시에, 자기에게는, 이 재목의 지기지우(知己之友)가 되고, 주춧돌의 주인이 되어, 이 황폐한 허지(墟址)에 (예술의) □□□□□□[69] 책임이 있다고 자부합니다.

피등(彼等)은 서로를 경계하며, 고요히 들어가서, 낮은 언덕을 등지고 앉았습니다.

예민한 귀를, 이삭의 간단없는 숨소리에 기울이고, 코를 흙의 복욱한 가향(佳香)에 찡그리며, 애(愛)와 희망에 타는 시선을, 반공(半空)에 고치질하는 그 무리의 안상(顔上)으로는, (도덕의) 말뚝과 채찍에 신음하던 자의 묵은 우수(憂愁)는 쓰러지고, 지금의 사랑과 미래의 영화를 꿈꾸는 자의 단(甘) 미소가, 구변(口邊)에 흘러갑니다.

이 무리의 무엇보다도 굳센 결심은, 서로에게 허락한 맹서는, 이 '폐허'에 솟아나오는 떡잎의 낱낱이, 그 순간순간의 새로운 생명을, 무엇에게도 유린되지 않고, 저해 받지 않고, 열매가 맺을 때까지, 자기네들은 옷깃을 나누지 않겠다는 것이외다. 않는 것이 아니라, 그리하지 못 하겠다 합니다. 그러나 이것은 사소한 우정이거나, 불순한 사정이 그 무리에게 강요하는 것이 아니라, 진리의 궁전에 순례하겠다는 자의 지고지순한 영혼이 악수한 때문이요,

---

69 원문상의 복자(伏字).

또 그 악수는 영원히 흩어질 시간을 가지지 않기 때문이외다.

그러나 피등은 이지(理智)에만 살려고는 아니합니다. '황야'에 팽배한 과거의 광희(光熙)와, 안전(眼前)에 전개한 소생의 금파가, 진리의 신향(神香)을 피등의 영혼에 뿜어 넣을 제, 그 무리는 그것에만 만족치 않습니다. 그 환락과 감격을 가슴에 품고 민사(悶死)함으로만은, 결코 만족치 않습니다.

뜨거운 기꺼움의 눈물로, 대지의 모든 생물을 축이고, 서로의 뺨을 적실 제, 그들의 가슴속에는, 한량없는 애(愛)의 샘이 끓어오릅니다. 아 —, 어느 애인의 가슴이, 이같이 청정하고 이같이 진순한 애(愛)를 경험하였을까.

만일 한 잎의 이삭을, 그릇하여 밟으면, 그들은 반드시 전율하며, 슬픈 느낌에 마음 저릴 것이외다.

실로 그 무리의 영혼은 진리의 끈으로 비끄러매고, 애(愛)의 쇠로 채웠습니다. 그러함으로 그 무리는 열 마음이, 한 마음일 수가 있고, 백의 발자취가 한길을 밟을 수 있습니다.

과연 이것이, 그들의 무엇보다도 큰, 그들의 자랑이요, 그들의 마음 겨운 행복이외다.

이때까지 언덕에 앉았던 그네들은, 다문 입을 마침내 열지 않고, 떼를 지어 팔 겯고 일어나니, 서로 기뻐하며 마주보는, 그들의 안광(眼光)은, 희망과 결심의 불길이 일어났습니다.

염상섭 문장 전집

1921

저수하樗樹下에서[70]

　"허언(虛言)은 사람이 모든 생물보다 초월할 수 있는 유일의 특권이다. 허언 속에서 진(眞)이 나온다. 나도 거짓말을 하기 때문에 사람이다. 처음에 40번이나 혹은 140번이나 허언을 하지 않고는 단 하나의 진리에도 득달할 수 없다. 만일 그것이 자기의 생각에서 우러나오는 허언일 지경이면 존경할 만한 것이다. 자기의 생각으로서 허언을 하는 것은 진리를 다른 샘(他泉)에서 길어오는 것보다 나은 일이다. 전자(前者)인 경우에는 너는 아직 사람이다. 그러나 후자(後者)인 경우에는 너는 앵무(鸚鵡)에 불과하다."

　근일 나의 기분을 가장 정직하게 토설하면 앵무의 입내는 물론이거니와 소위 사람의 특권이라는 허언도 하기 싫은 증(症)이 극도에 달하였다. 간혹 구설(口舌)로서 하는 것은 부득이 일일지 모르되 붓끝으로까지, 붓끝은 고사하고 활자로까지 무수한 노력과 시간과 금전을 낭비하여가며 빨간 거짓말을 박아서 점두(店頭)에 벌여놓고 득의만면하여 착각된 군중을 우(又) 일층 현혹케 함은 확실히 죄악인 것같이 생각된다. 혹은 그것이, 그렇게 하는 것이 예당사(例當事)요, 또 진(眞)에 도달하는 프로세스라고도 할는지 모르나 허언도

70　상섭(想涉), 「저수하(樗樹下)에서」, 『폐허』, 1921.1.20. '저수(樗樹)'는 '가죽나무'를 뜻한다.

교묘히 할 만한 자격이 없이 중도난방(中途難方)으로 횡설수설하는 것은 비록 죄악이라고까지 혹평할 바는 아닐지라도 확실히 자기를 너무 고가(高價)로 타산하였거나 혹은 사회를 능멸한 소위(所爲)라고 나는 생각한다.

나는 위선(爲先) 이러한 이유로 폐허사(廢墟社)의 동인 됨을 사(辭)하고 '나'라는 존재를 숨기어보려 하였었다. 혹은 나의 친우의 모 군이 탈퇴를 하느니 탈퇴를 당하였느니 하는 문제와 무슨 관련한 바가 있는 것같이 오해할는지도 모르되 나는 나의 주장대로 실행하려 하였다. 그러나 문제는 그리 용이히 해결되지 못하였다. 그것은 물론 나 일 개인의 거취가 폐허사 존폐문제에 영향을 미칠만치 중대하기 때문이 아닌 것은 분명하다. 사실 그러하다. 하지만 이 폐허사라는 작은 단체에 대한 일부의 세평이나 혹은 폐허사의 현재의 입각지(立脚地)를 생각할 때에, 나는 과연 그 시기가 아님을 깨달았다. 나는 또다시 '서투른' 허언을 반복하면서 동인의 1인인 영예를 짐 지려 하는 것이다.

사람의 감정은 아무리 교양 있는 사람인 경우엘지라도 반동적으로 움직이는 것 같다. 나는 이것을 잠깐 '반동 기분'이라고 부르겠다.

내가 일단 결심하였던 바를 취소하고 사랑하는 친구들과 이 그룹을 유지하여 우리의 유일의 배설기관인 『폐허』를 간행함에 노력코자 함도 역시 이 '반동 기분'이 그 주요원인임을 보고하여두고자 한다. 이것은 특히 W군에게 아뢰려 하는 바이다. 군이 동경으로 향할 제, 나더러 "군도 탈퇴하는 것이 여하(如何)오. 『폐허』의 외문(外聞)도 생각하여봄이 ……." 운운한 일이 있었다. 그때는 내가 이미 탈퇴를 언명한 후였으므로 "물론 나도 사퇴하였다. 그러나 그 이유는 군에게 대한 우정으로거나 혹은 세평 여하로 인함이 아니노라."고 답한 일이 있었는데 지금 다시 복구함은 조론모개(朝論暮改)한 듯이 군이 오해할 듯하여 잠깐 군에게 말하여둠이다. 그는 하여간 내가 반동적 감정으로써 다시 사랑하는 『폐허』를 버리지 않겠다는 것은 다른 이유가 아니다. 내가 사퇴를 언명한 지 수일 후에 경성의 모 신문지의 '독자구락부'란에 '돌돌생(咄咄生)'이라는 익명으로 대략 여하(如下)한 기재(記載)가 있었다.

『폐허』라는 순문예잡지를 경영하는 자들 간에는 분쟁이 생겨서 모 동인에게 대하여 탈퇴를 강박(強迫)하였다니 한심한 현상이라 하고, 그 아래에 계속하여 철학자연(然)하는 모(某)가 모 예기(藝妓)의 집을 출입한다는 조소였다.

나는 최초에 이것을 볼 때에 이위(已爲) 탈퇴한 이상, 제3자로서 엄정비판을 하여볼까 하였다. 그러나 내가 마침 사퇴를 결심하자 이러한 소식이 들림은 비록 나 자신에는 관계가 없는 바일지로되 내가 마치 소위 외문 여하를 기외(忌畏)함인 듯이 오해될 뿐 아니라, 오히려 동인으로서 공동책임을 가지고 무책임한 소위 세평에 대하고자 하는 열분(熱憤)이 있기 때문에 다시 동인의 1인으로서 위선 돌돌생 군에게 그 비(非)를 질(質)하는 바이다.

제1. 동인의 탈퇴를 '강박' 운운함은 그 사실의 내용을 여하한 정도까지 상탐(詳探)하였으며, 또한 이것을 한심한 현상이라 할 이유가 무엇인가. 우리에게는 동인의 탈퇴를 강박 받은 자가 없음과 같이 강박한 사실도 없거니와 비록 사실이라 할지라도 조금도 기이한 예외의 사(事)가 아닐까 한다. 원래 동인조직은 그 대체의 사상경향이 유사한 자가 일종의 문예운동을 일으킴으로써 출현의 이유가 있고, 기분의 통일, 의기(意氣)의 혼융투합(渾融投合)으로써 존속의 가능성을 멱출(覓出)하는 바이다. 하고 보면 혹시(或時)에 이합산중(離合散衆)이 있음은 피차의 개성을 존중하고 공동목적을 위함에 부득이한 바가 아닌가. 만일 우리가 이해(利害)와 의리·우정으로써 결속된 세속적·상업적·실무적 혹은 협객배(俠客輩) 간에 통용되는 일종의 도덕적 의미로 단결됨이었다면 한심타 해도 용혹무괴(容或無怪)로되 우리는 우리의 사업의 성질상 정신적 공명과 기분의 묵합(默合)을 가장 중요시 않을 수 없다. 따라서 피차의 공명계합(共鳴契合)할 하등의 내적 요소가 결핍하였을 때 서로 분(分)함이

부사(腐絲)보다도 약한 경우가 없지 못할 것이다. 그러나 이에서 우정이라는 것은 의리와 이해가 문제 외임과 같이 별문제일 것이다.

그 다음에 '모 철학자연한 자' 운운한 것은 역시 아(我) 폐허사 동인 중 1인을 지칭함인지는 미가추지(未可推知)로되 (비록 『폐허』 동인인 경우일지라도 폐허사라는 단체와는 관계가 없는 개인의 행위일 것이다.) 돌돌생 군에 시문(試問)코자 하노니, 군은 여하히 하여 피(彼)의 행동을 그같이 정확히 탐지하였는고. 군이 피(彼)의 행동을 탐지하고 이를 신문지상에 공개하는 그 책(責)을 자임함에 제1 필요조건은 군이 확실히 목도함을 요할지요, 따라서 군은 반드시 모 처(處)의 모 가(家)는 모모 예기의 주소임을 상지(詳知)할지며, 비록 군이 그 예기를 아는 바 아니며 또한 피(彼)가 "문역(門閾)이 찰상(擦傷)토록 출입"함은 목도치 못하였을지라도 군의 우인(友人) 중에 수모(誰某)[71] 간 군에게 교시함이 아니면 군은 능히 알지 못하였을지니 군은 하고(何故)로 더욱이 친한 군의 우인의 비(非)를 책(責)치 않고 군의 모르는 바 외인(外人)을 난(難)함이 그리 극(極)한가. 또 다시 말코자 하는 바는, 군은 하고(何故)로 일 쇄사(鎖事)를 탄(歎)하기 전에 교양 있는 사회의 중심인물이라 목(目)할 만한 신사로서 주연(酒宴)에 미기(美妓)를 시(侍)케 하고 축첩(蓄妾)을 마음대로 하는 현하의 사회현상을 개탄치 않는가. 이를 또 한 번 추구할진대 성적(性的)으로도 철저한 자본주의가 대성공을 박(博)하는 목금(目今)의 사회조직을 통찰하고 저주할 만한 용기가 군에게는 하고(何故)로 결핍하였는가. 돌돌생이여, 군은 군의 미진(眉塵)을 볼지어다.

그러나 이에 일언(一言)을 부(附)할 것은 그 철학자연한 모 군이 그 예기를 방문하였을 때에는 마침 이 기사를 게재한 신문의 기자 1인이 임석하였고, 또 그 예기는 조선사회에 영명(令名)이 자자한 모 씨의 의자매인지 의남매인

---

71 수모(誰某) : '아무개'를 문어적으로 이르는 말.

지 하며, 또한 그 예기는 '사람'이라는 것이다.

이에 이르러 가장 중요한 문제는 '그러면 선악의 판단을 여하히 할까' 함이다.

이 잡지가 생긴 뒤로 혹시 이런 질문을 받는다. "『폐허』란 누가 하는가요.", "동인들이 하지요.", "아 그래도 주간이 있을 터이지요.", "동인들이 주간이지요……."

대체 세상 사람은 무엇을 하든지 사장이나 주간, 하다 못하여 주필이라도 있어야 조그마한 잡지 한 개라도 경영하여가는 것인 줄로만 아는 모양이다. 다화회(茶話會)나 혹은 의논할 일이 있어서 회합하면 석장(席長)이 있고, 발언권이 있고, 동의·재청이라는 사각형의 네 귀를 돌아다니고, 강연회를 열면 사회가 있고, 상관과 부하가 있어야 무슨 일이 되어가는 줄만 안다. 그러나 나는 명언(名言)하려 한다. 우리는 그런 것 없어도 일은 가장 용이하고 신속하고 원만히 진보(進步)된다고. 또 그러한 것이 우리의 특색이라고. 만일 우리가 십수인에 불과한, 더구나 다소의 교양이 있다고 하면서 이만한 일에 순전한 자율이 실행되지 못한다면 우리는 적면(赤面)할 것이라고. 혹은 이같이 말할지 모른다. 그렇기 때문에 불규칙하고 의견충돌이 있고 잡지간행이 무정기(無定期)로 된다고. 그러나 그렇게 규칙이 좋거든 삼각정규(三角正規)와 컴퍼스를 가지고 가서 기계나 만들 것이요, 화포(畵布) 앞에 앉아서 페인트의 반죽을 할 필요가 없다고. 또 의견의 일치와 정기간행쯤은 취하는 수단에 따라서는 충분히 원만히 하여갈 수가 있는 것이다. 사장·주간·주필·임원이 있다고, 또는 마그나 카르타[72]가 길길이 세웠다고 못될 일이 될 리는 만무하다.

만일 우리가 이 『폐허』라는 잡지 한 개를 무르팍 위에 놓고 앉아서 '이것

72　마그나 카르타(Magna Carta) : 1215년 영국 왕 존이 귀족들의 강압에 따라 승인한 칙허장(勅許狀). '대헌장(大憲章)'으로 알려져 있다.

은 내 뱃속에서 나왔으니까 내 아들이다. 아니 이것은 내 씨니까 내 딸이다.'
하며 서로 다툴 지경이면, 사장이 있고, 주간이 있고, 주필이 있고, 상관이 있
고, 하관이 있고, 또 그 속에 권리를 다투고, 당(黨)을 짓고, 파(派)를 나누고,
야심이 있고, 세속적 명예를 얻으려고 두 눈에 피가 끓을 지경이면 우리는 좀
더 현명하고 영리한 수단을 취할 것이다. 위선 옥관자(玉冠子)를 붙이고 관복
을 입고 육조(六曹) 제아문(諸衙門)[73]으로 기어들어갈 것이다. 꼭 한 마디만 하
려 한다. 우리가 목숨을 걸어서 명예를 탐하고 우월(優越)하려는 야심이 있고
민족을 위하려는 성의가 있다면 우리는 펜을 들고 백지에 향하거나 브러시
를 잡고 캔버스에 향하거나 혹은 악보를 끼고 나서기 그 전에나 그 후에 그
모든 것을 가장 순결한 의미로 의식하며 갈망하리라고.

　하므로 그렇지 않은 자는, 이에 찬동할 수 없는 자는 갈 것이요, 그리하는
자는 우리의 영원한 동모(同侔)일 것이다.

　여기까지 쓰기는 썼지만 이것은 나의 힘이 아니다. 아무리 무용(無用)의 우
치(愚痴)를 벌여놓았더라도 그것은 나의 정말 기분이 아닌 것 같다. 허언을
하지 않으면 단 하나의 진리도 얻지 못한다는 그 허언도 못하는 고통을 제군
은 아는가. 요사이 나의 기분은 마치 섭씨 10도나 15도 가량의 냉수다. 미온
(微溫)이다. 큰 환락 후의 큰 비애도 아니려니와 큰 비애 후의 큰 실망도 아니
다. 일전에 어떤 친구에게 카스텔라만 먹고는 못살겠다고 불평을 호소한 일
이 있었지만 실상 카스텔라를 먹은 뒤의 입맛보다도 더 한층 답답하다.

　일시(一時)는 귀찮은 직업만 버리면 조금은 '허언'도 할 수 있으리라고 생각
하고 이삼 개 삭(朔)도 못되어서 내던졌다. 그러나 역시 한 모양이다. 오히려
더 아무것도 안 된다. 아니 되는 것이 아니라 못 된다. 매일 약간 개(個)의 쿼

73　아문(衙門) : '관아'의 총칭.

련과 두어 그릇 밥이나 얻어 걸리면 숨소리도 없이 드러누웠거나 입씨름이나 하러 돌아다닐 따름이다. 게다가 집안에서는 의문의 인(人)으로 노려보는 모양, '대체 저놈이 무엇을 하누?' 하는 모양이다.

만일 누가 "너의 운명에는 아무것도 하지 않는 낙인이 찍혔더라."고 기별을 하여준다면 나는 꼭 기절을 할 것이다. 더구나 "너의 운명에는 '허언'조차도 할 면소장(免訴狀)도 세워 있지 않더라."고 귓속말을 하여준다면 다시는 소생도 못할 것이다.

끓는 충동이 없음, 아마 이것이 인생에게 허락한 최고의 고통일까 보다.

10.22. 야(夜).

덧문을 꼭 닫은 창 아래 낮고 좁은 툇마루였다. 그때까지 무엇을 하고 있었던지는 조금도 생각이 나지 않으나, 부리나케 일어나서 인제는 죽을 때가 되었다는 것처럼 손에 들었던 행커치프를 뒤로 넘기어 앞으로 매고, 관 뚜껑보다 넓을까 말까 한 퇴위에 반듯이 드러누웠던 것은 지금도 분명히 기억한다. 그때에 나는 마치 예정한 계획을 수행하는 것 같이, 아무 의혹이나 원한 혹은 비통도 없이 다만 일흔일곱까지 수(壽)하리라던 어떤 관상가의 예언이 틀렸다는 난데없는 생각이 머리를 점령하였을 뿐이었다. 할 뿐만 아니라 머리맡으로 어떠한 두 손이, 슬그머니 넘어와서 목에 매인 수건의 두 자락을 서서히 마주 잡아당길 때에, 인후(咽喉)를 강박하여오는 일종 고통은, 도리어 이 세상에서는 맛볼 수 없는 쾌감이었다. 그것은 마치 급히 물을 마시다가 간혹 경험하는 바와 같은 순간적 질식작용이나 그보다도 특수한 유감(愉感)이었다.

그러나 우금(于今)껏 이상히 생각되는 것은 어찌하여 그 '손', 목의 수건을 졸라매던 '손'이 어떠한 여성의 손이라는 직감이 있었느냐는 것이다.

하여간 이같이 하여 나는 숨이 꼭 막히고, 눈 감은 나의 얼굴은 상기가 되어서 화끈화끈 취하였다. 나는 명도(冥途)[74]의 첫걸음을 밟아놓았다. 그러나 그때 나에게는 아직 의식이 남아있었다. 하므로 나는 숨이 막히어 눈을 감고 드러누워서도, '죽음이라는 것이 이처럼 용이할 지경이면, 목이 매여 오는 이상한 쾌감을 좀 더 맛보기 위하여라도, 여남은 번 죽어보고 싶다.'고 생각하였다. 그러나 그 다음 순간에는 정말 죽었는지 아직 살아있는지 시험을 하여보려고, 애를 써가며 몸을 비틀고 눈을 떠보았다. 이것은 의외에 죽지 않았다는 요행을 얻고자 하는 간원(懇願)에서 나오는 최후의 노력이었다.

그리하여 급히 뜬 내 눈동자에, 전연(電煙) 밑에 누운 내 몸뚱어리와, 보다가 곁에 놓은 잡지와, 목을 매었던 손수건이 책상 위에 여전히 놓여있는 것이 비추일 제, '역시 살아있구나' 하는 가벼운 안심이 가슴에 내려앉았다.

약간 앙분(昂奮)한 나의 머릿속에는 이 생각 저 생각이 질서 없이 필름같이 돌았다. 액사(縊死)하려던 자를 끌어내려서 구하여 놓으면 역시 이 같은 경험밖에 없으렷다. 하고 보면 '평소에 바라던 사(死)의 경험도 인제는 맛보았구나.' 하는 유쾌를 감(感)하였다. 그 다음에는 약년(若年)으로 자처한 문인의 몇 사람을 생각하여 보았다. 마쓰이 스마코(松井須磨子)[75]의 사(死)도 생각났다. 최후에 이르러서, 이것이 결국 사(死)의 예각(豫覺)이 아니냐고 생각할 때, 나는 역시 소름이 끼치었다.

나는 일어나서 불을 끄고 다시 누워서 귀뚜라미 소리에만 신경을 집중시키려고 애를 썼다.

"병적 상태에 있을 때 꿈은 이상히 명확한 윤곽을 가지고 실제와 흡사히 발현한

74　명도(冥途) : 사람이 죽은 뒤에 간다는 영혼의 세계.
75　마쓰이 스마코(松井須磨子, 1886∼1919) : 일본의 여배우. 연극 <인형의 집>(1911)에서 노라 역, <부활>(1914)에서 카츄샤 역을 맡았다. 1918년, 평론가이자 연출가인 시마무라 호게쓰(島村抱月)가 사망하자 그를 따라 자살했다.

다. 전 광경에 예술적으로 조화(調和)한 디테일이 있는 고로, 그 꿈을 꾼 자는 그 사람이 설사 푸시킨이나 투르게네프와 같은 예술가일지라도, 그것을 실재로서 안출할 수는 없다. 이 같은 병적 현몽(現夢)은 통상 장구한 동안 기억에 기능(機能)히 남아 있어서, 사람이 쇠약하여 과민케 된 기능에 심각한 인상을 주는 것이다.”

도스토옙스키의 말이다. 나는 과거의 경험에 비춰서 이 견해를 시인하려 한다. 그러나 이러한 몽사(夢事)는 오직 생리적 일 현상으로만 보는 것보다, 신비적(神秘的) 의의를 갖게 하고자 한다.

나의 반생애 중에 도스토옙스키의 말같이 “기억에 명확히 남아 있어서 심각한 인상을 준” 세 가지 꿈을, 나는 내 가슴속에 품고 있다. 하나는 어렸을 때 나의 병의 예각(豫覺)이었다. 나중 두 가지는 어떠한 불길한 돌발사건의 예각 ─나는 감히 ‘예각’이라고 한다. ─ 이었다. 이에까지 상도(想到)할 때, 나는 어떠한 악마 같은 미력(迷力) 있는 불길한 사실을 연상치 않을 수가 없었다.

그러나 돈 1전을 내 손으로 집어주는 것은 혹시 유쾌를 감(感)할지 모르되, 단 1리(厘)라도 도적맞는 것은 한없는 불쾌다. 나의 생명을 적극적으로 나의 손에 걸어 해결하고자 할 때는 있으나, 모든 것에 대한 애착을 남겨두고 묘혈(墓穴)의 횡향(橫香)에 맡겨두고 싶지는 아니하다.

온밤 악한과 고열하고 싸운 후, 옆방에서 소제하는 소리에 깨여본즉, O군은 벌써 일어나서 일본신문을 펴들고 앉았다. 유리창으로 보이는 가을의 아침하늘은 과거에 경험한 이국정서를 환기한다. 나는 무심히 “아, 교토(京都)에 가보고 싶다.”고 O군에게 동의를 구하는 듯이 부르짖었다. 초추(初秋)의 생량(生凉)한 바람에 머리가 가벼워졌다. 나는 드러누운 채 담배를 피워 물고 어제 ××⁷⁶ 간 일행을 생각하여보았다. 병원 가는 길에 들른 나와, 낮잠 자다가 깨인 O군을 뒤에 두고 황황히 나가던 일행의 거동이 혼자 우습기도 하고, H가 일행 속에는 반드시 끼었으리라고 생각할 제, 『사닌』[77] 속의 폐를 앓는 대학생이 "너희들은 내 무덤 위에서 모든 환락을 다할 터이로구나." 한 일절을 생각하며 속으로 웃었다.

잠자코 신문을 보고 앉았던 O군은 별안간에 감격한 듯이, "사(死)는 예술이다."라고, 어떠한 신문기사를 2, 3차 반독(反讀)한다. 자살한 일녀(日女)의 기록이란다.

나는 그 순간에, H가 또다시 생각난다.

세수를 하고 나서 O군의 치장을 기다리는 동안에, "사(死)는 예술" 운운한 기사를 자세히 읽어보았다. 교원양성소를 졸업한 25세 여(女)가, 양화가(洋畫家)인 연인을 위하여 시골요정의 작부까지 되어서 자기 남편의 생활비와 화구대(畫具代)를 담당하여가다가, 연인이 이과회(二科會)[78] 출품에 낙선된 것을 비관하고 자인(自刄)할 때의 유언이란다. "사(死)는 예술이다." 나는 또 한 번 읽어보았다. O군도 옷을 입으면서 뇌인다. 길에 나와서도 둘이 '사(死)가 예술'이라는 문제를 이야기하면서 걸었다. 그러나 나는 나대로 그 여자의 심리를 곰곰 생각하여보면서, 병원으로 향하였다.

'사(死)는 예술이다. 인간만사 사(死)로써 해결한다. 세상의 모든 고통을 떠나 종용(從容)히 사(死)를 생각할 때 사(死)의 예술을 안다.'

이것은 결국 주관의 문제다. 그 여자의 감정이나 사색이 어떠한 정도까지 심각하였었는가는 물론 의문이지만, 사(死)라는 사실을 객관화하여 일개의 관념을 작성하고 그 관념 속에서 미를 멱출(覓出)하여서 다시 자기주관 내에 예입(曳入)할 때, 사(死)는 예술일 수가 있다 하겠다. 그러나 모든 사(死) 그 자

---

76 원문상의 복자(伏字).
77 『사닌(Sanin)』: 1907년에 러시아의 작가 미하일 아르치바셰프가 쓴 장편소설.
78 이과회(二科會): 일본 화단(畫壇)의 양대 등용문 중 하나.

체가 예술이라고 생각할 수 없다. 일체의 사(死)가 예술일 수 있다 함은 '대자연(大自然)은 일 대예술(大藝術)'이라 함과 같은 의미밖에 아니 된다. 그러나 자연은 오직 예술의 장고(藏庫)일 따름이요, 우리가 이르는 바, 예술 그 물건은 아니다. 따라서 일체의 사(死)를 예술이라고 할 수는 없다. 오직 관념에 의하여 형상화하여 그 속에 미(美)와 생명이 유동할 때에만 예술일 수가 있다. 이 경우에 그 표현 여부는 문제가 아닐 것이다. 적어도 나는 그같이 생각한다. 사(死)의 형식이 예술적 표현을 구비할 때는 물론이려니와, 그러한 형식을 결(缺)하였을지라도, 사자(死者) 자신의 관념만 예술적 조건에 의하여 형성되었으면, 역시 그 사(死)는 예술이라 하려 한다. 이것은 자기의 상념에 떠오른 예술적 형식을 구체화하여 일 표현이라는 형식을 취(取)치 않고 그 형상을 포장한 대로 사(死)에 취(就)함이다. 하므로 이 경우에는 현실적 생명은 없을지라도 존재로서는 역시 가치를 시인할 수 있다 함이다. 요컨대, 이것은 어디까지든지 사(死)의 당사자의 주관을 존중하는 관찰이다.

그러나 예술에는 표현의 형식을 무시할 수는 없다. 하므로 사(死)를 예술적으로 화(化)하려면 상당한 형식을 요한다. 나는 이 의미로서 정사(情死)의 의의를 긍정하려 한다. 병상에 신음하면서 각일각(刻一刻)으로 위협하여오는 자연의 사(死)에 전율하는 것은, 얼마나 두렵고 추악할까. 또한 불같은 정열의 향할 바를 몰라서 '원애앙연(鴛愛鴦戀)'의 여(女)가 안거(安車)[79]의 가운데 서로 포옹하고 구예오탁(九穢五濁)의 세상을 떠나 유유이상(悠悠理想)의 천지에 늚'이 얼마나 아리따울까.

연애를 부정하는 나도 정사(情死)만은 긍정하려 한다. 아니다, 아니다. 연애의 무의의(無意義)를 깨닫기 때문에 정사의 미(美)를 아는 바이다.

---

79 안거(安車) : 노약자나 부녀자가 앉아서 타고 갈 수 있게 만든 수레. 한 필의 말이 끈다.

'사(死)는 예술이다.'라는 의식적, 한편으로는 구실적(口實的) 위안을 품고 떠난 25세 여(女)의 사(死)를 생각할 때, 책상 끝에 붙여놓은 납촉(臘燭)이, 파문형(波紋形)으로 녹아번지는 속에서 최후의 약한 일섬(一閃)을 던지고 절대 암흑 속에 파묻힌 것을 생각한다. 저 등불이 켜지고, 안 켜질 것은 미지수가 아닌가.

S라는 이국청년을 M군이 자택으로 초대한 날이었다. 좌담에 피로를 감(感)한 일동은 산보하러 갔었다. 보병연대의 이슬 맞은 기와에 반사하는 달빛은, 더운 바람 속에서 어렸다. 연석(宴席)에 아무 감흥이 없던 나는, 제일 먼저 중문을 나와 뒤미처 나온 M군과 H와 같이 대문을 나섰다. H는 남국형(南國型)에 집시기분을 불어넣어서 빚어 만든 무지하고도 열정에 홍진(紅脣)이 타는 이성(異性)이다. M군은 실없이 H의 손을 들어다가 나의 어깨에 걸쳐놓으며, "X군, 이렇게 끼고 가보아." 하며 무의미하게 웃는다. 나는 권하는 대로 잠자코 내버려두었다. H는 겨드랑이 밑에 매달려, 발을 맞춰서 십여 보 걸어 나왔다. 나는 쌔근거리는 숨소리에 비로소 무엇이 매달린 것을 의식하고 고개를 기울여 들여다보았다. 서양인형 같이 푸르고 큰 눈동자는 의미 없이 맑고 진변(脣邊)에 도는 미소는 농후한 육(肉)의 냄새를 뿜는다. 그러나 그 순간에 나는 '종이(紙)다.' 하며 뿌리쳤다. 3인은 뒤에 오는 사람들을 기다리려고 달을 향하여 우뚝우뚝 섰다.

"웅, X군, 이래도 연애를 할 수 있을까." M군은 H를 가리키며 웃는다. 그 때에 H는 무엇이라고 대답하였는지 난 못 들었으나, 나는 거기에는 대답지 않고, '누구하고든지 싸움이라도 하지 않으면, 피가 이대로 말라버릴 것 같다.'고, 혼자 생각하며 '이 계집은 정사(情死)는 할 수 있으렷다.' 하며 쳐다보았다.

정사를 할 수 있는 여성, 남자를 우롱할 능력이 있는 여자, 이성(異性)이 다소의 감흥이라도 준다 하면 이러한 여성에게 밖에 기대할 수 없겠다. H를 보는 것은 혐염(慊厭)의 정(情)을 더할 뿐이다. 그러나 정사를 할 수 있는 계집이라고 상상할 때만 흥미를 감(感)한다.

허나, 내가 정사를 할 수 있겠느냐는 것은 별문제다.

일전에 어떠한 집회에 갔다가, 연초(煙草)에 중독됨이었던지 서기(暑氣)로 인함이었던지, 두통과 토기(吐氣)로 인하여 중도에 돌아온 일이 있었다. 유행병에 신경이 다소 과민하게 된 나는 일종의 불안을 금치 못하였다.

그때에 내 머리의 전부를 점령한 것은 사(死)의 공포보다도, "곧 다녀 들어와요." 하며 뒤에 두고 나온 가족을 영원히 못 보게 되리라는 애수와 가정의 비탄에 대한 동정의 염(念)이었다.

'일리(一厘)의 도난을 맞는 비애'보다 생각할 쁘람레이의 「절망의 효(曉)」 같은 애수를 피등(彼等)에게 끼치고 세상을 먼저 떠나게 되면 어찌하겠느냐는 비애가 더 크고 더 깊음을 깨달았다.

어떤 사람은, "자기가 죽은 뒤에 적어도 눈물 흘려줄 여성이 하나라도 있기 전에는 죽고 싶지 않다."고 한다. 그러나 나는 내가 죽은 후에 다만 한 방울의 눈물일지라도 흘려주는 사람이 하나라도 남아있을 동안에는 죽을 수 없다고 생각한다. 원래 나의 생명은 확실히 우주의 일대 손실인 사치품이었다. 아마 나의 반생애가 무의미함과 같이 지금의 3배 이상이나 되는 77세까지 장수하고 또 그 숫자 가운데에는 생장에 요하는 시간이 포함되지 않았다 할지라도, 역시 무의미에 그치고 말 것이다. 하고 보면 나에게 무슨 권리가 있어서 피등에게 다만 일적(一滴)의 누(淚)라도 희사(喜捨)를 청할 수가 있을까. 피등에게 한 점 눈물일지라도 청할 수 없을 뿐 아니라, 한때의 고통이라도 더하여주고 가니만치 그것은 곧 보상할 기회도 없는 나의 부채가 아닌가.

나는 나를 위하여 눈물을 예비한 자가 하나도 남지 않은 것을 확실히 안 뒤에야 죽고 싶다. 나는 나를 위하여 눈물을 예비한 자들을 위하여, 울어주고는 싶으나, 그들의 눈물을 받고자는 아니한다.

만일 그들의 눈물이 나의 시체 위에 떨어진다 하면, 나의 언 살(凍膚)은 잿물에 들어간 손같이 공축(恐縮)에 졸아들거나 썩은 물에 잠긴 가랑잎같이 오탁(汚濁)에 썩을 것이다.

사람은 사(死)의 암영(暗影)이 쫓아올 때에, 어떠한 때든지, 이것을 모피(謀避)코자 하여 항용(恒用)하는 구실은, '나에게는 아직 할 일이 많은데 …….'라는 것이다. 피등은 결코 좀 더 살고 싶다(물론 무조건으로)거나, 혹은 나의 사랑하는 모든 것의 낙착을 보지 못하고 가는 것이 슬프다고, 바른대로 토설치는 않는다. 이것을 보면 사람은 최후의 순간에 임하여서도 허식이라는 무장을 해제할 줄을 모르는 종자인 것을 알 수 있거니와, 이에서 특히 문제가 되는 것은, 할 일을 다 못하고 가기 때문에, 사(死)를 기외(忌畏)하느냐, 혹은 무조건으로 더 살려는 본능이거나 애(愛)에 의한 미련으로 인하여 사(死)를 거부하느냐는 것이다. 만일 전자를 단순한 구실에 불과하다 하면, 후자 중 그 어떠한 것이 더욱 유력한 주인(主因)일까.

"'아무렇게 하여도 나에게는 마찬가지다. 나에게는 아무것도 쓸데없다.' 하며 자기의 욕망을 일순간이라도 끊어버릴 때, 악의는 스러지고, 인류애는 샘솟으리라."고 두옹(杜翁)[80]은 애(愛)의 교훈을 베풀었다. 그러나 나는 이같이 말하려 한다. "'나에게는 아무것도 쓸데없다. 아무 애착도 없다. 혈족(血族)이나 친구에게 대한 ― 소위 동물의 ― 애(愛)도 없거니와, 인류에게도 실

---

80 두옹(杜翁) : 당시에 '톨스토이'를 이르던 말.

망한 나이다."라고 말하여보아라. 그때에 너에게 남은 것은 '사(死)의 애(愛)' 뿐일 것이다."라고.

나로 인하여 무슨 불만이 있을 때마다, "오빠는 시골로나 갔으면……." 하며, 나를 제일 미워하는 나의 제일 친한 친구가, 내 손 4분의 1도 될까 말까 한 고사리같은 손바닥에, 바둑돌 여섯 개를 움켜쥐고 내밀면서, "오빠" 하고 불렀으나 차마 말을 못하고, 생글생글 웃으며 섰다. 무슨 분에 겨운 요구를 청하여 온 것이다. "왜? 나하고 공기를 놀자구?" 하며, 이 어린 동모의 좋으신 신기(神氣)를 깨뜨릴까봐서 대거리를 하여주었다.

여섯 개의 바둑돌을 공중에 던지고, 손을 한번 뒤집었다. 그러나 나의 손등에는 한 개도 올라앉지 않았다. 또 한 번 같은 동작을 반복하였다. 그러나 역시 실패다. 그동안에 이 조그마한 숙련자는 열심으로 최후의 승리를 박(博)하였다. 그러나 나는 최초에 도(賭)하여 놓은 절(禮)을 하지 않았다. 어린 친구에게 대한 배약자(背約者)가 되었다. 그러나 그 동모는 나에게 약속시행을 강요하지는 않았다. 피녀(彼女)는 위약(違約)이라는 것이 인류사회의 공약(公約)이라고 생각하여 그리하였는지, 혹은 장자(長者)의 절을 받는 것이 불안하고 부끄러워서 그리하였는지는 알 수 없다. 승부는 또 진행하였다. 그리고 이 나이 먹은 아이는, 또 패하였다. 그러나 여전히 위약의 죄를 거듭하였다.

그리하여 세 번째 흥패(興敗)를 결(決)하게 되었다. 그때였다. 내가 어린 동모를 통하여 사람의 모든 미(美)를 맛본 것은. 피녀는 자기가 득승(得勝)할 모든 기회를 스스로 버리고 실패할 모든 기회만을 취하였다. 한 번 실수하였다. 두 번 떨어뜨렸다. 세 번 손에 잡지 아니하였다. 그리하여 마침내 나는 명예롭지 못한 승리를 그 어린 동모 앞에서 자랑하게 되었다. 그 승리는 전연히 그 조그마한 친구의 호의의 결정(結晶)이었다. 아니다, 그보다 더 큰 인성미(人性美)의 조각이었다. 그러나 피녀는 발딱 일어나서 선약을 시행하였다. 나는 하도 미안하여서, 나도 약조를 실행하겠다고 제의하여보았다. 그러나 그만두라고 제지하였다.

나는 그때부터 자세히는 모르지만 야소(耶蘇)의 가르친바 교리의 기초에 대요동(大搖動)이 탕진한 것같이 생각하였다. 또 인생을 낙관할 유일의 손잡이를 붙든 것 같기도 하였다. 교육은 개조할 것이요, 사회개량은 반드시 난사업(難事業)이 아니라고도 생각하였다. 그리고 이러한 동모를 두고는 눈을 감지 못 하리라고까지 생각하였다.

9월 고(稿)

정(情)의 오(吳) 군[81]

어느 날 밤에 우리들이 예(例)와 같이 산보를 하다가, N군이 무슨 말 끝에 깔깔 웃으며 "오(吳) 군은 기이한 향락자야."라고 하는 말에 따라서, 일동이 사기(邪氣) 없이 웃은 일이 있었다. 이것은 물론, 군을 사랑하는 마음에서 나오는, 일종의 야유에 불과하지만, 또한 군의 연면(連綿)하고 섬세한 정서의 흐름을 설명함이 아닌가 한다.

군의 금일의 입각지로 말하면, 군은 무론(毋論) '이(理)의 인(人)'이라 할 수 있으나 그 동시에 '정(情)의 인(人)'임을 잃지 않는다. 그 농후하고 섬세한 점으로 말하면, 차라리 정(情)이 이(理)보다 앞설지도 모른다. 그러나 그 정(情)은 기름에 붙은 열화거나 천인(千仞)의 암두(岩頭)를 헐고 물리치는 분방처장

---

81 염상섭(廉尚燮), 「정(情)의 오(吳) 군」, 『폐허』, 1921.1.20. 이 글은 '동인인상기(同人印象記) — 오상순(吳相淳) 군의 인상'이라는 표제 하에 작성된 글이다. 이 글과 함께 수록된 기획의 변은 아래와 같다.

"이번 호부터 시작하여 매호에 동인인상기(同人印象記)를 실리게 되었다. 이는 '우리 동인의 얼굴은 이렇습니다.'고 독자 제군에게 보여드리고자 하는 무슨 광고적 의미는 모두(毛頭)만치도 없다.

다만, 우리 동인들끼리 서로 주고받고 하는 인상, 즉 우리 개개의 성격, 성정, 취미 등의 편린, 그 내암의 일부분을 꾸미지 않고 솔직하게 그려 객관적으로 투출(投出)해서, 서로 개개의 다른 주관에 반조(返照)되는 그 상(像)을 보는 것도 의미 있는 일이라고, 어느 때 우리 동인들이 모였을 제 우연히 한 사람이 말한 것을 일동이 좋겠다고 찬의(贊意)를 표한, 극히 단순한 동기에서 출(出)함을 고백해둔다. 이번에는 오상순(吳相淳) 군을 실었다."

(奔放悽壯)한 노도(怒濤)보다도, 가을하늘의 별빛(星光)이 군의 정(情)인가 한다. 가늘고 길게 잔잔히, 그러나 끊임없고도 강철같이 흐르는 것이 군의 정서라 할까. 하므로 그물네 풀리듯이 가만가만히 풀리는 정서에 피이는 제상(諸相)이 경이와 감격과 애착과 비애와 동정과, 혹시(惑時)는 눈물까지를 끌어냄은 자연(自然)한 일일 것 같다. 그리고 그 정서가 순화하면 순화할수록, 감수성이 예민하면 예민할수록, 보통 표준을 넘어서 미세한 점에도 눈이 뜨이고, 평범한 사실에도 다대한 흥미와 눈물을 가진다. 이것은 군의 시작(詩作)을 볼 때에, 더욱이 군의 시작(詩作)이 직관만을 통하여 유로(流露)하는 작(作)이 비교적 성공함을 볼 때에, 충분히 그러함을 깨닫는 바이며, 또한 이것이 군을 가리켜 '기이한 향락자'라 하는 주요원인이 아닌가 나는 생각한다. 만일 군에게 광열적(狂熱的) 정화(情火)가 있다 하면 그것은 내부에 잠재한 것이라 함보다도 외부로부터 오는 충돌에 대항키 위하여 도기(燾起)하는 젊은 피의 약동일 것이다.

그러나 이것은 내가 군의 친교를 얻은 후의 인상이다. 만일 나의 군에 대한 퍼스트 임프레션을 정직하게 말하라 하면 나는 오히려 호감을 얻지 못하였다고 자백하겠다. 나는 원래 일차 면대한 사람은 잘 기억치 못하지만 교토(京都)에 있을 때는 피차의 교섭이 두절하다시피 하여, 군과는 두어 번 만난 듯 하되, 잘 기억치 못하였었다. 하므로 작동(昨冬)에 동경(東京)서 이삼 친구가 오 군을 아느냐고 의미 있는 듯이 물을 때에도 잘 대답을 못하였었다. (그것은 기시(其時) 군이 조합교회와 관계가 있다 하여 다소 의문의 인(人)으로 오해하고, 나에게 물었던 것이 아닌가 하나, 이것도 근자에 와서 알게 된 것이다.) 하여간 기후(其後)에 노상에서 우연히 군과 만나서 다시 인사를 하게 되어 비로소 알게 되었으나, 그때에 나는 '이 사람도 역시 생활의 통일을 얻지 못하여 모순에 신음하는 성서암송자로군.' 하는 일종의 증오를 감(感)하였다. 군이 보통 종교가의 항용하는 인사방법으로 악수를 청하며 미소를 하는 그 입까지 불유쾌하게 보였다. 그러나 이것은 물론 나의 편견이나, 이 편견은 사람으로서의 오 군을 미워함은 아니었다. 육법전서 앞에 선 법관이나 변호사라는 일종의 축음기나 혹은 기계 앞에 선 현대적 공장노동자와 같은 기계화한 종교가로서의 오 군을 혐오함이다. 다시 말하면 나는 '사람으로서의 오 군'과 '종교가로서의 오 군' 사이에는 불소(不少)한 거리가 있고, 또 군은 그 전자를 극력은휘(極力隱諱)하고, 그 후자, 즉 종교가인 자기만을 표방하는 오 군을 미워함이라 함이다. 그러나 이것이 큰 오류를 반(伴)한 독단임은 물론이다. 선입견으로써 직관한 유상(謬想)이다. 일시라도 피차에 의견을 교환하여보지 못하고, 이 사람은 상인적(商人的) 혹은 직업적 종교가라고 논단하거나, 성자의 인격을 가진 신앙가라고 속단키 어렵기 때문이다. 하므로 나는 군과 점점 깊게 친근할 명예를 얻을수록 과일(過日)의 나의 독단이 그릇된만치 군에 대한 미점(美点)을 발견할 수가 있었고, 또 그것이 나에게는 유쾌함이다. 나는 우선 군에게 대하여 유쾌히 감(感)하는 바는 군은 현대의 청년종교가 중에는 희유(稀有)하다 할 만치 자유로운 사상을 포지(抱持)한 점이다. 체내에 발효하는 청년스러운 감정, 본능, 혹은 혈기를 고의로 은폐치 않고 — 물론 이 말은 무절제한 방종을 의미치는 않는다 — 비교적 자유롭게 발로(發露)시키는 동시에 종교가로서의 입각지와의 거리를 접근케 하고 통일을 도(圖)하는 노력이 있음을 나는 감복한다. 공명을 감(感)할 수 없는 사회를 영합키 위하여 자기의 생활을 양심이 지시하는 이외의 길로 지도하지 않는 점을 군의 평상의 언행 가운데에서 발견할 수 있을 때, 나는 군을 용사(勇士)로 올려보고 장래에 큰 기대를 가진다. 어느 때 군이 교단에 서서 천(天)을 믿고 사랑하기 전에 지(地)를 믿고 사랑하라고 설교하였다는 말을 듣고 나는 군이 재래의 종교가라는 표준으로는 확실히 이단(異端)인 동시 금후의 신인(新人)의 종교로는 새 이삭을 보이리라고 생각한 일도 있었다.

이상은 대략 생각나는 대로 그 일면의 아우트라인을 전함에 불과하나, 호(虎)를 화(畵)하여 묘(猫)를 득(得)한 한(恨)이 불무(不無)하리라 한다. 더구나 '정(情)의 오 군'은 간 곳 없고 '이(理)의 오 군'을 올렸다 내렸다 함부로 학대함은 군께 대하여 돈수(頓首)하고 사과하는 바이다.

그러나 최후에 일언코자 하는 바는 근래에는 그러한 오해가 일소되었겠지마는, 군을 조합교회파라 지목하여, 일시 일부(一部) 간에 시비의 논(論)이 있었던 듯한 일이다. 원래 나는 종교계의 문외한인 고로 그 편의 소식에는 어둡거니와 그것은 군을 오해함에서 나온 예의 머릿살 아픈 '여론'인가 한다. 내가 이 말을 특히 하는 것은 무슨 군을 변호하려 함이 아니라, 다만 나는 군을 그같이 신용한다 함이다. 더구나 군은 교회와 관계를 끊은 이상, 더 말할 필요도 없을 것이다.

월평月評[82]
7월 문단

　　현하(現下)의 대유행이요, 일대 권위인 소위 저널리즘이 문단에 미치는 영향과 그 이폐(利弊)는 별문제러니와, 하여간 다수(多數)한 잡지가 배출함을 따라 매월 문단에 현출(現出)하는 허다(許多) 작품을, 비판 없이 일속삼문(一束三文)으로 매거(埋去)함은 일대 손실일 뿐더러, 건전한 신문단을 건설하는 사업에 불소(不少)한 장애를 초래하리라 생각한다. 그러나 그 달 그 달의 허다한 작품을 일일이 열독하고 다소의 비판을 시험하여가려면, 그 용적으로 보든지 그 시간으로 보든지 그리 용이한 일은 아닐 것 같다. 더구나, 나와 같은 부적임자로서는, 우(又) 일층 지난지사(至難之事)임을 예상하는 바이다. 그러나 이것이 우리 문단에 대한 나의 유일의 포부이며, 또한 동인 제위도 많은 격려와 원조로써 이를 권하므로, 불완전하나 종차(從此)로 매월 계속하여볼까 한다. 허나 한 가지 독자에게 스스로 서약코자 하는 바는, 공변(公辨)된 성의와 진순한 마음과, 또는 간혹 범일(汎溢)하는 바 나의 정열을 억제할 만한 이지를 잃지 않겠다 함이다.

　　또 이 월평은 소설에만 한할까 하였으나, 당분간은 간혹 시와 산문에도 미칠 듯하다. 그리고 될 수 있는 대로는, 많이 읽고, 읽은 것은 유루(遺漏) 없이 써볼 작정이다.

82　염상섭(廉尙燮), 「월평(月評)—7월 문단」, 『폐허』, 1921.1.20.

『창조(創造)』

　소설 늘봄 군의 「생명의 봄」은 제1·제2 양 회를 보지 못하였으므로, 속단을 피하고 후일에 양(讓)하거니와, 주요한 군의 시 「생(生)과 사(死)」는, 나의 새로운 발견이었다. 탄력이 많아 보이는, 기름진 봉우리가 애화가(愛花家)에게 주는 만족을 나에게 베푸는 작(作)이다. 일찍이 군의 작(作)을 보지 못한 나는, 들은바 군에 대한 소식이, 나를 속이지 않음을 우리 문단을 위하여 경하하는 바이다. 이같이 말함은 좀 과장한 구문(口吻)일지 모르나, 군은, 해 돋을 때로부터 해 저물 때까지 천만 사람이 경험하는 평범한 사실을, 가장 평범한 말로써 인생의 대변자의 직능을 다 하였다고 하고 싶다. 물론 열화같은 오뇌나 동경도 없고, 심연의 탁수(濁水)를 휘저으며, 그 무엇을 찾으려는 자의 애달픔도 없지마는, 오히려 그 냉안(冷眼)에 깊이 못 박힌 그의 묵은 오뇌·동경·회의는, 늘 새로이 하루의 생활 밑(底)에서 흘러간다.

　사상도 좋고, 기교도 재치 있으며, 또 군의 독특한 구조(口調)인 듯한 운율도 자연히 흐르나, ‘생(生)’의 일(一)의 전반(前半)은 좀 자미없었다. 그리고 더욱이 종편(終篇)에 이르러서 ‘생(生)’은 무엇, ‘사(死)’는 무엇이라고 흘려버림은 감복할 수 없다. 물론 군이 ‘생(生)’을 석양의 혈해(血海)로 보고, ‘사(死)’를 여명(黎明)의 백무(白霧)로 생각함에 대하여 시비를 말코자 함은 아니다. 다만 군이 더욱 사색하면, 더욱 더욱 깊고 큰 사상에 득달할 것을, 지금의 얕고 적은 사색으로 어떠한 단안(斷案)을 내림으로써 안가(安價)한 안정을 얻음에 만족치 말고, 더욱 깊은 회의에 들어감이 군을 위하여 취할 바이라 함이다. 기타에 동원(東園) 군의 「흑연일선(黑煙一羨)」, 춘원(春園) 군의 「H군에게」, 벌꽃 군의 「장강(長江) 어구에서」, 망양초(望洋草) 군의 「조로(朝露)의 화몽(花夢)」 등 수편을 보았으나, 벌꽃 군의 「장강 어구에서」를 제외하면 그리 취할 점이 적다 생각한다.[83]

「장강 어구에서」는, 탐탁하고 빈틈없는 사람과 대한 것 같다. 그 의견에 대하여는 물론 동감이려니와 문장으로 말하여도 적당한 의복을 철 맞춰서 색채의 조화를 잃지 않게 간결히 입은 것 같다. 조선문단의 큰 힘을 끼쳐줄 한 사람이라고, 충심으로 사랑하며 기대한다. 그 다음 「조로의 화몽」은, 늙은 망양초가 실망 속에서 남호접(藍蝴蝶)의 뜬 마음을 울며, 젊은 강장미(江薔薇)는 승리를 사랑하는 가운데에서, 원한이 골수에 맺히고 얼굴의 주름이 하나둘씩 현저히 늘어가는 망양초의 애가(哀歌)가 고의(故意)롭고 청승맞게 들리는 작품이다. 깊은 맛 없고, 아무 암시 없는 소품이나, 비교적 표현의 묘(妙)가 있는 여성적 작(作)이다. 이만한 붓이 있거든, 진정으로 '사상(思想)의 화원'을 깊고 크고 굳게 쌓아 '오색의 화환'을 만들어 '넓은 화원'과 '결혼식에 드릴 예물'에 족할 색색의 꽃을 만들기 바란다.

『학지광(學之光)』

용주인(龍洲人)의 「벗의 죽음」은 제재는 흉치 않으나 착안점이 그릇되었다. 소설의 부류에 들어가기에는, 아직 거리가 먼 것이다.

『여광(麗光)』[84]

『여광』에 대하여는 일종의 애착을 감(感)하는 바이다. 송악산(松岳山)의 맑고 고운 정기를 타고난, 젊은 사기(邪氣) 없는 청년의 손으로 되었다는 것이, 적지 않은 기쁨과 사랑을 끄는 동시에, 특수한 지방색이 있다고 생각하는 송

---

83 '동원'은 이일(李逸), '별꽃'은 주요한, '망양초'는 김명순의 호이다.
84 『여광(麗光)』: 1920년대 초에 개성에서 발간된 동인지. 1920년 3월 31일에 창간호가 발간됐으며, 동년 6월 27일에 2호가 발간됐다. 사장 이만규와 편집 겸 발행인 우관형을 비롯하여 최성진, 고한승, 임영빈, 박영균, 최선익, 박치대, 고한용, 유래형, 양우식, 진무쇠, 마해송, 진장섭 등이 참여했다. 이 잡지의 서지사항과 그 문화적 의미에 대해서는 이경돈의 「동인지 『麗光』의 문학과 정체성의 공간」(『한중인문학연구』 26, 2009.4)을 참조할 수 있다.

도(松都)의 이삭(芽)이 동경과 탐색의 초일성(初一聲)을 부르짖음은, 실례의 말이나, 귀여운 생각이 간절함을 깨닫는다. 나는 과연 그 속에서 더 많은 수확이 있음을 믿는 바이다. 하므로 제2호만 약평(略評)하려 하다가, 그 창간호까지 일별함은, 이러한 사랑과 가꿈이 있기 때문이다. 여광사 제씨(諸氏)의 행서(幸恕)를 바라노라.

서원(曙園)[85] 군의 「친구의 묘하(墓下)」와 「야마구치(山口) C형에게」[86]의 두 단편은 취중(就中)에 제일 자미있게 보았다. 군의 장래에 큰 희망이 있음을 암시함에 충분타고 생각한다. 그러나 창간호 소재 「친구의 묘하」는 자연의 묘사가 심히 부족하였다. 원래 자연의 묘사는 극히 중대한 바이며, 중대하니만치 지난한 바이지만, 특히 '묘지'라는 자연과 밀접한 관계를 그림에는, '묘지'가 제재의 중심이니만치 우(又) 일층 자연묘사에 전력을 경(傾)하여야 할 것이다. 그 다음에, 겨우 4, 5면(頁)에 미만하는 단편 속에 무용(無用)한 대화를 장황히 삽입함은 주의할 바이다. 예(例)하면 C의 집에 가서 냉수를 청하는 데의 문답은 전연(全然)히 무용한 것이다. 대화의 취사선택도 자연묘사만치는, 중대하고 또 깊이 주의할 바이다. 기차(其次)에, 「야마구치(山口) C형에게」는 전부를 보기 전에는 단언키 부득(不得)하나, 그러나 군의 재분(才分)을 충분히 들여다볼 수가 있다. 부자연한 곳이 조금도 없을 뿐 아니라, S에게 대한 R의 지(紙)의 내용을 설명하고, 그 다음을 제2신(第二信)에 양(讓)하겠다는 설명에 이어나가는 점, 또는 S부인을 '양(孃)'이라고 하는 변명 등이라든지, 숙사(宿舍)에 돌아와서 손발을 녹여가며 괴테의 시구를 읽었다고, 그 시구로서 전후를 연결함은, 확실히 군의 솜씨를 보임이다. 군의 금후의 큰 발전을 간절히 축복한다. 그 다음에 들은 바는 새얼 군의 「구조(救助)한 사랑」이다.

---

85 여광사(麗光社)의 편집부장을 맡고 있었던 아동문학가 고한승의 아호이다.
86 원문에 "山口 C군에게"로 표기되어 있으나, 해당 작품의 원제를 확인하여 바로잡았다.

조금 더 노력하였다면 충분한 효과를 거두었을 것이다. 전체의 기교는 잘 되었으나 부족한 점이 불소(不少)하다. '인수'와 '정희'를 초인사(初人事)에 소개하듯이 설명하는 것은 피하여야 할 바이다.

그 다음의 결점은 '명호'와 '정희'가 약물터에서 악수하는 장면이다. 실연한 결과 취처(娶妻)도 아니하고, 수학(修學)도 아니하는 세상을 버린 청년이, 잠깐 만난 여자를 물 한 잔 받아먹고 악수까지 함은 부자연한 격변(激變)이다. 설사 그러하더라도 인수와 산에서 만나본 후, 그 다음 시간에 다른 기회에 미루어야 할 것이다. 그 귀착점만 바라보고, 너무 급히 달아난 폐(弊)가 있다. 그리고 간단히라도 인물묘사에 노력하기를 바란다. 하여간 유망한 소질이 충분하다. 최종에 백남혁(白南赫) 군의 「연인의 사(死)」도 흉치 않은 작(作)이다. 그러나 좀 무리한 점이 있다. 너무 쉽사리 사건이 운전(運轉)되어서, 아웃트라인만 스케치한 한(恨)이 있다. 이러한 폐(弊)는 항상 그 귀결에만 착안하고 돌진하기 때문이다. 기타에 수편의 시도 일독하였으나, 일반적 기분이 비상히 젊고 앳되다 함이 개당(剴當)할 듯하다. 무엇인지를 갈망하고, 동경하고, 포착하려고 애 닳나, 그 무엇인지를 알지 못하여 고민하는 결혼 전의 소녀의 심리에 비할 수 있을까. 하여간 한 고비를 넘겨야 여광(麗光)다운 여광이 나오리라 생각한다. 다망(多望)한 전도를 축복한다.

『여자계(女子界)』

제5호는 7월 발간은 아닌 듯하나 최근의 것이기로 일별을 여(與)하려 한다. 전권 50여 면(頁) 18제(題) 중 문예품으로는 상아탑(象牙塔) 군의 시 「벽구(碧鳩)」와 망양초(望洋草) 군의 「영희의 일생」뿐이다. 「영희의 일생」은 완결을 보기 전에 시비를 논(論)키 난(難)하나 '이 자작(子爵)'을 중심으로 한 '영희 모녀'와의 삼각관계는 여하간 일 암흑면을 안전(眼前)에 던져줄 터이요, 또 '이 대감', '확실아비', '삼팔두루마기'와, 및 양화가(洋畵家) '최 선생'의 사이를 꾸며 나가는 '영희'의 태도는 흥미를 다소 끈다. 심각한 관찰과 묘사를 기대한다. 그러나 이번 것의 묘사는 감심(感心)할 수 없다. 「투신곡(投身曲)」 수두(首頭)부터 힘이 빠진다. 기외(其外)에도 성심을 가진 고의로운 점이 산견된다. 맨 첫 두머리에 수삼(數三)의 단장(短章)은 유(類) 다른 기교요, 그중에도 「추강(秋江) 씨에게」 준 수구(數句)는 자미있다. 어떤 일본청년이, 동정(童貞)의 객관적 미(美)와 주관적 고(苦)를 탄(歎)한 것을 연상케 하는 경쾌미도 있었다. 그 다음 「벽구」는 시인의 자랑이다. 주묵(朱墨)의 글 속에 '달'의 기밀을 감추어가지고, 꿈의 터, 빈 영(靈)으로 도망하여오는 벽구를, 허덕허덕 쫓아오다가, 떨걱 닫는 문전(門前)에 애호(哀呼)하는 월(月)의 —사람의 동정(同情)은 끌 수 없는— 애처로운 광경은, 일종의 유쾌를 감(感)하는 동시에, 적의 척후를 쫓던 패병(敗兵) 같다. 이에 시인의 자부(自負)가 있고, 진리탐구자의 백병전(白兵戰)과 환희가 있는 것이다. 마는 대자연은 모든 기밀을 비장(秘藏)하려는 인색가(吝嗇家)일까? 그는 하여간, 나는 이 1편을 통하여 군의 청신하고 예민한 다른 일면을 발견한 것 같다. 군은 자기의 시를 감각을 통하여 보아주지 않는다고, 간혹 불평을 말하나, 이거야말로, 지(智)보다 감(感)에 호소하는 것이 아닌가 한다. 읽고 읽어도, 싫은 증(症)이 없는 작(作)이라고, 나는 생각한다.

이상은 수중에 있는 잡지 수권 중 눈에 뜨이는 것에 한하여 대략 소감을 그린 것이다. 물론 불만한 점이 불소(不少)할 줄 안다. 그러나, 나에게 대하여는 큰 노력이요, 일종의 고역이었다. 이 요염(燎炎)[87] 중에 단축(短促)한 시간으로, 흥미를 끌지 않는 독서를, 의무관념으로만 부득이 독파한다는 것은, 옆

---

87 요염(燎炎) : 장마철의 무더위.

의 집 서당의 학동(學童)이 감(感)하는 염증 이상의 권염(倦厭)을 감(感)함이었다. 일개의 작(作)에 대하여, 여하히 간단한 일언으로 평단(評斷)하여버렸을지라도, 그것은 적어도 30분이나, 1시간 혹은 그 이상의 나의 시간과 정력을 소모함으로써 얻은 단안(斷案)이다. 하고 보면 나의 평론이 얼마나 착오에 채워 있더라도, 그것은 간혹 나의 오류일지는 모르나, 무책임이거나, 혹은 한만(閑慢)에 기인치 않음은 충분히 요찰(料察)할 줄로 믿는 바이다.

또 『폐허』에 관하여는, 다소의 비평을 시험할까 하는 생각으로, 이위(已爲) 수삼 편에 관하여 집필하였었으나, 동인 간에는 동인의 작(作)에 대하여, 피차 비평치 않는다는 일종의 묵계도 없지 않고, 또 평판한 결과에 의하여는, 대내·대외 간 자미롭지 못할 점도 불무(不無)하겠기로, 이에 제외하기로 하였다.

그러나, 이에 평후감(評後感)으로 일언코자 함은 일반(一般)히 창작이 적다는 것과, 또 기분의 긴장미가 결핍하다 함이다. 작품의 가치로 말하든지, 문예사상 보급이라는 견지로 보든지, 운문·산문의 구별이 있어서, 시나 소설을 대하여 어떠한 것이 더 유력하고 어떠한 것이 불필요하다는 것은 아니나, 지금 현상으로 보면, 시작(詩作)에 비하여, 소설 창작이 좀 더 왕성하여오기를, 더욱이 기대한다. 일시적 현상, 즉 1년을 12분(分)한 1개월의 소득 여하로 속단함은 아니나, 7월 문단으로 보아도, 시는 그 양이 비교적 과소함에 반하여, 성적이 좋으나, 소설에 이르러서는, 오직 『폐허』 소재 민태원(閔泰瑗) 군의 「어느 소녀」 1편을 제외하면, '이것이요.' 하고 내놓을 것이 적은 것만 보아도, 나의 말이 부당타고는 하기 어려울 듯하다. 또 우리의 기분으로 말하여도, 배설시키지 않고는, 더 참을 수 없다는, 절실한 유기적 운동이 적은 것 같다. 이에 제일 필요한 조건은, 침묵·정사(靜思)에 의한 깊은 사색이라 하겠으나, 현하의 우리 청년은, 실생활이나 정신생활이나, 또는 연령으로도, 도저히 침착한 기분에 잠기기 어려운 사정이 허다함에 인유(因由)하겠으므로 무리치 않다 하겠다. 그러나, 이 부득이한 사정을 아무쪼록 물리쳐가며, 우리의 발자국을 확실히 떼어놓겠다는, 노력을 잊지 않아야 하리라 한다.

최후에 이 기회를 타서, 한 가지 석명(釋名)하여두고자 하는 바는, 창조사 동인의 일부와 나의 관계 ― 관계라 할 것도 없으나 ― 에 대한 일부(一部) 간의 세평이다. 문제의 기인(起因)은 간단한 것이다. 이것은 내가 금춘(今春) 『현대』 제1호에 발표한 『창조』 동인의 1인인 백악(白岳) 군의 소설을 평하여 동지(同志) 제2호에 게재함에 시작되어 동사(同社)의 일원인 김동인(金東仁) 군이, 나의 평론을 반박하였기로, 나는 약간의 답변을 여(與)하였으나, 김 군은 그래도 양해할 수 없다고 또 다시 장문(長文)의 반박을 시험함에 귀결한 것이었다. 당시 내가 또 다시 답변치 않고 침묵하여버린 것은, 그러한 무용(無用)의 논전을 교환하기에는, 나는 너무 분망도 하였을 뿐 아니라, 그러한 문제의 본말을 망각한, 감정의 충돌일진대, 차라리 철권(鉄拳)으로 해결함이 편리하지 않으냐는 의견을 갖기 때문이었다. 또는 만일 내가 군의 몰상식한 논점을 일일이 매거(枚擧)하여 반박의 정시(征矢)를 향하는 호사자(好事者)였을 지경이면, 그것은 필경에 나를 스스로 비하하는 결과에밖에 빠지지 않았을 것이다. 일례를 거(擧)하면, 군은 문예비평가를 활동사진 변사에 비(比)하는 등 설(說)에 대하여, 일일이 답변함은, 마치 예술가라는 것은, 은방(銀房)의 직공이라는 것과 이곡동음(異曲同音), 성실히 논박하니만치, 결국 나의 손(損)이 아니냐는 것이다.

그는 하여간, 이와 같은 개인 간의 문제를 단체의 이름에 부회(附會)[88]하여, 모(某)가 모 단체에 대하여 반감이 있느니 혹은 『창조』와 『폐허』의 대치니

---

[88] 부회(附會) : '견강부회'와 같은 말. 이치에 맞지 않는 말을 억지로 끌어 붙여 자기에게 유리하게 함.

하는 등 설(說)을 구외(口外)함은, 큰 오류라 함만, 이에 명언하여두고자 한다.

　또 백악 군께 일언할 것은, 군의 답변이, 당시 『동아일보』에 기고된 것은, 나도 아는 바이나, 발표의 권한이 나에게 있지 않았었고, 또 일체 이에 대한 논전을 『동아일보』 지상(紙上)에는 다시 발표치 않기로 결정하였으므로, 드디어 발표할 기회가 없었음을 유감으로 아는 바이라 함이다.

『오뇌의 무도』를 위하여[89]

곤비(困憊)한 영(靈)에 끊임없이 새 생명을 부어 넣으며, 오뇌(懊惱)에 타는 젊은 가슴에 따뜻한 포옹을 보냄은 오직 한 편의 시밖에 무엇이 또 있으랴. 만일 우리에게 시가 없었다면 우리의 영(靈)은 졸음에 스러졌을 것이며, 우리의 고뇌는 영원히 그 호소할 바를 잊어버렸을 것이 아닌가.

이제 군이 반생(半生)의 사업을 기념하기 위하여 먼저 남구(南歐)의 여러 아리따운 시인의 심금에 닿혀 읊어진 주구옥운(珠句玉韻)을 모아, 여기에 이름 지어 『오뇌의 무도』라 하니, 이 어찌 한갓 우리 문단의 경사일 따름이랴. 우리의 영(靈)은 이로 말미암아 지리(支離)한 졸음을 깨우게 될 것이며, 우리의 고민은 이로 말미암아 그윽한 위무를 받으리로다.

오뇌의 무도! 끝없는 오뇌에 찢기는 가슴을 안고 춤추는 그 정형(情形)이야말로 이미 한 편의 시가 아니고 무엇이랴. 그러하다. 근대의 생(生)을 누리는 사람으로 번뇌·고환(苦患)의 춤을 추지 아니하는 이 그 누구냐. 쓴 눈물에 축인 붉은 입술을 복면 아래에 감추고, 아직도 오히려 무곡(舞曲)의 화해(和諧) 속에 자아를 위질(委質)하지 아니하면 아니 될 검은 운명의 손에 끌려가는 것

---

89 염상섭(廉想涉), 「『오뇌의 무도』를 위하여」, 김억 편역, 『오뇌의 무도』, 조선도서주식회사, 1921.

이 근대인이 아니고 무엇이랴. 검고도 밝은 세계, 검고도 밝은 흉리(胸裏)는 이 근대인의 심정이 아닌가. 그러나 이것은 결코 인생을 희롱하며 자기를 자기(自欺)함이 아닌 것을 깨달으라. 대개 이는 삶을 위함이며, 생(生)을 광열적(狂熱的)으로 사랑함임으로써니라.

『오뇌의 무도』! 이 한 권은 실로 그 복면(覆面)한 무희의 환락에 싸인 애수의 엉그림이며, 같은 때에 우리의 위안은 오직 이에 영원히 감추었으리로다.

아 — 군이여, 나는 군의 건확(健確)한 역필(譯筆)로 꿰어 맺은 이 한 줄기의 주옥(珠玉)이 무도장에 외로이 서있는 나의 가슴에 느리울 때의 행복을 간절히 기다리며, 또한 황막(荒寞)한 폐허 위에 한 뿌리의 푸른 움의 넓고 깊은 생명을 비노라.

신유(辛酉) 1월 오산우거(五山寓居)에서

염상섭(廉想涉)

친애하는 김억 형에게.

부득이하여[90]

똥은 들출수록 냄새가 나는 것이다.

그러나 아무리 제지하여도, 발악을 쓰며 덤벼들어서, 분통(糞桶)을 교란하여, 기어코 악취를 피우는 둔감자(鈍感者)에게 대하여는 좀 추잡한 짓이나, '부득이하여'서라도 손가락으로 찍어서 맛을 보여줄 수밖에 없다. 이것은 별로 선의로도 아니지만, 그리 악의의 짓도 아닐 것이다. 공중위생 상이라든지, 후각신경을 연마시켜서 그따위 악벽(惡癖)을 교정시키는 점으로 보든지 차라리 일종 적선일지도 모른다. 과연 그렇다. 적어도 그만한 자비심은, 나에게 없어 아니 될 것이다. 그러나 그 이상의 자비심을 발휘하려면, 그것은 과중한 요구다.

대체 이 세상에, 사기취예(詐欺取譽)까지 백주에 횡행하는 이 세상에, 타인의 명예를 위하여 자기의 명예까지 희생하고 오손(汚損)시키라는 요구가 용납될 일일까. 백만의 위선자가 무엇이라 하더라도, 나에게는 마침 그런 자비심을 아직 예비하지 못하였다고 자백할 수밖에 없다. 하므로 나는 지금, 나의 명예의 부당한 오욕, 무이유(無理由)한 희생을 면키 위하여, 소일 삼아서 식후 와담(臥談)으로, 서서히 두어 마디 ― 대단히 미안하고 무자비하고, 참

혹하지마는 ― 이야기하려 한다. 그러나 무슨 이야기이기에 그다지 무자비하고 참혹한가. 다른 것이 아니라 개인의 명예 상 관계가 있는 말이기 때문이다. 그러면 왜 타인의 약점과 추악을 적발하는가.

이에서 또 한 번 뇌인다. "똥은 들출수록, 냄새가 난다."고. '들추어내지만 않았으면' 냄새는 풍기지 않을 것이다. 자기 똥을 들추기만 할 뿐 아니라, 남의 면상에까지 도말(塗抹)[91]하려고 부득부득 덤비는 데야, 자아방위(自我防圍) 상으로라도 '부득이'한 일이 아닌가.

대단 미안한 일이요, 섭섭한 일이요, 또 고통스러운 일이지만, 묵은 치부장(致富帳)을 내놓고 전후의 세음(細音)을 일시에 청장(淸帳)하여버리려 한다.

지금 내가 하려는 이야기의 발단은, 우스운 동기에서 시작되었다. 작일(昨日) 오후에 B군이 자기의 논문이 게재된 『창조』 제9호(6월 발간)를, 내 방에 던지고 갔다. 그것을 받은 나는 물론 B군의 논문부터 읽을 것이나, 그중에 「비평에 대하여」라는, 금동(琴童) 군의 논문 중에는 나에게 대한 말도 있다 하기에, 석반(夕飯) 후에 드러누웠다가 무심히 들여다보았다. 군 일류의 고론탁설(高論卓說)은 시비를 논단할 바도 아니지만, 그중 기괴한 것은, "조선 일류의 비평가(라 자칭하는 사람) 가운데……." 운운한 논법 하에, 활동사진 변사의 사진해설과 같이, 소설을 해설하는 것이 소설비평가의 책임이니 어쩌니하는 전대미문의 재담을 벌여놓고, 그 아래에 "제월(霽月) 씨의 글을 보고도 웃으리라.", "제월 씨가 그런 도학자였던 줄은 아직 몰랐다." 운운 등 주워섬기며 '애매'한 제월을, '새끼'에 매인 돌멩이같이 함부로 휘두르다가, 결국은 아래와 같은 말이 씌어 있다.

"A라는 사람이 『학지광』 편집원 시대에, B라는 사람이 『학지광』에 투서

___

91　도말(塗抹) : 1. 발라서 드러나지 않게 가림. 2. 이리저리 임시변통으로 발라맞추거나 꾸며댐.

를 하였습니다. 그 글을 A가, 가치 없는 것으로 인정하였던지 내지 않았습니다. 그 뒤 몇 달 지나서 그 『학지광』 편집원이던 A가, 『현대』에, 어떤 소설을 내었습니다. 이것을 본 B는, 그 소설비평을 하여 현대사에 보냈는데, 첫머리에 이런 말이 있었답니다. "이전에 내가 『학지광』에 투서를 하니까 A가 내 글을 퇴(退)하였기에, A는 얼마나 잘 쓰나 생각하였더니 A의 소설을 보니까 이렇다." 운운. "이 구(句)는 편집인인 C군이 삭제를 하여서, 세상에는 발표 안 되고, 암암리에 없어져버렸지만 ……."

금동 군의 재롱이라면 귀엽기도 하지만, 『창조』의 독자가 얼마나 되는지는 모르나, 이 논문을 열독(閱讀)한 제군에게, 이대로 내버려둠은 위선(爲先) 나 자신이 자기에게 대하여 불충실하다고 나는 생각하였다. 마침 동석하였던 B · A 양 군과 같이, 일장대소(一場大笑)를 한 뒤에, 그 사유를 상술하라 강청(強請)하므로, 나 역(亦) 웃음거리 삼아 이하와 같이, 곰팡난 이야기를 하였다.

'만세'가 일어나던 해(1919) 봄 2월에 동경에서 『삼광』이라는 잡지가 발간되었는데 기중(其中) 이채를 띤 것은, 상아탑(象牙塔)의 시였다. 기시(其時) 나는 오사카(大阪)에 격재(隔在)하여, 동인(同人)을 허락하는 동시에 수삼(數三) 원고를 보내놓고, 상아탑의 본명이 수모(誰某)인가를 탐문한 일이 있었다. 그후 3월 사건이 발생되기 수일 전에 동(同) 군을 오사카에서 상봉케 되어, 하허인(何許人)임을 알고, 비로소 지우(知友)의 정을 맺게 되었다. 당시 아등(我等) 동지(同志)의 계획이 여의치 못하므로 동(同) 군과 나는 교토(京都)로 이전하여 2, 3일간 동거하며 피차에 시국과 문단에 관하여 담론하다가, 우연히 동(同) 군의 시에 대한 감상을 초(草)하게 되었다. 그것은 물론 동 군의 시재(詩才)를 사랑함에서 나온 것이지만, 당시 동 군이 불리한 처지에 함(陷)한 듯한 추측이, 나의 심중에 있었는 고로, 더욱이 호의를 표하여 망중산필(忙中散筆)로 초하여 당시 『학지광』 편집인 박승철(朴勝喆) 군에게 발송하여두었다. 물론 발표 여하는 고려치도 않았지만 이위(已爲) 초한 바일 뿐 아니라, 당시의 나는 거취가 미확(未確)하므로, 우리 양인(兩人)이 상별(相別)하기 전에 발송한 바였다. 기후(其後) 동년(同年) 동기(冬期)에, 내가 동경으로 간 뒤에『삼광』2호인지 3호를 발행하게 되었을 때, 편집된 목차를 본즉, 학지광사에 가 있을, 상아탑 군에 대한 나의 원고가, 그중에 삽입되어 발표케 되었다. 근 반년 이상을 전연(全然)히 망각하였던 나의 원고가 의외에『삼광』에 발표케 됨을 본 나는, 하도 의아하여 즉시 상아탑 군을 왕방(往訪)하고, 그 사유를 질문하였다. 한즉 군이 왈(曰) "목하 유학생계에서,『매일신보』에 투고하는 자는『학지광』에 기고할 권리를 불여(不與)하므로, 나(상아탑 군)는 매신(每申)에 투고한 관계상『학지광』에는 기고할 수 없고, 종(從)하여 나에게 대한 군의 기서(寄書)도 게재치 않는 모양이므로 부득이『삼광』에 송치하였노라. 그러나『학지광』편집원의 1인이요, 상술한 결의에 찬성한 백악(白岳) 군은, 역시 매신에 투고코자, 나(상아탑 군)에게 소개를 청하므로, 향자(向者)에,「향촌의 누이로부터(?)」라는 백악 군의 글을 매신에 발표케 하였으니 수시수비(誰是誰非)를 숙능지(孰能知)리요." 하며 웃었다. 나는 반신반의하여, 상아탑 군을 동반하고, 박 군(『학지광』편집부원)을 방문하여 질문하였다. 기시(其時) 내가 박군을 방문한 것은, 나의 투고 문제가 아니라, 상아탑 군의 소술(所述)의 확부(確否), 더욱이 백악 군의 소조(所措)의 진비(眞非)를 확탐(確探)코자 하는 호기심으로 간 것이었다. 그리하여 박 군의 답을 문(聞)한즉, 과연 문예에 대한 책임인 백악 군이, 상아탑 군의 시는 무가치하고 따라서 내가 쓴 상아탑 군의 시에 관한 일문(一文)도 무가치하다 하므로 발표치 않음이 확실함을 알았다. 기시 나는 백악 군과는 전연히 면식이 없었으나 매신에 투고하는 자를 배척하는 자의 1인으로 매신에 투고하였을 뿐 아니라, 무가치한 자로 인정한 상아탑 군에게 소개의 노(勞)를 간청하였다 함에 이르러서는 백악 군과의 친소

(親疎)를 불구하고 그 소위(所爲)가 가증타 않을 수 없다고 생각하고 있었다.

기후(其後) 『현대』가 발간되자, 백악 군의 소설이 발표되었다. 여기서 제일 요절(腰折)을 할 일은 기시 내가 요코하마(橫濱) 인쇄공장에서 3주 동안 채자(採字)를 하던 시대에, 마침 이 백악 군의 소설 「자연」[92]이던가 하는 것의 채자를 하였다. 채자를 하면서 읽는 것은, 보통 시(時)에 열독하는 것보다, 세밀한 점까지 볼 수가 있다. 지금은 자세한 기억이 없지만, 그 소설의 내용을 거(擧)할진대, 그중 중요한 사건은 P라 한 인물(이던지?)의 편지가 소설 중에 있는데, 모월 모일 『매일문단』에 발표한 군의 기서(奇書) 「향촌의 누이로부터」라는 일문(一文)은 기절묘절(奇絶妙絶)하다는 찬사의 서한문인 듯하였다. 그뿐 아니라 그 소설 후말(後末)에 가서는, 무슨 자연에서 나서, 자연히 생장하고 어쩌고 한 말이, 무엇인지 해득키 어려울 뿐 아니라, 부사와 명사를 구별치 못하여 ‘자연히’라고 할 데에 ‘자연이’라고 쓴 것을 볼 때 전후의 의미가 통(通)치 못하는 곳이 많았다. 그는 하여간, 무엇을 우리에게 주려고, 이 소설이란 것을 쓰는지, 적어도 무슨 절실한 충동이 있어서 이것을 걸어놓았는지를, 나는 알기에 괴로웠었다. 내가 누누이 말할 필요도 없지만, 매신에 발표한 「향촌의 누이로부터」인지 하는 일문(一文)이 아무리 걸작이라 한들, 소위 소설이라고 필적을 들 때, 그 말을 쓸 생각이 날 것인가. 제군과 같이 생각하여 볼 일이다. 하므로, 기시(其時) 나는 의분을 못 이겼었다. 그리하여 『현대』 제2호(작년 2월호)에 백악의 그 유명한 소설의 독후감을 쓴 결과, 작년 춘(春)에, 금동 군인지 동인(同人)[93] 군인지, 나를 반박하였기에 기시(其時), 나는 『동아일보』에, 이러한 내용은 발표치 않고, 오직 그 동인 군의 소론에만 답변을 하여두고, 기후(其後) 또 도전을 하는 모양이었으나, 되지 않은 문제로 설왕설

---

92 김환이 『현대』 창간호(1920.1)에 발표한 소설 「자연의 자각」을 가리킨다.
93 원문상의 표기이나, 김동인을 뜻하는 ‘동인(東仁)’일 것으로 추정된다.

래하는 것이 창피하기에 함묵(緘黙)하여버렸다. 하였더니 기후(其後) 내가 오산(五山) 있을 때(1년이나 지나서 금년 춘기 방학 시에) 성적고사(成績考査)로 안비(眼鼻)를 막개(莫開)하는 중에 금동 군에게서 일봉서함(一封 書函)이 왔기에, 개봉하여 제1면(頁)을 본즉, 이 글을 발표하면 군의 명예에 관계가 되겠기로 직접 보내니 보라고 하였기로, 내용은 1자(一字)도 보지 않고, 여백에다가, 호의는 감사하나, 나는 그러한 시간의 여유가 없으니 정정당당히 표할 터이면 임의대로 처분하라고 녹입(錄入)하여 반송하여버리고 말았다. 그 후에도, 소문으로만은 K군이 『창조』에 이 사건에 관하여 쓰고, 또 오천원(吳天園) 군이 『조선일보』에 썼다고는 들었으나, 문제의 출발점이, 이러한 것을 나는 심중에만 두고, 그리 주의하여 거론키를 피하였다. 대수롭지 않은 문제로 피차에 감정을 살 필요도 없고, 백날 논전을 하여야 창작비평가는 활동사진의 변사와 같이, 소설을 해설하는 자라 하는 고론(高論)에 당할 수가 없는 것을 어찌하나! 하하하.

똥은 들추면 냄새가 난다. 들추지만 말았으면, 이런 흉, 저런 흉, 다 없어지고 말 것을, 금동 군이 무슨 원한이 있던지, 공연히 백지를 없애고 인쇄직공을 못살게 굴어가면서, 이편에 내가 『학지광』에 투고를 하니까, "A가 내 글을 퇴(退)하였기에, A는 얼마나 잘 쓰나 하였더니……." 하는 등 구생유취(口生乳臭)의 수작을 하여서 사람을 괴롭게만 하는지 모르겠다. 그중에도 "편집인인 C군이 삭제를 하여 암암리에 없어져 버렸지만……." 하였으니, 어찌하란 말인가. "없어졌지'만'"이라 할 게 아니라, 그 삭제한 내용은 다르나 없어졌다면, 피차에 호의를 가지고 지낼 것을, 섣부른 수작을 하다가, 자기 발등을 찍었다. 그러나 하는 수 없다. (C군이 삭제하였다는 것은 최승만(崔承萬) 군이 백악에게 대한 호의로, '매일문단'에 백악 군의 글이 발표된 사정을 쓴 것이었다.)

이상 한 말은, 나의 신경계통이 순조(順調)를 보지(保持)할 동안은, 나의 기억력이 착란 않을 때까지는 또 관계 제군(諸君)이 정직의 덕(德)을 잃기 전까지는 일분(一分)의 의문이 없을 것이다.

최후로, '비평'에 관한 진정한 논전이 아니고, 이러한 불미한 사실을 기록치 않으면 안 될 부득이한 사정을, 문단에, 대하여 미안하고, 섭섭히 생각하는 바이다.

남궁벽南宮璧 군의 사死를 앞에 놓고[94]

무겁게 처진 잿빛 구름 밑에서는, 금년에 두 번째 보는 눈(雪)이 솔솔 내려온다. 방 안에서도 등이 선선한 음산한 날이다.

오늘이 벌써 남궁(南宮) 군이 떠난 지 10일 되는 날인가 보다. 지금 서울에도 눈이 오는지 모르나, 수철리(水鐵里)[95] 공동묘지 한 구석에, 새로 수북이 긁어모은 붉은 진흙덩이 위에도 희끗희끗하게 뿌렸을 것이다. 내가 경성을 떠나기 전전날에 만났을 제, 외투 깃을 올려서 앞을 여미고 '자라 모가지'처럼 고개를 파묻고 "어이 추워." 하며 부르르 떨던 모양이, 눈앞에 섰다. 소리가 귀에 들린다. 그 전전날에 K군 방에 누웠을 때의 열에 띠운 벌건 눈이 보인다. 내가 몇 마디 병세를 물은 때, 군은 "응, 에이 죽겠어!" 하며, 괴로운 듯이 몸을 뒤쳤다.

"응, 에이, 죽겠어!" 항용하는, 지나는 말이다. 하는 사람도 그리 생각하였고, 듣는 사람도 그 이상의 의미로는 듣지 않았다. 그러나 그 힘없는 한 마디 뒤에는, 벌써 숙명의 군센 마크가 박혀 있었던 것을 누가 알았으리요.

군이 감기로 견고(見苦)한 것은, 겨우 전후 10여 일에 불과하였다. 내가 평

---

94 상섭(想涉), 「남궁벽(南宮璧) 군의 사(死)를 앞에 놓고」, 『개벽』, 1921.12.
95 수철리(水鐵里) : 공동묘지가 있던 서울(현재 금호동)의 한 마을.

양에 왔다가, 10월 30일에 귀경하였을 때, 군은 금만(今晩)에 출발하려다가, 도중에서 어찌될지 몰라, 중지하였다고 동경행(東京行)의 연기를 변명하였다. 그날 밤에도 신열이 났던지, 잠자코 먼저 귀가하였다. 이틀 만에, 즉 금월 1일 석양에 만났을 때에는, 열이 대단한 모양이었다. 2일에는 용산 야구경기 장에서 만났다. 나는 먼저 귀성하였지만, 군은 내종(乃終)까지 모우(冒雨)[96] 관전한 모양이었다. 추후에 들은즉, 매야(每夜)에 번열(煩熱)과 싸우고도 야구 대회에는 3일 연(連)하여 참관하였다 한다.

그 익(翌) 3일 오후 3시 경이었다. 패밀리호텔 6호실 K군 방에 잠깐 앉았으려니까, 군은 으스스 추운 모양으로, 목욕하고 가는 길이라 하며 들어와서, 난로의 불을 돋운 후, 모포로 몸을 둘둘 말고 웅숭그리고 앉았었다. 군은 무슨 생각을 하였던지 가다가다 소리를 내어 웃었다. 무엇이 그리 우스우냐고 내가 물을 제, 군은 "아니 ―." 하고 말았다. 잠깐 있다가 가지 않겠느냐고 끌어보았으나, 몸을 좀 더 녹여가지고 가겠다 하기에 "그럼 또 다시 만납시다." 하는 인사를 뒤에 두고, 나만 먼저 나왔다. 지금 생각하면, 그때가 이 세상에서 군과의 영결(永訣)이었다.

"그럼, 또 다시 만납시다!" 군과 헤어질 때에는, 반드시 하는 군의 인사다. 아, 어디서 다시 만나자는 말인가!?

그 후 2, 3일간은, 나도 칩거하였거니와, 피차에 만나지 못하였다. 6일 오후에 노상에서 군의 춘부(椿府) 남궁훈(南宮薰) 씨를 만나 뵈었을 때에는, 작야(昨夜) 이래로 좀 심한 듯하다는 소식을 들었으나, 물론 그리 위중하지는 않은 모양이었다. 그도 또한 그리 우려하는 빛은 없었다. 그날 밤에 나는 급히 북행열차에 올랐다. 한번 위문은 하여야 하겠다고는 생각하면서도, '감기쯤이

96　모우(冒雨) : 비를 무릅씀.

야…….’ 하는 생각으로 등한히 여겼었다. 이곳에 와서도, 별로 위문장을 보내려는 생각은 꿈에도 없었다. 대개는 벌써 동경으로 향하였으리라 생각하고, 이삼 친구에게 소식을 물을 따름이었다. 지금 알고 보니 그 소식 물은 것도 벌써 군이 세상을 떠난 뒤의 일이었다. 생각할수록 꿈같다. 세상에 있지 못할 일 같다. 고인은 물론이려니와, 자기의 불민한 죄일망정 야속하고 원통한 일이다. 더구나 미안하고 일생의 한이 되는 것은, 군의 부(訃)를, 영장(永葬)한지 5, 6일 후에 수백 리 외(外)에 있어서 신문을 통하여 받게 된 것이다. 어쩌면 금세(今世)의 연분(緣分)이 그렇게도 엷던가, 생각할수록 야속하다. 엊그제까지 한시를 떠나지 않고 맞붙들고 다니던 친우의 사(死)를, 휴지로 굴러다니는 신문조각 한 귀퉁이에서 발견할 제, 나의 머리, 나의 신경, 나의 눈, 나의 입, 나의 수족(手足)……. 아, 나의 가슴은 어떠하였을까. 신의 지시하심이었던지, 나의 시선이 기계적으로, “남궁벽 군 영면”이라는 굵은 흑선(黑線)에 멈출 제, 나의 뇌장(腦漿)은 일시에 응결하였다. 모든 정신적 작용은 일시에 정지하였다. 의미 없이 부릅뜬 쌍안(雙眼)에는 아무것도 비치지 않았다. 귀는 물속으로 들어간 것처럼 점점 멀어졌다. “앗!” 하며, 벌리고 섰는 내 입은 얼어붙었었다. 신문을 든 손은 걷잡을 새 없이 덜덜덜 떨리었다. 나는 한숨에 통독하였다. 그래도 의심치 않을 수 없었다. 또 한 번 글자를 세듯이 하여가며 읽었다. 그러나 나는 나의 시각을 의심치 않을 수 없었다. 내종(乃終)에는 ‘벽(璧)’ 자(字)의 자획(字劃)을 세세히 들여다보았다. 아, 그러나 일호(一毫)의 틀림이 없지 않은가. 인제는 의심할 여지가 없다. 조금이라도 의아한 점이 있을진대, 아직도 일조(一條)의 희망의 빛이 남았을 것이다. 그러나 드디어 절망 안 할 수 없었다. 폐허사 동인이라 하였고, 필운동 자택이라 하였다. 폐허사 동인으로 필운동 일우(一隅)에서 신음하는 남궁벽이라는 사람은, 16만 만인중(萬人衆)에 오직 한 사람이다. 그리고 그 한 사람은, 이제는 영영 어디 갔다. 16만 만인 중에서는 벌써 벗어났다. 그러나 어디 갔나? 흙에 돌아갔나? 하늘에 날아갔다! 인생의 무상을 이제 비로소 깨달은 것같이 눈이 휘둥그레 놀람은, 아직 천도(天道)의 공편됨을 알지 못함이려니와, 헛된 것은 인사(人事)요, 믿을 수 없음은 인명(人命)이며, 두렵고 반역할 수 없는 것은 대자연의 대법칙이다.

어제 서울 있는 김(金)(萬),[97] 변(卞), 오(吳) 3형의 연명(連名)한 편지가 왔다. "남궁은 어찌되었느냐고? 아직도 모르시는 모양이구려. 참 기막히는 소리 마시오. 남궁은 이 세상 사람이 아니요." 하는 간절한 애도에 채운 구구절절, 나는 오직 소리 없는 눈물을 대답할 수밖에 없었다. 더구나 육십 노친의 비상통한(悲傷痛恨)의 정황을 들을 제, 운명의 악희(惡戲)도 이에 더 극(極)할까 하였다.

그러나 고인의 그 참혹하고 가련한 요절에 대하여 일편(一片)의 조사(吊辭)는 없을망정, 항간(巷間)의 풍평(風評)에는, 어떠한 불순한 동기에서 나온 자살이라고까지 악의를 품은 천박자(淺薄者) 유(流)까지 있다는 말을 듣고는, 남의 일같이 묵인할 수 없는 분노의 정(情)을 자제치 못 하였다. 실로 군처럼 박복한 사람은 또다시 없다. 사(死)는 모든 것을 정(淨)케 한다. 그리고 대천(戴天)을 불공(不共)하려는 구적(寇敵)도, 사(死)라는 엄숙하고 비통한 사실 앞에는 머리를 숙이고 도석(悼惜)의 의(意)를 표한다. 하물며 피등(彼等) 일부 분자와 하등의 은원(恩怨)이 있기에, 군의 이 가석(可惜)하고 비참한 최후에 임하여, 이같이 무례한 조소로써 고인의 인격을 참무(讒誣)하는가. 나는 우리 동포 사이에 이같이 누열몰염(陋劣沒廉)한 분자를 가진 것을 불명예로 아는 바이다. 28세를 일기(一期)로 하고 특수한 사회적, 혹은 민족적, 또한 세계적 공헌이 없이, 일찍 세상을 버린 군의 일생을 회고할 제, 우정으로만이 아니라,

---

97 『폐허』의 취지에 동조하여 자택을 개방, 폐허사로 사용하게 한 김만수(金萬洙)를 가리키는 것으로 보인다.

공정한 제3자의 견지로라도 동정과 추도의 누(淚)를 금치 못한다. 아니다, 고인의 생애가, 우리에게와 및 후세에, 별로 영향을 주지 못하니만치, 더욱 애석함을 마지않는 바이며, 더욱이 그 박행다한(薄幸多恨)하였던 그의 비운을 생각할 제, 진정으로 만곡(萬斛)의 누(淚)를 아끼지 않는 바이다. 하고(何故)요, 하면 그에게는 영오(穎悟)[98]의 질(質)이 있으되, 이를 발휘할 기회를 얻지 못하였고, 노력의 열성이 가득하였으되, 이를 대성케 할 약소한 자력(資力)이나마 없었기 때문이다. 만일 이를 극단(極端)으로 일언이폐(一言而蔽)하면, 사회는 너무 무이해(無理解)하였고, 사위(四圍)는 너무 냉정하였었다. 결국, 군은 빈궁에 정복되었고, 빈궁은 군의 모든 영재(英才), 아니다, 군의 전 인격까지를 탄서(呑噬)하였다. 만일 최근 7, 8개 삭(朔) 간의 군의 사생활을 비난하는 자가 있을진대, 그 책임은 5분(分)을 빈신(貧神)에게 돌릴지요, 그 3분을 비난자에게 돌릴지며, 그 2분을 군의 자포자기에 지울 것이다. 군을 가리켜 경박한 유랑아(流浪兒)라고 혹평하는 자가 있거든 위선 군의 '경우'를 통찰하고, 그 다음에 조선을 배경으로 한 시대를 일별하고, 최후에 자기 자신을 검토하라고 대호(大呼)하겠다. 군은 물론 비범하다고는 단언치 않는다. 그러나 수준 이하가 아니었음은, 군과 지면(知面) 있는 자는 수긍할 것이다. 만일 군에게 발전할 기회를 다소라도 주었을진대, 발군의 공적을 우리 민족에게 끼치고 편안히 명목(瞑目)하였을 것이다. 군의 그 짧은 일생은 과연 고뇌의 결정(結晶)이었다. 악전(惡戰)의 기록이었다. 그리고 신약기허(身弱氣虛)로 유(由)한 요외(料外)의 무참한 패배였다. 인(人)은, 인의 사(死)에 임하여, 그 생애를 교언영구(巧言令句)로 칭송함을 예(禮)라 하나, 나는 사실대로 패배라 한다. 과연 아깝다. 불쌍하다. 회복할 수 없는 우리의 손실이다.

---

98 영오(穎悟) : 깨달아 앎.

아, 군은 울한(鬱恨)이 쌓이고 쌓인 그 가슴을 그대로 품고 구원(九原)에 들었다. 맺히고 맺힌 그 골수를 그대로 가지고 명토(冥土)[99]에 취(就)하였다.

사람이 사람을 원만히 이해한다는 것은 용이한 일이 아니다. 그러나 군에게 대하여는 오해가 비교적 많았다. 그 원인은, 원래의 성질이 과언함묵(寡言緘黙)함과 강직청담(剛直淸淡)한 일편(一便)에, 약간 편협함에 있었다. 하므로 용이히 접근키 어렵게도 보이고 또는 오만히도 보이므로 대개는 경원주의(敬遠主義)를 표한 모양이었다. 그러나 기실 온유다정하고 솔직하였다. 그리고 결코 자기의 감정을 자기(自欺)하는 일은 없었다.

그 다음에 군을 오해하는 점은, 군이 동경에서 『태양(太陽)』 기타에 일문(日文)으로 수차(數次) 논문을 발표함에 대함이었었다. 그러나 그것은 결코 비난할 가치가 없는 일이었다. 도리어 찬양할 필요가 있었을 것이었다. 군이 만일에 구구히 의식(衣食)의 요(料)를 얻으려고 고두개걸(叩頭丐乞)하여, 주구(走狗)의 비루한 의사(意思)로 일본논단에 노력코자 하였을진대 물론 논외이지만, 원래 군은 조선문에 비상히 미숙한 일편에, 일문의 조예가 깊었고, 또 군의 생전의 지론은 일본유학생이 수천에 이르되, 일본문단 혹은 논단에 활동하는 자가 개무(皆無)함은, 수치라고까지는 못할지라도 손실이라 함이었다. 이 의견은, 그 당자(當者)의 사상·의사·인격을 이해하고 신용할 만한 경우에, 또한 재식(才識)이 피등(彼等) 학자, 사상가 등과 필적한 경우에는 오히려 필요한 것이라고 나는 생각하였다. 하므로 이것으로써 과거의 군을 오해하였다면 그것은 무용(無用)한 편협한 감정이었다고 생각한다. 군이, 나와 수년 만에, 동경에서 처음 만났을 때에, 민족과 국가, 또는 민족과 개인 간의 연면(連綿)[100]한 감정은, 거의 신비에 가깝다고 한 말과 또는 왕년에 동경유학생 감독

---

99 명토(冥土) : '명도(冥途)'와 같은 말. 사람이 죽은 뒤에 간다는 영혼의 세계.
100 연면(連綿) : 혈통, 역사, 산맥 따위가 끊어지지 않고 계속 잇닿아 있음.

부 기숙사에 있을 때, 당시 군을 위험시하던 당국이, 정(政)·법(法)·문(文) 이외의 과학을 연구하는 조건 하에서 관비생(官費生)이 되라고 권유할 제, 언하(言下)에 거절한 사실을 보면, 군의 면목이 약여(躍如)할 것이다. 다시 말하면, 나는 군의 인격·사상을 가히 신용하겠으므로 물론 친교의 영(榮)을 얻은 바이지만, 군이 일본논단에 입각하려던 그 계획을 찬성함이었다 함이다.

그러나 남궁은 갔다. 영원히 갔다. 인간의 독생자(獨生子)로 가련한 민족의 쓴 운명을 같이 지고 기구한 이 시대에, 약하고 연한 탯줄에 묻히어서, 그림자같이 나왔다가, 그림자같이 스러졌다. 28년 동안 부모의 구로(劬勞)와 우주의 자비와 민족의 애호로, 가는 뼈가 굵어지고, 짧은 키가 길어지며, 없던 지혜 배불리어, 모든 이상, 모든 포부, 가진 사상, 가진 재조(才操), 다 길러, 한 번 나와 뛰놀려다 쌓고 쌓고 쌓은 채로 자취 없이, 소리 없이 스러졌다. 이에 이르러 천언만어(千言萬語) 다 늘어놓아 슬퍼한들 무엇에 쓰며 불러본들 어이하리. 간 사람은 가고 말고, 남은 사람은 남았을 따름이다. 향촌(鄕村)의 처녀아(處女兒)들, 끼리끼리 짝을 지어, "달아, 달아, 밝은 달아, 이태백이 놀던 달아……." 정다웁고 아양스럽게, 목을 돋워 노래하나, 오늘 저녁 저 달빛이 내일 저녁 그 뉘 아(兒)의 검은 무덤 비출 줄, 그 뉘라서 알까보냐. 머나먼 그 옛날에 태백이 놀던 달빛이, 오늘밤 그의 무덤 수풀 위에, 방울 지은 이슬에는 숨어 있지 않았더냐. 아, 그러나 정처 없는 새벽바람은 그 이슬조차 곱게 둘 줄 믿지 마라.

아, 남궁아! 남궁아! 너 먼저 앞섰다고 슬퍼마라. 조만간 가고 말 머나먼 앞길이라, 너를 보낸 너의 아우 이내 몸도 내일 갈지, 모래 갈지, 내년 갈지, 후년 갈지, 검은 머리 백상(白霜) 이고 지척지척, 따라갈지 어이나 알겠느냐. 아, 헛된 건 인사요, 엄한 건 운명이다. 너 먼저 홀로 갔다 슬퍼마라 울지 마라. 아! 남궁아! 남궁아!

　그러나 간 사람은 가고 말고, 남은 사람은 남았으니 갈 때까지 힘쓸 것이다. 오늘 일 오늘 하고, 내일 일 내일에 끝낼 것이다. 그리고 힘 있게 굳세게 살아야 할 것이다.

　힘 있고 굳세게! 그리고 바르게!

　아! 남궁아! 남궁아!

　힘 있고 굳세고, 바르게 살아야 하겠다. 싸워야 하겠다. 그리고 오늘 일 오늘 해야 하겠다. 아! 남궁아! 남궁아! 그대가 남겨주고 간 이 교훈, 그대가 기념으로 주는 금은(金銀)보다 귀엽고, 주옥(珠玉)보다 아름답다.

　아! 남궁아! 남궁아! 어디로 갔느냐? 어디로 갔느냐? 흙으로 돌아갔느냐? 하늘로 날아갔느냐.

　어디서, "그럼 또 다시 만나"려느냐?

21.11.20. 패성(浿城) 서문(西門) 외(外)에서.

염상섭 문장 전집

1922

개성과 예술[101]

1

예술창작 상으로 고찰한 개성 문제는, 그리 용이한 문제가 아니므로, 충분한 학적(學的) 연구에 기대할 바이지만 나는 지금 일반적 상식 문제로서, 위선(爲先) 자아의 각성을 약술하고, 차(次)로 유(由)한 개성의 발견과 그 의의를 논한 후에, 예술적 창작 상, 따라서 그 가치 평정(評定) 상, 개성은 여하(如何)한 지위를 점하며 하여(何如)한 의의가 유(有)한가를, 극히 통속적으로 일별하려 한다.

대저 근대문명의 정신적 모든 수확물 중, 가장 본질적이요, 중대한 의의를 가진 것은, 아마 '자아의 각성', 혹은 그 '회복'이라 하겠다. 이에 대하여는 누구나 이의가 없을 것이다. 실로 근대인의 특색이 이에 있고, 가치가 이에 있으며, 금일의 모든 문화적 성과가, 이에서 출발하였다 하여도 결코 과언이 아닐 것이다. 물론 브루투스가 시저를 시살(弑殺)한 그 거룩한 정신으로 보면, 당대의 로마(羅馬) 민족은, 벌써 정치적으로만이라도 확실히 아(我)를 자각하고 아를 주장하리만치, 피등(彼等)은 인류의 선각자라고 논단할 수 있을지 모

---

101 상섭(想涉), 「개성과 예술」, 『개벽』, 1922.4.

르겠다. 따라서, 특히 문예부흥시대 이후, 또는 종교개혁이나 불란서혁명 이후에, 비로소 자아를 발견하였다 함과 같이 논함은, 도리어 온당치 못할 것 같기도 하다. 그러나 중세기의 소위 암흑시대라는, 교권주의의 절대적 위압 하에서 신음하여오던, 자기몰각 상태의 몽환적이면서도 암담하고 황량한 노예적 생활을 일축하고, 엄연히 자기의 존귀를 주장하며, 인간의 본연성에 돌아왔다는 사실은, 아무리 하여도 인류적 신기록이라고 아니할 수 없을 것이다. 교권(敎勸)이라는 철비(鐵扉)가 굳게 닫힌, 그윽하고도 쓸쓸하며, 심중(沈重)하고도 졸음 오는, 저 승원(僧院)의 사(死)와 같이 신비로운 뇌문(牢門)을 배(排)하고, 피 있고, 고기 있으며, 눈물 있는 동적(動的) 세계, 진정한 인간다운 생명이 약동하는 현실세계에 일대 비약을 단행한 것이, 이 문예부흥의 운동이요, 자아회복, 혹은 발견의 위업이었다.

그러하므로 이와 같이 교권의 위압으로부터 해방되고, 몽환에 감취(甘醉)한 '낭만적' 사상의 베일로부터 벗어나와 자기의 정체를 명료히 응시할 만치, 깊고 오랜 꿈에서 깨어 나온 근대인은, 위선 모든 것을 의심하기 시작하였다. 이 '의심'이야말로 어떠한 시대에든지 모든 문화의 효모(酵母)다. 일생을 취생몽사로 지내는 사람에게는 백반(百般)의 사물에 대한 의문이나, 비평적 정신이 있을 리가 없지마는, 일단 각성한 이상, 자기의 주위를 의심하고, 비평적 태도로 일체를 탐구·평가하려 할 뿐 아니라, 자기 자신에게까지 의혹의 안광을 향하게 되는 것은 당연한 사(事)라 하겠다. 그리하여 자각한 피등은, 제일(第一)에 위선 모든 권위를 부정하고, 우상을 타파하며, 초자연적 일체를 물리치고 나서, 현실세계를 현실 그대로 보려고 노력하였다. 또한 이러한 사상은, 자연지세(自然之勢)로 신앙의 동요를 유치(誘致)한 동시에, 신성이니, 위대니, 절대니, 숭배이니 하는 등 용어에 대한 의의를 의심하게 되었다. 다시 말하면 지금까지는 모든 것이, 미려한 것, 위대한 것, 경건한 것으로 보이던 것이, 일단 깨인 사람의 눈으로, 세밀히 해부하여보고 검토하여보면, 추악하고 평범하고 비속한 것으로 비침을 깨달았다는 의미이다. 마치 삼각산은, 서울 장안에서 바라보면, 청수(淸秀)한 아치(雅致) 있는 자연의 선경(仙境) 같지만, 실제로 올라가보면, 고목잡초에 덮인 살풍경 속에, 분뇨진애(糞尿塵埃)가 즐비낭자하여 변변히 소게(少憩)[102]를 얻을 만한 곳이 없더라는 것과 같은 심리상태이다. 또 내가 연전(年前)에 『폐허』창간호에 「법의(法衣)」라는 시를 쓴 일이 있었다. 어떠한 여성을 상당한 거리를 격(隔)하여 볼 때는 완염(婉艶)한 자태가 흠모할 만하게 보이나, 접근하여본즉 중년에 달한, 주름 많은 얼굴에 주근깨가 있더라는 실감에 비(譬)하여 신부신부(信夫信婦)의 법의는 찬란하나, 그 법의를 벗은 피둥을 볼 때는, 모든 경건을 빼앗아간다고 한탄한 것이 그 내용이었다. 이 역시 자아각성의 초아(初芽)가 피어온 근대인의 심리와 다를 것이 없는 것이다.

이러한 심리상태를, 보통 이름하여, '현실폭로의 비애', 또는 '환멸의 비애'라고 부르거니와, 이와 같이 신앙을 잃어버리고, 미추(美醜)의 가치가 전도하여 현실폭로의 비애를 감(感)하며, 이상(理想)은 환멸하여, 인심은 귀추(歸趨)를 잃어버리고, 사상은 중축이 부러져서, 방황혼돈하며, 암담고독에 울면서도, 자아각성의 눈만은 더욱더욱 크게 뜨게 되었다. 혹은 이러한 현상이, 도리어 자아각성을 촉진하는 그 직접원인이 된 것이라고도 할 수 있다. 하여간 이러한 현상이 사상 방면으로는 이상주의, 낭만주의 시대를 경과하여, 자연과학의 발달과 공히, 자연주의 내지 개인주의사상의 경향을 유치한 것은 사실이다.

세인(世人)은 왕왕이 자연주의를 지칭하여, 성욕지상의 관능주의라 하며,

---

102 소게(少憩) : 잠깐 쉼.

개인주의를 박(駁)하여, 천박한 이기주의라고 오상(誤想)하는 자가 있는 모양이나 이것은 큰 오해이다. 이에 대한 상세한 고찰은, 지금 나의 소론에 그리 필요치 않으므로, 후일에 양(讓)하거니와, 자연주의의 사상은, 결국 자아각성에 의한 권위의 부정, 우상의 타파로 인하여 유기(誘起)된 환멸의 비애를 수소(愁訴)[103]함에, 그 대부분의 의의가 있다. 하므로 세인의 이 주의의 작품에 대하여 비난·공격의 목표로 삼는, 성욕묘사를 특히 제재로 택함은, 정욕적 관능을 일층 과장하여, 독자로 하여금 열정(劣情)을 유발케 하고 저급의 쾌감을 만족시키려는 것이 목적이 아니라, 현실폭로의 비애, 환멸의 애수, 또는 인생의 암흑추악한 일 반면(反面)으로 여실히 묘사함으로써, 인생의 진상은 이러하다는 것을 표현하기 위하여, 이상주의 혹은 낭만파 문학에 대한 반동적으로 일어난 수단에 불과하다.

예를 들어 말하면 불국(佛國)의 모파상의 작품 「여(女)의 일생」과 같이, 미혼(未婚)한 처녀가 자기의 남편 될 사람은 위대한 인물이라고 상상하고, 결혼생활은 신성하고 자미스러운, 남녀의 결합이라고 생각하였던 것이, 급기야 결혼하고 보니 평범한 남자에 불과하고 남녀의 관계는 결국 추외(醜猥)한 성욕적 결합에 불과함을 깨닫고 비탄하는 것이, 자연주의 작품의 골자다. 이상은 이위(已爲) 자연주의에 언급하였기로 약간 논지의 기로(岐路)에 나온 듯하나, 일언(一言)의 변해(辯解)를 한 것이거니와, 하여간 소위 자연주의운동도 역시 각성한 자아의 규호(叫呼)이며, 그 완성의 도정인 것만 이해하면 고만이다.

그 다음에, 근대인에게 개인주의 색채가 농후함은 사실이나, 결코 이기주의와 혼동할 바가 아니라, 이 역(亦) 권위 부인, 우상 타파의 자기각성에 출발점이 있는 것이다. 재래의 사상으로는, 개체는 그 전체에 대하여 예속한 일

---

103 수소(愁訴) : 자기의 사정을 애처롭게 호소함.

부분에 불과하다고 생각하였으나, 개인주의사상으로는 그 위치와 가치를 전도하여, 개체의 존엄을 주장함으로써 무엇보다 먼저 자기에게 충실하라, 그리함이 자기의 함유(含有)한 전체에 대하여 충실한 소이(所以)라는 것이 이 주의의 주장이다. 보통 근대의 문명은, 신을 인격화하고 인(人)을 신격화하였다 함과 같이, 신도 자기 없이는 존재할 수 없다고 주장한다. 그는 하여간 이 주의의 시비곡직을 막론하고, 각성한 자아가 자기의 존엄을 굳게 주장함에 불외(不外)함은 췌언(贅言)을 불요(不要)하는 바이다.

2

그러하면 자아의 각성이니, 자아의 존엄이니 하는 것은, 무엇을 의미함인가. 이를 약언(略言)하면, 곧 인간성의 각성, 또는 해방이며, 인간성의 위대를 발견하였다는 의미이다. 따라서 일반적 의미를 떠나, 개인에 취(就)하여 일층 심각히 고찰할 지경이면, 개성의 자각, 개성의 존엄을 의미함이라고도 할 수 있는 것이다. 다시 말하면, 근대인의 자아의 발견이라는 것은, 일반적 의미로는 인간성의 자각인 동시에, 개개인에 취하여 고찰하면, 개성의 발견이요, 고조요, 굳센 주장이며, 새로운 가치부여라 하겠다.

그러한데 이상에, 나는, 자아의 각성은, '정(靜)'으로부터 '동(動)'에 혈(血) 있고, 육(肉) 있고, 누(淚) 있는, 지정의(知情意)의 활약 있는 생명적 비약이라고 말하였다. 하므로 근대인이 자아를 각성함으로써, 각개의 개성을 발견확립하고, 그 위대와 존엄을 자각하며 주장함도 또한 생명적 용약(勇躍)이 아니면 안 될 것이다. 그러하면, 소위 '개성'이라는 것은 무엇인가. 개개인의 품부(稟賦)[104]한 '독이적(獨異的) 생명'이, 곧 그 각자의 개성이다. 하므로 그 거룩한 '독이적 생명의 유로(流露)'가 곧 '개성의 표현'이다. 이것은 일견(一見)하면 심히 난해한 듯하나, 백만사물(百萬事物)에 개성이 없음이 없고, 그 개성은 곧 그 사물 자체의 생명임을, 용이히 요해(了解)할 수가 있는 것이다. 지금 일례를 거(擧)하여 비유할진대, 일반으로 지류(紙類)는 공통한 사명 있는 것이다. 즉 동일한 수용적(需用的) 가치가 있는 것이다. 갱언(更言)하면 지류로서의 공통한 생명이 있다. 그러나 양지(洋紙)는 철필로 씌이거나 도벽(塗壁)에 적당하고, 조선지(朝鮮紙)는 모필(毛筆)로 씌이거나 창호지로 사용될 지품(紙品)을 향유(享有)한 것이다. 물론 양종(兩種) 지류의 용도를 절대로 전환하여서는 아니 된다 함은 아니나, 그 특성을 따라서 적용하여야 충분한 효과를 얻으리라 함이다. 하므로 철필로 씌이거나 도벽용으로 사용되는 데에, 양지의 개성이 있고 따라서 그 생명이 있는 것이며, 조선지는 모필로 씌이며 창호지에 수요(需要) 되는 거기에, 조선지 된 특장, 즉 개성이 표현되며, 생명이 유로되는 것이다.

하므로 이상에 내가, '일반적' 인간성이라고 하고 '독이적' 생명이라고 한 것도 역시 이러한 '의미'에 불외(不外)한다. 인간성이니 개성이니 하였지만, 도시(都是) 생명의 발현인 점은 일반이다. 하므로 자아의 각성이 일반적 인간성의 자각인 동시에 독이적 개성의 발견이라 함은, 결국 지류는 공통한 사명과 동일한 수요가치, 즉 공통한 생명이 있는 동시에, 개적(個的) 특성이 있다 함과, 이곡동음(異曲同音)이다. 이를 요컨대 개성의 표현은 생명의 유로이며, 개성이 없는 곳에 생명은 없다는 것만 깨달으면 될 것이다.

그러하면 소위 '생명'이란 무엇인가.

지금 나는 철학적으로 고찰하여, 생명에 대한 정의를 내리려는 경거(輕擧)는, 물론 피하고자 한다. 그러하나 이에서 이른바 생명이라 함은 생물적 번

---

104 품부(稟賦) : 선천적으로 타고남.

식을 의미함이 아님은 물론이다. 생물적 증식을 의미하는 생명은, 다만 수(數)나 양(量)의 문제요, 피상적·물적(物的) 생명의 연장, 즉 '종족의 보지(保持)'라는 의미밖에 아니 된다. 그러나 자아각성에 유(由)한 인간성의 해방, 개성의 고조(高調) 또는 그 표현으로서 의미하는 생명은, 물적 의의로부터 초월한 심오한 의미가 없으면 아니 될 것이다. 그러면 개성의 표현을 의미하는 바 생명이란 무엇을 의미함인가.

나는 이것을, 무한히 발전할 수 있는 '정신생활'이라 하려 한다. 물적 생명의 요구나, 또는 그 현현(顯現)은, 생물에 공통한 현상이며, 갱(更)히 일보(一步)를 진(進)하여, 희로애락애오(喜怒哀樂愛惡)의 감정생활이며, 사업욕·지식욕·기타 자유를 요구하고, 인권을 주장하는 등으로 말할지라도, 역시 정신생활의 일부의 표현이 아닌 것은 아니나, 이것도 일반적 인간성의 표현에 불과한 것이요, 아직 숭고한 생명의 발로인 독이적 개성의 영역은 아니다. 오십 평생에 눈물 한 방울 흘려본 일이 없다는 특례(特例)가 없지 않은 것은 아니나 부모가 죽으면 슬퍼하며, 위압하에서는 자유를 희구하는 것은 보통 인정(人情)이 아닌가. 그러나 거기에는 스스로 심천(深淺)과 강약(强弱)의 차(差)가 있을 것이다. 이 심천강약의 차이가 곧 일반적 인간성으로부터 독이적 개성의 의의를 구분하는 점이다. 세상의 충효열절(忠孝烈節)이며 일세(一世)의 성현군자와 의분가(義憤家), 개혁가 등이 모두 각개의 개성으로부터 울려 나오지 않음이 없다. 다시 말하면 공자(孔子)의 일생사업은 공자의 개성의 발전이며 표현이었고, 석가(釋迦)의 불도(佛道)는 석가의 성격의 현로(現露)였다는 의미이다. 이와 같이 그 천부(天賦)한 개개의 천성(天性)을 자유로이 발휘하는 거기에, 그의 정신생활의 전국(全局)을 규지(窺知)할 수 있고, 그 정신생활이 곧 그 자신의 거룩하고 독이한 생명의 발로라 할 것이다.

종교가가 보통 고조역설(高調力說)하는 바, 영혼의 불멸이니 사후재생(死後

再生)이니 하는 사상도, 결국은 개성의 자유로운 발전과 표현인 정신생활의 영원한 생활을 의미함이 아닌가 나는 생각한다. 위대한 개성의 소유자는, 위대한 생명이 부절(不絶)히 연소하는 자이며, 그 생명이 연소하는 초점에서만, 위대한 영혼이, 불똥같이 번쩍이며 반발·약동하는 것이다. 그리고 그 위대한 영혼이 약동하는 거기에, 비로소 숭고한 정신생활이 향상·발전되고, 고매한 인격이 완성되는 것이다. 그리하여 모든 이상이 이로부터 성취되고, 모든 가치가 이로 인하여 창조되는 것이다. 갱언하면 위대한 개성의 표현만이, 모든 이상과 가치의 본체(本體), 즉 진·선·미로 표징(表徵)되는 바 위대하고 영원한 사업이 인류에게 향하여 성취케 하는 것이라 함이다.

하므로 영혼의 불멸이라는 것은, 개성의 표현인 그의 위업의 성과가, 사후 기만(幾萬) 년에 긍(亘)하여, 자손의 번영과 공존하고, 후세자손의 영혼 속에 항상 새로운 의의와 가치와 원동력이 되어, 재현하고 활동함을 이름이 아닌가, 나는 생각하는 바이다. 다시 말하면 그의 정신생활과 인격의 발로인 위대한 사업에 내재한 그의 개성이 영원히 빛남을, 가리켜서 영혼의 불멸이라 하며 사후의 재생이라 이른다 함이다. 이러한 의미로 고금의 성현은 그 경전(經典)과 사업이, 인류사회를 지배할 때까지, 동서(東西)의 석학과 천재는, 그 문헌과 작품의 생명이 존속될 때까지, 그의 영혼은 영원히 불멸할 것이다.

인생은 짧고, 예술은 유구하다 함은 이를 이름이 아닌가 한다.

3

개성에 관한 고찰은, 이상에 논술한 바로 대략 그 윤곽만이라도 요해하였으리라고 생각한다. 그러하면 예술과 개성과는, 어떠한 관계가 있는가. 별언(別

言)하면, 일 작품에 대하여 작자 자신의 개성은, 여하한 활동을 하는가, 또는 예술적 가치 평정상 개성은, 여하한 지위를 점유하는가를 고찰하고자 한다.

이상에 나는, 개성의 표현은, 정신생활을 의미하는 생명의 유로라 하였고, 또한 모든 이상과 가치의 본체, 즉 진·선·미는 개성의 산물이라 논하였다. 그러하면, 예술의 영지(領地)인 미(美)와 개성 간의 관계는 어떠한가를 더욱이 상고(詳考)하여볼 필요가 있다.

대저 미(美)라는 것은 무엇인가.

이에 대한 제가(諸家)의 철학적 고찰은 고사하고, 미는 쾌감을 주는 대상의 상징이라고 보통 생각한다. 그러나 그러한 정적(靜的)·외면적 의미밖에 없는 것일까. 물론 미는, 우리에게 쾌감을 주지 않는 것은 아니다. 그러나 미는, 결국 예술의 영분(領分)이요, 예술의 내용이며 생명인 이상, 그리고 예술의 가치가 우리에게 오직 가혈(價歇)한 쾌감을 주는 것에 불과한 것이 아닌 이상, 미로써 쾌감의 대상이라고만은 할 수 없을 것이다. 만일 이러한 해석을 시인한다 할 지경이면, 오색이 영롱한 채색화는 묵화보다, 우리에게 쾌감을 우(又) 일층 유발하는 고로, 예술적 가치가, 보다 더 많다 할 것이요, 미인이나 가려(佳麗)한 풍경이나, 그 사진도 역시 훌륭한 예술품이라 하겠다. 그러나 아무리 색채가 영롱하더라도, 그것은 생명이 움직이고 빛나는 예술품이 아니라, 정적(靜的) 공허한 일 현상을 묘사함에 불과함은, 사진이 예술품이 아닌 것과 다를 것이 없다. 또한 근래에, 일본의 야나기 무네요시(柳宗悅) 씨가, 특히 고려자기를 비롯하여 각종 조선의 미술품을 찬상(讚賞)하고, 조선민족미술관 건설에 분주한 모양이나, 만일 씨의 이른바 고려자기나 기타 작품의 곡선미가, 쾌감을 주기 때문에 예술적 가치가 있는 것이라고 논단할 지경이면 그것은 일고의 가치도 없음은 물론이거니와, 근자에 성행하는 고려자기 모조업자도 훌륭한 예술가이겠고, 그 제작품도 또한 예술적 작품이라 하겠다. 그러나 다만 쾌감의 대상일 따름인 곡선미는, 아직 예술 영내(領內)에 들어오지 못하며, 그 모작은 오직 상품에 불과하여, 상인이나 감정자로 하여금 진안(眞贗)의 별(別)을 석출(析出)케 하지 않는가. 그러면 진정한 예술적 내용이 될 만한 '예술미'와 쾌락적 표현인 '쾌미(快美)'의 분기점은 나변(那邊)에 재(在)한가.

나는, 상술한 중에 생명이 연소하는 초점에서 영혼의 불똥이 튄다고 말하였다. 예술미가 예술미인 소이(所以), 쾌미에 아직 예술미로서의 가치가 없는 소이가 실로 여기에 있지 않은가, 나는 생각한다. 과연 불같은 생명이, 부절히 연소하는 초점에서, 번쩍이며 뛰노는 영혼 그 자신을 불어넣은 것이 곧 예술의 본질이어야 하겠고 우리는 거기에서만, 진정한 미를 멱출(覓出)할 수 있으며, 영원한 생명이 간단없이 약동하고 유로함을 볼 수가 있다. 그러면 연소하는 생명 자체가 무엇이며, 그 초점에서 반발하는 영혼은 무엇인가. 두말할 것 없이 이것이 곧 개성의 활약이며 표현이다.

하므로 이를 요약하여 말하면, 예술미는, 작자의 개성, 다시 말하면, 작자의 독이적 생명을 통하여 투시한 창조적 직관의 세계요, 그것을 투영한 것이 예술적 표현이라 하겠다. 그러하므로 개성의 표현, 개성의 약동에 미적 가치가 있다 할 수 있고, 동시에 예술은 생명의 유로요, 생명의 활약이라고 할 수 있는 것이다. 이에 이르러 상술한 바 고려자기의 곡선미가 쾌미의 대상으로 볼 때에는 무의미한 것이지만, 그 내재적 생명의 유로를 볼 때에는 예술적 가치를 인정할 수 있으며, 또 그 모작품은 상품에 불과하다는 논거가 명확히 된 줄 안다. 과연, 야나기(柳) 씨는 조선미술품을 통하여, 조선민족성을 발견할 수 있다 한다. 이를 환언하면 조선민족의 민족적 개성을 한 줄기 선으로부터 발견하였다 함이다. 4천여 년의 역사적 배경, 풍토, 경우로부터 전통하여오며 발전하여나가는 조선민족에게 특유한 민족성이, 우리의 피에 사무쳐 무궁히 흐르는 거기에, 우리의 조선혼이 있고, 민족적 생명의 리듬이 있는 것이다. 다시 말하면, 여기에 민족적 개성이 형성되는 것이다. 그리하여 이 존엄하고 숭고한 민족적 개성이, 섬세완정(纖細蜿蜒)한 일조곡선(一條曲線)에 탁(托)하여 표현될 때에, 일개의 토혼(土塊)에, 영원한 예술적 가치를 부여하며, 창조적 생명의 영원한 생장과 발전과, 활약이 있는 것이다. 그리고 동시에 신비불가지(神秘不可知)한 감격이, 그에 묻혔고, 민족적 생명과 같이, 인류의 광영이 그로 인하여 빛나는 것이다. 이를 요컨대, 그 곡선의 내부에는 작자 자신의 개성이 표현된 동시에, 민족적 개성이 표현되고, 민족적으로 독이한 생명이 잠류(潛流)하고 활약함으로써 예술적 가치가 생긴 것이라 함이다. 이와 같이 예술은, 이미 개성의 독창(獨創)에, 생명이 있는 것인 이상, 모조모사(模造模寫)에 예술적 가치가 없음은 명화(名畵)를 석판(石版)에 복사한 데에 예술적 생명이 없음과 다를 것이 없는 것이다. 일 작품에 취(就)하여, 그 작자와 동일한 재료, 동일한 기교, 동일한 수법으로, 얼마나 교묘히 제작한다 하더라도, 그것은 결국 기계요, 생명 있는 개성의 표현은 아니다. 또한 예술은 모방을 배(排)하고 독창을 요구하는지라, 거기에 하등의 범주나 규약과 제한이 없을 것은 물론이다. 생명의 향상발전의 경지가 광대무애(曠大無涯)함과 같이, 예술의 세계도 무변제(無邊際)요, 예술의 세계의 무변무애(無邊無涯)는, 개성의 발전과 표현의 자유를 의미하는 것이다. 이리하여 우리의 정신생활의 내용은, 더욱더욱 풍부하며 충실할 것이요, 영혼은 나날이 빛나질 것이다.

각필(擱筆)하고 보니 불충분한 점이 허다하다. 그러나 일자(日字)가 촉급(促急)하고, 분망(奔忙)하여, 일후(日後)에 더욱 명세(明細)히 논급(論及)할까 한다.

3월 16일

지상선 地上善 을 위하여[105]

1

노라　"사실 내게는 아이들은 부탁하실 수가 없습니다. 당신 말씀대로. 그런 문제는 내 힘에는 겨운 일예요. 나에게는 그보다도 먼저 해석해야 할 문제가 있습니다. 나는 자기를 교육할 방책을 차려야 하겠습니다. 그러나 당신의 조력을 받을 필요가 없지요. 나 혼자 시작하겠습니다. 내가 인젠 하직하고 간다는 것도 그 때문이올시다."

헬머　(깜짝 놀라서 벌떡 일어나며) "무슨 소리야?"

노라　"자기 자신과 주위의 사회를 알기 위하여 나는 아주 독신이 될 필요가 있습니다. 하기 때문에 이 이상 당신하고 같이 지낼 수가 없다는 것입니다."

헬머　"그래 가정이나 남편이나 자식까지 버린다니, 세상에 효상(爻像) 사나운 것도 생각을 해야지."

노라　"그런 것은 꺼리고 있을 수가 없어요. 나는 단지 하려고 하는 일은 어떻든지 해야 하겠다고 생각할 뿐입니다."

---

105 염상섭(廉尙燮), 「지상선(地上善)을 위하여」, 『신생활』, 1922.7.

헬머　"이게 말이야. 대체 그 따위로 자네의 제일 신성한 의무를 버릴 수가
　　　있나?"

노라　"나의 제일 신성한 의무란 무어에요?"

헬머　"그걸 날더러 물어? 남편에게 대한, 자식에게 대한 의무지."

노라　"나에게는 똑같이 신성한 의무가 다른 데 있습니다."

헬머　"그런 게 있을 리가 있나. 무슨 의무란 말이야?"

노라　"나 자신에게 대한 의무죠."

헬머　"무엇보다도 제일에 자네는, '아내'요, '어미'다."

노라　"그런 것은 나는 인젠 믿지 않아요. 무엇보다도 제일에 나는 사람이
　　　에요. 마치 당신이 사람인 것 같이. 적어도 일로부터는 그렇게 되려
　　　고 합니다. 물론 세상 사람은, 대개는 당신에게 동의하겠지요. 책에
　　　도 그렇게 씌어 있겠지요. 그렇지만 인젠 보통 사람이 하는 말이나,
　　　책에 씌인 것으론 만족할 수 없습니다. 자기가 무엇이든지 생각하고
　　　궁리해서 투득(透得)해내지 않으면 안 되겠습니다."

　　이 수절(數節)이 노르웨이(諾威)의 문호요, 현대의 문제극(問題劇)의 권위인
헨릭 입센(1828~1906)의 걸작이라는 『인형의 가(家)』(1879)의 가장 중요한 부
분임은, 근대사조에 대한 다소의 이해가 있는 분은, 누구나 아는 바이겠지만,
부인해방 문제의 예언인 동시에, 그 해결의 제1선언이, 실로 우리 노라의 조
고만 가슴이 울리우고, 붉은 '입술'이 떨리며, 영감(靈感) 그 물건같이 선출한,
이 수어(數語)에 진(盡)하였다 하여도, 결코 과언이 아닐 것이다. 이러한 의미
로, 인형의 녹삼홍상(綠衫紅裳)을 벗어던진 후, '자각(自覺)'이라는 갑주(甲冑)
로 무장하고, '자아'라는 장검을 휘두르며, 기천만년 오랫동안 예속을 강요하
던 일체의 남성에게 대하여, 엄숙한 선전을 포고하고, 인습의 금성(金城), 관

넘의 철벽으로 향하여 맥진(驀進)한, 노라의 언언구구(言言句句)는, 오직 기억만(幾億萬)의 여성을 위하여, 만장(萬丈)의 기염(氣焰)일 뿐 아니라, 실로 영적(靈的)으로 거세된 전 인류에게 대한 일대 경고요, 교훈이었다.

인문(人文)이 아직 유치하였던 시대에는, 여존남비(女尊男卑)의 습(習)이 있었다는 것을 부정하는 것도 아니요, 여성은 남성을 위하여 존재하였다는, 와일드 유(類)의 견해를 일언이축(一言而蹴)하고, 여성옹호에 급급하여, 아비(我鼻)의 3척(尺)임을 미각(未覺)함도 아니지만, 여성이 남성을 위하여 존재하였다 함이, 진리이면 진리일수록, 나는 노라의 그 용장(勇壯)하고 엄호(儼乎)한 태도에 대하여 재읍(再揖)치 않을 수 없다.

오늘날 새로운 생활을 영위하려는 새 사람에게 대하여, 개체의 존재를 굳게 주장하고, 자아의 확립과 존엄을 고조(高調)함은, 신인(新人)의 생명인 동시에 신도덕의 기조(基調)요, 최상의 의의가 있는 것이다. 하므로 여성이 '남성을 위하여'라는, 노예적 불리한 입지에 존재하였다는 견해가 진리이든 아니든, 하여간 금일과 같은 처지에서, 자기의 경우를 자각한다 함부터 지난한 사(事)인데, 황(況)[106] 이에서 초탈하여 사람답게 생활하겠다는 욕구와 향상과 노력이 있음은, 혹간(或間) 그 취하는 바 수단의 적부(適否)는 있다 할지라도, 우리 신인의 견지로서는 찬동치 않을 수 없는 것이다. 그것은 마치 윤락의 여(女)가, 자기의 타락을 회오(悔悟)하여, 정도(正道)로 소생하려 함을 보고, 냉연한 태도를 취할 수 없음과 다름이 없는 까닭이다. 그러면 내가 노라에게 대하여, 경의를 표하고 전 인류에게 일대 교훈이 되리라고까지 역설한 소이(所以)를 제군은 이해할 수 있을까.

---

106 황(況) : '하물며'의 뜻이다.

2

그러면 입센의 위대한 사상의 자(子) 노라는 어떠한 여성이었으며, 가정을 파괴하고, 낭군과 자녀를 버린 이유는 어디 있고, 또한 이 이륜(彝倫)의 적(賊)을 가리켜 용(勇)하며 장(壯)하다 하는 진의(眞意)는 무엇인가.

노라는, 현모(賢母)라고는 못할지 모르나, 재래의 규구(規矩)로는 확실히 양처(良妻)의 전형이었다. 남편의 향락을 위하여는, 완롱물의 인형에 만족하였고, 남편의 생명과 출세를 위하여는, 고리대금업자의 강박(强迫)과 위협을 헤아리지 않으면서 오직 순종과 희생으로써 시종(始終)하니만치 피녀(彼女)는 양처였다. 그러면 그 남편 되는 헬머의 태도는 어떠하였는가.

"우리 집 '참새'를 기르기에는 여간 돈이 들지 않는다."라는 헬머 자신의 말과 같이 헬머에게 대한 노라는, 조롱(鳥籠) 속에 꾸며놓은 운작(雲雀)에 지나지 않았다. 노라도 물론 이에 불평은 없었다. 그리고 두 영혼은 끊임없는 애(愛)로써, 연결되었다고 피차에 믿었다. 그러나 그 애(愛)는 사람과 사람 사이의 애(愛)가 아니라 황금을 서식(噬食)하는 운작에 대한 소유주의 애(愛)요, 주인이 색용(色容) 있는 노비에 대한 애(愛)였던 것을 깨닫지 못하였었다. 어떠한 경우에든지, 강자가 약자에게 대한 애(愛)라는 것은 일방(一方)의 인격을 무시한 연민·비호·혜택·자선의 변체(變體)인 줄을 어찌 피등이 자각하였으리요.

그 무엇보다도 명료한 증거는, 노라가 자기 남편 헬머의 난치의 질병을 위하여, 비밀히 고리대금을 차용하고, 그 환상(還償)으로 인하여 수년간 노심초사하다가 급기야 파탄의 비경(悲境)에 함(陷)하였을 제, 헬머의 취한 바 태도이다. 대금업자가 어떠한 불평을 가지고 노라의 차용증서의 문면(文面)의 착오를 빙자하여 위협한 결과, 노라가 문서위조, 사기취재(詐欺取財)의 죄명을 쓰게 되었을 때, 헬머는 그 원인이 자기에게 있고 자기의 금일의 생존과 출세가, 그에 인유(因由)함임을 지실(知悉)[107]하면서도, 누(累)가 자기에게까지 미칠까 하여, 이연(離緣)을 강요하고, 축출을 명령하였다. 그러나 2, 3분이 못 지나, 대금업자의 회개로 말미암아, 문제의 차용증서가 수중에 들어온 때에 헬머의 태도는 금시로 표변(豹變)하였다. 그리하여 또 다시 양처가 되고 현모가 되며, 자기의 쾌락과 가정의 미봉적(彌縫的) 안녕을 위하여, 운작이 되며 인형이 되고 노비가 되기를 간원(懇願)하였다. 이를 요컨대 헬머에게 대하여 세간적(世間的) 영예는 절대(絶對)였으며, 안중에 오직 자기의 존재가 있을 뿐이라, 이기욕(利己慾)의 충족을 위하여는 일체를 희생하여도 불원(不願)함이니, 이로써도 또한 피등(彼等)의 과거의 생활에 진정한 애(愛)가 있었다 할까.

　그러나 노라의 영혼은, 영원히 잠들지 않았었다. 사람의 오성(悟性)은, 결국 순간적 작용이라, 부모의 품에서 그대로 남편의 품에 옮기어 안긴 잠든 아기 우리 노라도, 드디어 깨일 순간을 가졌었다. 그리하여 일개의 남아의 생명을 구하고 출세의 전도를 개척하여준 후 거금의 부채를, 갖은 고초를 무릅쓰고, 비밀리에 독력(獨力)으로 변상하여가는 자만을, 홀로 낙으로 삼으며 이러한 희생과 애(愛)에 대한 낭군의 '기적적' 보복을 몽상하던 우(愚)를 회오하고, 환멸의 비애에 울면서도, 위선 여성으로서의 자기의 지위를 자각하는 동시에, "당신이 '사람'인 것과 같이 나도 '사람'"이라고 굳게 주장하였다. 인(人)의 모(母)가 되고 처(妻)가 되기 전에, 위선 자기 자신이 '사람'이 되는 의무가, 처나 모 되는 의무보다 긴급하고, 또한 그와 똑같이 신성하다고 성언(聲言)하였다. 그리하여 5분, 10분 전에 노예였고 약자였고 피정복자였던 노라는, 드디어 인형의 탈을 벗어버리고, 운작의 조롱에서 스스로 해방되었다. 몰아적(沒我的) 노예사상, 기계적 인습도덕의 뇌호(牢乎)한 함(轞) 내에서, 낡은 관념

---

107 지실(知悉) : 모든 형편이나 사정을 자세히 앎. 또는 죄다 앎.

염상섭 문장 전집 I

의 철쇄(鐵鎖)를 보기 좋게 끊어버리고 적나라한 인간계로 향하여 일대 비약을 시(試)한 것이 이때의 노라였고, 해방의 전야(戰野)에 맥진(驀進)하는 정의로운 반역자가 이때의 노라였다.

과연 부절(不絶)히 신장(伸張)하여가는 영혼, 탄력과 활력과 생기가 팽일(澎溢)한 영혼의 생명은 '반역'에 있다. 일체의 '구(舊)'에 대하여 반기를 올리고, 일체의 '신(新)'에 향하여 매진하는 거기에, 영혼의 아름다운 광채가 빛나며, 생명의 영원히 새로운 세례가 있는 것이다.

자기혁명이라는 것은, 진구(陳舊)한 자기에게 대하여 반역하고, 새로운 자아를 확충하며 완성함을 이름이니 이러한 의미의 반역은 곧 지상선(地上善)이다. 따라서 노라가 기억만(幾億萬)의 여성의 선두에 입(立)하여, 모든 권위에 대한 반역자로서, 묵은 도덕, 그릇된 관념, 폭군적 남성, 묘지와 같은 가정에 향하여, 모반의 일시(一矢)를 방(放)하고, 무엇보다도 위선 자기에게 대한 충성을 다함으로써 자기혁명의 대사업을 완성하려는 거기에, 노라의 생명이 용약(勇躍)하였으며, 위대한 영혼이 체험한 바 지상선(至上善)이 성취하였음을 시인치 않을 수 없다.

3

그러나 여기에는 '용기'와 '희생'을 요한다. 운작이 사람이 되고, 인형에 영혼을 불어넣는 일대 기적이 행하려는데, 어찌 용기와 희생을 요(要)치 않으랴. 야소(耶蘇)는, 40일간 절식(絶食)할 만한 용기와, 십자가의 책형(磔形)을 감수할 만한 희생의 각오가 있었기 때문에 능히 그 위대한 자아를 완성하였고, 지상선을 실현한 것이다. 그러나 반역자로서의 노라에게 요하는 바, 용

(勇)과 희생은, 고리대금업자와 암투하며, 내조(內助)와 모자(母慈)의 성(誠)을 다한 용(勇)이나 희생도 아니려니와, 야소의 절식이나 수형(受刑) 같은 것도 아니었다.

어떠한 권위, 어떠한 우상, 어떠한 강자, 어떠한 약자, 어떠한 유혹과도, 타협하지 않는 용(勇)! 이것이 우리 노라의 용(勇)이며, '대아(大我)의 확립과 완성을 위하여 소아(小我)를 자제멸살(自制滅殺)하고' 사상(砂上)의 누각같이 불안정하고 불합리한 '가정의 조직을 근저로부터 개조키 위하여 봉헌하는 희생!' 이것이 우리 노라의 장대하고 엄숙한 희생이었다.

그러면 '타협'이란 무엇인가 위선(僞善)의 극치, 자기만착(自己瞞着)의 제1계단, 자기부정의 모(母), 이것이 곧 악마 같은 타협의 본(本)이다. 사람의 그 거룩한 영혼이, 이로 인하여 얼마나 무참하게 거세되었는가.

인간생활에 무엇이 제일 추하고 악하냐? 자기를 부정·몰각하는 것! 그 이상의 추도 없고 악도 없을 것이다. 그러면 자기부정이란 무엇인가. 자기의 독이성(獨異性)을 스스로 멸살하고, 자기의 본질적 요구를 스스로 거부함으로써, '타(他)'의 '아(我)'를 위하여, '자(自)'의 '아(我)'를 희생하거나, 혹은 희생하는 듯이 표방하는 것이라. 과연 인간은 이같이 자기 자신까지를 편사(騙詐)치 않으면 만족할 수 없을만치 타락하였다. 그러나 자기편사(自己騙詐) 이상 가는 위선이 또 어디 있으랴.

부언(復言)한다. 위선의 모(母), 타협은 영혼을 거세하며, 그리고 선한 의미로서든지 악한 의미로서든지, 금일에 우리가 향유한 모든 문화는, 이 거세된 영혼으로 말미암아, 막대한 해독은 입었을지언정, 구우(九牛)의 일모(一毛) 만한 공헌도 없었다고.

"타협은 '사탄'이다." 그러나 이 사탄을 능히 물리친 자가 몇이나 되는가. 나라를 팔고, 민족을 판 자는 위선(爲先) 자기의 전 존재를 들어 타협이라는 사탄에게 헌상(獻上)한 자이다. 그러면 다시 타협이란 무엇인가. 악수하면 아니 될 데에 악수만 할 뿐 아니라, 접문(接吻)까지 하는 매춘부의 행위를 이름이라. 야소 일대기가 허다한 사탄의 시험에 채워 있음은, 곧 이 타협과 고투하여, 승리를 박(博)한 전적(戰跡)을 기록한 소이다. 피(彼)가 만일에 시류에 영합하려 하였을진대, 위선 바리새교인과 악수하였을 것이요, 그리하였다면 피(彼)의 육체적 생명은, 물론 안전하였을 것이다. 그러나 야소는 매춘부는 아니었다. 피(彼)의 거룩한 영혼은 어떠한 힘으로도 거세할 수 없었다. 그리하여 피(彼)는 육체적으로 무참한 패배자의 지위를 취하였다. 막대한 희생을 제공하였다. 그러나 동시에 피(彼)는 고금을 통하여 위대한 승리자였다. 타협이라는 사탄은, 육체의 생명을 정복하고 개가(凱歌)를 주(奏)하였으나, 그것은 공각(空殻)에 불과하였었다. 위대한 영혼의 소유자요, 현명한 '자아충실자'인 야소는, 오직 자아의 외각(外殼)을, 타협이라는 사탄에게 투여함으로써, 자아를 완성하고, 자아의 절대와 영생을 여실히 하였다.

　타협은 하지 못할 악수를 청하고, 파륜적(破倫的) 접문을 강유(強誘)한다. 그러나 야소가 매춘부가 아닌 것과 같이, 현명하고 정숙하며 용감한 우리 노라도, 드디어 매소부(賣笑婦)는 아니었다. 지금까지의 피녀(彼女)는 인습과 관념의 철쇄에 취박(就縛)된 타협의 포로였다. 쌀값과 분값을 위하여, 생식의 기계인 것에 만족하였다. 그러나 아직 거세되지 않았던 피녀의 영혼은 모든 타협의 악마를 물리침에 충분한 잠세력(潛勢力)을 가졌었다. 그리하여 차용증서가, 스토브 속에서 불붙은 뒤에, 헬머의 지위와 명성이, 의구히 지속될 보장을 얻은 뒤에 천언만사(千言萬辭)로 유혹하는 남편의 감언을 거부할 수가 있었다. 왜 거부하는가. 자기혁명을 위하여, 새로운 자기를 확충하고 완성하기 위하여서다.

　그러나 야소가, 책형을 받지 않으면 안 되었던 것과 같이 노라도 '희생'을 모면할 수는 없었다. 자기를 주장하므로 타협을 거절하고, 타협을 불긍(不肯)하는 이상 희생을 요함은 필연한 귀결이 아닌가. 그러나 십자가를 지고 생명을 도(賭)하는 희생은 아니었다. 다만 자기의 감정을 억압하고, 가정의 도호적(塗糊的)이요, 미봉적인 평화를, 파괴하는 희생에 불과한 것이었다. 남편에 대한 애착의 심천(深淺)은 고사하고, 자식에게 끌리는 애욕은 인정(人情)으로 참을 수 없는 경우가 불소(不少)할 것이다. 그러나 철저히 자기에게 대한 신성한 의무를, 수행하려는 대목적(大目的)에 비하여서는 이만쯤의 희생은 그리 고가(高價)한 것은 아니었다.

또한, 가정의 평화나, 가정에 대한 봉사와 희생이라는 것도, 가족주의의 견지로 보면 중대한 문제일지 모르나, 가족주의 그 자체부터, 결코 절대적 의의가 있는 고정(固定)한 진리가 아닌 이상, 신생활을 개척하려는 우리 신인에게 대하여는, 자아의 존엄, 개성의 자유와, 상대관계에 불과한 것이다. 혹은 어떠한 개성에 취하여는 일문(一文)의 가치도 시인할 수 없을지 모른다.

이러한 논법은 재래의 관념으로 관찰하면 심한 이단일 것이다. 도학선생은 고사하고 우리의 부로(父老)가 들으시면, 자기네가 농(聾)이 아니었음을 한(恨)할 것이다. 그러나 작(昨)의 아(我)에게 반역하는 우리들로서는, 작(昨)의 그릇된 관념의 소산인 금일의 가정에 대하여, 또한 반역자가 될 수밖에는 없는 결론에 봉착하였다. 혹은 이와 같이 반박할지도 모른다. "자기에게 충실키 위하여 가정의 화평을 희생한다 하면, 역리(逆理)로 가정에 대하여 충실인 원(員)이 되기 위하여, 자기를 희생할 수는 없느냐"고. 그러나 가정이란 그처럼 자아 이상으로 신성하며, 개개의 자아에게, 무조건으로 희생적 봉사를 강요할 하등의 권한과 이유를 가진 것인가. 또한 가정의 화평이라는 것은 개성의 자유, 자아의 확립, 인격의 존숭 제(諸) 관념 혹은 주장과, 양립할 수 없는 것인가.

"일체(一切)는 나에게 대하여 아무것도 아니라."는 개인주의사상에 심취하여, 이러한 의문을 정(呈)함이 아니라 실로 우리가 정사(靜思)하여볼진대 금일의 소위 가족제도라는 것은, 하여(何如)한 형식과 실질을 구유(具有)한 자이며, 개개의 자아가 그 가정에 대하여 희생하라 함은, 과연 무엇을 의미함인가 의심치 않을 수 없다. 그러면 대체 가정이란 무엇인가.

4

기계화한 도덕의 청수(靑銹)로 장식한 전통 위에 형성한 바, 관념의 사생아, 전제주의의 잔해가, 곧 금일의 가족제도가 아닌가. 그러나 시간은 모든 것을 파괴하여 부절히 신국면을 우리 앞에 전개하여준다. 봉건제도는 중앙집권이 되고 중앙집권의 일 형식인 군주전제주의는 입헌군주, 공화의 정체(政體)로 해체되고, 교권주의는 문예부흥의 대홍수에 세례를 받고, 제1·제2계급은 불란서혁명으로 인하여, 제3계급에게 잔패(殘敗)의 비운을 경험하고, 제3계급은 또 다시 제4계급의 자각과 대두로 말미암아, 일대 신개벽(新開闢)이 시연되려는 이때에, 유독 이 가족제도만은, 행인지 불행인지 수주(守株)의 구태(舊態)를 고보(姑保)하며, 기계화하고 죄악화한 소위 이륜(彝倫)이니 오륜오상(五倫五常)이니 하는 등 금성철벽(金城鐵壁) 안에 기(其) 세(勢)를 장(張)하고, 가장권(家長權)이라는 절대전제주의가, 아직 횡행하여, 개체의 존재를 무시하고 노예적 봉사와 무리한 희생을 명령함은 하고(何故)인가.

대저 어떠한 시대, 어떠한 사회에든지, 그 시대와 사회의 기조가 되고, 인심의 귀추(歸趨)와 생활의 준승(準繩)[108]이 되는 것은, 소위 '시대사조'라는 것이다. 하므로 이 시대사조 혹은 시대정신에 합치되는 자는 흥할 것이요, 이에 배치하는 자는 망할 것이 필연한 사(事)이다. 내가 이상에, 신인은 반역자로 자임한다는 의미도, 또한 이를 이름에 불외(不外)함이니, 즉 시대정신을 체득하여 이에 배치(背馳)하는 바 일체의 '구(舊)'에 대하여 반역함으로써, 우리의 신생명의 뿌리를 깊고 굳게 심겠다는 의미이다. 그러하면 금일의 시대사조 내지 그 정신이, 이미 전제로부터 민주(民主)에, 계급적 차별로부터 평등에, 인습으로부터 해방에, '개(個)'의 부정으로부터 '개(個)'의 고조에 있어서, 일체의 가치가 전도하였을 뿐 아니라, 실로 이것이 소위 사회개조·생활개조의 근본원리인 이상, 오직 가족제도만이 이 도도한 사조의 대세에 역류코자 함은, 도저히 불가능한 일이 아닌가.

실제로 금일의 소위 가정이라는 것이, 어떠한 형식과 실질로써, 성립되어 있는가를, 세밀히 규찰(窺察)하여보라. 가장권의 전제·횡포·남용·위압과, 이에 대한 노예적 굴종과, 도호적(塗糊的) 타협과, 위선적 의리와, 형식적 허례와, 뇌옥적(牢獄的) 감금과, 질타, 매리(罵詈), 오인(嗚咽), 원차(怨嗟) 등 모든 죄악의 소굴이, 금일의 소위 가정이 아닌가. 거기에는 개성의 자유로운 발전도 기대할 수 없거니와, 인생의 가장 아름다운 인정의 따뜻한 유로(流露)도 볼 수 없다. 따라서 부절히 활약하고 성장하는 생명의 비침이 있을 리가 없다. 음산하고 침정(沈靜)하며 살풍경한 묘지 속에, 오직 존재하였을 따름이요, 생활이라는 것을 모르는 생물이 준동함을 볼 뿐이다. 인간의 본연성은 유린되고, 아동은 인간권(人間圈) 내로부터 구제(驅除)되어 기형적으로 발육되므로, 인류사회의 독충의 제1원인을 양성하며, 정조는 상품화하고, 과장(誇張)한 허위가 상습화한다. 이를 요컨대 금일의 가족 간의 관계는, 주종의 관계요, 강자가 약자에게 군림한 일 형식에 불과하다. 갱(更)히 일보(一步)를 진(盡)하여, 그 근본

---

108 준승(準繩) : 1. 평면의 경사를 재기 위하여 치는 먹줄이나 수준기. 2. 일정한 법식.

정신을 해부하여보면, 시속(時俗) 문자대로 소위 '부르주아'라는 일자(一字)에 진(盡)할 것이다. 이와 같이 이미 부르주아적 원칙에 기(基)하여 성립된 주종의 관계인지라, 그 부(父)나 부(夫)는, 부권(父權) 또는 부권(夫權)으로써, 자(子)와 부(婦)를, 노예시하며 강압할 것은 물론이니, 이에서 피차의 이해가 충돌하고, 의사가 소격(疎隔)할 것도, 또한 자명한 사(事)이다. (이에 이른바 주종의 관계라 하며, 노예시한다 함은, 인격상 문제를 표준삼음은 물론이다.)

이와 같이 이미 인격의 존엄을 무시하고, 이해가 호상(互相) 충돌하는 이상, 소위 일가(一家)의 평화이니 화합·단란이니 함은, 혹시 불평분자를 억압하는 구실은 될지 모르나, 그것은 결국 현대조선의 위정가(爲政家)가, 표방하는 모든 감언미사(甘言美辭)와 다를 것이 없다. 원래 오륜삼강(五倫三綱)에 대한 도덕률이며, 기타의 우리의 생활내용을 이르는 모든 도덕과, 고정관념이 부르주아근성에서 주출(做出)된 바이지만, 후세에 이를수록 부지불식간에 악용한 결과는, 활용하고 융통키 어려운 기계로 화(化)하여, 자승자박적인 일종의 질곡이 되었다. 다시 말하면 인간을 위한 도덕이 아니라, 도덕을 위하여 인간이 존재함과 같은 기관(奇觀)을 정(呈)하게 되었다. 하므로 모든 가혹한 도덕률은, 원래가 지극히 소극적이었지만, 이륜(彝倫)을 명(明)히 하고 정(正)히 할 규구(規矩)가 변하여, 주인이 노예에게 과(課)하는 일종의 형과(刑科)로 되었다. 하므로 각자가 충분히 자각하여, 화기애애 중에 자발적으로, 수(守)할 바 자기의 분(分)을 각수(恪守)함이 아니라, 전제군주 하에서 하(下)하는 바, 가렴주구로 위사(爲事)하는 무리하고 황당한 법령과 같이, 강제와 편달로써, 충효와 신의와 제공(悌恭)을 강요하여왔다. 그러므로 일가의 가장을 제외한 수다권구(數多眷口)는, 결코 열복(悅服)이라는 자유롭고 화기(和氣) 있는 정신은 없을 뿐 아니라, 관념이라는 모형에 자신의 전아(全我)를 주입하여놓고, 맹목적으로 추종하고 복역(服役)하지 않으면 아니 되었다. 그 결과는 성격의 변체(變體)를 이루어서, 의뢰, 아소, 굴종(가장에게 경제적 조건의 보장을 얻으려는 의식이 있을수록 우심(尤甚)하다.), 음험, 모해, 중상, 시기, 편사(偏私) 등 허다한 악덕을 함양케 되었다. 하므로 어떠한 가정이든지, 그 표면으로는 과연 화평을 유지하는 듯하나, 그것은 소위 간담(肝膽)을 상조(相照)한다는 진정한 가정의 화락(和樂)은 아니었다. 도덕의 이상은 자발적 정신, 즉 자율의 정신이, 충분히 발달되는 데에 있거늘, 만일에 가장의 편달과 위력(威力)이 없으면, 가정의 안녕과 질서가 와해한다 하면, 인간에 대한 도덕은 동물에 대한 함붕(檻棚)에 지날 것이 없지 아니한가. 사실 자래(自來)로 가장이 몰(歿)한 후에, 상속문제로 형제가 반목하며, 가도(家度)가 문란하여지는 실례가 파다함은, 소위 '동방예의지국'이라는 말이, 기실 얼마나 공허하고 유치한 자만인가를 가장 웅변으로 증좌함이 아닌가, 나는 생각한다. 그뿐만 아니라, 소위 무지하고 무례하다는 하급사회일수록, 가정적 분요(粉擾)가 희유(稀有)하고, 비교적 용이하고 심절(深切)하게 화합·단란할 수 있으나, 그와 반대로, 유식하다 하여 사회를 지배하며 도덕적 중추로서 자임하는, 중류 이상 상류계급에 이를수록, 가정 내의 파란이 자심하고 고전적 형식주의에 중독이 되어, 부자·형제·부부가 오직 엄격과 허례로써 풍(風)을 지음을 볼진대 재래의 가족제도를 율(律)하는 인습도덕이, 얼마나 형식을 편중하고, 번문욕례(繁文縟禮)에 함(陷)하여, 인간성의 아름답고 자유로운 노(露)를 저지함으로 인하여, 생활의 학담무미(涸淡無味)를 유치하였으며, 인생으로 하여금, 영혼이 거세된 용인(俑人)의 누적으로 화성(化成)케 하였는가를, 용이히 간취할 수 있다. 과연 부절히 용약하는 신생명을, 십이분(十二分)으로 발휘하고 완실(完實)케 하려는 우리 신인에게 취(取)하여, 재래의 도덕은, 우리를 오직 사지(死地)에 유도할 따름이요, 일가의 안녕도 능히 지지할 수 없을만치 피폐하였음을, 우리는 명료히 깨달았다. 그러나 혹은 이륜이 위미피폐(萎靡彼廢)하여 애친경장(愛親敬

염상섭 문장 전집 I

長)의 미풍(美風)이 소지(掃地)하였다고 개탄하며, 그 원인을 인심의 부박(浮薄)에 귀(歸)하고, 그 책임을 현대의 우리 신인에게 가(嫁)하나, 재래의 도덕이 위미퇴영(萎靡退嬰)하였다는 그 사실 자체가, 벌써 구도덕은 시대에 부적(不適)하므로 자연흉태(自然淘汰)의 대법칙에 순(殉)하였음을 명증(明証)함이 아닌가. 더구나 애친경장의 미풍을 거부하려 함이 아니라, 이 미덕을 더욱더욱 함양하고 발휘하려면, 재래의 규구(規矩)와 수단으로는 도저히 불가능하다 함에 불과한 것이다.

그러면 진정한 가정의 화평은 무엇에 구할 수 있을까. 대저 애(愛)는 백행(百行)의 원(源)이다. 그러나 원만한 이해 없이 순실한 애(愛)를 기대할 수는 도저히 없다. 일목일초(一木一草)라도, 우리가 그에 대한 지식, 즉 이해가 있은 후에야, 비로소 애오(愛惡)의 정(情)이 생기지 않는가. 비록 이해함으로 인하여 증오를 감(感)하는 경우일지라도, 애(愛)가 아닌 것은 아니다. 증오라는 것은 다만 애(愛)의 불충분·불완전한 일면일 따름이라. 애(愛)하려는 욕구가 있으면서도 애(愛)할 수 없는 경우야, 우리는 증오를 감(感)한다. 결국 애(愛)와 오(惡)는 동종이형(同種異形)일 뿐이라. 하므로 이해가 애(愛)를 생(生)한다는 견해는, 결코 독단은 아니다. 그리하면 이해는 무엇으로 얻을 수 있는가. 존경하는 정신! 이것이 곧 이해하는 개금(開金)[109]이다. 과학자가 일엽(一葉)의 미초(薇草)에 대하여서라도 경의(敬意)가 없을진대, 피(彼)는 드디어 그에 관한 지식을 얻지 못할 것이다. 하물며 사람이 사람을 대함에, 경의가 없고서 어찌 접촉할 수 있으며, 원만한 이해를 얻을 수 있을까. 그러면 경의란 무엇이냐? 인격의 존중이니, 상대자의 인격을 무시하고 어찌 경의가 있다 하며 이해할 수 있다 하리오.

---

109 개금(開金) : 열쇠.

일 가정에 있어서, 자(子)나 부(婦)나 제(弟)도 또한 사람인 이상, 각자의 인격이 있음은, 부(父)나 부(夫)며 형(兄)과 조금도 다를 것이 없다. 부(父)가 그 자(子)에게 대하여, 또는 부(夫)가 그 부(婦)에게 대하여, 자기의 인격만을 존경하라 하고, 그 상대자에게는 존재를 무시함과 같은 언행으로 대할 지경이면, 그 위력에 공축(恐縮)하여 반항은 아니한다 하더라도, 충정(衷情)으로 친애(親愛)의 정(情)이 있을 수는 없을 것이다. 혹은 애(愛)는 상(上)으로부터 하(下)에 급(及)하는 것이라, 오직 장자(長者)가 애(愛)로써만 대하면 이기(而已)라 할지 모르나, 상술한 바와 같이, 진정한 애(愛)는 장상(長上)이 그 재하자(在下者)에게 대하여, 은시(恩施)하는 비호나 연민의 정(情)과는 판이할 뿐 아니라, 장성하여 인격적 자각이 있은 후에는, 자기의 인격까지 희생하고도, 애호를 희구치는 않을 것이다. 이것은 마치 일 민족이 타 민족에게 아무리 애호를 받고 부귀를 받더라도, 그 자주(自主)의 권(權)을 양여(讓與)키를 원치 아니함과 다를 것이 없는 것이다.

이를 요컨대 인격의 존숭과 대등은, 가정의 평화를 유지하는 제1조건이라 함이니, 만일에 재래의 가정과 같아, 가정권(家庭權)의 전천(專擅) 하에, 부(婦)와 자(子)의 인격의 존엄과 개성의 자유가 보장되지 못할진대, 거기에 진정한 애(愛)와 화순(和順)이 없음은 물론이거니와, 우리는 이러한 가정의 일원이 됨을 가장 불명예로 아는 동시에 추호라도 양보하며 타협할 수 없다 함이다.

하므로 이러한 견지에 서서 노라가 가정의 평화를 희생에 공(供)하고, 출가하였다는 그 행위를 엄정히 비판할진대, 노라가 오직 자아에게 충실하였다는 의미, 즉 자아의 자주(自主)가 되고 그 완성을 위하여 해방을 요구하였다는 의미만으로도, 충분히 시인할 수 있거니와 재래의 불합리한 가정조직을 개조하려면 의도로 논할지라도, 우리 신인으로서는 또한 그 전부를 용인치 않을 수 없다.

그러면 인격의 확립, 개성의 자유를 의미하는 자아라는 것은 어찌하여 그다지도 귀중한가?

5

근대문명의 정신적 일대수확은 자아의 발견이었다 함은, 누구나 하는 말이요, 나도 향자(向者)에 『개벽』지상에 쓴 일이 있거니와, 실로 근대의 모든 문화적 성과는, 이 자아의 발견이 그 심원한 근저를 이루었다 할 수 있다.

"나는 사유한다. 고로 나는 존재하였다."라는 데카르트의 명구(名句)가, 아직도 새로운 의의를 가짐도, 또한 이를 의미함이라 하겠다. 즉, 사유한다 함은 의심한다 함이다. 대개 계몽시대의 회의적 시대경향을 표명함이요, 자기가 존재하였다 함은, 그 차대(次代)인 근대문명의 여명기에 입(入)함을 표백하는 동시에, 자아의 존재를 굳세게 주장함이라 하겠다.

중세기의 암흑시대 전후에 풍미하던 신(神)의 위세도, 문예부흥이라는 봉화(烽火) 앞에는, 그 환영의 자취를 감추지 않을 수가 없었다. 그리하여 이때까지 명목궤좌(瞑目跪坐)하던 신의·충직한 자(子) 선남선녀들이, 우연히 눈을 뜨고, 전상(殿上)을 쳐다볼 제, 거기에는 천식(喘息)하는 일 잔해가 누워있음을 볼 뿐이요, 벌써 전능의 왕은 간 곳이 없었다. 신은 사(死)하고, 전당은 암흑에 싸였었다. 그리하여 피등(彼等)의 가슴은 큰 의혹과 절망에 채웠었다. 숭배와 봉사가 아니면 생활의 중축은 좌절하고 영혼은 학갈(涸渴)하는 것이라고만 배워온 피등에게 취하여 숭배하고 봉사할 대상을 잃었다는 것은, 그야말로 망극(罔極)한 일이었다. 대체 일로부터는 무엇을 숭배하고 무엇에 봉사함으로써, 생활의 중심을 삼아야 할지 몰랐었다. 오직 회의하며 방황할 뿐이었었다. 그리하여 결국 도착한 데는, 가장 현실적이요 가장 명확한 실재인, '자아'라는 궁전이었다. 사실 피등은, 지금까지 신비롭고 불가사의하게 보이던, 몽환적 신(神)의 궁전 안의 모든 촛불이 꺼진 뒤에는, 그 굳게 닫힌 문밖에서 유량(嚠喨)히 울리는 행진곡에 귀를 기울이지 않을 수가 없었다. 행진곡이란 무엇인가. '자아'라는 각 개인의 개별적 군주를 옹립하여가지고, 화(花) 있고, 조(鳥) 있으며, 자유의 주(酒) 있고, 해방의 잔(盞) 있으며, 육(肉)의 향(香) 있고, 영(靈)의 무도(舞蹈) 있는, 신세계로 향하는 신생활의 서곡이었다.

　과연 이 같이 하여, 자기로서 살 줄을 깨닫고 배웠으며, 모든 지리적 발견과, 과학적 발명은, 사람의 힘(力)에 대한 신임을 얻게 하고, 이것이 원인이 되고 결과가 되어, '자아'에 대한 신념은 어떠한 사상적 동요가 있더라도, 깊고 굳은 근저를 세우게 되었다. 그리하여 결국 자아 없고는 신의 존재도 없고, 만유(萬有)도 만유가 아니라고까지 주장하게 되었다. 실로 '완전'과 '통일'의 표상이며, 혹시는 만유의 주재자라고까지 생각하던 신도 자기의 사유 이외에 나지 않음을 깨달았다. 다시 일보를 진(盡)하여, 윤리적으로 관찰할진대, 자기의 인격이 완성되고 통일된 경지가 곧 신의 경지요, 신을 실현하는 자가 곧 자아라고 주장할 만치, 자아의 존엄을 우리는 자각하였다. 이제는 우리는 각자의 자아가 예속될 대상을 예상할 필요도 없거니와 그리할 수도 없다. 자아의 봉사를 찬상(讚賞)으로써 가납(嘉納)[110]하시는 '권위'가 꼭 한 분만이 계심을, 우리는 가장 명료히 자각하였다. 그러면 그 분은 누구신가? 곧 '자아'이다. 하므로 우리 자신은 아무것의 소유도 아니다. 군주의 소유가 아닌 것과 같이 부모의 소유도 아니요, 인류의 소유가 아닌 것과 같이 신의 소유도 아니다. 오직 자아는 아(我) 자신의 소유일 따름이다.

---

110 가납(嘉納) : 1. 옳지 못하거나 잘못한 일을 고치도록 권하는 말을 기꺼이 받아들임. 2. 바치는 물건을 기꺼이 받아들임.

자아주의의 제1인자, 요한 카스파르 슈미트[111](1805~1856)는 이렇게 말하였다.

"피(彼, 神)의 도(道)란 무엇인가. 피(彼)는 우리가 요구하는 바와 같이 피(彼) 이외의 도(道), 즉 진리의 도(道)나, 혹은 애(愛)의 도(道)를 취하였는가. 불연(不然)하면 피(彼) 자신의 도(道)를 취하였는가. 제군은 이에 대한 오해로 인하여 감격한다. 그리고 신의 도(道)는 실로 진리와 애(愛)의 도(道)라고, 우리에게 가르치는 동시에, 신은 피(彼) 자신이, 곧 진리와 애(愛)인 고로, 이 도(道)를, 피(彼)의 도(道)와는 다른 도(道)라고, 하지는 못한다고 가르친다. 그러나 제군은 신이 피(彼) 이외의 도(道)(필자 왈(曰), 결국은 신 자신을 위한 도(道), 즉 진리의 애(愛)의 도(道)이다)를 피(彼) 자신의 도(道)로 하여나감으로 인하여 우리들과 같은 가련한 저충(蛆蟲)이 된다는 가정 때문에 감격한다 하지마는 '만일에 진리의 도(道)가 신 자신의 도(道)가 아니었으면, 신은 이것을 취하였을까?' 피(彼)는 오직 피(彼) 자신의 도(道)에만 유념하나, 피(彼)는 일 체의 일체(전능(全能)이란 의(意)다)인 고로, 일체의 도(道)가 피(彼)의 도(道)이다. 그러나 우리는 일체의 일체도 아니요, 우리의 도(道)는 미미하고 비근하기 때문에, 우리는 '일층 숭고한 도(道)'(즉 신의 도(道))에 봉사치 않으면 아니 된다. 이에 이르러서, 신은 피(彼) 자신의 것에만 유의하고, 피(彼) 자신을 위하여만 활동하고, 피(彼) 자신을 위하여만 고려하여, 피(彼)의 안중에는 자기만이 존재하였다는 것이 명백하게 되었다. 신(神)에게 가납되지 않는 자는, 모두 화(禍)일진저! 신은 자기보다 우(又) 일층 숭고한 자에게 봉사치 아니하고, 오직 피(彼) 자신만을 만족시킨다."

---

111 요한 카스파르 슈미트(Johann Caspar Schmidt, 1806~1856) : 필명인 막스 슈티르너(Max Stirner)로 더 잘 알려진 프로이센의 청년 헤겔학파 철학자. 허무주의와 개인주의에 큰 영향을 끼쳤으며, 개인주의적 아나키스트로 분류되기도 한다.

이것은 신의 도(道)가, 곧 진리와 애(愛)에 있기 때문에, 오직 자기를 위하여 자기의 도(道)를 취하였을 따름이요, 결코 인류의 복리나, 제세창생(濟世蒼生)의 대이상(大理想)을 위하여, 자기를 희생하고 자기의 도(道)가 아닌 것을, 자기의 도(道)로 취함이 아니라는 의미이다. 갱언하면 그 결과가 비록 제세창생에 있다 할지라도, 그것은 자기의 도(道)를 행하여, 자기를 완성하려는 욕구로 말미암은, 동기와 목적에 부대(附帶)한 성과에 불과한 것이라 함이다. 또는 백보(百步)를 양(讓)하여, 신이 자기의 도(道)를 행하는 최초의 동기와 목적이, 제세창생하려는 희생적 정신에 있다 하더라도, 엄밀히 비판하면 최선(最先)의 동기와 최종의 목적이, 역시 자아실현에 있다고 아니할 수 없다고, 나도 역시 슈미트를 위하여 조언한다.

이와 같이 만인이 감격하는 신 자신이, 이미 자기의 도(道)에 충실하여, 자기완성에 급급하는 이상, 우리의 도(道)가 얼마나 미미하고 천박하며 비근할지라도, 우리도 우리의 도(道)를 위하여 충실하여야 하겠다고, 슈미트는 주장한다. 기차(其次)에, 군주에 대한 일절을 보면,

"자기의 신민을 그처럼 깊은 자비심으로 애호하는 터키(土耳其) 제(帝)를 보아라. 그이야말로 순정한 무욕(無慾)한 자가 아니냐? 피(彼)는 그 백성을 위하여, 항상 피(彼) 자신을 희생하지 않았는가? 과연 그러하다. 그러나 '피(彼)의 민(民)'을 위하였다. 시험적으로, 제군 자신을 피(彼)의 소유가 아니라, 제군 자신의 소유라고 표명하여보아라. 제군은 뇌옥(牢獄)에 투입되리라. 이 터키 제(帝)는 그 도(道)를 자기 이외의 누구의 위에도 두지 않았다. 피(彼)는 피(彼) 자신에게 대하여 일체의 일체였고, 피(彼) 자신에게 대하여 유일자였다. '피(彼)의 민'의 1인이 되기를 불긍(不肯)하는, 하여(何如)한 자(者) 하고라도 화해치 않았다."

"이러한 명료한 실례(實例)에 의하여, 제군은 '가장 번영하는 자는 자아주의자' 라는 것을 배웠을까. 나 자신은, 이러한 교훈에 의하여, 이 이상 이러한 대(大) 자아주의자에게 무욕하게 봉사함보다도, 차라리 나 자신이 자아주의자가 되기를 주장한다."

"신 또는 인류는, 피등 자신의 무엇이든지 간섭치 못하게 한다. 그러하면 나도 동양(同樣)으로 신과 같이 자기 이외의 아무것도 아니다. 나의 일체요, 나의 유일 자인 나 자신으로 하여금 (나에게) 간여하게 하여라."

슈미트는 이와 같이 자아의 존대(尊大)를 역설하고, 아(我)가 자기의 일체 의 일체이며, 유일자임을 주장하여, 일체의 권위의 보다 큰 자아주의를 위하 여 희생하고 봉사함을, 절대로 거부하는 동시에 신이 자기의 도(道)를 위하 여, 타(他)의 간섭을 불용(不容)함과 같이, 자기도 또한 자기의 주인이 되기를 맹렬히 주장하였다.

과연 '자아'의 지위와 가치가, 상대로부터 절대에, 부정으로부터 전적 긍정 에, 종(從)으로부터 주(主)에, 전도되고 향상된 것은, 근대인문발달사 상의 일 대 경이요, 현대사조와 문화의 기조며 정화(精華)이다. '묘창해지일속(渺蒼海 之一粟)'[112]이라 하여 고현(叩舷)하며 장태식(長太息)한 것은, 한번 가면 돌아올 길 없는 적벽강수(赤壁江水)와 같이, 영원히 흘러간 옛날 꿈이었다. 현대인에 게 이런 말을 한다면, 그것은 왜 자살하지 않느냐는 의미밖에 아니 된다.

---

112 묘창해지일속(渺蒼海之一粟) : '넓고 푸른 바다에 한 알의 좁쌀'이라는 뜻으로, 매우 큰 것 속에 아주 작고 보잘것없는 것이 끼어 있음을 이르는 말. 또는 넓은 세상에 사는 하나의 작은 인간을 이르는 말.

6

    나는 이상 제2절에, 자기혁명은 지상선이라 하였고, 제3절에는 야소가 지상선을 실현하였다고 술(述)하였다. 만일 지금 야소나 석가가 살아 있다 하면, "네 말이 지당하다. 과연 우리는 세(世)를 제(濟)하고 민(民)을 구하기 위하여, 아(我)를 희생함으로써 애(愛)를 설(說)하고 선(善)을 권하였으니까, 사실 지상선을 실현하였다. 그러나 자기혁명을 가리켜, 지상선이라 함은 대역무도(大逆無道)하고, 우리를 모욕하는 말이다. 원래 자기혁명이라는 것은, 자기의 내부생활의 전 내용을 변혁할 뿐 아니라 그 필연한 귀결로 현대의 우리 생활의 근저가 되는 모든 고정관념의 소산을, 일체 파괴하고, 심지어 그 관념 자체까지를 부정하며, 일체의 권위에 대하여 반역할 터이니, 도저히 이것만은 시인할 수 없다."고 항의를 제출할 것이다.

    그뿐만 아니라 이에 대하여, 야소나 석가모니는 고사하고, 우리 사회의 대다수의 제군도, 역시 각자의 우상을 옹호하고, 각자의 입각지(立脚地)와 지반(地盤)을 보지(保持)하기 위하여, 또는 천박누열(淺薄陋劣)한 이기주의의 근성을 엄폐하고 변해(辨解)하기 위하여, 이타(利他)의 공덕(功德)을 설(說)하고, 자비와 자선과 희생과 숭배의 정신이, 얼마나 거룩하고 아름다운가를 극구 역설할지도 모른다. 그러나 제군이 허심탄회 가장 정직히 내심(內心)의 소리에, 귀를 기울일 때가 있을진대, 제군의 앞에 놓인 면경(面鏡)을 정시(正視)할 용기도 없음을 깨달으리라. 아, 인간의 자(子)야! 너는 어떤 성진(星辰) 하에, 무슨 숙명을 안고서 태어났기에, 위선(僞善)의 잔(盞)을 들어 자기의 정신까지를, 스스로 비비(痺痺)시키지 않으면 살 수 없다고 하느냐?

    아! 위선(僞善)의 자(子), 인간아! 네가 어느 때, 어디서, 누구를 위하여, 얼마나 네 자신을 희생하였느냐? 얼마나 너는 자비로웠느냐? 얼마나 너는 자선을 행하였느냐?

야소와 같은 위대한 인격자로도, 그 십자가를 질 때, 오히려 두 번 세 번 주저하고 전율하며 애통하지 않았던가. 이것을 순전히 악에 대한 민정(憫情)과 유태민족 또는 전 인류적 타락과 장래를 우려하는 표정으로만 관찰하려는가. 하물며 제군의 이르는 바 가면적 이타(利他)·애타(愛他)의 주의(主義)는, 얼마나 근저(根底) 있으며 순실한가, 나는 의심치 않을 수 없다.

더구나 그이가 그의 일생과 생명을 희생함이, 그의 자신의 도(道), 즉 그의 자신의 자아를 만족시키고 완성하려 함이 아니라 하는가. 그이의 이타·애타는 자기실현의 수단이요, 경로였다고는 생각지 않는가?

허위의 자(子), 인간아! 왼뺨을 맞고, 오른뺨을 내어 댄 후에 남는 결과가 무엇이던가, 또는 무엇일까를 생각하여본 때가 혹시나 있었는가? 네가 저고리 두 개 중에, 한 개를 벗어줄 때에, 너는 무슨 생각을 하였으며, 그 다음 순간에, 너는 너의 심중을 자성(自省)하여보았느냐? 또한 그 나머지 저고리까지를 청구할 때에, 너는 어찌하였느냐? 인인(隣人)이 너의 집 안방에 살기를 원할 때에, 너는 어찌하였느냐? 이민족이 너의 국토를 빼앗고 너를 다스리겠다고 할 제, 너는 어찌하였느냐? 또한 어찌하려느냐? 천편일률로 백행(百行)과 만사(萬事)에 합(合)치 않는 도덕은, 아직 완성한 도덕은 아니다. 도덕의 최후의 목적은 아니다. 만일에 최고비판으로 행하여 허위를 자초함이어든, 우리는 이를 폐리(弊履)와 같이 물리치고, 자아를 확립하여 양심의 명하는 대로 갈 수밖에 없다. 여기에 비로소 진정하고 철저하며, 용기 있고 자각 있는 봉공의 성(誠)과, 희생의 애(愛)가 있는 것이다.

인간의 자(子)야! 제군이, 자선과 희생의 생명의 표현으로, 만인광좌(萬人廣座) 중에서, 백 원, 천 원의 지폐장을 박수소리와 같이, 강단 위로 날릴 제, 제군의 집 금고 속에 예금통장이 있더냐? 없더냐? 한 시간 전에 그 회석(會席)에 참례(參例)하러 오는 길가에서, '주린 앉은뱅이'가 "나리님!" 할 때, 제군은 눈도 떠보지 않았던 것이 생각나느냐, 아니 나느냐? 그날 제1차로 만난 고학생의 약 한 봉지가 주머니 속에 있더냐, 없더냐? 기생과 첩에게, 반지나 사서 주고 남은 돈이더냐, 아니더냐?

묻노니 세간의 희생자요, 자선가인 숙녀들아! 제군이 은비녀를 빼어서, 교단 위에 던질 때에, 우리 집 농짝 안에는 금비녀가 있다는 생각을 하였느냐, 아니 하였느냐? '비단 윗저고리'를 벗어서 제군의 그 아리따운 정신의 고조를 표시할 때에, 제군의 남편의 주머니가, 말랐다고 생각되더냐? 제군의 머리채를 썩둑 잘라낼 때에, 제군의 남편이 없는 것과, 제군의 나이가 몇 살이나 되는가를 꼽아본 일이 있느냐, 없느냐?

만일 있다면, 제군이야말로 이기주의자요, 위선(僞善)의 도(徒)이다. 그러나 내가 이처럼 묻는 것은 그 모든 행위가 그르다는 것은 아니다. 그 행위 자체는 좋으나 그 정신과 동기가 어떠한가를 자성치 않으면 무의미한 일이라 함이며, 또한 나의 의심하는 바이다.

야소는 항상 활약하는 위대한 영혼으로서, 생명을 희생하여 자아를 실현하였다. 그러나 세간에 자선가 이타주의자는, 사소한 물질, 쓰고 남은 물질로써 행한 바 자기의 행위를 지상선이라 하여, 자긍자현(自矜自衒)하며 무형(無形)한 보수를 바랄 뿐 아니라, 간혹 그들과 반대로 자기 자신을 속이지 않고, 자기의 생활을 위선(爲先) 정도(正道)로 인도하여 충실한 인류의 일원이 되려고 노력하는 자가 있으면, 이를 무(誣)하여 인도(人道)의 적(敵)이니 패륜의 자(子)이니 천열(淺劣)한 이기주의이니 함이 가증하다 함이다.

그러면 나의 이른바 지상선은 무엇인가? 타(他)에 없으니, 이상에 누누이 진술한 바, 자아의 완성, 자아의 실현이 곧 이것이다. 하므로 어떠한 행위든지, 자기의 영혼의 생장욕(生長慾)과 확충욕(擴充慾)을 만족케 할 수 있으면,

그것은 곧 선(善)이다.

7

　그러나 우금(于今)까지 논술한 바, 자아의 확립, 자아의 완성 우(又)는 실현이라 함은 무엇인가? 개성의 자유, 개성의 발전과 표현! 이것이 곧 그 내용이다. 개성이 자유롭게 발전되고 배양되며 살이 찌는 거기에서, 자아는 확립하고 확충되며, 개성이 자유롭게 표현되는 거기에서, 자아는 완성되고 실현되는 것이다. 그리하여 생명은 항상 새롭고, 항상 생장하는 것이다.

　그러면 개성이라 함은 무엇인가? 독이적 생명 그 자체를 이름이라. 하므로 이 독이하고 유일한 생명이, 부절히 성장하고 비대(肥大)하는 도정, 즉 자기혁명의 도정이, 곧 개성의 자유로운 발전이며, 그 부절히 신장하여가는 생명의 유로(流露)가 곧 개성의 자유로운 표현, 즉 자아의 실현이라 하겠다. 이와 같이 하여 혁명된 자기가 완실(完實)됨으로써, 아(我)는 일층 새롭게 성장되고 실현되며, 또다시 작(昨)의 아(我)를 혁명함으로써 우(又) 일층 새로운 생명의 아(我)를 얻는 거기에서, 전 인류적 문화에 공헌하고 봉공하는 의무를 다 할 수가 있는 것이다.

　하므로 이러한 의미의 자아주의를 기초로 한 신도덕이 확립하는 때에, 비로소 사(私)로는 인격의 대(大)를 완성할 수 있고, 공(公)으로는 자각 있고 근기(根氣) 있으며, 용감하고 철저한 봉사와 희생의 정신을 발휘할 수 있게 될지요, 따라서 일 민족의 번영, 전 인류의 행복을, 가히 기(期)할 것이다.

　깨닫고도 스스로 속이는 자들아! 진정한 자아주의자를 오해하여, 천려비열(淺慮卑劣)한 이기주의라 기훼(譏毀)하지 말라. 진정한 자아주의자야말로 자기를 살림으로 말미암아, 자기의 민족을 살리고, 인류를 살린다.

고정관념에 실신(失神)한 자들아! 자아주의를 가리켜 반역자라 비방하지 마라. 근대의 모든 문화는, 하여서는 아니 된다는, 금속(禁束)을 파계함으로써 얻은 성과였다.

그러나 자아의 높고 중함을, 깨달은 자들아! 헛된 명예를 위하여 꿈같은 부귀를 위하여, 어느 때든지 타협하지 마라. 타협은, 자아의 생명인 개성을 늘 탐식하려고 기웃거린다. 그러나 진정한 영예와 영원한 부귀는, 탁마(琢磨)하고 정련(精練)된 개성의 선물이다.

노라와 같이 타협하지 마라. 이것이 지상선을 위한, 자아실현을 위한 제1 잠언이다.

22.6.3. 심경(深更). 거북앞집에서.

역자의 말[113]

「사일간四日間」

프세볼로드 미하일로비치 가르신(Vsevolod Mikhailovich Garshin, 1855~1888)[114]은 노서아(露西亞) 문호의 일(一) 인이니, 처음에 광업학교에 수업하고, 1877년에 군대에 입(入)하여, 터키(土耳其)에 출전하였을 제, 피(彼)의 제1걸작인 이 「사일간」의 제재를 득(得)한 바이라 하며, 기후(其後) 1880년에 일시 발광(發狂)하여 가료(加療)한 결과, 2년 만에 쾌복(快復)된 후, 철도회의(鐵道會議)의 서기가 되었던 사(事)도 있고, 일 여의(女醫)와 결혼하여, 다시 문학생활을 계속하였으나, 1888년에 광증이 재발하여 자살하였다 한다. (역자)

---

113 상섭(想燮), 「역자의 말」, 『개벽』, 1922.7. 이 글은 미하일로비치 가르신의 단편소설인 「사일간」을 번역하면서 함께 작성한 무제의 글이나, 편의상 '역자의 말'이라는 제목으로 수록했다. 이 글은 『개벽』 창간 2주년을 기념하여 개벽사가 기획한 특집 부록 '세계걸작명편' 번역란에 게재된 것으로, 이는 1923년 4월, 『동명』에 수록한 러시아작가 투르게네프의 단편소설 「밀회(密會)」의 번역과 함께 1924년 2월 조선도서주식회사가 편저(編著)한 『태서명작단편집(泰西名作短篇集)』(조선도서주식회사, 1924)에 재수록됐다.

114 프세볼로드 미하일로비치 가르신(Всéволод Михáйлович Гаршин) : 러시아의 단편작가로, 20대 초반에 러시아-투르크 전쟁이 일어나자 군에 입대했다. 그의 대표작 「사일간(Chetyre dnya)」(1877)은 전투에서 돌아와 쓴 문단 데뷔작으로, 나흘 동안 전쟁터에 버려진 한 부상당한 군인의 곤경을 묘사한 것이다.

여자 단발문제와 그에 관련하여[115]

여자계女子界에 여與함

1

「조선총독부 정무총감 각하의 경질에 관하여」라 하거나, 「아리요시(有吉)[116] 정무총감 부임에 제(際)하여」라 하거나, 「신(新) 정무총감에게 망(望)하노라」는 소위 정치적 언론이 아니면 맑스의 『자본론』이니, 『공산당선언』이니 하는 등 문자 이외에는, 아무 흥미도 아무 의의도 함(咸)치 않는, 오늘날의 우리 사회에서, 보통학교 4, 5학년이나 중등과 1학년 정도도 될까 말까 하는 일 여학생의 단발사건을 포착하여가지고, 일 중대문제나 야기한 것과 같이 당당 수천언(數千言)을 비(費)하여, 시비를 논평한다면 한인(閑人)의 만필(漫筆)에도 유분수(有分數)라고 실소할지 모른다. 그러나 사물의 가치 여하는 견지(見地) 여하에 있는 것이다. 로이드 조지나 하딩[117]의 뇌장(腦漿)을 구성할 세포의 원자나, 지금 내 허리춤에서 슬슬거리는, 벼룩의 고환을 조직한 세포의 원자나 그 사이에 하등의 차이가 없다고 입론(立論)하는 과학자에게 대하여

---

115 상섭(想涉), 「여자 단발문제와 그에 관련하여―여자계(女子界)에 여(與)함」, 『신생활』, 1922.8.
116 아리요시 주이치(有吉忠一, 1873~1947) : 일본의 내무관료. 1922년부터 1924년까지 조선총독부 정무총감, 조선사편찬위원회의 위원장을 겸임했다.
117 하딩(Warren Gamaliel Harding, 1865~1923) : 미국의 제29대 대통령.

는 로이드 조지라고 그다지 귀하거나, 고마울 것도 없고, 벼룩의 고환이라고, 그처럼 천하고 더러울 것도 없을 것이다. 극단으로 말하면 로이드 조지 급(及) 하딩과(科)에 속한 동물은, 자본가계급이라는 부문에 예속하였다는 과학적 분류에 의하여, 쌍시류(雙翅類)에 속한 벼룩보다도 인축(人畜)에 대하여, 해독이 우(又) 일층 심하다는 논자도 없지 않은 모양이다. 그리하여 이러한 논자들은 맑스가 남겨주고 간 외과강의와 레닌의 임상강의를 들어가며 벼룩의 고환을 거세하겠다는 메스로, 조지·하딩과의 곤충류까지도 거세하지 않으면, 고침한와(高枕閑臥)할 수 없다고 야단인 모양이다. 이와 같이 과학자는 그 질(質)로서 우열이 없다는 것을 증명하려고 하고, 사회개혁가는 그 성(性)으로서 인류에게 해독됨이 동일하다 함을 주장한다. 그러나 내가 지금 주장하려는 것은 어찌하여 조지 씨가 침실에서 하품을 하더라느니, 하딩 씨가 고뿔을 들려 콧물을 흘리고 앉았더라느니, 다카하시(高橋) 내각의 운명이 여피(如彼)하냐느니 조프르[118] 원수(元帥)가 입성하느니 하는 것만 황송한 일이요, 우리의 생활에 중대한 의의가 있는 것이라고, 위아래가 떠들 필요가 있느냐는 것이다. 인생의 종점에 앉아서 명목(瞑目)하고 정사(靜思)할 지경이면, 한강철교에서 초춘(初春)의 도화(桃花)와 같이 날아간 이팔(二八)의 소년의 횡사(橫死)나 미인의 투신이 인생의 기미(機微)를 엿보며 오인(吾人)의 진정한 생활을 성찰하며 사회의 현상을 연구·교정한다는 점으로 보아, 보다 의의 있고, 보다 내실적(內實的)이요, 보다 근본적이 아닌가 나는 생각한다. 훈장 차신 각하양반들의 일투족일거수(一投足一擧手)는 신문장사에게는 무심코 간과할 수 없는 중대사건일지 모르나, 우리에게는 요사이 들끓는 문갈(蚊蝎) 이상으로 더 한층 머릿살 아픈 일이다. 말하자면 의원(議院)의 정담(政談)을 방청하거나,

---

118 죠셉 자크 조프르(Joseph Jacques Joffre, 1852~1931) : 1914년, 1차 세계대전 때 최고사령관으로 임명된 프랑스의 군인.

조선의 유행병적인 하로저린 요사이의 외지 같은 소위 강연회에 들어가 앉아서, 선하품을 하고 앉았는 것보다는, 우물 안에 모여서 지껄대는 동리 집 하인들의 이야기에, 귀를 기울이는 것이 여러 가지 의미로 흥미 있고 소득이 있다 하겠다. 왜 그러냐 하면 우리는 그러한 데에서만 본연 그대로의 인생을 엿볼 수가 있고, 생활의 진상을 알 수가 있기 때문이다. 이같이 말하면 그것은 너의 '장사'의 성질이 그 따위 종류만을 받아다 팔아야 할 만할 필요가 있으니까, 그러한 주장도 무리치 않거니와, 그래도 일국의 정치를 요리하며, 전 인류·전 사회의 향상과 행복을 도모하고, 민중을 지도하며 세계적 개조를 경영하는 대장부로서는 너무도 녹록하고, 너무도 미미한 것이라고 할지 모른다. 그러나 인생에 대한 이해가 없고, 시대와 사조의 경향도 모르고, 훈장만 차면, 정치가일 수 있고, 학설만 무역(貿易)하면 사회개량가가 되는 것이 아닌 이상, 진정한 정치가나 개혁자일수록, 이러한 데에 착목치 않으면 아니 될 것이다.

이러한 의미로 나는, 지금 이 여자의 단발문제를 논함에 당(當)하여, 일종의 부인문제 혹은 사회문제에 대함과 같은 신중한 태도를 실(失)치 않으려 하는 바이다. 그것은 가령 A라는 여자가 단발하였다 하면, A 자체가 그다지 중대한 인물이거나, 'A의 단발'이라는 사실이 그처럼 중요한 사건이기 때문에 그러한 것이 아니라 일반적으로 여성의 단발은, 필요하냐 불필요하냐는 것과, 그 단발사건을 중심으로 하고, 그 주위에 일어난 몇 가지 사실을 지적하여 논급함에 비로소 중대한 의미가 있는 까닭이다. 그러므로 독자 제군은 나에게 단순한 단발사건을 논하는 그 외에까지라도 논급할 정도(程度)를 주기 바란다.

2

지금 우리 남자 중에 어떠한 변칙적 '현대화'한 사람이 있어, '생활의 이상화'라는, 거룩한 표방 하에 머리를 쪽지고, 단상(短裳)을 몸에 걸치고 나선다 하면, 제군은 어떻게 생각하려는가. 물론 그 사람은 여장(女裝)으로써 남자인 것을 은휘(隱諱)하여야 할 필요가 없을 뿐 아니라, 자기가 남자임을 공공연히 표시하면서. 이에 대한 명답(明答)은 나는 피하려 한다. 그러나 제군은 나에게 이같이 반박하리라. "남자는 여자에게 대하여 불리한 처지에 있는 것도 아니요, 도리어 우월한 강자(强者)인 고로, 도저히 여자를 표방하거나 여자와 같이 작태(作態)할 리가 없다. 그러나 여자는 약자(弱者)이다. 재래의 상태로서는 완연히 남자의 노비였다. 하므로 그 반역적 수단으로 위선(爲先) 남성화할 필요가 있기 때문에, 여자인 경우에는 충분한 이유가 있다."라고. 그러면 이러한 논법에 의할 시(時)는, 갑(甲)이라는 민족이, 을(乙)이라는 민족에게 정복되었을 제에, 갑 민족이 을 민족의 풍속·습관대로, 의복이며 두발을, 자진하여 변작(變作)함이 필요하며, 겸하여 그리함으로써 을 민족과 같이 우세한 민족이 될까. 또한 2, 3세나 4, 5세 된 유아에게 상투를 쓰게 하고 관(冠)을 대(戴)하면, 피(彼)는 곧 성인인가. 갱진(更進)하여, 노복(奴僕)이 상전(上殿)과 같이 옥관자(玉冠子)나 금관자(金冠子)를 붙이고, 소학생이 사방모(四方帽)를 쓰면, 상전이 되고, 대학생이 되는가? 아니 되는가? 자기가 피정복자요, 그 경우에 불만이 있으면 있을수록, 그 정복자에게 동화됨을 거부함은 인지상정이라 할 것이다. 그러면 여자가 남자를 적시(敵視)할 때에 여자는 무엇이 괴롭고 무엇이 불명예이기에, 구차히 남성화할 필요가 있는가. 더구나 그 외식적(外飾的)으로, 만일 일 여자가 남성에 대한 반역심으로 낙발(落髮)을 하고 남장을 하고 나선다면, 그것은 남성을 정복한 것이 아니라, 도리어 자진하여 남성에게 항복한 것이라 아니 할 수 없다.

나도 여자해방운동에 대하여 다소의 이해가 있고, 또한 찬동하는 자이다. 그뿐만 아니라, 사회를 위하여서든지 남자로서의 편의를 생각하여서든지, 또는 순전한 인도적 관(觀)으로든지 하여간, 나도 될 수 있는 대로는, 여자의 자각을 촉진하게 함에, 가급적으로 노력하려 한다. 그러나 나는 일찍이 여자해방의 제1수단은 단발에 있고, 남복(男服)에 있다는 것을 들어보지 못하였다. 단발하고 남복만 하면, 여자는 해방되고, 여자로서의 소위 이상적 생활을 영위할 수 있다는 확실한 입증만 있으면, 여자를 교육하려는 비용의 기백분(幾百分)의 일(一)로써, 이발료와 피복비(被服費)에 충용(充用)하면 우리의 부담도 경감할 것이요, 또한 우리의 노력도 낭비되지 않을 것이다. 그러나 인형에다가 남복을 시키거나 여장을 시키거나 인형은 결국 인형에 지나지 않는다. 그러하면서도 여기 일 여성이 있어서 단발하고, 남복을 하였다면, 그것은 결국 무슨 이유로일까.

이와 같이 여자의 단발과 피복의 여하로 여자해방의 운동이 실현되지 않음은 명명백백하려니와, 여자해방사상의 본존(本尊)인 노라도 입센이는 머리도 아니 깎이고 남장도 시키지 않았다. 그러면 지금 '이상적 생활'을 하겠다는 자각(?)을 가지고 단발한 여자의 심리와 동기가 어디 있다 하여야 가(可)할까. 실연에 있느냐? 생활난에 있느냐? 특히 어떠한 경우에, 자기를 변명할 필요로 말미암음이냐? 또는 여태(女態)로서는, 외래의 유혹을 저항키 어려워 그리함이냐? 이것도 아니면 결국 현대적 병원균으로 인함이냐? 혹은 이 모든 원인이 종합적으로 활동하였음이냐? 문제는 사세(些細)한 듯하지만, 사상 상으로나 실생활 상으로나, 너무도 귀추(歸趨)할 바를 모르고 방황하는 현재의 우리로서는 충분히 토구(討究)하여야 할 것이요, 또한 장래(將來)할 바 일반사회의 풍조의 그릇될 바를 미연에 방어키 위하여서라도 필요한 바이다.

3

향자(向者)에 모모(某某) 신문지에 발표된 로맨스체의 단편을 종합하여보면, 적어도 경성시민 30여 만인 중에, 우리 시민은 두 사람의 단발한 여자를 가진 모양이다. 그 후 약 1개월을 경과하는 간(間)에, 나는 각 방면으로 취중(就中)에도 지식계급으로부터서도, 이 현상을 긍정적으로 중대시하는 의견도 들었으며, 기타 훼예포폄(毁譽褒貶)이 구구한 모양이다. 그러나 그중 일 여자에 관하여는, 그 신문기사가 그대로 사실이라 하면, 나는 이에 거론할 필요도 없고, 또한 이에 논함을 나의 불명예로 아는 바이기에 제외하고, 타(他) 일인에 대하여 고찰하여보려 한다.

신문기사에 의하면 그 단발랑(斷髮娘)은, 예기(藝妓)의 몸으로 모(某) 청년 문사(?)와 백년가약을 맺어가지고, 단연히 그 업(業)을 폐한 후에, 그 애인의 조력으로써 시내 모 여학교에서 근 1년 수업하여, 고등과 1학년 정도 혹은 그 이하의 지식을 가진 모양이요, 근자에 이르러서 그 보호자에게 학자(學資)의 거절을 당한 결과, 자살을 기획하다가 행이든 불행이든, 그 현장에서 김 모라는 사람에 제지되어 미수(未遂)하고, 그 후 즉시 단발하는 동시에 남복으로 모 남자강습소에 통학한다 보고되었다. 나는 이 이상의 사실을 혹 풍편(風便)에 들은 바가 없지 않으나, 그것은 세간에 공포된 바가 아니므로 이 사실로만, 다소의 가설을 가입(加入)하여, 약평(略評)하려 한다. 또 이에서 한 가지 첨언하여야 할 것은, 특히 '이상적으로 살아보려'는 뜻으로 단발하였다 함과, 김 모라는 사람은 우연히 그 현장에서 상봉한 일은 있었으나, 기시(其時) 그와 같은 사실은 없었다 함이다. 한즉 피녀(彼女)의 자살 여부는 오직 자기의 자유의사에서 나온 것이요, 결코 타인의 제지에 의함이 아닌 것이 분명하다. 그러나 사실이 얼마나 정확한가는 우리가 개의(介意)할 필요가 없다. 다만 약시

약시(若是若是)한 사실이 있다면, 그것은 가(可)하냐 부(否)하냐는 것만 논평하면 고만이다. 하므로 지금 나는 그 신문기사를 떠나서, 이상의 기록한 바를, 어떠한 인물을 가정하고 구상한 소설가의 복안을 듣고, 비평하는 것과 같은 태도를 취하려 한다.

위선(爲先) 피녀의 지식 정도로 보면 근근이 보통학교를 졸업한 지적(知的) 유아에 불과하다. 설사 경험과 독학으로 말미암아 얻은 지식이 13, 14세의 중학 1년생보다는 다소 발달되었다 할지라도, 계통적 지식이 구비하였을지 의문이다. 그것은 피녀의 과거의 생활이 어느 정도까지 설명하는 바이며, 또한 기초지식이 없이는 고등학문을 수득(修得)하였으리라고 생각할 수 없기 때문이다. 따라서 피녀에게 정확한 인생관이나 부인관이라는 것이 없을 것은 분명한 일이며, 자기의 생활을 자주(自主)하여 자영(自營)할 능력이 (정신적으로나 물질적으로) 없다 하여도 가(可)할 것이다. 즉 피녀는 중학생으로서의 지도와 교육과 보호를, 타인에게 받아야 할 것이라 함이다. 할 뿐만 아니라, 피녀가 아무리 일가(一家)의 견식이 있다 할지라도, 현재 중등 정도의 강습소에 통학한다 하는 사실은, 무엇보다도 피녀가 일개 중학생에 불과하다 함을 증명함이라 하겠다. 따라서 피녀는 미성품(未成品)인지라, 아직 사회적 사업에 간여할 자격도 없거니와, 우리 사회가 아무리 유치하더라도 피배(彼輩)의 용훼(容喙)와 조력(助力)을 구할 하등의 이유가 없다 하겠다. 이제 만일 남자의 중학 1년생쯤 되는 자로, 세도인심(世道人心)을 개탄하고, 일종의 반역적 태도를 취한다 하면 일반사회는 이를 불용(不容)할 것이다. 그러나 여자로서 무절제하고 불근신(不謹愼)하게, 자기의 본분 이외의 행동을 감작(敢作)함에 당하여, 오히려 이것을 찬양하고 중대시하여 혹은 부인문제 해결의 일 전기(轉機)라 하며, 혹은 경경시(輕輕視)할 수 없는 의의 있는 사건이라 함은 하고(何故)인가. 이와 같이 함은 결국 그 당자(當者)로 하여금, 수양(修養) 시기를 허송(虛送)하여 그 전도(前途)를 그릇되게 함이요, 또 일편으로는 사회를 스스로 모욕함이 아닌가 한다. 나의 우견(愚見)으로 보면, 여자 단발이란 사실 그 자체가 그리 중대하다는 것보다는, 이 문제에 대한 일반사회의 견해가, 가장 위험하고 무견식(無見識)하며, 따라서 경경(輕輕)히 간과키 어렵다 하겠다. 실로 내가 이 불명예하고 불유쾌한 논봉(論鋒)을 사회에 향하여 든 것도 그 이유가 여기에 있는 것이다.

그러면 어찌하여 위험하다 하는가? 상술한 바와 같이 그 당자의 전도를 그릇하게 하기 쉬울 뿐만 아니라 금후의 소녀들이, 다만 일시적으로 사회의 화제가 되고, 중목(衆目)의 주의(注意)를 집중한다는 것을 일종의 명예로 오상(誤想)하는 결과, 제2의 단발랑, 제3의 여승(女僧)이 총생(叢生)[119]한다면 어찌하려는가. 이같이 말하는 나도, 결코 '단발'이라는 그 사실이 그리 부도덕이요, 위험하다는 것이 아니다. 다만 하등의 의미와 실효가 없고, 겸하여 상당한 주의주장과 신념도 없이, 일시적 유행성에 심취하여 경거망동을 함으로써, 기십, 기백의 소녀의 전도가 기형적으로 발전될까를 염려하는 까닭이다. 수년 내(來)의 우리 여자계는 어떠하였는가? 유의식(有意識)·무정견(無定見)을 막론하고, 결혼치 않는다는 것이 피등(彼等)의 신조였으며, 자만이었다. 그것은 피등이 종교적으로든지, 사회적으로든지, 예술적으로든지, 또한 확호(確乎)한 인생관으로 인하여 그러한 결론에 도착한 것이 아니라, 오직 일시의 유행병이었다. 그러나 이십 미만, 지식 정도로 말하면 중학 1, 2년 정도 시대에 몽롱히 의식하였던 이러한 사상이, 연령으로는 25, 6세, 지식으로는 중학 졸업 정도에 이른 금일의 피녀 등은, 오히려 혼기(婚期)의 이만(已晩)함과 상대자의 구득난(求得難)을 한탄치 않는가. 이와 같이 금일의 이 단발풍(風)이 사회의 몰

---

119 총생(叢生) : 한 선조에서 여러 씨족으로 갈라져 나온 후생들을 일컫는 말이다.

이론적(沒理論的) 용허(容許) 우(又)는 뇌동(雷同)으로 말미암아 이대로 유행하다가는, 5, 6세 내지 10세 후에는, 또한 작비(昨非)를 자회(自悔)할 시기를 당(當)할 것이다. 하므로 나의 역설하는 바는 여자가 단발하여야만, 부인해방운동이 성취됨도 아니려니와, 비록 단발할지라도 충분한 견식과 자격과 정견과 주의가 확립한 후에 자유의사에 일임할 바이며, 또한 일반사회는 냉연한 소극적 태도로 대할 따름이요, 결코 찬양하거나 뇌동할 바가 아니라 함이다.

그는 그러하다 하고 금번 사건에 대하여 더욱이 실제적으로 비평하여 소녀 제군에게 경고함은, 무의미한 바가 아니기에 더욱이 추구(追究)하려 한다.

상술함과 같이 여자의 단발은 해방운동의 견지로도 무의미할 뿐 아니라, 당자 자신에게 대하여도 유해(有害)언정 무익(無益)이라 하였고, 일반사회에 대하여도 경하할 현상이 아니라 하였다. 그러면 그 여자가 단발한 그 외의 이유는 어디 있을까.

신문에 보도됨과 같이 그 전(全) 동기가 실연에 있다 할까. 조선의 풍속은 남녀의 별(別)이 비상히 엄격하였으므로 여자가 실연으로 인하여 단발하였다는 로맨스도 희한한 듯하고, 나의 단문(短聞)으로는 지금 실례(實例)를 거(擧)키 어려우나, 세계적으로, 유명한 불란서의 루이 14세의 애첩 라 발리에르[120] 공작부인의 사적(事績)을 볼지라도 진정한 실연자의 태도는 어떠한 것인가를 가히 추지(推知)할 수가 있을 것이다. 전하는 바에 들으면, 라 발리에르 공작부인은 처녀의 몸으로, 6년간 루이 14세의 갖은 총애를 일신(一身)에 모았었고, 라 부인도 제왕인 루이 14세를 사랑함이 아니라, 다시 말하면 피(彼)의 부귀를 사랑함이 아니라, 사람인 루이 14세를 사랑하였다 한다. 그러나 일조(一朝)에 그 애(愛)를 몽테스팡[121] 후작부인에게 빼앗긴바 되어, 피등

---

120 루이즈 드 라 발리에르(Louise de La Vallière, 1644~1710)
121 마담 드 몽테스팡(marquise de Montespan, 1640~1707)

의 비행(非行)을 엄폐하는 장막으로 이용됨을 깨달을 제, 라 부인은 천추(千秋)의 한을 품고 파리의 카르멜 니사(尼寺)[122]로 둔세(遁世)하여 난행고행(難行苦行)으로 일생을 필(畢)하였다 한다. 그때 풍속에도 낙발하였는지 아니 하였는지 모르거니와 연연(戀戀)한 애착과 자녀에게 대한 애정을 뿌리치고, 만곡(萬斛)의 애루(哀淚)와 같이 수도원의 일실(一室)에서, 결연히 낙발하고, 참담한 수행생활에 들어갈 제의 라 부인의 심정을 상상하면, 비록 그 수단이 소극적이라 할지라도, 연애의 힘은 이만치 위대한가 놀라지 않을 수 없는 동시에, 그 비장하고 로맨틱함에 일희일비(一喜一悲)치 않을 수 없다.

그러나 이제 이 단발랑은 소위 자살인가 하려다가 이상(理想)의 생활을 한다는 구실 하에, 낙발하고 주야로 시중(市中)으로 구치(驅馳)하며, 즉시 남학교에 입학하지 않았는가. 물론 실연한 자는 반드시 삭발위승(削髮爲僧)하라는 규정이 있는 것도 아니요, 또한 이러한 소극적 사상은 절대로 배척하는 바이지만, 자살까지 하려고 흥분하였던 여자로서는 그의 행동이 의아치 않은바 아니라. 도시(都是) 근래에 '이상(理想)' 2자(字)가 대유행이다. 이상적 연애, 이상적 결혼, 이상적 생활 등, '이상' 2자로써 모든 혼(醜), 모든 비(非), 모든 약(弱)을 장식하고 변명하는 세상이라, 피녀가 얼만한 주의(主義)와 결심과 정견과 사색으로써, 어떠한 종류의 이상적 생활을 표방함인지는 나의 알 수 없는 바로되, 사(死)가 단발로써 대가(代價) 됨도 의문이라면 의문이요, 그 외의 몇 가지 주위의 사정을 고찰할 제, 명언(明言)키 어려우나 단순히 실연자라고는 단언할 수 없다. 더구나 학자(學資)의 거절을 당하였다 함이 사실이라면, 더욱이 의문이다. 원래 이에 대한 판단은 나에게 자유가 없어서 독자가 수긍할 만치 세론(細論)키 어려우나, 남녀의 쌍방의 애정이 그다지 진실되게 계속치

---

122 니사(尼寺) : 여승들이 사는 절. 이 글에서는 수녀원을 의미한다.

못하였다고 판단함이 그리 망단(妄斷)이 아닐 것 같다.

그러나 여기서 다소간 여담(餘談)일지라도, 한 마디 하려 한다. 근자에 경성 내에 예기(藝妓)로서, 학교생활을 영(營)하는 여자가 불소(不少)한 듯하다. 물론 좋은 현상이다. 그러나 여기서 특히 엄정히 고찰할 것은, 그 이면에 복재(伏在)한 사실이다. 피녀 등의 향학열이 자각적이든지 수동적이든지 하여간 취학을 결행하게 된 물질적 최후의 동기는, 반드시 그 배면에 물질적 보호자가 있는 것이 십중팔구이다. 하므로 이를 해부하여보면, 예기로서 매춘의 대가로 학자(學資)의 보장을 득(得)함이라. 그러면 정조로써 학식(學識)을 직수입하는 형식이라 하겠다. 설혹 소위 장래의 백년가약을 맺는다 할지라도, 그것은 원래가 화류계의 일이라, 어떠한 정도까지 신용할 수 있을는지 의문이며, 또한 그 남자가 상당한 자산가의 자질일 것은 분명하니, 따라서 기혼자일 것인즉 설령 장래에 원만히 학업을 성취할지라도, 인(人)의 소실(小室)에 자감(自甘)치 않을 수 없으니, 비근한 의미로 육(肉)을 매(賣)하여 영(靈)을 구(購)한들 무슨 소득이 있으리요, 본말을 전도함도 이에 심한 바가 있으리오. 이러한 의미로, 단발랑도 만일에 그와 같은 사정에 있었다 하면, 그 남자에게 거절을 받음이 도리어 그 장래를 위하여 경하할 바였다고 할 수 있다.

그러나 그 다음에, 피녀의 단발이, 생활난에 인한 일종의 수단이라 하면, 그것은 마치 생활의 안정을 얻으려고, 수도(修道)를 표방하고 사찰로 기어들어가는 격이라, 부족거론(不足擧論)이며, 또한 나의 믿을 수 없는 바이다. 그러면 일종의 성적(性的) 방어책이라 할까. 그것도 불충분한 이유이니, 단발이 생리적으로 남성화하거나 중성화함이 아닌 이상, 무슨 의미가 있으리요, 그러면 자기의 결심을 표명함인가. 결심이란 무엇이냐? 약자의 변명이다. 그것은 진정으로 자기를 고상케 하는 수단은 못된다. 유혹에 대한 방어나 결심의 표명이나, 도시(都是) 심지(心志) 소관이다. 구차히 외형적으로 현시(衒示)할 것이 아니라, 자기의 일상의 행위로 증명케 함이, 수양의 제일 현명한 수단이다. 설사 모면할 수 없는 오해를 받았을지라도, 이를 금시로, 구차히 변명하려 함은 인지상정이지만, 변명은 또 다시 새로운 오해를 자초하는 것이라는 것을 깨달을 필요가 있다. 순실한 사람의 안목으로는 어찌하여 인간성이 그러하냐 하겠지만, 이것도 하는 수 없는 사람의 상정(常情)이다.

이와 같이 관찰하여보면, 도저히 충분한 이유를 발견할 수가 없다. 그러면 무엇에 그 진인(眞因)을 구할까.

4

현대인의 심리를 현미경 하에 놓고, 분석한다 하면 거기에 무수한 병균이, 우글우글하는 것을 용이히 간취할 수 있지만, 그중에도 신경쇠약증, 취미성(趣味性)의 열악화(劣惡化), 사상적 위가답아(胃加答兒)[123] 혹은 중독, 호기성(好奇性) 현기벽(衒奇癖) 등의 4종이 우심(尤甚)한 듯하다. 이것은 현대문명의 족적을 쫓아다니는 화류병 모양으로, 가장 광범하게 보급된 만성적 병독(病毒)이다.

마차보다는 자동차, 연극보다는 활동사진이 아니고는 만족할 수 없다는 현대인은, 마치 24시간 동안을, 숨 쉬일 사이도 없이 마라톤경주를 하는 것 같다. 여간 떡방아 찧는 것을 보고 '김칫국' 마시는 수작이 아니라, 급행열차를 타고 앉아서도 '이놈의 차가 '앉은뱅이'가 되었나?' 하는 격으로, 덮어놓고 '어서어서'라 하는 것은 현대생활의 생명이라 할까, 특징이라 할까. 이와 같

---

123 위가답아(胃加答兒) : 위카타르(胃catarrh)의 음역어로, 위 점막의 염증성 질환(카타르성 염증)을 총칭하는 말이다.

이 눈이 핑핑 돌게 급한데다가, 도회생활의 모든 강렬한 자극과, 생활난에 대한 불안, 초조, 과로 등 모든 심적 현상이 혼동·부합하여, 현대인은 신경쇠약의 제3기에 걸렸다. 그리하여 그 결과는 사회적으로나 개인적으로나 현저한 병적(病的) 현상을 이루는 일편(一便)에 부절(不絶)히 강렬하고 신기한 자극물을 탐구(貪求)하게 되었다. 마치 아편이나 모루히네 중독자 모양으로 심상(尋常)한 수단으로는, 이 병적 두뇌를 위안(慰安)시킬 수도 없고, 일시의 만족이라도 얻을 수 없다는 형편이다. 이와 같이 병적이므로 자연히 공상적 경향이 심하여 변칙의 행동을 용이히 감작(敢作)한다.

그 다음에 마차보다도 자동차, 연극보다도 활동사진에, 우익(尤益)한 흥미와 쾌락을 감(感)한다 함과 같이, 취미성이 점점 열화(劣化)하는 것도 사실이다. 이것은 생활의 여유가 없다는 것, 또는 모든 것이 기계화하고 실제화하여 여간 로맨틱한 감정과 사상을 가지고서는, 생활할 수 없을만치 시대와 사위(四圍)가 변천(變遷)하여 그러하다고 하겠지만, 병적 심리와 감정을 가지고, 또한 착각에 의하여 동물을 관찰하는 데에도 일 원인이 있다 하겠다. 자동차의 가솔린 냄새가 구수하게 맡힌다는 것이 아마 호적례(好適例)일 것이다.

제3으로 사상적 위가답아도, 역시 이유 있는 시대병(時代病)이다. 인문이 아무리 발달될지라도 통신교통기관이 석일(昔日)과 같았을진대, 오늘날 같이 어떠한 사상이든지, 이렇게 급속히 가속도로 전파될 수는 없을 것이다. 그러나 사실 금일에 앉아서는 구미(歐米) 제국(諸國)에서, 아침에 선전된 사상이나 학설이, 밤에는 수만리를 격(隔)한 이 동수(東陲)[124]의 일 벽지(僻地)에 앉아서도, 능히 이식할 수가 있다. 이것은 물론 좋은 현상이다. 그러나 피등은 충분한 기초와 근거가 있고 경로를 밟아 필연한 귀결로 얻은 사상이며 학설이지만 그 지

---

124 동수(東陲) : 나라의 동쪽 변방.

차(之次)의 후진국민(後進國民)에 있어서는 아무 준비나 경로도 없이, 불의(不意)에 사상적 습격에 봉착하는 고로, (아무리 아(我)는 피(彼)의 그 성과만을 채용하므로, 용이히 단시간에 체득할 수 있다 할지라도) 충분히 소화시킬 여유가 없을 것은 자명한 이(理)이다. 이것은 마치 천자(千字)짜리에게 『대학(大學)』을 읽히는 셈이다. 자연 위가답아에 걸리거니와 중독되어, 생생한 식물(食物) 그대로 토사(吐瀉)될 것은 면할 수 없는 일이라 하겠다.

최종으로 호기현기(好奇衒奇)하는 경향은, 시대 여하를 막론하고, 인간의 본연성의 일(一)이겠지만, 현대에 이를수록 우(又) 일층 심함을 볼 수가 있다. 나는 상술한 중에, 현대인이 신경쇠약의 중환(重患)에 이(罹)하여, 강렬하고 기괴한 자극을 갈구한다고 하였다. 물론 이러한 사실은 그 원인의 일(一)일 것이다. 예언(例言)하면, 음식물이 각종으로 발달되었다는 것이, 의복의 유행이 연년(年年)으로, '연년으로'라 하는 것보다도, 시시각각으로 변천하여가는 것들이다.

그러나 오스카 와일드가 빨간 조끼인지, 노란 조끼인지에 이상한 상의(上衣)를 입고 공작털을 꽂고 다녔다는 것이, 벌써 저변(這邊)의 소식을 전함이거니와, 하여간 인문이 발달되고 모든 방면의 사물이 세계적으로 되어가는 금일에, 자기의 존재를 널리 표시하려면, 될 수 있는 대로 중목(衆目)의 주의를 환기하려는 욕망이 저지할 줄을 모르고, 또한 그 욕망을 만족시키려면, 여간 심상한 수단으로는 불가능한 바이다. 정신적·문화적 공헌으로, 자기의 존재를 광고하려면, 그것은 지난할 뿐 아니라, 또한 장구한 시간을 요하는지라, 종생(終生)의 노력으로도 가기(可期)할 보장이 없는 것이다. 이에서 비로소 비상수단을 요하게 된다. 즉 외형의 변태(變態)로써, 자기를 현과(衒誇)하고, 중인(衆人)의 주목(注目)을 일신(一身)에 모으려는 목적을 달(達)코자 한다.

이와 같이 관찰하여오면, 이 단발사건에도 역시 이러한, 현대의 병균이 다분(多分)의 내적 활약을 하였다는 것이 타당할 듯하다. 물론 제3절에 열거한 바 모든 동인(動因)도 다소간의 조력도 있었겠고, 이 단발풍이, 노서아(露西亞)의 레닌 암하(庵下)나 구미 각국에 유행할 뿐 아니라, 일본에도 산견(散見)한다는 소문이나 교사(敎唆)도 있었을지 모르나, 아무리 그러한 외적 자극이 있을지라도, 최후의 단행을 결심케 한 것은 역시 신경쇠약의 병적 공상이, 은연(隱然)히 두뇌를 지배하였고, 또한 병적 발작성(發作性)이 목전의 사정으로 인한 흥분과 부합하여, 드디어 이발사의 '가위'가 길에 넘는 검은 머리를, 무참하게 한입에 물어뜯게 되었다. 그뿐 아니라, 물론 여기에는 상술함과 같이 취미성의 열화(劣化)라든지, 사상적 중독이라든지, 현기(衒奇)하려는 일종의 허위적 심리가, 가세하였음을 간과할 수 없다.

일체(一體)로 현대의 여성은, 내면적으로 남성화하는 경향이 없지 않지만, 취미성이 퇴화하는 결과는, 여자 자신이 자기의 여성미까지 파괴하는 것이, 시대경향에 순응함이며, 또한 명예로 오상(誤想)하게 되었다. 그러나, 모든 관념이나 제도에 반역한다고, 인격을 향상케 하며 영혼을 위무할 만한 취미성까지를 몰각할 필요는 조금도 없는 것이다. 더구나 여성이 비록 철저한 주의(主義)가 있다 하더라도, 여성미까지를 스스로 파괴한다면, 남성도 자기의 주의를 위하여 남성미 ─ 남성적 풍채, 언행, 체질 등 ─ 를 파괴함이 가(可)하다 할 것이다. 사실 여성이, 남자와 같은 노역 ─ 종군(從軍), 채광(採鑛), 건축 등 ─ 에 종사한다 할지라도 모발로 인하여 장애될 바가 소무(少無)할 터인데, 하물며 부인해방운동 같은 비근육적(非筋肉的), 즉 정신적 운동을 경영함에 당(當)하여, 하등의 이유로 두발이 장애되고 남장이 필요하며, 남성적 교육을 수(受)하려는가. 물론 금일의 여자교육의 결함은, 남자의 그것보다도 우심함을 나도 부인치는 않는다. 그러나 남자의 교육책도 여간 불완전하고 모순과 결함에 채운 바가 아니요, 또한 여자에게는 반드시 현모양처주의(賢

母良妻主義)만을 근본정신으로 한 교육이 절대 필요하다 함이 아니로되, 교육 방침에 이르러서는 어떠한 사회, 어떠한 제도 하에서라도 반드시 남녀의 별(別)이 있어야 할 것인즉, 여자로서 남학교에 통학할 필요가 만무하다 생각한다. (물론 초등교육과 고등학부는 남녀공학이 무관하나 중등교육에 한하여 그러하다 함이다.) 하고 보면 이제 우리 단발랑이 더욱이 중학과(中學科)를 남학교에 수업하려는 심리를 난해(難解)이며, 비록 단발로 인하여 부득이한 사정이라 할지라도, 결코 좋은 현상도 아니려니와, 특별한 효과가 있을 것도 아니다.

그 다음에는 사상의 중독과 혹은 사상적 선동에도 일인(一因)이 없지 않을 것이다. 부인문제이니 남녀의 동권(同權)이니 사회개조이니 인습타파이니 사회주의니 공산주의니 하는 등 격변한 사상을 소화할 능력과 여유는 없이 그 명사(名辭)에 심취한 결과는, 본말을 착오하여 외관(外觀)부터 '개조, 개조' 하며, 훤훤효효(喧喧囂囂)하도록 인심이 부허(浮虛)하게 되었다. 그러나 모든 개조운동이나 인습타파운동이 개인의 외관을 변작(變作)하라고 명령치는 않았다. 사회생활이 사상을 산출한다는, 소위 유물사관의 신조라도, 부인이 단발하거나 남장을 하지 않으면, 사회의 제도와 조직을 개조하지 못하고 아울러 내적 생활을 개조·향상케 하지 못한다고 가르치지는 않았을 것이다.

그 외에 기(奇)를 목현(目衒)하려는 병균이 꿈같은 공상 속에 억제할 수 없을만치 만연되었다 하는 것도 최후의 일인(一因)이었을까 한다. 마치 오스카 와일드가 유미주의인지를 선전하려고 미국에 갔을 때, 환영을 못 받음에, "제군, 나의 옷을 보시오." 하였다 함과 같이, (물론 여기에는 다른 의미도 있지만) 이 단발랑도 사(死) 외에는 진로가 없을 때에, "제군! 무엇보다도 이 나의 머리를 보아라. 모든 것을, 설명치 않는가. 나의 정직, 나의 순결, 나의 결심, 나의 중생(重生), 나의 주의(主義)를."이라 하여 자기의 존재를 사회에 광고하고, 아울러 사회의 동정과 성원을 기대하는 공상이 가세치 않았나, 나는 의심한다. 내가 흠집 잡아내는 병에나 걸려 그러한지는 모르나, 이러한 견해도 그리 무리한 망단(妄斷)은 아닐 것 같다. 그러나 결국 단발하였다고, 세상에 얼마나 널리 알리고 또 명예로운가. 그 명예가치는 얼마나 될 줄 아는가. 나의 생각 같아서는 화장료(化粧料)가 생활비에서 감축되었을 따름, 그것도 남자를 모방키 위하여 흡연할 필요가 있다면, 결국은 생활비에도 일반일 것이 아닌가. 그러나 현명한 피녀가, 이처럼 허영심에 실신(失神)되었으리라고는, 나의 믿고자 하지 않는 바라, 그러면 타인에게 선동이나 교사(敎唆)로일까? 그것도 나의 듣지 못한 바요, 믿을 수 없는 바이다.

그러면 나는, 결국 이러한 판단밖에는 내릴 수 없다. 즉 상술한 바, 무학(無學), 실연, 생활난, 성적 방종, 변명, 결심 표시, 신경쇠약, 몰취미, 사상적 급성 위가답아, 흥분, 공막(空寞)한 불안, 자포자기, 교사(敎唆), 선동, 발작작용……. 일견(一見)하면 의사진단서 같지만, 이 여러 가지 원인이, (총동원으로였든지 혹은 일부의 선발대의 작업이었든지 그것은 나의 보증할 바 아니나) 다소(多少)씩, 가세된 것은 (그중 부인(否認)될 바도 없지 않겠지만) 대개 사실에 가까운 듯하다.

하여간 그 내용을 이같이 세세히 검토하면, 하등의 이유가 없고, 또한 어디서 어디까지가 '진실'이라 할지 의문이다. 하고 보면 이것을 우리 사회는 용인하며 찬성할 것일까. 또한 금후의 소녀 제군은 이를 장쾌하다 하여 모방하여 하등의 소득이 있으리라고 생각하는가. 이에 대한 판단은 제군에게 일임하여 두려 한다. 그러나 최후로 일언하려 함은, 만일에 나의 '누이'가 있어서 이러한 행동을 한다면, 가장 묵은 사상으로가 아니라, 가장 새로운 견지로서 절연(絕緣)하겠다는 것과, 또 한 가지 이 사건에 대한 모 지(紙)의 태도문제다.

즉 모 지(紙)의 기사 중에 그 주인공이라 할 만한 모 청년문사라는 것은 익명으로 하고, 이 사건에 하등의 관계가 무(無)한 김 모라는 사람에게 대하여는, 그 성자(姓字)를 명기하였을 뿐 아니라, 그의 주소까지 게재하고, 또한 일보(一步)를 진(進)하여 히로인 되는 여자의 성명은, 어찌 발표하였는가 함이다. 만일 사람의 명예를 존중함이라 할진대 김 모와 그 여주인공은, 그 모 청년문사 이하의 인격자로 간주함인가. 또한 그 청년문사와는 특별한 관계가 있어 그리 함인가. 만일 특별한 관계가 있는 소이(所以)라 하면 그것은 언론기관의 직능을 몰각함이니, 사회에 책임이 불무(不無)할 것이요, 사실조사가 불충분하다면, 그에 대한 책임을 또한 어찌하려는가. 만일에 그 모 청년문사가 자본가의 일인이 아니냐는 추측을 나에게 허락한다면, 사회의 공공(公共)한 기관은, 자본가에게 농락되며 매수되었는 일편에, 무산자(無産者)의 인격은 무시되었다는 결론에 도달하리니, 나는 사실 그러하지 않으리라고 믿는 바이지만, 불행히 이와 같은 사실이 그 이면에 복재하였다면, 여자는 단발하기 전에, 위선 그 남자의 명예를 존중할 줄은 알되, 여자의 인격을 무시하는 언론기관, 유산자(有産者)와는 결탁하되 무산자를 멸시하는 언론기관, 연고자를 엄호하되, 무연고자를 사실무근의 설(設)로 이용하는 언론기관, 이와 같은 보도기관에 향하여 제일시(第一矢)를 발(發)함이 단발한 머리에 빗질함보다는 긴급하지 않은가 한다.

기타 이 문제에 관련한 수삼(數三) 문제에도 논급코자 하였으나, 너무 장황하기로 후일에 양(讓)하고 위선(爲先) 각필(擱筆)한다.

7월 14일 고(稿)

별의 아픔과 기타[125]

　남궁벽(南宮璧) 군은 이 세상 사람은 아니다. 군은 28년을 일기(一期)로 하고, 우리의 감각의 세계로부터 무정하게도 스러져버렸다. 하늘의 뭇별이, 고개를 숙이고 졸음 조는 밤. 수철리(水鐵里) 높은 뫼 위에 고요히 깊이 잠든 군의 유해(遺骸)를 어루만지던 낮에, 우리는 얼마나 군을 위하여 애통한 마음을 이기지 못하였는가! 그러나 군이 28년간, 우리와 같이 호흡하였다는, 유일의 기념으로 우리에게 남겨주고 간, 몇 가지의 군의 작품과 일기는, 우리로 하여금 오히려 같이 이야기하며, 한 가지 웃으며 울 기회를 준다. 군의 그 특이한 필치로 새김한, 이 몇 가지 기록을 대할 때에, 우리의 혼백 가운데에는, 오히려 군의 전 인격이 약동함을 깨닫지 않을 수 없다.

　이러한 의미로 이제 군의 작품의 일부를 우리의 손으로 소개케 된 것을 나는 무상(無上)의 행복이며 명예라고 생각하는 바인 동시에, 이 계획을 쾌락(快諾)하신 신생활사 편집자 제위께 사의(謝意)를 표하는 바이다.

　군의 유고는 전부 일어(日語)로 작성된 바이므로, 최초에는 우리 몇몇 사람

---

125 상섭(想涉), 「별의 아픔과 기타」, 『신생활』, 1922.8. 이 글은 「별의 아픔」을 비롯한 남궁벽의 유작을 게재하면서 함께 기록된 것이다. 여기에는 남궁벽의 작품은 제외하고 염상섭이 작성한 소개의 글만 수록했다. 이 글의 말미에 명시된 "영로(榮魯), 상섭(想涉)"으로 보아, 이 글은 변영로와 염상섭이 공동으로 작성한 것으로 추정할 수 있다.

이, 분담하여 번역한 후에 종속(從速)히 출판하려다가, 비용 문제로 아직 중지하고 있는 터인데, 이에 발표하는 수편의 일기와 시(詩)는 군의 최근 동경 생활 중에 기록한 일기에서 번역한 바이다.

최후로 부언하고자 함은, 군의 작품에 암시된 바와 같이, 군은 휴머니즘과 센티멘털리즘의 경향이 역연(歷然)함을 볼 수 있지만, 이것은 군의 전 인격에, 허식과 과장이 없던 것과 같이 가장 순실하고 솔직한 내적 표현이라 함이다.

6월 25일 영로(榮魯), 상섭(想涉)

이끼의 그림자[126]

　이것은 군(君)의 「아비코일기(我孫子日記)」에서, 그중 일독의 가치가 있고 겸하여 군의 면영(面影)을 규첨(窺覘)할 수 있을 만한 부분만 선택하여 번역한 것이니, 즉 고인(故人)이 작년 봄에 도동(渡東)한 후 지바현(千葉縣) 아비코정(我孫子町)에 약 2주간 두류(逗留)하였을 때와 동경으로 이거(移居)하여 학자(學資)의 일조(一助)를 얻으려고 동경음악협회의 간사(幹事)의 직(職)에 취(就)하였을 동안에 기록한 일기의 일부이다.

　원래 심각한 내적 표현도 아니요, 문장으로 보아도 그리 가려(佳麗)한 미문이라 할 수 없으나 수시수감(隨時隨感)의 일단으로는 확실히 일고의 가치가 있다 할지며 더욱이 평소에 침묵·솔직한 군의 성격을 추억하며 독파할진대 군과 면식이 있던 제군에게는 더욱이 흥미가 많으리라 생각하는 바이다.

　또한 짧은 동경생활 중에 문견(聞見)한 바 젊은 남녀음악가들의 화려한 분위기 속에 예술미로부터는 제외된 일개의 사무원으로 선 군의 처지는 그리 염쾌(念快)하고 화려한 바는 아니나 다소의 불쾌와 불안을 품는 일편에 일 여성에게 대한 호기심과 일보를 진(進)하여 미섬적(微閃的) 애욕에 어린 로맨스

의 서막은 다소의 홍미를 끄는 터이나 그 이상의 기록도 볼 수가 없고, 군의 생전에도 듣지 못하였던 바이므로 숙제로 두는 수밖에 없다. 그러나 하여간 군이 특히 이 일기를 초(草)한 것은 후일 어떠한 재료로 하려 함이었던 것이 분명하다.

기외(其外)에 이 표제는 나의 자의로 지은 바이며 또한 전호(前號)에 발표한 「별의 아픔과 기타」라는 시와 연락(聯絡)하여 읽으면 더욱이 자미도 있고 얻는 바가 있으리라 함을 부언하여둔다.

7월 7일

니가타현新潟縣 사건에 감鑑하여 이출노동자에 대한 응급책[127]

1. 이 사건의 교훈

일본의 제일 장류(長流)로, 에치고평야(越後平野)를 횡단하여 일본해에 쏟아지는 시나노강(信濃川)에 거룩한 배달 후손의 혈제(血祭)를 드리고, 현대문명의 원천인 수력전기가 일어나게 되리라는, 두고두고 길이길이 전해질 신기록이 발생되었다 하기도 하고 아니 되었다 하기도 하는 이때에, 내가 이러한 문제로 집필하면, 어떠한 일부 인사는 그 치안(鷹眼)을 번쩍거리며 '너 나왔구나!' 할지 모르나, 염려를 말지어다. 나는 사실이 있다는 것도 아니요, 사실이 있으리라는 것도 아니다. 사실의 유무는 방금 조사에 노력하는 제방면의 특파원의 보고를 대(待)하여 미구에 판명될 것이요, 또한 나는 사실이 없기를 누구보다도 기축(祈祝)하는 자이다.

그러나 만일에 불행히 이것이 사실이었다고 하면, 우리 조선사람 되어서는 그 의의 있는 희생을 바침으로써, 금후의 기천, 기만의 생명을 구한 그들

여러 동포에게 대하여 만곡(萬斛)의 누(淚)와 한 가지 사의(謝意)를 표(表)치 않을 수 없는 동시에, 우리의 금후의 책임이 중차대함을 절감하여야 할 것이요, 또 천행(天幸)으로 이 참인(慘忍)한 보도가 사실이 아니었다 할지라도 이번 사건은 우리에게 불소(不少)한 교훈의 각오와 경고를 줌으로 말미암아, 금일의 풍설이 명일에 사실화하지 않으리만치 우리들로 하여금 솔선하여 하등(何等)의 예방책을 강(講)하여야 할 도화선이 된 것을 우리는 감사히 생각하고 분발 노력하여야 할 것이다. 과연 이것이 지금 내가 이 논(論)을 기초하는 그 전부의 이유이다.

이러한 의미로서 우리에게는 그 사실의 유무를 막론하고, 심절(深切)히 강구하고 노력하며 운동하여야 할 실제문제가 허다할 뿐 아니라, 그 준비와 경영이 실로 초미(焦眉)의 급(急)을 고(告)한다고 나는 생각한다. 그러하나 이에서 제일 난관인 것은, 동경정부나 총독부 당국의 무용한 오해가 사사(事事)에 장애를 초래하지 않을까 함이라.

저간의 경과한 사실과 『동아일보』 특파원의 보고를 종합하여 고찰하건대, 피(彼) 당국자는 예의 색안경으로 신경과민적 극도의 경계와 방알(防遏) 수단을 취하는 모양이다. 그것은 혹 일부 조선인이 금번 사건의 사실 유무를 불문하고, 정치적 의미로 어떠한 선전과 선동에 이용하거나, 불연(不然)하더라도 이로 말미암아 일반 민중의 악감(惡感)을 유치(誘致)할까 하는 공포와 오해에 기인함이라 하겠다. 그러나 그것은 무용한 기우다. 도리어 민중으로 하여금 회의케 하고 악감을 격증케 하는 반동적 결과에 이를 것이다. 사실의 진상을 적나라하게 공개함으로써 변명할 것은 변명하고, 진사(陳謝)할 것은 진사(陳謝)하는 것이 정책상으로도 유리할 뿐 아니라, 선후책을 강구하며 원만한 해결의 도(途)를 구함에도 필요한 것이라 하겠다. 또 우리 민중 측으로 논할지라도 우리의 긴급한 문제와 신속히 해결코자 하는 노력은, 이위(已爲) 수행(逐行) 사실을 제거하여 그 비(非)를 책(責)함보다는, 금후의 폐해를 예방하고 제거함에 있을 바에야 우리는 다만 성실하고 신중한 태도로 선후책을 강구하여야 할 것이요, 또한 우리에게는 그러한 자각이 있다고 할 수 있다. 그러므로 당국자일지라도, 우리가 어리석게 이 문제를 정치적 의미에 이용하리라는 기우로써 무리하게 보도의 자유와 여론의 창달을 방기하고 저해함은, 그 이상의 우열(愚劣)한 수단이라고 나는 생각하는 바이다.

2. 근본책은 여하(如何)

그러하면 우리의 이에 대한 응급책은 무엇인가. 단도직입적으로 일언이폐(一言以蔽)하면, 즉 조선노동자의 이출(移出) 문제와 재일노동자의 조합조직의 양대 문제에 있다 하겠다. 물론 신문에 보도된 바, 채광(採鑛) 종업자에 대한 소위 지옥실(地獄室)인가 반장(飯場)인가의 개량책이며, 기타 조선노동자의 대우 방법의 개선이며, 또한 소위 조선노동자 보호기관의 시설 등이 시급하지 않은 것은 아니나, 그것은 우리의 권한 내에서 실현될 바도 아니요, 그러한 것은 원래가 자본주나 정부의 혜여적(惠與的) 미봉책에 불과한 것인 고로 아직 철저한 근본책이라고는 할 수 없다. 하므로 피등(彼等) 당국자 등은 하여(何如)한 태도와 하여(何如)한 정도의 성의로 차(此) 문제에 노력하든지 우리는 우리로서의 책임을 이행하고 자위(自衛)의 도(途)를 강(講)하여야 할 것이다.

그러면 제1에 조선노동자 이출문제라는 것은 무엇인가. 이것은 범위가 광막한 문제요, 원만한 해결을 득(得)하려면 장구한 시일을 요하는 바이지만 우선 응급수술로 취할 바는 노동자 모집방법의 개선과 감독이 제일 필요하다고 우려하는 바이다.

종래에 이출되는 노동자로 보면, 상당한 기술노동자는 개인적 행동을 취하여 상당한 조건하에 직접계약으로 피용(被傭)되지만, 일시에 수백 명씩 모집되어 단체로 이출되는 노동자는, 그 대다수가 일정한 기술의 훈련이 없는 농민이었다. 원래 피등(彼等)에게는 소작인으로서의 생계를 보장할 수 없는 일편(一便)에, 자기의 일 생애를 지배하는 고정적 운명, 즉 흙(土)과 지주에 대한 이중의 노예상태에서 기반(羈絆)을 벗어나려는 욕구와, 화려한 도회생활을 꿈꾸는 갈망으로 말미암아 도회에 집중하는 경향이 있다. 그러하나 현재의 조선과 같이 어떠한 도회에든지 피등을 수용하고, 피등의 요구를 만족시킬만한 공장노동의 수요가 핍절(乏絶)한 이상에는, 자연지세로 외국에 노동시장을 구할 수밖에 없게 된다. 그러나 피등은 공업노동에 대한 무경험자요, 단결이 없다. 백인(百人)이 응모하여 동일한 행동을 취하면서도 피등은 백(百)의 백인(百人)이요, 일(一)의 백인(百人)이 아니다. 그리고 피등은 소학교 정도의 상식도 없느니만치 무지하다. 하고 보면 피등은 다만 공장노동자로서의 자격이 없을 뿐 아니라 '사람'으로서의 힘과 가치가 없는 자라 하여도 과언이 아니다. 하므로 피등이 악랄한 모집원에게 견기(見欺)하는 것은 차라리 당연한 사(事)일 것이다. 노예매매의 거간 같은 피등 모집원은, 마치 지나 상인이 과자류로 소여아(少女兒)를 유괴함과 같이 약간의 노수(路需)와 감언(甘言)으로, 그야말로 '지옥실'에까지 나거(拏去)한다. 그리하여 피등의 운명은 오직 하나에 인정(因定)한다. 우마(牛馬)와 같이 구사(驅使)되고 그 노동자의 제공에 반비례하는 임금은 중간계급에게 박탈된다는 사실에, 피등은 이전에 흙과 지주의 농노였으나 지금은 기계와 공장주의 연기사역(年期使役)이라는 형식으로 노예화한다.

향자(向者)에 『동아일보』의 특파원이 보도한 사실은 제군의 기억에 아직 새롭겠거니와, 응모하여 홋카이도(北海島)로 도거(渡去)하는 노동자가 우선 연락선 중에서 인솔자와 충돌이 생(生)하여, 고베역(神戶驛)에서 수십 명의 거처불명자가 있었고, 동경역에서 엄중한 감시와 단속을 받다가 홋카이도로 호송되었다는 사실은 실로 나의 목도하는 바와 다름이 없었다. 이러한 사실은 우연히 그 특파원의 눈에 띠었으므로 새삼스러운 사실처럼 널리 보도되었지만, 10여 년 내(來)로 이와 상사(相似)한 사실이 얼마나 많은가는 일본 각 공업지에서 무수히 산견(散見)하는 바이요, 취중(就中)에는 제일 가련하고 경계를 요할 것은 양가의 처녀로, 유학열에 떠서 학교와 부모의 승낙 없이 유인되어 방적회사나 면사공장에 연기(年期)로 계약하고, 마치 창기와 같이 전차(前借)까지 하여 도거(渡去)하는 자가 있음이다. 이것은 나도 실제로 목도하고 구원한 일이 있었다.

그는 하여간 이와 같이 응모한 노동자가 목적지에 득달(得達)하기 전에 도중에서 도피하는 것은 법률상으로도 문제가 되려니와, 언필칭 조선인의 신의(信義) 문제를 운위하는 피등 일본인은 조선인에게 신의 관념이 결핍하여 그러하다 할지 모르나, 그 책임을 조선노동자에게만 가(嫁)함은 기명(奇酩)하다 하겠다. 물론 응모한 노동자 측의 과실은 노비(路費) 기타 제 비용을 선차(先借)하고, 또 연기피용(年期被傭)을 계약함과, 그 모집자의 술(術) 중에 자함(自陷)하였다는 것에 있으나, 이는 무지(無智) 소관이라 오히려 용허할 여지가 있거니와, 감언과 유혹으로 편사(騙詐)한 피배(彼輩) 회사원 혹은 청부업자의 모집원의 악덕의 책임은 무엇으로 징치(懲治)함이 가(可)할까. 신문에도 보도되었거니와, 피등은 노동자 모집의 보수는 물론이요, 그중에서도 전후 협잡으로 당연히 노동자에게 지발(支撥)될 임금의 일부가 피등의 □중(中)으로 몰수되고, 물품은 법외(法外)의 고가(高價)로 강매(强買)케 하는 등 사실은 창기의 포주 이상으로 악독한 모양이다.

그러하면 상술함과 같은 폐해가 백출(百出)하니 금후로는 노동자의 이출을 방알(防遏)하겠느냐 하면, 현금의 우리로서는 그리 할 능력도 없고, 그렇게 할 필요도 없다. 실제 문제로는 소작노동 상태를 개혁하여 피등 농민의 생활을 안고(安固)케 함으로써 도회 집중의 경향을 완화케 하고, 일편으로는 조선 내에 공업노동의 수요율이 증대하여야 할 것은 물론이나, 이것은 일조일석(一朝一夕)의 문제가 아닐 뿐 아니라, 현상(現狀)과 같은 비경(悲境)에서만 구출하면 조선노동자의 이출은 경제상으로 보든지 기술 학득(學得)이라는 점으로 보든지 어떠한 정도까지는 필요한 것이라 하겠다. 그러면 현상과 같은 비경(悲境)에서 구출하는 도(途)는 무엇인가.

3. 조합은 상조(尙早)

우리는 이러한 문제에 봉착할 때마다 무엇보다도 절실히 필요를 감(感)하는 것은 조합의 조직이다. 그러하나 노동조합(특히 공업노동자의)으로 하여금 권위 있고 신용 있으며 가치 있게 하는 것은 기술이 우수한 노동자를 다수(多數)히 가입하게 함에 있는 것이다. 노동조합이란 것은 결국 자본력에 대한 노동자의 전투력의 집단이다. 그리고 노동자 개개인의 전투력은 기술에 있는 것이다. 하므로 조합이 자본가와 대항하여 그 폭위(暴威)와 전횡을 철주(掣肘)[128]하며 노동자의 이익을 옹호하려면, 저급노동자의 집단으로서는 자본가에 대한 권위를 발휘키 어렵고, 따라서 아무리 그 원수(員數)가 다대할지라도 도저히 자기의 주장을 관철키 어려운 것이다.

그러하므로 현하의 조선 정도로 앉아서는, 공업노동자의 조합이라는 것은 상조(尙早)한 듯도 하려니와, 특히 외국에 이출할 노동자를 위한 조합이라는 것은, 설혹 성립된다 하더라도 충분한 효과를 수(收)치 못하리라고 나는 생각

---

128 철주(掣肘) : 팔꿈을 당긴다는 뜻으로, 간섭하여 마음대로 하지 못하게 함을 비유적으로 이르는 말.

한다. 왜 그러냐 하면 공업의 발달이 아직 유치한 금일의 조선에는 상당한 기술노동자가 극소수에 불과하고, 또 일본의 그것에 비하여 열등일지언정 우승(優勝)하지는 못하겠는 까닭이다. 하므로 지금 우리가 시험적으로 이출하는 자의 노동조합을 조직하여가지고, 일본노동자와 백중(伯仲)을 상쟁(相爭)하고 자본가에 대하여 저항을 한다 하면 조선노동자는 일본 노동시장에서 구축(驅逐)을 당할 것이다. 하고(何故)요 하면 피등 일본자본가가 일본노동자의 실업문제에 대하여는 냉연한 태도를 취하면서도 오히려 조선노동자를 환영하는 것은, 조선노동자의 기술이 우월한 소이(所以)가 아닌 것은 삼척동자라도 가히 추지(推知)할 수 있으리니, 그러하면 이제 노동조합을 조직함으로 말미암아 피등 자본주의 요구하는 바, 임은(賃銀)의 저렴과, 저급의 근육노동을 장시간 감내함과, 무저항적으로 순종한다는(이상은 일본노동자에 비하여), 피등에게는 절대로 유리한 조건을 거부한다면, 이위(已爲) 동일한 조건하에 용입(傭入)할진대 차라리 일본노동자를 사용하겠다 할 것이다. 그러나 이와 같은 실업에 대한 공포와 당장의 생활난에 대한 위협으로 인하여 어느 때까지 현상을 유지하는 수밖에 타(他) 도(道)가 무(無)할까. 실로 충효 양전(兩全)을 얻기 어려운 딜레마에 빠졌다 하겠다.

그리하나 아무리 실업과 생활난이라는 위협이 있다 하더라도 견마(犬馬)가 아닌 인간인 이상, 노예적 학사(虐使)와 비인도적 대우에 만족할 수 없음은 췌언(贅言)을 불요(不要)하는 바이라. 이에서 하등의 자구책이 있어야 할 것이니, 즉 노동자 기술을 연마함과 상호단결함과 이에 적당한 교육이 근본적으로 필요함은 물론이라 하겠다.

그러나 그중 기술연마와 교육문제는 별개의 문제이므로 차치하고, 지금 나의 논급(論及)코자 하는 상호단결 문제에 취(就)하여 다시 연구코자 한다. (1922.9.3)

4. 중개기관의 운용책

　상술함과 같이 지금 완전한 공업노동자의 노동조합을 조직하기에는 시기도 상조하고 사실 불가능에 가깝다고 하였다. 그러하면 소작문제로 보든지, 노동자 이출문제로 보든지 (그것은 이출되는 노동자가 대다수는 농민이기 때문이다) 제일 적당하고 긴급한 것은 소작인조직이라 하겠다. 전도(全道)의 소작인은 유루(遺漏) 없이 각자의 조합의 조합원이 될 자격과 의무가 있고, 각 촌, 각 군, 각 도의 소조합은 중앙총본부에 의하여 통할(統轄)된다 하면 소작노동문제의 개선은 물론이려니와, 그에 부대(附帶)한 제(諸) 문제 ― 예언(例言)하면 목하의 노동자 이출문제와 같은 것도 원만히 해결될 수가 있을 것이다. 즉 소작노동조건이 점차로 개선되어 도회로 전업하지 않더라도 능히 일가의 생계를 지지할 만큼 향상시키고 나서도, 오히려 노동 수요가 그 공급에 상건(相件)치 못하는 경우, 즉 소작노동자의 인원수가 초과하여 잉여를 생(生)하는 시(時)에, 그 소작인조합의 지도와 감독 하에서 공장노동과 기타의 직업에 소개할 지경이면, 금일과 여(如)한 폐단은 완화할 수 있을 것이다. 그러나 이것은 이상(理想)이다. 물론 실현되어야 할 이상이지만, 여간한 시일을 요(要)치 않을 것이다. 공사로 말하면 본공사 같은 것이다. 그러나 아직 설계도도 작성되지 않은 금일에 앉아서는, 그 건물이 낙성될 때까지 일간두옥(一間斗屋)이라도 있어야 우로(雨露)를 피할 것이니, 말하자면 본공사에 대한 가공사(假工事)가 시급하다 함이다.

　그러한데 지금 무엇보다도 긴급한 문제는 물정과 세사(世事)에 어두운 향촌의 우직한 양민이 교활한 협잡배에 견기(見欺)한다는 것과, 일본의 각 회사에서 직접 출장하여 개개의 노동자와 단독계약을 체결한다는 것이다. 그러하면 이에 대한 응급책으로 필요한 것은 모집원 혹은 그 용주(傭主)와 피용주

(被傭者) 간에 체결되는 계약을 반드시 단체적으로 성립케 하고, 또 그 계약에 간섭하여 중개하거나, 혹은 노동자단체를 대표하여, 용주와 직접 교섭할 만한 권위 혹은 권한을 유(有)하고, 따라서 그 계약이 유효한 기한 내에는 용주를 감시할 만한 기관이 출생하여야 하겠다. 즉 그 기관을 경유하지 않고는 단체적으로는 모집키 불능(不能)할 만한, 권위 있는 기관이 필요하다 함이다. 물론 계약의 자유가 있는 이상 각 개인에 취(就)하여 그 자유를 구속할 수는 없는 것인 고로 개별적 행동을 취하는 자도 있을 것이요, 또 모집을 목적하는 측에서는 물론 타 수단과 방법을 취할지 모르나, 그러한 경우에 그 대항책으로 취할 수단을 이 기관을 경유하지 않고 피용된 노동자로서 일 회사에 그 다수(多數)히 집합되었을 경우에, 기관의 부업적 사업으로, 피등을 위하여 조합을 조직케 하고 이를 지도함에 있을 것이다.

그러하나 이 사업에 무엇보다도 요긴한 문제는, 이러한 기관을 중개하여 피용됨이 노동자 자신에게 유리하다는 것을 극력 선전하는 것이다. 그리하면 공장노동을 지원하는 농민은 자연히 그 기관에 가입하게 될 것이요, 따라서 용주(傭主)도 부득이 그 기관을 이용하게 될 것이다. 하고(何故)요 하면, 그 기관의 세력이 전도에 만연하여 그 기관의 중개 아니고는 응모하는 자가 전무(全無)하거나 희소한 경우, 또는 종래에도 상당한 조건으로 용입(傭入)할 것을 중간의 모집원의 부정행위로 현상에 이른 것을 깨달은 자는 물론일 것이며, 수수료가 저렴하거나 전무(全無)하고, 부비(浮費)가 감축하는 동시에, (노동조건에 관하여는 이 기관의 간섭으로 인하여 다소 양보치 않으면 안 되는 손(損)을 당할지라도) 일본노동자보다는 그래도 다소간 유리한 것을 다행으로 생각하는 자는 자연히 이 기관에 위탁하게 될 것이다.

그러한데 이상의 계획을 요약하여 말하면, 곧 보통의 노동조합의 형식과 무이(無異)한 듯도 하고, 단순한 직업소개소 같기도 하나 사실은 그와 상이하다 하겠다. (물론 노동조합과 상이점이 있다는 것이 무슨 명예로운 특색은 아니지만, 소작인조합을 완성한 후에 이 부대적(附帶的) 사업, 즉 이출노동자에 대한 노동조건 개선사업을 성취하기에는 시일을 요하기 때문에 이와 같은 응급수단을 가하여 우선은 목전의 폐단을 완화케 하고, 동시에 소작인조합의 조직의 기초를 정하자 함이다.)

그러하면 노동조합과의 차이점이 무엇인가.

제1에 전투적 행위를 취(取)치 않는 것이다. 이 기관은 다만 용주와 피용주 간에 성립되는 계약을 중개하여 입증하고, 그 계약이행을 감시하며, 시시(時時)로 출장하여 실황을 시찰할 뿐이요, 결코 그 이상의 적극적 태도를 취할 필요가 없을 것이다. 하므로 노동분쟁으로 인하여 동맹파공(同盟罷工)이라든지 기타에 여러 가지 사고가 발생할 때에는 피등이 도거(渡去)한 후에 스스로 조직한 자기 조합에서 그 책임을 부담케 할 것이다.

이와 같이 함은 이 기관이 일정한 기술이 유(有)한 노동자로 조직된 것이 아니요, 공업노동에 경험이 전무한 농민이 그 대부분을 점하였고, 또 이 기관에 가입한 노동자의 종전의 직업이나 지망하는 직업이 순일(純一)치 않으므로 조합으로서의 직능을 발휘키 어려움이 그 이유의 제1이요, 동맹파업이라는 비상수단을 예상하는 노동쟁의에 당하여 이러한 기관으로 적극적 태도를 취(取)치 못함은 이상의 제1이유가 중대한 바이지만, 재원의 결핍이라는 것도 그만큼 중대한 이유이니, 즉 동맹파업을 부득이 단행하였을 제, 그 파업상태가 계속되는 동안 동(同) 조합원의 생활을 지지할 만한 재원이 있어야 할 것이다. 그러나 이 기관은 원래의 목적이 소작인으로서 생계를 유지할 방도가 전무하여 만리타향으로 유리(流離)하여가는 자를 될 수 있는 대로 유리한 조건 하에 피용(被傭)되게 주선함에 있는 고로, 그만한 재원을 얻기 위하여 저축을 명령하거나 출감(出歛)을 실시키 어려움은 물론이다. 이것이 그 제2의 이유요.

제3이유로는 기위(旣爲) 완전한 조합의 형체를 구비치 못하는 이상에는, 당국자와 용주(用主) 될 자에게 대하여 무용한 오해와 간섭과 혐기(嫌忌)를 받을 필요도 없고, 또한 이 기관의 책임을 자진하여 가중할 필요가 없는 까닭이다. 지금 만일 이 기관에서 일시 중개하는 노동자를 영원히 자기 기관에 속한 가입자로 간주하고 피용된 후에 발생하는 노동쟁의에 관하여까지 간섭하기를 표방한다면, 당국자는 이의 발전을 기외(忌畏)하여 다소 불리한 취체(取締)의 거(擧)에 출(出)할 것이요, 용입(傭入)코자 하는 자는 공구(恐懼)를 감(感)하며 불리(不利)를 타산하여 이 기관을 이용하려 하지 않을 것이다. 만일 이 기관이 상당히 발전하여 소작인 노동조합의 형태를 완비하고 세력이 충실하는 날에는 이러한 장애가 있더라도 소호(小毫)도 고통으로 감(感)할 바가 아니지만, 당장의 구급을 목적하는 금일에 앉아서는 도리어 유해할 것이며, 또 책임상으로 말할지라도 결코 유익이 없을 것은 노노(呶呶)를 불요(不要)하는 바일 것이다.

그 다음으로 노동조합과 상이한 것은, 공업노동을 지원하는 자가 그 기관에 대하여 약간의 수속료를 납입하고 (무료이면 물론 좋고) 성명과 지망조건을 등록한 후에는 자기의 현재의 직업, 즉 소작인으로서의 직업에 (취업구(就業口)가 있을 때까지) 종사하게 함과, 그 기한 내에 회비를 징수치 않음과, 일단 전업(轉業)한 후에는 그 기관과의 직접관계가 소멸되는 것에 있다 하겠다.

그러하면 이 기관은 결국 일종의 직업소개소에 불과하냐 하면, 그렇지도 아니하니 즉 이출되는 단체노동자에 한하여는 반드시 중개의 노(勞)를 취한다는 의무(이상으로는 그러한 권위)가 있고 용주와의 계약기간에는 그 계약이행 여부를 감시할 책임과 권리가 있다는 것이 단순한 직업소개소와는 현수(懸殊)한 것이라 하겠다.

그러나 여기서 특히 주의할 것은, 피용자가 용주에게 전차(前借)하지 않게 하는 것이다. 이것은 피용자의 자유를 어떠한 기한까지 구속하고, 일편으로는 중개기관의 책임이 과중하게 되어 그 결과는 종래의 폐단을 반복함에 이르기 때문이다. 그러하면 제2의 난관은 피용자의 여비 문제이나, 이것은 자담(自擔)할 수 있는 자는 물론이려니와 불연(不然)한 자에게 대하여는 상당한 처치, 즉 당자가 여비를 저축할 시기까지 연기케 하거나, 또는 그 기관에 재원이 있어서 충분한 보증으로 월부환납(月賦還納)의 계약 하에 대부(貸付)케 하는 수단(이것은 거의 공상(空想)에 가까운 바이나)을 취할지언정, 하여간 용주에게 선차(先借)치는 못하게 하여야 할 것이다. 그것도 만일 용주가 노비(路費)의 기할(幾割) 혹은 그 전부를 무조건으로 제공한다거나, 대부를 한다 할지라도 비교적 피차에 편의한 조건 하에 시행한다면 물론 이의가 없을 것이다. 그 다음에 주의할 것은 농촌의 촌민이라 일단 신청한 이상에는 절대로 자기의 소망을 성취할 줄로만 과신하는 결과, 그 기관과 가입자 간에 불미한 감정의 충돌도 있을지며, 그 기관의 위신에도 영향이 불소(不少)할지니, 이는 그 선전 여하에 있으리라 생각한다.

5. 지방청년의 분기(奮起)를 망(望)함

이상은 세밀한 구체적 설계 또는 완전무결한 제안도 아니다. 다만 목전에 시급한 난문제(難問題)를 당하였으니, 될 수 있는 대로 이러한 종류의 시설이 있었으면 임갈박음(臨渴瓢飮)의 효(效)가 있을까 하는 바에 불과한 것이다. 물론 당장에라도 소작노동자의 조합을 조직할 하등의 실력만 있으면 이에서 다행한 일이 없겠고, 기타에 묘안이 있으면 더욱이 경하할 바이다. 요는 피등의 무지로 인하여 사지(死地)에 자추(自墜)함을 수수방관할 수 없을만치 시기가 절박하였다는 것만 피차에 자각하고, 긴장한 기분으로 노력하지 않으면 아니 되겠다는 것이다. 실로 안연자약(按然自若)하여 피안(彼岸)의 화재시(火災視)할 수 없는 기십만(幾十萬) 동포의 사활 문제이며 2천만 민족의 체면 문제이다.

그러나 기십, 기백의 묘안이 있다 하더라도 실행능력이 없고는 도시(都是)가 탁상한화(卓上閒話)가 아닌가. 우선 선전을 하려 해도 인쇄비가 있고, 기차비가 있어야 하겠다.

"일본인의 노동자 모집원은 성소(性素) 악랄포학(惡辣暴虐)하여 약하약하(若何若何)하니 아(我) 농촌첨위(農村僉位) 동포는 절물견기(切勿見欺)하시오." 라고 양지장(洋紙張)이나 붙이려 해도 지필대(紙筆代)가 있어야 한다. 이것은 실제가(實際家)의 수완에 기대할 바라 할지라도, 각 군, 각 면에 지부를 설치하거나, 면면촌촌(面面村村)으로 선전을 하거나, 실로 막대한 재원이 있어야 하겠다. 여간 전전푼푼(錢錢分分)이 수입되는 신청수속료나 용주의 보수가 있다 하기로 그것으로는 조족지혈에 불과한 것이다. 그러면 기부? 좋지 않은 것은 아니나 예산 외로 칠 것이다.

하고 보면 나의 생각건대는 각 지방청년회나 혹은 노동단체, 즉 노동공제회 등의 부속적(附屬的) 사실을 하고 기타의 각 단체나 언론기관의 본·지사가 연합하여 후원하면 비교적 용이하지 않을까 한다. 하여간 이것은 무보수의 의협적 충동으로 일대 활동을 하려는 열렬한 봉공심에 타는 청년에게 기대할 바라 하겠다. 이러한 의미로 누구보다도 지방청년 제군의 분기(奮起)를 갈망하는 바이다.

6. 재외노동자의 조합

그 다음에 우리에게 시급한 문제는 상기(上記)함과 같이 기위(旣爲) 일본에 도거(渡去)한 노동자의 총동맹이나 혹은 개별적 조합을 완전히 조직하게 함이다. 물론 각개의 노동조합이 있고, 그 위에 총동맹이 있으면 그에서 더 좋은 일은 없지만.

하여간 이것은 대단 시급한 사업이니 재작년에 내가 동경서 갱부노동조합장과 그 타(他) 몇 사람과 만났을 제, 그들은 조선인갱부의 노동조합을 신속히 조직하지 않으면 자기네의 운동에 다대한 장애가 있을 뿐 아니라, 만일 현하의 상태가 지속되는 경우면 미구(未久)에 조선갱부 배척운동이 야기하리라고 갱부노동조합의 조직의 권고를 받은 일이 있었다. 물론 당시 유학생 중 이러한 생각을 가진 몇 사람의 동지가 없지 않고, 또 시급한 사정이라고 생각지 않은 바는 아니었으나, 당시의 사위(四圍)의 형편이 도저히 이를 허락지 않았고, 또 경찰당국의 압박이 여간 엄중치 않았으므로 유야무야에 귀(歸)하였었다. 그 후 3년을 경과한 금일에는 어떠한 정도까지 그 사업이 진보되었는지는 우금(于今) 듣지 못한 바이나, 아직 불충분할 것은 물론이요, 피등 노동자에게 그만한 자각이 없을 것도 사실에 가까울 듯하다.

그러하면 상술한 일본갱부조합장의 언(言)과 같이 피등 일본노동자에 대한 조선노동자는 일종의 경쟁자일 뿐 아니라, 실로 피등의 운동의 장애물일 것은 사실이다. 혹은 피(彼)는 피요, 아(我)는 아니, 피등의 운동에 장애가 되고 위협이 된다 할지라도, 피아간(彼我間) 경쟁자로서, 아에게 승리만 귀(歸)하면 이기(而己)가 아니냐는 천려(淺慮)를 가진 분도 불무(不無)할지나, 그 승리가 기술적 승리거나 단체의 위위(偉威)로 영득(嬴得)한 승리가 아닌 이상 도리어 불명예한 것이며, 따라서 일본노동자의 조합이 안고(峯固)하여 자본주에게 대한 승산이 유리하면 유리할수록, 조선노동자의 지위는 점점 불리하여질 것은 췌언을 불요(不要)할 바이라. 요컨대 조선노동자는 불리한 노동조건에 만족하고 자본주에 절대로 복종하는 고로 승리를 득(得)함이니, 이는 자본가에 대한 무의식적 아부로 인한 승리라 하겠다. 우마(牛馬)가 유유낙락(唯唯諾諾) 시명유종(是命惟從)함으로 주인의 애호를 수(受)함과 동(同)한 바이니, 어찌 명예로운 승리라 하리요. 일본노동자에게 빈척(擯斥)을 수(受)함도 무리라 할 수 없겠다.

그뿐만 아니라 이와 같이 단결력이 없는 결과, 하등(何等) 권위도 없고, 정당한 주장을 관철할 능력도 없으며, 상호부조의 실효도 충분치 못한 것이다. 따라서 피등의 운명은 금일과 같은 비경(悲境)에 빠진 것이다. 그러하나 피등의 독력(獨力)으로는 도저히 조합을 조직할 자각이 없을지라. 이에서 다소간 노동문제에 착목한 실행가의 노력에 기대하게 되나니, 우리는 우선 피등을 위하여 선전과 응급적 교육을 시(施)할 필요가 있다 한다. 그리하여 점차로 조합을 조직하고 계급적 자각을 계발하여 일본노동자의 운동과 보조(步調)를 같이 하며, 노동조건의 개선과 차별적 대우를 철저케 하여야 하겠다.

그러하나 이에서 주의할 것은, 일본노동자와 전연(全然)히 동일한 보조를 취하다가는 실패에 귀(歸)하리니 점진적 태도로 임기응변하여 적당히 지도하여야 하겠다 함이다. 누누이 논술하였거니와, 현재의 재외노동자는 그 기술이 비교적 단련되고 그 시기가 절박하여 노동조합의 조직을 촉진케 하는 바이나, 그러나 아직 일본인노동자와 동일한 정도에 달(達)치 못하였을 듯 한즉, 지도자가 종기형편(從其形便)하여 대(對) 자본주의 태도를 적의(適宜)히 처치하지 않으면 좌우협공의 난경(難境)에 빠지리라 함이다. 하므로 제1의 목적으로는 조직되는 바 조합을 노동쟁의의 예비책으로 삼는 것보다, 우선은 대내적 행정, 즉 노동자의 상호부조·교육·사상계발·기술연마와 및 금전저

축 등 사업에 전력을 경주함이 급무라고 나는 생각한다. 그리고 이와 같이 함은 조선 내지(內地)에서 활동함보다는 사반공배(事半功倍)일 것이니 이와 같은 노력과 시험이 우선 재일동포에서 실현되고 발전되어 그 성과와 영향과 자극이 점차로 조선 내지에 파급하면 내외 상응하여 장래의 조선노동문제의 해결이 용이하리라 생각한다.

이상은 실제에 소원(疎遠)한 무책임한 이상만을 논술한 듯하나, 우감(偶感)이 불무(不無)하고 조선노동문제의 전도를 생각하는 남아에 드디어 수언(數言)한 바이다.

8월 17일―상섭(想涉) 고(稿)

민중극단의 공연을 보고[129]

　내가 극평(劇評)? 우리의 조선극단이 비판을 받을 만큼 정도까지 가지 못하느니만치나 나의 극평은 부적임자로서는 적임할지 모른다. 하기 때문에 나는 아무 말도 할 권리가 없는 동시에 어떠한 소리를 하든지 책임이 얼마고 쓸 수도 있다. 그는 여하간 입장료 50전 값을 떼이기 위하여서든지 윤백남(尹白南) 군의 호의에 대하여서든지 또는 사(社)에 대한 책임상 한마디 아니하는 수 없다. 나의 본 것은 윤백남 군의 모작(模作)이라는 『사랑의 싹』 전5막과 동군(同君)의 번안인 『영겹의 처』 전2막이었다. 우선 『사랑의 싹』부터 말하면, 이것은 일견(一見)하여 일본의 통속신파물을 축소번역한 것을 알 수 있다. 지금 형편에 안고수비(眼高手卑)하여 덮어놓고 무리한 주문만 하는 것은 너무도 군의 고심을 모르는 동정 없는 수작이지만, 제일의 불평은 왜 그리 왜취(倭臭)에서 벗어나지 못하였느냐는 것이다. 일본작품을 쓴다 하기로 그대로 번역한 것이 아닌 이상 전체의 조자(調子)와 기분과 색채와 동작을 조선화하지 않으면 아니 될 것은 물론이 아닌가. 그러나 『사랑의 싹』을 보면 제1막부터 배

129　상(想), 「민중극단의 공연을 보고」, 『동명』, 1922.10.8. 민중극단은 1922년 1월, 윤백남에 의해 창립된 극단이다. 윤백남은 경성에 연극전문극장으로 중앙극장 건립을 추진하는 동시에 주로 신인배우들로 구성된 민중극단을 통해 신극을 개량하여 순문예적 각본을 상연할 계획을 포부로 내세웠다. 민중극단은 지방순회 후 1922년 6월, 경성 공연을 시작했다. 유민영, 『한국 근대 연극사』, 단국대 출판부, 2000, 314~317쪽 참조.

경, 기구(器具), 집물 전체가 왜취 이외에 아무것도 볼 수 없었다. '김군서(金君書)' 집의 마루, 미닫이, 방문, 화로 등은 일본제작을 그대로 사용하고 심지어 김군서의 여(女) '명희(命姬)'가 들고 나오는 술병까지가 맥주병인 데에 이르러서는 너무도 어이가 없었다. 조선 것이라고는 마루 구석에 '뒤주'가 놓인 모양이었으나, 색채가 선명치 못한데다가, 더구나 그 곁에 있는 일본식 방문과 '미닫이' 때문에 거의 그 존재까지 무시되었다. 그 다음에는 명희의 의복이다. 머리를 질끈 동이고 짚신을 삼고 앉았는 물방아꾼의 딸로서는 트레머리에 노란구두, 더구나 도색(桃色) 비단저고리에 자색(紫色) 치마라는 것은 개발에 주석편자로 유분수려니와 문외(門外)에 있는 수차와 조화될 여지가 없는 것은 조금만 정신을 차리면 알 것이다. 아무리 명희가 여학생이라 할지라도 (기실 그때까지는 여학생이 아니었다) 집안에서 밥을 짓는 계집아이가 대도회처의 하이칼라 여학생의 의장이 하관(何關)고. 혹은 색채를 농후하게 하여 관객의 인상을 돕고 장면을 화려하게 하겠다는 의도인지 모르지만 그 대신으로 부자연할 폐(弊)는 어떻게 하나? 게다가 광선(光線)에 주의를 않기 때문에 주야(晝夜)를 분별할 수 없다. 제2막 '정길섭(丁吉燮)'의 집은 신(scene)의 하여(何如)는 막론하고 인물의 의장은 그 배경에 비하여 도리어 너무 화미(華美)하다 할 수 있었다. 명희의 여학생 스타일은 인제야 제 자국에 드러나겠다 할 수 있었다. 그러나 정 가(哥)가 반지 끼워준다는 것은 너무 급하였다. 도대체 이 극은 축지법을 한 것이 실수이었다. 제3막에서 군서가 '박후철(朴厚喆)'을 살해하는 것은 도저히 용서할 수 없는 실패, 이때껏 아무 암시도 없이 그렇게 단순하게 살해하는 수는 없는 것이다. 또 명희가 본가에 돌아오는 행색부터 틀렸거니와, 내실로 들어가서 종적(踪跡)이 없다가 제4막에서 정길섭의 저(邸) 후문으로 나오는 것은 너무도 관객의 상상력에 의탁을 하기 때문이다. 제4막 정길섭 저(邸) 후문은 훌륭한 장면이다. 아까 그 내실을 연상할 제 도리어 우스웠다. 또 명희를 불러내올 때와 주인의 모자를 가져내올 때 그 명희와 하인의 행동 사이에 시간의 거리가 너무 짧기 때문에 주인의 방이나 명희의 방이 그 집 뒷문 밑에 있는 것 같아보였다. 또 부녀의 상원(相遠), 형사의 거동, □직(直)의 태도와 행위가 모두 부자연하였다. 현대의 조선과는 여간한 상거(相距)가 있는 것이 아니다. 모든 표정과 동작이 거의 일본 그대로였다. 제5막에서는 형사가 생불(生佛)이 되었다. 이월화(李月華)의 '명희'도 다른 것은 좋으나 정 가(哥)가 나왔을 제(際)의 태도가 틀렸다. 한 구석에 쭈그리고 섰을 게 아니라, 부친과 정 가(哥)가 대화하는 동안에 그 사이에서 방황하든지 사이사이 추념을 하는 게 적당할 듯 생각하였다. 통틀어 말하자면 제1의 왜취에서 벗어날 것, 제2에는 돈 안 들이고도 자연스럽게 표현할 것을 주밀한 연구와 고려 하에 용력(用力)할 것이다. 시급한 일이 하도 많지만 상당한 수련은 시간문제라 할지라도 다소간 주의하면 면할 수 있는 부자연한 표현은 가급적 피하여주기를 바란다. 지금 형편으로 보면 각본의 내용이라든지, 배우의 기교문제 같은 것은 너무 큰 주문인 고로 언급치도 않지만, 아무쪼록은 연습을 많이 하는 것과 감독자나 배우 제군도 더욱더욱 건실하고 철저한 각오를 가지고 전 사회에 책임을 지고 노력하기를 절축(切祝)한다. 그 다음 배우의 역량을 말하자면, 그래도 제일 눈에 띠는 것은 이월화 양이다. 충분한 가능성이 있다고 하겠다. 그러나 물론 한 사람 몫 가는 배우가 되었다고 코가 높아졌다가는 장래의 발전을 기대할 수 없을 것이다. 다른 배우 제군에 비하여 목소리가 '터가 잡혔다' 할 수 있다. (물론 성량은 아직 부족하나) 그 다음에 '김군서'로 분장한 송해천(宋海天) 군과 『영겁의 처』에서 나오는 서반아 주점 주인으로 분장한 곽계(郭春)□ 군이 약간 눈에 띠었으나 그 외에는 퍽 수련해야 할 듯하다. 제2의 『영겁의 처』는 『사랑의 싹』보다는 비교적 성공하였으나 역시 가극으로 하여야 할 것인 고로 무리한 점도 많았고 또 이월화 양의 「오부가」는 명희보다는 단역(担役)이 비교적 좋아서도 그렇겠지만, 다소 성공하였다 할 수 있었다. 하지만 화가의 연애가 성립 후의 영탄적 술회는 더욱이 암송체였던 것이 근질근질 하였다. 또 의장에 대한 불평은 더 말할 것도 없다.

—상(想)—

염상섭 문장 전집

1923

문인회 조직에 관하여[130]

가루 같은 눈이 솔솔 뿌리는 동짓달 어느 날 저녁때였다.

덜미를 잡는 원고에 몰려서 그렇지 않아도 도시 개가 들리는 것을 주리 참는 듯 참으면서 책상 위에 놓인 원고지만 하얗게 보이는 컴컴스레한 방 안에 쭈그리고 앉아서 붓대를 놀리고 앉았으려니까 길가로 난 들창 밑에서 "스트라이크 원 볼 투우" 하는 소리가 콩 볶듯 재잘대는 아이들의 고함소리에 섞여서 어느 때까지도 끊일 새가 없었다. 1분이나 2분쯤 "스트라이크"이니 "볼"이니 하는 소리만 나고 한참은 잠잠하다가도 또다시 '으악' 하는 소리가 날 때마다 나의 머리는 송곳으로 쿡쿡 쑤시는 것 같아서 붓대를 던졌다 들었다 하며 "요 망할 자식들!"이라는 격노의 만성(蠻聲)이 목구멍 밑까지 치밀어 오르다가도 참고 참고 앉아서 여윈 손을 물어가며 끼적거리고 있었다.

그러나 10분, 20분 지날수록 인제는 바깥에서 떠드는 소리가 귀찮다는 것보다도, 춥고 염증이 나서 붓대를 지긋지긋이 던지고 일어나 들창문을 방긋이 열고 대문 앞마당을 내다보았다. 속으로 욕을 하며 쫓아 보내려던 나로서

---

130 염상섭(廉想涉), 「문인회 조직에 관하여」, 『동아일보』, 1923.1.1. 조선문인회 결성 직후의 글로, 조선문인회는 1922년 12월 24일 결성되었다. 『르네상스』(1923.4), 『폐허이후』(1924.1)의 간행 외에는 족적이 없는 조직으로 알려져 있으나, 문예운동과 그 조직의 성격에 대한 염상섭의 구상은 노동, 예술, 혁명에 대한 이해와 깊게 관련되어 있었던 것으로 보인다.

창을 활짝 열지 않은 것은 아이들이 또 무슨 야단을 만날까봐 도망을 하거나, 혹은 우리 집 아이들이 꾸지람이 무서워서 게임에 대한 충실한 책무를 등한히 하고 나의 기색만 살피고 섰을 것이 조심되고 미안쩍어 그런 것이었다.

두서너 간 밖에 아니 되는 불쌍한 그들의 넉넉지 못한 운동장에는 날마다 나하고 말썽부리는 이 골짜기의 고만고만한 아귀 선생들이 희끗희끗해진 땅 위에 네모진 제물 베이스 그려놓은 데에는 그 조그만 눈으로 배트맨을 열심히 노려보고 섰고, 홈에는 손등이 터져서 거북 잔등이같이 넉절이 된 고사리 같은 손에 부러진 바지랑대 조각을 들고 펀치의 볼이 날아 들어오기만 뚫어지게 바라보고 섰는 뒤에는 한 손에만 손가락이 뚫어진 장갑을 끼고 한 손은 훅훅 불어가며 들어오는 탄환을 받아내려고 매우 긴장하여 버티고 있다.

응시와 경계와 주밀 속에 일체는 괴로운 침묵과 끊일 새 없이 퍼붓는 눈 속에 응결한 것 같고 다만 조고만 눈(眼)과 눈(眼)이 반짝일 뿐이었다.

나는 그것을 볼 때에 일종의 엄숙하고 경건한 느낌을 이기지 못하면서도 명상(名狀)할 수 없는 미소가 내 입가에 돌았다.

경계와 불안 속에 반짝이는 눈, 배트와 볼을 가진 피딱지가 엉겨 붙은 손등, 눈발이 소리 없이 내려앉아 슬슬 녹아 스며들어가는 뿌연 더벅머리……. 눈에 띄는 것이 하나도 우습지 아니한 것이 없으면서도 거기에는 침범하고 모독하고 조소할 수 없는 일종의 경건과 존엄과 진지가 있었다. 만일 그때의 나의 미소가 무엇을 의미하는 것이었더냐 물으면 나는 상술한 바 세 가지 — 경건·존엄·진지 — 에 대한 감격에서 나온 것이라고 대답하기를 조금도 주저치 않는 동시에, 지긋지긋이 귀찮다 하면서도 예술이라는 이름을 더럽혀 가며 끼적거리고 앉았는 자기 자신의 불순한 태도를 반성할 제 자괴(自愧)치 않을 수 없었다. 과연 그것은 결코 불순한 조소거나 오만하고 무례한 유아(幼 兒)에 대한 장자(長者)의 은시적(恩施的) 혹은 완롱적(玩弄的) 미소가 아니었던 것을 나도 극력 변명하려 한다.

눈구덩이에 쌓여서 공(球)을 던지고 받으며 방망이를 휘두르며 등이 터져서 피가 흐르는 손을 훅훅 불면서 베이스에 섰는 것을 보고 웃고 말아버릴 사람이 누가 있으랴.

생명의 연소! 그것은 '무(無)'를 상상하는 것은 아니다. 연소 후에 신회(燼灰)가 남으리라고 생각하면 그것은 큰 오류이다. 생명이 연소하는 거기에 '영원'이 있는 것이라. 아니다. 생명의 연소 그 자체가 이미 종국을 연상할 수 없는 영원한 행위요, 동시에 생명의 무한한 성장이다.

볼이 날고 배트가 움직이는 것을 일 찰나도 놓치지 않고 응시하는 그 눈에 생명의 연소가 없다고 누가 부인하려느냐? 팔을 들고 달음질을 하고 고함을 지르는 데 생명의 성장이 없다고 누가 주장하려느냐?

이미 생명이 연소하는지라 거기에는 아무것도 없다. 다만 영혼의 물질이 비침과 가림 없는 거울같이 번쩍일 뿐이요. '아(我)' 자체까지 없다. 진순(眞純)과 진지(眞摯)로써 볼 때에 생명이 연소하고 영혼의 화염이 번쩍거릴 따름이다.

유희도 이에 이르러서는 벌써 유희가 아니라 가장 진순하고 엄숙한 생명의 백열적(白熱的) 활약이다. 조소와 질타를 초월하여 존숭과 경탄의 경계에 들어간 것이다.

세상 사람이, 조선사회가 예술가라거나 문사라면 조소와 빈축으로 맞는 것은 예술이나 문학이라는 것은 유희요, 오락이라고 생각하는 근본적 오류에서 출발한 것이다. 그러나 예술은 '옥돌'이 아니다. 문학은 붓장난을 이르는 것이 아니다. 문학가라면 세책(貰冊) 집으로 알고, 문인이라면 둥근 목침 베고 누워서 흥타령이나 부르고 앉았는 것으로 말하기 때문에 사회적 이단자거나 생명의 유희자로 간주하게 되는 것이다.

그러나 '예술적'이라는 말의 유희적이란 의미는 아니 되는 것은 물론이지만 나는 위에 유희에도 생명의 연소, 영혼의 홍염을 볼 수 있다고 하였다. "유희에도"다. 하물며 이름을 이미 '예술'이라 한 이상 거기에 부유한 유희적 분자가 개재하였다고 하려는가.

예술가 혹은 문인이라는 것이 옥돌구락부원이나 세책가(貰冊家)가 아닐 뿐 아니다. 내적 생활의 백병전에 종군하는 투사인 것을 우리는 깨달아야 하겠다. 그리하여 그네들의 하는 일은 연소되는 생명과 영혼의 화염에 비치는 것 없고 가린 것 없는 그 불빛에 비치는 것을 그리는 것이다. 그들은 누구보다도 전적으로 살려고 노력하는 자요, 결코 경조부박한 인생의 유희자가 아니라는 점만으로도 모멸 받을 하등의 이유가 없다.

오늘날 조선에 건확(健確)한 문단이란 것은 없다 하여도 과언은 아닐 것이나, 그 형체, 그 윤곽까지도 없다고는 못할 것이다. 그러므로 우리가 동지를 모아 문인회를 조직한 것은 그 형체의 희미한 윤곽을 뚜렷하게 만들고 그 윤곽 안에 그릴 모든 요소를 그리겠다는 데에 제일의(第一義)가 있으며, 또한 세간에서 오해하며 문인 자신도 스스로 거기에 빠지기 쉬운 유희적 태도가 있다 하면 이것을 구제(驅除)하고 서로 편달하는 동시에, 자기 자신을 변호하고 향상케 하여서 조선문단의 확립을 꾀하는 데에 최후의 의의가 있을 것이다. 지면의 제한과 분망(紛忙)으로 인하여 충분히 토의치 못한 것은 유감이나, 다음 기회에 밀고 우선은 이만한다.

12월 28일 고(稿)

자서自序 [131]
『견우화』

야차(夜叉)의 마음을 가진 보살(菩薩)이나, 보살의 마음을 가진 야차나 그 모순에 고뇌·번민하는 것은 같을 것이다. 야차에게 야차의 마음이 있고, 보살에게 보살의 마음이 있을진대, 자기의 개성 그대로가 정당히 완성되고 충분히 발휘될 수 있을진대, 자기를 자기대로 온전히 살릴 수가 있을진대 아무 모순도 없고, 따라서 아무 고통과 오뇌도 없을 것이다. 그러나 사람은 야차의 마음을 가진 보살 같고, 보살의 마음을 가진 야차같이 자기모순과 자기분열에 번뇌하도록 만들어놓은 것이다.

이지와 감정과 의지를 똑같은 분량으로 사람의 마음에 심어놓았더라면, 내적으로든지 외적으로든지 일절의 생활조건에 자기발전, 자기확충을 저해할 만한 아무 장애가 없더라면 사람은 모순과 분열에 울지 않았을 것이다. 그러나 울라는 인생이요, 괴로우라는 인생이며, 수수께끼의 인생이다. 만일 사람에게 웃음과 기쁨이 있다 하면 그것은 울음 뒤에 숨은 웃음이요, 괴롬 뒤에 숨은 기쁨이다.

그러나 사람이 모순과 분열에서 고뇌하도록 만들어졌다는 것은 불행 중에도 다행한 일이다. 만일 사람에게 고뇌가 없었더라면 사람에게는 '생활'이라

---

131 염상섭, 「자서(自序)」, 『견우화(牽牛花)』, 박문서관, 1923.

는 것이 없었을 것이다. 다만 '존재'하였다고 할 뿐이었을 것이다. 우리는 모순당착(矛盾撞着)과 분열반발(分裂反撥)에서 끊임없이 고뇌하고 또 고뇌하며, 번민하고 또 번민한다. 뿌리가 빠지도록 고민하고 번뇌하는 거기에만 생명이 늘 새로워지고 생활의 모든 키가 교향적(交響的)으로 뛰노는 것이다.

그러나 그 고민과 번뇌를 그대로 받아서는 아니 된다. 빈틈없이 긴장한 태도로 저항하며 대전(對戰)하여 전아적(全我的) 중심생명으로 하여금 개가(凱歌)를 부르게 하여야 비로소 고민하고 번뇌하는 보람이 있고, 자기의 생명은 성장하여가는 것이다.

소설이란 것이 인생과 및 그 종속적 제상(諸相)을 묘사하는 것인 이상, 인간이 어떻게 고민하는가를 그리는 것은 물론이다. 소설에 예술적 생명을 부어 넣어주는 것은 연극적, 음악적, 회화적, 조각적 요소를 어떻게 안배하며 약동하도록 그리겠느냐는 문제이지만, 기초적 조건은 역시 사람은 어찌하여 어떻게 얼마나 고민하는가, 또는 그 고민이 어떻게 전개되며 어떻게 처리되는가를 묘사함에 있다. 물론 그 고민에도 시대적, 개인적, 또는 작자 자신의 성격과 견해라는 여러 가지 배경이 있지만, 결국은 이 모순과 분열에 고민하는 양(樣)을 그대로 묘사하여 강한 인상을 줌으로써 인생에게 대하여 일개(一個)의 제안을 하든가, 혹은 거기에 해결을 주어서 인격과 사상의 통일과 완성을 기획함에 그 대부분의 사명이 있다고 나는 생각한다.

이러한 의미로 나의 처음 발간하는 단편집에 대하여 야차의 마음을 가진 보살을 의미하는 『견우화』라는 표제를 택하였거니와 이에 실은 3편은 그 예술적 가치로도 매우 빈약하고 그 양으로도 감히 문단에 공개할 만한 가치가 없으나, 오직 우리가 얼마나 고민하는가를 표명하는 동시에 각각 그 어떠한 방면으로 해결되는가를 제시한 점만은 혹 독자에 따라서 나의 뜻을 얻을까 하여 스스로 욕됨을 돌보지 않고 문단에 바치려 함이다.

즉, 이에 실은 3편 중 발표의 순서로 말하면 「표본실의 청개구리」가 나의
소위 처녀작이니 정신적 원인(遠因)을 가진 자가 공상과 오뇌가 극(極)하여 육
적(肉的) 근인(近因)으로 말미암아 발광한 후에 비로소 몽환의 세계에서 자기
의 미숙한 이상의 일부를 토(吐)함을 그렸고, 제2의 「암야」는 예술에 동경하
는 청년이 주위의 불건실(不健實)을 매도하며 젊은 몸으로 벌써 생활의 피로
와 생활의 권태를 감(感)하는 동시에 사람으로서의 자기가 너무도 약함을 비
웃으면서도 오히려 미지수의 희망을 가지고 걸어 나가려는 노력을 보였고,
최후로 「제야」는 자살에 의하여 자기의 정화(淨化)와 순일(純一)과 소생(甦生)
을 얻으려는 해방적 젊은 여성의 심적 경로를 고백한 것이다.

거듭 말하거니와 여기에 얼만한 예술적 생명과 가치가 있느냐는 것은 나
자신도 믿지 못하는 바이다. 다만 나의 의도가 여기에 있다는 것만을 이 작
(作)을 통하여 독자 제위(諸位)에게 양찰(諒察)케 된다 하면 나에게는 행심(幸
甚)이겠다.

1923년 5월 30일 야(夜)

동명사 편집실에서 상섭(想涉) 식(識)

세 번이나 본 공진회[132]

"어디 뭐 볼 것 있나! 이까짓 것을 보려 돈을 물 쓰듯 써서 왔더람!"

"쉬쉬, 쉬쉬"

수천의 군중이 쏟아져 나오는 진열관 출구 앞에서 가슴에 울긋불긋한 단체 휘장을 붙인 갓 쓴 분네의 수군수군하는 수작이다. 없는 돈에 이까짓 것을 보려 왔더란 말이냐고 장태식(長太息)을 하는 것도 그럴듯한 일이거니와 두 눈을 뚱그렇게 뜨고 쉬쉬하며 말을 막는 것도 가엾은 일이요, 고마운 세태다. 입장료 20전만 빼앗기고도 배를 앓는 사람으로 보면 더 말할 것도 없지만 빈약한 낭탁(囊橐)에서 수십 원의 여비를 끌어내어서 철도국에나, 여관에나, 음식점에 뿌려버리고 헌옷 보따리를 짊어지고 초연히 돌아설 제, 쓸데없는 사발농사만 지었다고 후회하는 것은 당연한 일일 것 같다. 서울에는 소위 '공진회 보따리'라는 일종의 경멸의 뜻을 품은 유행어가 있다. 하지마는 나는 '공진회 보따리'라고 흉을 보기 전에 그네들의 돌아가는 쓸쓸한 뒷모양을 머릿속에 그려볼 제, 미안하고 가엾은 생각이 난다. 더구나 그들 가운데에는 울며 겨자 먹기로 하는 수 없이 끌려 나선 사람도 있다 할 지경이면 어떠할까. 재계의 일은

---

132 상섭(想涉), 「세 번이나 본 공진회」, 『개벽』, 1923.11. 조선총독부의 알선으로 조선농회가 주최한 조선부업품공진회(朝鮮副業品共進會)를 일컫는다. 1923년 10월 5일, 농촌진흥책의 일환으로 농촌의 부업을 장려하기 위해 개최됐다.

나는 모르지만 전황, 전황하며 일 년 이상이나 불안과 곤경에서 허덕거리던 차에 동경의 진재(震災)로도 얼마쯤은 영향을 받은 모양이요, 또 재계의 실제의 타격보다도 공연히 인심의 동요나 공황이 없지 않은 모양이다. 이러한 때에 수십만의 지방 인민을 끌어올릴 기회를 만든 것은 어떠한 의미로는 시정의 활기를 돕는 일 방도가 될지도 모르지만 그중에는 한층 더 곤핍한 사정이 있었을지도 모를 것이다. 이러한 재계라든지 시정의 사정에 대하여 공연히 암매(暗昧)한 문외한인 나로서 중언부언하는 것이 실수이기로 고만두지만 길거리에서 대패(大旆)를 앞에 세우고 비쓸비쓸하며 줄레줄레 따라가는 촌서방님네의 어리둥절한 얼굴을 볼 제, 나는 일종의 이상한 아이러니를 느꼈다. '부업공진회를 그들에게 보여주기 전에 공진회를 참관할 만한 두뇌부터 만들어주는 것이 더 급하고 더 큰 효과가 있지나 아니할까?' 하는 생각도 났다.

인제야 막 겹옷을 입을 때쯤밖에 아니 되었건만 몹시 음산하고 눈이라도 퍼부을 듯한 일기였다.

이불 속에 아직 누워서 비몽사몽간에 어렴풋이 눈을 감고 있으려니까, 꽝꽝한 프로펠러의 소리가 귀 밑에 요란하다. 안창남[133]이가 네다섯씩 쳐들어온 모양이다. 아이들은 '비행기! 비행기!' 하며 세상을 만난 듯이 야단이다. 아이 뿐만이 아니라 젊은 아이, 늙은 아이까지 우당퉁탕하며 마루 끝, 뜰 아래로 몰켜 나간다. 오늘이 무슨 날이냐고 물으니까 10월 5일, 즉 부업공진회를 여는 날이라 한다. 공진회 기분을 우선 공중에까지 연장하려는 것이다. 사실 전 시가가 공진회 기분에 잠겼다. 단조(單調)한 조선사람의 생활 — 민중적 혹은 사회적 연중행사라든지, 오락기관이라든지, 유흥물을 가지지 못한 우리 조선사람의 생활의 흐름에 공진회라는 돌을 던져주어서 천파만파의 적은

---

133 안창남(安昌男, 1900~1930) : 1921년 비행사 시험에 합격했고, 동년 우편비행기 조종사가 되었다. 이듬해에 동아일보사 후원으로 고국 방문 비행을 성공하여 대환영을 받았다.

물결이 둥글둥글 번져나가는 것은 사실이었다. 그 돌이 그리 무겁거나 큰 돌은 아니지만 생활이 원래에 너무도 건조무미하니만치 그 적은 물결은 멀리 미끄러져나가고 오래 흔들리는 것이다. 길거리에 나가면 새 옷 입은 남녀가 현저히 늘었고, 전차는 만원이요, 육조대로는 몰려드는 사람, 쏟아져 나오는 사람으로 질번질번하게 해를 맞고 달을 맞는 모양이다. 어떠한 것인고 하고 광화문 앞까지 덤비는 사람에 밀려 가보니 부업공진회라는 이름에 부끄럽지 않게 돗자리로 삼문(三門)을 뒤집어 싼 것이 눈에 번쩍 띈다. 이 문은 이때껏 말썽 많은 문이다. 민간에서는 물론 존치설을 주장하지만 당국에서는 이전이나 파괴에도 경비가 많이 들어서 걱정거리로 안다는 소문도 있다. 혹은 경매에 부쳐서 의외에 손쉽게 처치가 되지 말라는 법도 없을 것이다. 그러나 그러한 것은 나는 모른다. 다만 머릿속에 떠오른 우감(偶感)을 정직하게 말하면, 일본의 야나기 무네요시 군이 와서 보았다면 멍석에 쌓인 잔해를 붙들고 방성통곡이나 아니하였을까 하는 생각이 났다는 것이다. 그러나 공진회 개최에 관하여 새로운 기록이 생긴 것은 천두봉(蠶頭峰)을 바라보고 밤이나 낮이나 근 50년 동안에 하루도 궐(闕)하는 일 없이 충실하게도 궁성을 지키던 해타(獬駝)가 공진회 바람에 퇴거명령을 당한 것이겠다. 그러나 하는 수 없다. 할 수 없는 일이다. 공진회는 경성전기회사의 배를 불려주었다. 그리하여 북촌에도 전차 바퀴소리가 가까이 들리게 되었다. 그 덕에 해타(獬駝)는 하룻밤 사이에 자취를 감추었다. 영원히 스러졌다. 살림이 늘어서 새 집이 서니까 케케묵은 골동품은 먼지 앉은 선반 위나 곰팡이 난 벽장 속에 던져둘 수밖에 없다. 그러나 무미하고도 꾸불꾸불하게 달아난 일조(一條)의 레일보다는 역시 한 쌍의 돌짐승이 그립다. 드는 것은 몰라도 나는 것은 안다고, 있을 때는 그리 눈에 띄지 않던 것이 없어지니까 그래도 섭섭하다. 인제는 전매국제의 푸른 껍질에 잔해의 고영(孤影)을 남길 뿐이다마는, 그것도 미구(未久)에 스러져가는 연기에 휩쓸려 날아가버리면, 우리의 기억에도 남지 않을 것이다. 지금은 어느 구석에서 훌쩍거리고 앉았는가? 50년 가까운 우리 동무 해타(獬駝)!

서울 장안은 스무날 동안 공진회 기분에 무르녹았다. 어디를 가든지 공진회 기분이 떠돌았다. 거리에, 집회에, 여사(旅舍)에, 가정에, 내실(內室)에, 사랑에, 가는 곳마다, 공진회 기분이요, 듣는 것마다 공진회 이야기다.

"자네, 몇 번 가보았나?"

"세 번 가보았네."

"다섯 번 가보았네."

많이 가보고 먼저 가본 것이 자랑이다.

"무엇을 보았나?"

"비행기를 보았지!"

"날던가?"

"가만히 앉았데."

물론 가만히 앉았을 것이다. 그리고 비행술도 우리 농본국에서는 ― 아니, 어떠한 나라에서든지 확실히 정업은 아니요, 부업일 것이다. 그러나 무엇보다도 유감은 40만 관중의 눈에 먼저 띠는 것이 기껏해야 비행기 1대에 지나지 않는 것이다.

"그 다음에는 무었을 보았나?"

"사람을 보았지."

"길거리에서 보는 사람과 다르던가?"

"다르데. 밥걱정, 옷걱정이 없으니까, 유산태평으로 흥에 겨워 다니는 모양이 다르데."

"고마운 일일세. 그것도, 부업 덕일세그려. 그러나 농본국의 부업인 술에 취하지나 않았던가?"

“모르지! 하지만 술집은 많기는 많데. 요릿집, 우동집……. 선술집까지 있데. 게다가 기생 천지데. 활도 쏘고, 그네도 뛰고, 춤도 추고, 소리도 하는가 보다마는, 어떻든 20전이면 아깝지 않데.”

“그래 자네는 20전만 썼나?”

“웬걸 점심 안 먹구 구경하겠든가! 점심 먹으면 벽창호가 아닌 다음에야 한 잔 아니 하구 배기겠든가.”

“그래 도합이 얼마를 썼단 말인가.”

“한 번에 3원 씩은 흐지부지 달아나데. 그래도 안 쓴 셈일세.”

“그럼 자네는 세 번에 9원 쓰고, 또 이 사람은 다섯 번에 15원 썼네그려.”

“아마 그런 셈인가 보이.”

“그래 구경은 그뿐이던가?”

“글쎄……. 응, 참, 암치, 굴비, 복어……. 그리고 딸깍나막신, 청혜[134]……. 또 무에 있던가? …… 응, 저 거시기두 있어!”

“무어란 말인가?”

“목하, 구두……. 또 무에 있더라!”

이 사람은 열심으로 구경한 것을 생각해내려고 고개를 기울여가며 애를 쓴다.

“자네는 신발만 보았단 말인가?”

“아, 참 모자도 있더군. 사모(紗帽)도 있고, 갓도 있고, 실크도 있어!”

“인제는 올라붙었네그려.”

“또 무에 있던가.”

“마호병도 있고, 단장도 있고, 가방도 있더군.”

---

134 청혜(靑鞋) : ‘미투리’와 같은 말. 삼이나 노 따위로 짚신처럼 삼은 신.

"인제는 좀 처져붙었네그려. 허허허"

그런 게 다, 조선사람의 부업이란 말인가?

"이건 누구를 놀리나?"

"허허허……."

나는 어느 때든지 한 번은 가서 보려 하였다. 될 수 있으면 마지막 날에 가 보려 하였었다. 그러나 꼭 가보리라는 생각은 없었다. 남이 싸움을 걸면 노하기 전에 우선 웃어주고 싶은 나는 남이 무작정하고 떠들며 좋아 날뛰는 것을 보고도 나는 웃고야 마는 사람이다. 그러나 나는 세 번 갔다. 첫 번에는 물론 진열품을 보러 갔지만 둘째 번부터는 '나도 일 없는 미친놈이로군!' 하는 생각이 없지 않으면서 역시 비행기를 보고, 기생을 보고, 술집에 가고, 사람 구경을 하려 세 번 갔다. 입장료라고는 내 주머니에서 한 푼도 아니 나왔지만 어떻든 60전이라는 돈이 어느 주머니에서든지 나왔다.

첫 번에는 시골서 온 친구에게 끌려갔다. 어떤 물건이고, 어떤 일이고 굉장히 떠들어놓고 외화(外華)가 번드레한 것을 가서 보면, 대개는 실망한다. 시골 서울서 40만 민중을 들끓게 한 공진회도 그 예에서 벗어나지는 못하였다. 나의 본 것도 그동안 여러 친구가 본 것 이상은 못 되었다. 덜미를 밀리고 옆구리를 찔리는 바람에 수고하지 않고 쓸려 들어갔다, 몰려나왔다 한 것만은 그중에도 소득일 것이다. 그래도 나는 두 번째 가보았다. 그러나 그것은 무료로, 다시 말하면 유흥세를 지불치 않고도 미인을 보며 일배주(一杯酒)를 넣을 수 있다는 친구의 권유로이다. 그리고 세 번째는 이 원고를 쓰라는 부탁을 받고서다.

20일 동안의 공진회 기분도 오늘이면 끝장이 난다는 마지막 날이다. 장차 찾아오려는 삼동(三冬)의 선통(先通)인지 첫 겨울의 한 모퉁이를 삼각산 밑에 소리 없이 펴놓으려는 것인지, 어제 없던 쌀쌀한 바람이 끊일 새 없이 경회루 주춧돌 밑에서 알찐알찐하다가는 공진회의 나머지 흥을 한 아름, 두 아름씩 휩쓸어가지고 자취 없고 소리 없이 살살 빠져서 건춘문(建春門), 영추문(迎秋門)으로 날아가는 오후였다. 사람 사람의 취흥에 피로한 노둔한 얼굴에는 오직 웃음이 돌 뿐이었다. 그러나 그것은 무엇을 의미하는가는 나는 몰랐다. 가장 추태를 연출한 가장행렬이 취기에 끌려서 비틀거리며 지나갈 때마다 물 끓는 군중은 환호로 맞고 보내었다. 나는 한참 바라보다가 옆에 섰는 R군과 H군을 돌아다보며,

"사람이란 이렇게까지 하여서라도 웃지 않으면 아니 될 의무를 지고 있다는 것은 무서운 일이다!"라고 한 마디 하니까 양 군도 코웃음을 쳤다. 그러나 마침 누런 안경을 쓴 나의 눈에는 모든 것이 검게 비쳤다. 만일 나의 이 글이 잘못된 데가 있다 하면 그것은 나 자신의 탓이 아니라 나의 안경의 탓일지도 모른다. 마지막으로 한 마디 빼놓지 못할 것은 경회루 뒤에 즐비한 조선음식점 앞을 지나려니까, 예복, 예모에 흰 꽃을 붙인 일개 신사가 선술집 속에서 추탕 그릇을 들고 갈팡질팡하다가 남의 눈에 들킬까봐 그랬던지 창황히 뛰어나와서 어디론지 자취를 감추는 쓸쓸한 뒷모양이었다. 나는 그 신사를 보고 "매우 춥지요? 시장하신가 봅니다." 하며 인사를 한 마디 하였으나, 정신을 차리고 보니까, 결국은 내 뱃속에서 한 소리였다.

그러나 40만의 관람자 제군! 나는 과연 세 번 ― 구경하였으나, 무식한 탓으로 세 번 다 ― 이같이 무의미하게 보았지만, 그렇다고 그것이 공진회 자체가 무의미하다는 것도 아닐 것이요, 또 내가 무의미하게 보았으니까 제군도 필야(必也)에는 무의미하게 보고 말았으리라고 하는 것도 아닌 것은 현명한 제군의 양찰(諒察)하실 바임을 알며, 도리어 나도 부업의 장려와 및 일반 산업의 진흥과 발달은 우리 민족의 경제적 생명을 자구하는 근본 의(義)라는 것을 믿는 사람의 하나임을 명언(明言)하여둔다.

10월 25일 기(記)

문단의 금년, 올해의 소설계[135]

현재에 자기가 소설에 집필을 하면서 다른 작(作)이나 작가를 비평한다는 것은 될 수 있는 대로 피하여야 할 일이요, 또는 나도 자미(滋味) 없이 생각하는 바이다. 하므로 지금 나는 비평한다는 것보다는 몇 가지 나의 읽은 작(作)을 소개하고 간단한 감상을 공정하게 쓸까 한다. 그러나 이 주문에 응하기 위하여 별안간 여러 작(作)을 한꺼번에 읽기 시작하였기 때문에 한 분에게 대하여 한 편이나 두 편밖에는 더 읽지 못하였고, 또 금년의 작(作)이 아니라도, 그분의 작품 전체를 통독치 못하였기 때문에 그 작가의 연구라든지 계통적 경향을 말할 수 없게 된 것은 큰 유감이다.

김동인 씨의 「눈을 겨우 뜰 때」, 「이 잔을」

이광수 씨의 「거룩한 죽음」

민태원 씨의 「황야의 나그네」(이상 『개벽』)

현진건 씨의 「할머님의 죽음」(『백조』)

　　　　　　「지새는 안개(상편)」(『개벽』)

나빈 씨의 「여이발사」(『백조』)

박종화 씨의 「목매는 여자」(동(同))

---

135 염상섭(廉想涉), 「문단의 금년, 올해의 소설계」, 『개벽』, 1923.12.

홍영후(洪永厚) 씨의 「한야(寒夜)」(『르네상스』)

등 9편밖에 아니 된다. 이 외에 금년의 소수(所收)로 이광수 씨의 「가실(嘉實)」과, 홍사용(洪思容) 씨의 「저승길」과, 박영희(朴英熙) 씨의 「생(生)」을 빼놓아서는 아니 되겠고, 또 그 작품들을 방금 읽으려고 책자를 준비까지 하여 놓았으나, 이 원고를 금일 내로 제공치 않으면 아니 되겠다는 재촉이 있기 때문에 기어코 읽어보지 못하고 이 붓을 든 것은 미안하고 섭섭한 바이다.

그런데 우선,

김동인 씨의 「눈을 겨우 뜰 때」로 말하면, 윤곽이 매우 몽롱할 뿐 아니라, 약한 실로 겨우 비끄러맨 것 같아서 위태위태한 듯싶은 작(作)이다. 더욱이 그 실이 명주실 같을 지경이면 아름답기도 하고 강하기도 하겠지만 '이겹실'로 얽어매기 때문에 읽어나가면서 불안을 느끼지 않을 수 없었다.

'파일'의 불놀이, '단오'의 그네뛰기, 어죽 쑤기, 이러한 것을 배경으로 한, 배경이라 함보다는, 이러한 질번질번하고 들뜬 기분과, 콘트라스트를 이룬 '금패'라는 기생이 "눈을 겨우 뜨"려는 심사를 그린 것이 이 1편의 기도이다. 불과 술과 노래와 분내와 비단 치맛자락이 스치는 보드라운 소리와……. 이러한 인생의 젊음을 한꺼번에 모아놓은 대동강가를 지향할 수 없는 가슴, 깊은 듯하고도 엷고, 엷은 듯하고도 깊으며, 알 수 있는 듯하고도 모르고, 모를 듯하고도 알 듯한 애수에 잠겨서 헤매는 한 고비 넘어선 기생의 나릿나릿한 모양을 머리에 그려볼 제 델리케이트한 느낌을 준다.

거기에는 희망과 절망, 회의와 광명이 현실에 대한 애착과 미래에 대한 몽롱한 불안 사이로 엇갈려서 올지 갈지 하는 것을 본다. 하여간 애틋하고 하염없는 정서는 볼 수 있다. 그러나 전체로 볼 제, 또는 묘사 상으로 볼 제, 매우 위태롭다. 파일과 단오를 비끄러맨 것이 자칫하면 끊어질 것 같다. 만일 끊어지면 금패는 마치 줄 타던 계집이 떨어지듯이 그 사이에 빠져버리고, 남는 것은 파일과 단오의 두 끝밖에 없을 것이다. 하므로 그만치 부자연한 데와 불충분한 데가 있다는 말이다. 더욱이 묘사에 면밀한 관찰과 용심(用心)이 부족한 곳을 볼 수 있는 것은 유감이다.

그 다음에는, 「이 잔을」이다. 이것도 나는 감복하지 못하였다. 예수의 성격이라든지 태도의 통일이 없는 것 같다. '좀 더 생각하고 좀 더 희곡화하였다면' 하는 불만을 준다. 동인 씨의 작(作)을 더 읽지 않고는 이상 말할 수 없는 것은 유감이지만, 어떻든지 어느 경지까지는 나갔으나 여기에서 다시 비약하여야 완성에 가까우리라는 인상을 얻었다. 씨의 장래를 경애하는 마음으로 축복한다.

이광수 씨에게 대하여는 별로 아는 것이 적다. 『무정』이나 『개척자』로 문명(文名)을 얻었다는 말과, 『동아일보』에 『선도자』를 연재할 때에 "그건 강담이지 소설은 아니라."라고 자미없는 소리를 하는 것을 들었고, 또 씨의 유창한 문장을 보았을 뿐이다. 소위 예술적 천분이 얼마나 있는지 나는 모른다. 기회 있으면 상기한 장편을 보겠다는 생각은 지금도 가지고 있다. 그러나 이번에 본 「거룩한 죽음」은 나에게 호감을 주었다는 것보다는 실망에 가까운 느낌을 받게 한 것을 슬퍼한다. 일언(一言)으로 폐(蔽)하면 문예의 작품이라는 것보다는 종교서의 일절(一節)이라거나 전도문(傳道文) 같다. 읽으며 앉았으니까, 공일(空日)에 천도교당에 가서 앉아 있는 것 같았다. 더욱이 '최선생'이 제자들과 주문을 읽고 기도를 하다가 "저것 보아라……." 하고 기적 같은 것을 행한다는 일절은 좋게 보면 『신곡』의 일절 같거나 『파우스트』에 나올듯한 장면이나, 그렇다고 하면 그것은 나의 부정직(不正直)이겠기로 취소한다. 이것은 군소리지만, 씨의 학식과 문장(아름답지는 못한 듯하나)과 천부(天賦)에 대하여는 자세히는 몰라도 상당한 이해를 가지나, 소설에 이르러서는 별로 생각이 가지 않는다. 오직 뉘우치는 것은 신간(新刊)된 씨의 단편집을 애를 써 구하여다가 놓고 금년작인 「가실」 일편을 보지 못하고 만 것이다. 이 고(稿)를 마친 뒤에라도 읽어보고 새로운 발견이 있으면 감상을 말하려 한다.

민태원 씨의 「황야의 나그네」는 틀림없는 붓과 겸손한 태도로 묵직하게 쓴 것이다. 시종이 일관한 두 청년의 대화이지만, 지금 조선청년의 고통을 충분히 그렸다고 할 수 있다. 읽어가는 동안에 "구박 받는 목숨"이 황야의 미친 바람이 부는 대로 비쓸비쓸하며 쓸려가는 모양이 머리에 떠올라왔다. 성공한 작(作)이라 하겠지만 종결에 가서 '힘 있는 최후의 일섬(一閃)을 던져주었다면' 하는 불만이 없지 않다.

현진건 씨의 「지새는 안개」 상편을 보고, 나는 문장에만 경의를 표하였다. 그러나 「할머님의 죽음」을 보고서는 광희(狂喜)하였다. 「할머님의 죽음」만은 어디 내어놓든지 부끄럽지 않다고까지 생각하였다. 빈틈이 없고 군소리가 없다. 오히려 너무 쩅쩅하여서 눈이 부신 것 같은 것이 불평이다.

염주를 들고 앉아서 밤을 새는 숙모라든지 할머님 앞에서 속으로 울었다, 웃었다 하는 주인공의 아름다운 마음과 좋은 성격이 과부족(過不足) 없이 잘 활약하는 것도 좋거니와, 조끼의 단추를 풀고 고름을 풀어 제치는 일절에 이르러서는 까닭 모를 황홀한 감(感)을 받았다. 그리고 센티멘탈에 흐르지 않을 만큼 정련된 감정과 명민한 이지를 적당히 가지고 가볍고, 아름답게 움직이는 주인공의 성격을 볼 제, 자연주의적 경향이라든지 데카당스 기분에서 벗어난 광명을 볼 수 있다. 그러나 또 한편으로 숙모의 열성을 자랑거리나 큰소리할 밑천을 만들려고 그리하는 것이라는 비웃는 생각을 가지는 것을 보면, 부자연한 일은 아닐지라도 사람의 감정이란 어디까지 가야 순화할 수 있고, 사람 그 자체가 정화하겠느냐는 생각도 일으킨다.

그 다음에 묘사로 보면 극적이요, 회화적이다. 말의 선택이나 글의 아름다운 점으로는 현 문단에서 제1인자라고 하여도 그리 과언이 아니겠다. 오히려 너무 고심한 결과로 상당히 얻을 만한 효과를 죽이는 수가 없지 않은 모양이나, 어떻든지 거의 관능에 직접으로 감촉케 하는 기재(奇才)가 있음을 볼 수 있다. 할머님의 둔종을 그려낸 일절이라든지, 「지새는 안개」 속에 요릿상을 그린 것, 또는 기생이 장고 치는 모양들은 지금 본문을 따올 수는 없으나 그 일례일 것이다. 더구나 '창섭이'가 기생집에서 자던 날 새벽의 광경은 좋지 못하게 말하면 산 춘화도라 하겠지만, 묘사의 필치로는 경탄할 만하다. 그러나 「지새는 안개」는 그 상편만 보고 손쉽게 말할 수 없지만, 「할머님의 죽음」에 비하여 좀 떨어진다고 하지 않을 수 없다. 구상으로 보든, 표현으로 보든 결점이 많은 것 같다. 화라(花羅)의 연애는 물론 있을 만한 일이나, 그의 행동에 대단히 부자연한 데가 많고, 틈이 버는 일이 많다. 그뿐 아니라 모든 인물이 다만 천박함을 싸고돌게, 다시 말하면 독자가 그 천박한 것을 미워하면서도 일면으로 그 좋지 못한 인상을 스러지게 할 수단을 부리지 않으면 안 될 것 같다고 생각하였다. 그리고 어떠한 사건이든, 어떠한 장면이든 모두 고르게 정사(精寫)하기 때문에, 그중 중요한 부분의 인상을 도리어 흐려놓게 되는 폐가 없지 않을 것 같다. 어떻든 이것은 완성된 뒤에 다시 읽으려 하기에 이 작(作)에 나타난 작자의 경향에는 언급치 안으려 한다.

나빈 씨의 「여이발사」, 이것은 결코 성공한 작(作)은 아니다. 체호프의 「신사친구」라는 단편을 생각케 하는 작(作)이다. 도저히 「신사친구」에 견줄 수는 없다. 이러한 것은 매우 경쾌하고 인상적이어야 하겠으나, 좀 힘이 부족하다. 자리옷을 잡힌 남자의 성격을 지갑은 굻아도 모양내려는 사람, 좀 경박한 사람으로 그렸다면 좋았을지 모르나, 낡은 모자와, 길게 자란 머리와, 20전에 학생 머리를 깎는 사람이 나오기 때문에 잘 되지 못한 듯하다. 씨의 단편집 『진정(眞情)』에 금년작이 많이 실렸으나, 아직 읽지 못한 것은 미안하다. 대개 열거하면 「17원 50전」, 「은화, 백동화」, 「춘성(春星)」 등이나, 이에 대한 좋은 발견이 있으면 추후로 쓰려 한다.

박종화 씨의 「목매는 여자」는 아마 씨의 처녀작인 모양이다. 제재로는 더 말할 수 없이 훌륭한 것이다. 그러나 신숙주 부인 '윤 씨'가 자살한 데 대하여는 의문이 많다. 사실이라든지 전설의 여하는 고사하고, 윤 씨가 죽었다는 것은 현대인의 견지로서 논의하지 않더라도 무의미한 일이 아닐까? 대관절 윤 씨가 무엇을 위하여, 또는 무엇을 얻으려고 죽었나? 의문이다. '위하여'라든지, '얻으려고'라는 문제는 고만두고라도, 사람의 심리가 그렇게 움직일 것인가? 아무리 구도덕의 전형이라 할지라도 윤 씨가 자기의 사(死)로써 남편이 충신이 될 이도 없을 것이요, 8형제 자식에 대한 애착이 남편에 지지 않을 것은 분명한 일이 아닌가? 그러면 비록 죽는다더라도 거기에 여러 가지 고민이 있고, 극적 훌륭한 신(scene)이 있을 것이다. 씨와 같이 행로사자(行路死者)의 보고서처럼 행랑하인의 눈에 발견되었더라도 간단히 끝을 낼 것이 아니다. 이것을 볼 때에 씨의 인생에 대한 지식과 체험이(피차에 일반이지만) 매우 부족한 것같이도 생각되고, 또는 처음 구상을 충분히 하지 못한 듯도 싶다.

그런데 전체로 보면 조리가 있고, 그리 결점은 없는 작(作)이다. 다만 너무 해부적 설명으로 사건을 신속히 처리하여버리기 때문에 힘이 빠져 보인다. 예를 들면 김종서가 살해당하는 데와 신숙주가 세조에게 항복하는 데를 그렇게 쉽게 넘긴 것이 불만족하고, 제일 중요한 신숙주의 번민하는 광경이 매우 피상적이요, 지나치게 간단하다. 연극으로 한다면 무엇보다도 신 씨의 번민을 중심으로 잡아야 할 것이다. 어떻든지 그처럼 실패한 작(作)이라고는 아니 하겠다.

홍영후 씨의 금년작은 「한야(寒夜)」밖에 못 보았다. 단편집의 기증까지 받았으나 아직 읽어보지 못한 것은 사과하려니와, 또한 마침 그중에는 금년작이 없었다. 그러므로 「한야(寒夜)」만을 잠깐 말하지만, 그것을 읽은 나는 다만 요리대금의 계산서를 보는 것밖에 아니 된다고 생각하였다. 하므로 더 말할 여지가 없지만, 만일 후일에 다른 작(作)을 보게 되면 다시 쓸 수 있을지 모르겠다. 하도 급히 붓대를 놀리느라고 무슨 말을 하였는지 모른다. 하지만 정직한 독후의 감(感)인 것을 다시 한 번 말하고 이에 그친다.

염상섭 문장 전집
1924

고뇌의 갑자甲子를 맞자[136]

　마루 끝에서 축대로 내려선 푸른 달빛은 뜰을 지나 장독대로 기어 올라가더니 저쪽 지붕 용마름 위에 걸터앉아서 덧문을 첩첩 닫은 우중충한 대청을 내려다보고 앉았다. 살림에 찌든 영혼들이 식어가는 자리 속에서 신음하는 소리나 들으려는가? 꿈속에서 꿈을 쫓아가면서도 오히려 초조하고 고민하는 사람의 자식의 뒤틀린 얼굴이나 들여다보고 비웃자는 수작인가? 그러나 지붕에 걸터앉은 저 달빛, 대지 위에 얼어붙은 새벽 달빛은 아름답고 고요하다.

　효박(爻薄)한 세태에 쪼들린 생애를 밤까지 이어서 이집 저집 들창 밑으로 떡 사라고 외치던 떨리는 기한(饑寒)의 소리가 가뭇없이 멀어진 것도 두 시간 전인지 세 시간 전인지 밤이 깊어갈수록 달은 더 밝고, 달이 밝아갈수록 추위는 얇은 자리 속으로 기어든다. 바람조차 얼어붙었는가? 문풍지의 바스락 소리나마 사라졌구나.

　첫잠이 깨어서 공연히 버둥버둥 드러누웠으려니까 밑도 끝도 없이 아까 저녁때에 도서관 입구에서 누구인지 웃으며, "에 ― 내년에는 호랑이가 새끼마리나 낳겠군!" 하던 소리가 머리에 떠오른다. 동지 추위가 심하여야 호

---

136 염상섭(廉想涉), 「고뇌의 갑자(甲子)를 맞자」, 『동아일보』, 1924.1.1.

랑이가 생식을 잘한다는 전설에서 나온 말이다. 그러나 속담에는 동지가 지나면 해가 노루 꼬리만큼 길어진다는 말도 있다. 이러한 속언(俗言)이 사실상 과학에도 들어맞든지 아니 맞든지 간에 하여간 '낳는다', '늘어간다', '자란다' 하는 말은 반가운 말이다.

시집 간 새색시가 새해에 받는 인사는 반드시 "아들 낳고 딸 낳고……."라고 하는 것이다. 하여간 인간만사 중에 낳는다는 것이 으뜸으로 기쁜 일인 것은 생물의 본능에서 온 사실인가 보다. 그러나 어찌하여서 기쁘고 반갑다 하는가? '괴로워, 귀찮아, 죽겠다'는 말에 무슨 음악적 미묘한 하모니나 있는 듯이 육장 입버릇으로 하는 조선사람도 그런 소리를 하는 것이 더 우습다.

올해도 1주일밖에 아니 남았다. 다 간 셈이다. 그러나 구차한 살림꾼에게는 1주일간이 돌파하기 어려운 난관일 것이다. 세모의 분주한 기분이나 세초의 신춘 기분은 남촌에서 독점을 하였으나, 붉은 동록이 슨 채귀(債鬼)의 부라리는 눈총만은 서북촌(西北村)과 동촌(東村)에서 도(都)거리로 맡아서 본다. 게다가 한 달만 있으면 정말 섣달 대목이다. 이 모양이니까 '신산해', '못 살겠어', '귀찮아', '죽겠다!'라는 소리가 아니 나오려야 안 나올 수가 없을 것이다

그래도 내년에야 '설마!' 하며 이를 깨문다. '신년 새해에는 아들 낳고 딸 낳고……'라고 한다.

작년 정월 초하룻날에 앉아서 역시 "내년에는……."이라고 하였다. 그러나 금년도 작년보다 더 나을 것도 없고 못할 것도 없다.

'생활'이란 제수(除數)로 피제수(被除數)인 '시간'을 제(除)하면 '시대'라는 '상(商)'을 얻는다. 그러나 부진수(不盡數)를 처치하자면 부득이 '시대'라는 '상(商)'에 순환소수점을 찍게 된다. 내년도 올해의 고생을 되풀이할지도 모른다는 말이다. 하지만 그렇다고 처음부터 "내년이면 별 수 있나!" 하며 입을 삐죽일 거야 무에 있나?

‘사람이란 속아 사는 거야!’ 하면서 내일을 바라고 내년을 기다리는 것이다. 성미가 급하면 무꾸리도 하고 괘(卦)도 본다. ‘어서 죽었으면!’ 하며 투덜대고는, 다음 순간에는 죽지나 않을까 벌벌 떠는 것이 사람이다. 그러나 웃을 일이 아니다. 오죽이나 살고 싶어야 오죽이나 생의 존귀와 애착을 가졌어야 속는 것이 분하건만, 또 속고 죽고 싶으니만치 화증이 나다가도 죽을까보아 겁이 나겠느냐? 과연 그렇다! 낳고, 기르고, 자라고, 살아야 하겠다. 낳을 의무가 있고, 살아야 할 권리가 있으며, 필요가 있다. ‘자기’라는 일개의 엄연한 존재 그 자체가 벌써 엄숙한 절대의 사실이다. 누구 때문이 아니다. ‘생’의 존귀, ‘생’의 광영, ‘생’의 비약과 환희와 완성을 위하여서다. 생에 대한 소극적 약자는 생의 존엄을 모독하고, 생의 광영을 유린한 자이다. 그러나 적극적 강자의 웅건한 태도를 잃지 않는 자에게는 생의 미를 직시하고 생의 환희를 누리며, 그 완성에 향하여 비약할 만한 특전을 베풀 것이다. 내남직 할 것 없이 ‘귀찮아, 죽고 싶어, 이놈의 팔자가…….’ 하는 약하고 적은 무리야말로 생의 향유자로서 가장 무자격한 자이다. 자살이라도 하는 게 좋을 것이다.

생에 끌려가는 자에게는 고뇌가 고뇌대로 남는다.

생의 파산선고를 받은 비극배우로 일생을 마칠 것이다. 그러나 생을 조종할 만한 용자(勇者)에게 대한 ‘생’은 다만 활기와 광희(狂喜)에 찬 아름다운 예술이다. 그에게 대한 생의 고뇌는 곧 힘(力)이요, 생을 충실할 유일한 자극이며 자료이다.

‘고뇌’는 생에게 준 영원한 운명이요, 명명(命名)이다. ‘생’ 그 자체로 보면 철두철미 ‘아름다움’이요, ‘기쁨’이요, ‘빛’이요, ‘음악’이요, ‘우주의 송가’이다. 그러나 생을 받은 자의 주관으로 보면 영원한 고뇌다. 객관적으로는 행복이다. 그러나 주관적으로는 결코 그대로서 행복일 수는 없다. 그대로서 행복이라고 생각하면 그것은 인간의 약점을 깨닫지 못하고 자기의 천박을 부지중에 폭로한 것이다.

고뇌에서 발견된 행복이 아니면 그것은 진정한 행복이 아니라. 그 속에만 광명이라 할 만한 광명과 환희다운 환희가 있는 것이다. 우리의 일생은 이러한 것들을 발견키 위하여 품부(稟賦)된 '시간'이라는 피제수에서 나온 '상(商)'이다. 그러나 그 상(商)에 순환소수점이 찍혀서는 아니 될 일이다. 순환소수점을 찍는 것은 시대를 창조하고 자기를 창조하여나간다는 것과 반대의 의미임을 명심하라. 부절(不絶)히 시대를 창조하고, 자기를 창조하여가는 거기에만 '생의 충실과 완성과 확대', '자아의 충실과 완성과 확대'가 있는 것이다. 그리하여 지상의 일절을 얻을 수 있는 것이다. 지상의 일절이란 무엇이냐? 진(眞), 선(善), 미(美).

생에 대하여 질문치 마라. 자기의 존재에 대한 회의의 눈을 감으라. 그리하면 인간의 영원한 고뇌가 너의 영혼을 괴롭게 아니하리라. 그러면 그 값으로 너의 영혼에는 녹이 슬리라. 그 거룩한 기능을 빼앗기리라. 사상을 얻고자 하지도 말고 가지려고도 마라.

사람에게 고뇌가 없다는 것은 영성(靈性)이 마비되었다는 말이다. 영(靈)에 녹이 슬었다는 말이다. 그 사람의 행위를 통일하고 의식을 통일할 사상이 없다는 의미다. 다시 말하면 인격의 통일과 순일이 없다는 것이다. 생활의 지리멸렬을 의미함이다.

조선사람에게는 고뇌가 없다. 하므로 조선사람에게는 사상이 없다. 철학이 없다. 따라서 조선사람에게는 진정한 의미로서 '생활'이 없다. 고뇌는 생에 충실하고 자기에게 성실한 사람만이 맛볼 수 있는 독약이다. 독약이지만은 그 진수를 맛볼지면 영약(靈藥)이 되는 것이다. 인생을 희롱치 않는 사람에게 고뇌는 가장 감내키 어려운 수난이나, 그것이 필경에는 생의 성장과 자아완성의 길로 인도를 하여주는 가이드가 된다.

그러나 조그마한 낙천주의와 타협이라는 요귀(妖鬼)는 영성(靈性)을 실신(失神)케 한다. 조선사람에게 깊은 인생의 체험과 지식이 부족하고 인격과 생활의 통일이 없는 것은 염가(廉價)한 낙천주의와, 천박한 숙명관과, 타협하고 고뇌에 항복하기 때문이다. 그러기에 조선사람에게는 진정한 '생활'이 없다는 것이다. 진정한 생활이란 무어냐? '고뇌'라는 개약(開鑰)으로 심령 속에 잠재한 광명세계를 열고, 그 속에서 자유로운 창조적 생활을 영위함을 이름이다. 생의 신비의 금(琴)을 타(彈)게 될 제, 우리는 예술을 낳는 혼을 붙든다. 그리고 거기에서 창조적 생활이 비롯한다.

우리는 지금 현대 생활권 내에서 낙오된 것을 비로소 깨닫고 소량의 수입 사상을 무역하고 있다. 그러나 그것이 자기 자신의 심각한 인간고나 생활고의 세련을 받은 것이 아니기 때문에 우리의 생활과 결혼하기에는 아직도 시일을 요하고 이해를 요한다. 저작(詛嚼)과 소화를 요한다는 말이다.

이 사실은 다른 방향의 사회사상이라든지 또는 세상이나 인심의 경향을 보지 말고, 다만 문단의 경향을 보더라도 일목요연한 일이다. 문예에 나타나는 사상이라든지 경향이라는 것은 그 시대의 그것과 일치할 뿐 아니라 오히려 그 시대에서 일보(一步)를 선진(先進)하는 것이지만, 오늘날 우리가 가진 몇 사람의 작가나 작품을 보더라도 작가 자신의 내적 생활의 고뇌가 산출하였다는 아무 흔적이 보이지 않는 것은 우리의 생활이 외래사상에 따라서 좌우된다는 것을 증좌하는 것이 아닌가. 더구나 거기에 아무 통일과 일정한 귀취(歸趣)라든지, 괄목할 만한 발전이 없음에 이르러서는 비관치 않을 수 없는 바이다. 맹목적 모방이라는 것은 출산과 독창(獨創)의 고(苦)를 회피하는 행위다. 그러나 이와 같이 문예품 그 자체부터 모방과 추종에서 벗어나지 못하고 문예사상이 통일과 귀취(歸趣)를 잃은 것은 일면으로 현재 우리의 일반 사상이 혼돈상태에 있는 것을 반증하는 것이다.

실제에 우리 생활은 다만 외적으로 파산상태에 있을 뿐 아니라, 내적 생활도 공전(空前)의 위기에 함(陷)하였다고 아니할 수 없다. 기분(幾分)의 외래사상을 생으로 먹고 앉아서 소화불능증에 걸리고, 오열을 띠고, 착각이 일어난 것이 사실이다. 조금만 심하면 실신상태에 이를 것이다. 이 난마와 같은 사상 상태를 정리하여 통일을 꾀할 활로를 얻지 못하고는 우리는 다만 내적 생활의 총파산을 목도할 뿐 아니라 외적 생활의 만회도 절망이다.

위대한 사상가를 우리는 열망한다. 모든 고뇌를 일신에 독담(獨擔)하고 인생의 형극(荊棘)의 길을 활보하여 광명세계의 복음을 전하여줄 위대한 사상가를 우리는 갈망하여 기진(氣盡)하게 되었다. 그는 고뇌를 이사(頤使)하는 용자(勇者)일 것이다. 그는 고뇌를 영화(靈化)하여 광명과 자유에 한 세계의 왕자(王者)로서 우리에게 군림할 것이다. 그리하여 우리에게 생의 환희를 설교하는 인생예찬의 사도일 것이다. 이와 같은 위대한 사상가가 나오지 않으면 우리는 영원히 고뇌의 노예에서 해방되지 못할 것이다.

고뇌의 노예여! 고뇌에 실신(失神)한 자여! 날더러 천재숭배자(天才崇拜者)라고 조소하지 마라. 조소하기 전에 너 자신부터 너 자신의 생활고와 인간고를 예민한 감수력(感受力)과 관조력(觀照力)과 저항력(抵抗力)으로써 충분히 체험하라. 그리함으로 말미암아 너의 길을 얻고, 너를 완성하며, 너의 생활은 창조의 기쁨에 가득하여지리라. 그리하면 너의 제각기가 생의 송영(頌榮)이 충일한 광명의 세계의 왕자(王者)일 수가 있으리라.

동지의 해는 오른다! 사(死)의 만가(挽歌)가 스러지는 곳에 생의 찬미 소리 높다! 죽 먹고 우주에 향하여 하례하라.

'신산해, 귀찮아, 에이 죽겠다!'고 저주하는 자가 그 누구냐? 너의 귀는 막혔느냐? 너의 눈은 감겼느냐? 너의 영혼에는 정말 녹이 슬었느냐? 군소리 말고 고뇌의 일 년을 또 맞자! 그리하여 고뇌의 열탕에 우리의 영혼을 정(淨)코

맑게 씻자. 그리하면 고뇌의 갑자(甲子)는 '빛'과 '기쁨'과 '다행'으로써 우리에
게 갚으리라.

계해(癸亥) 12월 23일 동지

이 일편(一篇)은 나의 계획한 "현하 사상계의 비판"의 서설로 보아주시옵.
본론은 불원간 공개할 기회가 있겠습니다.

필주筆誅[137]

'주(誅)'라든가 '참(斬)'이라는 글자는 보기에도 싫은 자(字)이지만, 듣기에도 자미없는 글자이다. 원래 형법 몇 백 몇 십 몇 조에 의하여 피고 모(某)를 사형에 처하노라 하는 소리는 밝을 녘에 초혼을 부르는 소리나 별로 다를 것이 없는 것이다. 무서운 일이요, 홧증 나는 일이다. 어떻게 생각하면 아무 의미 없는 가장 어리석은 장난 같기도 하다.

'필주(筆誅)'라는 제목을 내놓고 붓끝을 달리려니까 마치 '사형장(死刑狀)'인가 하는 것을 쓰고 앉아 있는 것 같아서 불쾌하기 짝이 없다. 그것도 국가라든지 군주의 이름으로 제정된 법률에 입이 있어서 주(誅)한다든지 참(斬)한다는 선고를 내린다면 판검사라는 기계는 책임을 회피할 뒷길도 있겠지만, 처음부터 육법전서도 없고 재판관도 없이, 더구나 법관복도 입지 않고 앉아서 둔한 붓끝으로 제 마음대로 피고를 고발하고, 기소하고, 논죄하고, 논고를 하고, 구형을 하며, 심하면 판결까지 독재(獨裁)하려는 것은 마치 흑인에 대한 백인종의 린치(lynch) 같기도 하여서 불법행위라고 할지도 모른다.

그러나 또 한편으로 생각하면 내가 비록 사설재판소를 설(設)하고 가짜 검사 노릇을 한다 해도 형법이 없는 것도 아니요, 재판관이 없는 것도 아니다.

---

137 섭(涉), 「필주(筆誅)」, 『폐허이후』, 1924.2.

어떻게 생각하면 부석판사(部席判事)까지도 있다고 할 수 있다. 뮤즈(muse)는 문예의 신이요, 더구나 시의 여신이다. 그리고 그 주위에는 문예업으로 천직을 삼는 여러 선비가 제제(齊齊)히 늘어앉았다. 그러면 지금 어떠한 피고를 붙들어다 놓고 '예술왕국의 형법 제1조=예술적 양심'의 마비나 혹은 발광(發狂)의 증상이 명확할 뿐 아니라 예술의 궁전의 존엄을 간범(干犯)하는 자는 차(此)를 주(誅)함이라는 명문(明文)에 의하여 기소할 때에 뮤즈 신은 정당한 판결을 내릴 것이다.

이야기가 매우 농담같이 되었지만 예술이니 문예니 하는 말을 구두에 올리거나 또는 여기에서 자기의 생명을 발견하려는 자에게는 무엇보다도 예술적 양심이라는 것이 첫째 문제일 것은 물론이다. 예술적 양심이 없는 자에게 예술을 낳는 혼과 은총을 베풀지 않는 것은 뮤즈의 도(道)이지만 무엇을 일소하지 않으면 아니 될 것이다. 그 수단은 린치라도 상관없고 주(誅)도 무관하며 참(斬)도 용서할 수 있는 것이다.

일전에 언제던가 『동아일보』 월요부록에 '춘성(春城)'이라는 사람의 「잠!」이라는 시가 발표되었다. 이제 그 원문을 옮겨보겠다.

　잠!

　검고 끝없는 잠은!
　나의 생명 위에 내려오도다!
　아! 자거라 모든 희망아!
　아! 자거라 모든 원한아!
　내게는 아무것도 보이지 아니하며,
　모든 기억은 가고 말았어라!

선이나 또는 악이나!

아 애달픈 변천이여!

　춘성이란 사람이 누구인지 나는 자세히 모른다. 어떤 사람의 주석에 의하면 백조사 동인이요, 우리와도 관계있던 노자영(盧子泳) 씨라고도 한다. 하고 보면 나의 기억이 확실한 한도에서는 분명히『사랑의 불꽃』의 저자로서 고급문예「반항」의 작자인 듯싶다.『사랑의 불꽃』이나「반항」이 얼마나 고급에 속한 소위 '문예품'인지 아닌지는 나는 모른다. 그러나 이번에 발표한「잠!」이라는 시는 확실히 고급이다. 나는 그 수완에 먼저 일경(一驚)을 끽(喫)하고 다음에 경의를 표(表)치 않을 수 없었다. 나는 원래 시인이 아니다. 하므로 독자, 뮤즈 신의 부심관인 독자 제군은 좀처럼 하여서는 그 시에 대한 나의 이서(裏書)나 입증을 용이(容易)히 믿어주지 않을 것이다.

　그러나 상징주의의 거두요, 동시에 데카당트인 폴 베를렌(Paul Verlaine)의 시의 일절을 뽑아보면 춘성의 시가 얼마나 가치가 있고 예술미가 풍부한 것을 믿을 듯싶다.

　검고 끝없는 잠은

　검고 끝없는 잠은

　나의 목숨 위에 와라,

　아아 자거라 모든 희망아!

　아아 자거라 모든 원탄(怨歎)아!

　내게는 아무것도 아니 보여,

모든 기억은 가고 말았어라,

악이나 또는 선이나…….

아아 애달픈 변천이여!

나는 무덤 어구에서

두 손으로 흔들리는

다만 한 요람이로다,

아아 고요하여라, 소리 없어라.

— 김억 군 역시집 『오뇌의 무도』에서

　이것으로 보면 춘성의 창작시 「잠!」은 베를렌의 시의 첫 절과 둘째 절과 그 시취(詩趣)가 같을 뿐 아니라, 김억 군의 역문(譯文)과 불과 수삼의 문자의 위치가 틀릴 뿐이다. 나는 남의 창작을 가지고 표절이라, 모방이라고는 하고 싶지 않다. 그러나 춘성 군은 베를렌과 똑같은 시상(詩想)을 똑같은 용어로 표현하였을 뿐 아니라 역자인 김억 군이 사용한 제목, 즉 「검고 끝없는 잠은」이라는 속에서 「잠!」이라는 한 마디만을 사용하였고(원작의 원문은 보지 못하였으나 원래에는 제목이 없다 한다.) 또 그 문구가 김억 군의 역문과 상사(相似), 상사라 함보다는 일치한 것이 우선 춘성의 가치와 예술미가 풍부하다는 나의 말을 증좌하리라고 생각한다. 요컨대 조선에서도 베를렌을 하나 가지게 된 것을 축복하여야 할 일이다. 그러나 뮤즈 신은 무슨 판결을 내리려는고.

　이야기는 좀 다르지만 일전에 『오사카마이니치신문(大阪每日新聞)』에서던가 어떤 일본작가의 이러한 감상담을 본 일이 있다.

　그 작가가 어떠한 소설의 구상을 얻어가지고 집필을 하려할 제 우연히 다른 작가의 전집을 떠들춰보다가 그중에 자기가 쓰려는 것과 거의 같은 작품을 발견하고 집필을 중지하였다 하면서, 만일 자기가 집필하기 전에 그 다른 작가의 작품을 보지 못하였더라면 자기는 모(某)의 작(作)을 모방하였다는 누명을 썼을 것이라는 의미였다. 사실 이러한 일은 얼마든지 있을 수 있는 일이요, 또 있다 하더라도 불가피한 일이다. 그러나 적어도 그만큼 경계를 하고 자기의 창작에 대하여 책임감과 자존심을 가지는 것은 예술적 양심이 있는 자로서 당연한 일이 아닌가 한다.

또 어떠한 책을 보면 이러한 이야기도 있다. 불란서의 유명한 극작가 로스탕(Rostand)[138]의 걸작이라는 『시라노 드 베르주라크(Cyrano de Begrerac)』이라는 희곡이 1897년에 처음으로 파리에서 흥행하고 그 후 시카고(市俄古)에서 상연하여 대성공을 이루었는데, 이것을 본 미국의 그리 문명(文名)이 없는 일 작가 그로스(Gross)란 사람이 자기가 연전에 발표한 *The Merchant Prince of Cornville*이라는 희곡을 표절한 것이라고 하여 법정에 고소를 한 결과, 그로스의 작(作)은 1895년에 출판하여 그 익년(翌年) 1896년에 영경(英京)에서 상연하였다가 실패하였으니까, 즉 로스탕의 작(作)보다 1년 전에 발표되었던 까닭에 승소하였다 한다. 물론 그 양 개의 작(作)을 모르는 나는 사건의 정곡을 알 수 없으나 하여간 이러한 일도 있다 한다. 그러나 그 후에 로스탕의 명성이 그리 쇠퇴하지도 않았고 그로스의 이름이 나타나지도 못하였다 한다.

이러한 일은 구미문단의 일 에피소드에 불과하지만 그러면 베를렌이 생존하여 있다면 경성지방법원에라도 고소할 것이다. 적어도 그 역자인 김억 군으로부터 설유원(說諭願)을 종로서에라도 제출할지 모른다. 그리하여 춘성의 승소가 되고 베를렌, 김억 양 군의 패소가 되어서 뮤즈 신에게 공소나 상고까지를 한다면 침체한 문단에 활기를 정(呈)할지도 모를 것이다. 그러나 양 군

은 춘성의 명예를 위하여 일소(一笑)에 부(附)한다는 것은 불행 중에도 대행(大幸)이라 할까.

　좀 더 쓸 이야기가 많다. 그러나 우선 이만하여두자.

―섭(涉)―

경과經過의 대략大略[139]

무슨 일을 시작하든지 두 가지 문제밖에 없다. 돈과 성의(誠意). 이 두 가지 사이에 넘치고 처지는 게 없이 평행과 균형을 보지(保持)하여나가면 대개는 성공될 것이다. 그러나 두 가지가 다 없으면 처음부터 문제도 아니 되지마는, 한 가지만 있고 한 가지가 없어도 실패다.

'조선문인회'라는 것이 생기기는 작년 이맘때니까, 만 1개년이 되었다. 그러나 그 동안에 무엇을 하였느냐 하면 대답하기 어렵다. '함흥차사(咸興差使)'라는 별명까지 들었으니까, 더 말할 것도 없지만, 뜻과 같지 않은 것이 사람의 일이라, 기실(其實) 우리에게는 두 가지가 다 없었다. 원래 '문인회'라는 것이 조직이 될 때에 너무 성산(成算) 없이, 또는 어떻게 사업을 진행시킬지를 몰랐다 하여도 가(可)하였다. 그리하여 위선(爲先) 인선(人選) 문제, 다시 말하면, 회원의 자격이라든지 범위 문제도 별로 고려치 않았었다. 이것이 물론 우리로서는 제1착(第一着)의 실수였지만, 그 결과는 '일치(一致)'라는 정신이 없었다. 들락날락, 엉거주춤하는 형편으로, 위선 '잡지' 하고, 서둘렀으나, 만들어 내놓은 것은 『르네상스』 첫 호밖에 아니 되었다. 붓대 드는 사람의 성의, 경영하여갈 자력(資力), 이 두 가지가 없는 일편(一便)에, 잡지는 내용이 빈

---

139 상섭(想涉), 「경과(經過)의 대략(大略)」, 『폐허이후』, 1924.2.

약하니, 그보다 나은 것을 하면 할지언정 도리어 체면이 안 되었다는 비난이 빗발치듯하였다. 이것도 역시 실패. 그 다음에는 문사극(文士劇)을 상연하여 볼 예정으로 동분서주하여, 차차 교섭(交涉)을 진행하려는데, 여우(女優)를 얻을 도리가 없다. 게다가 내남직 할 것 없이 밥벌이에 매달린 사람들이라, 도저히 일치(一致)한 행동을 취할 수 없다. 이것도 또 실패. 이와 같은 형편으로, "돈 없어, 내 살림이 바빠, 공부를 해야 하겠어." 하며, 그럭저럭 하는 동안에 반 년 짝이나 훨씬 넘어버렸다. 소위 '소임(所任)'이라고 두 사람이 있으나, 소임의 태만(怠慢)이 없다고는 못하더라도, 일반회원이 잣단[140] 의무라도 이행하여준 사람이 두세 분이나 될지. 회집(會集)을 하여도 그 당장의 의무까지도 이행치를 않는 형편이다. 그것을 보면 회원이 소임만을 책(責)하지도 못할 것이다.

하여간 이와 같은 형편 중에, 『폐허이후』라는 개제(改題)로 『르네상스』의 속간을 내게 되었다. 그러나 여기에도 문제가 많다. 여간 한두 가지의 말썽이 아니다. 그리하여 이 잡지를, 문인회의 기관지로 할 것이 아니라, 문인회 회원의 과반수를 동인(同人)으로 한 '폐허이후사(廢墟以後社)'를 설치하기로 하였다. 그러므로 아직 순전히 『르네상스』의 개제라거나, 속간이라고 하기 어려울 듯하다. 그러나 적당한 기회와 조직 개조 하에는 '폐허이후사'를 문인회 내에 끌어들이든지, 혹은 '조선문인회'라는 것은 장래에 조합이나 연합회, 또는 구락부의 성질을 띠게 하든지 형편 되는 대로 하였으면 좋을 듯하다. 우리들에게 대하여는 형식 문제가 아무 값어치도 없는 것이지만, 어떻든 원만하게 일을 진행하도록 힘써야 할 줄 믿는다.

---

140 잣단 : 자그마한 혹은 보잘것없거나 하찮은. 곽원석, 『염상섭 소설어사전』, 고려대 출판부, 2001, 633쪽.

동인기 _{同人記} [141]

어떠한 종류의 비극이든지 그것은 사실을 사실대로 방관하고 혹은 사실의 농락(弄絡)에 딸리우는 데에서 비롯한다. 아무리 그것이 운명적이라 할지라도.

사실에 초실성(礎實性)과 합리성이 있다는 것이 사실을 방관하고 거기에 농락된다는 이유는 못된다. 사람에게는 사람의 길이 있다. 사실을 뒤틀을 만한 힘은 없더라도 뒤집을 만한 힘은 있다. 적어도 사실에 희롱되지 않을 만한 지혜가 있다. 능력이 있다. 수완이 있다. 있어야 할 것이다. 그러나 이러한 것이 없다 하면, 없다는 일부터 비극적 운명을 타고난 자(者)이다.

만일 지혜와 능력과 수완으로 사실을 뒤집거나 현상(現象)을 바꾸려다가 실패한다면 그것은 더 큰 비극을 연출하는 결과에 이를 것이다. 그러나 거기에는 오히려 비장하고 □열한 맛과 뽀이 있을 것이다. 거기에는 사실을 사실에로 방임하거나 또는 농락되는 것보다는 몇 곱이나 나은 선(善)이 있고, 미(美)가 있다. 거기에는 생명이 있기 때문이다.

부흥(復興), 중미(中美), □□, 혁명 ……. 이러한 말은 사실이나 현상에 대한 사람의 반역(叛逆)이 낳은 결과에 준 이름이다. 그러나 '자기'를 체면으로 □친

---

141 상섭(想涉), 「동인(同人) 기(記)」, 『폐허이후』, 1924.2. 이 글은 『폐허이후』 동인이 함께 쓴 글로 여기에는 염상섭이 쓴 글만 발췌했다. 이외에도 운정(雲汀), 억생(億生), 명(明), 오(吳)의 필명으로 쓴 다른 동인들의 글이 함께 실려 있다.

하고 조소(嘲笑)로써 방관하는 자에게는 이러한 아름다운 이름을 붙일 수 없다.

'생존의 이유'라는 말이 있다. 그러나 자기를 늘 새롭게 보지(保持)할 만한 충실(忠實)과, 사실과 현상을 방관치 않고 부절(不絶)히 국면 타개에 노력할 만한 열성(熱誠)이 없으면 이 말은 공허하게 될 것이다. 새로운 목숨이 흐르는 데에만 '생존의 이유'가 있다.

이것이 『폐허이후』의 탄생에 대한 시언(視言)이요, 포부이다.

무덤 속으로부터 들리는 송가(頌歌)에 귀를 기울이자! 그리고 말을 마치자!

첨기(添記). 우리에게는 무엇보다도 열성이 제1필요조건이다. 이 잡지는 아무의 개인 소유가 아닌 것은 두말 할 것 없거니와 나 같이 자기의 일도 많고 문단 건설을 위하여 또는 우리의 '생존의 이유'를 표명하기 위하여 정말 힘써보자. 누구나 생각하는 바이지만 비극적 생애라는 것은 종교적 난행(難行), 고행(苦行)과 다를 것이 없음을 한 번 더 생각하고 투쟁하여보자. 명예를 위한 것도 아니요, 빵을 위한 것도 아니요, 선전을 위함도 아님은 물론이다. 자기의 생명을 위하여다.

합시다. 끈기 있게 하여가노라면 어떠한 결과에든지 도달할 것이다.

지금과 같이 큰일 난 시변(時變)이 없을 것이다. 이 시력(時歷)에 우리의 운명은 결정될 줄 안다. 궁극에 달한 현재의 사상계와 생활에 활로를 줄 자는 그 누구인가. 심사숙고하지 않으면 아니 될 것이다.

살자. 생각하자. 쓰자. 그리고 나서 먹자. 이것은 어떠한 시대, 어떠한 사람에게든지 군국주의의 동원명(動員命)과 같은 것일 것이다.

□□□□는 오(吳) 군은 처음부터 책임자이지만 운정(雲汀) 군이 많이 노력을 하였다. 군은 『동아일보』를 사직(辭職)하고 □□□력 하려 하는데 이 □□부터는 군이 중심이 되어 □□의 임(任)을 지을 예정이다.

문인인상호기 文人印象互記[142]

　　이광수(李光洙) 군의 인상을 말하기에는 내가 아마 제일 부적임자일 것 같다. 군과는 만날 기회가 많을 듯하면서도, 기실 노상에서나 회석에서 수삼차 만났을 따름이므로 나에게는 매우 몽롱한 윤곽만 있을 뿐이다.

　　묵은 기억에서 쑤석여낼 지경이면 내가 군을 처음 만난 것은 아마 7, 8년 전에 동경 이다정(飯田町)에 있던 재류동포의 교회에서던가 보다. 원광(遠光)으로 잠깐 보았지만, 대학제복을 입고 심중에 무슨 행복을 느끼는 사람같이 웃는 듯 마는 듯한 표정으로 교회 문 앞에 멀거니 섰던 그의 눈은 무심한 중에도 이채가 있어 보였다. 당시 군은 병고에 신음하면서도 문명(文名)이 날로 높아간다는 말을 듣고 보아서 그런지, 양협(兩頰)이 불그레하게 상기가 된 것은 병색이 나타남인 듯하였지만, 반기는 듯한 표정으로 무심히 섰는 것은 행복스러운 앞을 내다보는 것 같다고 생각하였었다. 그 후 둘째 번으로 만나본 것은 동경유학생청년회에서 서양사람의 강연을 통역할 때였다. 그때에 나는 비로소 그의 여유 있는 음성과 분명한 어조를 듣고 다만 문필의 인(人)일 뿐

---

142 상섭(想涉), 「문인인상호기(文人印象互記)」, 『개벽』, 1924.2. 이 글은 상섭의 「이광수 군」, 상섭의 「김동인 군」, 장백산인의 「주요한 군」, 장백산인의 「염상섭 군」, 장백산인의 「양건식 군」, 월탄의 「김억 군」, 월탄의 「현진건 군」, 안서의 「박종화 군」, 빙허의 「나빈 군」, 동인의 「나빈 군」, 백화의 「홍명희 군」이라는 '문인인상호기'가 함께 수록된 글이다.

아니라 동시에 변설(辯舌)에도 일가(一家)를 성(成)할 만한 소질이 있는 분이라고 내심으로 경복하였다.

그러나 연전에 고읍(古邑) 역에서 김억 군의 소개로 비로소 초대면(初對面)의 인사를 할 때에는 좀 의외인 감이 없지 않았다. 기시(其時) 그는 귀국한 지 며칠 아니 되었으나 공적·사적으로 그의 신경을 흥분케 하는 일이 많아서 그리하였던가 하는 생각도 있지만, 행색이 매우 창황하여 이전에 동경서 두어 번 보던 이 군이 아닌 것 같았다. 적지도 않은 그의 몸집이 둘이나 안길만한 커다란 수목주의(手木周衣)에 승려같이 버선을 위로 신고 왕굴짚신을 신은 것이 눈 서투르기도 하고, 서성서성하는 양이 보는 사람에게 불안을 느끼게 하였다. 그러나 그러한 중에도 몇 마디 담화를 교환하는 동안에 솔직한 사람이라는 것은 깨달았다. 이것은 최근에 어떠한 처음 만난 사람의 말이지만, 이 군에게는 아직 어린아이 같은 데가 있더라고 하는 것을 듣고, 나는 애를 써 부인은 아니하였다. 이것은 좋지 못한 의미로 해석하면 어떨지 모르지만, 나는 어린아이와 같은 감정의 순일(純一)함과 천진한 데가 있다는 말로 수긍하려 함이다. 그러나 어떻게 생각하면 그 감정을 이지로 비판까지는 하면서도, 의지로 통어하여가는 힘이 적지나 않은가도 싶다. 군이 어떠한 방면에서 간혹 군소리를 듣는 것도 여기에 원인함이 아닐까. 인상기라 하여놓고 공연한 잔소리로 하다가는 또 예증(例症)이 나왔다고 핀잔을 맞을까 보아서 이만큼 하여두거니와, 아무튼지 군은 재사(才士)요, 동시에 좋은 뜻으로 호인(好人)이다. 그의 노르스름하고 광채 있는 눈을 볼 제, 어디까지든지 더욱더욱 발전되어갈 그의 전도(前途)를 바라보는 것 같다.

김동인(金東仁) 군. 과대망상광(誇大妄想狂)의 제1기쯤은 되리라는 친구의 야유를 솔직하게 듣고 며칠 동안 문밖에 나가서 있으려니까 어떤 부전부전한 분이 쫓아와서 "친구가 하나 늘어서 기쁘겠네." 하며, 김동인 군의 편지를 보인다. 이 분의 자백을 소개하면, 지금 평양 자택에서 '과대망상광의 수양'을 하신단다. 과대망상광의 수양이니까 병을 떼려는 수양인지, 또는 병이 떨어질까 봐서 수도(修道)를 하고 단련을 한다는 말인지는 모르지만, 증세의 차이는 있다 할지라도, 하여간 공통점을 발견한 것이 유쾌하다. 그뿐 아니라, 같은 환자끼리의 인상, 혹은 진단이라는 것도 흥미 있는 것일지 모른다.

어떻든 김 군과 나 사이에는 적지 않은 인연이 있다. 지금은 기억에도 아니 남았지만, 4, 5년 전부터 만나보지도 못한 사람끼리 논전을 하여보기도 하고, 변명편지가 온 것을 보지도 않고 반송을 하기도 하여가면서 실랑이를 한 일도 있다. 그러나 그럭저럭하는 동안에 어떠한 정도까지 피차에 이해도 하고 친하여진 것은 사실이다. 원래 나도 고집깨나 부리는 위인이지만, 이 분도 웬만한 고집쟁이다. 둘이 만나서 이야기 한번만 해보면 금세로 알 일을 2년, 3년씩 묵혀가며 오해를 풀지 못하던 것을 보아도 알 일이다.

군과 종로 길거리에서 처음 인사를 한 것이 벌써 5년 전 일. 『동아일보』를 통하여 한참 와자지껄한 바로 뒤였다. 휘청거리는 홀쭉한 키에 어울릴 듯한 가느스름한 단장을 짚고, 엉덩춤을 추어가며 두 팔 두 다리로 장단을 맞춰서 모들뜨기 걸음으로 경정경정 뛰어가는 뒷모양은 좋게 말하면 애교덩어리요, 실없이 말하면 캥거루 걸음이다. 그의 키와 같이 2에 대한 3의 비(比)로 홀쭉하고 기다란 감숭한 얼굴에는 별로 특장이랄 것은 없으나, 이야기하는 입만은 사람의 눈을 끈다. 아래윗입술이 오긋한 것이며, 말하는 목소리가 암만하여도 육, 칠십 자신 양반 같다. 그러나 이 양반이 앞길이 창창한 청년소설가로 단편창작집 『목숨』을 자기 손으로 만들어내신 양반이요, 요사이 과대망상광의 양(養)을 쌓으시느라고 대동강반(大洞江畔)에 유유히 소요하시며, 창작에 노력하시는 김동인 군이라는 것을 다시 한 번 뇌어두자. 평양 지방에서는 군을 오해하는 사람도 없지 않은 모양이다. 그러나 그것은 신문예에 이해가 없고 일종의 그릇된 선입견으로 이유 없이 문예운동에 종사하는 사람들을 예시(睨視)하는 축들일 것이다. 군을 적나라하게 관찰하면, 유여(裕餘)한 집 맏아들로 자유롭고 귀엽게 자라난 이만치, 고집이 세고 자기 마음껏 억지를 부려보려는 자존심도 어지간히 있지만, 또 한편으로는 세상에 그렇게 부대끼지 않으니만큼 솔직하고 여유 있는 감정을 가지고 있다. 적어도 우리에게 제일 필요한 '감정을 속이지 않는 사람'이라는 것은 용이(容易)히 군에게서 볼 수 있는 일이다.

더 쓰고 싶어도 지면 제한으로 정작 쓸 말은 못 썼나보다. 하지만 김 군! 군이나 나나 그 과대망상광의 수양만은 속히 중지하는 것이 약하(若何)오. 언제라고 남을 위하여 사는 것은 아니지만, 제일에 효상(爻像)도 사납고, 과대망상까지는 좀 자미있지만, 게다가 '광(狂)' 자(字)를 붙이는 것은 귀에 거치니 말이요. 가가(呵呵).

「이년 후」와 「거치른 터」[143]

박월탄 씨의 「이년 후」(『개벽』 2월호)

씨의 작(作)을 읽은 것은 이번 것이 두 번이다. 아마 씨가 발표한 것도 이것이 「목매인 여자」 이후의 제2의 작(作)인 듯싶다. 그러나 「목매인 여자」보다 신경지(新境地)를 개척한 흔적도 없고 아무 노력한 점이 보이지 않는 것은 유감이다. 도리어 「목매인 여자」만도 못한 듯싶다. 일행에서 다른 일행으로 옮겨가기도 전에 처음에 읽은 1행이 벌써 머리에서 사라져 스며버려서야 결코 성공한 작(作)이라고는 못할 것이다. 전체를 통독하고 나서도 머리에 아무것도 남겨주지 않으니만치 그림자가 매우 없다. 작자가 인생에 '관하여' 무엇을 말하려 하였고, 또한 인생에 '대하여' 무엇을 선언하려 하였는지 갈피를 잡을 수가 없다. 이러한 어려운 문제는 고만두고라도 어떠한 일시의 기분을 묘사한 것이냐 하면 그렇지도 못하다. '저회(低個) 취미'라는 말을 쓸 수 있다면 그렇다고도 할 듯하지만, 표현의 미를 결여하고 지리(支離)하도록 용만(冗漫)한 결과는 이에도 실패다. 이것은 결국에 작자의 태도가 충실치 못하거나 수완 역량이 부족하다는 비난에 돌아가고 말 것이다. 어떠한 제재를 붙들거나 힌

---

143 염상섭(廉想涉), 「「이년 후」와 「거치른 터」」, 『개벽』, 1924.3.

트를 받아가지고 충분히 소화하지 못하고서 곧 붓끝에 올리기 때문에, 완숙한 감미(甘味)라든지 향취가 따라오지를 못한다. 따라서 작(作) 전체가 살아나지를 못한다. 사건이 얼마나 단순하여도 상관없다. 인물이 다만 한 사람일지라도 무관하다. 문제는 다만 핵심에 부딪쳤느냐 못 부딪쳤느냐는 데에 있다. 감흥과 힌트를 얻어가지고 쓴 것이면, 독자에게도 상당한 감흥과 힌트를 주어야 할 것이 아닌가.

C, L, W, D, P, '려화' 등 인물은 '나도, 나도' 하며 줄줄 쫓아 나오나, 모두 헛걸음을 한다. 이 작(作)에 이 인물이 모두 필요하고 안 필요한 것은 고사하고, 한 사람도 자기소임을 분명히 보인 자가 없다. 그중에 비교적 중요하다고 할 만한 C와 려화 역시 결코 살지는 못하였다. C를 속인 편지(려화의 명의로 한 친구의 희롱인) 같은 것도 이 작(作)에 대하여 아무 효과를 주지 못하였을 뿐 아니라 도리어 불쾌를 감(感)케 할 만큼 천박함을 느끼게 한다.

C가 려화를 만나보고 와서 자기 부인을 대할 때의 광경과 심리, 려화의 사(死)를 들을 제의 심리작용 등에는 매우 틈이 보인다.

그 다음 묘사에 부주의한 것으로 보면 요릿집에서 둘째 번으로 기생이 노래할 때에 또다시 장고를 들여오느니, 또는 려화의 집 번지를 아는 C가 L에게 끌려가면서, 려화 집 문간까지 가서 문패를 보고서야 비로소 깨달았다는 것 같은 것은 작자에게 주도(周到)한 주의가 없기 때문이다.

최후로 한 마디 할 것은, "거리로 오고 가는 사람의 때는 새로 가을 옷을 입은 이가 아니면 낡고 먼지 낀 여름 모자를 벗어버리고 가을 모자를 바꾸어 쓴 사람이었다."라는 일절이다. 묘사로서 무능하고 안한 것은 고만두고라도 작자의 태도와 사회관이라든지, 조선사람의 생활에 대한 견식과 주의가 어떠한가를, 이 평범한 일구(一句)에서 볼 수 있는 것이 나에게는 흥미 있기에 부언한다.

김동인金東仁 씨의 「거치른 터」(『개벽』 2월호)

흠이 비교적 적은 작(作)이다. 「눈을 겨우 뜰 때」를 본 나로서는 수긍할 수 있다. 자기를 스스로 기만하여 인생을 유희하지 않는 태도, 일생을 취생몽사로 보내지 않으려는 태도, 불합리와 모순을 그대로 묵살하거나 간과하지 않으려는 태도를 볼 제, 유쾌하고 탐탁한 믿음성스러운 느낌을 준다. 「눈을 겨우 뜰 때」의 '금패'의 번민이 그것이요, 「거치른 터」의 '영애'가 또한 그것이다 함을 이 금패와 영애를 통하여 작자 자신의 생활태도라든지 인생관을 볼 제, 거기에는 일관한 경지와 인생에 대한 견해(다소간 몽롱하지만)가 있음을 볼 수 있다. 이러한 의미로 요사이 몇 사람 못 되는 작가 중에 비교적 명료한 자기의 입각지를 가지고 있는 것을 볼 수 있다.

금패가 인생이라는 관문 밑에서 방황하고 애호(哀呼)한다 하면, 영애는 그 관문에서 일보(一步)를 진(進)하였다 하겠다. 여기서 작자의 진경(進境)이 보인다고도 하겠지만, 일보(一步)를 진(進)한 영애가 실족함에 이르러서 자기의 실족을 즉각으로 회오할 때, 이에 대한 그 태도가 건실할 뿐 아니라, 어디까지든지 보다 더한 선과 미에 자기 생활을 지도하려는 성의를 볼 수 있다.

그러나 이 작(作)에 불만을 느끼는 중요한 점은 'H'와의 관계가 너무 돌발이라는 것이다. 그 이유, 이유보다도 그 동기가 충분한 조건을 구비하지 못하였다. 독자가 현명한 두뇌로 억측과 상상을 자유로 한다 하면 물론 수긍할 가능성이 없지 않을 것이다. 그러나 작자로서는 독자를 너무 신뢰하는 태도를 삼가야 할 것이다. 우연하고 단순한 사건이나 기회가 사람의 운명을 교향(較向)케 할 수 없는 것은 아니지마는, 거기에도 필연성, 혹은 필지적(必至的) 조건이 선행적으로 잠재하여 있어야 할 것이다. 환언하면, 영애가 봉투를 찾다가 사진을 우연히 발견하고, 때마침 취기를 띤 H가 들어왔다는 지극히 단순하고 우발적인 사건으로 말미암아, 영애와 H의 관계가 성립되고, 따라서 영애의 운명에 일대 파문을 던져주게 된 것은 불합리하다고는 못하지만, 그 사건이 그만큼 전개되기까지에는 두 남녀 간에 암묵리에 어떠한 교섭이라든지 감내키 어려운 감정상 고투가 있었을 것이요, 따라서 작자는 그러한 암시를 독자에게 보여주어야 할 것이다. 그러나 하등의 암시도, 사건도 없이 그러한 추악한 파륜적 행위가 용이히 성립되었다는 것은 부자연한 일이다. 따라서 돌발적이라 함이다. 또 영애가 사(死)를 취하기까지의 노경(路經)도 매우 간략하다. '좀 더 힘을 주어서 작자의 성의 있는 노력을 보여주었다면' 하는 불만이 있다.

그 다음에 영애의 남편의 임종 전후를 좀 더 인상적으로 윤곽이 선명하게 묘출(描出)하여주었다면 좋았을 것이다. 의사가 전화를 하러 내려간 것을 쫓아가서 영애가 기절하는 장면이 너무 평범하다. 활약이 없다는 말이다. 그리고 제문(祭文)은 전체가 실패다. 용어와 어조가 잘못되었을 뿐 아니라, 주인공의 사업의 내용, 적절하게 말하면 주인공의 사인(死因)이 제문(祭文)을 통하여 발표되는 기교는 좀 군색한 수완이다.

요컨대 중요한 부분에 대한 작자의 용의가 부족한 결과로 힘이 빠지고, 더욱이 최종의 중대한 장면을 조홀(粗忽) 간략히 간과하여 전체의 의도와 배치되는 함정에 빠질 뻔한 실수가 보인다고 하겠다. 총망(悤忙)하여 충분히 평하지 못한 것은 유감이다. 최후로 작자에게 사사로이 청할 것은 경어(京語)와 서도(西道)의 방언을 혼용치 마시라 함이다.

돌상은 방方 선생님께서[144]
나는 『천자문』 한자만

이달 초하루는 우리에게 가장 의미 깊은 날이요, 또 기쁜 날이외다. 이날은 우리가 조선사람으로서 거듭난 날이기 때문입니다. 여러분! 아십니까?

그런데 이 날은 여러분에게 또 한 가지 반가운 일이 있는 것을 여러분은 잊지 않으셨겠지요. 지난해 이 달 이 날에 여러분과 가장 친하고 단 하나밖에 없는 여러분의 동무 『어린이』 잡지가 이 세상에 나온 것을 아시겠지요. 지난 한 해 동안에 이 『어린이』는 여러분과 같이 젖 잘 먹고 말 잘 들어서 인제는 폭실폭실한 뺨에는 웃음도 띠고 앙금앙금 기어서는 어머님 무릎 붙들고 일어서기도 하며 갖은 재롱을 다 부립니다. 그리하여 이 귀여운 『어린이』를 낳으시고 기르시는 뚱뚱어머님 방정환 선생께서는 돌상 차리려고 분주하십니다. 오늘 아침에 새 옷 입고 고사리 같은 그 손으로 돌상을 붙들고 부쩍 일어서는 『어린이』는 무엇을 먼저 손에 잡을는지? 아마도 책(冊) 펴고, 붓(筆) 들고, 호미(鋤) 들고, 칼(劍) 들고, 그리고 떡 먹겠지요. 기쁜 일입니다. 반가운 일입니다. 그러나 아무것도 가지지 않은 나는 무엇을 돌상에 놓아주었으면 좋을까요? 은방울을 사다주어 달랑거리며 크고 튼튼히 자란 뒤엘랑 세상을 놀래어 깨우치라고 축복이나 할까. 은북(鼓)이나 사다가 채어주어 다음 날 입

---

144 염상섭(廉想涉), 「돌상은 방 선생님께서 – 나는 『천자문』 한자만」, 『어린이』, 1924.3.

신양명할 제 오늘 같이 북 치며 춤추라고 빌어나 볼까. 은도끼 한 자루 채어 주어 묵은 조선 찍어버리고 새 조선 세우라고 삼신님께 빌어나 볼까. 그러나 이러한 것은 벌써 방 선생님이 다 하여 주셨으리라. 그러면 나는 무엇을 드릴까요?

여러분! 이와 같이 나에게는 많지 못한 정성은 있습니다마는 아무것도 가진 것이 없고 할 만한 일이 없습니다. 그래서 이리저리 생각다 못하여 나는 이 돌상에 놓을 천자(千字文)에 맨 끝으로 '이끼 야(也)' 자나 한 자 써볼까도 하였습니다마는 그것조차 내 재조에 될성부르지 못할 것 같아서 그 대신에 아주 짤막한 이야기나 한 마디 할까 합니다.

옛날에 어떠한 임금이 신하를 데리고 아침 산보를 하려고 말을 달려서 촌에 나가 보았습니다. 봄날 이른 아침에 상쾌한 공기를 쏘인 임금은 매우 신기가 좋아졌습니다. 사람이란 아침에 일찍이 일어나서 좋은 공기를 마시고 운동을 잘하면 흥이 저절로 일어나는 것이요, 흥취가 도도하여지면 자연히 남과 수작도 건네고 싶은 법입니다. 그래서 이 임금도 흥이 났던지 호호 늙은 오물 할머님이 이 이른 아침에 길가에서, 하얀 신 머리를 땅에다가 박고 무엇인지 골몰히 일을 하는 모양을 보고 임금은 말(馬)을 멈추고 내려다보면서,

"노파는 무엇을 그리 애를 써 하는고?"
하고 물었습니다. 늙은 할머님은 그 이가 임금인 줄은 몰랐으나 보아하니 점잖은 양반이니까, 황송하다는 눈치로

"그저 과실 개나 얻어먹으려고, 지금 감나무를 심습니다." 하고 대답을 하니까, 임금은 웃으면서,

"봐하니, 벌써 일흔은 넘었을 터인데 저 조고만 나무가 자라서 꽃이 피어 열릴 때까지 기다리노라면 그대의 손자가 그대만큼 늙을 것이니 그러면 그

대는 그 감을 먹어볼 가망도 없는데 그건 그렇게 애를 써 심어 뭘 하오." 하고
물어보았습니다. 마님은 임금님의 말이 채 끝도 나기 전에 고개를 설레설레
내두르며,

"아니올시다. 제가 먹으려고 심는 것은 아니올시다. 첫째에 저는 일을 하
는 것이 기뻐서 이것을 심는 것이요, 둘째는 제가 저의 부모나 선조가 심어두
고 가신 나무에서 과실을 따먹었으니까, 은혜를 갚는 셈으로 제가 또 심어서
자식과 아들이 따먹게 하려고 심는 것입니다." 하고 늙은이는 이마에서 구슬
땀을 씻었습니다. 이 말을 들은 임금은 매우 기특하게 생각하고 신하를 시켜
서 금돈 몇 푼을 주었더니 그 늙은 마님은 깜짝 놀라면서,

"그것 보십시오. 제가 이렇게 일을 하니까 금세로 복이 오지 않습니까." 하
고 하례하였습니다.

선후選後에[145]

　이번에 응모된 작품은 모두 41편이었다. 분량으로 보면 그리 많다고는 할 수 없으나 대체로 보아서 예상하던 것보다는 비교적 호성적(好成績)인 것을 무엇보다 기껍게 생각한다. 욕심을 말하자면 한이 없는 일이지만 신흥문단의 새 사람을 얻어보자는 이 계획으로서는 만족이라고는 못할망정 어떠한 정도까지는 소기대로 되었다고 할 수밖에 없다. 그뿐 아니라 응모된 작품의 대부분이 그리 망발되지 않고 비젓비젓하게 상당한 내용과 수완을 보여준 것이 장래의 우리 문단이 유망하다는 것을 증좌한다는 의미로 더욱 기꺼운 일이다. 그러나 다만 한 가지 유감은 번극(煩劇)한 업무를 가지고 41편이라는 적지 않은 분량을 한 번씩만 보아 넘기느라고 충분히 고선(考選)할 시간이 없었음이다. 더구나 선자(選者)로서 자격을 스스로 의심하고 또한 여러분이 나의 고선을 즐기지 않았다 할 지경이면 한층 더 미안한 일이요, 여러분에게는 큰 죄를 지었다고 할 수밖에 없다. 그러나 내 딴은 가장 엄정함을 잃지 않았고 동시에 내 힘 자라고 내 정성이 미치는 데까지는 한 줄로 믿는 바이다.

　그런데 대체의 성적으로 말하면 1등이 없었음이 유감이나, 2등으로는 최석주(崔錫周) 군의 「파멸」과 신필희(申必熙) 군의 「입학시험」을 뽑으려 하였고, 3

---

145 염상섭(廉想燮), 「선후(選後)에」, 『개벽』, 1924.7.

등으로는 최빙 군의 「사진 구경」과 이기영(李箕永) 군의 「오빠의 비밀편지」를 뽑으려 하였다. 사실 신필희 군의 「입학시험」으로 말하면 41편 중에서 제일 우수할 뿐 아니라 수삼처(數三處)의 불만한 점이라든지 대체로서 어떠한 결점(이것은 추후로 원작을 발표할 때에 쓰려 한다)만 제하면 실로 1등의 가치가 있는 작(作)이었고, 또 최빙 군의 「사진 구경」으로 말할지라도 「입학시험」이나 「파멸」보다는 어떨까 하지만 오히려 3등으로 아까울만한 훌륭한 작(作)이었다.

그러나 섭섭한 일은 개벽사에서 발표한 규정에 위반되었다는 것, 다시 말하면 '순조선문'이라는 규정을 무시하고 '조한문(朝漢文)'을 사용하였다는 것이 문제가 되어서 '선외가작'으로 밀게 된 것은 선자로서는 아깝기 짝이 없는 일이다. 그리하여 대체의 예선을 마치고 개벽사의 책임자에게 의논하여 보았으나, 도저히 규정을 무시할 수 없을 뿐 아니라 다른 작자에게 불평이 있을까 하여 못하겠다는 의견도 일리가 없지 않기로 동사(同社)의 요구대로 그리한 것이다. 그러나 그중에도 신 군이 「입학시험」을 쓰면서 규정을 무시하여 겨우 낙선을 면하였다는 것이 일종의 아이러니를 느끼게 하였다.

그 다음에 각개의 작품에 대하여 소감을 써야 하겠고 다소의 가평(加評)을 하여야 하겠으나 인쇄가 끝나려는 이 당장에는 도저히 쓸 겨를이 없을 뿐 아니라 이 소잡(疎雜)한 일문(一文)이나마 나의 맡은 날마다의 일을 제쳐놓고 수분(數分)의 촌가(寸暇)를 얻어서 겨우 책임을 면하려 함이므로 부득이 그 총평을 내호(來號)에 미는 수밖에 없게 된 것은 당선자 제군께 미안한 바이나 또한 용서하심을 바란다.

역자의 말[146]

『남방南方의 처녀』

활동사진을 별로 즐겨하지 않는 나는 활동사진과 인연이 깊은 탐정소설이나 연애소설, 혹은 가정소설과도 자연히 인연이 멀었었습니다. 그러나 이 캄포차[147] 왕국의 공주로 가진 영화와 행복을 누릴만한 귀여운 몸으로서 이국 풍정을 그리어 동서로 표랑하는 외국의 일 신사의 불같은 사랑에 온 영혼이 도취하여, 꽃아침 달밤에, 혹은 만나고 혹은 떠나며 혹은 웃고 혹은 눈물짓는 애틋하고도 장쾌한 이야기를 읽고서는 비로소 통속적 연애대중소설이나 탐정소설이라고 결코 멸시할 것이 아니라고 생각하게 되었습니다.

이것은 물론 고급의 문예소설도 아니요, 또 문예에 대한 정성으로 역술한 것은 아니외다. 오히려 문예의 존엄이라는 것을 생각할 제 조금이라도 문예에 뜻을 두고 이 방면에 수양을 쌓으려는 지금의 나로서는 부끄러운 생각이 없지도 않음을 깨달았습니다. 그러나 '자미있었다', '유쾌하였다'는, 이유와, 물리치기 어려운 부탁은, 자기의 붓끝이 이러한 데에 적당할지 스스로 헤아리지 않고 감히 이를 시험하여보게 된 것이외다.

계해(癸亥) 첫겨울 역자

---

146 염상섭, 「역자의 말」, 『남방의 처녀』, 평문관, 1924.
147 캄포차 : 당시에 '캄보디아'를 이르던 말이다.

염상섭 문장 전집

1925

계급문학시비론[148]
작가로서는 무의미한 말

문학은 아무것에도 예속된 것이 아니다. 어떠한 종교나 운동에 종속적 이용물이 되고, 어떠한 계급의 특유물이 되거나 선전기관이 되며 완롱물이 될 것이 아니다. 그와 같은 일 시기가 있었다 하더라도 그것은 그릇된 현상이었다. 소위 예술이니, 인생을 위한 예술이니 하지만 그 어느 견지로서든지 예술의 완전한 독립성을 거부할 수 없다.

더구나 경향이라든지, 주의라든지, 파(派)라는 것이 작자와 작품을 지배하는 주형(鑄型)이 아닌 이상, 다시 말하면 예술이 어떠한 주형에 박여내는 것이 아닌 이상에야 작가가 어떠한 주의라든지 일정한 경향에 구속될 수는 없다. 그러나 그 작품이 완성된 뒤에 제2자가 무슨 주의, 무슨 파라고 평정(評定)하거나 가치를 결정하는 것은 자유일 것이요. 또한 작자로서는 관계가 없는 일일 것이다.

그러므로 이와 같은 견지로서는 계급문학의 가부를 논의할 필요가 처음부터 없지 않을까 한다.

---

148 염상섭(廉想涉), 「계급문학시비론—작가로서는 무의미한 말」, 『개벽』, 1925.2. '계급문학시비론'이란 제하에, 염상섭의 글 외에도 팔봉 김기진의 「피투성이 된 프로 혼의 표백」, 김석송의 「계급을 위함이냐 문예를 위함이냐」, 김동인의 「예술가 자신의 막지 못할 예술욕에서」, 월탄의 「인생생활에 자연적 발생의 계급문학」, 박영희의 「문학상 공리적 가치 여하」, 도향의 「부르니 프로니 할 수는 없지만」, 이광수의 「계급을 초월한 예술이라야」가 함께 실려 있다.

그러나 소위 계급문학이란 말의 의의를 좀 생각하여볼 필요가 있을까 한다. 보통 '계급의식'이라는 말이 무산계급의 계급적 자각으로 생기는 그 의식을 의미하는 모양인즉, 이러한 의미의 계급문학을 운위하면 그것은 물론 무산계급의 문학이라는 뜻일 것 같다. 그러나 여기에도 여러 가지 해석이 있을 것이다.

첫째에는 작품의 취재를 무산계급의 생활과 그 분위기에서 구한다는 뜻.

둘째로는 계급의식을 고취하고 그 자각을 촉진하여 계급전(階級戰)을 독려하고 고무하는 선전적 태도와 그 작품.

셋째에는 어떠한 의미로는 교양이 부족한 무산계급이 용이(容易)히 이해하도록 표현하라는 뜻 등으로 해석할 수 있을 것 같다.

그러나 문학의 독립성을 시인하고 문학을 낳는 데는 작자의 소질이 지중(至重)한 관계를 가지고 있는 것을 알진대 결코 외적으로 무리한 간섭을 할 것도 못될 것이요, 작자 자신이 어떠한 규범에 추종함도 허락지 못할 일이다.

그러므로 '계급문학'이라는 일종의 부문을 만들어놓고, 그 규모에 들어맞는 작품을 만들려고 하거나 또는 만들라고 주문하는 것은 아니 될 일이다. 비록 작자 자신이 치열한 계급의식을 가지고 계급전의 급선봉으로서 문학적 제작에 종사하더라도 자기의 작품을 계급전에 이용하려는 방편으로 생각하면 계급해방의 투사로서는 충실하다 할지 모르나 문학자로서는 실패요, 제로다. 그것은 문학의 독립성을 말살하고 작가로서의 자기를 자박(自縛)하는 결과에 빠지기 때문이다.

그뿐 아니라 실제에 있어서 작품의 제재를 무산계급에서만 구한다는 것은 현 사회에 있어서, 다시 말하면 반대계급, 즉 유산계급이 존재한 현 사회에 있어서는 무리한 주문이다. 그러면 적어도 무산자의 입지에서 제작하라는 주문이 있을지 모르나 그 역(亦) 작가의 소질 문제에 있는 것이요, 결코 강요할 성질의 것이 아니다.

그 다음에 계급전의 선전적 사명을 요구함도, 만일 이것을 시인한다면 유여(裕餘)한 특수계급이 예술을 유희시(遊戲視)하고 완롱물시(玩弄物視)함 같은 불순한 태도를 면치 못할 것이니 이는 전술한 바와 같다.

끝으로 저급의 교양을 가진 대다수 민중을 표준하여 작품의 난사(難辭)를 피하라 함은 일리가 없지 않지만, 그렇다고 작품을 통속화할 수는 없는 것이다. 속담에 살찐 놈 따라 붙는다는 셈으로 취미가 저열하고 이해력이 유치한 일반 민중에게 영합키 위하여 예술적 역량이나 양심을 희생하여 작자 스스로가 비하할 수는 없는 것. 이는 문화의 진전이라는 견지로도 취할 바 아닐 것이다.

이를 요컨대 계급문학이 출현되지 못하리라는 것도 아니요, 또 그 출현이 불합리하다는 것도 아니나, 다만 일종의 적극적 운동으로 이를 무리하게 형성시키려고 애를 쓸 필요가 없다는 말이다. 필요가 없다는 것보다도, 그리함은 문학의 근본의(根本義)에 어그러진다는 말이다. 그러므로 시대상의 필연적 경향, 혹은 물산(物産), 또는 어떠한 작가의 소질로 인하여 소위 계급문학이라는 것이 형성되고 출현된다 하면 그는 문학계의 자연한 일 현상으로 용인할 따름일 것이다.

조선문단 합평회 제1회 [149]

2월 창작소설 총평

평자(評者) (가나다 순)

김기진(八峯山人) 김억(岸曙) 이광수(春園) 염상섭(想涉) 나빈(稻香) 양건식(百華) 현진건(憑虛)

방인근(春海) 최학송(曙海)

잘못된 것은 잘 받아쓰지 못한 필자의 허물이오니 책망의 방망이는 필자에게 내려주옵소서. 필자 최학송

인근. 이제부터 시작하지요. 필기는 최학송 군의 수고를 빌기로 하였습니다.

나빈. 말은 천천히 해요. 받아쓰기 좋게…….

인근. 그리고 평하는 이는 우리끼리 의견충돌이 되더라도 이 자리에서 시비할 것 없고 작품에 대해서만 말합시다.

일동. 그러는 것이 좋지요.

인근. 그런데 합평하는 것보다 나을는지, 못 할는지요?

김억. 그것은 나중을 볼 것이고……. 그러나 어느 점으로는 좋을 줄 압니다.

인근. 합평에는 부족한 점도 있겠지마는 중인(衆人)의 평이니까 원만하게

---

149 「조선문단 합평회(제1회)―2월 창작소설 총평」, 『조선문단』, 1925.3.

되고 재미스러울 줄 압니다.

상섭.　반드시 이 합평에서 무엇이 나올 것 같아요. 무슨 큰 자격(刺激)을 줄 줄로 믿습니다.

인근.　피차에 원망이나 없을는지요.

건식.　거북한 노릇이야! 하하.

종화.　물론 누구나 장점, 단점이 있는 것이니까요.

나빈.　나는 아무 상관없을 줄 압니다. 평에 대하여 원망이라는 것은 피차 감정상 문제이지만 그것도 말로 한다고 더할 것 없잖습니까. 말로 하나 붓으로 쓰나 마찬가지니까요.

인근.　합평이란 것은 조선에서 처음인데 대개 어떠한 방법으로 하는 것이 좋을까요?

진건.　두 가지가 있겠지요. 쭉 돌아가며 차례로 한 사람이 평을 다하여 가는 것과 짤막짤막하게 여러 번 회화체로 하는 것과 …….

건식.　회화체로 하지요.

기진.　좀 어려울 걸요.

나빈.　좀 재미있는 말도 섞어가면서 …….

인근.　여기 있는 이의 작품은 어찌할까요? (상글상글 웃었다. 방안의 공기는 점점 긴장하여 간다.)

김억.　물론 작자는 그때마다 빠지는 것이 좋겠지요.

진건.　대개 작자는 말 안하는 것이 좋겠지요.

종화.　작자한테 동기를 물어도 좋겠습니다.

김억.　나는 빼요. 소설에는 ……. (하면서 씽글씽글 웃고 꽁무니를 뺀다.)

인근.　김억 군은 시평을 맡았으니 빠져도 좋소. (아주 판사가 선고나 내리는 듯이)

건식.　나는 보지 못하였으니 어쩌나? 보려고 하다가 바빠서 그만 ……. (키 커다란 양반이 머리를 긁으면서) 작자들에게 대해서 안됐는걸!

상섭.　계속소설들은 다음으로 밀지요?

인근.　그러면 『개벽』 2월호에 실린 회월(懷月) 씨의 「정순이의 설움」부터
　　　 평합시다.

나빈.　나는 못 보았습니다. 작자에게 대하여 퍽 미안합니다.

건식.　나도 못 보았습니다.

진건.　(머리를 긁적긁적 긁으면서) 보기는 보았는데, 무어라 할지 생각 안 나.
　　　 가만 있자, 여기 써넣었으니 (호주머니에서 뒷심란하게 적은 원고지를 끄집
　　　 어내어 펴든다.)

종화.　나도 썼는데. (수첩을 끄집어낸다.)

상섭.　(똥 하고 앉았었던 부잣집 맏며느리 같은 양반이) 그 방망이 좀 빌려들 주구려!

일동.　하하하.

진건.　(종이를 들여다보면서) 적기는 내가 적었는데 알 수 없는 걸! 허허. 이렇
　　　 게 꼭 지목하거나 차례로 하지 말고 누구나 생각나는 대로 먼저 말하
　　　 는 것이 어떨까?

나빈.　일전에 월탄(종화) 군의 집에를 갔더니 회월(영희) 군의 작품(『개벽』 2월
　　　 호, 「정순의 설움」)은 그 전 것보다 훨씬 낫다는 말을 들었습니다. 어떻
　　　 게 나은지 그것은 월탄 군에게 들었으면 ……. (웃음 머금은 구슬 같은
　　　 눈으로 월탄을 건너다본다.)

(월탄이 입 열기 전에)

기진.　그 사람(회월)의 작품은 여럿을 보았는데 아직 습작을 면치 못한 듯해
　　　 요. 그러나 작품에 나타나는 작자의 양심은 좋아요.

인근.　근래, 회월 군의 작품에는 '프로'의 기분이 좀 흘러요.

학송.　그런데 독자에게 절실한 느낌을 못 주는 것이 섭섭히 생각납니다.

종화. 그런데 회월 군의 소설은 4, 5편 보았는데 이전 것도 어떤 데 못비한
점이 많으나 기교가 좀 세련이 덜 되었다 할 수 있었습니다. 한데 이
번 소설(「정순이의 설움」)은 아주 세련된 것으로 믿습니다. 기교라거나
묘사가 이전에는 보지 못하는 점이 많아요. 딴 사람이 쓴 듯한 느낌을
받았어요. 또 들어 말하면 정순이라는 주인공에 대한 작자의 태도라
거나 그 외 모든 것이 그야말로 훌륭한 완성품이라고 하겠습니다. 그
런데 흠점을 들 것 같으면 작자가 소설에 대하여 과장하는 폐단이 없
지 않은가 하는 것이외다. 이제는 다른 분이 말씀하시오.

상섭. 나는 못 보았습니다. 『개벽』에 소설이 안 난 줄 알았소. (이때에 방안이
터지도록 일동이 웃었다.) 작자에게 대해서 어느 지경 미안한 일이외다.

진건. 작자(회월)가 한, 에피소드라고 고토와루(ことわる)[150]한 것인데, 정순
에 대한 작자의 태도에는 두 분(기진, 종화) 말씀에 동감을 가집니다.
그런데 월탄(종화) 군 말에 작자의 병이라고 할 과장이 있다고 하였으
나 나는 거기 반대합니다. 이런 작품을 성공시키려면 그것을 고조할
필요가 있어요. 의사를 보고 반하는 심리는 그럴듯하고, 병원에 찾아
가는 심리도 역시 묘해요. 그런데 내 생각 같아서는 의사가 입을 벌리
게 하고 목 아픈 데를 묻는 데를 좀 더 무엇을 넣었으면 하는 느낌이
납니다. 물론 전작(前作)보다 낫다고 하지만 전작에 대한다는 것이 너
무도 모호한 듯합니다. 좀 자세치 못해요 …… 간(間) …… 행랑년이
막는 것도 이상스러워요.

인근. 글쎄 행랑에 계집애가 혼자 있다는 것이 의심스럽습니다.

진건. 그것도 그렇고 말하자면 작자가 너무도 결론을 급히 한 것 같습니다.

---

150 ことわる : 미리 알려서 양해를 구한다는 뜻.

학송. 주인공 정순의 반역이 아무것도 모르는 하류계급의 사람으로서도 한 인류의 막지 못할 생의 충동으로 일어나는 본능적인 맹렬한 반역이 되었다면 참 좋았겠는데 그만 어떤 유식자(有識者)의 이해타산에 가까운 흐리머리한 반역이 된 듯해서 인상이 깊지 못하지 않은가 합니다.

종화. 그런데 진건 군 말을 들은즉 과장한 것이 없다 하나, 나는 그렇게 생각지 않습니다. 그 과장이라고 하는 것은 정순이란 계집애가 병원에까지 가는 것은 묘하다고 하는데, 나는 그것이 과장인 줄로 생각합니다. 십팔구 재(才) 먹은 계집애가 자기 상급이라는 서방밖에는 이성이라는 것을 통 접촉할 수 없었는데 그렇게 의사를 한 번 본 후에 바로 곧 그렇게 병원으로 갔을는지? 그것이 과장이 아닌가 생각납니다. 그리고 이것은 아까 말 계속이지만, 그 정순이가 병원에 가서 의사를 대하고 나중에 그 손을 목에 댔던가? (고개를 갸우뚱한다.)

진건. (손으로 가리키면서) 아니, 입에다 대었어요.

종화. 응. 참 입에 손을 댄 거기에 역시 빙허(진건) 군의 말 같이 어떤 묘사가 있었으면 좋았을 텐데! 그 한 장면이 너무 서투르고 억지로 끌어댄 그런 생각이 나는 게 흠이라 하지 않을 수 없습니다. 그리고 끝을 급하게 막았다는 것은 그처럼 생각할 수 없어요.

진건. 그런데 대개 이런 소설은 작자가 무엇을 쓰려고 하였느냐 하는 것을 생각하고 싶어요. 그 행랑계집에게 있어서 의사의 흰 손이 몸에 닿고 하는 데로부터 끝이 왜 급히 되었느냐 하면 다른 게 아니라, 끝에 가서 행랑년이 주안점이 되었는데 애가 끓는 듯한 절통한 설움에 가슴을 치고 이를 갈도록 묘사치 못하고 말 한 마디로 막은 것이 힘없이 보여서 결점 같아요. 그리고 프로계급을 그린다는 데는 할 말이 많으나 그것은 후일로 밀지요.

종화.　작자가 급하게 하지 않았다는 것은 소위 '프로'의 기분이라 할까, 제4
　　　　계급의 문학이라 할까. 그 기분이 행랑년에만 나타난 것이 아니라 작
　　　　자는 벌써 행랑년이란 말이 나오기 이전에 그 정순이란 계집애가 병
　　　　으로 자리에서 홀로 신음할 때 벌써 독자에게 하층계급에 있어서 학
　　　　대받는 그 여자의 설움을 표시하였습니다. 그러나 기분이 농후하게
　　　　열렬하게 되지 못하기 때문에 철저한 침통의 빛이 드러나지 못하였
　　　　으니까 그것은 급속히 하여 그런 것이 아니라 작자의 창작적 수완에
　　　　밀 것이지요.

나빈.　그만하고 다른 것으로 옮기지?

인근.　왜 김기진 씨는 말씀이 없어요?

기진.　별로 할 말이 없으니까요.

인근.　이번에는 김낭운(金浪雲) 씨의 「영원한 가책」(『생장』 2월호)을 말씀하
　　　　시지요.

종화.　도향(나빈)은 어떻게 생각하나?

나빈.　무엇 말인가?

종화.　나보고 도로 묻나?

진건.　어쨌든 약은 사람(나빈)이야! 하하하.

나빈.　『생장』 1월호에 난 것은 (낭운의) 무엇이더라!

인근.　「귀향」이지.

나빈.　그의(낭운) 작품으로는 「귀향」을 처음 보았는데 거기 비하면 「영원의
　　　　가책」은 퍽 나은 듯해요. 그런데 내가 보고 느낀 대로 말하면 우선 시
　　　　골가정 학생으로 그때까지 아내가 없는 것이 의문이 됩니다. 그리고
　　　　엄격한 가정이라고 하면서 엄격한 가정 묘사가 없어요.

인근.　오히려 반대가 되었어요. 기생이 그렇게 자유로 그 집에 기거한 것을

보면 어디 엄격한 가정이라고 할 수 있을는지.

나빈.　글쎄 말이야. 나는 시골 풍속은 잘 모르나 그와 같은 엄한 가정에서 기생을 안방에 두는 것이 퍽 의심나!

진건.　이 사람(나빈)이 내 할 말을 다 빼서 하네! 하하하.

상섭.　역시 그러이. 하하하.

종화.　나도 그런 걸.

일동.　대소(大笑).

나빈.　설령 갖다놓았다 하더라도, 그런 엄한 가정에서 기생과 자유교제를 허(許)하겠느냐 하는 것이 의문이란 말야. 그리고 이것이(「영원의 가책」) 1인칭 소설이니 저쪽의 심리묘사가 어렵겠지마는 그 상대자 되는 기생의 심리라든지, 거기 나타나는 태도가 퍽 불분명하게 생각납니다.

종화.　낭운이 석송(石松)인가?

나빈.　아니야. 낭운은 낭운이야. 하하.

종화.　나는 낭운을 석송이로 알았네!

학송.　그러나 전편을 통하여 알 수 없는 매력이 읽는 사람에게 염증을 주지 않아요. 그리고 달 아래 시냇가에서 기생이 신세자탄하는 데는 무상한 인간의 애처로운 일면을 몸소 느끼는 것 같습니다.

상섭.　그래요. 어느 정도까지 독자를 끌어요. 이 소설(「영원의 가책」) 주체가 기생과 엄격한 가정이라는 데 있는데, 출발점부터 엄격치 못한 가정인 것은 도향 군 말에 찬동이요. 그러나 다 읽은 뒤에 머릿속에 남(餘)는 무엇이 있습니다. 그런데 내 요구라 할는지, 가정을 한껏 엄격하게 만들어놓고 그 기생을 올지갈지 없게 아주 돈소코(どんぞこ)[151]에 빠

지게 하고 침통한 눈물로써 그렸다면 더 열렬하였을 것이고, 그렇지 않거든 가정을 자유스럽게, 심하게 말하면 난륜적, 즉 주인공이 데카당적으로 활동하였다면 좋았겠는데 두 가지가 반중건중하게 5분(分)씩 섞였으니 인상이 엷어져요. 전체로 보아서 유망하다는 것은 범람(泛濫)한 말이나 여하한 무슨 기대를 할 수 있는 작(作)이어요. 끄트머리에 처음 편지에는 주인공의 말 같이 열이 없다는 것은 작자가 그렇게 보이기 위하여 썼다고도 할 수 있으나, 유서에 열이 보이지 않는 것은 작자의 수완이나 역량이 나타나지 못한 것으로 여깁니다. 그만큼 인도적인 주인공이 기생의 전정(前程)을 위하여 돈 2백 원까지 싸놓았다는 생각이 주밀한 주인공이 기생이 이마에 키스하는 것까지 모르도록 잤다는 것이 부자연스럽고 최후에 고통의 빛이 보여야 할 텐데 그것이 없으니 무력해요.

나빈. 이름이(「영원의 가책」) 재미적어요. 내용의 불충실을 미리 말하는 듯해서 …….

인근. 전편을 통하여 재미는 있으나 그만치 여유 많은 재료를 그만 평범하게 만들었습니다.

상섭. 어느 귀퉁이 빈 데만 없었다면 썩 훌륭하였을 건데 …….

기진. 그것도 배경을 잘 만들어놓고 활동시켰다면 썩 좋았을 것인데 그만 평범해졌어요. 자기(주인공)는 학생이다, 그런데 가정은 엄격하며, 또 저는 기생이다, 아직 사랑할 수 없다 하는 감정과 의지(意智)의 싸움의 딜레마가 없어요.

― 간(間) ―

인근. 또. (사면을 돌아본다. 조그마한 눈에서는 웃음이 솔솔 새어내린다.)

기진. 주인공은 그 기생의 죽은 것은 '내가 죽였구나.' 하면서도 고통의 빛을 볼 수 없어요.

종화.　혈서 써놓고 죽는 데가 너무 경(輕)한 듯해요.

진건.　성격 설명이 없어서 연극 같아!

기진.　「귀향」도 스지(すじ)[152]가 분명치 못합디다.

인근.　『생장』에 「순(醇)의 생활」(방한민(方漢旻) 작)은 어때요? 보아도 모르겠
　　　어요.

일동.　그것은 초기(抄記)니까 평할 수 없어요.

나빈.　그 다음 「내방자(來訪者)」는?

인근.　그것은 소설이라고 할까?

나빈.　그래도 소설이야! (까만 눈을 깜박깜박)

종화.　이제는 『조선문단』으로 옮기지?

나빈.　이제 상섭 군 차례(「전화」)가 왔구나! 하하하.

인근.　이제는 그럼 상섭 군의 「전화」?

상섭.　에그, 욕들이나 톡톡히 하시우! 나는 모르겠수! (풍부한 얼굴이 불그레하
　　　여 호기롭게 껄껄 웃었다.)

인근.　「전화」는 이름부터 호기심을 끌어요.

나빈.　단편으로는 아주 좋아요.

기진.　「전화」가 좋아요. 아마 『조선문단』 2월호에 실린 소설 중으로서는
　　　제일 무게 있는 작품이야! 하하.

일동.　그래, 하하.

상섭.　나는 빙허 군의 독설이 나올까봐 겁나네. 하하하.

인근.　나는 여러 군데 짜릿짜릿한 묘사에 반했습니다.

---

152 스지(すじ) : 줄거리.

나빈. 장가 가보지 못한 사람으로서는 상상력이 굉장해. (상섭은 나이 삼십이
　　　되도록 총각이다.)

기진. 주인아씨 댕기 땋는 데도 그럴듯해!

(이때 춘원이 들어왔다.)

나빈. 하지만 술이 취했다고 '채홍'이 소리가 나올까? 그렇게 그런 마누라
　　　앞에서 …….

종화. 정 심하면 나오기도 할 터이지!

인근. 상섭 자신 같으면 안 나오겠지만 X ─ 주사야 나왔을는지 모르지? 하
　　　하하.

나빈. 사실, 신년에 나온 작품 중에는 「전화」가 우리 문단에 제일이라고 할
　　　수 있습니다.

진건. 내가 연설할게. 상섭 군의 회화 쓰는 것은 일품이요, 암시도 묘해요.
　　　예를 들면 채홍이가 전날 밤에 김 주사하고 같이 간 것이 뺨이 붉고
　　　눈이 퀭한 것으로 암시한 것은 썩 좋지 않습니까? 그리고 상섭의 작
　　　(作)은 처음은 혼돈하다가 차츰 실 풀리듯이 나가는 것은 기교나 묘사
　　　에 익숙한 것이겠고, 작중에 나오는 인물들이 늘 무슨 일을 낼 듯 낼
　　　듯하여 어떤 설명을 하지 않아도 독자가 그 맛에 끌리는가 합니다. 한
　　　데 이 작(作)에서 표현시키려는 것이 무엇인지? 사내 속 못 차리는 것
　　　을 나타낸다면 좀 부족하고 주인아씨도 여염집 부녀답지 않게 사내
　　　말대답이 여간 아니던 걸. 그러니 주인아씨와 기생, 그 둘 사이에 사
　　　내가 쪼들려서 아주 못 견디게 되든가, 또는 사내가 어떻게 주인아씨
　　　를 휘두르든가 했으면 흥미가 더 깊을 것 같습니다.

종화. 빙허 군은 작자가 무엇을 썼을까 하나 나는 그것을(「전화」) 무게 없는
　　　작(作)이라고 생각합니다. 그저 전화 그것에 지나지 못하는 줄로 생각

합니다. 그러나 처음부터 묘사, 기교는 빈틈이 없이 잘 되었으나 끝에 묘사가 있어야 할 텐데 너무 급속히 맺은 것 같습니다.

상섭.　허허, 내가 어디 변명을 해볼까? 아니, 변명보다도 계획을 말하지요. 그것이(「전화」) 처음 개벽사의 부탁을 받고 지긋지긋 밀리다가 그때야 쓴 것입니다. 처음에는 이렇게 생각했지요. 통화료에 쫄려서 쩔쩔 매는 것을 그리려고, 소위 현대사회에 나서서 행세한다는 사람의 내막을 그리려고 한 것이, 그러면 시일도 걸리고 장편이 되겠기에 그렇게 뒤틀렸습니다.

나빈.　춘원은 왜 말씀이 없습니까?

광수.　나는 오늘 듣기만 하겠습니다. 하하.

건식.　전편(「전화」)을 보면 내용이 우스워요.

일동.　하하하.

종화.　그래, 전화라는 것이!

나빈.　그것이 동경인지도 모르지? 하하.

일동.　하하하.

종화.　그건 그만하고 넘어갑시다.

인근.　빙허(진건) 군의 「B사감과 러브레터」.

나빈.　그것 꽤 음침하던데! 빙허의 작품은 얼핏 보면 체호프의 단편 같아. 『개벽』 정월호의 「불」로 말할지라도 체호프 작(作)에 어떤 계집애가 종일 괴롭게 일하다가 나중 어린애를 죽이는 데가 있는데,「불」도 그렇게 체호프의 냄새가 나면서도 체호프는 아니에요. 모파상에는 비길 수 없으나 어떤 독특한 기분이 있습니다. 그리고 「B사감과 러브레터」도 처음부터 자자구구가 호기심을 일으켜서 맨 나중에 무슨 말이 나오나 하는 독자의 상상력을 끄는 것이 돗비나 도코로(とつぴなとこ

ろ)[153]라고 할지? 그런데 얼른 말하면 그것이 활동사진을 보는 것 같아요. 그러한 재미가 있습니다.

종화. 빙허 군의 작(作)은 언제든지 기교나 묘사로는 우리 문단에서는 제일 빼어나다고 생각합니다. 여기(「B사감과 러브레터」 첫머리 B여사의 용모를 그린 것이 그럴 듯이 사람을 살살 간질어가지고 넘어가는 점이 있습니다. 여기서 독자는 속아 넘어갑니다. 나도 깜빡 속았어요. B사감이 방안에서 혼자 지껄인 데서 속았습니다. 그런데 여자가 남성(男聲)을 낸다면 좀 다를 텐데 그렇지 않은 데서 나는 속았소.

인근. 그거야 여자도 남성을 낼 수가 있겠지요. 그런데 문체든지 모든 것이 꽁꽁 뭉쳐져서 빙허의 몸뚱이 같이 아름답게 되었습니다.

학송. 나는 쓰느라고 눈코를 못 뜨겠으나 참견하고 싶어서 어디 견디겠습니까? 어찌했던 그것이(「B사감과 러브레터」) 여간한 히니꾸(ひにく)[154]가 아니에요.

기진. 전편을 통해서 요만큼 얌전한 것이 드물어요.

건식. 흥미는 있는데 끝에 러브레터가 너저분히 널린 광경이 과장 같기도 해서.

기진. 작자는 학생에게 엄하게 하는 사감의 속을 붙잡히게 한 것이겠지요.

상섭. 사십 이상 된 여자의 변태심리는 잘 모르니 거기까지는 알 수 없고, 또 그것은 여자의 체질 여하의 문제겠으나 마치 고리키 작(作)에서 본 것 같은, 즉 밀매음녀가 곁에 방에 있는 대학생에게 편지 부탁을 하던 것 같아. 어찌 보면 좀 부자연스럽고 과장 같기도 합니다. (우렁찬 소리가 몹시 빠르다.)

---

153 돗비나 도코로(とっぴなところ) : 특별한 점.
154 히니꾸(ひにく) : 얄궂음.

기진. 그런데 빙허 군의 작(作)은 상섭 군과 같은 경향이 있어.

나빈. 그래서는 상섭이가 빙허를 배우는 게지. 하하.

상섭. 『개벽』 정월호에 실린 「불」이 낫지?

기진. 아마 낫지요.

나빈. (책장을 번지면서) 그건 그만하고 넘지!

인근. 이번에는 박월탄 군의 「시인」(『조선문단』 2월호).

나빈. 나는 발설(發說)이나 할 테야. 「시인」 보고 생각나는 것은 허무사상입
니다. 그리고 외람한 말이나 월탄의 작(作)은 묘사에 감심(感心)할 수
없습니다.

인근. 가정생활이 글 쓰는 사람에게 방해 놓는 그 언저리는 선명합니다. 그
러나 전체로 보아 씨의 다른 작품보다는 떨어질는지 모르지요.

나빈. 시인으로서는 꼭 느낄 만한 것이야. 그런데 표현이 좀 엷어요.

상섭. 이 작(作)(「시인」)에 중요한 것은 끝인데, 그 귀착점이 자기의 생활의
모순을 표현한 것으로 생각합니다. 그런데 후추나 고춧가루 같이 따
끔한 맛이 있어야 할 터인데 그것이 부족해요.

나빈. 그래, 좀 꼭 찌르는 맛이 적어!

진건. 허허. 이거 고춧가루가 없어서 야단났군!

일동. 하하하.

인근. 그것은(「시인」) 제가 원고 재촉을 부리나케 하는 바람에 급히 쓰시느
라고 원만치 못하게 된 것이겠지요.

나빈. 언제나 말하는 바지만 월탄 군은 한문투를 너무 써!

상섭. 그런데 이것은 딴 말이지만 (두툼한 안경을 번뜩거리면서) 작품에 경어
(京語)를 씁니까? 지방어를 씁니까? 어떤 작품에는 지방어가 많아서
이해키가 어려워요.

인근. 대화에는 지방어를 써도 관계치 않겠지마는 설명에는 경어(京語)를
      써야겠지요.

상섭. 글쎄, 반드시 표준어를 써야겠지요.

인근. 홍. (상글상글)

상섭. 내가 그것을 묻는 것은 어떻게 먼저 언어의 통일부터 힘쓰는 것이 좋
      을 듯해요.

나빈. 잡담 제하고 어서 평이나 그치지? 「시인」도 마저 말해요. 누구든지.

진건. 눈 오는 밤에 눈이 덮이게 되면 시인 아니라 누구든지 은은한 감상을
      품을 것입니다. 이렇게 평범한 것은 평범할수록 묘사가 곤란해요. 부
      부싸움 같은 것도 그래요.

나빈. 부부싸움은 상섭(「전화」)이가 잘 그렸어! 하하.

상섭. 흐흐흐. 나는 B사감이 되나! (아직 총각이니까)

나빈. 한 40 되면. 하하하.

진건. 또 다른 것을 보지?

상섭. 이(『조선문단』을 뒤지면서) 최서해가 누군가?

학송. 그것은 저올시다.

상섭. 그래서는 실례가 막심이로군! 그런데 두 가지 이름을 쓰십니다.

인근. 그러면 「살인」은 계속 중이니 다음 합평에 밀고, 학송 군의 「십삼원」
      (『조선문단』 2월호)을 평합시다.

상섭. 썩 좋게 보았습니다. 뒤에 나오는 꿈 이야기에서 깜짝 놀랐습니다.
      그것이 좋아요. 이것은(「십삼원」) 아주 평범한 사건인데 K에게 가서
      주저거린 데라거나 끝을 꿈으로 마친 데가 아주 그럴듯해요.

종화. 묘사라거나 꿈 이야기는 상섭 군의 말 같이 색채가 좋습니다.

진건. 조선 속어에 꿈에 불을 보면 재수가 좋다니 그렇게도 좋아. 하하하.

　　그런데 꿈밖에는 별로 감심(感心)이 나지 않아요. K가 그렇게 관후한 사람이 되지 말고 좀 인색하고 무인정(無人情)한 사람이었다면 자식에게 돈 보내라는 편지라고 없던 어머니를 위하여 허리를 굽히는데 자식된 성의가 농후하였을 것인데 그것이 없는 것이 섭섭해요.

상섭.　임영빈(任英彬) 군의 「난륜」도 좋아요. 그 행문(行文)이 아주 유창하던데요.

종화.　그런데 한문을 너무 쓴 것이 덜 좋아요.

나빈.　제2회(「난륜」)를 보았는데 3회는 어떨는지. 1회에 끊었다면 더 좋았을 것 같아요.

종화.　그래. 2월호에 난 것은 군것 같이 생각나요.

기진.　나는 「난륜」이 제1회(『조선문단』 1월호)에 끝난 줄 알고 『개벽』에 평을 썼지요.

인근.　그것은 편집하는 제가 잘못입니다. 그러나 아직도 끝이 기니 나중을 보아야 진가를 알겠지요.

나빈.　차라리 제1회 단편으로 떨어졌다면 더 힘이 있을 것 같습니다.

인근.　당선소설 「부친(父親)」(『조선문단』 2월호 정인철(鄭寅喆) 작)은 어때요?

진건.　모를 말이 퍽 많아!

인근.　황해도 사투리도 많고…….

상섭.　두어 페이지 보았는데 부친의 성격은 나타난 듯싶어.

진건.　글쎄, 그런데 행문(行文)이 서투르고 통일이 없어서 퍽 모호합니다.

기진.　작자는 무슨 암시를 보이려고 하나 나타나지 못하고 말았어요.

인근.　진종혁(秦宗赫) 군의 희곡 「구가정(舊家庭)의 끝날」(『조선문단』 2월호)은 어때요.

일동.　글쎄, 우리가 희곡을 알아야지.

건식.　나는 보기는 보았는데 감심(感心)할 수 없어요. 그리고 한자의 오서(誤書)가 퍽 많아요. 차라리 순국문으로 썼다면 읽기나 편할 것을 ·······.

학송.　이제는 끝났지요?

나빈.　최 군이 퍽 쓰기 바쁜 게로군! 하하하.

인근.　그런데 이 합평을 일후(日后)도 하는 것이 좋을까요. (방안을 돌아보면서)

기진.　조선에서는 첫 일이니까 『조선문단』의 특색으로 그냥 두는 것이 좋지요.

상섭.　퍽 좋게 생각합니다.

인근.　그런데 일후에는 창작만 평할 것이 아니라 우리 문단에 대한 의견 같은 것도 합시다.

김억.　그것도 좋아요.

인근.　그런데 박영희, 늘봄 두 분이 종내 오지 않는 걸. 어찌하면 못 올 듯하다고도 했지만. (상글상글하던 낯에 정숙한 빛이 돈다.)

일동.　글쎄, 어찌된 셈이야?

나빈.　영희 군은 갑자기 볼일이 있어서 못 온다고 하기는 했으나.

　서창(西窓)에 비치던 석조(夕照)는 어느새 사라지고 방안에는 황혼 빛이 기어든다.

2월 15일 영도사(永導寺) 초막에서

처녀작 회고담을 다시 쓸 때까지[155]

문인이니 문사니 하는 직함인지 택호인지를 붙여준 사람이 누구인지 나도 모르지만, 실상은 이때껏 '나는 문인이거니' 하는 단순한 생각을 가져본 때는 없었다 하여도 거짓말은 아니다. 그것은 늘 자기의 소질을 자기가 의심하는 데에 한 가지 원인이 있고, 또 연래(年來)로 문단생활과는 배치되는 직업에 얽매이는 동시에 생활이 가장 불안정하여 올곧게 나갈 수가 없이 1년, 2년씩 주기적으로 그 소위 문인의 일 비젓한 것을 하기 때문이다. 그러므로 늘 방황하고 초려(焦慮)하는 것이 예술적 생활에 돌진하겠느냐, 저널리스트에 만족하여 되나 안 되나 밥벌이에 몰두하겠느냐는 것이었다. 구차한 변명 같지만 나 자신에 대하여 미안하고 문예운동에 대하여 불충실한 것을 죄만(罪萬)스럽게 느낄 때가 한두 번이 아니다.

그러나 만일 내가 문학방면에 투족(投足)을 하였다면 경신년(庚申年)에 경성에서 폐허사를 조직하였을 때부터일 것이다. 그 전에 그와 같은 단체가 무엇이 있었는지 모르지만, 몇몇 동인이 모여서 제각기 제멋대로 떠들던 시대이다. 그때에 나는 『동아일보』가 창간되어서 비로소 귀국하여 6개월간쯤 기

---

155 염상섭(廉想涉), 「처녀작 회고담을 다시 쓸 때까지」, 『조선문단』, 1925.3. 이 글은 '처녀작 발표 당시의 감상'이라는 표제 하에 실린 글 중 하나이다.

자생활을 하다가, 단조한 그 생활에도 불만이 있지만 예나 제나 가는 곳마다 있는 소위 사회인의 암투를 보고 분개하고, 사회가 나를 요구도 않겠지만 나도 발을 끊는다고 직업까지 내던진 터라 일종의 반동적 감정이 침울한 기분에 잠겨 어리둥절한 가운데서 지내왔다. 그러다가 동경 재유(再遊)라는 계획도 틀리고, 법리학 연구라는 꿈도 깨지고 하여, 정주 오산학교로 유배 가듯이 붙들려가서는 아무 감흥도 없는 한촌(寒村)에 굴레를 씌워 앉은 채 신통치도 못한 입심을 팔게 되었다. 다만 침울과 적막과 신산과 싸우느라고, 거기에 도리어 포로가 되어서 한층 더 아무것도 못하고 실로 무사분주(無事奔走)하면서도 단조한 생활을 하게 되었다. 그러다가 우연히 무엇이나 써볼까 하고 아무 성산(成算) 없이 붓을 든 것이 「표본실의 청개구리」였다.

혹은 이것을 가리켜서 나의 처녀작이니 출세작이니 하는 사람도 있는 모양이나, 나 자신으로서는 그런 어려운 명사까지 붙이고 싶은 생각은 지금까지도 없다. 삼십이 넘거든, 그리고 자기의 생활을 정리하고 한정(閑靜)한 속에서 내적 생활의 안돈(安頓)을 얻게 되면, 되나 안 되나 장편 한 개만 써보리라는 결심은 그때나 지금이나 가지고 있는 터이지만, 북국(北國)의 벽촌(僻村)에 끼어 앉아서 흥 없는 붓을 놀릴 그때의 자기는 창작가로 문단에 서보려는 생각도 없었고, 또한 자기의 일을 분발케 할 만한 아무 자극도 없었다. 말하자면 사랑 있는 부부 간에 생산한 자식이 아니라 우연한 기회에 어쩐둥해서 낳게 된 자식이 「표본실의 청개구리」였다. 그러나 나 자신으로 그 작(作)을 회상할 때는 『폐허』 시대의 나를 돌아보는 것 같은 느낌은 있는 줄 안다. 하여간 처녀작이라는 것이 무엇을 의미하든지 나로서는 이전에 지은 몇 개 안 되는 단편이 모두 처녀작이요, 금후에도 창작을 한다면 그것이 모두 나에게는 처녀작일 것이라고 생각한다. 그리고 내가 만일 처녀작을 발표한 당시의 회고록을 쓸 날이 있다고 하면, 그것은 수십 년 후의 일이거나 혹은 영원히 없거나 할 것이다.

최육당崔六堂 인상[156]

　요사이 인물론이 유행한다. 인물 공황이 생긴 조선에서 꼭 하나 있다고 하던 차천자(車天子)가 움츠러져 들어가기를 기다려서 금시로 인물사태가 났는지는 모르지만, 공교하게도 갑자년(甲子年)이 훌쩍 넘자 을축(乙丑) 신년에는 문단의 인물론이 번창하여졌다. 우선 1월 『개벽』에 이광수론, 문예잡지 『생장』에 염상섭론이란 무료광고의 술타령, 그 다음 동지(同誌) 3월호에는 자멘호프[157]의 아드님 김억론이 게재된다는 이때에 『조선문단』에서는 새삼스럽게 최남선론이 실린다고 일부분인 "인상 같은 것"을 쓰라 한다. 그러나 이광수론을 보아도 둔탁한 나의 두뇌에는 요령을 못 얻고, 염상섭론인가를 보아도 '술 주(酒)' 자(字)의 전람회, 야소(耶穌) 토요재강론(土曜再降論) 비젓한 이태백재생론(李太白再生論)이 되다 말았으니 논평인지 인상기인지 장난인지 갈피를 잡을 수가 없는 것은 나의 못생긴 탓이라 하더라도, 지어(至於) 최육당(崔六堂) 하여서는 이미 사회의 정평이 있을 뿐 아니라, 그 소위 '논(論)'이라는 것이 인상기 비젓한 거나 부득요령임에 특색이 있다 하면 염상섭론 같아야 하겠고, 이광수론 같아야 하겠건만, 씨는 소설가도 아니요 주차력군(酒借力

156　염상섭(廉想涉), 「최육당(崔六堂) 인상」, 『조선문단』, 1925.3. 이 글은 '육당 최남선론'이라는 표제 하에 실린 글 중 하나이다.

157　라자로 루드비코 자멘호프(Lazarus Ludwig Zamenhof, 1859~1917). 에스페란토의 창안자.

軍)도 아니라 "인상 같은 것"도 쓸 재료가 없다. 하물며 씨의 과거를 모르고 현재를 말하기 싫고, 그 성격을 풀기 어렵고, 문인으로서의 씨를 알지 못함에랴. 그러나 논(論)이 아니고 인상기 같은 것을 쓰라 하였으니 머릿속에 남은 것만 골라내어 보자.

내 수다도 어지간하였다만, 육당이야말로 상당한 달변가이다. 물론 수다하다는 것은 아니지만 좌담가로 한몫 본다 할 수 있다. 혹 능변이라고도 할지? 하여간 흥이 나면 상대자에게 개구(開口)할 여유를 주지 않고 하고 싶은 말은 단숨에 쏟아놓고 한다. 이러한 것은 사교에 좀 자미없고 외교가로서는 부적당한 것이라 하겠지만, 정력이 왕성하고 패기가 있는 것을 알 수 있을 것이다. 그러나 그 패기가 자칫하면 상대자를 압두(壓頭)하려 하기 때문에 방만하게 보이고, 따라서 상당히 오해도 받고 친한 사람끼리도 내심으로는 경원적 태도를 취케 한다.

나를 씨에게 소개하여준 것은 『시대일보』의 전신인 『동명주보』였다. 삼작년(三昨年) 늦은 여름이었다. 『동명』지를 창간하니 덮어놓고 같이 시작하자는 것이 진순성(秦瞬星)의 요청이었다. 잡지·신문이라면 '내 생활'을 파괴하는 것이라 마음에 뜨악하여 가느니 안 가느니 하며 한참 실랑이를 하다가 급기야에 육당과 만나게까지 되었다.

씨의 그 뚱뚱한 얼굴과, 적은 눈과, 큰 입을 비로소 보게 된 것이 그때가 처음이었다. 물론 나에게는 선배요, 사회적으로는 명사라 하니 다소의 호기심도 가졌던 법하다. 그러나 첫인상은 상당히 교(驕)가 있다는 것이었다. 내가 진순성의 인도로 실내로 들어가니까 씨는 편지를 골똘히 들여다보고 있었던 모양이었다. 그러나 거들떠보지도 않는 것이 좀 마음에 틀려서 맥고모자를 방바닥에다가 탁 던지고 순성이 내어놓는 방석에 털썩 앉으니까 그때야 비로소 편지를 놓고 자리를 권하는 것을 보고 그리 짐작한 것이었다. 그런데 나에게 대한 씨의 태도는 '말썽 많은 젊은 사람' 혹은 '반지빠른 청년'에 대한 노련한 중년자와 같이 어름더듬 만져 넘기려는 것 같았다. 말하자면 자기의 위신도 보여야 하겠으나 상대자의 감정을 상(傷)치 않을 정도로 조종하려는 태도였다. 그리고 대화를 시작한 씨는 위에도 말한 것같이 명석하고 유창한 어조가 그 용모로 받은 인상과는 딴판으로 시원하고, 자신이 가득하였고, 또 정한(精悍)하다고는 못하더라도 패기가 있었다. 그러나 곁에 있는 순성과의 회화 사이에 나오는 어세(語勢)로 보면 좀 까칠까칠한 점이 있었다. 그것은 얼굴과 몸집과 말씨로서 주는 인상, 즉 순후(順厚)하다는 인상을 상하게 하였다. 그것은 씨의 적은 눈에서 나오는 것이 아닌가 하였다. 그리고 기위(旣爲) 말이 났기에 한 마디 더 하지만, 어떠한 경우에는 상대자의 기색이라든지 또는 청자가 어떻게 곡사(曲辭)를 할지 그러한 점은 조금도 고려치 않고 마음 내키는 대로 방언(放言)하고 무관심의 태도인 것이다. 그것은 자신이 많은 사람에게 흔히 보는 일이지만, 처음 대면하는 사람의 얼굴을 쳐다보지 않고 자기는 딴 데를 바라보며 이야기를 하거나, 또 저편이 말을 적게 하여 그 말의 책임을 피한다는 데 용의치 않는 까닭이 아닌가 하는 것을 여러 번 경험하였다. 이것은 씨에게 외교가적 소질이 적은 표징이 아닐지도 모른다.[158]

그 후, 같이 일을 하여가는 동안에 수시로 발견하는 것은 여러 가지 중에도 성근(誠勤)하다는 것이었다. 이 점은 나 같은 사람으로서는 도저히 따를 수 없는 일이요, 또한 씨의 모든 것이 이로써 나온 것이라고 할 수 있다. 그리고 실제적 사무가의 면밀한 점과 민활한 점이 있는 것을 알겠다. 또한 벽(癖)이 있다. 그러므로 이러한 몇 가지를 종합한 위에 적당한 사람을 만나면 무슨 일이든지 할 줄 안다.

---

158 문맥을 고려할 때 외교가적 소질이 적은 것의 표시라는 의미이다.

그러나 씨가 실패를 하는 점은 사람을 보는 눈이 밝지 못한 것이다. 사람을 너무 믿는 데에 있다. 사람을 믿는 것은 좋은 일이지만, 관인(觀人)하는 명안(明眼)이 없고 믿는 것은 위험한 일이다. 이것은 씨가 가정적으로나 사회적으로나 너무나 순조(順調)에 있었다는 것이 첫째 원인이요, 자신(自信)이 과한 소치이다. 사람을 보거든 도적으로 알라는 것도 심한 말이지만, 나의 자신, 나의 지위, 나의 양심, 나의 역량 등만 믿고 '설마 저 사람이 나에게야 그러랴'고 여러 가지로 보아 그 사람의 말을 믿는다. 그러나 꿇어앉아 절하는 자의 뱃속은 모를 것이다. 씨와 『시대일보』 관계가 모두 이러한 점에서 출발되지 않았나 한다.

끝으로 씨의 시조―나는 시조를 자세히 모르나, 나의 느낀 바로는 현하 조선에 있어서 제1인자일 듯싶다. 그러나 씨의 문장은 평탄할 뿐이라고 생각한다.

먼저 가정을 정리하고[159]

    일반적으로 말씀하면 현재 우리 조선의 청년은 남자, 여자, 재학생, 졸업생 할 것 없이 온통 불우한 경우에 있습니다. 가정에 들어가니 부모에게 상당한 이해가 있습니까. 학교에 가니 선생들에게 무슨 상당한 이해가 있습니까. 사회 역시 그러하외다. 그러면 누구를 막론하고 오늘에 있어서는 자기의 전도를 개척하기에 자기의 손으로 하지 아니하면 안 되겠지요. 즉 자기가 자기 성격과, 자기 소질과, 자기 취미를 잘 알아가지고, 다시 말하면 자기가 자기를 확실히 발견하여 가지고 무엇이나 앞길에 향해 나가는 것이 필요할 것입니다.

    그리고 내가 참으로 여자가 되었다면 어떤 성격을 갖게 되었을는지 의문이지만, 하여간 지금 내가 가진 이 성격을 갖고서 만일 여자로 태어나서 여학교를 졸업한다면, 나는 먼저 가정에 들어가 안온한 생활에서 가정(家政)을 정리하겠습니다. 그렇지만 그것이 다만 안락한 가정생활을 탐하기 위하여 그런 것이 아니고, 자기 가정을 정리하는 동시에 적어도 전 조선의 가정이 다 같이 정리되도록 생활개선이라든지, 자녀양육이라든지, 경제향상이라든지

---

159 염상섭, 「먼저 가정을 정리하고」, 『신여성』, 1925.3. 이 글은 '내가 여학교를 졸업한다면'이라는 표제 하에 실린 글 중 하나이다.

에 힘쓰겠습니다. 그 다음으로는 사회에 나서서 무슨 일을 한다면 반드시 여자 동성을 위하여 그들의 자각을 촉진시키기에 노력하겠습니다. 만일 지금 현상 같다면 남자들과 같이 무슨 일을 한다는 것은 문제일 것 같으니, 적어도 일을 한다면 한 사람 두 사람 무식한 부녀들에게 이것저것 일일이 가르쳐준다느니보다 일반적으로 여성들의 자각을 일으켜 그네들과 손을 잡고 일을 해보겠습니다.

어떤 날[160]

아직까지 일기를 쓴 일이 없다. 이후에도 일평생 없을 것이다. 요즘같이 자기생활에 아무 애착도 없이 또는 아무 자극도 없이 판에 박은 듯한 생활을 감시중의 수인같이 날짜가 가는 것도 모르고 날마다 되풀이하는 사람에게 빙허(憑虛) 말마따나 생활이 있을 리가 없다. 생활이 없는 다음에야 기록이 왜 있으랴. 설사 생활이 있다 하기로서니 왜 일기를 적어서 유난스럽게 알뜰히 보존하여두랴. 자기를 사랑하고 자기의 성장을 바라보면서 자기만족의 법열(法悅)을 느낄만치 생에 집착도 없거니와 그처럼 신통하게 타고나지를 못한 까닭이다. 그러나 저러나 나의 생활의 일면이 『조선문단』 독자에게 무슨 관계가 있기에 없는 일기를 쓰라거나, 혹은 보는 일, 들은 일을 적으라나? 고만두었으면 좋겠건만 며칠을 두고 여러 번이나 전화를 걸어주신 편집자에게 미안하여 붓끝 도는 대로 몇 마디 적어볼까.

오후 네 시가 지나서다. 명동의 곤죽 같은 골목을 간신히 헤어 나와서 '구리개'[161]로 돌아서려니까 사인방상(四人方喪)[162]이 총총걸음을 걸어 나가는

---

160 염상섭(廉想涉), 「어떤 날」, 『조선문단』, 1925.4.
161 구리개(仇里介) : 중구 을지로1가와 2가 사이에 있던 나지막한 고개로, '구리고개·동현(銅峴)· 운현·구름재'라고도 했다.

뒤에는 하얀 소복을 한 젊은 부인이 인력거를 타고 따라가는 것과 마주쳤다. '짓것'[163]을 안 입었으니 남편의 죽음은 아닐 것이다. 인력거에 우비를 하여서 앞으로만 겨우 들여다보이는 고로 머리에 무슨 비녀를 꽂았는지는 모르나 '과부의 외아들이다!' 하는 직감이 머리를 지날 때 가슴이 뭉클하였다. 그리고 아까 집에서 나올 제 들은 이야기가 뒤미처 생각난다. 음산한 날 아직도 쌀쌀한 초봄 바람에 장(帳)을 팔팔 날리면서 진창 위로 철버덕거리고 가는 쓸쓸한 뒷모양을 또 한 번 쳐다보았다.

재종형이 4년이나 끌다가 자기 친누이 집에서 시원섭섭하게 세상을 떠났으나 감상(戡喪)을 할 도리가 없어서 오늘 아침에 나진에 수의차(襚衣次)를 그것도 외상으로 얻어 보냈는데 나더러는 장비(葬費)를 대라 한다. 딱한 일이다. 내 주머니에 신수가 좋아서 돈 10원 들어오는 날이 냉돌에 얼어붙은 송장을 치우는 날이다. 그러니 어느 천년에 돈 10원이 내 손에 들어올꼬?

청년회 앞까지 오니까 만나자고 한 축들이 서성거린다. 나는 C를 만나자, 마침 옆으로 지나가는 구세군의 금주선전대(禁酒宣傳隊)를 보고, "C군 한 장 사구려." 하며 웃었다. 흰 헝겊에 붉은 글씨로 '금주선전대'라고 앞뒤로 써서 어깨에 맨 처녀가 참 정말 달려든다. C군은 생글생글 웃으면서 잔돈이 없어 못 산다고 하는 것을 내가 지성껏 부추겨서 한 장 사게 하였다.

C군의 주머니 속에서 구세군잡지의 금주선전지를 꺼내보는 C군의 부인이 적이 안심하실 것을 생각하니, 나도 가다가다는 적선도 하는 것 같아서 어아심(於我心)에 흔흔연(欣欣然)함을 마지않는다.

또 장식(葬式)의 행렬이 지나간다. 자세히 보니 이번에는 반우(返虞)[164]다.

---

162 사인방상(四人方牀) : 네 사람이 사인교를 메듯이 메는 상여.
163 짓것 : 1. 새로 지어서 한 번도 빨지 아니한 첫물의 옷이나 버선. 2. 새로 지어서 그대로 둔 옷감.
164 반우(返虞) : 장례 지낸 뒤에 신주(神主)를 집으로 모셔 오는 일.

곡비(哭婢)의 울음소리 처량히 앞길을 인도하매 등롱꾼(燈籠軍)[165]의 일 소대(小隊)가 뒤따르자 전모(戰帽)에 흑의(黑衣) 입은 8명의 요여군(腰轝軍)이 발을 맞추고 3좌(座)의 색교(索轎)를 앞세운 굴건(屈巾)[166] 최복(衰服)장이의 인력거가 끝난 데를 모르겠다. 연전에 이왕세자[167] 가례(嘉禮)시에 기생의 줄무지가 나가는 것을 보고 어떤 일녀(日女)가 "저것이 봉축하는 노래냐?"라고 묻더란 말이 생각난다. 길가는 사람은 발을 멈추고 "장하다!", "팔자 좋다!" 하며 까닭 없이 제멋에 겨워하는 심심파적군도 있다. 살아생전에 그 얼마나 팔자 좋았던고?

몸이 몹시 괴롭다. 캄캄한 밤길이 미끄덩미끄덩 할수록 한 발자국 떼어놓기가 액색하다.[168] 그래도 사(社)의 일이 궁금하여 X군의 여관을 들여다보았다. 여관 사환놈이 선생님 오신다고 구두끈을 풀어줄듯이 반긴다. 시퉁대기도 하는 터이니까 예사로 알았더니 방에 들어가기가 무섭게 벼룻집을 내어놓고 먹을 득득 간다. 신문배달부가 될 터이니 보증서에 도장을 찍으란다. 실쭉하건만 주머니에서 때 묻은 목각도장을 내어주었다.

X군은 사(社)에서 헤어진 뒤에 지낸 이야기를 하였다. 걱정도 되지만 불평도 있는 눈치였다. 나중에는 내가 '무엇을 숨기지나 않는가?' 하는 의심이 있는 눈치로 나를 떠보려는 듯도 하다.

나는 졸립다고 곧 나왔다. 불쾌한 기분이 치밀어 오른다. 아까 여럿이 모였을 적 생각이 머리에 떠오른다. 더 불쾌하다. 제각각 제 기분 속에 파묻혀 헤어나지를 못하고 날카로운 신경에 모든 것을 방임하는 그들의 태도가 눈

---

165 등롱꾼 : 의식(儀式)이나 행사가 있을 때 등롱을 들고 다니는 사람.
166 굴건(屈巾) : 상주가 상복을 입을 때에 두건 위에 덧쓰는 건.
167 대한제국 마지막 황태자 이은(李垠)으로, 1910년 합방과 함께 이왕세자로 격하되고, 1920년 일본의 왕족 나시모토노미야 마사코(梨本宮方子)와 동경 왕세자저에서 혼인한다. 여기서 이왕세자 가례는 1922년 가을, 조선에서 거행된 예식을 말한다.
168 액색하다 : 운수가 막히어 생활이나 행색 따위가 군색하다.

앞에 선히 나타날 때 캄캄한 가운데서 나는 머리를 내둘렀다. 그리고 '고만둘까 ……? 하던 그때 왜 딱 결심을 못하고 머무적머무적 끌려갔던고?' 하며 혼자 후회하였다. 사소한 일에라도 이끌리는 자기의 성격에 대하여 혼자 분개도 하여보았다.

어근버근한 그들의 사귐! 어쩐지 이 사이에 뭐가 낀 것 같다.

하트와 하트가 가락지를 끼고 티끌 없는 영혼과 영혼이 서로 반사하는 것, ―그러나 사람에게는 그런 행복이 차례에 오지 않았다. 이것이 사람의 영원한 비극이다. ―사람의 누선(淚線)은 그 적고도 큰 비극과 같이 마르지 않으리라.

깊어가는 밤길 ― 수렁 같은 길에서 드문드문히 만나는 사람의 얼굴이 어른거릴 때마다 까닭 모를 증오의 염(念)이 병적으로 머릿속에 불이 붙는다. 발밑에서 질척거리는 소리와 같이 불쾌하기 짝이 없다. 또다시 캄캄한 길로 들어섰다. 머리에 오래간만에 본 K子의 얼굴이 반짝하고 눈을 뜬다. '달링'이란 말을 무엇이라고 번역하겠느냐고 묻던 D군의 말이 무심코 생각난다. 나는 속으로 웃었다. 다시 K子의 유난히 옴폭 들어간 눈이 보인다. 앞으로 빼듯하고 촘촘히 꼭 껴안은 윗니빨이 하얗게 반짝한다. 그것도 미우냐고 혼자 물어보았다. 대답이 나오기 전에 조바위[169] 쓴 중늙은이가 지나쳤다. 주름살 하나 없이 축 늘어진 두 볼때구니가 시신경에 노랑점을 찍은 것 같다. 언턱 없는 증오의 염(念)이 또 머리를 든다.

속이고 의심하고 도끼눈을 뜨고 바늘 끝 같은 혓바닥을 놀리고 으르렁대고 하다가 헉 하고 거꾸러지면? 귀찮은 노릇이다. 무의미한 일이다. 내일부터는 문밖에를 나서지 말자. 한 사람이라도 더 만난다는 것, 더 안다는 것은

---

[169] 조바위 : 추울 때에 여자가 머리에 쓰는 물건의 하나. 모양은 아얌과 비슷하나 볼끼가 커서 귀와 뺨을 덮게 되어 있다.

한 가지 실수를 거듭하는 것이다. '실망'이라는 것보다 '실수'라는 것이 온당할 것이다.

어쩐지 급작스레 쓰리고 단(甘) 고독의 애수가 가벼운 밤바람에 싸여서 몸에 스미는 것 같다. 목이 메어오른다. 그리고 다리가 타박타박하여 그대로 쓰러졌으면 하는 생각이 난다.

게딱지같은 자기 방에 들어서니 동생들은 시험 때라고 이때까지 공부들을 하고 있다. 나는 된장국에 밥을 말아놓고 먹기 싫다는 끝엣동생에게 부덕부덕 같이 먹자고 하여 한 그릇에서 밤참을 먹었다. 요릿집에서 이것저것 쑤석거리는 것보다 훨씬 살로 갈 것 같다. 이때껏 꿈속같이 머리에 그리며 오던 모든 향방 없는 생각은 갑옷같이 스러졌다.

동기(同氣)라는 단순한 사실, 혈연이라는 우연한 묵계가 우선 나를 긴장된 신경에서 빼놓아주는 것을 깨달았다. 무조건으로 피차에 신뢰하는 것 같기도 하다. 속을 이유도 없고 의심할 필요도 없으며 감정을 날카롭게 할 여지가 없는 것 같다.

그러나 그것은 한 편만이 아직 개성의 자각이 없고, 따라서 모든 기성한 관념의 씨를 뿌리지 않았을 동안뿐일 것이다.

―죽은 이의 시체는 그대로 뻐듯뜨려두었다 한다, 그리고 큰댁 셋째집에서 모른 척한다고 시비가 대자바기 만큼 일어났다 한다.

3월 15일 야(夜) 기(記)

조선문단 합평회 제2회[170]

3월 창작소설 총평

평자(評者) (가나다 순)

박종화(月灘) 염상섭(想涉) 양건식(白華) 나빈(稻香) 현진건(憑虛)

방인근(春海) 최학송(曙海)

잘못된 것은 잘 받아쓰지 못한 필자의 허물이오니 책망은 필자에게 내려주옵소서.

필자 최학송

춘해.　이제부터 시작하시지요. 그런데 전번 합평도 예기(豫期)보다는 원만하였지만, 이번은 더욱 원만하게, 좀 더 성실하게 되기를 바랍니다. 그리고 한 사람이 너무 길게 말고 간단간단히 합시다.

상섭.　원칙으로 말하면 작가와 평가(評家)가 각각 따로 해야 할 텐데, 우리는 누구나 피차의 창작을 하면서 호평(互評)을 하니까 다른 사람이 보면 자기네 그룹 안에서, 서로 찬양이나 하는 듯한 혐의를 받을 것 같습니다. 마치 작자가 현장에 앉은 것이 면구해서 싫은 것도 칭찬한 듯이 — 우리는 물론 그렇지 않으나 — 생각할 것 같아요. 일전 『개벽』 월평

---

170 「조선문단 합평회(제2회)－3월 창작소설 총평」, 『조선문단』, 1925.4.

을 보더라도 다른 이 것은 어떤지, 내 작(作)만 보더라도 우리와는 정반

대가 되니, 우리 평은 현장에 있으니 그렇게나 되지 않았나 합니다.

빙허.　그래도 우리 평이 정곡을 얻었겠지. 나는 그렇게 믿어요.

춘해.　작자가 현장에 있으니 좀 어려울 듯하나 일변 생각하면 직접 면대했

으니 더 좋을지도 모르겠습니다.

「땅 속으로」(『개벽』 3월호) 포석(抱石) 작(作)

춘해.　『개벽』부터 시작하지요. 「땅 속으로」부터 ……. 적은 것을 가지고

오셨으면 다 내놓으시요.

월탄.　빙허 먼저 말하지?

빙허.　월탄 먼저 하는 게 좋지!

―간(間)―

빙허.　왜 말들 없어요. 암만해도 내가 먼저 말을 내야 하나! 그런데 거기(「땅

속으로」) 웬 한자를 그리 썼는지?

춘해.　그래요. '부산역(釜山驛)'이니, '경성역(京城驛)'이니.

도향.　지명(地名)은 괜찮으나 그밖에도 아니 써도 좋을 데 한자를 너무 썼어!

백화.　처음보다도 2회에 가서 보면 너무도 과장이 많은 듯해요.

빙허.　그것도 그렇거니와 그렇게 쓰려면 차라리 국한문으로 쓰는 것이 좋

을 테에요.

백화.　'땅 속'이란 표제가 이상스러워요. 그리고 작자가 너무 과장이 심해요.

상섭.　아마 이것이 그 사람의 처녀작이지? 나는 이때까지 그 사람의 사상

여하를 몰랐다가 이것(「땅 속으로」)을 보고 대강 짐작했어요. 그런데

대체로 봐서 그리 실패가 없는 작(作)인 줄 믿습니다. 내용에 힘이 있어요. 소위 프로계급의 생활의 일면을 어느 정도까지 유력하게 그렸습다. 나 보기에는 작자 자신의 생활의 일면 같아요. 그런데 첫머리를 너무 상징적으로 끈 것이 덜 좋아요. 그리고 중간에 굶은 어린애가 안집에서 밥 먹는 것을 우두커니 보는 것이며, 돈 꾸러 가는 데라거나, 갔다 돌아오는 데며, 와서 처자의 파리한 꼴을 보는 데라거나, 심리묘사가 잘 됐다고 할 수 있는데 틈틈이 과장이 심해서 도리어 힘이 빠져 보입니다. 끝에 '강도다! 강도다!' 하는 거기에 작자의 사회관, 인생관이 명확하게 나타났다면 좋았겠는데 그것이 불분명하고, 거기서 보면 강도질이 오히려 마땅하다 할 것 같은데 거기에 대한 인생관이라거나 사상이 통일이 못 됐어요. 그리고 꿈 이야기는 처음부터 꿈이다 하는 짐작을 가지고 읽었는데 꿈으로서는 너무도 현실에 가깝습디다. 그것이 꿈이거든 더 상징적, 암시적으로 기교를 매우 힘썼다면 성공이 있었겠는데 그렇지 못해서 좀 실패입니다. 그러나 처녀작이라는 의미에서 장래 좋은 작(作)이 나올 줄로 믿습니다.

월탄.　내 생각 같아서는 그것을 그대로 한 논문이나 감상으로 보면 어떨는지. 소설로 보면 소설이라 할 수 없습니다. 대체 2회(「땅 속으로」)를 보면, 백의인(白衣人)이니, 조선사람이니 한 것은 신문지 1면 논설이나 읽는 것 같아요. 그리고 읽은 뒤에 묵직한 감상이 난다고 하는 이가 있으나, 그것은 논(論)이나 감상문 같은 것을 보더라도 묵직한 감상은 생길 것입니다.

백화.　글쎄, 좀 줄였다면 그 흠이 없었을 것 같습니다.

월탄.　소설로 보면 주인공이라거나 그 주위의 아기자기한 묘사가 있어야 할 텐데 그것이 퍽 희박하고 기타 배치가 한 감상문 같습디다.

빙허. 그 시골집에 가서 보기 싫은 마누라에게 대한 심리라거나, 집을 뛰어
        나오다가 우물을 보고 마누라가 빠지던 것을 생각하는 데며 다시 들
        어가서 담요를 덮어주던 데, 묘사 그것으로는 절박한 느낌이 없으나,
        사실 그것으로 보아서는 절절한 느낌이 일어나요. 이것이 소위 내용
        적 가치겠지요.

춘해. 전체로 보아서 제1회가 좋아요.

빙허. 제1회에 끊어도 단편이 넉넉히 됐겠지요.

백화. 간간히 잘된 점이 있어요.

춘해. 마누라하고 싸우고 나왔다가 다시 들어가서 삼 모자가 죽 누운 것을
        볼 때에 주인공의 번뜩거리는 양심이 좋아요.

빙허. 그래요.

상섭. 담요조각을 덮는 데 참 그럴듯하던데요.

백화. 제목이 「땅 속으로」라 한 것이 모호해요.

상섭. 무엇을 상징한 것이겠지요. 어두컴컴한 기분을 내려고 한 의미인지?

춘해. 어두운 기분이라고만 단언키는 어려울 줄 압니다. 작자는 여러 가지
        의미를 포함시키려고 했겠지요.

　　「**광란**(狂亂)」[171](『개벽』 3월호) **성해**(星海) **작**(作)

춘해. 이번에는 「광란」.

백화. 작자(성해)는 무슨 동기로 썼는지 막연하고 주인공의 성격이 퍽 흐리

---

171 원문에는 '「狂風」'이라고 되어 있으나 '「狂亂」'의 오식이므로 바로잡았다.

머리해서 무슨 느낌이 받아지지 않아요. 좀 더 심각하고 전후가 폭류(瀑流)처럼 됐다면 광란이겠는데 그것이 보이지 않습니다.

도향. 제목이 내용과는 딴판이야!

빙허. 필치는 퍽 건실하던데요!

백화. 그런데 오자(誤字)가 너무 많아요!

월탄. 나는 「광란」에 감심(感心)할 수 없어요. 아주 무성의하게 장난으로 쓴 듯한, 흐리머리하고 지저분한 느낌이 납디다. 읽고 난 뒤에 마치 활동사진을 영사하는 중간에 툭 뛰어 들어간 것처럼 무슨 알지 못할 어수선한 희극을 보는 것 같아요. 그러나 영화 하는 중간에 뛰어들어도 어떠한 요령이라거나 맥락이 있고 희미하게라도 알겠는데, 그것이 전혀 없고, 처음에 '청계천, 청계천' 하여 무얼 늘어놓을 것 같다가 회사로 갔는데, 그 다음에는 또 별안간 양복을 입고 돈을 가지고 기생을 부르고 하였는지 참 부득요령(不得要領)이에요.

상섭. 당장에 양복을 입고 툭 튀어 나오는 것이 퍽 우스워요.

춘해. 글쎄, 그 사이가 몇 시간이라고는 했으나 너무 싱거워요.

상섭. 기생 앞에서 돈 내놓은 것이라든지 수작한 것이 도저히 사람으로서는 할 일이 못되지요. 그리고 그렇게 끌고 나갔으면 작자는 사회관이나 인생관에 어떠한 단안(斷案)이나 있을 텐데 당초에 막연하여 알 수 없습니다.

도향. 작자는 현 사회에 대한 불평을 나타내려고 한 겐데!

상섭. 그런데 우물쭈물해서 알 수 없어!

춘해. 한 감상문 비슷하게 되었는데 '순영'의 생각을 독백으로 한 것이 좀 신기한 듯합니다.

상섭. 이 사회에서는 청탁(淸濁)을 가릴 수 없다 하는 것인데!

월탄.　이것은 좀 우스운 소리지만 다다 식이라 할는지?

상섭.　다다 식이면 그래도 모든 기성(既成)한 관념에서 벗으려는 노력이 있
　　　어야 할 텐데 그것이 아니 보여요.

빙허.　신기한 것이 없어요. 그저 평범해요.

백화.　나는 '청계천, 청계천' 하는 데 호기(好奇)가 있었는데 나중에 가서 절
　　　망이라 할는지? 일종 섭섭한 생각을 품게 되었어요.

춘해.　절반까지는 좋던데요.

백화.　청계천 쓴 것도 방향이 틀린 것이 많아요.

월탄.　글자 같은 것이 틀린 것은 그대로 넘을 수 있으나, 소설에 독백이 많
　　　은 것은 퍽 안 되었어요.

백화.　그것은 독백이 아니라 생각이겠지?

「어촌(漁村)」(『생장』 3월호) 성해(星海) 작(作)

월탄.　「어촌」은 「광란」보다 자미있던데요.

빙허.　「광란」보다 훨씬 좋아!

도향.　제재는(「어촌」) 조선에서 처음일 걸요?

백화.　소설이라는 것보다 소품이라는 것이 적당할 듯해요. 그리고 처음에
　　　나타난 붉은 주머니의 부적, 그것이 암시라느니보다 너무 미신(迷信)
　　　을 정신(正信)으로 만든 감(感)이 불무(不無)하며, 그 아내나 자식의 행
　　　동이 퍽 부자연스럽고 심각치 못합니다.

도향.　그런 것은 심각보다도 아주 그림처럼 곱게 산뜻하게 묘사했으면 더
　　　좋을 게지요.

백화. 그리고 그 아들애의 말하는 것이 앞뒤가 아주 딴판, 딴 사람 같은 느
       낌을 주어요.

빙허. 그런데 실감이라고는 아주 없더군! 작자가 아주 보지도 못하고, 생각
       도 깊이 하지 않은 것처럼 개념적이에요.

월탄. 첫드머리 어촌 묘사가 산뜻하게 못된 것이 큰 흠이지요. 북소리가 둥
       둥 난다는 그 언저리에 어촌의 기분이 좀 더 농후해야 할 텐데.

상섭. 그런데 지금 말씀들 하신 것 같이 제재가 퍽 좋아요. 현 문단에 나오
       는 작품이 거개 도회생활의 유탕문학(遊蕩文學)이라 할까? 그런 방면
       이요, 혹 도회의 암흑면을 쓴다고 해야 엷은 것, 통속적 연애 같은 것
       이 흔한데, 그런 것을 보고 이것(「어촌」)을 보면 퍽 좋은 제재에요. 여
       러분도 하신 말씀 같이 가장 인상적으로 철두철미하게, 그리고 기분
       중심이 돼야 성공하였겠는데, 그런 모든 것이 평범해져서 힘이 없습
       니다. 그리고 내용을 보면 좋다 할 데 있으나, 대체로 모호해요, 끝에
       어부들이 죽었다 했으나, 다른 이는 그만두고 나는 이러한 제재로 소
       설을 쓴다 하면 살아서 돌아온 것으로 쓸 테에요. 왜 그러냐 하면 소
       설은 어느 때든지 대립이 되어서 선과 악, 비(悲)와 희(喜), 피차 모순
       되는 점이 있어야 말거리가 생기고 사건이 생길 것입니다. 다른 것은
       다 제지하고, 즉 예술조건은 다 돌보지 않고 흥미만 가지고 보더라도
       풍랑이 몹시 일면 죽기 쉬울 것이니 거기서 살아오는 것이 맛이 있습
       니다. 만일 사실만 쓴다면, 누가 아침 몇 시에 일어나서 밥 먹고, 뒤를
       보고, 회사에 가고 하는 것처럼, 풍랑이 일었다, 죽었다 하면 그거야
       당연한 일이 아닙니까. 만일 죽었다 하더라도 남은 가족의 비통, 즉
       아내라거나 자식의 비참한 기분이 끓을 텐데 그것이 전혀 없어요.

도향. 그런데 작자가 힘쓴 것은 미신이에요. 부적주머니며, 주발에서 물 떨

어진다는 것이 그것인데, 내 생각 같아서는 어부가 살아오지 않았더라도 어부의 시체를 찾고, 안타까워서 비통하는 일면을 농후하게 그렸다면 퍽 좋았을 것 같습니다.

빙허. 그런데 배가 떠났다, 바람이 불었다, 사람이 죽었다, 하는 것뿐인데 아일랜드(愛蘭) 극작가 싱[172]의 『해(海)의 기사』[173]에서 힌트를 얻은 듯싶습니다. 만약 거기(어촌) 배가 떠났다, 바람이 불어서 물결이 사나운 것을 말하겠으면 대자연의 위력과 사람의 생의 고투를 그리거나, 또는 바다라는 괴물이 어촌에 던져주는 어두운 그림자로 말미암아 사람의 하잘것없는 것을 보여주었으면 하는 생각이 납니다.

상섭. 빙허의 말씀이 퍽 유리합니다. 만일 사내가 살아와서 부부간의 고조된 심리 같은 것을 그려도 퍽 좋지요.

월탄. 내 생각은 그것이 남편의 죽은 것을 쓴 것이 아니라, 모든 시체를 찾는 때에 그 남편의 시체는 나타나지 않았습니다. 또 어머니와 아들의 대화를 보면 그들은 주발 뚜껑에서 물 떨어지는 것을 보고, 그 남편과 아버지가 죽지 않은 줄로 믿고 있었습니다. 그러니 거기에 남편과 어버이를 잃은 비통한 느낌을 심절하게 그리지 않아도 관계치 않을 것 같습니다.

빙허. 그것이 작자의 추리에 지나지 못하지요.

백화. 아까도 말했지만 구상도 철저치 못할뿐더러, 부적이라거나 주발 뚜껑 물 떨어진 것을 암시로 쓴 모양인데, 너무 미신을 사실로 나타나도록 하지 아니 하였나 합니다.

---

172 존 싱(John Millington Synge, 1871~1909). 아일랜드 극작가. 아일랜드 토착민의 일상어와 생활 및 전설을 소재로 한 작품세계를 독자적으로 개척했다.
173 *Riders to the Sea* (1904).

춘해. 전체의 목적이 무엇인지? 어째 희미해요.

도향. 평범한 한 사건이지!

춘해. 글쎄, 그 사건의 중심이 무엇이 될까?

빙허. 아까 말 같이 목적이 나타나지 못했어요.

월탄. 하여간 목적이라면 부적주머니지, 주발 뚜껑으로 무엇을 나타내려는
       것이거나 어촌에 일어난 한 비참한 일을 그대로 그려놓은 것이겠지요.

빙허. 미신은 작자가 기교로 이용한 것에 지나지 않겠지요.

백화. 기교로만 돌릴 수 없습니다.

도향. 제재를 더 침통하게 했으면 좋겠어요.

상섭. 그런 것은 글이 아름다워야 좋을 텐데!

도향. 그래. 물결 같이 아름다운 문장이면 좋지!

상섭. 아리시마 다케오의 『태어나는 고뇌(生れ出づる悩み)』[174]라는 작(作) 중,
       홋카이도(北海道)의 해(海)를 그린 것을 보면 참 훌륭해!

빙허. 그런데 여기는(어촌) 바다도 없고, 풍랑도 없고, 참 아무것도 없어요.

백화. 외국에는 바다 그린 작(作)이 퍽 많은데 그것이 그리기 여간 어렵지
       않은 모양이야!

빙허. 다눈치오[175]도 바다를 잘 그렸어!

상섭. 이제부터는 조선에도 해양문학이나 향토문학이 일어나야 될 것이에
       요. 달큰한 흙냄새 나는 문학이 …….

백화. 그런데 해양 같은 것을 그리려면 용어가 퍽 어려워! 우리와 같이 빈약
       한 것으로는 만족히 그리기 어려울 걸요.

빙허. 그것도 직접 그 자리에서 그리면 좀 나을 게야.

---

174 원문에는 일어 제목만 명기되어 있으며, 한국어 제목은 역자의 것이다.
175 가브리엘 다눈치오(Gabriele D'Annunzio, 1863~1938). 이탈리아의 시인·소설가·극작가.

춘해.　그 자리에서 쓰면 현실 기분에 너무 눌리는 수가 있을 게에요.

빙허.　그렇기도 하지만 일본 어느 작가가 한 말에 여자를 그리려면 현재 접촉
　　　하면서 그리는 것이 좋겠느냐, 접촉 후에 상상해서 그리는 것이 좋겠느
　　　냐 하는데 암만해도 접촉하는 현재에 그리는 것이 더 농후하다고 해요.

상섭.　나는 거기 반대요. 행위와 관조가 병행치는 못하오. 주관이 굳세게
　　　활동할 제 객관을 용납치 못하니까.

도향.　나도 반대에요. 쉬운 예를 들면 우리가 몹시 슬픈 때에 그 슬픔을 현
　　　장에 쓰겠느냐 하면 쓰기 어려워요.

상섭.　부모가 돌아가신 후 슬피슬피 우는 때 보다 나중에 가만히 앉아서 깊
　　　이 관조할 때에 그 슬픔이 더욱 고조되어지는 것입니다.

백화.　금강산도 가보는 때보다 보고 와서 그린 것이 많고, 또 그렇게 그린
　　　것이 더 잘 그려졌어요.

빙허.　그런데 바다를 그리려면 많이 보고 듣는 것이 낫겠지!

도향.　암, 아니 본다는 것은 아니지. 물론 많이 보아야 할 일이지!

「어느 회사원」(『생장』 3월호) 김낭운 작(作)

도향.　「어느 회사원」은 지난번 「영원한 가책」만 못합디다.

월탄.　보통 평범한 기술(記述)이에요.

도향.　우리 눈으로는 이 작(作)(「어느 회사원」)에서 신기한 것을 찾을 수 없어요.

빙허.　작자로는 이것이(「어느 회사원」) 사실이라면 그 회사원이라는 친구에
　　　게 대한 애착을 가졌을는지 모르지만 제3자로는 아무 흥미도 없어요.

도향.　회사원이라는 것을 통하여 현대사회의 이중생활하는 어떤 친구를 동

정한 것인지. 퍽 희미해요.

월탄.   그래요.

빙허.   회사원이라는 친구의 성격이 보이지 않아요.

도향.   저런 소설은 시일을 급히 하는 것이 늘 좋지 않아요.

빙허.   시일은 피할 수 없는 사실이야!

「살인」(『조선문단』3·4·5·6호) **방춘해 작**(作)

상섭.   이번에는 춘해의 「살인」!

빙허.   내가 서두를 먼저 내지. 제1회·2회는 매우 흥미를 끌어요. 기차 안의
         기분과 심리를 세밀히 그린 것과, 사내 타고 또 계집애 타고 하는 방
         면이 퍽 좋아요.

도향.   '석찬', '혜숙', '경자'의 성격이 불분명한 듯해요. 그리고 처음 붓대를
         들면서 종결을 맺으려고 한 듯이 처음 몇 회는 좋은데 3, 4회는 급행열
         차식이 됐어요. 작자가 독자의 흥미를 끌려고 했는지, 기교를 보이려
         함인지, 종이 뭉탱이[176]에 칼 쌌다는 것이 과장 같고 부자연스러워요.

상섭.   시모노세키(下關)까지는 순조(順調)로 가서, 경성서 부산까지의 기차
         속에서 지낸 혜숙의 심리는 좋아요. 그런데 시모노세키(下關)서부터
         전개되는 장면이 덜 좋아요. 종이 3백장으로 쌌다는 뭉탱이에서 무엇
         이 올듯올듯 해서 그것이 독자를 동경까지 끌고 가서 마지막 장에서
         칼이 나온 것이 너무 기교에 기울어진 것 같아요. 그리고 혜숙이의 처

---

176 뭉탱이 : '뭉치'의 전라도 방언.

음 나타나는 성격은 연애의 경험도 있고, 세상에 닳은 여자 같은데 나
중에 석찬과 관계를 맺고도 그의 주소까지 모르도록 숫저운 여성이
라는 것이 이상스러워요.

백화. 전체로 보아서 홍미는 퍽 끄는데, 석찬의 성격이 모호하고, 칼 나오는
데서부터는 최대급행이 되었어요. 내 생각 같아서는 몇 회 더 연재했
다면 좋았을 것 같아요.

상섭. 암, 여유가 퍽 있지요.

춘해. 제가 고백하지요. 서해 군과도 말했지만 몇 회 더 연속하려다가 지리
한 생각이 나서 얼른얼른 써버리느라고 그 꼴이 됐어요.

상섭. 그것은 안돼요. 잡지 경영하는 때의 방인근 씨와 작가로서의 방인근
씨는 태도가 달라야 하지, 두 가지를 함께 생각해서야 됩니까?

월탄. 그런데 갈피를 찾을 수 없어요. 똑 마치 오리무중에 방황하는 느낌이
나요. 처음에 여자가 오르고, 남자가 오르고, 또 여자가 오르고, 그 셋
이 연애를 하고 질투하고 하는 데가 너무 급하고 부자연스럽게 생각
나요. 그렇게 깊은 연애라거나 심한 질투가 있자면 시일 관계가 있겠
는데, 그것이 보이지 않아요.

상섭. 그것은 현대 데카당 기분이니 그렇기 쉽지!

월탄. 현대 조선인으로서야 그다지 심할까.

상섭. 아니, 그래도 지금 학생들은 안 그래요.

월탄. 온천까지 가도록 그렇게 급할 수는 없는 일입니다.

도향. 응, 그렇지 않아요. 그렇게 가기 쉬워요.

빙허. 차 안 장면 그린 것은 그림 같아!

상섭. 잘 됐는데, 죽이러 가는 데가 너무도 흐리머리해졌어요. 만일 혜숙이
그렇게 나카노 벌을 나간다면 그 장면에 침통한 기분과 아기자기한

고민을 암시한 저기압이 있어야 할 텐데 그것이 없고, 그리고 혜숙이 S란 여자를 찾아갔는데 그때까지 혜숙이가 소문을 못 들었다는 것이 퍽 의아해요.

백화. 어쨌으나 종이 뭉탱이가 동경까지 끌고 갔어요. 나만 거기에 호기심을 가진 줄 알았더니 다들 그렇구려.

도향. 군더더기야.

상섭. 시모노세키서부터 생각지 못했어!

도향. 혜숙이가 배에서 내려설 때 석찬의 패를 한번 만나는 겐데 ……. 못 만나게 한 게 실패야.

상섭. 그렇지. 한 번 만난 게지.

춘해. 그것은 석찬이가 피했지요.

상섭. 그러면 피했다는 말이 있어야지요.

빙허. 칼은 무슨 의미인지.

월탄. 그것은 여자동맹회에서 보낸 게지. 그런데 이 소설이 3인칭이나, 엄밀하게 보면 혜숙의 1인칭 소설인데, 혜숙이가 처음에 왜장녀가 되고 나중은 순결한 여성이 되었어요.

상섭. 그런데 통 인상적으로 안 쓴 것이 흠이에요. 아까 「어촌」의 산호동 곳을 그리는데 인상적이라야 할 것처럼 ……. 방인근 씨의 글은 좋은데, 어떤 데는 말 한 마디로 할 것을 여러 말을 늘어놓아요. 다른 것을 그린 것을 보면 그만한 역량을 가지고도 힘을 덜 쓰는 듯해요. 그리고 숙희의 표정, 언어, 태도를 표현하는 용어가 처음은 거슬거슬하다가 중간은 순결해졌으니 말이 주는 관념을 등한히 볼 수 없을 줄 믿습니다.

「**탈출기**」(『조선문단』 3월호) **최서해**(崔曙海) **작**(作)

백화.　근래에 내가 본 중으로는 이렇게(「탈출기」) 인상 깊은 작(作)은 처음 보
　　　았습니다.

상섭.　3월 창작소설 중으로는 제일이에요.

도향.　내 생각 같아서는 작자의 체험이 아닌가 합니다.

상섭.　두부 끓는 데 같은 것은 그런 걸.

월탄.　두붓물 끓는 데, 노 ― 란 기름 뜨는 것 같은 것은 체험이 없이 어려울
　　　걸요.

도향.　그것이 사실이라면 인생으로서 그만한 아픈 경험을 한 데 얼마간 존
　　　경합니다. 지금 여러분이 말씀하셨지만 두붓물 끓는 데라거나, 나무
　　　도적질하는 데서 얼마간 마음에 느껴지는 것이 있습니다.

상섭.　아내가 귤껍질 먹는 데가 참 절실한 느낌을 주던데요.

도향.　아까 월탄 군이 「땅 속으로」를 소설로 보기 어렵다고 한 것 같이, 이
　　　것을 소설이라고 할 수 있을까 하는 것이 문제에요. 만일 소설이라고
　　　하면 다른 데는 다 좋은데 집에서 나오는 동기가 불분명해요.

상섭.　그렇지 않아요.

도향.　탈출에 철저한 무엇이 없어요.

빙허.　그런데 첫째로 감복하는 것은 군말이 없고 귤껍질 먹는 데가 참 좋아
　　　요. 박실(朴實)한 느낌이 있어요. 다른 사람들이 프로계급을 쓴 데는
　　　실감이 없던데, 여기(「탈출기」)는 실감이 있어요. 그리고 나도 처음에
　　　는 나 군처럼 탈출하는 장면에 어떠한 묘사가 더 있었다면 했는데, 다
　　　시 생각해보니 그대로 넘는 것이 좋아요.

상섭.　탈출한 동기가 불분명하다 하나, 그렇지 않아요. 맨 끝에 가서 탈출한

원인을 알 수 있어요. 즉 말하면 자기 속에 어떤 사상이 일어나는 그 것을 붙들어서 자기생활의 태도를 정하는 거기에 그 주인공의 인생관이 드러났습니다. 그래서 생의 충동, 생의 확충, 그것을 생각할 때 움이 돋은 자기의 생활관을 거부치 못하여 탈출하는 것이 밝게 나타났습니다. 나는 주인공의 생활의 태도를 존경합니다.

빙허. 작자의 낙천가적 쾌활한 면목이 수처(隨處)에 나타나서 매우 유쾌해요.

상섭. 그리고 표현으로 보아 한 마디도 버릴 일이 없고, 기교로 보아서 나뭇 짐 지는 데(□) 앞 "후에 지기 편하도록" 한 것이 없었으면 좋겠어요. 은은한 가운데 그 기분이 나타나야 좋지, 양철지붕에 볕이 비치는 듯이 너무 쨍쨍해요.

월탄. 인간생활의 한 모퉁이를 간명하게 그린 것이외다. 이것이 확실히 작자의 체험이라고 믿습니다.

도향. 근래에 이런 작(作)이 없어요.

백화. 나는 퍽 깊은 인상을 받았는걸요.

춘해. 김기진 씨와 박영희 씨는 종래 오시지 않는구려.

「**난륜**(亂倫)」(『조선문단』 4 · 5 · 6호) **임영빈 작**(作)

도향. 월전(月前) 평에도 말했지만 1회에 끊었다면 좋았겠어요. 그 사람이 인물묘사를 한꺼번에 하려는 것이 흠인 줄 압니다.

빙허. 내 할 말을 자네가 다하네.

상섭. 끝까지 보니 1회에 끝냈다면 성공이 있었을 줄 믿습니다. 이 사람의 결점은 사람 하나를 보면 그대로 늘어져 붙는 것이에요. 그렇게 말고,

사실을 미루어 나가는 데 그 인물의 성격이 나타나게 했으면 좋을 건
데…….

빙허.　2회부터는 사건이라고는 없던데.

상섭.　2회부터는 한 이서(裏書)에요.

월탄.　그러나 1회에 끊었으면 좋았겠다고 나는 월전 평에 하지도 않은 말을
한 모양으로 썼습디다마는 1회에 끊으면 새서방이며 '용진'의 성격이
없을 것이니, 작자로서는 불가불 그렇게 됐지요.

상섭.　단편에서는 그 여러 인물의 성격을 다 나타내기가 어려울 걸요.

월탄.　그래도 감역(監役) 부부며, 용진의 설명은 있어야 할 것이 아니오.

빙허.　물론 그렇지요.

상섭.　물론 전체를 실패케 하는 것보다는 낫겠단 말입니다. 1회를 그대로
못 끊은 것은 감역 부부의 성격을 늘여놓은 까닭이에요.

빙허.　그런데 작자의 진실한 노력이 작(作)에 나타나요.

춘해.　2회만 빼고 두미(頭尾)를 붙였으면 좋겠어요.

도향.　그래, 중간은 군거야!

월탄.　그런데 한자의 다용(多用)과, 따라서 오자(誤字)가 많아요. 대부(大父)
를 대부(大夫)라 쓰고, 고모(姑母)라 할 것을 중숙모(重叔母)라고 했어
요. 그리고 순국문으로 썼다면 더 좋았겠던데…….

상섭.　이 작자에게서 흙의 고소한 냄새에 도취하는 그러한 애토적(愛土的)
문학이 나기를 바랍니다.

빙허.　인물묘사에 농담(濃淡), 명암(明暗)이 없어. 작중에…….

월탄.　전체로 보아서 이번 평 중에서 무게는 「난륜」이 제일 나을 것 같아요.

춘해.　3회 끄트머리는 좋더군!

월탄.　용진이가 색시 방에 들어가서 부시쌈지[177]를 기워달라는 데가 농후

해야 할 텐데 그렇지 못한 것이 흠이에요.

상섭.　그렇게 노골적으로 하지 말고 은은하고 화려하게 했다면 좋았지요. 남녀가 안고 부르르 떠는 데는 좀 과하던 걸.

빙허.　그런데 작자가 신적(神的) 태도로 작중에 나오는 인물의 성격을 개개(個個) 그리기는 어려울 걸요. 어떤 푯대를 세워 놓고 하는 것이 좋겠어요.

춘해.　그런데 「난륜」에 나오는 많은 인물을 모조리 그리는 데도 각각 다르게 개성을 나타낸 것은 퍽 잘했습니다.

월탄.　너무 심해!

상섭.　그것이 많으면 중요한 인물의 성격이 박약해져요.

월탄.　장편이라면 좋았겠지요.

춘해.　그러나 그 인물에 다 특점(特點)이 있어요. 그렇게 그리기가 어려울 게요.

빙허.　단편보다 장편을 썼다면 성공했겠지요.

월탄.　글쎄, 더 늘였다면 …….

---

177 부시쌈지 : 부시, 부싯깃, 부싯돌 따위를 넣어서 주머니 속에 넣어 가지고 다니는 작은 쌈지.

내 일[178]

이 세상을 구성한 모든 요소나 사람의 일에 가장 근본된 일이 부귀와 영예와 생식욕의 만족에만 있다고 믿는 사람에게는 이 세 가지를 돕거나, 또는 이 세 가지에 관계가 없는 일이면 그것은 의미 없는 일이요, 헛공사라고 생각한다. 그러므로 그네들이 그림 그리는 사람이나, 시와 소설을 쓰는 사람의 하는 일을 가리켜서 고등유민이 옥돌을 치는 것과 다름이 없다고 냉소하고, 어떤 때에 우연히 흥미를 가진대야 춘화도를 구경하거나 기생의 노랫가락만치도 여기지를 않는다. 이에는 물론 일반 예술을 낳는 사람의 죄도 많을 것이다. 즉 이 방면 사람들의 노력이 부족하여 일반적 보급과 이해가 매우 느리고 적다는 것과, 또한 얼마간 낳는다는 예술품이 매우 박약하거나 저열하고 야비하다는 것들이 그것일 것이다. 그러나 다시 돌려 생각하면 이 방면 사람으로 하여금 분투하려는 정력과 성의를 충분히 발휘하게 하며, 그리하여 보다 더 좋은 작품을 낳게 하려 할 지경이면 역시 일반 민중이 보다 더 높은 감상력을 가지고 열심히 요구하지 않고는 작자를 편달하고 고무할 수 없을 것이다.

그러나 이러한 가운데에 있어서도 스스로 위안을 얻게 하고, 스스로 힘이

---

178 염상섭(廉想涉), 「내 일」, 『조선문단』, 1925.5. 이 글은 '작가의 쓸 때의 기분과 태도'라는 표제 하에 실린 글 중 하나이다.

나게 하고, 마음속으로 혼자 자랑을 느끼게 하는 것은 '이것(창작에 노력하는 것)은 내 일이다.'라는 굳센 신념이다.

　사람이 일생을 살아가려면 상당한 비용을 요하는 것은 물론이므로 정당한 수단과 방법을 가지고 직접·간접으로 생산에 노력하여 그 보수로 돈을 모으는 것도 등한히 하지 못할 가장 필요한 일이다. 또한 덕을 닦고 학식을 풍부히 하여 스스로 인격을 숭고히 함으로써 사회에 봉사하고 그 보수로 명예를 받는 것도 필요한 일이요, 누구나 원하는 일이다. 그 다음에 사람의 생리적 기초조건이 성(性)에 있고, 생물의 본능일 뿐 아니라 인류의 이상 및 번영을 후세에 기대한다는 의미로서 생식을 무시치 못함도 당연한 일이다. 그러므로 사람의 일생은 이상 세 가지에서 출발하여 수천, 수만 갈래의 길에 제각기 분주하다. 그러나 그러한 가운데에 있어서도 참된 '내 일'을 찾지 못하는 것은 인생의 큰 불행이다.

　그런데 이 '내 일'이라는 것도 단순히 한 가지일 리는 없다. 그것은 우리의 생활의 앞잡이가 되는 진리는 하나로되, 그 진리에 도달하는 길은 수천, 수만 갈래에 나뉘었기 때문이다.

　그러면 그 이른바 '내 일'이란 무엇인가? 돈은 사람의 일생에 없지 못할 것이니 수전노가 운명하는 순간까지 돈궤를 안고 부르짖는 것도 그 사람의 '내 일'은 완성하였으니 큰 불행일 리가 없으리라. 영예도 사람의 원하는 바라 하였으니 천만의 해골이 마르고 썩더라도 내 가슴에 훈장이 번뜩이면 '내 일'은 성취된 것이 아니냐. 생물의 '성'이나, 생식을 무시할 수 없다 하니 연애지상론을 체득하여 연애로 비롯과 끝을 마치면 또한 '내 일'의 대성일지니 이에 더한 행복이 어디 있느냐고 하리라. 그러나 이에서 우리가 발견하는 것은 이(利)라는 것, 지배라는 것, 성(性)이라는 것의 욕망을 충족시킨다는 것 외에 다른 의미를 발견할 수 없지 않은가? 하나보다 둘을 갖는 것이 만족이요, 자기가 자기를 지배한다는 것보다 한 사람이 한 사람을 지배함이 명예요, 한 사람 보다 백 사람을 지배하는 것이 한층 더한 영광이요, 자랑으로 알며, 젊은 남녀가 성의 충동에 대하여 만족할 만한 좋은 기회를 주는 일이 인생의 모든 일이라 하면 인류의 역사는 쟁탈의 무궁한 계속이요, 인생은 희비극의 연쇄일 따름일 것이다. 그러므로 설사 정당한 의미로서의 부와 영예와 성(性)을 인정하고, 혹은 이를 고조(高彫)할지라도 이것이 곧 만 사람의 '내 일'이라고 하기에는 너무도 상거가 멀다.

인류의 영원한 기쁨은 사랑(愛)이다. 사랑을 무시하고자 하는 모든 노력은 거짓과 죄악과 비극밖에 아무것도 낳지 못한다. 그러므로 천 갈래, 만 갈래에 나뉜 사람의 여러 가지 노력 가운데서 '사랑'이라는 일념에 모이는 노력이 있을 제, 그는 비로소 '내 일'에만 참된 생명이 흐르고, 뛰고, 충만하기 때문이다.

그러므로 '내 일'이란 내 생명의 충실과, 흐름과, 뜀을 원한 노력을 가리킴이다. 그러면 내 생명의 충실, 흐름, 뜀. 그것은 무엇이냐? 창조적 생활! 이것을 이름이다.

창조욕이 머리를 들 때 새로운 생명은 그 출생을 이미 준비하였고, 창조욕이 비등점에 달할 제 새로운 생명은 벌써 완성에 들어가며, 그 열도(熱度)를 지속하는 동안에 생명체는 보다 더 성장에, 보다 더 완성에, 보다 더 순화에, 보다 더 선(善)에 향상한다. 이와 같이 각자의 창조욕으로써 각자의 생명을 하루하루 완성하여가고 한 걸음, 한 걸음 순화하여가는 거기에서 생명예찬의 노래 높으리니, 생명예찬의 노래란 무엇이냐? 인류애의 무도곡에 지나지 않는 것이다. 그리하여 창조욕이 포화(抱化)될 제 영원히 젊은 생명은 서로 가락지 끼고 얼싸안으며 오직 원융(圓融)의 기쁨에 도취하리라.

그러면 거듭 묻노니 '내 일'이란 무엇이냐?

자기의 생명의 충실, 유로, 활약, 정화, 순일을 위한 노력으로써 인류의 영원한 기쁨인 '사랑=원융을 얻는 일', 다시 말하면 끊임없는 창조적 생활을 의미하는 일이 '내 일'이다.

지금 나는 아직 미성품인 대로 하잘것없는 붓끝에 물질적으로나 정신적으로나 나의 생활을 의지하고 있는 모양이다. 다시 말하면 내가 몇 해 동안 하여온 일은 신문잡지의 기자 노릇을 하여 입에 풀칠을 하는 한편에는, 독자가 보자고도 아니 하는 소설을 몇 편 쓴 일이 있으니, 하나는 나의 물질의 생활을 지탱하기 위하여 상품을 만들었고, 하나는 나의 정신생활 방면이라고 볼 수 있는 노력이었다. 그런데 간혹 나라는 변변치 못한 사람을 문제로 삼아 이야기하여주시는 분 가운데에는 내가 붓을 대는 무엇이나 한갓 상품을 제조한다고 꾸짖는 일도 있고, 또는 유탕적 생활, 적어도 유탕적 기분에 싸여있다고 책망하는 분도 계심을 발견하였다. 물론 저와 같이 보고 이와 같이 말씀하는 그분들에게는 저와 같고 이와 같은 인상과 견해가 있을 것이니 다시 변명 비젓한 말을 할 필요가 없거니와, 내가 소위 '창작가'라는 이름을 감히 욕되게 한 일이 있고, 또 이후에도 있다 하면 위에 대략 말한 바와 같은 어리석은 생각을 가지고 또 이후에도 가지리라는 것을 '조선문단사'에서 '창작'하는 데 대한 태도를 물으심에 따라 두어 마디 적음에 지나지 않는 것을 끝으로 붙여둔다.

조선문단 합평회 제3회[179]

4월 창작소설 총평

평자 : 양백화 염상섭 현빙허 나도향 방춘해 최서해

잘못된 것은 잘 받아 못쓴 필자에게 있습니다. 필자 최학송

「적막의 반주자」(『생장』 4월호) 우보(牛步) 작(作)

경개(梗槪) ― 실연의 비애에 고적하고 불행한 청춘을 가진 일본여자 '영자(英子)'가 자기의 사랑하던 사람이 이 세상을 떠날 때에 누웠던 방주(房州) 용전관(龍田館)에 조선남자 '경순이'를 청하여 담화한 한 장면을 그린 것이니 경순이도 인간고(人間苦)에 시든 청춘이다. 그러나 시든 이 두 청춘이 연애의 불길을 못 이겨서 상면(相面)한 것이 아니라 피차 어떤 차 속에서 잠깐 만났던 것이 인연이 되어 청하였고, 또 청함을 받아와서 쓰라린 지나간 자취를 추억도 하고 토로도 하여 일야(一夜)를 지내고 상별(相別)하였다는 짤막한 것이다.

도향.　나는 부득이한 사정으로 하나도 못 읽고 왔습니다. 대단 미안합니다.

---

179 「조선문단 합평회(제3회)－4월 창작소설 총평」, 『조선문단』, 1925.5.

필기나 좀 도와드리지요.

상섭. 제목(「적막의 반주자」)이 말하는 것과 같이 남자는 조선남자고, 여자는 일본여자로 쌍방이 서로 실연을 해서 서로 사랑을 하지 못하게 되었으므로 여자가 남자를 청한 것이 농락하려는 것은 아니요, 작자가 주안점을 잡은 것은 영자(英子)가 방주 용전관에서 자기 애인과 자미있게 지내던 것을 추억하여, 그 애틋한 맘을 다시 맛보려는 변태적 욕구겠지요. 표현하려 한 점은 초연(初戀)에 실연하여 냉랭해지고 또는 이지적이 되는 동시에 연애라는 것을 맛본 자의 다시 연애하지 못할 것을 침착하게 그린 것이라고 생각합니다.

빙허. 상섭 군의 말 같이 과거의 정경을 재현해보려는 애틋한 일인데 ……. 하여간 통틀어 말하면 재료부터 순전히 기분적 작품이지요. 필치는 건실하지만 기분을 나타내리만큼 기분적이 못 되었습니다. 그리고 이것은 사소한 일이지만 회화(會話) 위에다가 '경(景)'이니 '영(英)'이니 쓰지 않아도 독자가 알 수 있을 것입니다.

상섭. 그런데 그 작자의 「광야(曠野)」란 작품을 2년 전에 보고는 못 보았는데 그 새에 쓰지 않았는지, 내가 보지 못하였는지는 알 수 없으나 그것(「광야」)에 비하여 떨어진 것은 사실입니다. 그새 작자가 창작에 노력을 하지 않았는지, 그렇지 않으면 작자 자신의 격무가 그리하였는지 부족을 많이 느끼는 바입니다.

빙허. 여간 정묘(精妙), 섬세, 경쾌하여 여운이 있는 필치가 아니고는 이런 재료를 표현시키기 어려울 줄로 압니다.

백화. 빙허 군의 말에 동감입니다. 처음에는 호기심을 가지고 읽었으나, 읽고 난 뒤에 몹시 부족한 감이 있습디다. 전체 애수가 흐르도록 표현시켰다면 좋았겠는데 그것이 없고 또 남자 주인공이 분명하게 인상적으로 더 농후하게 나타났다면 좋을 뻔 하였습니다.

빙허.　일본여자에도 '영자(英子)'라는 이름도 있지마는 처음 독자가 볼 때 조
　　　　선여자로 속게 될 듯해요.

「가난한 부부」(『생장』 4월호) 김낭운(金浪雲) 작(作)

　　경개 — 가난한 젊은 부부가 빈고(貧苦)로 인하여 맑은 하늘 밝은 달에 엷
은 수운(愁雲)이 지나가듯이 인간의 쓰라린 맛을 기분(幾分) 느끼면서도 순진
무구한 두 사람에게서 끌어 나오는 천진한 사랑으로 말미암아 그 쓰린 것을
즉석에서 다시 옥실옥실한 재미에 취하면서도 찢어버린 지폐를 머리를 맞대
고 붙이는 것을 자미있게 섬세하게 그린 것이다.

상섭.　요새 너무 분주해서 못 본 것이 미안합니다.

백화.　내 역시 그랬습니다.

빙허.　「영원한 가책」이나 「어느 회사원」보다도 여러 가지 점이 퍽 진보가
　　　　되었습니다. 필치, 구상이 모두 좋습디다.

춘해.　퍽 아름답고 간결합디다.

빙허.　주인공이 어린 맛 있는 것이 묘합디다. 그 남주인공이 집세에 몰려서
　　　　돌아다니다가 20원을 은행에 저금하였다고 거짓말한 것이라거나, 그
　　　　아내가 기뻐 뛰면서 옷감 바꾸러가자고 하는 데가 퍽 묘하던데요. 그
　　　　러고 여자가 나중에 알고 보니 거짓말이라, 홧김에 돈을 찢는 것이던
　　　　지 또는 끝에 가서 "그들은 머리를 나란히 하고 찢어진 지전을 붙였
　　　　다." 한 것이 더 무어라 할 여지 없이 잘 됐어요.

춘해. 그런데 그 가난한 부부생활에 고통미(苦痛味)는 없고, 그 부부 사이에 애정이 농후하게 흐릅디다. 어찌 보면 문제와 모순이 되었다고 하겠지마는 참된 사랑으로 그린 것이 성공이요, 또 독자를 끕디다.

빙허. 춘해 군 말에 동감이오.

서해. 가난한 부부의 쓰라린 맛이 없는 것은 아닙니다. 사람의 의사(意思)는 생활조건의 지배를 받는다는 말과 같이 그만큼 순진하고 뜨거운 사랑에 재미가 옥실옥실하게 살아간다 하면 봄비에 젖는 싹 같이 많은 희망을 따라서 아무 거리낌 없이 되어나갈 텐데 그렇지 못한 것도 가난한 때문이겠고, 또 그네들이 가난치 않았으면 잠깐 사이라도 '돈'이라는 데 호기심을 가졌다가 절망하는 그 찰나에 농(弄)이건만 아내를 속인 데 가슴 쓸거나, 속은 것으로 인하여 눈물 뿌리는 아내의 짜릿한 한 장면이 없을 것입니다.

빙허. 서해 군의 말도 옳은데, 작자가 그 작품에 부부간의 애(愛)를 그려가지고 그 빈궁에 쪼들리는 것을 고조하려고 하였느냐? 또는 그 빈곤으로 인하여 부부의 애(愛)를 고조하려고 하였느냐? 그것을 생각할 때에 물론 가난한 부부니까 그런 빈곤에 쪼들리는 맛이 나타났겠지마는, 내 생각 같아서는 그 빈곤이고, 부부간의 싸움이고, 모두가 사랑을 고조하는 수단으로 썼다고 합니다. 그리고 그 작품으로 보아서 그만큼 독자에게 통일한 느낌을 주는 것은 부부애를 초점을 삼아가지고 모든 사상(事相)이 발전된 까닭에 단일적 효과를 나타낸 것입니다.

서해. 부부 간의 사랑이 없다는 것이 아니라, 빈곤으로 생기는 쓰린 맛이 없다 하니 말한 것입니다. 그 농을 주고받는 데로 말하더라도 빈곤이란 배경만 없었다면 그 결과까지라도 퍽 경쾌하고 순진할 텐데 눈물을 짜게 된 것은 빈곤으로 나오는 쓰린 맛이란 말입니다.

「×체조선생」(『생장』 4월호)[180] 이종명(李鍾鳴) 작(作)

경개 — 이것은 『생장』에 당선된 소설이다. '×체조선생(기숙사 사감 겸임)'
과 학생(말썽꾸러기)들 사이에 충돌이다. ×선생이 편애하는 'R'이란 학생과
×선생의 딸인 '정자' 사이에 편지 거래를 K, M이란 학생들이 음모하여 R을
쑥 들어가게 하고 선생도 정신을 차리게 하고 분풀이 한 것으로 일종 풍자적
태도로 그린 것이다.

상섭. 　같은 잡지 속에서 「가난한 부부」를 보지 않고 「×체조선생」을 본 것
　　　은 당선소설이라는 호기심에 끌려서 보았습니다. 이 작품이 기대에
　　　대하여 어느 정도까지 만족을 주었다고 생각합니다. 이 소설의 출점
　　　(出点)은 물론 장난 좋아하는 중학생들의 일종의 결점이라고 할 만한
　　　배타적 심리, 음모 등 사람의 한 결점을 잡았다고 할 수 있는데, 거기
　　　대하여 작자의 태도가 분명히 나타나지 못하였어요. 이렇게 말하면
　　　자기 생각만 가지고 제 고집만 세운다고 하겠지만, 그런 사람의 약점
　　　을 그릴 때에 적극적으로 그려서 그러한 것을 미워한다는 태도가 나
　　　타나야 할 텐데 그것이 희미합니다. 이런 것은 나쓰메의 「도련님(坊っ
　　　ちゃん)」 같은 것을 쓰듯이 남을 미워하거나 부인하거나 하는 것이 은
　　　밀한 중에 나타나야 할 텐데 그것이 없는 것이 유감이며, 표현으로 보
　　　아서 말이 퍽 산뜻해요. 작자는 말의 맛을 잘 알고 쓰는 이에요.
춘해. 　처음서 끝까지 자미있게 보았는데 읽고 난 뒤에 아무 감흥이 없어요.
　　　다만 빙긋하는 웃음이 입가에 남아질 뿐이외다.

---

180 원문에는 "×體操教師"라고 되어 있는데 원제를 확인해본 결과, 이는 "×體操先生"의 오식이
　　므로 바로잡았다.

상섭.　끝이 좀 어슬가분 데가 있어요. ×체조선생이 사랑하는 생도 'R'이 × 선생의 딸 정자에게 편지를 한 것처럼 해서 모해한 것인데, ×선생은 그것을 사실로 신빙하고 R만 나무라니 그것은 딸에게 물어보고 R에게 물어보면 판명될 사실인데 그것을 곧이듣는다는 것이 좀 자미없고, 그렇게 말고 다른 방면으로 발전시켰다면 더 성공하였으리라고 믿습니다.

춘해.　그만치 복잡한 사건을 간결하게 순순하게 쓴 작자의 수완에 감복합니다.

「사냥개」(『開闢』 4월호) **회월 작**(作)

경개 ─첩을 3, 4인이나 두고 전장(田莊)도 많이 가지고 남에게 갖은 악행을 다 부리는 당나귀 발통보다도 더 굳은 인색한 부호 '정호'가 어떤 무거운 침묵에 잠긴 밤, 돈을 생각하고 강도를 생각할 때 전신에 소름이 끼치고 가슴이 두근두근함을 못 이겨서 벽장에 두었던 돈 3만원을 가지고 슬그머니 본마누라 방으로 가다가 마당에서 자기가 호신용으로 사둔 사냥개에게 물려 죽는 것을 짤막하게 쓴 것이다.

빙허.　그 사람의 작품을 대개 보았는데 이번 것이 그중 낫습니다.

상섭.　4월 창작 몇 본 중으로는 제일 좋아요.

춘해.　아주 산뜻한 단편입디다.

상섭.　제일 새로운 방면을 독자에게 보여준 것은 부호의 인색한 심리에요. 그것을 우리가 상상은 하나 몽롱한 것을 현저히 보여준 작자의 공로에 감사를 드립니다.

빙허. 인색한 심리란 것보다도 자본가의 공포심을 그린 것입디다.

상섭. 자본계급에 반항하는 계급쟁투를 목표삼은 것이겠지요.

백화. 계급쟁투니 자본가이니 그것은 말고 전편(全篇)을 보면 그렇게 훌륭한 창작이라고는 할 수 없습니다. 그리고 사냥개가 주인을 물어 죽인다는 데 모순이 있습디다.

빙허. 작자는 그것을 무시했겠지요.

백화. 그러면 소설이 아니지!

빙허. 내가 어떤 사람이 소개해놓은 데서 보니까 노서아의 안드레예프[181]의 작(作)에 어떤 지배계급에 있는 자가 군중을 압박하다가 나중, 군중이 자기한테 달려드는 공포에 죽었다든지 한 작품이 있다는데, 이(「사냥개」)가 힌트를 거기서 얻은 듯해요. 자연주의를 벗어나려는 노력이 보이는데 상징주의까지는 갔다고 할 수 없고, 자연주의를 벗어나려고 애쓰느니만큼, 개가 주인의 말소리만 들어도 안다는데 그것을 몰랐다 하니 부자연스럽습니다.

백화. 개가 없이는 그 작품이 성립될 수 없다 하는 이가 있으나, 인색한 부호를 목표로 그리려면 개가 아니고 다른 것으로도 나타낼 수 있겠지요. 그런데 개를 써서 그렇게 부자연하게 만든 것은 작자의 실책이에요.

빙허. 기교는 퍽 세련이 되었어요.

백화. 또 개를 그렇게 굶길 수도 없는 일이 아닙니까?

빙허. 다른 것은 그만두고 호신용으로 사둔 개를 굶길 수도 없고, 만일 개가 배부르면 도적을 잘 지키지 않을까 보아서 굶겼다 하면 표현으로 한

---

181 레오니트 안드레예프(Leonid Nikolaevich Andreev, 1871~1919). 러시아의 소설가.

마디 집어넣어야 할 건데 그것이 없는 것이 자미없어요.

춘해. 처음은 좋은데 마당에서부터 개한테 물려 죽는 데가 억지인 듯하고 침
통한 맛이 덜하고, 집안사람들이 몰랐다는 거기가 모순인 듯합디다.

서해. 아니! 침통하고 처연한 기분은 퍽 있던데요. 개 짖는데 내다보는 사
람이 없다는 것은 모순이 될는지 모르지만, 정신은 퍽 좋아요.

빙허. 그것이 모순될 것 없다고 생각합니다. 왜 그런가 하면 큰 집안에 개가
컹컹 짖으니 다른 사람들은 예사로 알았을 것이고, 또 잠에 취해서 그
렇기도 쉬울 것이고, 주인공은 공포심에 싸였으니 벌벌 떨었을 것이
지요.

춘해. 그만치 공포심에 싸였고 그만치 생명과 재산을 위한다는 사람이 개에
게 물릴 때에 찍소리 한마디도 없이 죽는다는 것이 우습잖아요. 하하.

일동. 그래 찍소리 한마디는 있을 텐데. 하하하.

상섭. 하여간 강박한 관념이 지긋지긋하게 그려지고, 작자의 주안점은 어떠
한 자본계급에 암시를 주려고 한 것인데 그 점에 있어서는 성공했다
할 수 있습니다. 그리고 다만 흠 되는 것은 후반부에 가다가다 모순이
있고 치밀하게 못된 것은 구상이 주도(周到)치 못한 까닭이겠지요.

빙허. 삼척(三齣)은 무용한 것이에요. 그것은 위에다가 몇 마디 집어넣었다
면 좋았을 텐데 떡 써놓고 보니 그것이 빠졌기에 다시 써서 붙인 듯이
군것 같습니다.

상섭. 지금 계급문학이라는 것이 말만 있고, 실제 그 방면의 작품이 없는 조
선에 있어서는 그것으로 계급문학의 첫 작품으로 볼 수 있습니다.

「**염인병환자**(厭人病患者)」(『조선문단』 4월호) **동원**(東園) **작**(作)

경개 ― 허영과 위선의 생활을 하던 '윤병오'란 청년이 자기가 하여온 생활이 허위인 것을 깨달아 세상과 인연을 끊고 방에 콕 박혀서 세상의 불공평에 대하여 번민하던 끝에 하루는 하인이 패던 장작을 패는 것으로 끝을 막았다.

상섭.　이것은 소학교의 수신서나 목사의 일요일 설교로 했으면 좋겠습니다. 만약 이 작자가 이런 인생관을 가지고 나간다 하면 톨스토이주의자가 되거나, 이상촌을 만들거나 할 것입니다. 즉 이마에 땀을 내지 않으면 먹지 말라는 예수의 교훈을 적은 것인데, 그것은 한 이론이고, 사상이고, 주의라고는 할 수 있으나, 소설로 볼 수는 없습니다. 이 의미로 설교나 수신용으로 적당하다는 말입니다. 윤이란 사람이 허영에 싸인 생활에서 벗어나가지고, 현대생활의 실지를 확실히 보고 생활태도를 변하였다면 내적 성찰이라거나 주위에 대한 큰 딜레마가 있을 텐데 동기가 퍽 흐리머리합니다. 전체로 표현과 구상이 너무도 단순하고 아직 미성(未成)해요.

춘해.　동원 작품은 늘 주의나 사상, 일종 설교식 정신에만 머리를 쓰고, 소설이라는 것을 무시하는 결점이 있기는 있으나, 좀 더 주의하면 독특한 든든한 작품이 생길 줄 믿습니다.

서해.　작자가 표현해보려는 정신은 고귀하다고 생각합니다.

「죽지 못하는 사람들」(『조선문단』 4월호) **방춘해**(方春海) **작**(作)

경개 ― 순경(順境)에서 자라난 '경철'이라는 주인공은 원래 암상하던 자가 야소(耶蘇)를 믿어서 다정다감한 성격으로 변하였다. 그뿐만 아니라 그는 종교에서 어떠한 진리를 찾으려고 애쓰던 끝에 찾지 못하고 타락적 생활을 하다가 '명애'라 하는 음분한 여자를 만나서 하기휴가에 석왕사로, 금강산으로 돌아 원산 해수욕장에서 며칠을 지내는 동안에 경철은 그의 전 재산인 천여 원이란 돈을 없앤 것을 후회하고 자기를 배반하려는 명애의 일이 분하기도 하고 세상만사가 공화(空華)에 지나지 못한다 하여 죽으려다가, 죽지 않고 다시 명애를 만나 피차에 간담을 토하고 기뻐 즐기는 것이다.

백화. 이 소설을 보고 느낌이 나는 것은 싫증이 나는 것을 색책(塞責)으로 쓴 것이 분명해요. 남주인공 성격이나 여주인공 성격이 흐리머리할 뿐더러 모순이 많고 전편에 타태(惰怠)한 기분이 흘러서 독자에게 아무것도 주는 것이 없습니다.

상섭. 성실하게 힘 안 들인 것은 분명해요. 그리고 주인공의 성격들은 나타났다고 생각합니다. 나 같아서는 서로 발길로 차버렸으면 고만일 텐데 죽으려다 말고 서로 붙잡고 울고 하는데 그네들 성격 여하가 나타났어요. 여기서 작자가 목표삼은 것은 금전과 사랑으로서, 사랑이 금전을 이겼다는 것인데 그 상태가 흐릿해요. 끝에 이렇다 하고 떡 갈라 놓지 못한 것도 흐릿하고, 경철의 타락하는 동기가 퍽 몽롱합니다. 그 몽롱한 이유는 주인공의 내적 생활이 튼튼치 못한 데 있겠지요.

백화. 끝이 퍽 부자연스러워요.

빙허. 한 부르주아계급의 부모 덕택에 아무 고생도 모르고 자라나서 모든 고통을 모르는 점을 나타내려고 한 것인데 그렇게 된 게지요.

「**영생애**(永生愛)」(『조선문단』 4월호) **백주**(白洲) **작**(作)

경개 ─ 서울 와서 공부하는 '창수'란 청년이 미워하고 싫어하던 본처가 죽었다는 전보를 받고 너무도 시원하고 기뻐서 날뛸 듯이 시골집에 갔다가, 다시 서울 와서 '영애'라는 사랑하는 여자를 찾아가서 '내 처는 죽었으니 이제부터는 너하고 살게 되었다, 나는 너 때문에 살겠다.' 하고 기뻐하다가, "나 때문에 살다니 ……. 나는 나를 위하여 당신을 사랑한 것입니다." 하는 여자에게 사죄하고 사랑하는 것이다.

빙허.　나는 이 작자의 태도에 퍽 불쾌합니다. 미워하던 여편네가 죽었다니 기뻐 뛰어가고 올라와서 애인하고 만나서 좋아하고 하는 것이 여간 불쾌치 않습니다. 작자는 인간미를 맛보지 못한 사람이라고 할 수밖에 없습니다. 만일 처가 죽은 것이 그렇게 기쁘다면 탄미파(嘆美派)나 악마파와 같이 때려죽이도록 만들어놓고 인생의 어떠한 일면을 깊이 그렸다면 나았을 터이지요. 표현으로 어슥비슥한 점이 많아 전체를 통해서 흐르는 것이 개인주의인데 그것이 흐리머리해서 천착하게 되었습니다. 작자는 인생을 좀 더 깊이 보시기를 바랍니다.

서해.　『조선문단』에 실린 「과부」는 퍽 좋던데 이번 것은 그만 못해요.

춘해.　글쎄, 그것은 퍽 좋았는데. 이번 것은 작자의 정신이 그런지는 모르나 일부 현대청년의 심리를 풍자하려는 마음으로 흥미에 끌려서 줄줄 함부로 쓴 것 같습디다.

빙허. 『동아일보』에 실은 「구두장이」(?)를 백주가 쓴 것이라는데 나는 못
읽고 다른 이들이 말하기를 퍽 좋다고 합다. 그리고 이것도(「영생
애」) 그 문장은 매우 보드라워요. 그 때문에 재미있게 읽은 것은 사실
입니다.

조선문단 합평회 제4회[182]

5월 창작소설 총평

평자 양백화 염상섭 현빙허 나도향 방춘해 최서해

필자 최학송

도향. 늦어가는데 어서 시작하지!

춘해. 글쎄, 벌써 네 시가 지났는데!

상섭. 그런데 사람이 이렇게 적어서야 재미있어야지. 활동을 잘 하시면 여러분이 오실 텐데!

빙허. 그래. 맨날 우리만 하니 안 된 것 같아!

춘해. 글쎄, 우리 성의가 부족해서 그런지 모두 오시지 않아요. 김기진 씨며, 박월탄 씨며, 박영희에게도 여러 번 말씀해보았는데 늘 분주해서 못 오신다고 하시고 김낭운 씨는 오늘 아침에 최 군이 찾아갔다가 만나지 못하고 …….

상섭. 『조선일보』에도 몇 분 계시지요.

춘해. 우보(牛步) 씨이며 성해(星海) 씨께도 말씀했는데 역시 분주하시대요.

도향. 신문사 일이니까 그럴게야!

---

182 「조선문단 합평회(제4회)−5월 창작소설 총평」, 『조선문단』, 1925.6.

(잠깐 침묵 ― 금방 비가 쏟아질 듯이 하늘은 우중충 흐렸다.)

도향. 이러고 앉았을 테요. 어서 합시다.

빙허. 무엇부터 하시겠는지요. 나는 이번에 다 보지 못 하였는데. (그 고운 손
으로 머리를 득득 긁는다.)

도향. 또 『개벽』부터 하지요.

「흙의 세례」(『개벽』 5월호) 성해(星海) 작(作)

백화. 「흙의 세례」!

상섭. 「흙의 세례」는 성해 군이 그동안 쓴 중 잘된 듯싶습니다. 이게 너무
주제넘은 말 같지마는 예서부터 비로소 이 사람의 창작의 터가 잡히
잖나 하는 생각으로 보았습니다. 터라는 것은 이 사람의 경향만 보고
하는 말이 아니라, 이 사람의 기교적 방면도 말한 것이니 즉 내용과
형식을 아울러 하는 말씀입니다. 그전 작(作)들을 보면 구상이라든가
모든 표현이 미성품(未成品)을 못 벗어났는데, 이것으로 보면 잘 되고
잘못된 것은 막론하고 성품(成品)이라 할 수 있어요. 다른 분이 또 말
씀하세요. 나는 또 이따가 말씀하지요.

도향. 글쎄, 말을 해야 할 텐데 급히 보아서 그런지 돌멩이 삼킨 것 같아요.

상섭. 암, 읽은 그때의 기분 관계도 물론 많지요!

백화. 작자가 '흙의 세례'라는 제재를 쓴 데 퍽 감사하게 생각합니다. 그런데
내용 전체에 퍽 미숙한 점이 많았고, 회화가 어찌 부자연스러운지요.

도향. 회화뿐 아니라 표현방법이 전혀 부자연해요.

백화. 그 공연히 당치 않은 이론을 늘여놓는 데가 많아서 흥미가 없어지고

거기 따라 문장이 조잡해요.

도향. 작품을 표현하는 것이 즉 '인상적'이 아니고 그야말로 '설명적'이 됐어요.

백화. 이 작품은 성공한 작품이라고 할 수 없어요. 한마디 더 할 것은 '흙의 세례'라는 것이 조선말로 뻑뻑한 것은 고사하고, 말이 되지 않았어요. 그냥 '흙세례'라 하는 것이 좋을 줄 압니다.

상섭. 이 사람이 쓰려는 것은 '명호'의 내적 생활의 갈등과 모순에서 헤매는 것이라고 생각합니다. 그런데 이 사람이 이 작(作)에서 실패했다 하면 갈등과 모순이 준 내적 고통의 흔적을 뚜렷이 보여주지 못한 데 있습니다. ―간(間) ― 주인공 자기가 테러리스트가 되어가지고 현 사회에 대하여 적극적으로 나아가겠느냐, 그렇지 않으면 톨스토이즘의 신봉자를 입내 내겠느냐는 그 두 가지 길 중에 어떤 길로 나가겠느냐고 방황하다가 농촌으로 와서도 아직까지 방황할 뿐 아니라 그 주인공이 고민한 흔적이라는 것이 이것으로서는 매우 박약합니다. 맨 끝에 부인이 자기 동무가 세간적(世間的)으로 출세하는 것을 보고, 자기네가 이대로 있으면 세상 사람이 아무도 모르게 끝을 마치리라고 한탄할 적에도 명호는 거기 대한 태도를 분명히 표시치 못한 것으로 보면 명호의 고통이 심각하게 못 들어간 것을 알 수 있고, 따라서 그의 사상이 확립하지 못하였다고 할 수 있습니다. 그뿐 아니라 작자의 가진 사상, 또는 이 작(作)을 한 태도가 따라서 어떠한 정도까지 철저하게, 투철하게 잡지 못하고 쓴 것이 보입니다. 그것이 이른바 실패라 하면 실패랄 것이외다. 그러면 내가 비판하는 요점은 작자로서 명호의 두 가지 길 가운데 어떠한 한 가지를 편벽되게 동정해 쓰라는 것은 아닙니다. 다만 순전히 객관으로 묘사할 경우에 그 갈등과 모순의 싸움에서 나오는 쓰리고 심각한 그 자취를 보여달라는 데 지나지 않습니다. 표현으로 봐서는 아까 백화의 말씀 같이 부부간 대화 같은 것은 어조에 서투른 점이 있으나, 적당히 배치한 점에 있어서는 이 분의 그 전작(前作)에 비해서 낫게 생각합니다.

백화. 내가 회화가 부자연하다는 것은 어조만 부자연할 뿐 아니라, 억지로 만들어낸 회화 같아서 미숙하고, 또 그 회화를 통하여 그 두 주인공의 성격을 도무지 볼 수 없고 모순만 드러나는 것을 말함이외다.

상섭. 그리고 백화 말씀에 반대하는 것은 아니지만 공연히 이론을 늘여놓았다고 하는 말씀이 있기에 말씀이지만, 만일 그것이 신성한 직업을 유희로 아는 데 대해서 부부간 토론을 했다든지, 또는 부부가 전원생활을 시작한 데 대해서 피차 의견을 교환했다는 점을 가리켜 말하는 것이라 하면 그것은 잘못이라고 생각합니다. 오히려 그 몇 군데 나타나는 그러한 회화나 이론을 보면 이 작(作)의 중심이요, 따라서 작자가 말하려는 골자라고 생각합니다.

백화. 상섭 군의 지금 말씀과 나의 공연히 이론을 늘여놓았다는 말씀과는 그 의미가 전연히 다릅니다. 즉 나의 말은 본문에 들어가 읽어보면 간단하고 성필(省筆)할 곳이 있는 것을 너무 기다랗게 늘여놓아 독자로 하여금 염증을 일으키게 한다는 말씀입니다.

— 간(間) — (습습한 바람이 방안을 스치고 간다)

상섭. (춘해와 서해를 건너다보면서) 왜 두 분은 말씀 없소?

서해. 쓰는 것이 분주하니 생각할 수도 없고, 말할 수도 없어요.

상섭. 이리 주셔요. 그새 내가 쓸 테니 말씀하세요.

서해. 괜찮아요. 춘해 말씀하시지요.

춘해. 작자의 쓴 동기라거나 정신은 퍽 좋다고 생각합니다. 그러나 억측인지는 모르지만 이 작(作)을 쓸 때 몹시 고심을 하면서도, 잘 맘대로 시

원하게 붓끝이 안 내려가 억지로 쓰므로 어색하고 툽툽하고 평범하
게 된 것 같습디다. 밭 갈 때의 정경, 고운 발이 모래알에 찔리는 장면
같은 것은 그림 같이 되었고 재미있던데요.

「**가난한 사람들**」(『개벽』 5월호) **이기영**(李箕永) **작**(作)

상섭. 이기영이가 누굽니까? (안경을 번쩍거리면서 방안을 둘러본다. 대답하는 이
       는 한 분도 없고 서로 낯만 쳐다볼 뿐.)
춘해. 작년 『개벽』 현상문예에 뽑힌 인데 참 잘 썼습디다.
상섭. 기억이 안 나는 걸요!
백화. 이 작자로 말하면 처음 보이는 작자인데, 이번에 이 작(作)을 보고 대
       단히 마음에 친친(親親)하게 생각나는 것은 마치 아는 사람의 작품을
       대하는 듯한 느낌이 없지 않았습니다. 왜 그러냐 하면 작(作) 전체에
       대해서 다소 성필(省筆)할 곳이 없지 않으나 대체에 있어서는 이달 발
       표된 각 잡지 가운데서 그중 좋은 작(作)이라고 생각합니다. 첫째로는
       문장이 평담(平淡)한 중에 자연스럽고 구상과 회화가 표현방법이 퍽
       노련한 맛이 보여요. 이 점에 있어서 작자의 이러한 작품을, 이 위에
       많이많이 내기를 바랍니다. 다만 이번 작품에 대해서는 모순되는 것
       이 서너 군데 있으나, 내가 본 중으로는 처음 작(作)이므로 이번에는
       말하고자 아니 합니다. 끝에 작자의 건강과 분투를 빕니다.
춘해. 너무 재미있어서 처음부터 끝까지 한숨에 읽었습니다. 그래서 그런
       지 꼭 집어내어 장점, 단점을 말하기도 어렵습니다. 하여간 주제넘은
       말이지마는 놀라고 반가웠습니다. 이러한 작품을 새로 얻은 문단 작

자에게 치하합니다. 전반은 지루하고 군더더기 같으며 좀 더 간결하게 썼으면 하는 생각이 나며, 후반은 총알처럼 독자의 가슴에 박힙니다. 읽고 나서 생각하게 하는 작(作)이라고 믿습니다. 작자의 정신, 성력(誠力)이 번개처럼 번쩍입니다.

춘해. 이제 『개벽』에 실린 것은 끝났으니 『생장』의 것을 평하시오.

(잠깐 침묵. 일동의 책장 뒤지는 소리가 삭삭.)

도향. 나는 다른 것은 다 보았지만 『생장』은 책이 없어서 못 보았어요. (문턱에 가 걸터앉아서 흐린 하늘 아래 수굿한 나무숲을 내다본다.)

「첫날밤」(『생장』 5월호) 김낭운(金浪雲) 작(作)

백화. '첫날밤'이란 제재는 누구든지 한번 써볼 만한 제재에요. 그런데 ……
        (헤멀쑥한 양반이 빙그레 웃으면서 말을 꺼내는데 빙허가 맞장구를 친다.).

빙허. 그래! '첫날밤'이란 말이 묘하게 된 말이야! 아마 일본 말에도 '첫날밤'이라고 혼인날 밤을 가리킨 말이 없지?

도향. 모두 첫날밤 감상을 씌었으면 꽤 볼만할 게야! (진주 같은 눈이 웃음에 파들파들 떤다.)

상섭. 제잡담(除雜談)하고 어서 말씀하세요!

백화. 그런데 주인공 '순희'가 빈한한 가정의 희생으로 돈만 알고 색(色)을 탐하는 자에게 백년을 의탁하게 되는 첫날밤에 신랑이 마음에 뜻하던 사람과는 판이하여 우물에 빠져 죽게 된 사실 같은 것은 현대 조선에 있어서 흔히 있는 사실이지마는, 이 작품을 읽고 나서 느끼는 바는 도대체 작(作)의 인상이 아무것도 남는 것이 없습니다. 다만 평면묘사

에 그치고 심각미가 없는 것은 이 작(作)의 결점으로 생각합니다. 나
로서는 표현에 무엇이 더 있었으면 좋을 것 같습니다.

상섭. 그리 비판할 내용을 가진 작(作)은 아니지만 하여간 소위 구식결혼의
결함이라든지 결혼정책, 다시 말하면 결혼으로 말미암아 일가족이
물질생활의 보장을 얻겠다는 그러한 불합리를 그린다는 정신인 듯싶
습니다. 그러나 '첫날밤'이라는 제목이 독자에게 주는 기대에 반하여
결국은 평범합니다. 그러나 철두철미 평범했으면 오히려 모르겠지
만, 끝에 가서 순희가 자살한 데 이르러서는 청천에 벽력 같은 느낌이
있는데 그것은 독자로 하여금 놀라게 한다는 것보다도 실망케 하였
습니다. 이 작자는 「영원한 가책」에서도 나타난 바와 같이 걸핏하면
주인공을 죽이는 솜씨가 상당한데, 사람의 목숨이란 그렇게 가벼운
것이 아닐 것 같습니다. 순희로 보더라도 나이는 비록 어릴망정 결혼
이라는 것, 부부라는 것, 남성미라는 것, 성욕이라는 것, 이러한 것들
에 대해서 상당한 개념이 있고, 어떠한 욕구의 표준을 가진 만큼 영리
하고 판단력이 있는 것이 나타났은즉, 비록 절망의 절정에 섰다 하더
라도 자기의 운명을 전향시키겠다는 생각이 들었을 것이요, 따라서
어떠한 정도까지의 노력이 있다가 죽으면 죽었을 것이외다. 그렇지
않고 처음부터 그만한 지각이 나지 못했다든지, 어리고 암매(暗昧)하
였달 지경이면 적어도 첫날밤을 꿈같이 흐리머리 지냈을 것이외다.
그러면 작자가 주인공, 다시 말하면 15, 16세의 소녀라는 것, 또는 죽
음이라는 것에 대하여 이해가 부족하다고 아니할 수 없습니다.

춘해. 다른 분 말씀과 같이 순희의 성격모순, 부자연하다는 것은 동감입니
다. 그러나 나이 많은 색마와 어린 순희와의 첫날밤 갈등과, 싸움과, 분
위기는 독자에게 소름이 끼칠만치 잘 그려졌다고 생각합니다. 어쨌든

통일된 완전한 작(作)이 못된 것은 섭섭하지마는 「가난한 부부」의 솜씨가 앞으로 많이 나올 줄 압니다. 문장이 부드럽고 작(作)에 늘 여유가 보이는 것은 낭운 씨의 좋은 작품이 많이 나올 것을 증명합니다.

「옥순이」(『생장』 5월호) 이종명(李鍾鳴) 작(作)

상섭. 「옥순이」는 단편소설이라는 것보다 소품 같은 느낌이 있습니다. '당선'이란 의미로 상당히 좋은 값이 있다고 생각합니다. 짤막한 속에도 때로 나타나는 사람 사람의 기분을 잘 붙들었다고 생각합니다. 그중에도 서방님 내외와 '옥순이'의 막연하고 엷은 삼각관계를 보일 듯한 기분을 은연중에 알린 것이라든지, 떠날 때에 '서방님'과 옥순이가 느낀 인간의 조그마한 비극을 그린 데는 성공했다고 하겠고, 따라서 이 작(作)에서 취할 점도 거기에 있고, 또 위에 소설이라 함보다도 소품이라고 하는 것이 좋겠다는 뜻도 여기 있습니다.

백화. 이 작품에 대해서는 상섭 군이 내 생각한 바와 거의 같이 말했으니 더 말할 말씀이 없거니와 다못[183] '당선'이라는 의미에 있어서 장래를 기대할 작(作)이라고 생각합니다. 나는 작중에 옥순이의 성격이 분명히 나타난 것을 취합니다.

춘해. 문장의 고운 것과 재미있다는 것 외에 아무 다른 할 말은 없습니다. 앞에 더 좋은 작(作)이 나오기를 바랍니다.

---

183 다못 : '다만'의 전남 방언.

「절교」(『생장』 5월호) 곰보 작(作)

상섭. 이것은(「절교」) 얼마 안 된 거고 해서 물론 볼 건데 '곰보'라는 이명(異名)이 장난 비슷하여 자기 작(作)을 스스로 경멸한 심리가 보여서 불쾌하기로 안 보았습니다.

백화. 이것을 소설이라고 하면 표현방법이 너무 단순합니다. 이러한 표현방법을 취(取)치 않으면 사실이 복잡하여짐을 취급하기 어려워서 그랬는지는 모르지만, 작자가 이러한 방식을 취한 것은 대단히 불만입니다. 「절교」의 주인공이 너무 평소에 친하게 지낸 만큼, 다만 이만 사실을 가지고 절교를 한다 할 것 같으면 거기에 더 무슨 갈등이라든가 경로에 무엇이 있었다면 훨씬 독자에게 인상을 주었을 것입니다. 그러나 이 작품에 있어서 먼저 표현이 너무 단순하였기 때문에 그리 좋은 작(作)이라고는 못하겠습니다.

춘해. 작자가 한 흥미에 끌려서 쓴 것 같습니다. 그만치 흥미를 가지고 본 것은 사실입니다. 좀 더 힘 있게 쓰면 좋은 작(作)이 나올 줄 압니다.

「계집하인」(『조선문단』 5월호) 도향(稻香) 작(作)

춘해. 전부 회화로 그렇게 자연스럽게 써내려간 작자의 수완에 감복합니다.

백화. 그래요. 도향이 회화는 재미있게 써요.

빙허. 회화에 대한 것은 동감입니다.

백화. 「계집하인」에 대해서는 처음에 봐 내려가다가 끝까지 다 보고나서 좀 의외의 생각이 나는 것은 무언고 하니 계집하인을 구해두랄 때에 남(男) 주인이 자기 아내의 말을 얼마큼 어기고 '김 주사' 집 하인을 데려오고자 주장하는 데 대해서, 여주인공이 남편의 말을 듣지 않고 '양천집'을 데려온 데 대해서, 남주인공이 비록 불만은 느꼈으나 처음 주장하는 태도와는 조금 모순이 되는 점이 없지 않습니다. 즉, 말하자면 주인공이 무슨 야심으로 그랬는지는 모르나 처음 주장하던 그것은 어디로 흐리머리 해버린 것부터, 아무리 처음에 유희로 했다 할지라도 너무 남주인공의 성격이 불분명하고, 끝에 가서 그렇게 마치지 말고 여주인공과 남주인공 사이에 무슨 갈등이 있었다면 좋지 않을까 합니다. 이 점에 있어서 작자가 처음부터 써나가던 필로(筆路)가 중간에 돌연히 변한 듯한 감이 있습니다. 이것이 읽고 나서 의외로 생각난다는 점이외다.

빙허.　백화 말씀도 물론 일리가 있겠습니다. 그런데 나는 다 읽고서 느낀 것은 백화와 다른데, 맨 처음에 끄집어내기를 사내가 계집 좋아하는 색골로 나오기 때문에 반반한 '점순 어멈'을 데려오려고 남주인공이 말할 적에 무슨 딴 생각이 없지 않나 하는 느낌을 독자에게 줍니다. 그런데 끝까지 보면 작자는 그 반질반질한 것을 좋아하는 도회인의 성미와, 그 황소같이 일 잘해도 질박한 촌사람을 서로 대조해본 것인데 ……. 그러니 점순 어멈 데려올 제도 반반한 것을 좋아하는 도회인의 기질에 지나지 않아요. 도회인의 기질과 향촌의 기질이 어느 점까지 대조되기는 됐는데, 내 생각 같아서는 너무 간단하고 미약한 것 같습니다.

상섭.　이 작(作)에 대해서 내용에 두 가지 점을 보는데, 하나는 주인 부인의 처지로서 그 남편의 성적 생활에 대해서 신뢰치 않는 것, 한 걸음 더 나아가서는 늘 불안과 의혹을 가지는 것이요, 하나는 주인의 처지로 보아서는 아까 빙허 말씀마따나 도회인 ─ 이라는 것보다도 사람의 상정(常情)으로 외모를 택하려는 것, 다시 말하면 자기가 한 여자의 외모를 택함으로 말미암아서 한 여자의 물질적 생활을 무시하고 희생케 한다는 중대한 결과를 낳는 것, 이 두 가지를 볼 수가 있는데, 이 두 가지는 사람의 약점인 동시에 깊은 인도적 관념으로서 생활을 지배하여가지 못하는 동안에는 어쩔 수 없는 것이겠지요. 만일 이 작자가 인도주의적 입지에 섰다든지 또는 그 주인공의 그 도덕률이 높았다 할 지경 같으면 혹은 일 잘하는 찍어뱅이의 편이 되었을지도 모르나, 그 주인도 역시 보통사람이었기 때문에 예쁜 점순 어멈을 택하였고, 따라서 조고만 갈등이 생기고 눈물이 흐른 것이요, 또 사리의 정사(正邪)를 무시하고 한 사람의 밥그릇을 임의로 좌우하게 된 것이겠지요. 그러한 점으로 보아서 가정의 사소한 사건을 붙든 데에 지나지 않지만 우리에게 무엇을 생각하게 하는 것 같습니다. 즉 다만 읽히는 것만이 아니라 생각케 한다는 점으로서 좋다고 생각합니다. 그러나 구상과 표현으로 봐서 불만이 있습니다. 즉 기생에게서 온 편지를 뜯지 않은 대로 남편에게 전할 때에 이 작(作)은 부부 간 질투싸움으로 발전되리라고 생각하였더니 편지 일절은 숨어버리고 계집하인의 싸움으로 변한 것은 잘못된 점인 듯합니다. 그러면 어떻게 하겠느냐 하면 그 편지가 피봉이 뜯겨있는 것을 남편의 포켓에서 수건과 같이 부인이 꺼냈다면 편지문제는 게서 끝맺고 말아도 좋았을 것입니다. 그리고 또 한 점은 한 달에 3원, 즉 10일에 1원이라는 지극히 간단한 셈을 모래알로 세어서 따지도록 '양천집'이 못생기게 한 것은 지나친 기교올시다. 하므로 남자를 12, 13일이라든지 월급을 30일에 대해서 4원이라든지 해서 계산이 어렵게 했다면 좋았겠다고 생각합니다. 그리고 끝으로 용어에 관하여는 말의 맛을 알고 썼다 하겠고, 유창하게 군말이 없는 것을 반갑게 생각합니다.

(도향은 미소하면서 눈만 깜빡깜빡 한다.)

빙허. 그런 셈하는 일절은 그래, 어떤 점으로 보면 상섭의 말씀도 일리는 있
       겠지만, 일부러 가장 셈하기 쉬운 숫자도 모래알을 가지고 셀 만큼 만
       든 것이 어떤 점으로 보아 못난 할멈의 질박미를 나타내는 데 유효치
       않을까 생각합니다.

백화. 양천집을 데려와 가지고 범백사(凡百事)가 남주인공의 눈에 걸리니 어
       떠한 말이 있을 텐데 그것이 없는 것이 안됐어요.

도향. 어두우니 불이나 켜지!

춘해. 불 켜라고 시킬까?

   (방안에는 황혼 빛이 기어들었다. 저물어가는 청산에는 비 듣는 소리가 그
윽하다. 램프불이 들어왔다. 일동은 다시 좌석을 고쳤다.)

「**박돌**(朴乭)**의 죽음**」(『조선문단』 5월호) **서해**(曙海) **작**(作)

서해. 내 작품평은 내가 안 쓸 테요. 춘해 군 좀 써요.

춘해. 왜? (상글 웃는다.)

서해. 글쎄. 나는 안 쓰고 멀찍이 앉아서 들을 테요!

도향. 내가 써줄까? (연필을 들고 책상에 마주앉았다.)

서해. 아냐. 도향 군은 평을 해요.

춘해. 그럼 내가 쓰지! (춘해가 붓을 잡았다.)

도향. 「박돌의 죽음」은 지난번 「탈출기」에 비하면 좀 못합니다. 첫째, 지난

번 「탈출기」로 말하면 작자 자신이 어느 정도까지 체험한 것이 되어
서 그러하였는지 전번 비평에 말한 바와 같이 조금도 구격이 나지 않
더니, 이번 것은 작자의 체험이 아니라 상상으로 쓴 까닭인지 구격이
많은 듯합디다.

빙허. 체험 같은 것은 둘째 쳐놓고, 통틀어 말하면 처참미가 있다고 생각합
니다. 그런데 작자가 아르치바셰프[184]에게 사숙하였는지는 모르겠으
나, 묘사가 그 식(式)이 있습니다. 그럼으로 말미암아 근간의 작품에
대해서 평면묘사가 많다고 비난소리가 높은 이때에, 이 묘사로 말하
면 평면을 벗어서 입체묘사에 제일보(第一步)를 떼어놓은 듯한 것이
무엇보다도 반갑습니다.

백화. 이 작품에 대해서 이 작자의 작품을 본 이래로 생각나는 것은, 읽은
후 묵직한 무엇이 있는 것 같습니다. 작자에게 대해서는 실례의 말씀
같지마는 이 작품이 되고 안 된 것은 둘째로 하고, 이 작자의 주제가
현대 조선작가가 취하는 것과는 아주 다른 방면으로 나아가서 거기
에 한 특색이 있고, 또는 그 작품이 노서아 작품같이 대륙적 기분이
늘 있음은 작자의 이전 환경의 소사(所使)인지는 알지 못하겠으나, 그
점에 대해서 이 작자에게서는 이러한 방면에 성공한 작(作)이 이 다음
에 나타날 줄 믿습니다.

상섭. 빙허, 백화 두 분의 말씀이 적평(適評)이니 더 말할 것이 없지만, 한편
도향의 말씀한즉 체험이 아니니 하신 것도 일리는 있다고 생각합니
다. 그런데 내가 말하려는 것은 이 작(作)을 볼 제 느낀 바로서는 당장

---

184 미하일 아르치바셰프(Mikhail Petrovich Artsybashev, 1878~1927)로 추정된다. 러시아 우크라
이나 출신의 작가. 자연주의 작가. 대표작으로는 『사닌(Sannin)』(1907). 현진건은 『개벽』
(1920.8)에 아르치바셰프의 단편 「행복」을 번역한 바 있다.

에 구역질이 나고 인생이란 이렇게도 쓰리고 아픈 것인가 하며, 현대 제도 아래서 호흡하는 우리로서는 면치 못할 일인 줄은 알지만 다시금 몸서리를 쳤습니다. 즉 그만큼 작(作)에 힘이 있다는 말입니다. 통틀어 지금 요구하는 것은 일반적으로 인류의 고뇌라는 것을 늘 생각하여야겠지마는 우리 조선인으로서는 또한 조선인의 고뇌를 절실히 체험하고 맛보고서 그것이 본질적으로 무엇인가 또는 거기서 어떻게 벗어나야 하는, 즉 우리 생활의 표준과 신념을 얻는 데에 많은 힘을 써주어야 할 텐데 그 점으로 보아서 이 작자의 장래에 많은 기대가 있는 것을 더욱이 발견하였고, 한편으로는 그 전의 작(作)으로도 알 수 있었지만 작품이 하나씩 발표됨에 따라서 위에 빙허, 백화 두 분이 말씀한 것과 같은 소질과 경향이 뚜렷이 나타나가는 것을 반갑게 생각합니다.

춘해. 쓰다가 무슨 말을 하나. 할 말을 다들 하셨으니 더구나 말하기 어려운데. 첫 번과 끝은 좀 덜 좋으나 4장부터 클라이맥스인 '박돌'의 죽음 속에는 진정이 흐르고 독자를 흠뻑 챠밍합디다. 정말 함경도 사투리에는 좀 읽기 거북하던데요. 자, 이제부터 서해가 쓰시오.

「꿈 묻는 날」(『조선문단』 5월호) 김탄실(金彈實) 작(作)

춘해. 나는 급히 봐서 그런지 무슨 소린지 알 수 없어요.

도향. 첫째, 제목이 얼핏 보기에는 알아보기 어렵게 되었습니다. 그리고 끝까지 보면 대단히 몽롱한, 그야말로 꿈같은 작(作)이에요.

백화. 이 작(作)에 대해서는 첫째, 문장이 미숙하기 때문에, 즉 일문(日文) 직역체 같아서 작(作) 전체를 갖다가 몽롱하게 알아볼 수 없게 만들었습니다.

상섭.　이 작품은 내용을 들여다보기 전에 글로만 보고 느껴지는 것은 작자가 퍽 신경질이라는 것을 알 수 있습니다. 신경질이 있는 사람이 쓰는 글은 머리와 끝이 먼저 나오기 때문에 첫째, 글을 해석하기 어려워요. 그러므로 이 작(作)이 독자에게 악감을 살 듯 싶습니다. 그런데 결국 여기 표현한 것을 겨우 뜯어볼 지경 같으면 주인공이 의중지인(意中之人)이 있어서 꿈을 꾸었는데 해몽을 하러 갔다가 다른 불쾌한 일을 보고서 그대로 돌아왔다는 데 지나지 않는 것이에요. 그러면 무엇을 독자에게 암시한 것인지 이해할 수 없습니다. 이것을 짧은 것이나마 다시 몇 토막 내어서 일기로 적어둔다면 혹 작자로서는 무슨 가치가 있을지 모르겠지요.

빙허.　작자는 알겠지만 제3자는 모를 작(作)이에요. 허허.

도향.　하하.

일동.　하하하.

「서문학자(序文學者)」(『조선문단』 5월호) 임영빈(任英彬) 작(作)

도향.　쉽게 말하면 자기가 쓰려고 하는 테마는 소위 글 쓴다는 사람을 풍자하려고 한 것인데 내용이라든지 구상이라든지 말하면 그렇게 볼 것이 없게 생각나요.

빙허.　「난륜」에 비하면 문장이 세련된 것은 사실이외다. 그런데 그것이 글 쓰는 사람에 대한 풍자라고도 할 수 없습니다. 왜 그러냐 하면 풍자에 그친다고 할 것 같으면 서문 쓰는데 1년인가 이태인가 걸렸으니 그도 해석하기가 어렵습니다. 그렇지 않고 쓰지도 않고 아무것도 않으면서 일종의 핑계라고 본달 것 같으면 핑계라고 하기에는 그 학자의 양심이 대단히 고상한 줄로 생각합니다. 왜 그런가 하니 그만큼 책을 보았는지 말았는지는 모르겠으나, 말하는 것을 보면 크로포트킨이니 무에니 하는 이름도 아니, 그만한 소양이 있는 사람으로 그것을 안 쓰고 참는데 그 사람의 양심을 볼 수 있습니다. 그러니 풍자로만 돌릴 수 없고, 그렇다고 그런 훌륭한 포부가 있으면서 은인자중하는 대재(大材)의 장성(長成)을 기다린다고 할 것 같으면 그것도 아닙니다. 그러니 대단히 희미하고 몽롱한 작품이라고 할 수밖에 없습니다.

백화. 이 작품을 보고 이 작자를 생각할 때, 이 작품은 말고 다른 작품으로 썼다면 좋았을 텐데 이 작(作)의 구상, 필치로 보면 평범하나 그다지 흠은 없은즉, 나의 생각 같아서는 이 작(作)은 작자의 한 유희로 쓴 것이랄 수밖에 생각이 안 납니다.

상섭. 작자가 편벽된 태도를 취한 것이 잘못이에요. 즉 작자가 서문학자에 대해서 일종의 증오를 느끼면서 썼다는 것이 작자로서는 잘못이 아닐까 합니다. 작자의 선악감(善惡感)이 아무리 강렬할 때라도 늘 공정한 태도를 취할 필요가 있지 않는가 합니다. 원래 이 작(作)은 사람의 공통성이라 할 자아자찬벽(自我自讚僻)을 그리려는 것이나, 도리어 이 작(作)을 일관한 기분은 소견이 부족한 사람이 남의 결점을 고치고치 끌어내지 못해서 애를 쓰고, 또 그렇게 적발함으로써 일종의 감흥을 느끼는 심리를 그린 것 같은데, 이러한 사람의 더러운 약점을 볼 적에 서문학자의 과장벽(誇張僻)과 허영을 미워하는 것보다도, 그 허영과 과장벽(誇張僻)을 미워하는 서문학자의 친구들의 심정을 나는 더 미워하고, 일보 더 나아가서는 그 서문학자의 친구들과 한편이 된 작자의 태도에 불만을 가집니다. 하여간 이 작(作)으로 말하면 성공하였다 할 수 없을 뿐만 아니라, 공연히 지리하게 썼고, 또 아까 어느 분은 풍자라고 하였지만 일반 저술계에 대한 풍자라 함보다도 작자가 아는 어떠한 사람에게 대한 불만을 토로하려고 한 것이 아닌가 하는 생각까지 납니다.

춘해. 문학연구회에서 한 번 낭독하는 것을 듣고는 그 후 보지 못하여 자세히 모르겠으나, 어쨌든 재미있는 작(作)이었던 것이 지금껏 기억에 남았습니다.

서해. 나는 내 성질이 이상스러워서 그런지 첫째, 묘사나 기교를 논하기 전에 그 작자의 소질, 경향 급(及) 그 작자가 표하려는 정신부터 알고 싶습니다.

상섭. 물론 그렇겠지요. 오늘날까지는 작자로나 평자로나 피차에 어떠한 레벨까지 넓은 의미로 그 토대가 완정(完定)되지 못하였다 하여도 과언이 아닐 것 같고, 또 작자와 평자의 경계선이 분명치 못한 관계로 한 평자가 일 작자 혹은 그 이상의 작자에 대해서 감시하고 이해하고 연구한다거나 비판하게까지 못되고, 또한 작자 자신도 자기의 일관한 사상과 경향을 보여주지 못하는 데에 큰 원인이 있을 듯싶습니다. 그러나 이 시기를 지날 지경 같으면 물론 그렇게 될 것이겠지요. 다시 말하면 그 작(作)이라는 것은 그 사람의 생명이 자라가는 동안에 발사되고 구현되는 것이니까 물론 작자를 떠나서 작(作)만 가지고 기교 등의 말절(末節)에만 착목할 것이 아니라 작자의 소질, 경향을 아울러 해야 할 것입니다.

어느새 밤은 아홉시가 가까워졌다. 흐린 밤 빗소리 그윽한 회포를 자아낸다.

부기(附記). 「동경(憧憬)」(한병도(韓秉道) 작)과, 「상환(相換)」(자아청년(自我靑年) 작)은 사정으로 인하여 다음 호로 미루었습니다.

감상과 기대[185]

　한편에서는 '쪽박을 차고 나설지라도 …….' 하며 죽자 사자 하면은, 한편에서는 죽고 살고 간에 단판 씨름이라고 남편의 밥에 양잿물을 곁들인다. 이 구석에서 '이상적 신성'한 사랑이니 연애의 자유, 성적 해방이니 하는 하이칼라 수작을 연발하면, 저 구석에서는 집안 망할 연놈들이라고 쌍지팡이를 들고 나와서 야단을 친다. 원래가 고르지 못한 게 이 세상이요, 윗간에서 "공자님 말씀이 ……." 하면 아랫간에서는 "레닌이 ……." 하고 맞장구를 치는 게 이 사회이다. 말하자면 에스키모족과 열대종이 몰켜 사는 것이 조선사회라 하는 것이니까 새삼스럽게 놀랄 것도 없지마는, 과연 요사이의 세상을 가만히 내다보면 연애기근까지 겹쳐 왔는지 '사랑걸신증'이라는 성적(性的) 박테리아가 방방곡곡 휩쓸어서 인심이 자못 퇴폐한 모양이요, 이에 따라 이혼, 야합이라는 희비극이 날을 따라 도처에 연출되는 모양이다. 이것이 흥조(興兆)인지 망조(亡兆)인지 능히 예언하는 자가 있다 하면 신귀(神鬼)가 아울러 치소(嗤笑)[186]하려니와, 그것도 만일 보통 생리적 유행병만 갖고 보면 소독·구제할 방도도 있고, 예부터 이야기책에 전하여 오는 상사병이라든가 하여 서양

185　염상섭(廉想涉), 「감상과 기대」, 『조선문단』, 1925.7. 이 글은 '제가(諸家)의 연애관'이라는 표제 하에 실린 글 중 하나이다.
186　치소(嗤笑) : 빈정거리며 웃음.

국의 판도라의 비밀상자 같은 것이면 처치할 묘방이 없는 것도 아니지만, 이도저도 아닌 고질인 듯싶고 보니 도대체 두통거리라.

그래서인지 저래서인지 이번 『조선문단』에는 연애 제(諸) 대가의 의견이 발표되게 되었다 한다. 주문인즉 경험, 감상, 훈계, 기대 등 범위에서 쓰라는 것이나, 내 생각 같아서는 연애기근 구제책과 성적 박테리아 소독법에 관한 현상논문이나 모집하였다면 어떠하였을까도 싶다. 그러나 저러나 대가커녕 소가(小家)에도 참례도 못 가는 나로서는 경험은 없으니 '감상'이나 두어 분중(分重)하고, 훈계는 젊은 나로 분에 겨우니 '기대' 한 분중(分重)만 가미하여 조금 써볼까 하는데, 작금의 연애기갈환자는 원래가 병입골수(病入骨髓) 하였으니, 이까짓 처방으로 득효야 있을라구?

그러나 '아담·하와' 시대부터의 선천고질(先天痼疾)이요, 구풍(歐風)의 유행병인 이 균(菌)에 걸려보지도 못하고서 감상이고 기대고 운위하는 것은 마치 홍역마마도 못하여본 위인이 제법 똑똑한 체를 하려는 것 같아, 주제에 넘치지만, 서투른 솜씨로 위선 집증(執症)을 하여보면 처음에 말한 것같이 네 가지로 분류할 수가 있다. 즉,

    (1) '쪽박을 찰지라도 …… .'라는 연애지상주의자(戀愛至上主義者)

    (2) '양잿물로라도 …… .'라는 이혼직접행동자(離婚直接行動者)

    (3) 성적 해방, 자유연애를 제창하는 이상주의자(理想主義者)

    (4) 쌍지팡이 짚고 나서는 완고부정론자(頑固否定論者)

등이다. 이것을 좀 더 설명하면,

    (1)은 성적 박테리아의 중독자라 함은 과하다. 도리어 어떠한 정도의 자각을 가지고 충분한 체득과 명민한 반성으로써 늘 그 순화와 인격적 향상에 노

413

력하여간다 하면, 완전에 가깝고 인생의 행복을 엿볼 것이다. 그러나 물질적 조건이 풍족하다든지, 불가피한 성질 문제, 가령 여자로 말하면 정(情)은 바스라졌으되 '나이' 지긋하고 용자(容姿)의 미(美)를 잃었으니 개가(改嫁)할 도리도 없고, 따라서 생활문제에 협위(脅威)를 느낀다거나, 재래의 관습으로 인하여 한 번 이혼하면 전후 형편이 개가를 불허한다거나, 혹은 자기네의 연애생활을 방해·비난하던 자에 대하여 분격(忿激)한 반동 기분으로 일시 억지를 부리느라고 '쪽박을 차고 나서도 …….'라는 결심의 정도를 보임이면 지구력이 부족할 것이요, 또한 위선에 가까울 것이다.

(2)는 결혼생활의 실패이니 현대 조선인의 대다수의 고통을 대표한 것이다. 다만 무지와 인습으로 인하여 생기는 비극이나, 용허할 수 없는 비인도적 행위임을 도덕적으로 우선 공격할 바이다. 만일 남자일 지경이면 소위 '소박'이라는 형식으로부터 공공연하게 이혼절차에까지 순조로 갔을 것이나, 여자요, 아울러 인습적 도덕에 대한 저항력이 부족한 탓으로 인간의 대죄를 범한 것이라는 점도 없지 않다. 그리고 이것은 초연(初戀)에 도취한 여자인 경우가 많으니, 즉 간부(姦夫)·간부(姦婦)의 편으로서는 애(愛)에 순일하려는 노력이라고 할 수 있고, 그 다음에는 음부탕녀(淫婦蕩女)의 성질이 있거나, 성생활을 오해하는 유부(幼婦)에게 볼 수 있는 전형이다. 그러나 이 경우에는 물질적 이해타산을 초월한 것이 특색이라 할까? 끝으로 특히 남자인 경우에는 (3)과 같은 이상주의자가 많은 것도 물론이다.

(3)은 합리성은 인정할 수 있지만, 현 사회에 있어서는 실현까지의 거리가 멀다. 교양 있고 의려(意慮) 있고 용기 있으며, 물질·정신으로 자립, 자율력이 있는 남녀끼리는 가능하나, 그 외에는 이론(理論)으로, 이상(理想)으로 숙제가 되고 말 것이다. 만일 그렇지 않다고 덮어놓고 떠들면, 그는 공상가이거나 성적 박테리아의 감염자, 무절제한 연애걸신병자의 대부분일 것이다.

어느 시대라고 난봉오입장이가 없으랴마는, 특히 성적 해방의 과도기에 있어서 성생활의 퇴폐적 경향이 농후한 것은 그 까닭이다. 이러한 사이비 자유론자의 무리야말로 사회를 충독(蟲毒)한다.

(4)는 도학자 대다수의 중로(中老) 이상 계급의 보수주의자를 제하면, 약간의 미소지니스트(misoginist)나 허무주의자들에게 볼 수 있다. 물론 중로계급자(中老階級者)일지라도 성욕탈락자(性慾脫落者)가 아닌 것은 고사하고 기실은 색정광(色情狂)의 볼쥐어지를 만큼 음일(淫逸)한 생활에 탐닉하는 것이 보통이지마는, 인습과 체면이라는 것이 '연애' 2자(字)에 전율을 감(感)케 한다. 그들은 이면의 사생활에 있어서는 어떠한 추태와 죄악을 감추어가지고 있을지라도 오직 비밀을 엄수하면 도덕적 가면은 어느 때까지 보지(保持)된다고 생각하기 때문에 성(性)이니 연애니 하기만 하여도 그것은 곧 춘화도를 연상하는 줄로만 안다. 그리하여 (2)와 같은 비극의 장본인이 되는 줄은 꿈에도 모른다. 그러나 시대는 달음질을 친다.

그러면 이상의 네 가지 태도와 사상 중에 (1)은 비교적 단순한 문제이지만, (2)·(3)·(4)는 삼각적 긴밀한 관계에 대상(對峙)하여 있으므로 시대사조의 진전과 같이 더욱 더욱 복잡화하여가고 그 해결을 위하여는 격렬한 투쟁과 노력을 요하는 바이다. 그러나 여기서 간과치 못할 중대 사실은 (1)로부터 (4)에까지 일관한 물질 문제이다. 다시 말하면 아무리 연애의 신성, 자유, 지상을 역설·강조할지라도, 물질적 조건을 무시하고는 그 이상을 달(達)할 수 없다는 것이다.

이와 같이 말하면 그처럼 물질적 조건이라는 것을 중요시하는 이상에야 연애의 신성성이 어디 있느냐? 쪽박을 찰지라도 떨어질 수 없다는 데에 연애의 극치가 있지 않으냐고 반문할지 모른다. 그러나 만일 연애가 그처럼 고귀하고 신성한 것 같을 지경이면, 그 클라이맥스의 표준을 물질에 구하지 않을 것이 아닌가? 쪽박을 차게 되고 밥을 굶어도 사랑은 변치 않겠다는 맹서는 곧 생활고가 사상고보다 더하다는 것이요, 따라서 애(愛)의 승리보다 물질욕의 충족이 더 곤란하다는 것을 의미하는 것이 아닌가? 그러면 현재 생활에 있어서 애(愛)보다 물질을 월등히 중요시하면서, 애(愛)의 신성을 운위하거나 물질 이상으로 평가하려 함은 큰 모순이다.

그러나 이것은 누구의 죄도 아니다. 또 연애의 가치가 본질적으로 물질 이상이라는 것도 아니다. 다만 현대와 같은 사회조직 하에서는 부득이한 사실인즉, 실제 생활의 직접수단인 물질적 조건을 해결하고서야 연애의 신성성을 발휘할 수 있다는 말이다. 만일 물질적 생활이 순조(順調)로 나간다 하면 애인은 자기의 애(愛)를 증거 세울 제, '쪽박을 차고 나설지라도 ……'라고 하지 않고 '내 목숨을 바쳐서라도 ……'라고 하거나 '나의 명예와 그 외의 모든 것을 바쳐서 ……'라고 맹서할 것이 아닌가?

그뿐만 아니라, 물질적 캐피탈리즘은 성생활에도 그 폭위를 떨치는 것이 사실이다. 성(性)의 자본주의화라는 것이다. 빈자(貧者)의 연애가 금력(金力)에 빼앗기는 예는 로맨틱한 옛이야기가 아니다. 그러한 것은 원래 연애의 본질이 아니라고 하지마는, 본질이든 아니든 사실이 그러한 것이야 어찌하랴. 그리하여 빈자는 일 생애에 성생활 내지 연애생활을 희생하는 일편에, 부귀의 특권계급은 일부다처주의를 실행한다. (이것은 여담이지만 금일의 종교는 일부일처를 신봉하면서 그 반대의 결과를 낳는 현대의 조직을 지지·옹호하므로, 여기에도 현대의 종교를 부인할 일 이유가 감추어 있는 것이다) 즉, 현대인의 연애생활은 금전으로 매매되는 것이다.

또 그뿐만 아니라, 성의 해방 ― 자유연애를 주장하는 자는 거의 그 전부가 무산청년이다. 유산계급은 전술(前述)과 같은 이유로 그 해방과 자유를 역설할 긴박한 필요를 느끼지 않는 것도 그 한 가지 원인이겠지만, 또 하나는 경제력의 중추와 그 실력이 (4)의 중로 이상 계급의 수중에 있음이다. 일 가정의 예로 보면 가장이 금권과 가장권을 병유(幷有)한 고로, 자녀의 성적 생활의 출발점에서 임의로 그 양 실권을 행사하고 폭위로 금압하는 결과, 비록 그 자녀에게 현대인으로서 필수한 자각과 이상이 있다 할지라도 필경은 무시되고 만다. 그리하여 (2)와 같은 비극적 결과를 얻고 마는 것이다. 여러 가지로 관찰할 점이 많으나 여기서는 우선 이만한다. 하여간 인류의 생활이 물질의 노예인 비참한 지경에서 해방되지 않고는 연애지상설이나 신성설은 그 대부분이 공론(空論)대로 보류상태에 만족하는 수밖에 없을 것이다.

여기에 이르러서 연애문제는 단독의 연애문제로 떨어지지 못하고 사회문제의 중요한 지점을 점하게 되고, 따라서 사회운동과 직접·간접으로 그 보조를 일치하게 되리라 한다.

이상은 나의 얼른 머리에 떠오르는 생각으로 네 가지 분류와 연애 및 그 당사자의 객관적 관찰이지만, 다음에는 그 주관적 관찰을 하여보자.

대관절 연애란 어떠한 것이냐? 나는 이것을 가리켜서 '무(無)'에 대한 동경, '완전'을 향한 노력이라고 함이 어떠할까 생각한다. 물론 모든 생물은 성적 기초 위에 선 것이라는 의미로 성적 방면을 등한히 하거나, 생식활동을 무시할 수는 없다. 그러나 그것만이 그 전부는 아니다. 가령 '연애조(戀愛鳥)'라는 새는 자웅(雌雄)이 잠시 한때 떨어지는 일이 없고, 카나리아와 같은 새는 새끼를 칠 때에 자웅이 돌아가며 포란(抱卵)하여 상조(相助)의 정신이 풍부하고, 짝을 잃으면 애수에 사무쳐서 울지를 않는다. 또 식물에 있어서도 미려한 화타(花朶)로써 수분작용(受粉作用), 즉 생식기능을 완성하는 것이다. 다시 말하면 동식물에도 성생활은 물론이요, 연애에 가까운 현상을 볼 수 있다는 말이다. 그러나 그것은 성과 및 생식본능의 맹목적 수행에 그치는 것이요, 자의식으로 말미암은 '무(無)'에 대한 동경이나 '완전'을 희구하는 노력은 아니다.

즉, 연애생활로써 자기의 생활을 보다 더 아름답고 고귀하게 향상케 하려거나 영혼의 순화를 꾀한다는 등의 인격적 요구가 없다는 말이다.

원래 사람은 자기의 독이성(獨異性)을 그 상대 형상 안에서 발견할 제, 광희(狂喜)하는 성질이 있는 듯싶다. 그리고 그 광희가 강조된 것이 연애에까지 끌고 가지나 않는가 한다. 보통들 자기 자신을 상대 형상 안에서 발견한다는 것이 곧 이것을 가리킴이니 독이성이란 개성을 이름이요, 개성이란 자기 생명의 울림이다. 그러므로 우리가 예술에 대하여 요구함과 같이 인생을 통하여, 더 구체적으로 말하면, 애인될 사람을 통하여 대자연의 위대한 실재, 즉 큰 생명의 크고 적은 파동의 리듬을 엿보고, 그 영성(靈性)의 아름다움과 신비로움과 또한 그 오묘한 활동을 체득함으로 말미암아 커다란 생명의 흐름과 포용하고 합류되고 그에 동화되어, 그 큰 생명 속에서 자신이 헤엄을 치고 자신의 영성 속에서 큰 생명의 키가 울려 일대 심포니를 듣게 될 제, 우리는 비로소 그 상대 형상, 즉 애인 될 사람의 생명 속에서 자기를 발견하는 것이다. 그리하여 이것이 건전하고 완전한 주관의 세계를 전개시킬 제, 우리는 거기서 또한 자기의 독이성을 발견한다.

상대 형상 내의 자기발견의 기쁨! 이것이 강조되면 그야말로 신성한 연애에 끌고 간다. 그리고 연애는 예술화한다. 우리가 만일 보다 더 나은 생활, 보다 더 향상된 생활을 욕구하며, 또 그 욕구가 필경은 창조적 생활을 의미한다 하면, 여기서 우리는 연애생활도 예술화한 생활이 되는 것이다. 그리하여 고귀한 인격적 완성을 얻는 것이다. 생명력의 활약의 정점에 달하는 것이다. 여기에 있어서 양성(兩性)의 성적 교류가 큰 조화를 이루는 것이 중요한 조건을 이룰 뿐 아니라, 차라리 그 기조(基調)에서 출발하는 것을 한각(閑却)하여서는 아니 된다. 이것이 곧 영육의 합치인 동시에, 나의 이른바 '무(無)'에 대한 동경이요, 그 과정을 지나서는 '완성'에 득달하는 것이다.

그러나 연애는 유일인자(唯一人者)를 구하는 동시에 독점을 필요조건으로 한다. 그러므로 연애에 있어서 창조적 생활을 희구하는 의욕과는 큰 모순을 느끼게 한다. 즉 전자는 소유욕의 발동이요, 후자는 생명의 최선(最善)·최미(最美)·최고(最高)한 활약의 현현이기 때문이다. 그러나 이것은 독이성을 보지(保持)하고 발견하려 함이며, 또한 그 절대욕구이다. 다시 말하면 독이성, 즉 개성이란 것은 독이하기 때문에 여러 상대 형상 중에서 자기의 개성에만 투합(投合)하는 자를 구하야 비로소 합하는 것이며, 따라서 거기서만 자기의 형체를 발견하는 것이다. 그러므로 우리는 유일인자를 구하고 독점을 원하는 데에 조금도 불합리를 발견하지 못하는 동시에, 연애의 자유와 정조를 요구하는 것이다.

하여간 연애생활이 성욕만족이나 생식본능에 그치고 만다 하면, 우리는 창피하건마는 자기 자신에게서 동물성만을 발견할 수 있을 것이고, 만일 그것이 의식적인 때에 세기말적 경향밖에는 아무것도 볼 것이 없을 것이다.

세상의 연애걸신병자여! 자기 생명의 고귀함을 알아라! 그리하면 '연애의 신성'이란 말이 그들의 추악한 내면을 꾸미는 긴 장막으로 헛되이 돌아가지 않으리라. 일세를 풍미하는 성적 퇴폐적 경향, 그 타락은 오직 그네들의 교양 향상으로만 겨우 구제된다는 것을 깊이 깨달아야 할 것이다.

『조선문단』 및 그 합평회와 나[187]

『개벽』 6월호에 『조선문단』 합평회에 대한 소감이 실렸다. 하여간 자미 있는 일이다. 혹은 인신공격이니, 피차에 잡지정책이니, 합평회를 무시하는 태도니, 당파적 의식을 강조하였느니 하는 말을 몇 군데서 들은 법도 하지마는, 그것이 사실이고 아니고 간에 합평회에 참석하였던 나로서는 제3자, 혹은 제2자(합평회의 대상이 되는 작가들)의 충분한 소감과 의견을 듣는 것은 매우 유리하고 반가운 일이라고 충심으로 생각한다. 그것은 하필 『조선문단』을 위하여 그러하다는 것만 아니라, 차라리 그 합평회에 출석하는 사람의 큰 참고가 되고 또는 문단을 위하는 정성이 보이기 때문이다.

그러나 한 가지 소원은—그 소감문의 전부는 다 읽지 못하였지만—박영희(朴英熙) 씨가 "열렬한 당파적 의식을 가진 듯이 생각된다." 함에 대하여 "당파적 의식이라고는 36~37도의 체온 이하로도 가지 못한 듯이도 생각된다."라고 정정함이 어떨까 함이다. 실상 말하면 거기 모인 여러분이, 나부터

---

187 염상섭(廉想涉), 「『조선문단』 및 그 합평회와 나」, 『조선문단』, 1925.7. '『개벽』 6월호에 게재된 조선문단 「합평회」 소감에 대하여'라는 표제 하에 실린 글 중 하나이다. 이 글이 지칭하고 있는 『개벽』(1925.6)의 기사는 「조선문단 「합평회」에 대한 소감」이라는 글이다. 이 제하에 「진실을 잃어버린 합평」(박영희), 「나는 이렇게 생각한다」(포석), 「극화하는 합평회」(성해), 「『조선문단』 합평회 인상기」(김기진), 「감상과 의견」(이상화), 「생각나는 대로」(백기만)의 글이 게재되어 있다.

"

도 하다못해 당파적 의식조차 없기 때문에, 혹은 불열렬(不熱烈)한지도 모른다. 하여간 그러한 말은 피차에 근신(勤愼)하는 것이 좋겠다. 다섯 손가락을 몇 번이나 꼽았다 펴야 다 헤일 지 모르는 최근의 문인, 주의·경향의 색채의 획선(劃線)을 뚜렷이 그을 수 없는 오늘날에 앉아서 당파부터 찾는다면 그 조선(祖先) 있으매 그 자손이 있다고 한들 과할 것은 없을 듯싶다.

그 외에 있어서는 개인 혹은 전체에 대하여 예에서 벗어날 듯한 몇 마디를 제하고는 매우 참고가 되고 수긍할 점이 눈에 띠는 것을 고맙게 생각하는 바이요, 또한 종래에 합평회 관계자끼리도 생각하던 바이다.

도대체 나로서는 그리 문제를 삼을 것이 아니라, 피차에 편달하여가며 합력하여 끈기 있게 꾸준히 해나가면 과히 삐뚤어지지 않은 결실이 다소라도 있으리라고 생각하면서도, 꿀 먹은 벙어리 행세만 하면은 영리치 않다든가 하여 편집자로부터 의견을 묻기에 몇 마디 하자지만, 대강 『조선문단』 및 합평회와 나의 처지만 솔직하게 말하면 ─아무리 그 결과가 "다소간 명석한 말을 하는 염상섭 ……."이라는 김기진 씨의 관찰을 보람 없이 만드는 한이 있더라도 ─당파니 무어니 하는 구살머리쩍고 자질구레한 말썽이 없어나질까 싶다.

금년 2월 『조선문단』에 나의 소설이 발표되고 뒤를 이어 합평회에 3, 4차 출석하였을 뿐 아니라, 인물 인상기 기타 짧은 의견 두엇을 쓰게 된 것을 보고, 어떤 친구는 "자네 '이광수(李光洙) 주재' 하에 글을 쓰네그려!" 하여 비웃는 사람도 있고, 혹은 "조선문단파인가?" 하며 이상스럽게 구는 사람이 없지 않았다. 그러나 나에게는 그 의미를 분명히 깨달을 수 없었고 또한 불쾌하였다. 그러나 나로서는 남이 무어라거나 나 하고 싶은 대로 하면 고만이었다. 물론 문예잡지가 『생장』 하나, 둘이 있었고 그 외에는 『개벽』에 문예란이 있는 터에, 『조선문단』에만 단 한 줄이라도 쓰는 것이 제3자로도 좀 괴이쩍게 보여서 그랬는지, 또는 '이광수'라는 이름과 나라는 사람을 연결하여가지고 하는 말인지는 모르지만, 나로서는 그것이 아무 문젯거리가 아니 되었다. 첫째에 그동안 나는 몹시 바빴었고, 또『조선문단』에 기고를 한 것도 작년 12월에 조선문단사에서 신년호에 쓰라는 것을 2월호에나 써보마고 거절하고, 『개벽』신년호를 위하여 거진 원고를 들고 헤매면서 겨우 써놓았더니 약속한 시간이 상치(相馳)가 되어서 필경은 원고가 내 수중으로 돌아오게 되었다. 그러자 조선문단사에서는 전약(前約)대로 2월호 분을 보내라고 하기에, 되지 않는 나쯤의 원고로 잡지사에 낭패를 시켜서는 미안하고 또 마침 개벽사로서는 아무 말도 없기에 그대로 수응(酬應)한 것이었다. 그러나 그 다음에는 창작에 집필한 일이 없으니까 특히 조선문단파가 되고, 아니 되고가 없었다.

그 다음에 합평회로 말할지라도 조선에는 처음 되는 시험이고, 또 조선문단사 사람들이 이때껏 동석하여본 일이 없기에 다소의 호기심을 가지고 오라는 대로 가보았다. 그러나 제1회의 인상으로 보아서는, 김기진 씨도 그러한 눈치인 모양이지만 마음에 자미없는 몇 가지를 발견하고 그 후부터는 출석치 않으려고까지 하였다. 노골적으로 말하면 이광수 씨가『조선문단』의 주재이든 말든 그것은 그 집 살림이니까 관계할 것이 없다. 가령 어떤 잡지나 신문에 기고할 제 그 사장이나 주필을 보고 기고하는 것은 아니니까. 그러나 합평회 석상에서 이 씨가 출석하면서 종시 침묵을 지키는 것은 그가 문외한이면 이기(而己)어니와, 자기가 주재요, 따라서 우리를 청한 합평회에 출석키를 꺼려하는 중요한 이유가 되었을지 몰랐다. 그러나 이 씨는 사실 신병으로 집필을 못하던즉 합평회만은 지속하여달라는 방춘해, 최서해 양 군의 간청이 있을 뿐 아니라, 모처럼 시작하여 놓은 것을 사소한 감정문제로 유야무야 간에 돌아가게 하는 것은 적어도 제1차에 출석한 몇몇 사람의 책임이 아니라고 할 수는 없게 되었다. 그리하여 관망적 태도, 불가피할 체면, 방·최 양 군에 대한 우의 기타로 인하여 5, 6인이 출석을 계속케 된 데에 불과한 것이다.

이상은 필자나 독자나 조금도 흥미 없는 잔소리요, 또한 관계자에게 불쾌까지 느끼게 할 것 같으나, 발표된 제씨의 소감 중 일부의 기분이 합평회를 구성한 그 개인을 '당파적'이라는 관사 아래 모으려 함이 보이기에 한 마디 더한 것이다. 그러므로 합평회에 출석한 우리 몇몇 사람으로 보면, 그 주최가 『조선문단』이기 때문에 특히 출석한다는 것이 아님은 물론이다. 가령 개벽사에서 합평회를 계획하다가 중지하였다는 말을 들었는데, 그것이 사실이고 또한 사실화하였다면, 그리고 『조선문단』 합평회 출석자들을 불렀다 하면 누구나 출석하여 힘 있는 데까지는 도왔을 것이다.

그 다음에 합평회에 대하여 첫째, 평자(評者) 그 사람을 못 얻었다는 것, 작가들의 비평은 다소에 폐해가 있기 쉽다는 것, 성의가 부족하다는 것, 비평가가 될 만한 소질과 해박한 지식을 요한다는 것, "군맹(群盲)을 연상케 해서는 안 된다."라는 것은 새삼스러운 문제는 아니나, 고마운 말로 들어둠이 옳은 일이라 생각한다. 그러나 이것은 반드시 종래의 『조선문단』 합평이 "중구난방"이었고 "문인비평극"이 되었다고 자인함도 아니요, 또 기를 쓰고 부인하지도 못해 애를 쓰는 것은 아니다. 그렇지 않게 보이면 다행한 일이요, 그렇다 하면 고칠 일이며, 또 본 사람이 잘못된 점이 있으면 그것은 본 사람의 자성(自省)을 바랄 수밖에 또 다시 수가 없는가 한다.

조선문단 합평회 제5회[188]

6월 창작소설 총평

평자 염상섭(廉想涉) 현빙허(玄憑虛) 나도향(羅稻香) 방춘해(方春海) 최서해
(崔曙海)

필자 최학송(崔鶴松)

상섭. 김동인 군이 이번 합평에 참석키 위하여 온다더니 어째서 못 왔습니까?

춘해. 오기로 작정되었다가 부득이한 사정이 생겨서 못 왔는데 이 담 번에
는 꼭 오겠지요.

도향. 백화(白華)도 빠졌지!

춘해. 인후통(咽喉痛)으로 적십자병원에 입원하셨대요.

빙허. 백화가 요새 병 때문에 퍽 괴롭게 지내는걸.

상섭. 백화가 이번에 대기염을 토한다고 벼르더니 의외 빠지게 되어서 퍽
섭섭하군요.

빙허. 나는 이번에 혁신호(『시대일보』) 때문에 너무 바빠서 여러분의 작품을
다 못 보았는데 ……. 퍽 미안하게 되었습니다.

---

188 「조선문단 합평회(제5회)−6월 창작소설 총평」, 『조선문단』, 1925.7.

춘해.   글쎄, 그거 퍽 안됐습니다. 그런데 『생장』이 이달 호가 안 나오게 되
     어서 섭섭합니다.

상섭.   어저께 석송 군을 만났는데 순전히 자금관계라고 하나, 잘 활동하면
     아마 내월호부터 다시 속간되겠지요. 하여간 5호까지 끌고 나온 것도
     순전히 석송 군의 성실한 노력으로 된 것인데 너무 물질의 원조가 없
     는 것으로 생각하면 적막한 생각이 납니다.

도향.   『생장』에는 원고부탁은 많이 받고 마음에 없는 것은 아니지만 자연
     히 한 번도 창작을 쓰지 못해서 미안히 생각하던 바, 불의에 휴간케
     되어서 더욱 미안한 마음이 새롭습니다. 다행히 계간(繼刊)이 된다 하
     니 그때에는 무엇이든지 쓰려고 합니다.

상섭.   그런데 이번에 합평회를 중심으로 백화와 성해(星海)의 접전은 근래
     에 드문 자미있는 일이더군요. 가다가다 그런 일이라도 있으면 좀 활
     기를 도울지?

빙허.   그래. 그 옳은 말이야! 진리를 위해서 싸우는 것은 언제든지 좋으니
     까요. 그런데 싸움을 위한 싸움은 어떻는지?

상섭.   싸움을 위한 싸움이라도 없는 것보다는 나을지? 합평회가 누구의 말
     과 같이 농담이라도 없는 것보다는 낫다는 셈으로.

도향.   싸움도 어떠한 경우에는 위대한 효과를 내는 때도 있지만, 싸움은 될
     수 있는 대로 피하는 것이 좋겠지요.

빙허.   아니, 그런 것도 아니야. 현대는 쟁투의 시대니까!

도향.   아무리 쟁투의 시대라 해도 그 싸움을 시인하는 사람은 없겠지요.

빙허.   이것, 우리도 또 싸움인가. 허허.

일동.   하하하.

상섭.   그런데 나 보건대는 성해의 쓴 태도가 너무 심한 것 같더구만. 백화

쓴 것은 보지는 못하고 백화 자신에게 이야기도 들었고, 성해의 글에 나타나는 것으로 짐작하였지만 백화의 태도도 점잖지는 않더군!

춘해. 그런데 백화 개인에게 할 말을 우리 전체에게 연대책임이 있는 것처럼 취급한 것은 모를 일입디다. 연대책임이 무서워서 하는 말이 아니라……

상섭. 물론 연대책임이 있을 리가 있나요. 백화가 회월(懷月)의 「사냥개」 전체에 대해서 부인하는 것은 백화의 자유의사요, 또 백화의 의사에 대해서 반대를 하지 않았다는 점을 보아서 연대책임이 있다고 하지만, 반대를 안 했다면 각자의 자유의사로 동의했다는 것이겠고, 반대를 했더라도 역시 그럴 것입니다. 사실 나는 그 작(作)의 대두리로 봐서 백화의 의견과 일치되지 않았으니 나부터 반대한 모양이지만…….

빙허. 나도 그런데!

상섭. 그런데 하여간 「사냥개」가 주인을 물었다는 것이 부자연하다는 점에 이르러는 나도 백화의 의견에 동감입니다.

도향. 합평회에 참석하는 사람이 대개는 창작하는 사람들인데 그중에 백화는 아직까지 창작이라고 하는 것은 없이 합평회에 참석을 하였었는데, 창작하는 사람이 반드시 비평을 하는 것이 아니요, 비평하는 사람이 반드시 창작하는 것이 아니지요. 만일 백화가 비평하는 자리에 참석한 것이 부당하다 하면 창작하는 사람으로서 비평하는 자리에 앉는 것도 온당하다 하지는 않겠지요. 그런즉 창작하는 사람이 반드시 창작만 하는 것이 아니겠고, 창작을 하지 못하는 사람이 비평을 하지 못한다고 할 수도 없겠지요.

상섭. 하여간 그분네들의 싸움은 순전히 감정적으로 인신공격에 흐르는 것이 나 보기에는 실답지[189] 않습디다.

춘해. 글쎄, 개인감정으로 합평회까지 공격한다는 것도 실답지 않아요.

빙허. 그런데 4월호 합평회 내 말에, 『개벽』 평하고 우리 평을 비교할 때에 "우
리 평이 정곡을 얻었겠지요." 한 말이 있는데 그것을 가지고 강렬한 당
파적 의식을 가졌다는 것은 어떤는지. 만일 그때 내 말이 "우리 평"이라
하지 않고 "내 평"이라 했던들 그런 억울한 소리는 듣지 않을 걸 갖다가
(허허) "우리"를 붙였다고 당파니 뭐니 하는 것은 아무리 흥분한 끝이라
도 회월 군의 말이 심하던걸. 말로써 뜻을 상하지 말아주었으면 ……

도향. 당파라고 하니 만일 참으로 우리가 당파적 태도를 취했다 하여 분명
하고 확실한 의논이라든지 실제를 지적하여 그런 말을 하였다 하면
혹 우리가 우리의 태도상 어디까지 변명할 필요도 있을는지 모르겠
지만. 그와 같이 애매몽롱한 말로써 당파니 뭐니 하는 것은 너무 경솔
한 일이 아닐는지?

상섭. 하여간 백화의 하는 일이 어떠한 종류의 것이든지 문예에 대한 감상
력과 비판력이 있는 다음에야 왜 비판을 못하겠습니까. 설사 백화가
문단에 대해서 아무 관계가 없는 사람이라 하더라도 한 독자로서 어
떠한 작(作)에 대하여 발언권이 있을 것인데, 더구나 오늘날에 백화에
게 향하여 합평회에까지 출석을 그만두라고 말한 것은 심한 정도를
지난 성해 자신의 큰 실언이라고 생각합니다.

춘해. 말하려면 퍽 많겠지마는 어느 시간에 다 하겠소. 그만두고 평으로 들
어갑니다.

---

189 실답다 : 꾸밈이나 거짓이 없이 참되고 미더운 데가 있다.

「살인」(『개벽』 6월호) 요섭 작(作)

춘해. 이건 「인력거군」보다 세련된 맛이 있습디다.

도향. 작품의 대의는 가장 유린을 당한 한 청춘의 여성이 그 야수적 남성에
       희생이 되어 참으로 생(生)이라고 하는 것을 몰랐다가, 그 어떠한 남
       성을 보고 비로소 사랑의 싹이라고 하는 것을 깨닫는 동시에 또한 자
       기의 참 생이라고 하는 것을 깨닫게 되어 비로소 자기가 그 인간 이하
       의 사람이면서도 사람이 아닌 생활을 하는 것을 알게 되어서 그 충동
       으로 말미암아 자기를 짐승과 같이 부리는 노파를 죽이고 나가는 경
       로를 그리려 한 것인데, 작자가 생각한 구상은 무엇을 써보려 하였으
       나 그 기교에 있어서 충분히 그것을 나타내지 못한 점이 보입디다.

상섭. 작자가 체험이 없나 보더군요. 그래서 묘사가 그 묘사의 대상과 틈이
       벌어지고, 그리고 결론에 대해서 급행열차 식을 한 것이 잘못됐어요.
       첫째, 살인한 직접동기가 박약하여요. 그리고 작자의 인생에 대한 태
       도는 도향의 말과 같이 좋다고 하겠지요. 즉, 윤락의 밑에 있어서도
       인간성을 자각할 수 있다는 작자의 태도가 좋단 말씀입니다.

도향. 이것은 사상으로서 도스토옙스키의 작품을 연상케 하지만, 심각한
       데 있어서 거기에 따를 수가 없고, 도스토옙스키가 기교에 있어서 그
       리 감복하지 못하는 것과 마찬가지로 너무 박약합디다.

상섭. 에, 요섭의 작품은 처음인데 아직 터가 잡히지 않은 것 같습디다. 하
       나쯤 보았으니 그 사람의 경향이나 태도를 모를 것은 물론이지만 기
       교에 있어서도 그렇다고 생각합니다.

도향. 사실 그렇습니다. 소설에서 기교를 뺀다 하면 다만 바삭바삭하는 다
       른 논문 같은 것을 쓰는 것이 오히려 그 자기의 사상·감정을 표현하

는 데 접근이 되겠습니다.

빙허.　이런 말은 안 해도 좋겠지만 기교에 두 가지가 있겠지요. 소위 기교파의 기교도 있고, 어떤 편으로 봐서 무기교하다는 중에 기교도 있겠지요. 자기의 쓰려는 주제를 가장 적당한 방식으로 잘 표현하는 것, 그것을 가리켜 나는 기교라고 불러요.

도향.　빙허의 말에 의하여 그 「살인」을 보면 작자가 표현하려고 하는 것은 충분히 표현하지 못한 까닭에 기교에 있어서 아직 미흡합니다.

상섭.　이것은 변명 같은 말이지만 합평회에서 기교 문제를 중요시하는 것을 책잡는 사람도 있는 듯하나 그것은 오해인 줄 압니다. 기교만을 중대시하거나, 기교가 제일의(第一義)라는 것은 아니지만 기교 없이 문예품은 성립되지 않겠지요.

「시골 황 서방」(『개벽』 6월호) 김동인 작(作)

상섭.　「시골 황 서방」은 어떠한 풍자로는 볼 수 있지마는 소설로는 부족한 점이 많아요.

도향.　작자의 생각은 인간사회 각 개인의 분수를 지켜야 한다는 것을 상섭 군의 말과 마찬가지로 풍자하려는 것인데, 전에 본 김동인 군의 필치로서 보면 너무 표현이 박약한 것 같습니다.

상섭.　동인 군의 작으로서는 너무 '써갈겨버린' 것같이 생각합니다. 더 논제를 삼을 점도 별로 없을 줄 믿습니다.

「**자동차 운전수**」(『조선문단』 6월호) **방인근**(方仁根) **작**(作)

상섭. 별로 흠은 안 보이더군요.

도향. 소설로는 지난 번 「살인」과 이번 「자동차 운전수」를 볼 뿐인데 지난
번 「살인」을 평할 적에 빙허 군의 말마따나 방 군의 필치는 재필(才筆)
인 까닭에 더욱 세련할 필요가 있다고 한 말을 들었는데, 이번 작품도
심각한 사상에 부딪치는 것이 아니요, 인간생활에 극히 소(小)한 점을
잡아서 우리에게 무슨 암시를 주려고 한 것인데, 그 기교라든지 혹은
그 문체에는 지난번 「살인」에 비해서 훨씬 세련된 것을 발견할 수 있
으나, 맨 나중, 종결에 들어서 너무 틈이 벌고 또는 처음보다 긴장한
맛이 없는 까닭에 그 작품이 용두사미에 끝난 감이 없지 않습니다.

상섭. 양복을 사가지고 온 뒤에 맥주 한 턱을 낼 때의 광경을 본다든지, 자
동차를 운전하는 동안에 주인공이 생각하는 점을 본다든지 하면 다
소의 주인공의 생활에 대한 반성은 보이더군요. 그리고 현실의 일점
에서만 집착하여 생명을 질질 끌고 나가는 그들의 생활은 엿볼 수 있
지마는 거기 대한 작자의 관찰이 분명치 않아서 그리 흠이라고 할 것
은 아니로되 작자의 태도가 선명히 보이지 않습니다. 그러나 자기 아
내의 앞에서 양복을 감추는 것 같은 관찰은 윤리적으로나 기교 상으
로나 좋다고 생각합니다.

「**기아와 살육**」(『조선문단』 6월호) **서해**(曙海) **작**(作)

도향. 이러한 작품을 쓰는 데는 아주 치밀하거나 그렇지 않으면 한 구절 한

구절이라도 적절한 그 문구로 표현하는 것이 가장 적중하다고 생각합니다. 그런데 서해 군의 작품은 지금까지 내가 본 것으로 힘 있고 또는 피가 떨리며, 인생의 가장 비참한 것, 즉 노서아 작가의 작품을 보는 듯한 감이 있었는데 이번 것으로 말하면 그 표현방법에 있어서 치밀하지도 않고 또는 적중하지도 않아서 부자연한 점이 없지 않다고 생각합니다.

상섭.　전반부는 이 분의 상투적이요, 후반부에 있어서는 사건을 추이(推移)해나가는 과정이 단축되기 때문에 실감을 주지 못합니다.

도향.　전체로 보아서 긴장하지 못한 까닭에 소설을 읽는 것 같지 않고, 어떠한 서사를 읽는 감이 없지 않아요. 어떻든 작자는 힘 있고 또는 생의 가장 참담한 정경을 그리려고 한 데 있어서 이 작품의 특색이라 하겠지요.

상섭.　그 전에 작(作)을 통해서 본 작자의 인생관과, 이번 작(作)에 나타나는 그것과는 배치되는 것 같습니다. 즉 종래의 작(作)으로 보아서는 굳세게 살자고 하는 점이 투철히 보였는데 이번에 있어서는 생활에 패배를 당하고 자기를 멸살시킨 점으로 보아서 그렇다는 말입니다.

도향.　이것은 지엽의 말이지마는 다만 서해 군의 작품뿐 아니라 누구의 작품을 보든지 문장에 들어서 나의 눈으로 보건대 퍽 서투른 점이 많습디다. 더구나 서해 군의 문장은 나로서 난해할 점이 많은데, 이것은 여러 방면으로 생각하여 일조일석에 해결할 문제는 아니지마는 문필에 저촉하는 사람으로 더 많은 노력을 하였으면 좋을 줄로 생각하는 바이오.

상섭.　아까 말한 것으로 보아서 작자는 사상 상 다소의 동요가 있는 것같이도 보이지마는, 그렇다고 자기의 사상을 무리하게 어떠한 틀에 박아 넣으려고 할 필요는 없겠지요. 또 그 작(作)에 기교로 보아서 반드시 주인공이 살인을 하거나 미치지 말라는 것은 아니지마는, 그러한 경우라도 작자의 관찰과 표현 여하에 따라서는 종래의 태도를 엿보게 하여 줄 수도 있었겠다는 말입니다.

「꼬맹이선생」(『조선문단』 6월호) 호형아(呼螢兒) 작(作)

상섭. 전반분(前半分)은 벌써 전에 읽다가 두었더니 누군가 자미있다고 하는 바람에 다 읽었는데, 작자가 여자인 듯싶더군요.

빙허. 아까도 말했거니와 극무(劇務)로 말미암아 6월 창간 중에 본 것은 이것 한 편밖에 없습니다. 제목의 호기(好奇)를 느껴서 몇 줄 읽다가 끝 끝내 다 보고 말았지요. 그만큼 그 작품은 나의 흥미를 끌었습니다. 원시에 가깝도록 야성적이면서도 현대인이 아니면 가지지 못할 예민한 신경이 전편을 통해 흘러요.

도향. 이 작품이야말로 그 내용이라고는 아무것도 취할 것이 없으나 그 기교로 보아서는 장래를 촉망할 수 있다고 생각합니다. 더욱 더욱 의미가 깊고 힘 있는 작품을 쓰기를 권고하고 싶은 동시에 너무 기교에만 흐르지 않게 하였으면 좋을 것 같습니다.

상섭. 사실 자미있어요. 퍽 섬세하기도 하고.

빙허. 꼬맹이선생과 돌 차는 놀이를 하면서 서로 친해가지고 1전씩 받고 수건 빨아주는 것은 철없는 어린 계집애의 할 것이거니와, 그것이 발단이 되어 저보다 나이 많은 처녀인 소저로 '꼬맹이선생'의 마음이 기울어진 줄 알 때 그 애틋한 동녀(童女)의 질투심이 그럴듯하게 표현되었어요. 내 생각 같아서는 다시 돌이키려야 돌이킬 수 없는 어릴 때에 추억, 까닭 모를 이성에 대한 사랑의 그림자로 말미암아 일어나는 동녀(童女)의 스스러운 마음을 명암 많은 필치로 그리고 말았던들 더욱 가련한 작품이 되었겠다 합니다.

상섭. 기교에도 재조가 있고 여성다운 심리를 잘 그린 데가 눈에 많이 띠더군요. 다만 말을 쓰는 법이 서투르고 본문에 서도 방언이 많아서 모르고 넘긴 구절이 있었지만.

빙허. 장성한 뒤에 사랑의 원수 소저를 꿈으로 죽이기까지 하고 마침내 사랑의 승리자가 되는 구절은 너무나 노골적이었습니다. 그 대신 조금도 위선적 기분과 회의적 태도가 없이 자기의 성욕을 긍정하는 데 주인공의 강렬한 생에 대한 욕구가 넘쳐요.

상섭. 꼬맹이선생이 꼬맹이 시대에 하던 일과 심리에 대한 관찰은 잘못은 아니지만(장성한 '나'라는 여성으로 보아서) 그때의 어린아이로서는 너무 조숙해 보이더군요. 또 '나'라는 여자가 'S'에게 대하여 단념한 동기가 분명치 못하고 따라서 '꼬맹이'에게로 애욕이 이앙(移秧) — 이란 말이 우습지만 동기와 경로가 몽롱해요.

빙허. 어린 자기를 껴안고 소저를 생각하는 데는 모파상의 수완으로라도 삼사(三舍)를 피할 만 합다.

상섭. '허 선생' 방에 처음 들어간 후로 얼마 동안 멸시하는 심리, 소저에 대한 질투심 — 실상은 소저 때문에 '허 선생'에게 더 끌렸지만 — 따라서 '허 선생'을 미워하면서도 그리워하는 것들은 소녀답게 예민하고 델리케이트하게 잘 되었더군요. 어떻든 이십 전후의 소녀의 심리를 보여준 것은 유쾌합니다. 꿈도 잘 되었고, 꿈꾸는 자리도 적당하다 하겠는데 1인칭 소설이라 하여 그러는 게 아니라 어떠한 정도까지 작자의 직접 체험이 있는 듯싶습니다. 만일 그렇지 않고 그만큼 되었다면 그 수완에 대하여 더욱 감복하겠지요.

도향. 꼬맹이선생과 어렸을 적에 사방치기 하고 놀 적에 심리라든지, 또는 다
시 꼬맹이선생이 일본 다녀온 뒤에 자기와 그 선생을 대하는 마음과 태
도에는 어느 정도까지 잘 되었으나, 자기의 S라는 남성과의 연애관계
를 더욱 선명하게 독자에게 나타내주지 않은 것이며, 또는 자기의 어떻
게 되는 형하고 꼬맹이선생 사이를 똑똑하게 그리지 않았고, 또는 자기
와 꼬맹이선생을 생각하게 되는 과정이 너무 힘이 없고 박약한 듯합니
다. 그리고 꿈으로서 자기의 심리를 암시하려는 것이 너무 부자연한 듯
합니다. 어떠한 의미에 있어서 이 작품을 통하여 작자를 유망하다고 하
나, 또 다른 의미로 보아서 너무 얼음 위로 지나가는 것같이 조심이 됩
니다. 또는 문장은 아직 세련을 더 많이 할 필요가 많다고 합니다.

「동경(憧憬)」(『조선문단』 5월호) 한병도(韓秉道) 작(作)

춘해. 「동경」은 저번 달에 밀린 것인데 이번에는 평을 해야지요?

상섭. 예술에 대한 의견을 볼 수 있는 점에 있어 좋다고 생각합니다.

도향. 혹은 이 작품이야 말하자면 예술을 위한 예술이라고 하겠지요.

상섭. 그렇게 해석할 수도 있겠지만, 나는 도향의 말에 수긍하기 어려운 점
도 있다고 생각합니다. 어떻게 볼 지경 같으면 예술이 연애를 조성하
고 연애가 예술을 낳는 감격을 도발했다고 볼 수 있습니다.

도향. 그런데 표현하는 데 들어서 너무 몽롱하고 애매한 점이 있습디다.

상섭. 그 엉성하다는 점은 몇 군데 사실이 있어요. 여자하고 방에서 만나서
예술상 자기의 태도를 이야기하는 데 가서는 중간에 말이 빠졌는가

생각할 만치 너무나 무두무미하게 나온 것이 큰 결점이여요. 그리고 여자의 그림을 벽에 그린 것을 고무로 지웠는데, 자기 얼굴이라고 생각한다는 것은 기교가 너무 심한 것 같아요.

도향. 작자가 아직 틀이 잡히지 않고 또는 사건을 끌고 나가는 데 미숙한 점이 있는 까닭에 너무 엉성한 점이 있습디다.

상섭. 그런데 이 작에서 주목할 만한 점은 작자의 예술에 대한 견해와 연애에 대한 태도라 할는지요. 위에도 잠깐 한 마디 하였지만 어떻든 매우 혼동된 것 같습니다.

춘해. 글쎄, 그래서 어근버근한 곳이 있는 듯해요.

상섭. 거기서 어디인가 보면 'S'와 'K'와 그림이 대류적(對流的)으로 돌다가 한데 버무린다거나, 그림 가운데서만 자기를 찾을 수 없고 셋이 합체가 된 데에서만 자기를 찾는다는 말은 살아있는 K, 모델인 K가 우연히 자기의 애인이기 때문에 그리할지 모르지만, 예술가인 S가 예술적 감격을 얻는다거나, 예술을 통하여 자기를 발견한다는 것은 그 그림에서만 얻을 수 있는 일이요, 반드시 삼자의 대류(對流)를 요하지는 않으리라고 생각합니다.

상섭. 그와 반대로 연애하는 S로서 느끼는 감격이라든지 그 상대 형상 내에서 자기를 발견한다는 것은 오직 K라는 산 사람을 통하여서만 가능할 것이지요. 혹은 그림 속에서 양개(兩個)의 효과를 한꺼번에 얻는 경우라도 애(愛)에 대한 동경이나 정열은 있을 수도 있고, 없을 수도 있는 부작용적으로 생기는 예술적 감격의 추억에서 지나지 않을 것이라고 나는 생각합니다. 이 점을 분명히 하지 않고 혼조(混條)된 것을 더 생각하여달라는 말이외다. 어떻든 군데군데 어설픈 곳이 보이지만 대체로는 좋다고 생각합니다.

「상환(想換)」(『조선문단』 5월호) 자아청년(自我靑年) 작(作)

상섭. 그런 일은 현대사회에 있어서 있을 수 있는 일이겠지요. 그러나 아무 감흥을 느끼지는 못하였습니다. 작이 살지를 못한 탓과 작자의 그림자가 나타나지 못한 데에 이유가 있겠지요. 순연한 객관묘사라도 사건과 인물이 활동한다든가, 그렇지 않으면 주관이란 체(篩)에서 받쳐 나온 자최가 보여야 하겠지요.

도향. 이 작에 대해서 나도 상섭과 같이 생각하는 바니 더 말치 않겠습니다.

하련荷蓮이나 구경하자[190]

　여름이면 급작스레 자연을 찾는다. 지금까지는 무슨 기계로 만든 셀룰로이드 세공의 인형이었던 것같이 새삼스럽게 뫼, 물, 들, 숲을 그리워하고 이를 찬미하며 쫓아다닌다. 천체의 운행에 털끝만한 어김이 없고, 자연의 끊임없는 활동과 절도와 그 현현이 영원한 실재로서 우리에게 늘 말을 걸어주며, 우리로 하여금 늘 새로운 발견으로 말미암아 경이와 찬탄과 법열을 느끼게 하며, 또한 이와 포옹하고 이를 적의(適宜)히 이용함으로써 대하다가도, 햇발이 우리의 이마에 땀을 자아낼 제야 별안간 눈을 크게 뜨고 자연을, 뫼와 물과 들과 숲을 가장 친절한 듯이 찾는다. 그리하여 그들은 스스로 '취미의 인(人)'이라고 자처하고, 자연이 원하는 가장 친절한 동무이어니 한다.

　사랑하는 님은 그의 행운인 때, 그 자체의 생명이 포만을 느낄 때, 그의 곱게 꾸민 젊음이 아직 남아있을 때만이 님 노릇을 할 자격을 가진 것은 아니다. 그의 병약은 새로운 건강을 위하여, 그의 노쇠는 그의 생명을 무한에 연장하려는 새 생명의 탄생을 위하여 준비하는 것임을 알 제, 우리는 그의 병약과 노쇠에도 아리따움과 축복을 느낄 것이다.

　우리가 만일 정말 자연을 알고 사랑할 줄을 알 지경이면, 우리는 구태여

---

190 염상섭(廉想涉), 「하련(荷蓮)이나 구경하자」, 『조선문단』, 1925.9.

그가 성장한 때를 가려서 비로소 그리워할 까닭이 없을 것이다. 말라비틀어진, 이름도 없는 풀잎 속에서도 이미 약속한 새 목숨이 자라가고, 조고만 구멍 속에서 깊은 잠에 넋이 나간 조고만 벌레의 코 고는 숨소리에서도 붉은 장미 꽃봉오리 속에 취하여 곤드러진 꿀벌의 향기로운 입김을 맡을 수 있고서야 바야흐로 자연을 안다고 할까!

기십만 입방척의 연기와, 기천만 곡(斛)의 땀과 피가 엉긴 은행권(銀行券)이 초열지옥(焦熱地獄) 같은 고열 속에서 한 사람의 문명인을 도회로부터 뫼에, 물에, 들에, 숲에 데려다준다 할지라도, 그것은 기천만 인(人)을 뇌쇄(惱殺)하는 기계의 굉음과, 연적(煙笛)의 석탄가루와, 전기의 자극과, 만장(萬丈)의 황진(黃塵)으로부터 그 뇌쇄되는 자의 기십만, 기백만분지 일의 고깃덩어리를 더욱 살찌게 하는 외에 남는 것은 음일(淫逸)뿐이 아닌가? 그들을 안아주는 자연은 관대한 가운데에서도 코웃음을 칠 것이다.

오락가락하는 한 소나기가 퍼붓고 나니 푹푹 찌는 이 한 칸 방에도 산들바람이 스쳐간다. 부자 이웃을 가진 덕에 뒷산 아카시아 나무 속에서 흘러나오는 쓰르라미 소리도 앞 동리 빙수가게에서 오전에 한 그릇하는 얼음물만큼 뱃속까지 시원한 것 같다. 두어 평 좁은 뜰 울타리 밑에 심은 한 연꽃이나 매만져주러 나가자! 조고만 수정 알의 여섯 모(角)에는 일만이천봉의 자랑과 신비와 오묘가 갖추어 있지 않더냐?

7월 16일

염상섭 문장 전집

1926

계급문학을 논하여 소위 신경향파에 여_與함[191]

1. 악성 인플루엔자의 퇴치

작년 이맘때던가 『개벽』지에서 계급문학에 대한 의견을 물은 일이 있었다. 그때에 나는 "그러한 경향이 있으면 문단적 일 현상으로 용인은 하나 작가로서는 아무 의미 없는 말이다."라는 뜻을 표명하여둔 줄 기억되거니와 조선에서 소위 '계급문학'이라는 용어부터 비로소 사용하게 된 것은 아마 1년 전 그때의 『개벽』지로서 효시라 할 것이요, 따라서 그 후에 '나도, 나도' 하고 배출한 자칭 계급문학자들도 아마 이에 추종하여 출현된 듯싶이 생각한다.

그러나 하여간 계급문학에 대한 나의 의견은 1년이 지난 금일에도 아무 변동이 없거니와 계급문학을 창도(昌道)하는 그들만 하여도 필지적(必至的) 또는 내면적 요구에서 나왔다는 것보다는 여러 가지 외면적 원인이라든지, 시류에 영합하려는 천박한 동기에서 출발한 고로 과거 1년간에 하등의 실적을 보여주지 못한 것은 사실이다.

그뿐만 아니라 계급문학을 운위하기 시작하였던 그 당시에 전하는 바를

---

191 염상섭(廉想涉), 「계급문학을 논하여 소위 신경향파에 여(與)함」(전7회), 『조선일보』, 1926.1.22~2.2.

들으면, 나의 태도나 혹은 근사(近似)한 주장을 가진 몇몇 분에게 불만을 가졌던 모양이었고, 또 그 후부터는 나의 작품이 기교에 기울어졌다거나, 작가로서 운명(殞命)이 가까워졌다거나 하여 소위 '기성(旣成)'한 일체를 부인하려는 염(念)에만 매우 급급한 눈치였다. 그러나 그것이 나에게는 그다지 신경을 앙분(昂奮)시킬만치 자극성을 가진 것도 아니었고, 또 작가의 태도로서는 일, 이의 무책임한 비평에 대하여 동심(動心)이 될 것도 아니려니와, 도전이나 응전을 할 필요가 없기에 일소(一笑)에 부(附)하여 왔다. 다만 일소에 부하였을 뿐 아니라, 차라리 그들의 주장이 이론으로나 작품으로나 얼마나 발전이 있을까를 방관하여왔다. 그러나 하등의 진경(進境)이 없는 것은 고사하고, 간혹 신문잡지에 나타나는 무리한 단평이거나 천박한 필(筆)□으로써 유흥도전(遊興挑戰)을 시사(是事)하여 허행무실(虛行無實)한 자기선전에 그치고 만 것을 보고는 가엾은 생각까지 아니 날 수 없다. 과연 과거 1년 동안에 그들의 주위에서 아무도 간섭하여주지 않는 덕에 실컷 마음대로 떠들었다. 그리하여 최후에는 득의양양한 나머지에 신경향이니 무어니 하며 방약무인하게 못할 소리가 없게까지 되었다마는, 그러면 그들이 1년 동안 하여놓은 일이 무엇인가. 자기네 주장의 체계나 세웠는가, 개념적 윤곽이라도 잡았는가를 물어보고 싶다.

원래 둔감인 나는 옆에서 굿을 하거나 콩을 볶거나 그다지 신경에 찔리지도 않지마는, 나도 문단인의 한 사람인 다음에는 일부의 책임이 없지 않고 또한 그들의 망상을 그대로 방임하였다가는 우리 문단의 악성 인플루엔자가 만연될 터이니까 귀찮은 붓이건마는 들지 않을 수도 없는 것이다. 차차 그 소위 신경향파 문학의 논적(論的) 기조와 작품을 구경하고, 내 이야기도 좀 하여보려는 까닭이다. (1926.1.22)

2. 소위 신경향파의 기조

'프롤레타리아문학'이란 기치 하에 몇몇 사람이 모인 지 1년 만에 자위자찬(自衛自讚)의 필요로 겨우 몇 마디 읽혀준 것이 『개벽』 을축년호에 실린 박영희 씨의 「신경향파의 문학과 그 문단적 지위」라는 웅장한 제목과 진기무류(珍奇無類)한 내용을 가진 일문(一文)이다. 이것이 신경향파의 유일의 선언(?)이요, 을축문단을 대표한 도미(掉尾)[192]의 논문인 모양이지마는 하여간 이것으로써 겨우 프로문학의 주장이 무엇인가를 가르쳐준 것을 생각하면 그나마 없느니보다는 위로라도 되는 듯싶다.

그러나 아무리 눈을 비비며 찾아보아야 신경향이란 그림자는 잿더미에 떨어진 바늘 끝을 찾기보다도 어려운 것이 유감이요, 이러한 것으로 대표되었다는 을축문단이 한심하다. 하여간 박 군의 논문부터 보자.

그는 빈궁, 기갈, 살인, 강도 등 대동소이한 제재를 사용한 십수 종의 작품을 열거한 후에 "그 작품들이 모두 무산계급문학으로서 완성된 작품이라고는 할 수 없는 것일 줄로 안다. 다만 부르주아문학의 전통과 전형에서 벗어나와서 새로운 경향을 보여주었다는 것만은 자신 있게 할 소리인 줄로 안다."라고 하였다.

이것은 아마 그 신경향의 대표작이란 것들의 형식 문제를 말한 것인 모양이다. 그러나 박 군은 신경향을 입증함에 당(當)하여 허울 좋은 빈 문학만을 나열할 따름이지, 부르주아문학이란 어떠한 것이요, 따라서 그 전통과 전형은 어떠한 냄새와 맛과 빛을 가진 것인데, 그네들의 작품은 어디가 어떠하니까 그 냄새, 그 맛, 그 빛에서 벗어났다는 것은 일언반사(一言半辭)도 없이 덮

---

192 도미(掉尾) : 끝판에 더욱 활약함.

어놓고 열넉 냥 금으로 신경향이라고만 하였다.

그뿐만 아니라 그 아래에는 이러한 말이 있다.

"아직껏 그중에 혹자는 전형적 형식에서 해방되지 못하고 자연주의나 낭만주의 시대의 묘사법이 많이 보인다. 그러나 그들은 형식에는 불만한 그만큼 본질에 충실하려 하였다. 또한 형식에 매몰되었던 그만큼 그 주인공의 최종은 파괴, 살인, 조소, 선전 등의 답변이 있었다."라고.

언어도단도 이에서 심한 것은 아마 없을 상 싶다. 신경향의 대표작자들의 표현형식이 부르주아문학의 전통과 전형에서 벗어난 데에 신경향인 소이(所以)가 있는 것을 자신한다던 박 군은 수행(行)을 지나가지 못하여서 그중에는 전형적 형식에서 해방되지 못하고 자연주의나 로맨티시즘의 묘사법을 보인다 하였으니 그중에 혹자는 누구를 가리킴이며, 또한 그렇지 않은 혹자는 누구라는 말인가? 혹시는 부르주아문학의 전형과 전통에서는 벗어났으되, 다른 전형적 형식, 즉 자연주의나 로맨티시즘의 묘사법만은 수편(隨便)한 것이 잘못이란 말인가? 만일 그러하다 하면 '부르주아문학'이라는 것은 재래의 문자, 즉 로맨티시즘문학이나 자연주의문학이나 네오로맨티시즘문학을 제외한 유별(類別)한 계통이 있음을 암시함이니 도대체 박 군의 이른바 '부르주아문학'이란 어떠한 것을 가리킴인가. 명확한 정의를 보여주어야 할 것이다. 또 그 다음에는 형식에 불만하여도 본질에 충실한 점으로 보아서 그 작품들이 프로문학, 즉 신경향파의 대표작이 될 수 있다는 이유가 "주인공의 최후가 파괴, 살인 등으로 답변된 데에 있다."는 논거는 어디 있는가?

요컨대 박 군이 주장하는—(혹은 박 군의 주장은 그 소위 신경향파의 대표적 주장인지도 모르거니와)—바는 작품의 형식 문제나 작의(作意)의 여하나, 기타 일절의 예술의 조건의 갱신이라는 것은 막론하고 다만 그 작의(作意) 귀결에 이르러서 주인공이 살인, 강도질만 하거나 선전문을 작성하면 그것이 프롤레타리아를 위한 문학이거나 프롤레타리아가 원하는 문학이며, 또한 프롤레타리아에게서 나온 문학이라는 생각인 모양이다. 좀 진부한 말이지마는, 가죽부대만 새로우면야 안에 담는 술이야 새로워도 고만이요, 묵어도 좋다는 말이요, 한 걸음 더 나가서는 찢어진 부대의 끈(紐)만 새로 갈면 고만이라는 생각이다. 도시(都是) 그리할 것이 아니라 조선문단에는 아직까지 살인, 강도를 제재로 한 작품이 없었으니까 제재의 신기(新奇)라는 '신(新)' 자(字)가 신경향의 '신(新)' 자(字)라고만 하면 손쉬운 일이 아니냐. 그러하나 그러한 것은 원시(元是) 계급문학의 의의도 아니려니와 조선에서만 볼 수 있는 신경향일 것이다. 또 그뿐만 아니라 프로문학이라고 자칭하고, 신경향파라고 자임하는 그들의 작품이 살인, 선전 등에서 취재(取材)를 하고, 또 예술적 표현이라는 점은 하여튼지간에 주인공이 백인(白刃)을 휘두르고, 선전강연이나 하고 하면 고만이라 하더라도 '조소(嘲笑)'로 답변을 한다 하여서는 큰일이다. 프롤레타리아가 사회와 인생과 및 자기 자신을 조소하였다가는 프롤레타리아의 생명을 자결(自決)할 뿐 아니라, 계급적 존재까지도 부인하고 말 것이요, 비록 그 조소가 부르주아에게 향한 것이라 할지라도, 그처럼 불순하고 무기력한 태도는 없을 것이다. 강적의 앞에서 조소하는 치한이 어디 있다는 말이냐? 진검으로 생사를 결정하는 백병전(白兵戰)의 진두(陣頭)에서 조소를 할 우물(愚物)은 모름지기 제 칼에 거꾸러져라! 조소의 태도야말로 부르주아의 불충실한 생활태도요, 자연주의자의 답변이다. (1926.1.23)

그 다음에 소위 내면 문제를 논한 일절에는 "일반(一般)으로 그 창작의 내면을 보면 유탕(遊蕩)에서 떠나고 정서 지상(至上)을 떠나 ……." 운운하였다. 그러나 나는 무슨 의미인지를 알 수가 없다. 원래 신경향파문학은 선전문이나 사회의 ABC부터 벗겨놓아야만 할 것인지는 모르지마는 "정서 지상"을 무시함인지, 어떠한 종류의 정서를 부인한다는 말인지? 내 생각 같아서는 박 군의 입지로서는 묵은 전통적 정신 하에서 뿌리 깊게 함양된 부르주아식 정서부터 부인하는 것이 최급무(最急務)일 터인데, 생각이 아직 거기까지는 미처 돌지를 못하였다면 추후에 일러주기로 하고. 그래, 신경향인 특색이 겨우 그뿐이란 말인가? 설혹 그렇다 하더라도 유탕에서 떠난 작품이라야 반드시 프롤레타리아의 문학일 수가 있고, 또한 프롤레타리아는 로맨틱한 정서를 가지지 않는 것이 마치 그들의 흉간(胸間)에서 전공(戰功)을 자랑하는 훈장이 번쩍이지 않는 것과 같이 명예롭다는 그러한 피상적, 편협한 견해가 어디 있다는 말인가? 소위 프로문학이라고 표방치 않는 작품에도 유탕에서 떠난 작품이 동서양에 얼마든지 있고, 또한 그네들의 공격을 받는 나의 작품에서도 예를 들 수 있으며, 금후로도 원하는 자가 있으면 얼마든지 제작하여 보여줄 수가 있는 것이다. 아무리 유탕적 신(scene)을 묘출(描出)한다손 치더라도 결국의 문제는 작자가 그 제재에 대하여 어떻게 관찰하고, 어떻게 감수(感受)하며, 어떻게 소화하여 무엇을 독자에게 보여주었느냐는 데에 결론이 있는 것이요, 단순히 작자의 취재가 유탕적 기분을 작중에서 취발(取撥)하지 않았다는 것이 '프로'와 '비프로'를 구별하는 표준이 되는 것은 아니다.

또한 정서 문제로 말할지라도 물론 '로맨틱'이란 말부터 사갈시(蛇蝎視)하는 편견에서 나온 말이겠지마는, 프롤레타리아도 사람이다. 사람일 뿐만 아니라 가장 본질적인 인간성으로 환원하라는 것이 프롤레타리아의 인생관일 것이다. 그러하면 프롤레타리아가 가져야 할 정서는 도리어 계급의식을 떠나 가장 진순(眞純)하고 리파인먼트(refinement)를 가진 것이라야 할 것이다.

프롤레타리아의 의식은 결코 정당하고 순화된 인간의식을 거부하는 것이 아니다. '프롤레타리아'라는 이유가 그 손에는 칼만 쥐어주는 것도 아니요, 그의 의지는 반역과 전투욕으로만 응결되는 것은 아니다. 프롤레타리아는 프롤레타리아로서의 정열이 있다. 눈물이 있다. 웃음이 있다. 희망이 있다.

로맨틱한 모든 심정이, 활동이 있고, 그 유로(流露)가 있다. 그리하여 그 순실하고 소박한 열정은 해방의욕, 전투의지에 점화하여 주는 것이요, 아름다운 정서는 그 의지의 발동에 대하여는 힘 얻는 활력소로 자극하고 풍윤(豊潤)한 정열의 격동을 길러주는 것이다. 그뿐 아니라 프로문학도 이미 문학인 다음에야 예술적 소성분(素成分)을 구비치 않고는 성립할 수 없는 것이다. 즉, 정서를 무시하거나 또는 정서에 호소함이 없이는 프로문학이고 무슨 문학이고 존립할 수도 없고, 존재할 이유도 없는 것이다.

아름답고 청신한 정서라든지 지순한 심령이 욕구하는 열렬한 감정이 서로 비출 때 사람의 마음은 일점의 운영(雲影)도 없는 청천백일일 것이다. 그 순간에는 부르주아도 프롤레타리아도 없고, 착취도 피착취도 없이 모든 것을 초월할 것이다. 이 순간에야말로 우리가 본연의 인간성을 회복한 때요, 이 순간의 순환소수점적 무한한 연장이 인류에게 재래(齎來)되는 최대 행복이다.

그러나 편협한 계급의식에 뇌거(牢居)한 그들은 사람의 마음속을 아무 성심(成心) 없이 직관할 줄은 모르고 다만 탁상과 서가에서 관념된 계급의식적 이론에 방해(妨害)가 되어서 프롤레타리아의 이지와 의지를 지배하는 것은 살벌적(殺伐的) 전투 이외에 아무것도 없다 하며, 그의 감정은 전투의욕을 강조할 필요로만 가지고 있어야 한다고 오상(誤想)한다. 그러므로 아름다운 인간성이라거나 인간적 순정이라거나 하는 말은 부르주아 사상에서 배태된 센티멘탈리즘이요, 계급의식을 마취하는 휴머니즘이거나 계급전(階級戰)에 있어서는 부르주아의 유일한 무기인 소위 온정주의가 이것이라 하여, 맛도 아니 보고 도리질을 하며 일보를 더 나가서는 부르주아적 정서주의라고 덮어놓고 두 손을 내두르는 것이다. 그러나 이것이야말로 소위 지식계급, 사상계급의 손에서 양육되는 개념적 계급문학의 폐단이요, 고정된 계급관념에 도리어 사로잡혀서 계급해방의 수단방편과, 그 대의(大義)를 전도한 편협한 유견(謬見)이다. 어느 때든지, 또는 무엇에든지 근안자류(近眼者流)는 목전의 사실에만 구니준순(拘泥逡巡)하는 것이지마는, 진정으로 계급문학의 사명을 자각하였을 지경이면 프롤레타리아의 궁극의 이상(理想)이 무엇이며, 경진(更進)하려는 해방된 인류와 및 환원된 인간성은 무엇으로써 생활하고 호흡하겠느냐는 원대한 이상과 고원한 견해를 길러야 할 것이요, 또한 그 과정에 있어서는 프로문학이 어떠한 사명을 수행하지 않으면 아니 되겠느냐는 것을 자각하여야 할 것이다. 여기에서 비로소 계급전의 실제 운동자와 프롤레타리아 문학자의 분업적 분기점이 요연하여질 것이다.

"무산계급운동의 필연적 조건으로서의 문예운동이 되어야 하고! 따라서 그 지위는 부르주아문단의 몰락을 최촉(催促)하게 하는 것이며, 한편으로 우리의 문단을 형성하는 것이다."라고 하는 박 군이야말로 이웃집 아기가 떡 먹는 것을 보고, 우리 집 고사 때에는 떡 안 준다는 것 같은 조고만 선망(羨望)과 적개심을 품은 치기만만한 협량(狹量)이다. 좁은 골짜기를 천신만고하고 휘더듬어 들어갔다가 막다른 골목임을 알 제, 환멸도 느끼겠지마는 남의 집 중문 안에까지 발을 들여놓을까 보아 노파심도 저절로 난다.

그 다음에는 소위 신경향파의 "제작상 태도"에 대하여,

"압박과 착취의 기분을 떠나 생활의 사색, 해방의 민중으로 나오려고 하는 새로운 경향은 전무(前無)한 신현상이라고 아니할 수 없다."라고 자찬(自讚)을 하였다. 매우 반가운 말이다. 부조(父祖)의 유산으로 땅마지기나 가지고서 소작인에게 군림하여 압박과 착취적 기분에 싸여서 생활이 무엇인지, 인생이 무엇인지 철부지로 지내다가 시류에 감촉된 바 있어서 비로소 생활로부터 출발하여 민중에까지 나오려고 한 것이 전무한 신현상(新現想)이라고 떠들 법도 하지마는, 만일에 문예운동에 착수하여, 그중에서도 신경향이라고 자처하며

계급문학을 역설할 법한 박 군으로서 이러한 잠꼬대가 있을 법이나 한 노릇이냐? 문예를 담론하는 것은 차치하고라도, 현대적 풍조에 다소간 접촉한 자이고 보면, 생활의 관조도 있을 것이요, 사색도 있을 것이며, 따라서 관조와 사색의 심천(深淺)은 막론하고 인류생활의 취향에 대하여 미진하나마 이해와 이상도 가지고 있을 것이다. 그러고 보면 해방운동에 대하여 직접 활동에는 착수치 않더라도 동정도 가졌을 것이요, 따라서는 민중의 1인으로서 자각도 있을 것이며, 압박과 착취적 기분에서 벗어났거나, 벗어나려는 용의와 노력은 있을 것이다. 만일에 이러한 상식적 준비지식조차 없다 하면 처음부터 계급문학은 고사하고 현대적 청년으로 사회에 향하여 개구(開口)를 할 염두(念頭)도 내지 말 것이다. 그러면 그들이 소설 작가로서 무엇이 "전무한 신현상"이라는 말인가? 오, "민중으로 나오려고" 하기 때문에? 그러면 그들은 프롤레타리아 문학운동자인 동시에 실제 운동가라는 말인가? 설사 실제 운동가로서 폭발탄을 들고 나서기로서니 그것은 다만 실제 운동가가 프롤레타리아 전선에 하나 증가되었다는 사실일 수는 있지마는, 문예운동의 신경향도 못될 것이요, 프로문학 수립에 아무 공적도 못될 것이 아닌가? (1926.1.24)

또한 박 군은 신경향파의 작품들의 주인공이 "새 사회를 동경하는 개척아(開拓兒)였으며, 생활의 진리의 계시를 주었으며 현 사회제도에서 고민하며 불법과 폭행에 대한 파괴와 불평을 절규"하였기 때문에 신경향이라 하였다. 그러나 요사이 개작된다는 『춘향전』은 어떠한가? 이것이야말로 소위 부르주아문학의 호개(好個)의 대표라 할 것이요, 또한 로맨티시즘의 색채가 농후한, 시대에 뒤진 작품이지마는 여기에도 신경향파의 주인공에 못하지 않은 춘향 아씨의 반항적 정열과, 사회제도에 고민하고 불법과 횡포에 대하여 파괴와 불평을 절규는 하지 않으면서도 은인자중하여 그 불법과 횡포를 광정(匡正)하는 실행력을 가진 몽룡 도령님이 활약하지 않는가? 또한 다른 것은 다 그만두더라도 로맨티시즘의 작품이라고 금이 뻔히 난 위고의 『애사(哀史)』의 주인공은 신경향파 작품의 주인공만큼 못할 것이 무엇인가?

그러면 소위 그 내용, 형식, 작자의 태도, 주인공의 사상과 활동 어느 모로 보든지 신경향인 소이(所以)를 발견할 수 없을 뿐만 아니라 케케묵었다는 낭만파의 작품에 몇 곱씩이나 떨어지는 내용과 형식을 가진 작품을 가지고 을축문단의 일대 경사가 생기고 조선문단의 획시기적 "전무한 현상"이라고 호언장담을 하는 염의(廉儀)야 뻔뻔치 않으냐!

소위 금일의 문학이 "과대망상증에 걸리"고 "맹목적"이요, "허위"요, "자기 자신의 눈물을" 어떻게든가 흘리고 "애수적 운율로만 노래"하고 아니하고 간에 명일의 문학이 이처럼 기나긴 겨울밤에 어느 때까지 잠꼬대로 세월만 보내면야 "걸인에게 밥을 주는 대신에 눈물의 동정만을 주는 것"은 고사하고 강시(彊屍)가 나고 말 지경이니 피차에 걱정이 아니냐? "금일의 문학"이 과대망상증에 걸렸다 하니 "명일의 문학"은 태중에서부터 과대망상증에나 아니 걸렸나 하여 적이 염려다마는 난치(難治)만 아니기를 빈다.

3. 신경향파의 작품

나는 민중예술에 대하여 전연히 부인하는 것은 아니다. 이에 대하여는 위에도 말한 바와 같이 이미 약간 표명한 바가 있었고, 또 이하에도 나의 관견(管見)을 약술하려 하거니와, 그보다도 우선 그 소위 신경향파의 작품을 독자 제군과 같이 실지로 검토하여보려 한다.

그러나 부득이 또 박영희 씨의 작품 「피의 무대」를 예로 들 수밖에 없이 되었다. 아무거나 상관이 없지마는 박 씨가 그의 논문에 열거한 제작(諸作)은 대개 월평이 있었을 것이요, 또 나도 합평회에서 말한 것이 많을 뿐더러 「피의 무대」는 『개벽』 11월호(을축)에 게재된 것으로 기억에 새롭기로 이것을 택하였을 따름이다.

「피의 무대」의 골자 ＝ 부친은 옥중에서 병사하고 모친은 부친의 옥사를 비관하여 병몰(病歿)하게 된 '숙영이'는 중등교육을 받은 시속 여자이다. 우연히 부호 자제를 만나 죄의 씨를 가슴에 안게 된 후에 실연하여 자식은 빼앗기고 축출을 당하매, 호구(糊口)의 책(策)으로 여우(女優)가 되었다. (이상은 작자가 설명한 '숙영'의 내력이요, 이하부터가 박 씨의 작(作)에 나타나는 사실이다) 그리하여 숙영이는 그 극단의 지배인이 치근덕거리는 것을 물리쳐가며 열심으로 연습을 하여 제2차로 출연하려는 초일(初日)을 당하였는데, 무대감독이 부르더니 "당신은 눈물이 많아서 저번 제1회 상연에 실패하였으니 이번에도 또 실수가 있으면 내쫓는다."라는 주의를 시키니까 숙영이는 또 울면서 나와서 등장을 하게 되었다. (제1회 상연 시에 실수하였다는 것은 마침 연극이 자기의 소세사(所細事)와 같이 어떤 남자의 씨를 받아가지고 생이별을 하였다가 노상에서 해후는 하였으나 무정한 남자에게 자식만 빼앗기는 광경인데, 숙영이는 너무나 자기의 일같이 생각되어서 자기가 무대 위에 있는 것도 잊어버리고 관객 앞에서 마음껏 울다가 정작 연극은 잡쳐버린 것이었다.)

그런데 이번 연극에는 숙영이가 구차한 노부모의 딸로 분장하고 집 세전(貰錢)에 쫓기는 광경에 나오게 되었다. 처음에는 정신을 바로 차리고 무대에 올라와서 세전 받으러 온 청년을 맞아들이기도 하고 하였으나, 자기의 노부모가(극중인물) 집 세전에 졸리는 것을 보고 실제에 그런 광경을 목도하는 듯이 생각되어 분한 마음에 원시 각본에 쓰인 말은 아니 하고 "당신들이 모은 돈은 가난뱅이 피땀을 짜간 것이다. 나도 돈 있는 놈들에게 유린을 당하였다. 당신의 죄악을 재판할 사람이 있으리라."라는 딴판의 자기의 말로 그 청년(극중의 세전 수금인)에게 발악을 하니까 도리어 관중은 환호를 하였으나 임장(臨場)하였던 경관이 연극의 중지를 명하매, 관중과 경관 사이에 충돌이 일어나려는 판에 소등이 되며 컴컴한 무대 위에는 숙영이가 너무 흥분한 김에 토혈을 하고 졸도하여 절명하였다. 그 후에 숙영이의 몸에서는 "가난한 사람의 벗, 너의 아비로부터"라고 뒷장에 쓰인 숙영이 부친의 사진이 나왔다. (1926.1.25)

신문의 귀한 지면을 빌어가며 장황히 소개할 만한 작품도 아니지마는 하여간에 이러한 것이 프롤레타리아 문예작품의 일(一)인 「피의 무대」 경개(梗槪)요, 또 그 "신경향"이라 하는 것이다.

그런데 이 작(作)이 얼마나 미숙하냐는 것은 월평자나 기타에게 일임하고, 우선 주인공인 숙영이가 어찌하여 그다지도 센티멘탈하냐는 것부터 물어보자는 것이다. "맑고 영채가 도는 눈에는 벌써 눈물이 담뿍 고였다."라고 작자는 숙영이의 눈을 가장 아리땁게 묘사하였다. 맑고 영채가 돌고 남자가 눈 한 번만 크게 떠도 벌써 눈물이 고이는 여자! 이러한 여성이 계급전(階級戰)에 참가할 여자라고 하는가? 안광(眼光)이 산대(散大)함은 히스테리성이 있음을 알 수 있고, 이러한 여자는 의지가 박약하고 따라서 눈이 여리고 센티멘탈한 것은 물론이다. 무대감독의 입으로 "당신은 눈물이 많다."라고 한 말은 추상적 의미를 가진 말은 아니겠지? 센티멘탈을 조소하고(나도 물론 조소하는 일인이지마는) 의지의 미(美)를 찬미하며, 살인·파괴를 신경향파 작품의 중심 생명으로 역설하는 박 군이여! 군은 언제까지 잠꼬대를 하고 앉았으려는가?

또 정서를 무시하는 박 군의 작품으로서 어찌하여 주인공은 무대 위에서 자기의 인격과 정조를 유린한 남자가 빼앗아간 핏덩이를 생각하고 통곡할 만치 그다지도 애착이 심한가? 물론 나와 같은 부르주아문학의 심취자로서는 그와 같은 통절한 모성애의 순수한 정서는 말만 들어도 감격하고 안가(安

價)한 열루(熱淚)가 방타(滂沱)하는 것이 괴이치 않겠지만 이약(以若) 박 군으로는 너무나 의외가 아니냐는 말이다.

이와 같이 말하면 그것은 혹평이다. 적어도 숙영이가 죽을 때에 "가난한 사람을 위하여 나는 배우가 될 터이요."라는 유언을 하였고, 그 부친이 "약한 사람의 벗"이라고 한 말을 죽기 전에 깨닫지 않았느냐고 불평을 늘어놓겠지마는, 그것이 날 무딘 칼이라는 것이다. 몇 분 전에 감독에게 호령을 받는 절실한 굴욕에도 눈물만 졸졸 흘리던 계집이 가짜로 하는 연극에서 빚에 졸리는 것을 보고, 금시로 반역의 충동이 그만큼 일어난다면 어찌하여 박 군은 그 이상으로 경험도 있고 지식도 있으면서 부르주아의 손으로 경영되는 잡지사에 턱을 괴이고 앉았는가? 사람의 마음에 발효되고 포지(抱持)할 수 있는 최대한도의 충동과 오성(悟性)이 그만만 하여도 프롤레타리아운동의 전도 만세다! 결국은 숙영이라는 불면 날 듯한 몸에다가 박 군의 탁상에서 만들어낸 계급의식이라는 철갑을 씌워가지고 소위 '프롤레타리아문예'라는 이겹실(二合絲)로 끌어당기니까 그따위 미성·미숙한 사이비 문예가 나오는 게 아닌가? 잦은 바람만 불어도 끊어질라!

또 한 가지를 보자. 무대 위에서 숙영이가 프롤레타리아식 연설을 하니까 관중은 박수로 환영하고, 경관이 중지를 명하니까 격분하였다고 쓰지 않았는가? 그런데 그 위에 쓰인 일절을 보면 숙영이가 관중, 부르주아만 모인 관중을 내려다보다가 일어난 생각을 설명한 작자의 예술관, 인성관이라고 할 만한 아래와 같은 진구(珍句)가 있다.

"또한 이 연극까지도 어디까지든지 약한 자를 짓밟고 가난한 사람을 괴롭게 하며 처녀의 정조를 돈 몇 푼에 팔게 하는 연극을 한다. 그것은 어찌된 일인가? 하고 숙영이는 생각하였다. 그때에 그는 다시 깨달았다. 모든 사람은 그것을 보고 즐거워한다. 그것은 귀족들이 노예들을 학대하는 것으로 쾌락을 삼는 것이나 한가지로 가난한 사람들의 생활을 유린하며 약한 자의 목숨을 빼앗는 것을 흥미 있게 보는 까닭인 것을 깨달았다. 그러므로 그들은 약한 자의 울음을 구경하러 오며, 가난한 사람들의 고생살이를 구경하러 오는 것을 숙영이는 생각하였다. 그런데 나는 왜 그런 연극을 내 자신이 하지 않으면 아니 되나? 내가 그놈들에게 이렇게도 고생을 당하면서 왜 또 그놈들에게 우리의 생활을 그놈들의 오락으로 바치려고 할까? 나는 매춘부들이 웃음을 파는 것과 같이 울음을 판다 ……." (1926. 1. 26)

　나도 박 군만 한 계급의식은 가지고 있다. 나도 박 군이 봐오니 만한 사회의 불합리상과 암흑면을 보았고 절실한 체험도 하여왔다. 나도 박 군이 이해하느니 만큼 사람의 심정이라는 것도 이해한다고 생각한다. 그러나 사람의 비운을 보고 기뻐하며 즐기는 꼴은 보지 못하였다. 다만 자기 계급이나 자기 일 개인의 그릇된 행복을 위하여 영악한 무력과 흉포한 금력으로 잔인하게도 타 계급이나 그에 속한 개인을 위압하고 유린하는 사실은 보기도 하고 당하기도 하였으나, 이해관계나 그 의식을 떠나는 통상 관계에 있어서는 아름다운 정서가 흐르는 것을 보았다. 자동차 위의 부르주아가 은행 모퉁이에 서서 언 밥덩이를 틀어박는 '같은 사람'을 거들떠보지도 않는 것을 보기도 하고, 또한 동정이라는 것은 근본적 견지에서는 가소로운 일이라는 것도 모르지 않지마는 보통 관계에 있어서 사람의 불행을 보고 박수하며 홍소(哄笑)하는 것은 나는 못 보았다. 혹은 사람의 불행을 도와준 뒤에 자기관대와 자기만족에 천박한 자기유열(自己愉悅)을 느끼는 것은 상정(常情)일지 모르며, 또한 그것이 위선인 경우도 적지 않을 것이다. 그러나 아무리 부르주아 자신이나 부르주아적 환경에서 자라난 현대인을 상대로 한다 하더라도 참인성(慘忍性)의 만족을 위하여 극장이 존재하였다는 말은 신경향파의 인성관이나 예술관에서만 볼 수 있는 말이다. 극장에까지 쫓아와서 투우나 투견이나 투계를 구경하듯이 프롤레타리아의 비참한 생활을 보고 낄낄댈 만큼 사람의 마음이 타락의 밑창에까지 떨어졌다 하면 그따위 인간을 몰아가지고 신사회는 조직하면 무엇을 하겠느냐? 인간예찬과 인간혐오의 거점(據點)이 인간에 대한 나의 입지란 말을 한 일이 있지마는, 만일 박 군의 소설이 활사회(活社會)의 진면목이라 하면 나는 인간혐오는 고사하고 "인간아, 자멸하라! 뒈져라!"라고 저주하고 싶다.

예술이란 소위 표현파 이론이 무어라고 하든지 간에 그 행위로서는 '재현(再現)'에서부터 출발하는 것이다. '재현'에 대하여 환희를 느끼는 본능이 사람에게 있는 것이요, 이것이 사람에게 예술본능이 있는 비롯이다. 아무리 추한 얼굴이라도 자기의 얼굴을 거울에 비춰보고 사진을 박아보고, 그것도 부족하여 그림으로 그려보고 하여 기뻐도 하고 혼자 열없이 깊은 공상에도 빠져보며 회상도 하여보고 자기반성도 하여본다. 이것이 물론 예술적 감격 그 자체라는 것은 아니다. 그러나 이러한 '재현'의 기쁨은 예술적 감격에까지 유도하는 본능이라는 말이다. 이와 마찬가지의 이론은 무대예술에도 들어맞는 것이다.

극장이라는 것이 박 군의 「피의 무대」만이 아닌 다음에야 숙영이가 출연한 극장은 부르주아만 구경 오는 부르주아의 전용극장이었다 하더라도 다른 극장에는 응당 프롤레타리아 계급인도 노동에 피로한 심신을 쉬이려고 한 달에 한 번이 못 되면 1년에 한 번이라도 구경할 것이다. 오늘은 월급을 타서 주머니 속이 두둑하니 모처럼 젊은 부부가 손길을 맞잡고 왔는지, 그렇지 않으면 여편네의 바가지 긁는 소리에 머릿살이 아파서 홧김에 훌쩍 집을 뛰어나오거나 하여 남들은 친구끼리 어깨를 맞겯고 희희낙락하여 술을 마시러 다니기도 하고, 번화한 상점에 들어가서 계집자식의 겨우살이를 장만하기도 하나 내 신세(身勢)로는 이도저도 아니 됨을 생각하니 분기(忿氣)는 한층 더

충천을 하는 판에 의외로 며칠 동안 모은 돈냥이 주머니에 있는 김에 "에라! 홧김에 연극 구경이나 하고 한때라도 걱정을 잊어버리자." 하며 극장에를 가는 프롤레타리아도 있을 것이다. 그리하여 무대에 나와서 마주 앉았는 가난뱅이 부부의 모양을 보니 옷치장이며 살림살이가 사람만 달랐을 뿐이지 자기 집을 고대로 떼어다가 놓은 모양이다. '무슨 연극을 하는고.' 하며 보고 앉았자니 부엌 속에서 오동칠갑을 한 아내가 갈가리 나간 행주치마에 손을 씻으며 나오는 말에 "오늘은 얼마나 벌었소?" 하고 한편에서 물으니까, 한편에서는 "버는 것은 다 뭔가! 삯전을 게다가 또 깎으니까 홧김에 그대로 왔지!" 하고 눈살을 찌푸리는 것을 보고는 "겨우 조밥덩이나마 끓여놓았으나마 꼭 찍어 넣을 것이 있느냐."라고 되레 오만상이나 찌푸리며 반찬 사오라고 쫑알댄다. 남편은 홧김에 핀잔을 준 것이 동티가 나서 아내는 이놈의 살림 못해먹겠다고 앙짜를 부리기 시작하여 내외싸움이 시작되어, 어린애는 "으아" 하고 나팔을 불어제치는 판에 공교히도 오막살이 단 삼칸 집의 월세전을 독촉하러 집주인이 달려들자, 싸전에서는 아침에 애걸을 하여 얻어온 쌀 한 되 값을 받으려고 덤벼들어서 겨끔내기로 아우성을 쳤다가 부부싸움이 언제 끝날지 몰라 헛맹세짓거리만 하고 돌아는 갔으나 싸움통에 쫓겨 간 빚쟁이가 날만 뻔하면 또다시 달려들 걱정, 벌이가 떨어졌으니 자고새면 먹을 걱정, 이 걱정 저 걱정이 한데 덮쳐서 싸움은 한층 더 부채질을 하여 "가거라, 죽어라." 하고 쥐어박고 걷어차고 하다가 남편은 홀쩍 나가버린다. 뒤에 남은 아내는 분김에도 허기진 남편을 그대로 내보낸 것이 가엾어서 '어디를 갔누, 어디를 갔누' 하며 기다리다가 못하여 아이를 들처업고 문을 잠그고 찾으러 나간다."

여기까지만 보아도 아무 신통한 일은 없으나 화풀이로 구경삼아 뛰어 들어온 '프로' 선생의 눈에는 몇 십 분 전에 자기가 당하고 나온 자기 집 내막을 그대로 엿들다가 연극으로 흉하적이나 하는 듯이 심각한 실감이 가슴을 찌를 것이다. 거울 속에 비친 자기 생활의 실체를 들여다보는 것 같고 더구나 계집의 심정이 측은하고도 아름답다.

"…… 이러구러 하는 동안에 남편을 찾으러 갔던 아내는 헛발을 치고 돌아와서 보니 아궁이 옆에 때다가 남겨놓은 동나무 한 단에 바람결에 튄 불똥이 붙어서 부엌 속이 불바다가 되었다. 겁결에 물동이를 던져 끄다가, 업은 아이를 댓돌에 떨어뜨려서 골탕을 먹이고 대가리가 터져서 유혈이 낭자하자 어머니는 울며불며 겨우 풀솜으로 지져서 애처롭게 우는 아기를 재워놓고 곰곰 생각하니 세상이 설워 못 견딜 지경이다.

앞길이 캄캄하고 악이 받쳐서 눈물조차 아니 나오다가 문득 생각나는 것은 부엌 선반에 얹어놓은 쓰다가 남은 양잿물 보시기다. 불현듯이 뛰어 내려가서 캄캄한 속에 더듬어 찾아 들고 나니 귀에는 어린아이 우는 소리가 까맣게 들린다. 보시기를 든 채로 한 걸음에 방에 들어와본즉, 아기는 경풍이 되는 듯이 깜짝깜짝 놀라면서도 쌔근쌔근 잘 잔다. '죽으려니까 귀까지 이상하여졌나보다! 죽으라는 팔자다!' 하며 잿물덩이를 입에 넣으려다가는 그래도 차마 자식의 얼굴로 눈이 가고, 가고 한다. 잿물 보시기를 보고는 아이 얼굴을 보고 아이 얼굴에 뺨을 대어보았다가는 잿물 보시기를 들어보고 하는 판에 밤이 들도록 아니 들어오던 남편이 반찬감을 사서 들고 들어오다가 달려들어서 입에 들어간 양잿물을 입을 억이고 뱉게 하면서 맞붙들고 방성통곡을 하다가는 "제발 죽지만 말아다우! 도적질 빼놓고는 무슨 짓을 해서든지 네 몸 하나는 굶기지 않으마!" 하고 남편이 우니까, "모두 내 죄요! 이 죗값을 하려도 내 몸이 열두 조각이 나더라도 영감 하나 위해서는 더러운 짓 빼놓고는 내일부터 무슨 천역이라도 다 하리라." 하며 서로 얼싸안을 제 아래위층 관객석에서는 흘흘 느끼는 소리까지 들린다 ……." (1926.1.27)

다소간 지리하였으나 이와 같은 일상생활의 세쇄사(細瑣事)일망정 통속적으로 극화하거나 소설화하여 놓은 것을 돈을 내가며 보려고 하고, 보고서는 눈물을 흘리는 것이 현대인의 요구요, 또한 '재현(再現)'의 요구이다. 만일 숙련한 극작가와 배우의 힘으로 상당한 예술적 효과만 내면 관중에게 예술적 만족과 깊은 감명을 주며 여관객의 수건깨나 적셔줄 것도 물론이다. 그리고 아까 여편네의 바가지 긁는 것을 피하여 화풀이로 이 극장에 들어왔던 남자도 얼른 자기 집으로 돌아가서 아내를 얼싸안고 화해도 하고 싶고, 내일부터 한층 더 분발하여 일을 하려는 결심도 났을 것이다.

그러나 이러한 것은 박 군더러 평하라면 살인, 파괴, 조소, 선전이 아니며 "약자의 벗"이 되겠다는 구두변론이 없으니까 프로적 연극이 아니라고 할 줄은 짐작한다. 그러나 거기에 대한 이론이라든지, 또 이와 같은 연극이 실제에 있다 하면 그것이 결코 고급예술이 아니라는 설명은 차치하고, 한 마디 박 군에게 일러주려는 것은 무대예술이나 소설에 있어서 '프로'의 생활상이 실연되거나 묘사된다는 것이 "노예 노릇 하는 것이 매춘부의 몸을 파는[193] 것과 같이 자기의 울음을 부르주아에게 파는 것"이라고 후회하는 것이 인격적 자각이요, 계급의식의 통렬한 반성이라고 하는가? 좀 참으소! 만일 숙영이가 계급전의 투사로 자각하였으나, 다른 실제 운동에 참열(參列)할 수 없음을 깨달았으면 군의 견지로서는 차라리 프로민중극의 여우(女優)에서 큰 사명을 자각케 할 것이 아니냐? 그러기에 박 군! "피의 무대"로 향하여 앉아 있는 관

---

193 이 단락 바로 뒤에 이어지는 구절은 신문지면의 배치 상 아래와 같다. 그러나 아래 구절을 삽입할 시 문맥이 이어지지 않는다. 신문조판 시의 오류로 추정된다.
　　"를 학대함으로써 쾌락을 삼는 귀족을 위한 것이 아니라 민중이 그것을 요구하는 것이요 인간의 본능으로서 자기의 일면 혹은 전면의 '재현'을 예술적 욕구의 초보로서 희구한다는 것이다. 그럼으로 프로예술이 당연히 주장하여야 할 것임과 같이 예술의 제재를 프로계급에서 구하는 것은 프로계급 자체의 요구인 동시에 신경향파인가의 주장인 선전이라는 공리적 견지에 있어서도 절대 필요일 것이다 도리어 그와 같은 연극이나 소설을 프로계급에서 보면은 자기의 생활이나 환경과는 연이 먼이 만큼 절실한 느낌을 못 얻고 도리어 괴상히 여기는 때도 많을 것이다. 朴 큠이여 '숙영'이가 여우 노"

객이 투우를 구경하는 서반아의 부르주아같이 프로계급생활을 구경하고 향락하려 하였고, 숙영이의 웃음을 사려 하다가 별안간 숙영이의 ABC 같은 계급론에 '프로'로 표변(豹變)하여 박수갈채를 하고 경관의 횡포를 매도하였다는 말인가? 소설 제작상에도 그만큼 부주의한 일이 어디 있는가? 신경향파의 기교무시주의는 그러한 것이라면 그대로 들어주지만 ……. 수줍은 박 군에게 너무 미안하니 이만쯤 하고 다음으로 옮기자. 그러나 이러한 모순과 혼돈은 박 군의 작품에서만 발견되는 것은 아니다. 박 군의 작품은 우연한 일 거례(擧例)에 불과할 뿐이다. (1926.1.28)

4. 프롤레타리아 전선의 적십자군이냐?

구주전란 이후에 불란서에 일어났다는 다다이즘(dadaism)이라는 것이 있다. 이 파의 「발작(發作)」이라는 시를 보면 아무 의미 없는 대쉬 ─ 선(線) ─ 와 알파벳 문자의 나열로 되었다. 그보다도 심한 것은 「자살(自殺)」이라는 제목의 시이니, A로부터 Z까지 26문자를 5절(切)하여 놓았을 뿐이다. 그 외에 미래파 시의 「사형선고(死刑宣告)」라는 것은 회화(繪畵)와 시구를 전부 종횡전도(顚倒)하여 인쇄하였다 한다. 수일 전에 일본서점을 뒤져보았으나 구경은 못하고 말았다.

프롤레타리아문학의 창도자들도 기왕이면 다다이즘이나 퓨처리즘(futurism) 문학의 이러한 형식을 취하여 보는 것이 어떠할까 하는 생각이 지금 별안간 난다. 기성의 일체를 부인하는 다음에야 그만치나 철저하여야 할 것이다. 그러나 그러한 표현방식을 취하면 누가 읽어주겠느냐고 염려하는 것도 무리치 않을 것이다. 또 한 번 그러나, 소위 신경향파의 문학이 문자의 의미나 이해시킬 만한 정도로 추잡한 작품을 민중에게 내던져주면 고맙다고 반가워할 사람은 누구요, 이해할 사람은 누구냐? 부르주아는 몽유병자라고 코웃음 치며 돌아설 것이요, 프롤레타리아는 "이 자식이 선잠을 덜 깼나? 나의 요구는 종잇조각에 먹칠한 것이 아니라 백옥 같은 '이밥' 한 그릇이면 고만이다. '이밥'은 은빛이니까 프롤레타리아의 근성으로 그따위가 끼니냐고 비웃겠거들랑은 금빛 나는 조밥(粟飯)이라도 한 그릇 다오." 하고 눈을 크게 뜰 것이다. 박 군도 이만한 사리는 짐작하는 모양이기에 "걸인의 현실인 뱃속을 보지 못하는" 인도주의를 꾸지람꾸지람 한 모양이 아니냐? 프롤레타리아는 결코 걸인은 아니지마는······.

그러면 이와 같이 프롤레타리아 자신에 구박을 맞으니 대관절 그 문학은 누구를 위하여 출생한 것이냐? 아무도 원하지 않고 이해할 수도 없는 것을 만들어가지고 혼자 이불 속에서 활개를 치면 어찌하자는 말이냐? 일인(日人) 양지상(洋紙商)의 치부(致富)를 위한 것은 아니겠지? 일개 1원이나 7, 80원 하고 신문잡지에 발표를 하면 귀 떨어진 창피한 돈냥이나 걸리는 것은 소위 '부르주아작가'라는 별명까지 붙여주는 필자나 프로문학의 거장인 박 군이나 일반이다마는, 그래도 나는 내 주의와 내 사업으로 하는 것이거니와 무성산(無成算)하고 프롤레타리아를 위한 작품을 되나, 아니 되나 끼적거려 놓는 결과가 군의 잣단 용돈을 얻는 데 그치고, 정작 프롤레타리아와는 관계가 없다 하면 군도 부끄러울 일이 아니냐. 적어도 성의가 있다 하면 작품이야 되었든지 말았든지 간에 정작 목표를 삼는 프롤레타리아에게 일점반푼(一點半分)이라도 이익을 주도록 무료배부를 한다든지, 구세군의 금주선전지(禁酒宣傳紙) 모양으로 1, 2전에 발매할 소잡지라도 발행하여야 할 것이 아니냐. 실로 나는 무슨 괄목할 만한 실제 운동이 인제나 일어나나 저제나 튀어나오나 하고 고대하던 한 사람이었다. 그러나 밤낮 하는 일이 적어도 매월 6, 70원의 수입을 가진 사람으로 상당한 교육이 있지 않고는 손에 들어볼 수도 없는 신문잡지의 문예란에 공지(空紙)나 채우고 앉아서, 나는 프롤레타리아와 운명을 같이 하려고 프롤레타리아를 위한 문예를 창작한다고 큰소리를 치며 '부르주아문학'이니 '눈물'이니 '애상적'이니 하고 사람의 비위만 닷작거리고 앉았으며, 프롤레타리아는 군들의 빈좌(賓座) 아래 와서 궤복(跪伏)할 줄 아느냐? 그뿐만 아니라 가령 현재 조선의 일 신문이 가진 독자를 최대한도 5만이라고 하여보더라도 네 개의 조선문 신문의 발행부수가 20만부밖에 아니 될 것이다. 그중에는 물론 2개 이상의 신문을 보는 사람도 있겠지마는, 그것은 고만두고 일 가정에 1부에 대하여 평균 3인의 독자가 있다 하면 실제에 신문 한 장이라도 손에 들어 보는 사람은 60만인이라 하겠다. (실상은 반분이나 될지 모르겠지만) 그러면 60만인의 신문잡지의 독자(잡지의 독자는 그중에 포함한 것으로 간주하고) 중에서 신문예에 대한 정당한 이해가 있고 없고 간에 그 문예극을 들춰볼 사람이 잡지의 최고 부수의 반분을 잡아서 3천인이나 된다면 천행(天幸)일 것이다. 그러면 5, 6종의 신문잡지의 매일 혹은 매월의 문예란을 전부 프롤레타리아문예로만 채워서 선전의 목적을 달(達)한다 할지라도 조선의 전 인구의 약 7천분지 1에밖에 동급(動及)되지 않을 것이 아니냐? 박 군이여! 프로문학이 조선의 3천인이라는 신문예 제자(諸者)를 소위 신경향파가 모조리 흡수하려면 몇 해나 걸리고, 또한 3천의 7천배인 조선의 무산대중이 모조리 프로문예로 말미암아 계급의식이 보급되고 또한 계급해방의 실제 운동을 개시하게 되기까지 몇 백 년, 몇 십 년 동안 대대손손이 분투하여야 될지 산가지(算柯枝)질이나 하여보았는가? 그동안을 기다리려면 조선사람은 씨알머리도 아니 남을 것이다. 19,999,999인이 목내이(木乃伊)가 된 뒤에 박 군의 몇백 대(代) 손(孫)이 프로문예라는 골동(骨董)을 안고 춤을 추는 꼴이나 상상하고 선전이니 무어니 하는지? 그러기에 혁명은 '프로문예거나 부르주아문예거나 쫓아올 테거든 오고, 말 테거든 말라.' 하며 달아나는 것이다. 꽁무니에서 줄줄 쫓아오는 것이 성이 가셔서 발길로 걷어찰지도 모른다. 프로문예가 앞 남산 솔방울처럼 데구르 굴러서 의지가지 없이 어느 아궁이로 들어간다면 그 꼴을 어떻게 보려는고?

이러한 말을 들으면 우리는 일개의 진리로서 제한하는 것이니까 시간적 관념이야 상관이 없다고 그럴 듯이 피할지 모른다. 만일 프롤레타리아문학이 장래의 인류가 가질 문학의 최고 지상의 것이라는 진리 위에 섰을 지경이면 그 진리의 탐구와 토구(討究)에 전력할 것이요, 각자의 완성에 진력할 것이지 계급전(階級戰)의 적십자군이 아닌 다음에야 무슨 까닭으로 그 전선에 나갈 용기조차 없이 가장 긴한 듯이 시키지 않는 주정꾼의 희락을 하고 있느냐는 말이다.

프롤레타리아 문예운동자여! 전통을 배척하고 전형의 구애(舊﨔)에서 벗어난다는 근본 의의나 알고 부르짖는가? 또는 프롤레타리아문예의 정의나 확정하여놓고 사람을 성가시게 하는가? 좀 실례지마는, 우선 다다이스트의 두령(頭領)이라는 트리스탄 차라[194]의 손톱 때나 달여 먹고 다시 나오는 것이 약하(若何)오. (1926.1.29)

5. 프롤레타리아문학의 존부(存否)

이상에 나는 과거 1년간에 신현상으로서 일어난 프롤레타리아 문학운동의 허명무실함을 상평(詳評)하여 프롤레타리아 문학운동도 아니려니와 신경

---

194 트리스탄 차라(Tristan Tzara, 1896~1960). 루마니아 출신의 프랑스 시인. 다다이즘의 선구자.

향도 아니었다 함을 지적하였다. 그러면 프롤레타리아문학이란 존재할 여지가 없느냐 하면 결코 그러한 것은 아니다.

원래 예술이라는 것이 인생과 교섭이 없고, 특히 그중에도 문예가 인간생활과 긴밀한 관계에서 중대한 사명을 가진 것이 아니라 하면 우리는 예술지상론에 만족하고 말 것이다. 그러나 문예가 사람의 실생활의 국면 내에서 광대한 경지를 개척하였고, 또 우리의 실생활의 면에는 양대(兩大)의 대립관계, 즉 계급의 분열이 있어서 우리의 생활을 다만 외면적으로 지배할 뿐 아니라 깊이 내적 생활에까지 지대한 영향을 주는 현재의 인류에게는 두 가지의 생활상이 있는 것같이, 두 가지의 문예사상이 있는 것을 시인치 않을 수 없다. 다시 말하면 부르주아 생활상을 담은 문예와 프롤레타리아 생활상을 담은 문예. 즉 소위 '부르주아문예'와 '프롤레타리아문예', 총칭하여 '계급문예'가 형성될 수 있다는 말이다.

(독자는 "생활상을 담은 문예"라는 말에 주의) 그러면 계급문학의 의의와 가치는 여하(如何)한 것인가? 이것을 알려면 우리는 잠깐 문예품의 조성분(組成分)을 개시(概視)할 필요가 있다. 나는 이것을 우선 세 가지로 나눈다.

1. 내재적 가치＝예술적 가치＝영원성
2. 표현미＝형식, 수법, 관찰 등
3. 내용＝사상, 감정, 제재 등

이와 같이 일 작가가 어떠한 제재를 붙들어가지고 주관적이든지 객관적이든지 면밀한 용의로써 관찰하여 구안(搆案)을 마친 뒤에 자기의 택하는 바 형식에 따라서 자기의 독특한 수법으로 완전한 표현의 미를 발휘하면 여기에서 비로소 일개의 예술품이 탄생하는 것이요, 따라서 내재적 가치, 즉 영원성을 가진 예술적 가치가 발생하는 것이다. 그러므로 표현 없는 예술이 있을 리가 만무한 것은 물론이지만, 표현미에 내재한 것이 곧 예술적 가치이다. 그리고 그 작품에 담긴 내용, 즉 사상·감정·제재라는 것은 예술적 가치라는 점으로 보아서는 제이의적(第二義的)이요, 부작용에 불과한 것이다. 그러므로 예술품의 내용인 사상·감정 등이 표현미, 즉 형식이나 수법이나 관찰을 제약하고 그 변이를 묘사하여 소위 '이즘'이라는 유파의 분리는 허락할지라도, 표현미 그 자체를 무시하거나 예술적 가치를 결정할 권능은 없다. 그것은 마치 파류동물(爬類動物)이 탈각(脫殼)을 하여도 외각(外殼) 그 자체가 없이는 생명을 보전할 수 없음과 같이 사상과 감정에 아무리 편중한다 할지라도 그 사상과 감정을 담을 그릇인 표현수단인 형식과 수법을 무시하고는 예술적 가치를 얻을 수도 없고, 따라서 그러한 작품은 예술품으로서 존재할 수 없는 것이다.

이를 요컨대 유파의 분기(分岐)는 예술품으로서 제이의적(第二義的)인 '내용'의 일 요소, 즉 사상에 원인하는 것이요, 예술적 가치라는 것은 유파니 주의니 하는 것을 초월하여 있는 엄연한 실재이다. 로맨티시즘의 작품이거나 자연주의의 작품이거나, 영국인의 작품이거나 조선인의 작품이거나, 낙랑의 유물이거나, 20세기의 예술이거나, 그것이 예술적 가치만 있고 보면 주의, 사상, 인종, 시간, 공간을 초월하여 사람의 마음에 쇼크를 주는 것은 그 까닭이다. 그러므로 예술적 견지로서는 계급문예라는 존재를 용허할 여지가 없을 것이다. 그러나 위에도 말한 것과 같이 우리의 사회가 두 가지의 큰 생활 형식에 의하여 운전되어가는 동안은 두 가지의 계급이 존재하여 있을 것이요, 계급의 상이는 사상과 감상의 배치를 면할 수 없으니까 문예에 있어서도 그 담긴 '내용'으로 보아 분립될 수 있을 것이요, 따라서 경향이라든지 수법이라든지 변혁될 것은 시인할 수 있는 것이다. 그러나 아무리 계급문학이라도 제재에 따라서 유별(類別)되거나, 프롤레타리아문학이니까 일체의 표현방

식을 무시하여도 좋다고 하며 리파인(refine)된 예술적 가치는 경멸하더라도
상관없다고 하여서는 큰 오해이다.

현재의 프롤레타리아문예가 출생의 벽두에서부터 자멸적 운명을 타고 나
온 중요한 소인(素因)이 실로 여기에 있는 것이다. 그들은 사상의 선전과 예
술적 표현이라는 양자(兩者)의 가치전도를 기도하여 미숙한 사상을 기성의
표현형식에 담기를 꺼리는 나머지에 그들에게 준 용기(容器)를 깨뜨려버리는
것이 곧 새로운 사상의 완성이요, 표현인 줄로 오상(誤想)한 데에 그들의 큰
실수가 있는 것이다. 그러므로 그들은 새 용기(容器)가 될 만한 새 표현형식
도 장만하지 못하고 그들이 가장 중요시하는 프롤레타리아적 사상도 아직
비린내를 면치 못한 그대로서 제작에 착수하려니까 그들의 작품은 필연지세
로 문예도 아니요, 선전문도 아닌 딜레마에 빠져서 삼칠일(三七日)도 못된 영
아가 간기(肝氣)에 걸린 폭쯤 된 모양이다.

그러나 저러나 이미 계급문학의 대립을 용인하였으니, 그러면 프롤레타리
아 문예사상과 부르주아 문예사상의 차이점이 어디 있느냐는 의문이 일어날
것이다. 이에 대하여 요사이의 사이비 프로문예 지지자는 언하(言下)에 "계급
의식의 차이다!", 대답할 것이다. 그러나 이것은 너무나 피상적 관찰이다. 실
제에 있어서 보더라도 계급의식으로써 양자(兩者)의 문예사상을 유별(類別)
하기에는 곤란을 느낀다. 이유도 박약하다. 왜 그러냐 하면 첫째에 프로문학
의 지지자의 계급의식에 비하여 소위 부르주아문학의 지지자는 대항적으로
부르주아의식을 소유하지 않았을 뿐 아니라, 사상으로서는 오히려 프롤레타
리아의식에 공명하기 때문이요, 또는 프롤레타리아문학을 설도(說道)하지는
아니하면서도 그 작품으로 보아서는 자칭 프로문학자라고 간판을 내세우는
자보다도 일층 친절한 프롤레타리아의 대변자요, 옹호자인 경우가 있기 때
문이다.

그 다음에는 소위 부르주아문학자는 구주(歐洲) 문예사상의 정통을 밟아서 낭만주의, 자연주의, 신이상주의 등의 경향과 변천을 보였거나 데카당스의 사상이나 인도주의의 색채를 보이는 데에 비하여, 일방(一方)은 전통과 형식을 배척하고 새로운 전형인 살인이니 파괴니 조소니 선전이니 하는 "답변"을 하였으니까 양자(兩者)의 판이한 방향을 알 수 있다고 할까? 그러나 자연주의나 신이상주의나 인도주의가 부르주아를 찬미하지는 않았다. 그 대신에 이러한 주의, 사상도 살인이나 파괴를 작품의 제재로도 하였으며 조소도 하여보았고 선전도 하여보았다.

그러면 기성(旣成)한 작가들은 부르주아의 기생충이요, 상아탑 속에서 이 비참한 인생과 추악한 사회를 아름다운 망원경으로 내려다보고 앉았으니까 부르주아문학자라 할까? 그러나 신경향이니 프로문학이니 하며 완구나팔(玩具喇叭)을 귀가 아프게 불며 장단 안 맞는 춤을 추는 분들도 결국은 부르주아 계급의 십이지장충밖에 아니 될 뿐 아니라, 인생의 비참과 사회의 불합리는 차라리 부르주아작가라는 이들이 좀 더 심각히 체험한 것은 그들의 작품을 보아서도 알 일이니, 그 역시 표준은 아니 될 것이다. 그러면 무엇으로써 양자(兩者)의 차이를 획정하고 따라서 프롤레타리아 문예사상의 기조를 수립할까? 그러나 이에는 먼저 프롤레타리아문학의 의의를 분명히 하여놓아야 할 필요가 있다. (1926.1.30)

6. 프롤레타리아문학의 방향

'프롤레타리아문학'이라는 말은 이때까지 자타(自他)가 사용하여왔다. 그러나 이 말의 의미는 여러 가지로 해석할 수 있다. 박 군이 사용한 의미로 보

면 소위 부르주아문학의 몰락을 최촉(催促)하기 위하여 순연히 반동적 감정
에 충동되어서 무작정하고 제창하여본 것 같기도 하지마는, 대체로 보아서
프롤레타리아를 위하고, 프롤레타리아의 해방운동을 조성키 위하여 필연적
운명을 가지고 출현된 듯이 말하였다. 그러나 프롤레타리아를 위한 문학이
라는 것은 박 군이 그러한 미성품(未成品)의 제작을 쓰는 것보다도 자기 집의
밥쌀에서 '성미(誠米)'를 한줌 떼어 프롤레타리아를 위하여 사용함이 유리하
다 하였고, 해방운동을 위하여는 비싼 종이에 인쇄 잉크칠을 하고 있느니보
다도 ○○○라도 들고 나설 용기가 필요하리라고 하였거니와, 설사 프롤레
타리아를 위한 문학이라 할지라도 신경향파 자신이 실제의 프롤레타리아와
는 연이 머니만큼 부르주아에 접근한 것이 사실이다. 그들의 혈액을 현미경
학자에게 검사하라 하면 부르주아 혈과(血科)에 속한다고 보고할 것은 장담
할 수 있는 일이다. 결국 그들은 부르주아적 사회환경에서 부르주아적 사상
과 감정을 함양하여왔고, 그들이 소유한 지식은 다소를 막론하고 부르주아적
전통교육에서 얻은 것이다. 비록 그들이 요사이는 밥을 굶네, 생활난의 절실
한 체험을 하여 보았네 하지마는 아직까지도 노부모 덕에 고이 길러낸 책상
물림의 뒷방 서방님이라는 팔자 좋은 분들이다. 그러면 이때까지 흙의 'ㅅ'
자도 하나 마치 한 번 들어보지 못한 것은 물론이려니와, 체험의 양으로 보아
서도 프롤레타리아가 생각하고 느끼고 구하는 것을 절실히 안다 하면 그것은
천재일 것이다. 일본의 다야마 가타이(田山花袋)인가 누구인가 자연주의 전성
시대에 걸인의 심리를 연구하려고 암야(暗夜)에 가장을 하고 우에노공원(上野
公園)으로 방황하여보았다는 말이 있지마는, 이것도 나더러 평하라면 아무리
그렇게 하여보아도 걸인의 심리, 감정, 기분의 외피도 맛보지 못하였을 것이
요, 얻었다는 체험은 역시 부르주아적 견해에서 나온 객관적 비판에 불과하
였으리라 한다. 그러하면 이제 그들이 진정한 프롤레타리아가 아니면서 다

만 지식으로, 사상으로 프롤레타리아에 공명하고 동정한다 하여 프롤레타리아문예를 제작한다 하더라도, 그것은 개념적 사상의 복창에 불과함을 면할 수 없을 것이니, 프롤레타리아의 심금을 울려주지 못할 것인데다가, 더구나 프롤레타리아의 대다수는 이해력조차 없으니 어떻게 한단 말인가!

그 다음에는 프롤레타리아 자신의 문학이냐. 즉, 프롤레타리아에게 읽히는 문학이 아니라, 프롤레타리아의 절규에서 나오는 것이냐 하면 이것 역시 도득(圖得)할 수 없는 것이다. 금일의 제4계급은 읽을 힘도 없거든, 하물며 쓸 힘이 있을 리가 없으니 결국은 상술한 바와 같이 제2, 혹은 제3계급으로서 사상적으로나 또는 최근에 이르러 빈궁한 생활을 맛보았다 하여 무산자에 입적한 지 일천한 소위 신경향파 같은 이에게밖에 기대할 수 없으니 도로 아미타불이다.

그러면 또다시 되풀이로 제재를 프롤레타리아 생활상에서 취하여 선전(宣傳)에 공(供)하는 데에 프롤레타리아문학의 의의가 있느냐 하면 취재 여하로 문학을 수립할 이유가 아니 되고, 선전 역시 문학의 본질로나 실제 효과로나 무의미하다는 것은 이상에 누술(累述)한 바와 같다. 이에 이르러서 우리는 생각하여볼 두 가지의 문제가 있다. 즉, 우리의 계급의식은 자자손손 계승시켜야 할 인류의 영원한 무거운 짐인가? 또 인류가 가진 생활형식의 두 가지 중에서 인류가 영원히 지속하여야 할 생활형식은 무엇인가? 이 두 가지 문제에 상도(想到)할 제, 누구든지 얻는 답안은 프롤레타리아의 세계라는 것이다. 과연 부르주아의 몰락의 일(日)은 계급전선 철회의 일(日)이요, 동시에 계급의식 포기의 일(日)인 것은 내가 설명할 필요도 없을 것이다. 그리하여 남는 것은 내용 다른 프롤레타리아의 생활형식이다. 그러면 이러한 사회에서 생활할 인류가 요구하는 예술이 무엇일까? 상상할 필요도 없이 우리는 머지않은 인방(隣邦)에서 건설되어가는 실황을 보지 않느냐! (1926.1.31)

프롤레타리아문학의 의무는 결코 목전의 계급전(階級戰)의 일 보조무기로써 사용되려는 고식적(姑息的) 사업에서 발견할 수 없다. 그렇다! 진정한 프롤레타리아문학, 완전히 해방된 프롤레타리아로 탄생된 프롤레타리아가 잃었던 인간성을 찾는 거룩한 운동과 그 정신에서 나오는 문학이어야 할 것이요, 구체화한 인류애와 모든 음영이 걷히고, 가장 자유롭게 흐르는 위대한 생명을 예찬하기 위하여 건전한 정신과 사상에서 성장하는 문학이어야 할 것이다. 새로운 인생관, 새로운 사회관, 새로운 예술관……. 이러한 인류가 이때까지 가져보지 못하던 모든 아름다운 사상을 길러주고, 풍윤(豊潤)하고 순진한 정서로 생명의 미와 생활의 유열(愉悅)을 한층 더 꾸미고 맛보게 하기 위하여 존재할 문학이다. 이때에 프롤레타리아문학은 신인도주의요, 신인생주의며, 신로맨티시즘일 것이다. 이에 이르러서 독자는 내가 본(本) 논문 제2절에서 "고정된 계급관념에 사로잡혀서 계급해방의 수단방편과 그 대의를 전도하지 말라." 하고 다시 계급전의 실제 운동자와 프롤레타리아 문학자의 분업에 대하여 일언(一言)하여둔 것을 상기할 것이다.

그러나 이에서 다시 일어나는 의문은, 그러면 그 과정에 있어서 프롤레타리아문학의 존재이유는 무엇이냐는 것이다. 이에 대하여 나는 이렇게 대답하려 한다. 이미 목표를 정하였으니 그 기초와 준비를 위하여 노력할 뿐이라고. 그러면 그 출발점은 어디이며, 또한 그 목표에까지 도달하는 동안에 프롤레타리아 문예사상을 지배할 신조는 무엇이냐? 이것은 실로 중대한 문제로 전절(前節)에서 논의하던 바, 소위 부르주아문학과 구별되는 초점이다.

7. 프롤레타리아문학의 기조

4, 5년 전에 「지상선을 위하여」라는 소논문을 당시의 『신생활』 지(誌)에 발표한 일이 있었다. 그것은 슈미트의 개인주의를 인용하여 자기혁명, 자기해방을 역설하고, 관념의 파기, 관념의 부정을 고조하였었다. 이것은 계급의식을 고취함에는 자아의 각성에서부터 선전하여야 하겠다는 필요로 개인주의를 창도(唱道)하고 가족제도부터 공격하기 시작한 것이었다. 그러나 이 말은 지금까지도 프롤레타리아운동의 쿨트 방면으로는 그 기조가 되는 것이라고 믿는 바이다. 물질적 조건이 아무리 사람의 정신을 지배한다 하더라도, 다시 말하면 소생한 프롤레타리아의 유토피아적 생활을 인류에게 제공함으로써 인간성을 탈환할 수 있다는 것을 믿는다 하더라도, 타성이라는 것이 기계문명에 있어서 중요한 것과 같아 사람의 생활에 있어서도 중대한 세력을 차지하고 있는 다음에는, 이 '관념의 세력'이라는 것이 의외에 위대하다는 사실을 결코 경시하여서는 아니 될 줄 믿는다. 실로 계급해방운동에 있어서 이 '관념의 파기'라는 것도 모든 정책적 운동에 못지않은 중대 문제라 하겠고, 또한 "그 이상(理想)"의 실현 전보다도, 그 후에 중요한 의의를 가질 것이요, 정책의 한 항목이 될 것이라고 생각한다. 물론 이 말은 계급문제와 관련하여서만 고찰한 말이지마는, 인류생활을 내성적으로 시찰할지라도 우리는 선조가 물려준 묵은 관념의 퇴적에서 해방되지 않으면 아니 될 것이다. 또한 예술적 방면으로 고찰할지면, 현대인이 이것을 절실히 희구하던 이상(以上)에 결코 범연히 여길 문제가 아니라, 문예 상에 인생을 찬미하고 혹은 애국심을, 혹은 사회 이상을, 혹은 성적 문제를 제재로 함도 좋겠지마는, 그것은 결국 일부분의 문제이다. 인류의 현전(現前)의 문제로서 억압된 생명의 자유로운 발전의 길을 지시하려면 이 문제부터 해결하려 하지 않아서는 아니 될 것이다.

나는 위에서 소위 신경향파 작가를 충고하기 위하여 다다이즘의 시형(詩形)을 비웃은 일이 있다. 예술상에 이러한 주의가 일시적이라도 유행하였다는 것은 물론 현재의 우리가 가진 문명과 및 생활이 얼마나 불건전한가를 반증하는 것이며, 또한 그러한 것은 예술이라는 것보다도 상식으로도 판단할 수 없는 광태(狂態)요, 불건전한 사상(이상적 견지로서)이라 하겠지마는, 그 광태, 그 불건전이 어디에 원인하였는가를 생각하면 열혈(熱血)이 분격(奮激)함을 깨달을 것이다. 원래 나는 다다이스트는 아니다. 그러나 '다다'라는 말이 "관념을 응축하는 말이다. 아무 의미도 없는 말이다."라고 한 것이라든지, "우리에게 신성한 것은 비인간적 행동을 진작하는 것이다."라고 한 말에는 동정을 가지지 않을 수 없다. 나는 물론 찬성은 할 수 없으나 그 심정을 살펴볼 제, 우리의 가슴을 찌르는 무엇이 있지 아니하냐! 원래 이 주의는 구주전란 중에 일어나서 전후에 파리에서 선전을 하였다니까 그들이 목도한 그 비참한 전쟁의 실황에 대한 전율, 공포, 회의, 저주, 흥분 ……. 이 극도에 달하여는 극단의 관념 부인, 전통 파괴의 사상이 격발하였고, 그 결과가 어린아이의 유방 찾는 소리 같은 '따따따따'로 되어 나왔고, 모나리자에 카이저의 수염을 뻗치게 하였겠지마는 확실히 현대인이 간구(懇求)하는 공통점을 발견할 수 있다고 아니할 수 없다. 그러나 독자 제군이 부정할 것과 같이 나도 그 주의에는 절대 반대다. 이러한 사상과 예술은 병적 변태이기 때문이다. 노농 노서아의 미래파가 미구(未久)에 쇠미(衰微)한 것을 보아도 상상키 어려운 일이 아니다. 사실 그들은 발광을 할 뿐이요, 자기치료의 수단을 생각지 않기 때문이다. 오직 관념을 구축하려 할 뿐이요, 새로운 관념의 포지(抱持)를 생각지 않기 때문이다. 좋은 것을 얻기 위하여 싫은 것을 버리고, 새로운 것을 얻고 싶어서 묵은 것을 불 지르는 것이 아니라, 버리려는 목적만을 위하여 버리고, 불 지르기에만 미쳐서 불 지르는 것은 인류의 적이다. 절망을 밥으로 알려거든 안개(霧)로 요기를 하고 깊은 방 속에 드러누웠을 일이다. 여기에 '관념 개조의 의의'가 있는 것이다. (1926.2.1)

프롤레타리아 문학자가 전통을 부인하려고 애만 써서는 아니 될 것이다. 우리의 생활의 전국(全局)을 위대한 역량으로 샅샅이 지배하는, 즉 우리가 지금 가지고 있는 관념의 전부를 근본적으로 퇴치하려고 원대한 계획을 세워 가지고 성실한 노력을 다하여야 할 것이다. 그러나 다만 퇴치하는 것이 능사가 아니다. 새로운 생활을 자율하고, 지지할 만하고, 새로운 사회를 가질 새 사람의 새 관념을 바꾸어 가져야 할 것이다. 그러고 다다이스트가 아닌 프롤레타리아는 새로 갖는 관념이 또다시 묵은 전통이 될까 보아서 걱정할 필요는 없을 것이다. 왜 그러냐 하면 자각 있는 프롤레타리아는 관념의 고정을 거절할 줄 알고, 또한 진정한 프롤레타리아의 사회는 그것을 강요하지도 않을 터이니까다.

프롤레타리아 문학자는 로맨티시즘을 부정하고, 자연주의를 배척하며, 신이상주의를 꺼려한다. 무리치 않은 일이다. 그러나 로맨티시즘이니까 부정하고, 자연주의니까 배척할 이유는 조금도 없을 것이다. 오히려 그러한 계통은 당연히 밟아와야 할 길을 밟아왔고, 또한 그러한 주의의 예술과 사상의 세련을 받음으로 말미암아 소위 '명일의 문학'의 기초를 얻었다는 의미로도 감사한 뜻을 가지고 돌려다보며 앞일을 생각하여야 할 것이다. 결코 함부로 배척만 할 일이 아니다. 아직도 배울 것이 많기 때문이다. 다만 그 주의들에는 부르주아사회에서 성장된 사상과 감정을 가진 일부분이 있으므로, 이를 가리켜서 부르주아문학이라는 데에 지나지 않을 따름이다. 그러나 그 예술적 가치와 인류에게 향하여 영원히 경고와 자극을 주는 교훈적 가치와 및 역사적 가치는 인류가 가지는 보패(寶貝)가 아니면 안 될 것이다.

이것이 부르주아문학과 프롤레타리아문학의 차이점이요, 아울러서 순정한 프롤레타리아문학으로 향하는 과정에 있는 프롤레타리아문학의 기초가 될 것이라고 믿는다. 그러나 이 기초는 진정한 프로사회가 실현된 뒤라도 용이히 떠나지 못할 게다.

그러면 그 다음에 남는 문제는 어떠한 표현형식이 구성되겠느냐는 것이겠다. 그러나 프롤레타리아 문학자가 아닌 나는 모른다. 다만 내가 할 수 있는 말은 소설이 발달할수록 시에 접근하여 갈 것이요, 사람의 오성(悟性)과 감성이 발달하여갈수록 하나의 아름다운 심벌이 점점 더 윤채(潤彩) 있고 풍부한 내용을 가질 것이니까, 진정한 프롤레타리아 사회의 진정한 프롤레타리아문학은 얼마나 찬연한 표현형식을 가질지 모르거니와, 물론 새 부대를 요구할 것이며, 또한 부르주아가 가진 말이 죽는 대신에 프롤레타리아의 말(용어(用語))이 불어갈 뿐 아니라, 말의 내용이 변하리라고 추측할 뿐이다.

부기(附記) ＝ 나는 문예와 및 그 사상에 대한 비판가는 아니다. 물론 그러한 지식도 없다. 더구나 사회주의 지식은 말할 것도 없다. 그러나 이 일문(一文)을 쓴 것은 온전히 문단과 및 신경향파를 사랑하는 충정으로 쓴 것은 가림없는 말이다. 그러나 너무 중대시한 것이 좀 점잖지 못했고, 간혹 언사가 격월(激越)하여 삼가지 못한 데가 있는 것과, 또 미진함이 있는 것은 심히 유감이며, 그릇된 점은 여러분의 교시를 바라거니와 일일이 응답할지는 기약할 수 없다.

을축(乙丑) 12월 21일 야(夜) (1926.2.2)

프롤레타리아문학에 대한 P씨의 언^言[195]

현대 일본에 내방 중인 노농 러시아(露西亞)의 문인 보리스 필리냐크[196]의 입으로서 서구예술의 혁명적 기획이 동양적으로 그 진로를 취한다는 말을 듣게 되는 것은 유쾌한 일이다. 그는 일본의 미술이나 극예술을 통하여 이를 설파하고 또한 일본의 구화(歐化)를 도리어 야유하거니와, 금월 초순에 노도(露都)에서 소비에트협회 주최로 일본문예연구회를 개최하여 성황을 이루었다 함은 과연 무엇을 의미함인가? 조선의 프로문학자들에게 알려주고 싶고 물어보고 싶다. 이러한 일이 다만 외교정책이라는 하잘 것 없는 동기를 가졌다 할지라도 자미있는 현상이라고 아니할 수 없다. 그러나 러시아인이 페르시아문학(波斯文學)을 논의하고 일본문화를 연구하려는 것이 반드시 정치적 의미를 중후하게 띤 것이라고만은 볼 수 없는 일이다. 그들이 특히 일본문화를 동양문화의 대표적임과 같이 간주하거나 다분의 호기심을 가지고 대하는 것은, 현재의 일본문화가 동서 양 문화의 중계적 지위에 놓여 있다는 이유로일 것은 물론이다. 다시 말하면 구미인이 동양문화의 종교격인 중국의 문화

---

195 염상섭(廉想涉), 「프롤레타리아문학에 대한 P씨의 언(言)」, 『조선문단』, 1926.5. 이 글에 나오는 러시아 문인들 중 그 정확한 인명을 추정할 수 없는 것은 원문 그대로 두었다.

196 보리스 필리냐크(Борис Пильняк, 1894~1945) : 모스크바 출생의 러시아작가. 혁명 후, 러시아 각지를 방랑하며 그 체험으로 혁명 직후의 불안정한 현실을 작품화했다.

를 직접으로 연구함에는 여러 가지 불편과 난해할 점이 많으므로 비교적 현대화한 일본문화를 통하여 동양에 접근하려는 것이라는 말이다. 이 점에 있어서 일본이 매우 유리한 처지에 있는 것은 물론이거니와 자, 그러면 그들, 그들 중에서도 러시아인이 부르주아적 발달의 가장 왕성한 시기에 있는 일본문화에서 무엇을 구하려 하는가? 실로 자미스러운 현상이 아니냐. 일본의 예술, 따라서 일본인의 생활 전체가 자연주의적 세련을 절실히 받고, 또한 그 기초 위에 재건되었다는 사실은 아무도 부인할 수 없는 것이다. 그러면 낭만주의나 자연주의적 일체는 부르주아적이라고 배척하는 조선의 프로문학 제창자의 눈에 비친 노서아 문인들이 일본문학 내지 문화연구라는 것은 한갓 광태(狂態)에 불과하다고 반박할 용기를 가졌는가?

국가사회를 운전(運轉)하는 어떠한 형식이라든지 그 내용이라는 것은 상대적이니 만큼 가변성의 것임은 물론이다. 제국주의나 자본주의가 공산주의나 노농주의로 변이할 수 있는 것과 같이. 그러나 일 민족이나 일 인종이 가지는 문화라는 것은 일 개성(個性)이 절대적이요, 불가변성임과 같이 독이(獨異)하고 영원한 가치로써 그 민족, 그 종족적의 외적 생활의 여하를 막론하고 비끄러매어 있는 것이다. 물론 그 민족이나 종족의 생활형식이라든지 내용이, 그 문화에 미치는 영향이 전연히 없다고는 할 수 없으나, 그 본원(本源)에 있어서는 절대로 몰교섭한 이원적 분립인 것을 무시할 수 없는 것이다. 그러고 보면 공산주의 국가의 백성이 제국주의국가의 문화를 탐구한다기로서니, 조금도 괴이할 것이 없지 않을 것이 아니냐.

그뿐 아니라 더욱이 흥미를 끄는 것은 현 노서아 문단의 중심인물의 하나인 전기한 보리스 필리냐크의 프롤레타리아문학론이다. 최근 동경 『아사히신문(朝日新聞)』에 발표된 것이니, 조선에서도 읽은 분이 있겠지만, 그 일문(一文)이 나의 의견에 얼마나 힘 있게 이서(裏書)하였는가를 독자와 같이 일독하여둘 필요가 있겠기로 그 전문을 이하에 중역하려 한다.

작년 세모에『조선일보』신년호를 위하여 프롤레타리아문학에 관한 소논문을 써서 던지고 경성을 떠난 뒤로는 조선문단의 형편을 자세히 모른다. 그러나 하여간 그 논문이 어떠한 사정으로인지 예정보다는 훨씬 늦어서, 거진 본문의 의미를 해득할 수 없을만치 무수한 오식(誤植)을 가지고 겨우 발표되자 박영희 군의 반박문이 가장 신속하고 조밀한 계획으로 발표되었고, 또 이것을 기록으로 삼았는지 아니 삼았는지 모르나 수삼의 논의도 각 지(誌)에 발표된 모양이다. 그러나 아직 박 군의 반박문도 얻어 볼 기회가 없고(박 군의 것은 일부분이 손에 들어왔으나 최초 수회분이 누락되어 아직껏 1행도 못 읽어보았다. 유지(有志)하신 동무가 계셔서 그 전부를 보내주시면 감사하겠다) 또 그 외의 것도 정독치 못하였으므로 그 후의 소식을 모르거니와, 트로츠키의 의견을 인용하여 나의 지론과 부합되는 평범한 태도를 취한 피(P) 씨의 언(言)은 반드시 박 군을 경악케 하고 대오(大悟)케 하고도 남음이 있을 것이다. 속담에 '끈 떨어진 망석중'이라는 말이 있거니와 프롤레타리아 문학의 제조소(製造所)라고 생각하던 모스크바(莫斯科) 본점에서 "근일 본 제조소의 마크를 위조·도용하여 프롤레타리아문학의 일수(一手) 총판매 지정인으로 사칭하는 자가 국외에 일증(日增)하오나 차(此)는 본 소(所)의 관지(關知)할 바 아니오니 내외국인은 절물견기(切勿見欺) 하소서."라는 광고문이나 나지 않기를 바라며 피 씨의 논문을 역게(繹揭)한다.

프롤레타리아문학 문제는 노서아에서 오랫동안 열렬히 극구(極口) 논란(論難)하였건마는 상금(尙今) 해결되지 못하였다고 생각한다. 문학이라는 것은 필경 문화의 일 효모(酵母)이기 때문에, 프롤레타리아문학이란 무엇이냐, 또는 그 과정은 어떠한 것이냐 라는 문제를 논의하기 전에, 우선 프롤레타리아

문학의 재료가 무엇이며, 프롤레타리아문화란 무엇이냐는 것부터 결정하여야 할 것이다.

프롤레타리아문학의 진(眞) 의의를 천명함에 있어서 여러 가지 오류가 있었던 모양이다. 혹자는 솔직하게 프롤레타리아계급에 속한 자가 쓴 작품이 나올 제, 프로의 문학이 비로소 존재하는 것이라고 생각하였다. 또 혹자는 작가가 노동자의 생활과 미학과 정신적 욕구를 묘사할 때에 비로소 프로문학이 발생한다고 생각하였다. 제3자는 사회주의적 사상을 예술적으로 표시하는 사명을 가진 문학, 즉 '공산문학'을 프로문학이라고 생각하였다. 서정시가 프로문학의 본체(本體)도 아니요, 또 그렇게 될 수는 사실 불가능하다고도 하여왔다. 에드거 포나 호프만의 작품 구성상 환상도 방기(放棄)하고 비노동계급의 생활을 묘사함도 프로문학은 아니라고 하였다. 일언이폐(一言而蔽)하면 사회적·집단적 경향을 가지지 않은 문학은, 프롤레타리아문학의 개념과 배치된다고 하여왔다. 그러나 나(필라냐크)의 생각으로 말하면, '모든 이러한 논의는 문학과 및 문학의 바이올로지(biology)와는 하등의 관계가 없는 것이다. 왜 그러냐 하면 창작의 바이올로지는 사람의 정신의, 완전히 독립한 방면이기 때문이다.'

그러나 사회의 각 시대가 문학에 반영된다든지, 또는 사회의 중심을 점령하거나 국가의 정권을 장악한 계급이 그 사상을 문학 상에 반영한다는 것은 틀림없는 사실이다. (그러므로) 금일의 러시아 국정의 추기(樞機)에 참여하며, 러시아사회의 상류에 처한 자가 노동자와 농민인 것은 물론인 고로, 이에 따라서 현대 러시아작가가 노농계급의 기분과 관념을 표현하는 것은 당연한 일일 것이다. 창작의 바이올로지를 초월하려고 노심(勞心)하는 작가, 바이올로지 대신에 사상만을 중시하는 작가는, 전혀 노농민의 사상과 신정권(新政權)에 관한 것만 쓴다. 그러므로 그들의 창작은 철두철미 사회적 기조로 일관

되었고, 또 그들의 묘사한 생활의 여하에 따라서 '프롤레타리아작가', 또는 '농민작가' 하고 부른다. 러시아에는 이러한 종류의 작가단체가 극히 많아서 약 50종을 산(算)한다. 나는 전력을 기울여서 현대를 묘출(描出)함에 노력하면서도 차등(此等) 작가와 일치할 수는 없다.

그러나 여기 별개의 작가단체가 있으니 그것은 창작의 바이올로지를 유일, 최고(最高)한 천혜로 알며 작가의 주인이라고 생각하는 문학자들이다. "그들은 자기의 기술에 호소하여 역시 현대를 묘출함으로써 사명이라 하면서, 이 사명을 위하여는 무엇을 묘출하겠느냐는 것이 아니라, 어떻게 묘출하겠느냐는 것을 근본문제로 생각한다." 그들은 마치 푸시킨이 『모차르트와 살리에리』라든지 『인색한 기사(騎士)』라든지 『보리스 고두노프』를 써서 당시의 시대를 표현함과 같이 현대를 표현한다. 즉, "이 단체는 창작적 노동이 일종의 인과적 이법(理法)임을 알고, 창작적 환상과 창작적 개성을 위하여 완전한 자유를 보류하고 있는 것이다." 이러한 작가 중에는 러시아 프롤레타리아문학의 개조(開祖)인 고리키를 비롯하여 노동자 시인 게라시모프,[197] 키리로프와 같은 대가가 있으니, 이것이 현대 노서아 문학자의 제2단체로, '프롤레타리아문학자'라는 공연한 명칭은 없다. 『세라피온 형제』의 작가들을 비롯하여 프세비오토-드·이바노프, 알렉세이 톨스토이, 예브게니 자먀친,[198] 일리야 예렌부르크,[199] 바벨,[200] 레오노프,[201] 안드레 뻬투리, 베레사에프, 쏘

---

197 미하일 게라시모프(Михайл Герáсимов, 1889~1939) : 러시아의 시인. 볼셰비키 혁명에 가담하여 신노동자문화 운동에 적극적이었으나, 스탈린 시대의 신경제 정책에 환멸을 느끼고 볼셰비키 당을 나왔다. 1937년 체포되어 1939년 처형됐다.
198 예브게니 이바노비치 자먀친(Евгéний Ивáнович Замя́тин, 1884~1937) : 공상과학, 정치 풍자소설을 쓴 러시아의 작가. 볼셰비키였으나 1932년 파리로 망명했다. 경찰국가의 디스토피아적 미래를 그린 『우리들』(1921)이 대표작이다.
199 일리야 그레고리예비치 예렌부르크(Илья́ Григóрьевич Эренбýрг, 1891~1967) : 우크라이나의 소설가이자 시인이며 평론가. 유대인으로 1905년 러시아 혁명에 볼셰비키로 참여하여 차르의 경찰에 체포되어, 1908년 파리로 망명했다. 볼셰비키와 공산당활동을 파리에서 재개

-보리, 리-테인, 테이호노프, 세이프-리나 등이 모두 이 단체에 속하였고, 나도 같은 단체의 일원이다. 이 단체는 노서아에서 '포풋츠키'[202] — 혁명의 반려 — 라고 부른다.

프롤레타리아문학 문제가 금일까지 해결되지 못하고 또 명확하지 못한 것은 레온 트로츠키와 한 맑스주의의, 따라서 프롤레타리아문화의 현저한 이론가가 개괄적으로 프롤레타리아문화의 존재를 부정하고 경진(更進)하여는 프롤레타리아문학의 존재를 부인함으로써 증명할 수 있다. 트로츠키의 의견으로 말하면, 인류는 장래에 계급적 속박에서 벗어나서 프롤레타리아문학이 아니라(그때는 프롤레타리아계급도 소멸할 것인 고로) 일반 인류적 노동문학을 창조하리라 하거니와 나도 대체로 같은 의견이다.

— 노보리 쇼무(昇曙夢)[203] 씨 신저(新著)의 서문

하나 곧 중단하고, 제1차 세계대전, 스페인내전, 제2차 세계대전에 대해 다룬 소설가이자 저널리스트로 활약했다.

200 이사크 엠마누일로비치 바벨(Исаа́к Эммануи́лович Ба́бель, 1894~1940) : 오데사 출신의 유대계 러시아 작가. 볼셰비키혁명 후 1923년부터 발표되기 시작한 단편들은 『오데사 이야기』(1926), 폴란드 원정을 제재로 삼은 단편집 『기병대』(1926) 등으로 묶여 간행됐다. 1920년대 각광 받던 대표적인 작가였으나, 1939년 트로츠키주의자, 스파이 죄목으로 잡혀, 1940년 1월 27일 처형됐다.

201 레오니트 레오노프(Леони́д Макси́мович Лео́нов, 1899~1994) : 러시아의 작가. 도스토옙스키의 계승자로 평가된다.

202 попутчик, poputchik. '동반자(fellow traveller)'를 뜻한다. 1917년 혁명 이후 혁명을 받아들이지만 혁명활동에는 적극적이지 않은 러시아 작가들을 일컫는 용어이다.

203 노보리 쇼무(昇曙夢, 1878~1958). 일본의 러시아문학자. 『러시아 문호 고골리 露國文豪 ゴーゴリ』(1908)을 간행한 이후 지속적으로 러시아 문화 및 문학의 소개와 해설자로 활약. 여기서 노보리 쇼무의 "신저"란 『신러시아 팜플렛7 문산계급문학의 이론과 실상(新ロシヤ・パンフレット 7 無産階級文學の理論と實相)』(新潮社, 1926)을 말한다.

국화菊花와 앵화櫻花[204]

　　조선사람은 무슨 꽃을 즐기는지 알 수 없다. 무궁화를 국화(國花)라 하지마
는, 꽃으로서 그리 상승(上乘)은 아니요, 또 일반으로 국민성이라든지 민족성
에 부합되는 것은 아닌 것 같다. 나 일 개인의 취미로는 암만하여도 국화(菊
花)를 엄지손에 꼽으련다. 주가(酒家)의 취미로 감국(甘菊)도 좋지마는, 백국
(白菊) 같이 마음에 맞는 것은 없다. 국화는 은사(隱士)의 상(相)이니 하는 상징
적 선입견으로가 아니라, 어쩐지 어려서부터 백국을 몹시 사랑하였다. 크지
도 적지도 않고 그리 헤벌어지지도 않은 백국(양종(洋種)) 한 송이를 하얀 사
기병에 꽂아놓고 가만히 앉았는 것이 무엇보다 좋다. 백색이라는 것은 적
막·고독·단조한 빛이지마는, 영원성을 가진 단아한 풍미가 있는 것이다. 어
떠한 엷은 빛, 심정(沈靜)한 빛이든지 간에 수명이 길지는 못한 것이다. 그리
고 쉽사리 싫증이 나게 하는 것이나 백색은 정반대다. 조선사람과 백색과는
끊으려야 끊을 수 없는 빛이지마는, 단조하고 고적한 감각 속에서 심원하고
한정(閑靜)하며 단아고결한 맛을 즐기는 민족성이 있는 것 같기도 하다. 즐긴
다는 것은 자기의 성격에 맞는다는 것이지마는, 일면으로 보면 자기에게 결
여되었다는 것을 의미하는 것이다. 다시 말하면, 단아고결한 풍치를 숭상하

---

204 횡보(橫步), 「국화(菊花)와 앵화(櫻花)」, 『조선문단』, 1926.5.

는 것은 자기의 성격에 그러한 분자가 제일 부족하다는 것을 의미하는 것이 아닌가도 생각된다. 이러한 방면으로 조선인과 백의(白衣)라는 것을 시찰하는 것도 흥미 있을 것이다.

봄에 앉아서 가을의 꽃을 생각하는 것은 열적은 일이다. 그러나 우리나라에서 상화(賞花)를 하자면, 개나리 진달래밖에 머리에 얼른 떠오르는 것이 없다. 개나리나 진달래나 청신하고 담(淡)한 맛이 취할 점인가 하거니와, 그중에도 개나리가 암만하여도 조선에서는 화신(花信)을 전하는 첫소리이니만치 인상에 새롭다. 어린아이가 뽀뽀하자고 입을 쫑긋거리는 것 같은 그 모양이 가애(可愛)롭다.

요사이 조선에서도 벚꽃놀이가 풍성풍성한 모양이다. 과연 조선사람의 취미나 성격에 맞을지, 조선색과 사쿠라(さくら)색과 어울릴지 나는 명언할 수 없다. 시골에 가보아도 퍽 보급된 모양이요, 더구나 서울서는 창경원의 야앵(夜櫻), 왜성대의 앵곡(櫻谷), 우이동의 앵원(櫻園) ……. 한참 달뜰 판이다. 우이동에는 못 가보았지만 창경원이나 왜성대에는 가보았다. 그러나 암만하여도 야마토(大和) 정조는 야마토 정조이고 마는 것 같다. 벚꽃잎이 나는 곳에 게다(下駄) 소리나 셋다(雪駄)를 끄는 소리가 아니 나면 구격(句格)이 맞을 리가 없다. 그림을 그려도 사쿠라를 배경으로 하면 시마다(島田)나 모모와레(桃割)로 쪽진 일본랑(日本娘) 상(さん)이 농후한 색채를 가진 후리소데(振袖)의 기모노를 입은 미인을 그려야 어울리지, 흰 치마저고리에 가르마를 탄 조선부인이나 노랑저고리 분홍치마를 그려논다면 그 그림의 제호는 '식민사쿠라(殖民さくら)'라고밖에 붙일 수 없을 것이다. 자연의 빛과도 도저히 조화되지 않을 것이다. 벚꽃은 조선의 하늘같이 청명한 자연색에서는 제 빛을 제 빛대로 내지 못할 것이다. 일본같이 춘하(春霞)가 건건(睌睌)한 은행빛 하늘 밑에 자라야 비로소 '朝鮮に匂ふ'[205]라는 노래가 나올 것이다.

일본 교토의 기온야앵(祇園夜櫻)이라는 것은 예로부터 유명하거니와, 봄비가 개일락 말락 하고 서천(西天)에 노을이 뜬 박모(薄暮)에 발 벗은 경미인(京美人)이 굽 높은 신에 왜산(倭傘)을 삐딱이 어깨에 걸고 고색이 창연한 앵화나무 밑에 시름없이 바라보며 섰는 풍경이 야마토사쿠라(大和さくら)의 수(粹), 일본정조라고 할 것이다. 조선의 유착한 개와(蓋瓦)집 용마름 위로나 오막살이 초가집 울타리 사이로 벚꽃을 바라본다야 그것은 암만해도 식민지 정조, '식민사쿠라'라는 것이다.

敷島の大和魂を人間はい朝日に匂ふ山櫻かな²⁰⁶

이것이 일본의 앵화가 국화(國花)된 소이연(所以然)인 모양이다. 번화하게 한때 활짝 피었다가 창황히 훌훌 저버리는 데에 야마토다마시(大和魂)가 있다는 말이다. 무사도(武士道)의 정신인가 하는 것을 상징한 모양이겠지만, 이러한 뜻을 가진 꽃이 조선사람의 기분에 맞지 못할 것은 물론이다. 사람의 생활에 두 가지 양식이 있는 것이다. 좁고 길게 사는 것과, 넓고 짧게 사는 것의 두 가지다. 그러면 "朝日に匂ふ山櫻"의 백성의 생활이 백색을 숭상하는 조선사람의 생활과 근본적으로 맞지 못할 것은 정(定)한 노릇이 아니냐. 조선사람은 좁고 길게 살려는 민족이기 때문이다.

우에노공원(上野公園)의 지는 벚꽃을 구경하였다. 그러나 동경의 봄은 꽃의 봄이라는 것보다도 바람의 봄, 먼지의 봄이다. 꽃구경이 아니라 사람구경이란 말이 있지만, 동경의 꽃구경은 먼지 마시는 경기대회 같았다. 서울서는

---

205 '조선향기가 난다'라는 뜻.
206 일본 에도시대의 국학자 모토오리 노리나가(本居宣長, 1730~1801)의 와카(和歌). "일본의 정신이 무엇이냐고 묻는다면, 아침 해에 향기롭게 피어나는 산벚꽃이라 하리." 오누키 에미코(大貫惠美子), 이향철 역, 『사쿠라가 지다 젊음도 지다』, 모멘코, 2004, 201쪽 참조.

요사이 창경원에들 잘 가는지? 차차 달 밝아 오고 한참 놀아날 때다. 금강산도 식후경이라 하고, 일본 속언(俗諺)에는 '꽃보다 떡'이란 말이 있다. 배부르거든 벚꽃구경이라도 하여두는 것이 좋지 않은 것은 아니다.

4월 20일 동경에서

6년 후의 동경에 와서[207]

"잠깐 산보 삼아서 ……."

무엇하려고 동경에 왔느냐고 물을 때마다 나는 이렇게 대답하는 수밖에 없다. 산보로서는 좀 먼 노정이다. 혹시는 재담 삼아서 그런 소리를 한다고 하는 말도 들었다. 그러나 역시 산보로 동경에까지 굴러왔다.

사람의 행동은 반드시 일정한 목적을 위하여만 수행될 제 가치가 있는 것은 아니다. 확실한 동기라든지 의식적 계획이 없는 행동이나, 행위에 보다 더한 의의와 효과가 생길 수도 있고, 가장 시적인 감흥을 얻을 수도 있는 것이다. 그렇다고 나의 동경래(東京來)가 시적이라는 것도 아니요, 하등의 의의를 가졌다는 것은 아니다. 그러한 것은 나에게 필요한 것도 아니요, 또한 얻을 수 있는 가능성을 가진 것도 아니다.

"조선이 싫어서 ……. 조선 생활에 염증이 나서 ……."

이것은 사실이다. 한 방안에 갇혀있으면 싫증도 나고 울화도 뜨는 것이다. 7년 간 그다지 대수롭게 알아주지 않는 조선이라는 제 집구석에서 식객이나 다름없는 신세로 눈칫밥을 흘려 넣었으니 조금은 세상바람도 쐬고 싶을 것이다. 그러나 동경은 나의 폐부에 울적한 휘청거려진 공기를 빼기에는 가장

---

207 염상섭(廉想涉), 「6년 후의 동경에 와서」, 『신민』, 1926.5.

부적당한 곳이었다. 동경이 좋아서 싫은 조선을 떨치고 나선 것은 아니었다. 싫은 한 곳에서 또다시 싫은 다른 한 곳을 택하는 수밖에 없건마는 다만 지금까지 와서는 다른 주위에 싸여볼 수 있다는 데에 만족하는 수밖에 없는 것이다. 1평방 리에 26, 27인 평균이라는 밀도를 가진 동경의 공기, 1만 이상의 자동차를 구치(驅馳)함으로써 자랑삼는 동경의 도시문명, 슬레이트지붕 위에 조잡한 안테나의 임립(林立)으로써만 진보의 미터를 삼으려는 동경인의 생활은 침통하고 울민한 나의 영혼에게 드디어 아무것도 주는 것이 없다. 그 피로를 위무하기에는 너무나 격렬한 자극으로 임한다. 그 기갈을 의료하기에는 너무나 윤택함을 잃었다.

　동경이라면 그 무서운 진재(震災)를 연상치 않을 수 없었다. 요사이 동경에 와서 있는 노국(露國) 문인 필리냐크의 소위 "우주 그 자체의 감각"을, 나는 조선에서 멀리 상상하며 3백만이라는 사람이 여전히 움직이는 것을 이상하게도 생각하고, 그들의 생활이 극도로 흥분된 신경과민 속에서 긴박한 현실의 일 초점에만 일절을 가탁(假托)하고 불안초조에 싸여 후비적거리는 형자(形姿)를 머리에 그려왔다. 그리고 그 사이에 휩쓸려가는 조선사람의 생활이라는 것도 간혹은 그리 유쾌치 못한 상상으로써 생각하였었다. 동경까지 오는 도중에서 몇 사람 일본문사를 만날 기회가 있을 때마다 진재 후의 동경생활에 대하여 화제를 꺼내보았다. 그들이 이주한 동기가 거기에 있는 것을 알기 때문이다. 그럴 때마다 그들은 불쾌하다는 것보다는 침통한 표정으로 "안정한 맛을 잃었다."라는 간단한 대답에 그쳤다. 동경이 진재 후에 "안정한 맛" ―落ちつき― 을 잃었다는 말이다. 그러나 거기에는 그 무서운 회상으로 말미암아 금후 동경에 안주할 수 없는 공포에서 벗어날 수 없다는 의미도 있고, 바라크로 가장된 동경이 도시미를 잃었다는 것을 가리키는 것일 수도 있고, 또는 부흥하는 동경이 가일층 급격한 구화(歐化)로 향하여 돌진하는 현대

도시의 잡료(雜鬧)를 싫어하는 개인적 취미라는 것도 포함되었을 것이다. 하여간에 내 눈앞에 나타난 동경은 그 어느 경우에든지 해당하는 것을 발견케 하였다. 그러나 나를 좀 더 놀라게 한 것은 동경의 변이라는 것보다도, 십수 년 전 내지 7년 전의 동경 그대로를 보여주는 것이다. 그 내면적 활동에 있어서 동경이 얼마나 진보의 방향을 취하여 변이하였다는 것은 차치하고, 그 외부에 나타나는 동경의 형자(形姿)가, 내가 최후로 보는 7년 전의 동경과 조금도 다름없다는 것은 놀라운 사실이 아닐 수가 없다. 동경의 구태(舊態)는 형적(形跡)도 찾을 수가 없으리라, 7년 만에 밟는 동경의 도로는 나의 기억과 대상부동(大相不同)이리라는 예측이 바스러진 것을 깨달을 제, 나는 일본인의 힘에 놀라지 않을 수 없었다. 이것은 무엇을 의미하는 것인가? 전일(前日)의 동경이 가장 짧은 시일 간에 완전히 원상으로 회복되었다는 것은 진보의 자취를 보이지 못한다는 불명예를 의미함이 아니라, 그들의 노력이 양으로나 질로나 찬상(讚賞)함에 넉넉하다는 것이 아닐까. 동경의 어떠한 식자(識者)가, "지금 일본의 경제계를 지배하는 것은 관업은행이 아니라 민간은행인 것과 같이 동경의 부흥사업이 민력(民力)을 입증한 점에 있어서 더욱 유쾌함을 느낀다."라고 하는 말을 들을 제, 반드시 자과자찬(自誇自讚)만이 아님을 알면서도 스스로 무연함을 마지않았다. 불길한 가상이지마는 '만일 조선사람이 그 경우에 처하였었던들 ······.' 하는 생각을 할 제, 나는 거기에 명답(明答)하기를 주저하는 수밖에 없었다. 이와 같이 하여 왕일(旺溢)한 민력은 적의(適宜)한 조처로써 그 발휘·공헌할 길을 열어주는 위정자의 현명한 두뇌와 아울러서, 동경은 지금 그 신속한 발전으로 향하여 맥진(驀進)하여간다. 5년 후, 10년 후에 조영(造營)될 대동경(大東京), 그것이 어찌 한갓 일 동경 문제에 그칠 것이냐. 동경의 기성(旣盛)은 곧 일본 전체의 그것을 이서(裏書)함이 아니냐.

15년 전에 내 눈에 처음 나타나던 일본과 일본인, 7년 전에 마지막 보고 가던 일본과 일본인, 그리고 오늘에 보는 일본과 일본인 사이가, 이 세 계단 사이가 얼만한 거리를 보지(保持)하면서 진보되었느냐는 것은 경제계에 어두운 나로서는 명확한 숫자로 표시할 수 없으나, 모든 방면으로 치열한 활동을 백열적(白熱的)으로 계속하고 있는 일본을 볼 수 있는 것은 사실이다. 활동한다는 말은 무엇을 의미하는가. 1초 시(時)에 10회전하던 모터가 100회전, 1,000회전을 한다는 신기록은 무엇을 표시하는가. 5, 6년 전까지도 '비행기(飛行機)'가 아니라 '비행기(非行機)'라고 자조하던 일본인의 손으로 구아(歐亞)의 최단거리를 비끄러매었다는 사실은 무엇을 가리키는가. 활동은 부(富)를 치(致)한다고 새삼스레 장언(壯言)하는 것은 비소(鼻笑)할 일이지마는, 활동하는 백성이야말로 번영하는 백성이 아니고 무엇이냐. 나는 처음 보던 일본과, 두 번째 보는 일본 사이를 얼만한 통계적 지수로 얽어매었는지 모른다. 그러나 그들이 지은 집으로, 그들이 먹는 음식으로, 그들이 입는 옷으로, 얼마나 변하였는가를 능히 판단할 수 있음을 믿는다. 그들의 걸음걸이에서도, 그들이 이용하는 교통기관의 속도에서도, 교통을 정리하는 경관의 땀방울에서도, 『마이니치신문(每日新聞)』에 나타나는 사고의 도수(度數)에서도, 오늘날의 그들이 얼마나 백열화한 활동을 계속하고 있는가를 알 수 있을 것이다. 여자의 손가락 사이에서도 일본의 부는 볼 수 있을 것이다.

이와 같은 개념적 언설에 대하여 동포들은 그 대수롭지 않은 발전과 그 부를 너무나 칭찬하기에 심취하였다고 꾸지람할 것이다. 그리고 조악한 기계 문명에 대한 과도(過度)의 구가(謳歌)를 비난할지도 모른다. 또한 이곳 사람이 나의 말을 들으면, 그것은 그대와 같이 좁은 반도에 있다가 오래간만에 보니까 그다지 놀라는 것이라고 웃을 것이다. 과연 나의 관찰이 너무나 비근하고 천박한 것을 부인할 용기는 없다. 구미문명의 거대한 용적(容積)이며, 아직도 발달의 도정에 있는 과학문명의 장래에 속한 미지수를 상도(想到)할 제, 일본의 그것은 그리 장대한 결실은 아닐 것이다. 지구의 표면이 인간의 지혜에 기대하는 전량(全量)에 대하여 선진한 그들은 과연 얼마나 이에 수응(酬應)할 수가 있었으며, 아직도 착수치 못한 부분이 그 얼마나 남았는가를 추상(推想)할 제, 낙오한 자라고 결코 비관할 것이 아님을 안다. 그러나 일본인이 6, 7년 동안에 인력으로 가능한 최대한도의 에너지를 발휘하였음과 같이 최근의 5, 6개년이라는 세월을 가장 유효하게 보냈을 뿐 아니라 관동진재와 같은 막대한 물재(物財)의 손실을 능히 단시일에 회복한 것을 보고 돌이켜 우리의 6년 동안 일을 살피는 것은 도로(徒勞)의 일이 아닐 것이다.

1920년(다이쇼 9년)으로부터 1926년까지의 만 6년간, 그것은 나 개인으로는 성인된 뒤에 오래 일본을 보지 못한 동안이라는 의미밖에 아니 되지마는 조선민족에게는 그 6년이라는 세월이 가장 많은 의의와 중대한 시련을 준 시간이 아니었는가? 그러면 이 동안에 조선사람은 무엇을 하였는가? 이 6년간에 한 번도 조선을 보지 못하고 외국에 있다가 조선에 비로소 들어갔다고 해보자. 그러면 나는 조선에서 무슨 새로운 현상을 발견할 수 있으며, 6년이라는 세월이 어떠한 흔적으로써 조선과 및 그 백성에 인(印) 치고 흘러갔는지를 살필 수가 있을까?

구주전란이 종식하기 바로 전에 백미(白米) 1승(升)에 13, 14전 할 당시, 일본에는 소위 쌀폭동(米騷動)이라는 것이 있었다. 그리고 6, 7년 후 오늘날의 일본인은 3, 4배 하는 물가에 조금도 피곤한 빛 없이 안도한 생활을 영위하면서, 5천만 원의 조선미증산회사를 조직하였다. 나는 일본사람의 입에 풀칠하는 쌀이 어떻게 생산되고, 그 부족한 분량이 어떠한 수단으로 보충되는가를 모른다. 또는 6, 7년 전에 쌀폭동이 무엇에 기인하였는데, 오늘날의 일본인은 어찌하여 조금도 불평을 호소하지 않고도 삼시(三時)의 옥반(玉飯)으로 살찌게 하며 조선미 증산에 5천만 원이라는 것은 적으니 1억만 원쯤은 해야 하지 않겠느냐고 할 만치 호기스러운지 그 까닭은 모른다. 그러나 나에게 무엇보다 큰 의문은 조선사람이 어찌하여 구주대란 이후에 폭등한 물가를 감당하면서 생활을 능히 지지하여 나왔느냐는 것이다. 6년 전에 천 원짜리 집을 2천 원 내지 2천 5백 원에 팔아서 1전에 세 갑 하던 양황(洋黃)을 1전에 한 갑씩 사 썼다. 5전 하던 궐련을 15전에 빨았다. 20전 하던 백미 1승(升)을 60, 70전에 끓여먹었다. 그리하여 6년 후에는 이 넓은 세상에 두옥(斗屋)이나마 없는 신세가 되었다. 기미운동 직후에 세상은 급격히 변하였다. 적어도 급격히 변하여나갈 것 같았다. 그래서 조선(祖先)이 남겨준 땅뙈기만 붙들고 앉았으면 아무리 지가(地價), 곡가(穀價)가 오른다 해도 산가지(算柯枝)가 들어맞지 않는 다음에야, 최신식 문명한 상공업만 같지 못하다는 기특한 생각은 서울이 좁아라고 주식회사의 간판이 빽빽이 붙게 하였다. 그리하는 동안에 요리점에서는 외국에서 구하여 온 미주(美酒)와 성찬으로 공궤(供饋)하고, 요연(妖姸)한 가인(佳人)은 하부다에로 몸을 감고 모셨다. 그리하여 우후(雨後)의 죽순(竹筍)보다도 몇 곱이나 되는 주식회사 간판은 사무소의 군불아궁이로 들어갔다. 또 그리하여 세월은 6년을 지내왔다. 나는 그 6년 동안 조선에서 이러한 사실만을 목도하였었고, 또 그리하는 것이 사회발전이니 민력부식(民力扶殖)이니 하는 말의 귀중한 답안이 아닌가 하고 믿어왔다. 그리고 기미 이후에 한참 논란되던 삼면일교(三面一校)라는 것이 인제는 수용력의 잉여를 보이게 되고, 취학한 아동이 기한(饑寒)에 못 이겨 구학(溝壑)에 구르는 참상을 서울 대도(大道)에서 내 눈으로 보았다. 그러나 그네들은 6년 동안에 조선의 쌀이 더 많이 생산될 5천만 원을 낼 힘이 또 쌓였다. 5천만 원이나 1억만 원이나 하상 끔찍할 것이 아니다. 그러나 기미 이후에 촉진되는 우리나라 백성의 기업열, 활동력은 지금 어디서 코를 고는고? 5천만 원이 장차 후벼 파놓는 조선땅에서 나올 싸라기 반 토막인들, 점심을 굶어 길에 엎드러진 우리 자식,

우리 동생의 입에 풀칠하여 주기 위하여 그들이 지금 서두르는가? 6년 동안 일본은 동(東)으로 향하여 최고속도로 달아났다. 그동안에 우리는 서(西)으로, 서(西)으로 행여나 질까보냐 하고 뒤도 아니 돌아다보고 줄달음질을 하였다. 그리하여 그 사이는 6년의 몇 곱을 한 거리가 또 격(隔)하여졌다. 적어도나 보기에는 그러하다.

6년간에 조선사회 표면에 나타난 커다란 사실을 생각해보자. 먼저 경성의 번영부터 살펴보건대 북악산 밑에 커다란 돌집이 누구에게든지 첫눈에 띨 것이나 그만한 집은 동경 바닥에서 그리 많지는 않아도 쏠쏠히 찾아낼 것이다마는, 조선에 있어서는 확실히 이채일 것이다. 이거야말로 과거 6년간의 조선의 발전을 표증(表證)할 만한 것일 것이다. 나는 여기 대하여 여러 말을 하고 싶지 않다. 그러나 그 외에 조선사람의 손으로 된 것은 무엇이냐. 청량리에 나가면 대학의 달걀이 하나 생겼다. 타산(駝山) 밑에 가보면 장래에 조선의 학자를 길러낼 큰 집을 세우느라고 분주한 것을 볼 것이다. 그러나 그것도 조선사람의 손으로는 아니다. 민립대학은 소식이 묘연하지 않으냐. 종로에 나가면 길 닦느라고 그 넓은 길에 발을 내놓을 터전이 없고, 북촌에 가보면 솥 안에 거미줄을 쳐도 문패 치장하는 셈으로 하수도공사에 곯은 노약(老弱)이 이리 쓰러지고 저리 쓰러질 지경이다. 도시의 미, 위생이 필요한 것은 물론이다. 그러나 남촌의 북진책(北進策)의 선행조건이라고 보면 그리 틀림없을 것이다. '북진'이란 말에 생각나는 것은 4년 전에 일어난 어떤 학교의 일이다. 나도 얼마간 관계가 있어서 그 학교 유지책을 의논하는 한 사람이었다. 그때에 학교의 기지를 당국에 대부를 청원한다든가, 매입을 한다든가 하는 문제가 났을 적에 모 방면은 거의 남촌화하였을 뿐 아니라 불구(不久)에 조선인의 근거를 빼앗길 형세인 모양이니 제2후보지가 가합(可合)하리라고 지나는 의견을 부(付)하니까, 열좌(列座)한 제씨가 발연성색(勃然成色)하며 무슨 그러한 내용을 아는가 하고 의심하는 일편에, 조선인이 구축을 할 지점일수록 근거를 잡도록 하여야 할 것이 아니냐고 주장들을 하였다. 그때에 나는 실로 자괴함을 마지않았다. 비록 자기의 관찰이 정당할지라도 그만한 기개가 없던 것이 무엇보다도 내심으로 사과하여야 할 일이라고 당석(當席)에서 후회하였었다. 그리고 그 후부터는 그 의논에 참가할 기회를 피하였었다. 그 후부터는 그 학교의 기지가 그분들의 주장하던 대로 되었던지, 어떻게 되었던지 그것은 잊어버렸으나 작동(昨冬)에 들으니까 불과 수삼 년에 그 학교의 경영은 벌써 조선인의 손을 떠났다는 말을 당로자(當路者)에게 듣고 놀라지 않을 수 없었다. 과연 조선은 이렇게 변하여나간다.

4년 전에, 우리의 급한 일은 경제생활의 근거를 개조하여 새로운 출발점에서부터 다시 시작함에 있다는 자각이 우리에게 하루 동안 수목주의(水木周衣)와 그 모자를 입고 쓰게 하였다. 그러나 그것은 일본 방적회사의 물레바퀴에서 돌아 나온 실(糸)로 짠 피륙으로 지은 것이었다. 그리고 단 하루 동안 입느라고 여러 날 동안 여러 가지로 가부를 의논하였었다. 그 결과에 우리에게 남은 것은 전후 여러 날 동안 의논하느라고 사용된 노력과, 비용의 대상(代償)으로 일본 방적회사와 인쇄용구 상에 지발(支撥)한 영수증 이외에 아무것도 없었던 것이다. 제사(製糸)는 우리의 손으로 못할지라도 직조는 우리의 손으로 되니, 적어도 우리 손으로 만든 것을 쓰고 입어야 할 것이다, 목면(木綿)은 검소하니 사치를 막기 위하여도 필요하다고 하면은 왜 하루만 입었는가! 아니, 그보다도 2천만 사람이 수목(水木) 옷만 입으려면 조선사람은 그만큼 자기 손으로 짜낼 수 있는가?

조선사람은 석유 대신에 전등을 켜고 기뻐하였다. 그러나 지금은 전기문명의 절정에 달하였다. 대도회에 사는 일본인은 무선전화로 영어를 배우고, 대수기하를 풀며, 음악을 듣고, 주식시세를 알며 일일이 시간과 비용을 들여서 들으러 가지 않아도 좋을 모든 지식을 자기 방의 이불속에 누워서도 듣게 되었다. 미국의 벨라미라는 사람은 '100년 후의 사회', 사회주의적 사회에서 그러하리라 한 것이 벌써 극동의 일단에까지 실현되었다. 무에나 일본의 것이면 입내를 내고, 무에나 물 건너간 사람들이 하는 울림에 남의 장단에 흥 없는 춤을 추는 조선사람도 미구(未久)에 라디오의 나팔을 신기하게 들을 것이요, 사실 벌써 서울에서도 서북촌의 오막살이 지붕 위에 안테나가 선 것을 나도 보았다. 『시대일보』가 창간될 제, 취미기사란의 명칭을 '안테나'라고 하였더니 한참 동안 경향의 독자가 안테나의 주석을 요구하여 두통거리로 여기던 것이 2년 전의 일. 조선도 진보하였다. 얼마나? '이마만큼' 하고 두 손을 커다랗게 벌리려는가?

조선사람은 자동차운전수가 비행기를 타게 되었다고 삼천리강산을 뒤집어엎고 남대문 정거장에서 사람이 밟힐 지경이었으며, 조선사람이 가진 단 두 개의 신문이었던 하나는 대문짝만한 활자를 가로 세고 모로 세어가며 떠드느라고 며칠 동안 조선사람의 생활이 휴업을 한 관(觀)이 있었던 것은 4년 전이다. 그러나 그 결과는 무엇이었던가? 신문의 부수가 더 팔리고, 덜 팔린다는 것은 독자의 알 바 아니다. 세계의 일 대세력(大勢力)이 되어가는 가솔린 문명의 찌꺼기나 우리의 생활에 떨어졌느냐는 것이 큰 문제가 아니냐. 십여년에 미국의 처녀가 일본에 와서 날을 제, 일본의 조인(鳥人)은 날마다 한둘씩은 땅 위에 곤두박질을 쳤다. 그리하여 그들은 마침내 구미인이 간 데까지 쫓아가고 말았다. 우리에게 급한 것이 비행기라는 것도 아니요, 안테나가 그다지 소중하다는 것도 아니다. 우리의 머리에 얹는 것으로부터 발에 꿰는 것까지 무에나 하나 기계의 치차(齒車)에서 굴러 나오지 않는 것이 없건마는 우리는 그것을 누구에게서 얻어오느냐는 말이다. 조선은 문명하였다고 한다. 일본사람은 자기네의 공적을 자랑하려고, 조선사람은 자존심을 만족하려고.

그러나 우리는 오랜 전통적 동양문화는 자랑할 수 있을망정 물질적 문화를
어디서 찾아내려는가. 아니 그보다도 우리는 현대문명의 여설(餘屑)을 맛보
기 위하여 막대한 대가를 지불치 않으면 아니 된다. 다른 사람은 두부 한 체
를 5전에 사먹는데, 우리는 비지 한 체에 10전을 주고서도 대개는 쉰내가 코
를 찌르는 것이다. 분명히 불합리한 노릇이요, 이러다가는 분명히 패가망신
할 것이나, 사실이다.

　이러한 사실은 벌써벌써 아는 일이 아니냐. 동경에쯤 산보나 갔기에 망정
이지 서양에나 가보았다면 조선사람은 현대문명의 비지를 50전에나, 1원에
사먹는다고 놀랐으리라고 웃을 것이다. 그러나 나는 지금 잠꼬대를 하는 것
은 아니다. 내가 그동안 잤었다 하고 지금 잠꼬대를 한다 할지라도 이러한 일
은 혀가 문드러지도록 뇌까려도 부족한 노릇이 아니냐. 오늘 신문을 보니까
동경정부에서는 국가총동원준비위원회를 설치한다고 한다. 즉, 국방의 실력
이 얼마나 되며 또는 어떠한 조직 하에서 그 기능을 충분히 발휘하겠느냐는
것을 조사·판정하고 실습하는 것이다. 그런데 가장 흥미 있는 문제는, 서양
은 국가총동원의 본위를 사람에 두는데, 일본은 공업에 둔다는 것이다. 이것
은 일면으로는 일본이 지금 구미 제국(諸國)에 대하여 공업이 뒤졌다는 것을
의미하는 것이지마는, 다른 일면에 있어서는 국가가 소유한 기계나사(機械螺
鎖) 한 개일망정 그것이 얼마나 중요한 사명을 가졌고, 그것이 얼마나 자기
국민의 생활을 좌우할 힘을 가졌느냐는 것을 가르치지 않는가. 이러한 말을
하면 "그것은 군국주의 국가에서 할 짓이다. 반제국주의 국가에서는 ……."
할 것이다. 그러나 국가가 가진 나사 한 개가 그 국민의 생활과 밀접한 관계
를 맺고 있는 것은 반제국주의에서도 같은 정도일 것이다. 나사는 총이나 탄
환만 만들 줄 아는 것이 아니라, 무대소(無大小)의 속적삼도 짜주고, 피륙도
낳아주기 때문이다. 다른 나라 백성이 가진 나사에 자기 생활뿐만 아니라 목

숨까지 걸쳐놓고 앉아 있는 백성은 제국주의, 반제국주의의 논의보다도 한 개의 나사일망정 소유하는 것이 좀 더 긴할 경우가 많으리라.

그러나 이 모든 것이 아무의 죄도 아니었다. 우리의 학교가, 우리의 집이, 우리의 고향이 우리의 손에서 벗어져나간다는 것은 그 임자의 죄도 아니요, 우리의 주선(周旋)이 그른 것도 아니다. 우리가 가장 좋은 동기로 시작한 수목주의(水木周衣)를 하루만 입고 만 것도, 우리가 전등을 켜면서 석유보다 헐하고 밝다고 기뻐하는 동안에 전기회사 주주는 배당이 늘어간다고 춤추게 하는 것도, 현대문명의 쉰 비지를 고가(高價)로 사서 먹는 것도……. 모두가 입는 사람, 쓰는 사람의 죄도 아니요, 옳은 길을 가르친 선각자의 성력(誠力)이 부족한 것도 아니다. 다만 죄는 우리가 어떻게 발전하겠느냐는 것을 생각하고 배우기 전에, 전자(電子)의 본질이 무엇이냐는 것부터 알려고 덤비는 데에 있다. 형이상을 구하는 것은 매우 고상하고 명예로운 줄 알았으며 또한 즐기는 것이었다. 그러나 형이하의 것은 인간생활의 부대조건인 듯이 생각하여 온 것이 당초부터 잘못이었다. 가장 평범한 사실을 가장 어리석은 말로 표시하였거니와, 우리는 정신문화는 우리가 가지고 있는 것만 계발하여도 그리 조갈증(燥渴症)에 걸릴 염려는 없어도, 물질문화는 다량을 섭취치 않았다가는 아주 지진두(地盡頭)에 올라앉고 말게 되었다는 말이다. 식염주사를 10분, 5분씩 격(隔)하여 놓아야 할 사람 앞에서 염불을 하고 사(死)의 철리(哲理)를 강론한대야 소득이 무어냐. 우리는 그처럼 식염이 긴한 것이다. 우리는 그처럼 물질이 중한 것을 깨달았다. 우리는 그처럼 나사못 한 개라도 갖고 싶다. 가져야 할 것이다. 사람은 왜 사는가를 생각하는 사람, 또는 가르치는 사람도 없어서는 아니 되겠지마는 사람의 목숨은 어떠한 원소와 원소가 화합한 물질로 부지(扶持)되어가는 것을 알아내고 가르치는 사람이 우리에게는 더 필요하다. 바이올린의 보우도 흔들어야 하겠지마는 시험관을 먼저 흔들어야 하겠다. 인류가 가진 사상을 토론하고, 자연과 사람의 마음이 움직이는 자취를 그리는 학자와 예술가도 없어서는 아니 되겠지마는, 될 수 있으면 그들도 엔진을 부리고, 모터를 움직이는 법을 배우고 또 실행하여야 할 것이다. "사람은 빵만으로 살지 않는다."라고. 매우 훌륭한 아름다운 교육이다. 그러나 오늘날의 조선인에게 있어서는 어떠한 시기까지 그 정반대의 모토로 지도되어야 할 것이다. (미완)

부기(附記)＝아직도 더 하고 싶은 이야기가 있건마는 독촉이 너무 심하여 우선 이에 끊는다. 그러나 후일의 속고(續稿)가 반드시 『신민』지에 게재되리라는 것은 담보할 수 없다. 이 감상문은 반드시 계속하여볼 것이 아니므로 『신민』에 대한 색책(塞責)을 하면 그 후에는 형편 따라 쓰려는 까닭이므로다.

4월 21일 야(夜)

지는 꽃잎을 밟으며[208]

간밤에 부던 바람 만정도화(滿庭桃花) 다 지겄다

아이는 비를 들고 쓸으려 하는고나

낙화인들 꽃 아니랴 쓸어 무삼하리오

꽃과 같이, 아름다운 날이요, 시와 같이, 어여쁜 마음이다. 하염없는, 봄바람에, 나부끼는, 꽃잎이, 이내 마음 몰라주고, 소매 끝에, 깃들이는 것도, 애달프거늘, 동자(童子)의 비 끝에, 그 보드라운 살결이 스치는 것은, 차마 못 볼게라, 만정도화(滿庭桃花) 다 지겠다고. 안(心) 닳던, 그 마음은, 다시 낙화인들, 꽃 아니랴고, 어루만진다. 곡진한 사랑, 간절한 아낌, 이만 하고서야, 비로소, 자연은, 그의 생명이, 자유로이, 호흡할 수 있는, 위대한 홈일 것이다. 그러면, 이러한 자모(慈母)와 같은 마음으로 지는 꽃잎을, 발밑에, 으그르는 것을 볼 제, 얼마나, 몰풍류(沒風流)하게 보일꼬! 얼마나, 가슴이, 쓰릴꼬!

꽃은 진다. 사람의 마음은, 꿈에도 몰라주고, 아침에 피어서는, 저녁에 진다. 명년(明年) 춘삼월에, 다시 만날 길을, 어느 뉘에 약속이나 하였던가. 심란한 봄이여, 지려거든, 피우지나 말걸! 지는 꽃이여, 뜻 없거든, 곱지나 말걸!

---

208 염상섭(廉想涉), 「지는 꽃잎을 밟으며」, 『학지광』, 1926.5.

그러나, 꽃은, 지는 데에, 한층 더한 풍취(風趣)가 있는 것은 아닐까. "아! 아름답다!"고 쳐다보는 동안에, 후르를 날아서 발밑에 깔리고, 먼지에, 뒤씌워서, 자최를 감추는 거기에, 애석(愛惜)의 정(情)을, 한층 더 자아내는 것은 아닌가. 만일, 꽃이 지지 않는다면, 그것같이, 시들한 것은 없을 것이다. 만족할 수 없다는 것은, 곧 귀한 것이기 때문이다.

꽃이, 진다고, 사람은, 눈물겨워 한다. 그러나, 지는 꽃은, 기뻐 춤추는 것인지도 모를 것이다. 혹시는, 사람의 센티멘탈리즘을, 웃을지도, 모를 것이다. 자연의 모든 활동이, 아무리 미미한 것이라도, 의지와 목적 없이, 움직임이 없다 할 지경이면, 꽃잎 하나 지는 데도, 커다란 우주의 의지가 활동하는, 조그만 형체일지도 모를 것이다.

사람의 귀가, 지는 꽃의 노래를, 들을 수 있다 하면, 꽃은, 이렇게 부르짖을지 모를 것이다. "나는, 내 생명의 무궁한 소장(消長)을, 우주에 묵계(默契)하였노니, 그 약속을 어길 길 없으매, 이처럼 기뻐 날으노라."고.

꽃은, 열매를 위한 것이다. 열매는, 종족적 번식의 수단이다. 하므로, 꽃은, 필경(畢竟), 자기를 위한, 자기 종족의 생명을 위한 존재다. 꽃이, 사람의 눈을 위하여 존재하였다는 것은 사람의 거만한 생각이다. 이러한 생각은 과학자의 생각이다. 시(詩)는, 스러지고, 일(一) 미경(微鏡)에 비친 섬유나 원소와 분자밖에 남지 않을 것이다. 낙화인들 꽃 아니랴 하며, 아이놈의 비를 빼앗던 아름다운 시상(詩想)은, 환멸을 느끼지 않을 수 없을 것이다. 그러나, 이러한 견해가, 한층 더한 진리고 보면야, 우리는 솔직하게 승인하지 않을 수 없지 아니하랴. 센티멘탈한 시의 상아탑 속에서, 흘러나오는 한숨소리에도, 운치는 있겠지마는, 안주(安宙)의 커다란 신비, 영겁의 묵계로써, 만물이, 한가지 매어 달린 실임(實任)에 대하여, 외면할 힘은, 아무에게도 없지 않으냐.

꽃이, 진다고, 애달파 할 줄만 아는 자는, 꽃잎 밑에 숨은, 신록의 깊은 향취를 해(解)치 못하는 속물(俗物)인 경우도 있다. 왕성한 생명력의 미(美)를, 엿볼 수 없는 자이다. 가지 끝에 희롱하는, 가을바람 소리에, 간장(肝臟)이 끊긴다고 하는가? 통곡의 눈물은, 푸른 겨울하늘에, 고드름 지어, 달리리라.

이러한 시적(詩的) 공상(空想)에, 우리는 포만(飽滿)하였다. 더 깊이, 더 깊이, 우주의 마음에, 부딪쳐보고 싶다. 엄숙한 현실을 뚫고, 빠져나온 시로써, 우리의 생명을, 보담 더 윤택하게 하고, 보담 더 성장하게 하며 찬란하게 꾸미고 싶다.

생명은, 절대다. 만물을 일관(一貫)한 생명체는, 그보다 큰 절대다. 그 절대를 위하여, 모든 것은 분주히, 그리고, 유의의(有意義)하게, 움직인다. 나는, 피는 꽃의 아름다움을, 노래하고, 지는 꽃의 애틋한 심사(心事)를, 읊기 전에, 자기 생명의 절대를, 상(傷)치 않게, 스스로 지키게 하느라고, 피었다가는 지고, 졌다가는 피는, 자연의 이법에 대하여, 송가(頌歌)를 받들련다.

— 벚꽃 진 우에노(上野)에 산책하고

님이 거게 계시다니 가보아야 하올 것이
님이 거게 안 계셔도 가보아야 하올 것이
그리는 그 님이시니 아니 가고 어이리

생활태도로서, 이만큼 믿음직한 것은 없을 것이다. 생(生)에 철저하려는 열정이, 넘치지 않는가. 이만큼, 진리에 순(殉)하는, 놀라운 성실(誠實)이 없고서야, 어찌, 우리는 위대한 우주 생명에, 합류할 수 있으며, 자기 생명의 진정한 울림에, 부딪칠 수 있으랴.

님(구태여 주석(註釋)할 바도 아니지만, '님'이란, 반드시, 연애의 상대자란 의미가 아니다.)이, 거게 계심을 알고도, 가볼 용기가 없는 자, 님이, 거게, 안 계시리라

는, 지레짐작으로, 가다가 말고, 꽁무니를, 빼는 자, 이러한 자는, 생존할 권
리를, 스스로 포기하는 자이다. 이러한 자로 말미암아, 인류는, 한 번도 행복
되어 본 적은 없었다. 산에, 오르기 전에 내려올 일을, 걱정함은 원려(遠慮)의
주도(周到)함은 있을 것이다. 그러나, 내려올 걱정이, 발길을, 중턱에서, 돌리
게 함은, 치자(痴者)의 할 일이다. 산은, 오르라는 것이다. 중턱에서 회정(回
程)하려면야, 처음부터, 오르지 않느니만 같지 못하다. 상상봉(上上峰)에, 올
라가서야만 비로소, 쾌취(快趣)를, 맛볼 수도 있고, 자연의 묘법(妙法)에 감격
할 수 있는 것이다.

서론(緖論)만 읽고, 결론을 추측함은, 지혜롭다 할 것이다. 그러나, 서론과
결론만을 읽는, 허리 없는 지식을, 가질 것이다. 신경병자(神經病者)의 할 일
이다. 인생이라는 호탕한 전적(典籍)의 첫 장을 읽고, 결론은 '사(死)'이려니
하는, 지레짐작으로, 책을 덮는 것은, 결코 □□한 일이□□다. 그는, 인생에
대하여 일행(一行)의 지식도, 가져보지 못하였을 뿐 아니라 생명을 도적하여
낭비한 죄과를 면치 못할 것이다. 탯줄도, 채 갈지 않은 아기를 보곤 촉루(髑
髏)를 생각하는 것은, 플로베르나 가질 사상이다. 그러나 플로베르 자신 인생
의 첫 페이지로부터, 끝 페이지까지, 가장 충실히 독파한 자의 한 사람이었었
다. 이러한 생각은 반세기 이전 내지 일세기 전에, 희망도, 진리도, 신앙도
…… 모두가, 인류를 버렸다고 생각하였을 때의 일이다. 그 희망, 그 진리,
그 신앙이, □대에, 어떠한 형체로 있느냐는 것은, 제각기, 제 길에서 찾아야
할 것이 아니냐.

…… 님이, 거게, 안 계셔도, 가보아야 하겠거든, 님이, 거게, 계신 다음에
야, 끝까지, 끝까지, 숨이 남았을 동안에는, 가고 또 가야 하지 않을 것이냐.

인생이라는 준령(峻嶺)의, 상상봉까지, 다다르면, 무슨 보복이 □노(勞)할
지는, 누구에게나, 한가지로, 미지수에 속한 것이다. 그러나 일생을 고난과

싸운다는, 그 일 자체가, 벌써 생(生)의 힘 있는 발로가 아니냐, 생의 환희가 아니냐. 소위 생의 실현이라는 것은 진실로 그에, 맺는 열매에 불외(不外)한 것이다. 한 싸움에, 백천(百千)의 소획(所獲)이 있기를, 바라는 것은, 물론이요, 또 반가운 일이다. 그러나 일(一)의 전리품이 없을지라도, 오히려 족하지 않은가. 고난과 대치(對峙)할 수 있다는 것이 이미 생명력의 발자(潑剌)한 움직임이요, 싸운다는 것이, 이미 생명의 연속적 존재를, 굳게 자의식(自意識)하게 함이요, 싸웠다는 것이 생활의 내용을 풍부하게 하는 경험으로써 □□되는 바가 아닌가. 자기 생활 위에, 굳게 입각한 순난적(殉難的) 태도야말로 우리가 원(願)하는 일생이 아니면 아니 될 것이다. 최후의 승리는 그의 것이다. 이와 같이 하여 넓고 깊은 인생의 체험을 쌓는 것만이, 자기의 생명으로 하여금, 우주에 횡류(橫流)하는 생명의 본체와 그 운행에 합체케 하는 유일한 수단이다.

죽고 싶으니만치, 괴롭다는 말이 있다. 그러나, 죽을 만한 용기를 가지고, 그 괴로움을, 깨물어서, 냉연(冷然)히, 맛을 보고 앉았으면, 얼마나, 통쾌하고, 비장할까? 거기에서, 인생의 참맛이, 비로소, 우러나오는 것이 아닌가! 그 맛을 보고서, 비로소, 살았다고 큰소리도 할 것이다. 우리나라 속담에, 내일 장에 다녀오라는 상전의 분부(吩咐)를 맡은 머슴이, 새벽에 장에 나가, 종일 장터로 삥삥 돌아다니다가, 날이 저물어 돌아와서, 상전께 고하되, "장에 다녀왔습니다."라고 하였다는 이야기가 있다. 이 어리석은 머슴이 장에 다녀오듯이, 인생이라는 장에서, 종일 헤매다가, 관(棺) 뚜에[209]를 덮은 뒤에, "인생에 다녀왔습니다."고 소리를 친 □ 남는 것은, 웃음소리뿐일 것이다. 만일, 장에 간 머슴이 피로와 기갈에 못 이겨, 노중(路中)에서 자진(自盡)하였다 하면, 어

---

209 뚜에 : 뚜껑.

떠할꼬?

14, 5세 적 소년시대에, 나는, 무슨 특별한 동기도 없이, 공연히, 금강산에 들어간다고, 입버릇같이 외어본 일이 있었다. 그러나, 아직 금강산 구경도 못하고 여전히 살아있다. 이십 전후에, 꿈같은 첫사랑에, 미쳐 날뛰어, 지금 생각하면, 혼자 얼굴을 붉힐 짓을 하여 가며 죽느니 사느니 하여 본 일도 있었다. 그러나, 아직도, 여전히, 살아있다. 이러한 경험은 누구나, 다 가졌을 것이다. 전자(前者)를, 소년병(少年病)이라 하면, 후자(後者)는, 소위 청춘병(靑春病)이다. 춘기(春機) 발동기(發動期)와, 그 성숙기(成熟期)에 로맨틱한 공상이 가세하여, 일어나는, 인생의 2대 변동이다. 만일, 우리 젊은 생명이, 이러한, 하잘것없는 변동으로, 희생된다면, 그처럼 한층 더 무가치한 일이, 또 있으랴. 이러한 것은, 매우, 시적(詩的)이요, 순결하여 보일 것이다. 그러나, 공상은, 마침내, 공상 이상 될 수는 없는 것이다. 현실에 대한, 융통성 있는 판단, 생명의 본연에 형체를 통찰할 만한 사고력. 이러한 것은, 공상에서, 나오지 않는 것이다. 그렇다고, 구구(苟苟)한 생명을, 그날그날, 되어가는 대로 이어 나가기만 위주(爲主)하여 안가(安價)한 낙천주의와 타협하면서라도, 살아야만 한다는 것은 아니다. 인생의 의의, 인간의 자랑, 생명의 존귀 ……. 그러한 것까지를, 넝마전에 짊어지고 갈 만큼 철면피가 되어서도, 횡행활보(橫行活步)하는 자의 목숨이 그다지도 중(重)하다는 것은 아니다. 이러한 것에 비하면, 순진한 마음을, 그대로 가지고, 곱고 정(淨)하게, 가는 것이, 얼마나 나을지 모를 것이다. 그러나, 그 순진(純眞)과 그 청정(淸淨)으로써, 일생을 정의와 진리와, 보담 큰 사랑의 승리와, 보담 큰 생명의 창달(暢達)을 위하여, 바치면 얼만한 빛이며, 얼만한 인류의 광영(光榮)이랴?

더 굳고 깊게 살겠다는 마음의 준비와 노력이 있는 자의 생(生)은, 일체(一切)이다. 굳고 싶게 산다는 것은, 바르게(善) 잘(美) 산다는 말이다. 선미(善美)

한 생활은, 참(眞)된 생활이다. 누구나 원한 듯이, 나도, 얼마든지, 더 살련다. 더 굵고, 더 깊게 살아보련다. 어려서, 가려던 금강산도 보아야 하겠고, 박복하였던, 인간의 사랑도, 다시 찾기 위하여서라도, 살련다. 사람의 굴욕, 세상의 설움, 정신의 오뇌, 물질의 핍박. 이러한 사이에서, 들볶일 때마다, 얼마나, 생명을 저주하여 왔는가! 또한, 얼마나 이러한 불행이, 앞길을 막으려는가? 그러나, 자기의 생명이, 확실한 발자취를, 대지 위에, 뚜렷 뚜렷이, 인(印)치고 나갈 수 있을진대, 그것이, 하상 무엇이랴. 님은 계셔도, 가야 하고, 안 계셔도 가야 한다. 갈 길은, 가고 마는 것이다. 형제여, 자매여, 동포여, 인류여! 한 길이 있으니, 생명예찬의 행진곡에, 발맞추라! 봄이 운다고 오뇌(懊惱)롭다는가? 꽃이 진다고, 눈물겨워 하는가? 사람의 영혼까지를 불 지르려는, 여름이 오지 않느냐. 열매 맺는 가을이, 우리를 풍족케 하지 않느냐. 유유자적할, 겨울이, 우리의 피로를, 싸주지 않느냐. 그리하여, 지는 꽃을, 다시 피우랴, 봄은, 또다시 찾아온다. 생명은, 끝없는 사슬, 우주에의 욕영(欲榮)이어든 …….

—같은 날. 젊은 여성의 자살을 듣고

전기(前記)한 「님이 거게 계시다니」의 시조는 육당 최남선 씨의 소작(所作)인 듯. 기억 미상(未詳)

—4월 19일 야(夜) 고(稿)

잡지와 기고[210]

　일전에 귀국하였다가 나온 친구의 말을 들으면 서울 잡지계, 특히 잡지계에서는 퍽들 큰(?) 싸움질들에 분주한 모양이다. 어떠한 잡지는 색채가 어떠하니까 결백을 위하여 글을 아니 쓴다는 사람이 한편에 있는가 하면, 또 한편에서는 어떠한 잡지의 주의는 이러저러하니까 A지의 집필자는 B지에 아니 쓰고, B지의 투고자는 A지에 기고치 못한다는 규약인가가 있다고 한다. 좁은 반도에서 자라나고 나무신 신고 벚꽃구경하는 섬나라의 백성에게 지배를 받기로 그다지 안타깝게 굴 것이야 무엇 있는가 싶다.

　가령 『조선문단』에 기고한다고 하여 문제를 삼는 유(類)이다. 그러나 쓰기 싫으면 고만이요, 언약할 까닭도 없는 것이다. 이러한 것은 친일·배일이라는 문제나 유산·무산이라는 문제보다도, 기고자의 편의나 '경영자 대 기고가' 군의 친소(親疎)라든지 감정문제가 보다 더한 주인(主因)을 가진 것일 것이다. 만일 그러하면 그렇다고 솔직하게 표명하는 것이 좋지 아니할까. 조선에 신문이 『매일신보』나 『경성일보』밖에 없을 때에 투고가들은 『매일신보』를 이용하였다. 나는 매신(每申)에 이때껏 기고할 기회가 없었지마는, 조선에서 조고계(操觚界)[211]나 문단에 지명된 사람 쳐놓고 매신과 관계없던 사람이 누구냐?

---

210 횡보(橫步), 「잡지와 기고」, 『조선문단』, 1926.6.

그러나 그렇다고 그들의 인격을 의심하는 사람은 아무도 없으리라.

그러면 그와 같은 분들이 어떠한 잡지는 간접으로 총독부와 무슨 관계가 있는 듯싶다는 단순한 풍설이라든지 추측으로 인연을 끊거나, 불시에 계속 물을 중단하는 것은 결백이 아니라 협량(狹量)이 아닌가 하는 동시에, 그리함으로 말미암아 그들이 매신에 기고할 때에는 매신적 정신을 가졌었던가 물어보고 싶을만치 도리어 우습다.

이를 요컨대, 그야말로 차일시피일시(此日時彼日時)로 그 당시는 발표기관이 매신밖에 없었던 것이, 그 후에는 자기에게 더 편의가 있는 발표기관을 얻었기 때문에 저것도 이용했고 이것도 이용함에 불과하였던 것과 같이, 정실 문제라든지 혹은 개인잡지를 발행한다든지 하여 일시 집필을 끊는다 하면 피차에 좋을 일이 아닌가 한다.

그 다음에는, 팔봉(八峯) 군이 『조선문단』에 월평을 쓰고 서해(曙海) 군도 또한 『조선문단』과 관계를 지속한다 하여 문젯거리가 되었다는 말을 들었다. 그러나 프로문단의 척후대가 부르주아문단에 침입한다는 것이 용장(勇壯)한 충열적(忠烈的) 행위로 찬상(讚賞)함에 한층 더한 흥미와 가치를 발견하지는 못할까 한다. 그리하여 부르주아문단의 본영(本營) ― 그렇다고 『조선문단』이 부르주아문단이라는 것도 아니요, 그 본영도 아니지마는 ― 의 봉쇄를 기획하면 그에 더한 전략은 없지 않을까 한다. 팔봉 군은 결코 염려될 바는 없겠지마는, 내남직할 것 없이 협심병에 걸려서들 걱정이다. 좀 높직이 올라앉아보도록 생각을 돌려보는 것이 어떨까. 높이 올라앉는다는 것은 거만을 위하여서가 아니라 널리 보기 위하여서다. 누워 보는 것보다 앉아 보는 폭원(幅圓)이 넓을 것이요, 땅바닥에 붙어 서서 보는 것보다 산모퉁이에 올라

---

211 조고계(操觚界) : 같은 말은 '문필계'. 글을 짓거나 글씨를 쓰는 일에 종사하는 사람들의 활동 분야.

서서 보는 것이 더 한층 전국(全局)을 내려다보겠기에 말이다.

지금 생각나는 것은 작년 세모에, 모 신문기자 K군과 이야기한 일절이다.

K   "이번에 프롤레타리아 문학운동에 대하여 C신문에 굉장히 쓰셨다지요."

△   "네. 조금 썼지요."

K   "부르주아신문에 쓰셨으니까, 원고료도 많이 받으셨겠지요."

△   "네. 그런데, 당신이 다니시는 신문사에서는 월급을 지불하였나요?"

K   "웬걸요. 오늘 한 백여 명이나 빚쟁이가 다녀갔지요. 그런데 오늘밤
     (그 어느 해 12월 31일) 열 시에 월급은 지불한다고 하고 출자주에게 교
     섭을 간 모양이에요."

△   "꼭 될까요?"

K   "안되면 큰일 나게요!"

△   "역시 부르주아의 장중(掌中)에 매였습니다그려! 사실 말하면 신문이
     란, 특히 조선에 있어서 이익 없는 것이니까 착취·피착취되는 것이
     라고 볼 수 있지요."

K   "글쎄요 ……."

이런 대화를 하고, 나와 그는 헤어졌다. 바로 내가 경성을 떠나던 날 밤이기 때문에 사실 나는 C신문의 원고료를 약간 비럭질하여 주머니 속에 넣었지마는 그때 C신문에 다소 변동이 있어서 특히 부르주아신문이라고 하는 듯하였다. 그러나 "부르주아신문이니까 원고료 많이 받았겠다."라는 빙충댐과 "오늘 저녁에 월급 못 받으면 큰일 난다."라는 걱정을 어떻게 연락시켰으면 — 또는 K군의 신문의 출자자와 C신문의 출자자의 분류를 어떠한 과학자에게 위탁하였으면 분명한 판단이나 설지, 나는 캄캄한 길을 걸으며 혼자 한숨

을 쉬었다.

　요사이 C신문에는 프로작자의 작품이 나는 모양이니까, K군을 다시 만나면 반드시,

　"그런 프로신문에 창작을 쓰는 사람이야말로 담뱃값도 못 받을 터이니 가엾은 일이 없지요! 적어도 외국작가니까 설마 조선작가와 같이 하등(下等)도 할 수 없을 터이요 ……."하며, 무수히 염려하는 동정 깊은 말을 들을 터인데 ―하며, 나는 지금 혼자 웃는다.

　K군! 당신도 웃고 보시오.

　나는 『조선문단』의 자원변호사는 아니다. 위탁도 아니 받았다. 나는 어디까지 나다. 실상은 아무 데도 쓰기 싫고, 쓸 필요도 없어서 펀둥펀둥 노는 나이다. 하지만 이것은 쓰고 싶어서 객담을 한 것이다.

5―11

염상섭 문장 전집

1927

문단 침체의 원인과 그 대책[212]

1. 원인

(가) 문인 자신의 진지한 태도가 없음

(나) 비평이 불활발함

(다) 대중의 무이해

2. 대책

(가) 문인 자신의 노력, '특히 독서와 사색'

(나) 특히 잡지 기타 간행물이 비평에 용력(用力)할 일

(다) 대중의 이해와 문예취미의 향상을 위하여 필설(筆舌)을 아울러 분투할 일

---

212 염상섭(廉想涉) 외, 「문단 침체의 원인과 그 대책」, 『조선문단』, 1927.1. 이 글은 '문단 침체의 원인과 그 대책'라는 제목 및 그와 같은 내용으로 20명의 문인에게 설문하여 그 답을 도착순으로 게재한 기획물의 일부이다. 여기에는 염상섭의 답변만을 기재하였으나, 원문에는 이 외에도 김형원(金炯元), 최상덕(崔象德), 김동인(金東仁), 김영팔(金永八), 최승일(崔承一), 방인근(方仁根), 현철(玄哲), 김기진(金基鎭), 유도순(劉道順), 윤기정(尹基鼎), 이일(李一), 김영진(金永鎭), 최서해(崔曙海), 이은상(李殷相), 양주동(梁柱東), 김안서(金岸曙), 홍명희(洪命憙), 김동환(金東煥), 김복진(金復鎭)의 답변이 함께 실려 있다.

민족, 사회운동의 유심적 고찰[213]
반동, 전통, 문학의 관계

신년 벽두에 새삼스러이 이런 회고로 몇 마디 하려는 것은 다른 까닭이 아니다. 일전에 어떤 청년이 와서 이야기 끝에 "자, 지금 조선에서 농민을 지도한다든가 ……. 얼른 쉬운 예로 요사이 선전되어가는 문맹타파운동 같은 것을 실행하잘 지경이면 그것은 민족적 정신 하에서 할까? 그렇지 않으면 사회운동의 일 방도로 지도하여야 할까?" 하며 매우 의아·난처하여 하는 모양이었다. 일인(一人)의 마음으로 만인의 경향을 촌탁(忖度)[214]일 수 있고 없는 것은 경우를 따라 다를 것이나, 지금의 사려있는 조선청년의 번민의 한 가지는 확실히 여기에 있지 않은가 한다. 민족운동으로인가? 사회운동으로인가? 그러나 그것이 그처럼 걱정일까? 그 의문부터 먼저 해결하여놓고 나야, 할 일이 손에 잡힐 것인가? 또한 이 양개 운동은 그다지도 분립하지 않으면 안 될 것인가? 그것은 보기에 달렸고 생각할 탓이니 저마다 저대로 맡겨두려니와 이러한 의심에 마음을 질정(質定)치 못하고 두서(頭緒)를 차리지 못하는 것이 한 경향을 이루었다 하면 또한 지나는 일로 보고 가벼이 여길 것도 아닌 듯 마음에 키이어서 다른 문제보다는 이 문제를 택한 것이다. '나'라는 위인은

---

213 염상섭(廉想涉), 「민족, 사회운동의 유심적 고찰―반동, 전통, 문학의 관계」(전7회), 『조선일보』, 1927.1.4~1.16.
214 촌탁(忖度) : 남의 마음을 미루어서 헤아림.

본시 이러하다는 주의에 매어달린 사람이 아니다. 무식(無識)으로도 그러하고 무골(無骨)로도 그러하거니와 이미 주의가 없고 보니 흑색, 백색, 회색, 그 아무것에도 해당함이 없다. 다만 자기의 생활이라는 것이 있는 탓으로 깊지 못하고 넓지 못한 대로 자기의 생활을 통일하여갈 만한 자기의 '생각'이 있을 뿐이니 다음은 그것의 일단일 따름이다.

1. 반동과 문학

생활감정에 분열이 생길 때의 직전까지의 생활은 벌써 분해작용을 시작한다. 따라서 직전까지의 생활을 지지하여오던 사상은 타락한 비행기 모양으로 자기의 관념 속에서 해체에 착수치 않으면 아니 될 것이요, 현전(現前)의 생활조직과 생활의식이 무용(無用)의 폐물화(廢物化)한 것을 깨달을 것이다. 이것이 '반동'이라는 것이다. 일종의 모반이다. 기존(旣存)한 사상, 인습한 전통에 대한 모반이요, 현실에 대한 모반이다. 일언으로 폐(蔽)하면 반동은 현실타파다. (석명(釋明)을 요할 바도 아니거니와 본 논문에서 사용하는 '반동'은 현하(現下)의 상용하는 바 구세력의 역전적(逆轉的) 반동을 의미함이 아니라 일반적 의미 또는 구세력의 반동인 신세력을 지칭하는 경우가 있을 것이다. 편의상 용어다.)

그러나 분해작용 이후, 현실타파 이후에 무엇이 당래(當來)하겠느냐는 것은 반동 그 자체 속에서 발견치는 못한다. 이것이 곧 반동에는 맹연(猛然)한 파괴성을 가지고 있는 소이이거니와 현실타파 이후에 당래할 신생활의 조직과 의식과 및 이것들의 총람일 신사상의 체계는 기성한 일체에서 나오는 것이다. 다시 말하면 새로운 생활감정이 반기를 듦으로 말미암아 분해되어가는 대상물, 즉 폐물화한 구조직과 구사상의 총결산으로서 새로운 일개의 사상은 얻게 되고, 또 그것이 반동운동의 목적을 지정한다. 그러나 그것도 다만 반동의 목적 성산(成算) 수단에 그치는 것이요, 그 이상 더 나가서 그 반동운동이 종결된 뒤에 출현할 생활양식이라든지 모든 활동의 근본원리와 및 그 실제라는 것은 오직 상상과 계획에 그치는 것이요, 아무도 아는 사람은 없다. 그것은 아무도 경험한 바가 없는 까닭이다. 여기에서 반동기에 있는 프롤레타리아에게는 반동행위 이외에는 자기표준의 문화적 가치가 있는 하등의 것도 가지지 못한 것을 알 수 있을 것이다.

반동운동의 목적을 지정하며 그 실행에 필요한 모든 감정, 사상, 지식, 수단 하나도 그들 자신의 것이나 자신이 만든 것이 아니라, 부정하고 파괴하려는 이 과거의 생활권 내에서 얻은 것이기 때문이다. 말하자면 구주(舊主)의 세간살이를 얻어가지고 나왔거나 빌려가지고 나온 폭쯤 되는 것이다. 그러나 그것은 불가피할 일이요, 또 필요한 일이다. 구주와 영영 분립하여 교섭이 단절되면 이이(而已)[215]어니와 반동에 대한 반동이 있는 다음에는 하는 수 없다. 저편이 피스톨을 가지고 위협하면 이편에서도 피스톨이 필요한 것이다. 다만 그 피스톨에 대한 관념이 다르고, 피스톨을 사용하는 목적이 다를 뿐이다. 해독하기 위하여 이독제독(以毒制毒)하는 권도(權度)이다.

하여간에 그 피스톨은 반동기의 프롤레타리아가 산출한 문명, 또는 문화적 가치를 가진 것은 아니다. 그러므로 반동작용이 끝나고 프롤레타리아 독재기 또는 그 이후의 사회에서는 반동행위기의 생활을 제약하였던 사상관념도 불필요하게 될 것이다. 제국의 군대가 독와사(毒瓦斯)[216]를 제조하여야 할 것이다. 그러나 승리를 얻은 후에는 그 기술자는 청개와(靑蓋瓦) 상(商)이 되어야 할 것이다.

---

215 이이(而已) : '그뿐이지만'이라는 뜻이다.
216 독와사(毒瓦斯) : '독가스'의 취음이다.

사실 우리가 지금 혁명 전의 아라사 문학, 그중에서도 혁명운동에서 취재(取材)한 투르게네프의 작품을 볼 제 우리의 감상이 어떠한가? 혁명 후의 아라사 사람에게는 말할 것도 없거니와 19세기 후반의 아라사 청년 같은 현재의 우리로도 어떤 풍토기(風土記)를 읽는 것 같은 감명밖에 얻지 못한다. 생활에서 문예를 보면 한낱 역사적 기록이다. 일면에 보편성이 없는 것이 아니요, 내재한 예술적 가치가 스러지는 것이 아니지만, 시대의 상격(相隔)은 그만큼 실감을 감삭(減削)하는 것이다. 가령 투르게네프의 『처녀지(處女地)』에 나타난 사상이나 감정이 혁명 후의 아라사 사람에게는 물론이려니와 반동기에 있는 우리의 견지로 보더라도 그것은 부르주아에게서 빌려온 피스톨에 불외(不外)한 것이요, 결코 반동과 주체인 『처녀지』 시대의 아라사 청년 자신의 것이나 현대의 우리 자신의 것은 아니다. 즉 부르주아문화의 목록에 편입할 것이요, 반동기의 문화도 아니며 반동 이후의 것도 못 된다는 말이다. 그것은 작가 자신의 사상과 태도가 비(非) 반동(부르주아적)이기 때문도 아니요, 취재(取材) 여하의 문제로도 아니라, 사상 그 자체, 감정 그 자체가 부르주아생활에서 우러나온 것이기 때문이다. 다만 미래의 생활의 이상이 추상적 혹은 상상적으로 몽롱이 한 귀퉁이에 나타났으나, 그것이 곧 미래의 생활 자체가 아닌 것은 말할 것도 없는 것이다. 그러나 작품으로 볼 때에 시대, 계급, 인종을 초월한 보편성과 예술미를 가진 탓으로 금후에도 예술적으로는 생명을 지속할 것이다. 그것은 마치 피스톨이 반동시대 후에는 생명재산의 수호신의 지위에서 쫓겨나서 오락용, 수렵용에나 필요하게 될 것과 같은 이치일 것이다(그렇다고 예술이 오락이라는 말은 아니다).

이러한 이론은 반동기와 프롤레타리아의 문화가 없고, 따라서 반동기의 반동계급을 대표한 문예는 그 현시에 있어서는 기성한 문예 — 소위 부르주아문예 — 와 대치하여 양립하지마는 본질적으로 보면 양자가 동근이체(同根

異體)임을 입증하였을 뿐 아니라, 반동행위 이후 ― 즉, 반동계급(프로) 독재기에 있어서도 소위 프롤레타리아문화 혹은 문예가 불시에 성립되지 못할 것까지를 증명한다. 그것은 반동계급독재기가 단축되면 될수록 이상(理想) 현실이 조속(早速)할 것이요, 따라서 어떠한 기간 이후에는 계급의식이 해소될 것이니까 그때에는 계급인(階級人)이 아니라 민족의 일원, 사회의 일원, 인류의 일원일 따름인 고로 프롤레타리아의 문화문학이라는 것이 특정적으로 존재할 여지가 없는 때문이다. 이는 나의 지론이요, 또한 그 국(局)에 당한 아라사 평가(評家) 트로츠키도 인정하는 바인 모양이거니와, 이와 같은 다만 시간적으로 장구한 세월을 요하는 한 문화를 짧은 반동계급독재기 내에서 형성할 수 없는 까닭일 뿐 아니라, 그보다 더 큰 이유는 그 독재기도 아직 기초공사 시대이므로, 즉 반동계급의 이상을 실현할 초기의 시험시대라는 데에 있다. 다시 말하면 그 기간을 지배하는 사상은 아직까지도 반동행위기의 사상 그대로를 답습하였을 뿐 아니라, 신이상에 적응한 실생활이 아직 구체화하지 못하였으며, 따라서 뿌리 깊은 전(前) 시대의 관념이 모든 사람의 행위(정신생활로나, 실제생활로나)를 비교적 넓은 범위에서 여전히 지배하고 있기 때문이다. 그러므로 진정한 프롤레타리아 이상에 부합되는 문화 또는 문학은 사상관념, 생활양식 등 일체가 구세계, 구생활에서 완전히 탈각하여 인간생명 본연의 요구를 가장 합리적으로 유도하고 창달케 함을 따라서 산출될 것이다. (1927.1.4)

그러면 반동기에 있는 프롤레타리아는 자기의 문화가 없을 뿐 아니라, 적극적으로는 기성문화의 파괴밖에 꾀하지 못할지니 차치(且置) 막론하고, 이 시대의 문학은 그것이 아무리 전기(前期)의 지속일지라도 '사회적으로 어떠한 사명을 가질 것인가'에 이르러서 독자는 만일 1년 전에 본지에 게재하였던 계급문학에 관한 나의 소론을 읽은 분이거든 취중(就中) '프롤레타리아문학의 기조'라는 일장(一章)을 상기하여주기를 바란다. 이제 그중 일절을 적록(摘錄)하려 한다.

"이 '관념'의 세력이라는 것이 의외에 위대하다는 사실을 결코 경시하여서는 아니 된다. 실로 계급해방운동에 있어서 이 '관념의 파기'라는 것도 모든 정책적 운동에 못지않은 중대문제라 하겠고, 또한 '그 이상'의 실현 전보다도 그 후에 중요 의의를 가질 것이요, 정책의 한 항목이 될 것이라고 생각한다. 프롤레타리아 문학자가 전통을 부인하려고 애만 써서는 아니 될 것이다. 우리의 생활의 전국(全局)을 위대한 역량으로 샅샅이 지배하는, 즉 우리가 지금 가지고 있는 관념을 근본적으로 퇴치하려고 위대한 계획을 세워가지고 성실한 노력을 다하여야 할 것이다. 그러나 다만 퇴치하는 것이 능사가 아니다. 새로운 생활을 자율하고 지지할 만하고 새로운 사회를 가질 새 사람의 새 관념을 바꾸어 가져야 할 것이다." 이를 요컨대 '관념의 개조'에 과도기의 문학, 현재의 용어로 프로문학의 기조와 목표가 있다는 말이다. 위에 피스톨에 대한 관념이 다르다는 예를 들었거니와 이 예를 거듭 들어 말하자면 전대인(前代人)에게는 피스톨이란 것은 생명재산의 수호신이요, 살인용기라고 관념되었지마는 반동 이후의 민중은 인류생활, 인간생명의 중심요구와 배반되는 것을 진정·진심으로 인식하게 되는 것과 한가지로 정신, 물질 할 것 없이 범백(凡百)에 대한 관념을 개조하게 하는 것이 반동기의 문예가 그 운동에 공헌할 수 있는 최대한도의 실행력이라는 말이다. 그러나 이것이 문예의 유일한 존재이유도 아니요, 또한 문예 자체로 보아서 중요한 요소가 된다는 것도 아니요, 또 그러한 공리적 일면이 일부 인(人)의 주장과 같이 선전문을 써도 좋다고 하는 등 몰분효(沒分曉)의 의견 대 논거가 되는 것도 아니다. 문예는 문예다운 가치가 있고 서야 비로소 문예의 효과를 빌려 선전의 공리도 나타나는 것이요, 문예의 독립성도 보지되는 것이다. 그러나 다만 반동운동의 입각지에서 보면 문예가 직접적인 효과는 적더라도 본질적인 중요한 임무를 가진 것인 고로 이용하려는 것이다. 왜 그러냐 하면 반동운동의 교화적 근본의(根本義)는 전통 파기에 있고, 전통과 관념은 실로 그 표(表)요, 그 리(裏)이기 때문이다. (1927.1.5)

2. 전통

1) 전통의 양면

반동의 대상은 두 가지로 볼 수 있다고 생각한다. '간접 대상'과 '직접 대상' 혹은 '유심적 대상'과 '유물적 대상'의 두 가지로 구분함이 편리할 것 같다. 간접 대상, 즉 유심적 대상은 전통 또는 전통적 관념을 가리킴이요, 직접 대상, 즉 유물적 대상은 정치생활, 경제생활을 가리킴임은 물론이겠다. 그러나 이 소론은 그중에서 특히 유심적 대상을 논하여 민족운동과 사회운동의 실제적 관계를 고찰하려 함인 고로 유물적 대상은 차치하고 먼저 전통에 대하여 개설하여보려 한다.

'전통'이란 평면적 혹은 심리적으로 보면 사람과 '흙'을 관통한 본류적 혈통이요, 이에 대립하여 입체적 혹은 사회적으로 보면 물질과 사람을 연결한 지류적 방계로서 정신 또는 관습의 관념적 활동이라고 볼 수 있다. 그러나 전자에서 특히 '흙'이라는 지리적 조건에 중심을 두고 후자에서는 '물질'이라는 경제적 조건에 일층 더 착안한 것은 다만 비교문제에 불과한 것이요, 여하히 심령(心靈)에 관한 것이라도 문화의 창생적 견지에서 보면 어느 거나 '흙' 또는 물질의 속박에서 탈각할 수 없는 것은 일반이다. 그리고 또 전자에 있어서 '혈통'이라 하고 '심리적'이라 함에 대하여, 후자는 '사회적 관념적'이라 한 것도 어떤 정도까지의 차이임은 물론이니, 혈통이라는 것이 인류결합의 대본

(大本)인 결혼에서 출발할 것인 다음에야 이미 사회적 현상임은 물론이요, 관념도 또한 심리작용이기 때문이다.

2) 평면적 고찰

'전통 대 혈통' 문제는 반상(班常)의 보학(譜學)을 연상하거나 특수계급의 옹호 혹은 추상적 관념같이 보통 생각하나, 이것은 실로 인류생활의 중대 엄연한 기초이다. 동물은 본능으로나 공리적으로나 군서(群棲)를 영위하는 것이요, 또한 군서라는 사실은 도덕 발생의 필지적(必至的) 동인이 되거니와 도덕의 기조는 실로 본능적인 모성애에 그 출발점이 있는 것이다. '성선'이냐 '성악'이냐는 문제, 즉 도덕은 본능적·자연적 발생이냐, 성악이로되 군서의 필요조건으로이냐는 문제는 고래로 각 설(說)이 구구하거니와 무엇보다도 확실한 것은 모성애가 본능에 뿌리 깊게 박혔다는 사실이다. 이 모성애가 유추작용으로 형제에 미치고 일 혈통에 미치고 일 부족에 미쳐서 민족적 관념을 이루고, 더 나아가서는 인류애에까지 발전하는 것은 이론으로나 실제로나 부인할 수 없는 바인 동시에 유추작용, 즉 애(愛)는 근친에서부터 비롯한다는 것도 어찌할 수 없는 본능적 인정인 것을 시인하는 수밖에 없을 것이다. 또 '인정' 혹은 '동정'이라는 것은 군서의 필요로 공동동작, 즉 협동에서 나온 자연적 발생이라고 하겠지마는 그 표준은 역시 모성애인 것이라 하겠다. 우리가 우주의 일체를 부인, 또는 몰각하고 회의하더라도 자기가 모체에서 나온 것, 유일한 모(母)를 가졌다는 것만은 회의치 못할 것이다. 그러므로 인류학자가 사상 또는 입증하는 바와 같이 난혼(亂婚), 군혼(群婚) 시대에는 모계계승시대를 우리는 거쳐왔다. '모계계승'이라는 것은 혈통 혹은 혈속보존의 본능의 시초라고 볼 수 있다. 그러나 모계계승에서 부계계승으로 넘어온 것은 군혼시대에서 개혼(個婚) 시대로 추이되는 동시에 부권의 확장에 반(伴)한 사실임은 물론이겠지만, 나의 유심적 사유로 하면 그 정의의 발달과 병진한 본능작용이 더 깊은 동인을 가졌으리라고 생각한다. 일반히 육체는 물론이요, 더욱이 정적(情的) 발달에 있어서 여성이 남성에 비하여 신속할 뿐 아니라 금일의 현상을 보더라도 여성은 정적으로 완성하였다 할 수 있다. 그러므로 모성에 대한 부성애, 즉 자손에 대한 애욕 또는 혈통보존에 대한 의욕이 모성보다 뒤떨어져서 각성되었을지나 그 본질에 있어서는 모성인 경우와 같이 본능적이었을 것이다. 다만 개가 수태를 하면 다시는 교접을 기피하는 경향이 있다든지, 또는 원앙의 일부일처주의라든지, 기타 조류가 교미 기절(期節)이 되면 자웅이 합취(合聚)하여 가정적 형식을 일시 취한다든지 하는 사례로 보아서 인류가 난혼, 군혼을 피하여 개혼의 형식을 취한 것도 자손에 대한 정의적(情意的) 발달과는 별개의 계통으로 동물적 본래의 자연한 추이가 아닌가 하는 의문도 없지 않으나, 일면으로 보면 아름다운 이성을 독점하려는 본능적 충동과 군서로 인하여 훈련된 연대성의 공동책임감, 또는 일층 절실히 말하면 배우자인 모성 자체의 고로(苦勞)를 원조, 경감하려는 개적(個的) 정의(情誼)로라도 생아(生兒)의 양육을 남성도 무관심하게 보지 않았을 것이요, 겸하여 애자(愛子)의 정조를 경험하는 동시에 혈속보존욕과 완력, 즉 생활부지력(生活扶持力)에 의한 가장권 탈득(奪得)이 아울러서 부계계승의 사실을 낳은 것이라 볼 수 있을 것이다. 이상은 본능에 근거한 모성애로부터 비롯한 혈통의 유지가 가장 자연적, 또 본능적 발전을 가지고 또한 도덕의 기반이 이에 있음을 약설한 바이거니와 다시 현대과학의 힘으로 혈통감별법의 신발견에 (일본 의학계에서) 성공하였다는 사실은 무엇보다도 중요한 입증이 될 것이다. 이외에도 만일 유전학이나 우생학 같은 논거에서 보면 일층 유력한 바가 있을 것이다. 이들 요컨대 가족 또는 민족으로서 혈통을 운위할 제 누구나 그것은 문벌이나 민족의식 또는 민족적 대의명분을 고조함에 항용(恒用)하며 일체의 구도덕을 지지·옹호하기 위하여 설도(說道)하는 관념적 상투어로 여기는 모양이나 이것은 큰 편견, 큰 오류요, 실로 이것은 인간생활의 기조인 동시에 본능적인 점에 있어서 시간과 관념을 초월한 실재라고 할 수 있다.

그 다음에 제2로 '지리적 조건'으로 관찰하건대 어느 생물이든지 환경에 지배 아니 되는 것이 없거니와 특히 사람에게 있어서 지리적 환경은 다만 문화의 질을 결정할 뿐 아니라 그 주착민(住着民)의 개성을 결정하는 것이다. 문화라는 것은 사회학에서는 '생활의 양식'이라고 정의하는 예도 있거니와 여하간 일 문화소(文化素)가 생활에 대한 순응성이 없는 것이면 처음부터 성립되지 못할 것이요, 만일 문화로 성립되기만 하면 그것은 곧 개성적 발달을 수(遂)할지며 역사적으로는 전통화할 것은 물론이다. 좁은 반도 안에서도 서북인, 기호인, 영남인 등의 개별 풍습을 가지고 있을 뿐 아니라, 동시에 각자의 집단적 개성이 있는 것은 교양이나 정치적 혹은 사회적 사정이 제약하는 바도 없지는 않지만, 무엇보다도 지리적 환경에서 중요한 원인을 발견할 것이다. '지리적'이라는 말은 기후·위치·지세와 및 거기에 포함된 일체의 자연물을 가리킴이니 한대와 열대 대륙과 도서 산지와 평야의 문물과 민족성이 유별되는 것은 노노(呶呶)를 불요(不要)하는 바일 것이다. 장려한 문화와 심원한 국민성과 웅대한 감정호흡은 호대장엄(浩大莊嚴)한 국토와 자연 속에서 나오는 것이다. 순정적 예술은 명쾌한 남국 정서에서 나오고 침통한 고민상(苦悶相)은 음삼(陰森)한 북국 문학에서 찾을 것이다. 더욱이 개성과 생활감정에 미치는 지리적 영향의 저대(著大)한 것을 보려면 입센 『바다부인』[217]의 엘리다가 등대지기[218]의 딸로 자라나서 육지사람인 왕겔과 결혼한 뒤에 바다가 그리워서 불안 초조한 생활을 계속하고 있는 심경을 상상하면 알 것이다.

---

217 헨릭 입센이 1888년에 발표한 『바다에서 온 여인 *Fruen fra Havet*』을 가리킨다.
218 원문에는 '燈臺眞伊'로 되어 있다.

그뿐 아니라 제일 문화의 근원이요, 또 개성적이며 전통적인 언어와 문자의 발달을 보더라도 얼마나 사람은 '흙'에 비끄러매 있는가를 깨달을 것이다. '말'의 초일보(初一步)가 몸짓, 손짓일 것은 학자의 보고를 기다리지 않아도 아자(啞者)에게서 배워 알 것이려니와 이 몸짓, 손짓은 반드시 혹자 자연계에서 감수(感受)한 사물에 의거하는 수밖에 없을 것이다. 즉, 지리적 조건은 언어 대(代)한 동작을 제약한다는 말이다. 호주의 퀸즐랜드 도인(島人)은 수렵에 대한 손짓의 전신법(傳信法)이 비상히 발달하였다고 한다. 또 지중해 연안지방 사람은 '없다'는 뜻을 표시할 제, 네 손가락을 오므리고 모지(母指)를 세워서 가슴께에 가져가 몹시 흔든다고 한다. 어떠한 이유로인지는 알 수 없으나 우리나라 사람같이 머리에 물방구리 같은 것을 얹고서는 손이나 몸을 임의로 쓸 수 없으니까 이런 경우에는 다른 방법을 취하였을 것이다. 그러면 '말' 없는 시대 사람이 왜 머리에 이는 풍속이 생겼는가? 그것은 우리나라 사람 모양으로 기후관계로 틈만 있으면 연료를 장만하려고 나무를 하여오는 동안에 생긴 풍습이 아닌가 한다. 무겁다는 것보다도 손에 들거나 옆구리에 끼기에는 너무나 갈고랑이가 뻗히어서 머리에 얹게 된 것이라고 생각한다. 일본에는 다만 한 곳, 교토(京都)에서 조금 떨어져 있는 오하라(大原)라는 산촌에 여대(女戴)하는 풍속이 있다. 세계 다른 데에도 있을지 모르지만 그 오하라 여(女)는 대개 집에서는 나무를 해서 이고 오고, 시가(市街)에는 꽃가지를 꺾어 이고 팔러 다니는 것을 산중(山中)에서도 보고 도시에서도 보았다. 교토의 지세(地勢)가 동절(冬節)에는 조선만치 춥고 오하라는 더구나 산록(山麓)이니까 그런지 모를 것이다. 그는 하여간 퀸즐랜드의 지리적 관계와 및 그로 인한 생활상태가 수렵을 발달케 하지 않았다면 그러한 손짓암호가 특수(特殊)히 발달치 못하였을 것만은 추단(推斷)할 수 있는 일이다. 그리고 동작 표시로 나온 언어에서도 그 지방에 없는 사물이면 따라서 말도 없는 것은 물론이겠다. '캥거루'라는 동물이 없는 조선

에는 조선말에서 그 명사를 구할 수 없고, 훈도시(ふんどし)[219]로 앞을 가리고 살지 않던 조선사람에게는 그 풍습이 없는 동시에 말조차 없는 것이다.

그 다음에 '문자'로 보아도 쉬운 일례는 상형문자인 한자에서 찾을 수 있다. 언어학상 상형문자는 회화문자의 차기적(次期的) 발달이라고 하는 모양이지만, 회화문자이든 상형문자이든 자연의 물상(物象)에서 모작(模作)한 것은 매일반이다. 그러므로 한자는 중국의 국토-자연이 가진 동물, 광물이나 또는 그 환경의 현상에서 얻은 이념과 상상 이외에 벗어나지는 못할 것이다. 중국의 '흙'이 가지지 않은 물상은 문자로 제정되지도 못하였을 것이요, 또한 문자 제정 이후에 자국 내에서나 세계의 타지방에서 발견된 것을 직접 표시할 문자는 없을 것이다. 다시 말하면 상형문자가 생길 당시에 '소(牛)'라는 동물이 중국에 없었을 것이요, 그 후 조선에 '소'라는 동물이 있는 것을 알았더라면 중국은 '조선초(朝鮮貂)'라 하였든지 '거돈(巨豚)'이라 하였든지 다른 명사로 명명하였으리라는 말이다. 이를 요컨대 한자는 지리적 약속 하에 발생한 것이라는 말이요, 그 상형문자의 영향된 조선문이나 일본문은 중국에 지리적으로 인접한 까닭이라는 말이다.

이상을 다시 요약하여 말하면 혈통은 본능적·선천적이요, 사람과 '흙'의 교섭은 후천적이나 불가리(不可離)한 숙명 하에 놓인 자연적 약속이다.

3) 입체적 일면

전절(前節)에서는 평면적 고찰을 하였거니와 그러면 입체적·사회적 전통이란 무엇인가? 나는 이미 물질과 사람을 연결한 전통의 방계(傍系)라고 말하였거니와 이것은 지리적 조건에 대한 경제적 조건을 가리킴이다. 이미 '물질'

---

219 'ふんどし'는 '남자의 음부를 가리는 폭이 좁고 긴 천'을 의미한다.

이라 하고, '경제적'이라 하였으니 금일과 같이 맑시즘 전영(全榮) 시대에 내가 다시 개념적 평론을 시험할 필요도 없겠지마는 서술의 순서로 대별(大瞥)을 거치어서 결론에 들어가려 한다.

문명을 구별하는 데에 제설(諸說)이 분분한 모양이나, 위선 미개인(未開人)·반개인(半開人)·개명인(開明人)의 3종 혹은 3계단으로 구분하는 것이 온당할 듯하다. 그러나 여기에 크나큰 사실이 하나 있다. 즉, 사람의 생활이 어떠한 종류의 문명에 분속(分屬)되어 있든지 또는 어떠한 계단에 도달하였든지를 불계(不計)하고 사람은 한 가지 약속에 매어달렸다는 것이다. 사람은 미개하였을 때에는 자연에 속박되고 지배되었었다. 그러나 문명이란 결국에 그 자연의 기반(羈絆)에서 벗어나는 정도에 비례하는 것인 고로 반(半) 개명 시대에는 자연과 대등한 지위를 점득(占得)하게 되었고, 그 다음에 자연을 완전히 정복하였을 때에 우리는 문명인임을 자긍자지(自矜自持)한다. 그러나 그것은 큰 잘못이다. 이제야 와서 모든 학자는 인류의 생활이 애초에 길을 잘못 들었다고 인류의 금후의 운명을 탄식하는 것도 그 까닭이지마는 우리의 천견(淺見)을 가지고도 인류의 살아온 길이 빗나간 것은 요량(料量)이 났을 것이다. 문명하였다고 자긍하는 것이 얼마나 소갈딱지 없고 얌체 빠진 말이냐. (그렇다고 이로부터의 조선사람이 문명할 필요가 없다는 것은 아니다.)

길이 빗나간 것은 자발적으로 만든 약속에 되걸리기 때문이었다. 어찌할 수 없는 무지한 탓으로이지마는 우리의 선조가 자연에게 속박을 받고 있을 때에 신(神)을 섬기기 시작한 그 일이 벌써 금일의 인류생활을 약속하였던 것이다. 이것은 벌써 먼 선사시대의 일이거니와 기승을 떠는 자연의 포학(暴虐)과 불가사의한 자연의 비밀에 대한 공포에 외축(畏縮)한 그들은 기도의 머리를 숙이는 수밖에 없었다. 유치한 그들에게 관념된 신은 자연 바로 그것이었든지 그 포학과 공포로부터 가호구원(加護救援)하여주는 개별의 존재이었든지 간에 '피륙토끝'[220]에도 떡시루를 놓고 이끼 앉은 나뭇가지에도 빌었다.
(1927.1.8)

이때부터 인류는 자연과 인간을 통하여 영원히 노예 되기를 스스로 선서한 것이다. 그리하여 누만세(累萬歲)를 살아오는 동안 그 대상은 변하였으나, 이날 이때까지 그 종문서는 아직도 우리의 머릿속에 감추어 있는 것이다. 숭신관념(崇神觀念), 우상숭배, 종교신앙의 엄이 이때부터 뿌리박힌 것이었다. 그러나 그 신의 실재가 신앙숭배의 대상물이나 자연 그것이 아닌 것은 물론이다.

일 부락 중의 제일 지혜로운 자가 추장(酋長)인 동시에 신직(神職)을 가지게 되는 것은 필연한 일이요, 또 필요한 일이 있을 것이다. 최남선(崔南善) 씨가 단군은 '단굴'이란 말이요, '단굴'은 신사(神事)를 장사(掌司)하는 주(主), 즉 지금의 '무당' ― 무녀 ― 이라는 것이요, 군(君)이란 '임검'이라고 제창함에 수긍할 것은 이 점이라고 생각하거니와 하여간 신직을 대(帶)한 위에 추장을 겸하였다는 것은 비상한 권위인 동시에 이로부터 행정과 경제를 '신의(神意)'에 따라서 독재할 것은 능히 추상(推想)할 수 있는 일이다. 그러나 '신의'라는 것은 필경의 신직을 가진 추장의 아직 유치한 이념 이외에 벗어나지는 못할 것이다. 즉, 신은 추장 이외에 아무것도 아니었다. 그는 하여간에 그 신, 추장에 의하여 지배되는 민중은 신의의 명하는 대로 노동의 결과를 신단(神壇)에 바쳐야 할 것이다. 그 수렴한 바는 처음에는 혹 공동생활의 자료로 기회균등주의가 보장될 수도 있을지요, 또는 전연(全然)히 신사를 위한 공헌인 경우도 있었겠지만, 하여간 신의, 추장의 임의로 농단(壟斷)될 위험성이 많았을 것은 용이히 추측될 바이다. 이러한 사실은 사유재산이라는 신(新) 사회현상을 출

---

220 피륙토끝 : 아직 끊지 아니한 베, 무명, 비단 등 천의 끄트머리.

현하는 남상(濫觴)이 되었으리라고 생각하거니와 이와 같이 경제적 행정권이 있는 동시에 신직은 신성하고 또 신사에 전념하여야 하겠는 고로 노동의 기피를 공허(公許)하게 될 것도 사실일 것이다. 신직자(神職者) 및 그 가권(家眷)이 노동에서 면제된다는 것은 그 부락 각원(各員)의 노동량이 증가한다는 의미임은 물론이다. 더욱이 신직의 민멸(泯滅)을 보지(保持)키 위하여 생활의 비율이 일층 고등하여야 할 필요까지 생김도 당연한 일이겠다. 그런데 일면으로는 신의 '말'을 선포하여 신위(神威)의 향상과 일반 신앙의 돈독을 책(策)할 필요가 생김으로 만반사물(萬般事物)에 대한 지식욕이 자극될 것이요, 또한 경제상 시간상 여유는 이 욕구를 충실케 하여줄 것이다. 그 결과는 인류문화의 요람을 짓는 동시에 일반 실생활에 직접 호(好)영향을 줌으로써 신직자의 권위와 신망을 일층 박(博)하게 될 것이다. 이리하여 세월과 한 가지 신직계급(神職階級)과 비(非)신직계급, 비(非)노동계급과 노동계급이 출현할 것이요, 또한 신직계급은 지식계급인 동시에 지배계급이며 풍류계급일 수가 있게 될 것이다. 그리하여 사회사정이 다소 활발하여짐을 따라서는 물물교환의 유치한 상업형식이 생기자 풍류계급의 사유재산이 늘게 될 것이다. 이러한 추리는 정확한 사실(史實)에 서서 과학적 고찰을 한 것이 아니므로 매우 막연하나마 여하간에 이러한 시대에서부터 계급의 형체가 성립되었다는 사실은 능히 추단할 수 있는 일이겠다.

이와 같이 어머니의 젖꼭지에 매달린 것 같은 그 발육의 초기에서부터 계급의 굴레를 쓰고 자라난 인류는 자연의 기반(羈絆)을 벗어날수록 그에 비례하는 계급적 질곡에 매어달리게 되었다. 신직계급만의 지배를 받을 때는 외적(外敵)에 대하여서도 공동방어요, 전체를 위한 이익이며 실무이었다. 노동은 자유요, 또한 평화이었다. 일만 하면 먹기에 부족하지 않았을 것이다. 그러나 장구한 시간을 경과할수록 인문(人文)이 향상하고 생산방법이 발달하여 비교적 다량의 생산을 획득하는 반면에, 생산율에 반비례하는 인구가 점점 증식할 뿐 아니라 신직계급 이외에 군벌계급이 중앙에서는 정권을 농락하여 자연 계급 내의 살벌(殺伐)에 몰두하게 됨으로 서민계급은 이의 맹목적 주구로서 무용무익한 희생을 바쳐야 하게 되고, 지방에서는 대지주가 가렴주구를 무소무지(無所不至)하게 되었다. 상전 하나가 열, 백으로 늘었다. 그러나 자연의 반(半)을 정복하여 반개명하였다고 민중은 무지하게도 기뻐하고 특권계급의 위광(威光)을 예찬하였다. 이러한 봉건시대가 일과(一過)한 뒤에 현대와 같이 자랑할 만한 문명시대가 당도한 것이다. '기계'라는 상전(上典)이 군벌의 쇠퇴를 승시(乘時)하여 최고위에 진좌(鎭座)하게 되었다. 공상업문명이 기계문명이요, 자본문명이라는 것은 내가 설명할 필요도 없겠거니와 기계는 전대(前代)의 군벌을 자기 집 파수병, 호위병으로 고용하고 그 외의 특권계급은 세간(世間) 청직(廳直) 열쇠꾸러미를 맡기는 데에 자본주의 문명의 찬연(燦然)한 위광이 떨치는 것이다. 그러나 인류가 자연을 정복하고 얻은 것은 기계를 숭배하거나 신앙치 않아도 좋다는 일사(一事)에 그친다. 기계는 신직층도 아니요, 군벌도 아니요, 귀족층도 아니요, 대지주층도 아닌 대신에 소크라테스의 뇌신경의 동향과 기계 자신의 치차(齒車)가 회전하는 역학적 방법이 동일하다는 원리 하에 누구든지 다만 노예로 도구로 봉사하려고 강요할 따름이다. 자본가는 기계에 동력을 송전하고 노동자를 자기의 재산목록에 생산용구로서 기입하며 콧날을 으쓱거리지만 기계는 자본가까지를 자기의 노예로 하고 앉았다. 요컨대 금대의 기계는 다만 노동자에게 대하여 상전일 뿐 아니라, 인류의 총합에 비하여 훨씬, 훨씬 고가한 지위를 점령하였다 하여도 과장은 아닐 것이다. 이리하여 기계의 제일 충복인 소위 부르주아계급은 위세를 떨치게 되었다.

계급발달의 유래는 몇 마디에 그치자던 것이 매우 장황하여진 모양이다.

그러나 나의 수다한 것도 그 계급이란 놈의 도깨비장난으로 보면 하는 수 없는 일이거니와 이와 같이 살면서도 어떻게 어떠한 방식으로 살아가는가를 의식하고 인식할 만한 비판력을 가지지 못하였던 인류는 자기 길을 잘못 든 것까지 이때까지 깨닫지 못하였던 것이다. 어떠한 계급이 지식을 독점하고 교육을 전제한다는 것, 가령 말하면 문예부흥 전기(前期)의 서구 대륙이 교권주의(敎權主義) 하에서 암흑시대에 빠지게 한 지식의 독점이라든지 하는 것이 일 제국이 일 식민지에 대하여 취하는 교육의 전제주의라든지 하는 것이 자계급, 자민족에 대한 타계급, 타민족의 협조라든지 동화를 바라는 것이 아니라, 그보다도 먼저 자의식, 자기비판력을 빼앗거나 또는 발생할 여유를 주지 않으려는 데에 원리가 있는 것이다. 우세한 계급은 결코 하층계급이 자계급과 동일한 감정사상에 협조되고 동화되기를 원치 않는다. 만일 그리 되었다가는 부르주아의 밥을 상전마마님이 손수 끓여 자시게 되고, 옥 같은 손등은 엄동설한에 터질 것이며, 영감대감, 요강, 망태기, 담뱃대까지 좌우 손에 들고 다닐 것이다. 만일 그리하였다가는 큰일이다. 피정복민족이 정복민족에게 동화되느냐 아니 되느냐가 문제가 아니다. 입으로는 부르짖을지 모르지만, 기실 내심으로는 동화될까보아 걱정이다. 만일 동화되었다가는 같은 자리에 담뱃대를 맞피워 물고 앉을 것을 누가 하고 싶으랴. 종문서도 아니 내어주려는데 더구나 농(弄)을 트고 덤빌 것을 누가 받으려 하겠기에! 이 점이 프롤레타리아의 이상·목표와 정반대다. 프롤레타리아는 부르주아에게 대하여 너의 과거의 죄악을 용서할 것이니 나에게 동화하라고 순순히 타이르지만 부르주아는 프롤레타리아에게 대하여 조금 더 황금을 지불할 터이니 나를 위하여 우유를 짜달라고 명령한다. 사람을 위하여 짜는 것은 고사하고 자기 배를 위하여도 못 짠다. 왜? 부르주아 전체의 위엄을 위하였다. 일치될 리도 없겠지만 일치되면 노예를 잃어버리고 재산목록에 기입한 생산도구의 일 항목이 빠지기 때문이다. 그러므로 그들이 하층 혹은 열등계급에게 허락한 교화의 범위는 자기반성·자기비판의 여유와 기회를 물질적으로나 정신적으로나 주지 않는 정도에서 우월계급의 생활양식 혹은 사회환경에 순응케 하는 데에 있다. 사실은 우월계급 자체도 그러한 반성 비판력이 빈약하여 인류 행로의 정부(正否)를 간취할 여가가 없었지마는 특히 피압박계급에 있어서는 정신상 교화로뿐만 아니라 물질적 강렬한 압박으로 인하여 도저히 인류 전체의 생활상은 물론이요, 자계급에 대한 의식까지를 잃게 된 것이었다. 이것을 바꾸어 말하면 우월계급은 자기의 이념, 자계급의 존재를 토대로 하였고, 또 혹시는 의식적으로 자계급의 존재이유를 합리화하려는 이념에서 나온 사상의 결론이나 문화의 결과만을 가르침으로써 프롤레타리아의 계급의식을 마비시킴에 성공하는 것이다. 그는 자기의 하인에게 교회에 가라고 명한다. 하인은 인류의 조상이 신력(神力)에 귀의하였던 것과 같은 관념으로 잠자코 교회에 가거나, 그렇지 않으면 교회에 가는 필요가 무엇이냐고 물을 것이다. 그때 주인은 "네가 내 말을 잘 들을 제 나는 너에게 어떻게 하더냐? 하물며 하나님이시랴!"라고 교훈할 것이다. 생각해보니 그러하리라 하고 교회에를 가면 목사는 어떠한 권위든지 권위를 가질 만한 이유가 있어서 가진 것인즉 이에 신뢰하는 자는 행복과 명가(冥加)를 얻으리라고 가르치며 주인에게 충순(忠順)한 비복(婢僕)은 주인과 한 가지 행복하리라고 예를 든다. 그러나 '하나님은 어디 있는 것인가? 종교의 진목적은 무엇인가? 교회는 어찌하여 성립한 것인가?'를 가르치는 사람은 없다. 머리에 남은 것은 사람은 신력에 귀의하지 않으면 자립하여 살 수 없는 것, 신앙이 있으면 천당에 간다는 것. 이 두 가지의 관념뿐이다. 또 주인은 날이 저물거든 전등을 켜라고 명한다. 명대로 하여보니 어제까지의 기름불보다는 밝다. 밝은 이유에 대하여 물을 제, 주인은 코대답을 할 것이다. 왜 그런고 하니 하인의 무식이 고상한 학리(學理)를 이해치 못하리라는 이유보다도 하인을 고용하는 것은 전등을 키우게 하는 데에만 필요한 것이요, 전력을 만드는 원리와 방법을 연구하고 활용하는 것은 자기네의 책무 혹은 특권이기 때문이다. 즉 하인은 자기의 생활환경에 순응만 하면 고만이다. 전등장치의 필요와 같이 점화기로 하인을 고용하였을 따름이다. 이때에 하인은 전등을 유등(油燈)보다 편리하다는 관념과 도회의 유산가(有産家)만 쓸 수 있는 것이라는 관념만이 머리에 남을 것이다. 그는 주인 되는 부르주아와 같이 문명을 공유하게 되었으나 문화는 갖지 못한 것이다. (전등은 문명이요, 발전술 혹은 그 원리는 문화이기 때문이다.) 오늘의 프롤레타리아가 인류 발생과 동시한 장구한 역사를 가지고도 프롤레타리아문화를 못 가진 이유가 여기에 있다. 이를 요컨대 프롤레타리아는 그 의식을 근대의 자본주의문명의 반동으로 비로소 발견하여 포지(抱持)함에 불과한 것이요, 일반히 피압박계급으로서의 존재는 인류생활이 의식적으로 경영될 때부터의 일이나, 그 전통은 자계급 내에서 배태된 것이 아니라 우월계급의 자주적, 지배적 도덕과 및 그 사상관념의 반대로 만들어준 노예도덕과 및 그 사상관념을 현대의 반동계급이 가지고 있을 따름이라는 말이다. 그것은 자기의 문화를 가지지 못하게 되었던 프롤레타리아의 당연한 귀결이라고 할 수 있다.

이와 같이 입체적 전통은 순전히 경제적 계급적이요, 시간적 순관념적이며 보담 더 역사적 배경을 가진 인위적 변태성(變態性)에 의한 것이거니와 이에 대립한 평면적 전통은 지방적 또는 민족적이요, 토착적, 개성적이며 보담 더 지리적 약속을 가진 본능적 순응성을 띠인 것이라고 볼 수 있다. 전자는 유물적이니만큼 가변성이나 후자는 유심적이니만큼 '불가변성' 혹은 '난(難)가변성'이라 하겠다. (1927.1.9)

3. 전통과 반동

　사람은 자연을 정복하였다고 한다. 그것은 사실이다. 그러나 또 그만치 오만불손한 생각도 없을 것이다. 과학의 메스는 자연을 해부는 하였으나 자연의 내장(內臟)은 하나도 변역(變易)시키지 못하였다. 또 한 낱의 원자일지라도 더 보태어 놓은 것도 없고 축낸 것도 없다. 이것은 과학 그 자체가 자연의 이법(理法) 위에 성립된 것이기 때문이다. 현상에 의하여 지도되는 것이 과학이요, 그 문명이다. 그런데 사람이 자연이상(自然理想) 혹은 그 환경에 지배된다는 것은 이 자연의 원리에 따라서 생활한다는 말인 고로 과학이 인류생활에 행복을 끼치는 첫째의 이유는 과학이 자연의 이법을 준수하는 점에 있는 것이다. 그러므로 금일의 문명이 만일 자연의 이법과 배치되는 원리원칙에 섰다 할 지경이면 그 발생의 당초는 아무리 자연이법에 합치되었다 할지라도 현전(現前)의 사실로는 인간본연의 생활과 상반하는 것이라고 아니할 수 없는 것이다. 이것을 뒤집어 말하면 사람의 생활은 자연의 대법칙에 순응하는 정도에 따라서 보다 더 낫고 못한 것이 결정되는 것이다. 자연의 이법을 반역하는 자에게는 멸망밖에 없는 것이다. 사람의 힘, 과학의 힘으로 이것을 변역하고 정복할 수 있다고 생각하는 자는 아직도 자연의 이법을 모르는 자의 불손한 망상이다. 연전(年前)에 동경의 어떤 유명한 목사의 부인이 중병에 걸리어서도 의사의 진찰을 받지 않고 죽은 일이 있었다. 의약(醫藥)이라는 인의(人意)의 힘을 빌지 않고 신의(神意)에 귀의한 것이다. 그리하여 마침내 비장한 사(死)를 신의가 명하는 대로 감수한 것이다. 지금의 종교가는 그 여자의 순교적 '자연사(自然死)'로 표상된 신앙의 철저함에 감격일 것이다. 그러나 이처럼 심한 망념(妄念)도 또다시 없을 것이다. 이 여자의 이 그릇된 행위는 의학이라는 과학으로 자연을 정복하고 자연의 통재자(統裁者)요, 소유자인 신에게서 약탈하여 온 인간의 부당 소유물로 생각한 데에서 나온 것이었다. 또한 그처럼 부당 소유물이라고까지는 생각지 않았더라도 신의(神意)에 의하여 재결(裁決)되는 사(死)를 인의, 혹은 인위로 된 의약의 힘으로 모면하려는 것은 신의를 거역하는 것이라고 믿었던 것이다. 그러나 종교가의 견지로서 의학 — 과학 — 도 신의 바로 그것으로 된 것이요, 신이 사람에게 생활용구로 준 것이라고 생각하였으면 그러한 얼없는 짓은 아니 하고 지금도 신의를 힘입어서 잘 살아 있을 것이다. 종교적 견지로 보더라도 인력으로 자조(自助)할 수 있는 일을 아니하고 다만 신에만 의탁한다는 것은 신에게 충실한 표상이 되는 것이 아니라, 신력(神力) 또는 자기에게 대한 신의 수호심을 떠보려는(시험하여 봄) 것을 의미함이 될지니 도리어 신에게 대한 불손불경한 태도라 할 수 있다.

그런데 대체 '신'이란 무엇인가? '자연의 이법' 그것이다. 종교가는 물론 초자연적 실재로서 신을 숭신(崇信)할 것이다. 그리고 자연의 이법은 그의 창의(創意)한 '신의 도(道)'라고 설명할지며 신의가 자연의 이법에 의하여 움직이는 것이 아니라 신의 그것의 현현(顯現)이 자연의 이법이라고 볼 것이다. 그러나 신은 사람이 '자연'의 생활상태, 즉 자연의 이법을 조금도 모를 제, 다시 말하면 사람이 자연을 적대시하고 그 위에 적정(敵情)을 정찰하여 올 길이 두절되었을 제, 자연의 불의(不意) 기관(奇觀)(천변지이(天變地異) 기타)을 방어하기 위하여 쌓기를 비롯한 장성(長成)이요, 고탑(高塔)이라는 것은 전술한 바와 같다. 그리고 '신의 도'라는 것도 신직자(神職者)가 신과 및 신직자 자신의 위엄과 지위를 향상케 하기 위하여 신직자 자신의 경험과 이념으로 안출(案出)한 것이라는 것도 이미 말한 바와 같다. 그러므로 오늘날과 같이 사람이 자연과 합동(合同)하고 자연의 이법을 해득하였을 뿐 아니라, 그 이법이 곧 사람의 생활의 이법인 것을 깨달은 다음에는 신이라는 성시(城市) 안에 들어앉았을 필요가 없고, 신이라는 고탑에서 적정을 살필 필요도 없게 되었다. 그뿐 아

염상섭 문장 전집 I

니라 '신의 도'와 신직자의 경험과 이념에서 비롯하였으므로 그 신직자의 경험과 이념이 정확할수록 진리에 가까워질 것이요, 그 진리는 '신의 도'를 권화(權化)하는 동시에 사람의 생활을 합리화할 것이다. 진리화하고 합리화한다는 것은 무엇인가? 자연의 이법에 일치한다는 말이니 다시 말하면 신직자라는 인간이 가진 경험과 이념이 자연의 이법에 합치되는 정도에 따라서 '신의 도', 신의 말의 진위가 결정되는 것이다. 그러면 이와 같은 사실은 어떠한 결론에 도달케 하는가? 자연의 대이법은 영원불변하고 보편유일한 실재로서 만유(萬有)를 유일로(唯一路)로 인도한다는 것이다. 사람이 이것을 잘 이해하고서 자기의 생활을 그 이법의 유일로에 순적(順適)하게 하도록 스스로 노력하면 비로소 자기의 생의 현실을 얻을 것이요, 또한 자기의 생명을 통하여 우주의 생명으로 하여금 창달케 할 수 있으나, 만일 그 이법에 반역하면 그 길을 잘못 들을 것이오, 길을 잘못 들으면 자유를 빼앗기고 생명은 위축하여 인세(人世)는 지옥의 고해(苦海)로 화(化)할지니 그것은 자연의 이법을 체득치 못한 자에게 대한 자연은 염마(閻魔)로 보이고 또한 그 횡폭(橫暴)에 대한 방비수단을 모르게 되기 때문이다.

　인류생활의 행로가 그릇된 근본원인이 이 자연의 이법을 몰랐을 때부터 비롯한 것은 누술(累述)한 바이오, 그것은 고의로 그리한 것이 아니라 무지로 그리된 것이니 무가내하(無可奈何)의 일이었지마는, 하여간 이로 인하여 우리는 숭신의 관념을 얻고 그것은 다시 자연의 이법에 대하여 열리려는 이념을 봉(封)하여두게 한 동시에 오직 권위에 대하여 맹목적 복종과 숭앙을 강제하기에 필요한 정조(情操)와 관념만을 길러줌으로써 마침내 계급발달에 필요한 인자(因子)를 짓게 되었으니 이것이 인류의 생활행로 오착(誤錯)의 제1이유가 될 것이다. 그 다음에 자연의 이법을 해득하는 정도는 자기생활을 질적으로도 향상케 하고 합리화하는 정도를 결정하지만 동시에 양적으로 물질생활의 정도도 결정하는 것은 물론이다. 신직계급이 노동으로부터 면제될 때로부터 시작된 비노동계급은 시간과 생활의 여유로 지식계급을 이룬다는 것은 전설(前說)과 같거니와 그 결과로 그들은 지식의 독점자인 동시에 그 지식은 다시 그들의 생활자료를 풍부케 하였다. 그리하여 증산된 잉여물질은 그들의 전유물이 되어서 드디어 사상 정신으로 우월계급이 존재하였을 뿐 아니라 물질적으로 더욱이 우월권(優越權)을 제(制)하게 되는 동시에 본능적 소유충동은 인류의 생활의 균등을 파괴하기 시작하였다. 이것이 인류생활로 하여 행로난(行路難)을 부르짖게 하였고 또 그 행로를 빗들어가게 한 제2이유다.

그 다음 제3이유는 사람으로 자연에서 독립을 시키려는 데에 있다. 처음에는 무관(無管)한 탓으로 적대관계에 놓였던 자연을 점점 이해하게 됨으로 말미암아 자연과 대등하여 무의식적으로라도 그 이법에 순응하려 하였던 것이 반개명시대의 상태이었으나, 과학의 입장이 명연(明然), 또 확고하게 됨을 따라서 자연을 정복하였다는 자긍을 갖게 되자 사람은 자연을 눈 아래로 보게 되었다. 그 결과는 자연과 교섭을 간접적으로 행하고 사람과 간격을 시켰으며 혹시(或時)는 그 존재까지를 그리 대수롭게 알지 않게 되었다. 오늘날의 문명인은 자연을 구축(驅逐)하고 기계를 주인 삼은 데에 그 전(全) 생활의 알파와 오메가가 있는 것임은 물론이다. 금대인(今代人)은 자연의 대지 위에서 낳아가지고 기계에 집어넣어서 조금도 틀림없도록 나사를 잔뜩 조여놓은 데에 특징이 있다. 기계의 법칙은 자연의 이법에서 나왔다. 그러나 기계는 자연이 아니다. 자연의 아들을 기계의 노예로 한 데에 인류생활의 현실은 폭로되었다. 인간은 인간을 생산하는 기계로서야 비로소 존재의 이유가 성립되는 것이요, 인간으로서의 존재는 벌써 예전에 쓰러졌다. 사람이 기계의 노예라는 말은 '기계 대 노동자', '자본가 대 노동자'인 경우에만 특정적으로 지칭하는 것이 아니다. 자연을 정복하였다는 자신(自信)은 자연의 이법이라는 대

실재(大實在), 대본의(大本義)를 무시하고 기계가 산출하여주는 부(富)를 중심으로 하여 생활의 법칙을 스스로 만들었다. 이 일장(一章) 법규야말로 빗들어선 인류생활의 최후 결산인 동시에, 유물적으로만 기계에 노예가 된 것이 아니라 그 기계를 통하여 유심적으로도 노예가 되었다. 그 노예 된 점에 있어서는 자본가나 노동자나 일반이다. 다만 노동자는 이것을 깨달아가지고, 자본가는 깨닫지 못하였거나 깨닫고도 그 생활법칙이 자기의 소유충동을 토대삼아 작성된 것인 고로 현상 지속에 급급하는 데에 차이가 있을 따름이다.

금후의 인류의 대목표는 자연에, 자연의 이법에 돌아가는 데에 있다. 이 목표에 용왕매진(勇往邁進)할 자각이나 근기(根氣)가 없다 하면 인류의 운명은 내림길이다. 인류는 쇠미(衰微)하여 갈 길밖에 없다.

물질문명의 절정에 서서 호기롭게 사는 신대륙의 활기만만(活氣滿滿)한 사회상을 가보지 못한 우리가 상상할 제, 인생이란 실로 그러하여야 할 것이다. '생활이란 그러고서 살은 보람이 있다!'고 부러워할 것이다. 그러나 그 모든 것은 사람이 기계화한다는 제1조건 위에 건설되었다는 것을 망각하였거든 다시금 이념에 붙들어야 할 것이다. 사람은 자기의 영혼을 둔 '고장'까지 잊어버리고 차륜(車輪)의 혁대 위에서 공중거리로 날뛰는 것을 깨닫지 못할 때에 현(現) 사회에 대한 구가(謳歌)가 입에서 나온다. 성시(盛時)에 오히려 백년의 대계를 생각하기에 게으르지 않은 자는 현명한 자이다. 현대문명이 그 정두(頂頭)에서 이대로 전향할까를 염두에도 두지 않고 어찌 인류의 운명을 논의하랴. 기계로부터의 해방 ― 현대문명에서의 해방 ― 그것은 자연에 돌아가는 길이다. 자연의 이법에의 복귀, 그것은 자본주의의 생활법칙의 파괴요, 부르주아의 멸락이다.

프롤레타리아의 반동은 유심적으로 보면 자연에의 귀의에 이상이 있는 것이라 하겠다. 그러므로 반동운동의 교화 방면의 최후의 목표가 여기에 있는 것이라고 믿는 바이거니와 그 방법론적 목표로는 이와 같이 금일까지의 문화가 발전되어 오는 동안에 사람의 머리에 뿌리 깊게 심어준 노예도덕의 관념, 소유충동에서 오는 관념, 그 방면이 그릇된 현대문명을 시인, 지지함에 필요한 제(諸) 관념을 파기하고 개조케 하는 때에 있는 것은 이미 '반동과 문학'을 논한 제1절에서 언급한 바와 같다. 그런데 여기에서 특히 고찰하여야 할 것은 '이러한 관념들은 민족관념과 양립하는 것이냐? 동근동종(同根同種)이냐?'는 문제이다. 이것은 사회운동에서나 민족운동에서나 매우 중대한 문제이거니와 독자는 이에서 전절(前節)에 논술한 바, 전통의 2방면, 즉 평면적 전통과 입체적 전통의 상이점을 상기하여 대조하여보면 명확한 계선(界線)을 발견하리라고 생각한다.

이를 다시 말하면 상기한 제 관념은 입체적 전통인 계급적 전통이므로 그 변이성을 이용하여 관념개조를 하여야 한다는 말이다. 민족관념이라는 것은 자연성, 필연성을 가진 것으로 용이히 변이하기 어렵거나 혹은 전연히 불가변성의 지리적 약속을 가졌을 뿐 아니라, 반동운동의 최후의 이상인 자연과 및 그 이법에 복귀하는 데에 유리한 방조자는 될지언정 결코 반발 불상용(不相容)의 것이 아니므로 사회운동에 있어서 민족관념을 관념 파기의 일 종목으로 편입하여서는 아니 된다는 것이다.

그러나 민족관념에 있어서 인위적인 일부분이 있는 것을 간과해서는 아니 된다. 즉, 부르주아가 종교를 이용하는 것과 같은 수단으로 민족적 조선(祖先) 숭배의 관념을 부르주아의 수호신으로 이용하려 하는 일점(一點)이다. 그러나 이것은 과학적 해석을 여(與)함으로써 정당한 관념을 가지게 하면 그 위험에서 건질 수가 있다. 다시 말하면 전술한 바 '신'과 '자연의 이법'과의 관계와 같이 우리는 민족적 전통, 즉 지리적 전통의 실재성을 인정하고 그에 순응하도록 우리의 생활을 인도하면 고만일 것이요, 또 그러함이 '자연의 이법'

그것에 합치되는 것이다. 그런데 다만 한 가지 문제는 '신'은 종교가의 이념과 감정의 소산이나 선조(先祖)는 인격적 존재요, 또한 사실적 실재이므로 혈통상으로나 역사상으로, 내지 관념상으로 이것을 부정할 수는 없는 것이다. 또 그리할 필요도 없는 것이다. 누구나 자기의 어버이에게 사상적 갈등을 느낄 경우에도 경애(敬愛) 혹은 정애(情愛)를 느낀다. 이것은 '피'에 대한 애착이요, 또 본능적이라고 전술한 바가 있었다. 그러면 민족적 존재가 있는 다음에야 민족적 선조에 대하여 경애의 염(念)을 포지하는 것이 사회개조사업에 장해를 재래(齎來)할 리가 없는 것은 자명의 이(理)이며, 또한 민족적 선조를 민족적 전통의 상징으로 보는 것도 무관한 일이니, 만일 그 민족이 집단적으로 어떠한 행위를 취하여야 할 긴박한 사태에 처하였을 때에도 그 상징화한 선조를 목표 삼아 만심(萬心)이 일치단합하도록 특히 고조(高調)할 때도 있을 것이다. 그러나 이 경우에라도 신격적 존재가 아니요, 계급적 사실이나 관념으로가 아니므로 계급의식의 마취제로 변태를 할 수는 없다. 만일 변태화하면 그러하지 못하게 얼마든지 제지할 수단은 있는 것이다. 다만 그것으로 말미암아서 무용한 민족적 편견을 고취함에 빠지면 인류공영을 위하여 불길한 일일 따름이라 하겠다. (1927.1.11)

4. 민족운동과 사회운동의 실제

이상은 민족운동과 사회운동을 유심적 견지에 서서 결코 모순 반발치 않는다는 일반론이었거니와 이러한 논거에 의하여 실제적 방면을 개관함도 도이(徒爾)의 사(事)가 아닐 것 같다.

민족운동은 민족전통의 옹호자로서 민족혼의 고취와 대의명분적 정신에 입각하려 하므로 보다 더 유심적 경향을 가질 것이요, 경제 방면으로는 '민족 대 민족'의 노자(勞資) 관계를 인식하므로 자민족의 내국적 자본주의를 긍정 또는 장려하는 경우가 있겠으므로 일반 사회운동에 대하여는 소극적 태도를 취할 것이다. 그러나 사회운동은 이에 반하여 일체의 전통을 부인하고 민족혼을 불문에 부(附)하며 반동의 대상을 자기 민족에 대한 압박민족에 국한한 것이 아니요, 자기 민족 내의 부르주아를 함(含)한 전 세계의 부르주아 계급과, 그 제국주의 국가에서 발견하는 것은 새삼스러이 노노(呶呶)할 바가 아니다. 그리고 정신문화상으로 보면 민족주의는 자민족의 개성에 중심을 둔 문화 — 국민문학의 수립을 기도하는 반면에 사회운동 측에서는 보편성적으로 프롤레타리아 문화 — 계급문학의 고조로써 전통적 관념의 파기 및 개조에 분망하게 될 것도 필연한 이세(理勢)일 것이다. (이 양(兩) 문학의 금후의 발전과 그 관계는 『신민』 신년호에 기(寄)한 소론[221]에서 개설하였기로 이에서는 약(畧)한다.)

그러나 이러한 두 경향이 유심적 견지에서 결국에는 일치하리라는 것은 전설(前說)한 바와 같거니와 다시 피압박민족의 실제 운동에서 양자가 합동 일치함이 각자의 운동을 일층 권위 있게 함이라 하면 그것은 어떠한 방면에서 더욱 실제적으로 발견할까?

민족운동이 대의명분적, 또는 전통 중시적 견지에만 입각한 자민족 내부의 정치 및 교화운동으로 목적을 달하려던 것은 기미년 당시 혹은 그 후 2, 3년의 일이다. 시대는 변하였다. 제1시련이 '성공이냐 실패냐'라는 문제보다도 한 가지 교훈을 얻었던 것이니 현실폭로로서 얻은 실력 자의(自疑) 의식으로 인하여 순(純) 정치운동에서 경제운동에 완만한 보조로 전향하여 '민족 대 민족'의 착취를 자민족의 자본주의적 발달로서 방어할 수밖에 없는 답안에

---

221 염상섭의 「조선문단의 현재와 장래」(『신민』, 1927.1)를 말하나, 『신민』의 해당 호를 찾지 못했다.

득달(得達)하였다. 이것은 확실히 변태요, 역류다. 부르주아 자신이 자진하여 할 일을 여론으로써 부르주아적 발달을 촉진케 한다는 것은 숙호충비(宿虎衝鼻)요, 교인행적(敎人行賊)케 하는 셈이요, 까딱하다가는 무산자 스스로의 묘혈을 준비하는 것이지마는 일면으로 보면 과연 여기에 피압박민족, 피착취민족의 남에게 말 못할 이중, 삼중의 고통이 있고 딜레마가 있는 것이다. 그러나 이것이 자민족의 현실을 유지하는 유일로(唯一路)일 지경이면 순리적 입장을 버리고 사태에 순응하여 일시적 권도(權道)를 취하는 수밖에 없다. 그렇다! 이 점이다! 민족주의가 현재에 지지하는 경제정책이 어떠한 시기까지의 임기응변적 권도인 것을 자진하여 인식하는 때부터 사회운동의 우익에 출진할 자격을 가지게 될 것이다. 그것은 아무리 정치적 해결이 단독히 성취된다 할지라도 현재의 조선이 가진 부르주아의 미약한 역량으로서는 자본주의적으로일망정 경제적 해결을 주지 못하리라는 이유, 환언하면 '사회운동적' 경제정책에 의하지 않으면 경제적 해결 그 자체뿐만 아니라 정치적 해결도 완성키가 어려우리라는 예상 하에서 인식될 것이다. 이에 반하여 사회운동은 민족주의가 제국주의적 발달의 과정 또는 그 귀결에 도달할 만한 하등의 필연성이 없는 동시에 '민족적 피착취'라는 현실의 사실만을 인식하고 또 민족주의의 권도정책을 묵인하면 양자는 실제 운동선상에서 충분히 협동되리라고 믿는다. 다만 한 가지, 자민족의 내국적 자본주의 발전에 대하여 보호정책을 취하는 점이 장래의 제국주의적 민족주의에 유도하는 발효소라고 비난할 것이요, 의심할 것이나 그것은 너무나 실제를 무시한 순리적 견해라 할 것이다. 왜 그러냐 하면 '현실생활의 유지'라는 긴박한 조건이 있는 것이 일(一) 이유요, 현시의 조선 부르주아가 발전된다 하자 미미함에 불과할 뿐 아니라 상당한 발달을 할지라도 부르주아의 공통한 필연적 운명 하에 놓이게 되리라는 것이 기(其) 이(二)의 이유며, 보호정책 그 자체 수단이라는 것이

최후의 이유이겠기 때문이다. (1927.1.15)

　하여간 이와 같이 유심적으로나 유물적 실제운동으로나 양자가 일치되고 협력하며 병진하는 것은 목하 조선의 반동운동에 있어서 절대 필요한 일이다. 세력의 확충으로도 그러하거니와 사회운동 측의 견지로서도 민족운동은 사회운동의 우경적 선행운동을 하여줌으로써 더욱이 필요를 느낄 것이다. 가령 현하에 실제화하는 문맹타파운동이라든지 기타 일반 농촌무산자교화운동 같은 것에 있어서 다소의 주의 정책상 차이점이 불무(不無)일지라도 민족운동 측에서 공헌함이 많을 것이요, 또한 실제에 사회운동자보다 편의와 기회를 많이 가질 것이다. 민족운동이나 사회운동이나 다 같이 세계의 피압박민족 및 전(全) 동일계급과 국제적 연맹을 맺는 것도 필요한 일이요, 또한 현전의 자민족에 대한 압박민족 내의 무산자 및 그 정당과 악수하는 것도 사실 여하에 따라서는 불필요한 일이 아니겠지마는 그보다 먼저 끽긴(喫緊)한 필요를 느끼는 것은 자민족 내의 양개 운동의 신속한 제휴에 있다고 확신하는 바이다. 좀 더 긴절히 말하자면 민족적 일면을 버리지 않은 사회운동, 사회성을 무시하지 않은 민족운동, 그것을 지금 조선은 요구하지 않는가! 아무리 '조선민족적인 정치경제 상태'에 살 수 있게 될지라도 기계에, 자본주의적 생활법칙에 예속되어 살기를 원하고 자연의 이법에 돌아가기를 생각지 않는 동포는 새로운 세대에 발맞추지 못할 반려요, 또 아무리 새로운 생활환경에 안적(安適)할 수 있더라도 민족적 개성을 상실하였거나 지리적 조건으로 약속된 민족의 전통을 무시하는 사회원은 자연의 이법에 귀순하려는 인류의 신(新) 행로의 동행자가 되기 어려울 것이다. 어떠한 세대, 어떠한 생활조직 하에서라도 반도의 흙은 조선말을 하는 사람과 및 그의 자손의 손에서 갈(耕)리고 조선말은 반도의 흙을 가는 사람 이외의 사람의 입에서 회화되지 않을 것이기 때문이다. 그리 아니할 수도 없거니와 구태여 그렇게 아니할 필요도 없는 일이기 때문이다. 소비에트 아라사가 각 연방의 교육을 통일된 조직 하에 각자의 방족어(邦族語)로 시행한다는 것은 얼마나 자연의 이법에 순적(順適)한 방법이요, 또 얼마나 유쾌한 일이냐! 그리하고서야 인류의 문화는 비로소 정도(正道)로 들어서고 또한 찬연한 벗을 얻을 것이요, 또 그리하고서야 인간의 자유는 확보되었다 할 것이다. 일본사람에게는 사미센(三味線)을 뜯게 하여라. 아라사 사람에게는 발랄라이카(balalaika)를 타게 하여라. 조선사람은 장고(長鼓)를 칠지니! 그것은 다 그 토지, 그 자연 속에서 자연의 이법대로 된 그 백성의 영혼과 개성의 울리움인 연고니라.

병인(丙寅) 세모(歲暮) 어(於) 동경(東京) 교외

(1927.1.15)

문예와 생활[222]

　문예는 생활에서 보면, 그 표백이요, 기록이요, 흔적이요, 주장이다. 결코 생활 그 자체도 아니요, 생활 전체도 아니다. 다만 그 내재한 예술적 효과, 또는 가치 —통틀어서 그 예술적 위력이 생활 총체를 순화하고 미화하며, 개개인의 영적 활동을 자극·활발케 하는 동시에, 개개인의 감정과 의지와 혹시는 사상까지를 융화하고 연결함으로써, 인생 생활에 대하여 저 맡은 직책을 다할 따름이다. 그러므로 전대의 예술, 더욱이 그 문예는 거기에 내재한 예술적 위광(偉光)만이 금대인(今代人)의 생활에 조명되고 반사되지마는, 전대의 문예로 표백되고 주장된 생활의 형자(形姿)는 우리에게 하등의 교섭을 갖지 못하는 경우가 많은 것이다. 우리는 다만 거기에서 전대인(前代人)의 생활의 폐허, 생활의 흔적 위에 방사되어 있는 예술미 혹은 예술광(藝術光)을 발견할 뿐이다. 여기에 현시(現時) 훤전(喧傳)되는 바, 프롤레타리아 문예의 일 유력한 근거가 있는 바이거니와, 나로서 솔직하게 말하라 하면 금대인의 예술에서 금대인의 생활을 제각(除却)하고는 감상할 흥미는 실로 조금도 없다고 하겠다. 만일 금대의 작가가, 그중에도 습작시대에서 방황하는 조선의 작가가, 금대인의 생활을 구성하는 시대의식과 사회의식 및 일층 범위를 좁혀

---

222 염상섭(廉想涉), 「문예와 생활」, 『조선문단』, 1927.2.

서는 민족의식을 전연히 무시하거나, 무시하지는 않더라도 희박하고 불활발한 표현만을 보여준다 하면, 그 작품은 대관절 어디다가 진열하고 어떠한 독자와 친교를 맺으려는가 의심한다. 만일 우리가 그 이외의 것을 구하려면 금대 이전의 것 또는 조선말 이외의 국어로 쓰인 모든 작품에서 그 이상의 것을 구할 수 있지 않은가!

생활은 어떠한 경우에서든지 제일의(第一義)다. 현실은 누구에게 대하여서든지 호말(毫末)의 차착(差錯) 없는 엄연한 호령자(號令者)다. 생활은 현실 위에 밟고 서서 춤을 추나, 그 춤의 반주자는 '현실'이다. 반주자는 본질적으로 명령권을 가지고 있는 것이다. 사실상 '생활'은 '현실'의 명령에 복응(服膺)하는 훈련하기 쉬운 주졸(走卒)이다. 그러나 다만 새로운 무도가 요구될 때에 새로운 곡을 타도록 반주자를 유도할 수 있는 것이다. 이를 다시 말하면, 사람의 두 다리는 대지 위에서 일찍이 한 초 동안도 떨어져 보지 못함과 같이, 우리의 생활이 현실 위에 튼튼한 발판을 장만치 않고는 정말 살았다고는 못할 것인 동시에, 우리는 현실을 이사(頤使)하려 하나, 기실은 결국에 현실의 견제에서 벗어나지 못하고, 현실에 동화하며 맹목적으로 추종할 따름이다. 그러나 다만 우리가 자기 생활에서 큰 파탄을 발견하거나, 오랫동안의 침체가 계속될 때에만은 비로소 현실에 대하여 주인 될 자각이 자극되어서 새로운 생활을 조직하고 영위할 만한 사건과 분위기를 만들 것이요, 따라서 우리는 얼마동안 새로운 현실을 처리하고 새로운 현실과 희망하는 생활의 장단이 맞도록 노력하나, 불구(不久)에 또다시 생활은 그 순치된 현실과 타협하고 마는 것이다. 그러므로 '생활'이란 그것이 영원한 유동인 다음에야, '현실타파'라는 것은 생활의식이 있는 동물에게 과한 영원한 숙제라고 할 수 있다. 생활한다는 말은, 결국은 현실타파를 영속적 사업으로서 쉬지 않는다는 말이라고 볼 수 있으나, 다만 한 가지 다행한 것은 '현실타파'라는 인생의 영원한 숙제가 '부진수(不盡數)'는 될망정 '미지수'가 아니라는 사실이다. 다시 말하면, 인류가 이상을 잃어버리지는 않았다는 말이다. 누구나 자기의 생활의 목적을 노중(路中)에서 흘려버렸거나 불질러버리고 팔아먹지는 않았기 때문이다. 그러나 우리가 아무리 자기의 두뇌를 신임하는 경우에라도 정확한 해답을 얻는 때보다는 오산이 9할 9푼 9리까지를 점할 만큼, 그 숙제가 난해한 것이요, 우리의 뇌세포가 기형적으로 발달되었으며 일체의 정신적 훈련이 부족한 것이다. '현실타파의 비애' 혹은 '현실폭로의 비애'란 말은 반드시 자연주의자에만 한한 전용어는 아니다. 다만 현실타파의 비애 혹은 현실폭로의 비애에 발을 멈추겠느냐, 그렇지 않으면 한걸음 더 나가겠느냐는 데에서 '자연주의'와 '자연주의 이후'가 구별될 뿐이요, 그 숙제, 그 오산은 어느 때까지 영속되고 반복(反覆)되고 있다. 그러나 '현실타파'라는 이 숙제는 우리의 생활이 정체하지 않고 유동한다는 유일의 표적이요, 또한 가장 필요한 엘리먼트(element)인 다음에야 우리는 그것을 결코 거부하려고는 아니하지마는, '현실타파'나 '현실폭로의 비애'라는 오산을 반복하기에 우리의 조선(祖先)과 우리와 및 우리의 자자손손이 전 생애를 한 묶음에 열넉 냥 금으로 놀라운 낭비를 한다는 것은, 아무리 거기에서 진보의 자취를 찾을 수 있다 할지라도 가없은 불행이다. 실로 인생의 부담하기에 과중한 비극이 거기에 있는 것이다. 인생고, 생활고의 귀납된 것이 곧 이것이다. 이 비극, 이 고뇌는, 현실생활, 그중에서도 가장 범위를 좁혀서 단순히 사회적 생활이나 일 개인의 외적 생활의 조건이 합리적으로 순조롭게 영위되고 진행될 제, 다시 말하면 현실타파가 어떠한 정도로나 혹은 완전한 성공을 얻을 때에 우리는 비로소 모면할 수 있을 것이다. 그러나 본질적 일면에 있어서, 철학적 유심적 또는 성격적으로 오는 고뇌 혹은 비극은, 보편적인 경우나 특수한 개인의 경우이나를 물론하고 그것은 숙명적이요, 불가항거(不可抗拒)의 것이다. 다만 협의로서의 현실생활이 합리적으로 해결되고 순조로 진행하는 정도를 따라서 다소 완화 될 것을 우리가 예상할 수 있을 따름이다.

　여기에 와서 문예는 비로소 자기의 광대한 영지(領地)와 취제(取題)의 무한 대한 범위를 발견하는 동시에, 생활과 현실 사이에 개립(介立)하여 인생의 고 민상(苦悶相)으로 일관하는 것이며, 생활이 있은 후에 문예는 존재하고 성립 되는 것을 명백히 한다. 만일 문예가 자못 순객관적으로 자연을 시화(詩化)하 거나 인생생활을 묘사함에 그친다 하면, 즉 사람의 감정, 의지, 사상을 부가 하거나 혹은 그러한 주관을 거치지 않고 단순히 자연미를 문자로 번역하거 나, 인생생활을 묘사하고 보고하는 것이 문예라 하면 문제는 아무것도 생기 지 않는다. 그러나 문자적 번역으로만은 만족할 수 없을 뿐 아니라, 사실상 불가능한 일이다. 아무리 허심(虛心)한 태도로 현상에 대하며 절대객관, 절대 사실을 주장할지라도, 그 내면, 그 배후에는 관자(觀者)의 생활이 유력하게 활동하는 것이다. 동일한 현상이 갑(甲)에게는 갑적(甲的)으로 영사되고, 을 에게는 을적으로 관조된다는 것은 반드시 감성·오성(悟性)의 예둔(銳鈍)이라 든지 천질적(天質的) 개성의 차이로 뿐만 아니라, 그들의 현실생활과 전통이 다르기 때문이다. 오히려 감성·오성 및 선천적 개성까지가 현실생활과 생활 의 퇴적인 전통에 따라서 좌우되고 변화하는 사실은 용이히 시인할 사실이 다. 이 점이 문예의 보편성과 동일히 문예의 개성·민족성·계급성을 용인케 하는 것은 새삼스러이 논의할 바도 아니지만은, 동시에 '순객관'이라는 말은 예술상에 용납할 수 없는 말이다. 다만 자연주의나 사실주의에서 객관을 주 상(主尙)하는 것은, 작가의 의식적 태도에 그치는 것이요, 어떠한 작품이든지 작가의 생활과 및 작가의 생활을 조직하고 지배하는 시대정신과 생활감각 및 생활의식이라는 액즙으로써 반죽되지 않은 것이 없다. 이러한 논의도 지 금 새삼스러이 설명할 바가 아니지마는, 하여간 이 방면으로, 즉 생활에서

'문예'라는 것을 볼진대, 그것은 한낱 생활기록에 불과한 것이요, 현실타파운동의 부분적 보고서에 그치고 마는 것이다. 다시 말하면 사람은 '현실'이라는 무대 위에 서서 어떠한 희비극을 연작(演作)하고 있는가를 묘사하고 해부하고 비평하고 단정하여 생활의 상태와 방향을 천명하고 혹은 지시하는 것이다. 다만 예술적 표현이어야 하는 조건이 있기 때문에 여러 가지 형식과 제약이 있을 따름이요, 그 이외에는 인류생활이나 우주적 존재로서, 결코 신성을 주장하거나 지상(至上)을 고집할 것이 못되는 것이다. 인간이라는 배우가 현실 위에 올라서서 살찌고 가로 퍼진 놈은 희극을 연출하고, 마르고 세(縱)로 자란 놈은 비극을 실연(實演)하는 것이 생활이라는 것이요, 그 연출법에 의하여 '그 시대인은 그 발판인 현실을 어떻게 지배하여가는가? 어떻게 지배되는가? 또는 어떻게 지지하는가? 혹은 어찌하여 타파하려 하며 어떻게 개조하여가는가?'를 (예술적 방향으로) 문자로 묘사하고 (간접적 수단으로) 사상과 의지로 주장하여, 동일한 시대의식과 사회환경과 생활감정을 가진 독자에게 제공하는 것이 진정하고 가치 있는 문예요, 그 이외의 것도 아니며 그 이상의 것, 혹은 그 이하의 것도 아니다.

인생이 꿈이 아닌 다음에야 문예가 꿈일 수도 없고, 생활이 향락이 아닌 다음에야 문예가 오락일 수도 없고, 현실이 오뇌에 채운 다음에야 문예가 낄낄 웃고 앉았을 수가 없을 따름이다. 그러므로 현대의 문예가 낭만주의에서 벗어난 것이요, 그러므로 현대의 문예가 오락물시하는 천대와 데카당스 경향이나 및 그와 유사한 사로(邪路)에서 구원되었으며, 그러므로 우리의 문예는 천박한 낙천주의나 허울 좋은 종래의 인도주의의 가면극이나 인형극을 재연하지 않게 되어가는 것이며, 또 그러므로 문예는 인생고·생활고·현실고의 표백이요, 그 배설구며, 성격적 갈등, 운명의 위압 등에 대한 고민의 전기(戰記)도 될 수 있고 예방제도 될 수 있는 것이다. 실로 인생은 희비극의 연쇄에 지나지 않기 때문이다. 희극이라 하여도 그것은 비극의 변태다. 인생을 세로 보면 비극이요, 가로 보면 희극이다. 그러나 인생이란, 생활이란 누구에게든지 엄숙한 것이다. 비극을 보고도 울 수 없고, 희극을 연작하면서도 웃을 수 없는 것이 인생이요, 또한 우리의 생활이라는 것이다. 비극 앞에서 울지 못하고, 희극 앞에서 웃지 못하는 심경. 이것이야말로 고민의 상징이다. 그러나 이 고민이 있고서야 인생의 엄숙을 알고 생활에 철저한 것이요, 사는 문예가 잉태되고 순산되는 것이다.

생활은 제일의다. 사람은 문예 속에서 사는 것은 아니다. 생활은 문예적으로 영위할 수 는 있지마는, 예술은 생활 속에 발육하고 성장되는 것이다. 인생은 깊게 파들어가고 현실을 명철한 관조로 포착함으로써 깊은 뿌리 위에 튼튼히 심겨진 생활이 없이는 생기 있고 가치 있는 예술이 나오지 못하리라고 생각하거니와, 사실상 자기의 생활의식도 몽롱한 작가가 사이비 인생을 조제남조(粗製濫造)함에 불과한 문예작품을 보는 것보다는, 제국주의국가의 재상(宰相)이 자본가에게 납미(納媚)하는 정견 연설기사나 어떤 사회운동단체의 선언서를 읽는 것이 수배(數倍)하는 흥미를 끌 때가 많다. 미성품(未成品)의 문예를 통하여 실인생과는 거리가 먼 모조인생을 보고 불쾌를 느끼는 것보다는 그러한 연설이나 선언 가운데에 움직이는 인생, 움직이는 사회, 움직이는 세계가 보이기 때문이다.

1926.12.8.

『조선문단』, 『동광』, 『신민』, 『별건곤』, 『동아일보』, 『조선일보』의 신년 문예부록 중, '소설'과 '평론'에 대하여 소위 '월평적(月評的)'으로 만담(漫談)을 시험하려 한다.

호주(好酒)하는 사람이나 애주하는 사람이나 술을 먹는 것이요, 알코올을 먹지는 않는다. 기주가(嗜酒家)일수록, 애주가일수록 양주(良酒)를 찾는다. 취할수록 독한 술을 찾는다고 소주에다가 주정(酒精)을 타서 주거나 배갈에 메틸알코올을 섞어서 주기로 먹느냐 하면 그런 것은 아니다. 먹었다가는 금시로 두통이다. 독한 술, 진국이라는 것은 방순(芳醇)하고 미미(美味)한 것, 12도(分)로 발효되어 잡물(雜物)을 섞지 않은 것이다.

나는 이번에 수중에 있는 신문잡지에서 창작을 모조리 훑어보면서 이러한 생각을 하였다. 알코올을 생으로 먹여주는 것 같다. 사실 어지간히 두통이 났다.

외과의가 수술실에 들어갈 제, 주정에다가 물을 타서 한 모금 마시고 들어가는 수가 있다는 말을 들은 일이 있다. 조선사람이나 세계의 인류 생활이나 외과수술, 대수술을 할 필요에 박긴(迫緊)하였고, 양의(良醫)가 해부도를 휘두

---

223 염상섭(廉尙燮), 「문단시평(文壇時評)」, 『신민』, 1927.2.

를 때도 되기는 되었다마는, 메스도 가지지 않은 얼치기 의생(醫生) 쯤이 수술복만 입고 환자실 문 밑에 앉아서,

"응, 인제 들어간다. 염려 마라. 인제 들어가! 환자의 진맥이나 잘 봐놓아라." 하며, 물도 아니 탄 알코올만 생으로 꿀떡꿀떡 키고 있다 하면, 수술하러 들어가기 전에 그 놈부터 수술대에 올려 뉘어야 하게 되고 말 것이다. 조선에 프롤레타리아문학이 창도된 이래, 조선문단은 거의 그 전체를 한 묶음에 들어서 수술대에 올려놓게 되었다. 한방의(漢方醫)의 의생은 탕약으로 환자의 내치(內治)를 하여야 할 것인데, 어줍지 않게 외과수술까지 도맡아서 하겠다고 시키지 않게 앞장을 서려니까 공연히 제 신상까지 망치기 쉽게 되고 남 못할 노릇을 하는 게다. 현하의 조선문단이 그것이다. 하물며 그 알코올을 환자 — 독자 — 에게까지 먹이려 함에랴!

환자의 외과수술이 시급치 않다고 누가 말하던가? 외과수술 전후에 적의(適宜)한 내치가 필요 끽긴(喫緊)치 않다고 누가 말리던가? 내과의사더러 외과수술을 하여 달라고 누가 청(請)하던가? 부질없는 지독한 알코올 잔을 입에서 떼일지어다. 조선의 작가여, 그리하면 그대 자신이 수술대에 오르지 않게 되어서 좋을 뿐 아니라, 그대의 내치를 기다리는 환자를 위하여 행복일지니라.

"너는 세계의 대세를 모르는 놈이다. 조선문단의 추이를 모르는 놈이다"고 할 것이다. 세계의 대세? 문단의 추이? 알면 얼마나 알았는지는 모르겠다마는 모르는 편이 영(寧)이 해롭지 않다. 나 개인은 고사하고 조선의 작가들이 조선문학의 수련·기반을 확립할 때까지 프로 병에 걸리지 않았다면 여간 좋지 않았을 것이다. 백일도 못된 갓난아해가 태독(胎毒)에 걸려서 헐떡인다.

"너는 조선문단에서 축출을 당하고 한참 흔하던 사회매장 격의 문단매장을 당하고야 말 것을 자각이나 하고 이렇게 전 문단을 적대하여가지고 그 비뚤어진 입을 씰룩거리고 있느냐? 어디 실컷 주절대봐라."라고 할 것이다. 축

출? 나는 소위 문단인이라는 것을 명예로 생각하여본 적도 없다마는, 지금 이 모양의 문단에서 축출을 당한다기로 무서울 것도 없고 불명예일 것도 없다. 누구 말마따나 현재의 중견작가라는 모모가 "각각으로 물러 나서게 되고, 그 자리에 새로운 사람의 중견세력 ― (이라는 것은 아마 프롤레타리아 작가라는 말인 듯하거니와) ― 이 조성되어 간다"니까, 쫓겨나는 김에 분풀이로 실컷 악담이나 하고 나가려는 것이다! 가가(呵呵). 그러나 쫓겨나고, 아니 나고 간에 지금의 '프로문학병' 환자들이 지금의 그대로, 그 모양대로 허명무실(虛名無實)한 '문단적' 중견세력만을 잡는다 하면 조선의 문단은 '문학적'으로 현재 이상으로 저열화(低劣化)하고 말 것이다. 프로문학 인플루엔자의 해독제를 모조리 먹고, 다시 프로문학이든 무어든 부르짖고 나오기를 간절히 바라며 그러한 뒤에 중견이고 중축이고 된다면 만세를 부르짖겠다. 잔소리 그만하고 차차 작품부터 보자.

　최서해(崔曙海). 그의 출현은 재작년부터이다. 만 2개년 동안에 그이만큼 문단적 지위를 굳힌 사람도 없고, 또 그 후에는 그이만한 사람도 나오지 못하였다. 무에니 무에니 하여야, 만일 김기진(金基鎭) 씨 말과 같이 "조선의 문단은 춘원(春園) 시대에서 상섭(想涉)·동인(東仁)·빙허(憑虛)·도향(稻香) 시대로 옮아왔다"고 할 것 같으면, 그 다음에 온 사람은 서해 한 사람밖에 없었다 하여도 독단이라는 꾸지람은 없을 것 같다. 그는 소위 프로작가라 하지마는, 프로문학병 환자는 아니다. 여기에서 그의 건실한 토대가 올곧게 잡힌 것이다. 그러나 그의 2년간 노력은 '문단적' 지위를 향상하였음에 비하여 '문학적' 지위에 대하여는 하등의 변화를 주지 못하였다. 다만 수법과 기교의 진경(進境)이 있을 따름이다. 그의 실생활난은 그의 예술적 생애, 내(內) 생활의 진전을 몹시 저해한다는 실제 문제도 고려하고 동정하여야 하겠거니와 천편일률인 그의 제재와 표현으로 보면 그가 얼마나 실감(협의로) 또는 실경험에만 편중하였는가를 알 수 있고, 또 그것이 그의 문학적 지위를 고정케 한 원인이 되었다. 더욱이 그에게 해독을 끼친 것은, 그를 프로작가라고 옆에서 부채질을 해준 것이다. 제대로 내버려 두더라도 그 실생활에서 얻은 경험이나 실감을 토대로 하니 만큼은 무변화한 속에서라도 진정한 프로작품을 제작할 수 있는데, 게다가 옆에서 부채질을 하니까 일층 '프로적'임을 발휘하려 하게 되고, 따라서 그것이 자칫하면 기형적 현상을 이루게 된 것이, 그의 근자의 작품이다.

『조선문단』의 「홍염(紅焰)」이나 『동광』의 「전아사(餞迓辭)」나, 이 작가에게서가 아니고는 볼 수 없는 것이요, 믿음직한 솜씨이면서도 제재나 플롯이 변통성(變通性) 없고, 또 깊게 파고들어가지 못하였으며, 청정하게 세련되지 못한 것은 상술한 나의 말을 입증할 것이다. '문 서방'이나 그 주위를 그만큼 살린 역량을 가지고 왜 좀 더 시원스럽게 내뿜지를 못하였는가. 문 서방 아내의 임종 광경이라든지 홍염이 휘날리는 전후 묘사가 개념적으로 극화함에 그쳤을 뿐 아니라, 전반(前半)이 그만큼 약여(躍如)한 데에 비하여 점점 실감에서 떠나서 나중에는 문 서방이나, 문 서방 아내나, 문 서방 딸의 심경은 조금도 건드려보지도 못하고 다만 인형극이 연작(演作)된 것은, 일개의 성의를 가지고 결론으로 향하여 구보(驅步)를 한 탓이다. '프로적 해결', 그것이 작자의 붓끝의 자유를 뺏었다. 더구나 그것이 작자의 플롯의 대두리를 잡고 출발을 하였기 때문에 비상한 화를 미친 것이다.

「전아사」는 「홍염」에 비하면 자연히 발전되어나간 모양이나 수층(數層) 떨어지는 것이다. 제일 긴장한 맛이 없고, 표현이 졸렬한 데가 눈에 띄었다. 연애사건 같은 것, 고료(稿料) 문제 같은 것, 모친의 죽음에 대한 것 같은 것들이 혹은 군더더기요, 혹은 어설펐다. 다만 따뜻한 정서가 저류(底流)하는 것은 작자의 일면을 보여주는 것이었다.

이익상(李益相). 그의 작품은 재작년에『조선문단』합평회에서 본 법도 하나 기억에 남지 않았고, 이번에 「어여쁜 악마」(『동광』)를 오래간만에 처음 보았다. 그리 머리에 남는 것은 없으나, 수수하게 좋았다. 이 작가는 이로부터 이 어름에서 자리를 잡아갈 것같이 생각하였다.

"어찌 한층 더 부모는 어찌해서 가장 귀여운 자식을 희생치 않으면 안될까를 생각지 못 하는가."라는 일절은 밥에 섞인 까만 조그만 모래를 바삭하고 씹는 것 같은 느낌을 주었다. 그러나 그 이하에 더 일층 번잡한 설명을 수행하여 진(眞) 알코올을 함부로 먹이려 하고, 또 그것으로 종결을 맺었으면 나는 모래 씹은 데에 불쾌해서 밥술을 놓아버렸을지도 몰랐다. 하지만 다행히 작자는 다시 독자를 끌었다.

그 다음에 '명수'가 'C'를 병원에 데리고 간 일절은 묘사로서도 상승(上乘)이요, 작자의 재간을 보일 만큼 보여준 것이 유쾌하기는 하지만, 그다지 주력을 쓸 필요가 있는가 의문이다. 그보다는 C의 귀향 일절을 편지 한 장으로 어름어름 하여 넘기지를 말고 좀 더 변화를 시켜서 친절 정녕히 묘출할 뿐 아니라 양개 인물의 심경을 또렷이 살펴주었으면 많은 효과를 얻었을 것이다. 그러나 '사람은 퇴화한 악마'라는 말에 대하여 편지받은 명수가 '어여쁜 악마'하고 문득 부르짖은 것은 작자의 기교로도 좋거니와, 악마도 못되고 심적 갈등에 방황하던 명수로서는 하염직한 말이요, 여하간에 한 해결을 주었다. 작자는 무용한 대화(예(例)하면 명수가, 문 열어주는 주인집 하인과 하는 것)를 피할 필요가 있다. 잠깐 주의뿐.

양백화(梁白華). 「출발」(『신민』)은 재미있게 보았다. 아직 개연(開演)되지 않은 극장에 들어가서 기다리고 앉아있는 폭쯤 잡고, 아름다운 행문(行文)과 평범한 제재와 섬치(纖緻)한 심리와 친절한 설명으로 구성되었다. 그뿐이다. 그러나 막이 걷히지 않으면 희극은 구경할 수 없다. 일본문단에서는 '심경소설'이라는 조어가 유행하지마는, 「출발」은 다만 심경의 설명뿐이다. 살아서 움직이지를 않는다. 독자의 경험과 상상의 힘만을 의뢰하려 한다. 너무 뱃속 편한 수작이다. 묘사로써 독자의 눈앞에 실연(實演)하고 활동하게 하여 달라는 주문이다. 씨가 창작에 붓을 대인 것은 이번이 처음이겠기로 무리치 않거니와, 소설로서는 간주키 어렵더라도 솜씨는 노숙(老熟)하다. 그 점만은 취하려 한다.

이기영(李箕永) 씨의 「실진(失眞)」(『동광』)과 주요섭 씨의 「개밥」(『동광』)은 전(全) 알코올이다. 알코올인 점으로 쌍벽이다. 양 씨가 모두 그만들 한 솜씨를 가지고 왜 「실진」이나 「개밥」 같은 것을 쓰느냐고? 외과수술을 하겠다고 무작정하고 덤비기 때문이다. 일종의 프로문학 중독자의 호(好) 표본이다. 이 중독자의 심한 특징은 인생의 본연의 형자 앞에서는 눈을 감고, 자의로 인생을 모조(模造) 남작(濫作)하는 것이다. 예술적 가치, 소설로서의 조건, 기교 문제, 사건 전개의 저어(齟齬), 모순, 기타 모든 관점을 집어치우고, '프로문예가 선전용구'라는 견해로만 볼지라도, 가련한 노파를 죽이고 밥 몇 끼를 먹는 '프로' ― 혹은 개밥찌꺼기를 남편이나 자식에게 먹이는 '프로' ― 그 따위의 비인간의 사실을 써서 얼마나 선전이 된다는 말인가. 독자는 그 지게꾼에게 동정을 할까? 자수를 할 만큼 양심이 있으면 죽이지도 않았을 것이다. 그러기에 '실진'이 아니냐고? 그런 말 같지 않은 이론은 쓰지 않을 것이다. 밥 몇 끼에 같은 프롤레타리아의 생명을 빼앗고 법률의 제재를 자진하여 받는다는 소위 양심이라는 것을 가진 그 따위 '프로'는 얼른 뒤져야 할 것이다. 또 조밥 덩이라도 끓여먹을 수 있으면서 개 먹던 턱찌끼[224]를 애부애자(愛夫愛子)의 구미 붙으라고 속이고 먹이는 계집이나 에미가 사실 있다 하면, 불쌍하기 전

---

224 턱찌끼 : 턱찌꺼기(먹고 남은 음식)의 준말.

에 못나고 밉살스러울 것이다. 특히 「개밥」에는 전후당착이 우심(尤甚)하거니와, 개밥을 많이 담을 지경이면 몰래 훔쳐다가 서방, 자식도 먹일 수 있을 것이요, 사냥개 한 마리쯤은 입으로 물어뜯어 죽일 만한 여장부면야 무슨 일을 하기로 자식새끼 고깃국 못 끓여주랴. 이게나 저게나 그러기에 프로계급의 참상이 전율할 만하지 않느냐고 하겠지마는, 모든 피난처가 '프로'라는 한마디에 있는 것이 아니다. 좀 더 인생을 살피고서야 '프로'도 제 '프로'가 나올 것이다. 양 씨에 대하여는 매우 섭섭한 말이지마는, 이 이상으로 세밀한 비판을 가할 필요를 인정치 않고, 말을 하자면 한이 없을 뿐 아니라 소설작법까지를 거론하게 되겠으므로 이만 그친다. 현명한 작자의 반성과 감식안 있는 독자의 비판에 맡길 뿐이다.

최승일(崔承一). 지금 이 고(稿)를 쓰는 데 어떤 친구(親故)가 『별건곤』을 가져다가 준다. 너무나 빈약한 신춘문단에 무슨 부조(扶助)가 될 상 싶어서 잠깐 붓을 중지하고, 씨의 작 「콩나물죽과 소설」을 읽어보았다. 읽은 보람이 있기로 중간을 끊고 써서 넣는다. 이 작은 나 본 중에서는 신춘문단에서 최서해 씨의 「홍염」과 이익상 씨의 「어여쁜 악마」와 백중할 뿐 아니라, 무기교한 중의 기교 ― 혹은 독자에 대한 견인력으로 보아 보담 더 효과가 있는 작이라 하겠다. 씨의 작은 그가 문단인이 되기 전에 개벽사를 통하여 보았을 뿐이요, 문단인이 된 후로는 이번이 처음이거니와 이만큼 역량 있고 세련된 붓을 가진 분도 드물 듯싶다. 위선(爲先) 작자의 따뜻한 맛이 끈다. 아내의 구토물에서 콩나물 대강이가 원이로,[225] 혹은 반 토막으로 나오는 것을 보고 "이걸 먹고 사람이 살다니." 하고 "지금 보는 것, 당하는 것밖에는 아무것도 없다"는 솔직한 말! 거기에서 우리는 동정을 가지고 그의 길을 내어다볼 수 있다. "내

---

225 원문 그대로이며 '온전히'로 추정된다.

고개는 기껏 천정밖에는 못 쳐다보고 있다.", "에이, 해 뜨는 게 원수다." 절망적, 허무적이라 할망정, 우리는 뚜렷한 현실 위에 서서 고민하는 한 젊은 생명을 동정을 가지고 싸주고 싶다. 의사를 청하여 오고 약병이 깨어지는 데까지 꿈으로 한 것은 재치 있는 기교다. 이만한 기교가 없었다면 그것은 평범할 뿐 아니라 도리어 효과를 죽였을 것이다. 그러나 "빈곤이 갖다 준 병……." 이하의 일절은 연문의 설교다. 독자가 모르고 넘길까보아 그러한 설명을 시험하는 수도 있지마는 효과를 깎는다. 약값을 못 받는 의사가 "자네 집안이 언제 그렇게 되었나 ……." 한 것도 심한 노골이다. 모친의 다시 한 번 잘 살리라는 무지한 희망으로써 당연히 오는 중산계급의 몰락을 노리고 쓴 작이라고도 보겠지만, 보다 더 작자의 따뜻하고 아름다운 소질을 보여준다. '프로문학적'이라는 데에 중독되어서 금후에라도 기형적으로 발전되지 않기를 바라거니와 수법에만 용의(用意)하면 이 작은 험 없는 작이다.

『조선지광』 기타 지상에도 몇 개 창작이 있겠으나, 동지(同誌)가 수중에 없으며, 오래간만에 빙허의 작이 신춘부터 발표되었으나, 『조선문단』의 「해 뜨는 지평선」은 읽다가 보니 장편인 듯싶어 완결을 기다려 평론할 기회가 있겠거니와, 신춘부터 다소 활발하여질 듯한 문단이건마는 창작이 양으로까지 영성(零星)한 것은 유감이며, 더욱이 당국의 삭제도(削除刀)가 문단에 대하여 점점 예리하여진 것은 큰 타격인 동시에 특히 장래를 위하여 별반의 방책을 강구치 않으면 아니 되겠다. 문인, 일반 조고가(操觚家), 출판업자 등의 연맹 같은 것이 출현되어 적극적으로 방어책을 취함도 장구한 계획으로 좋은 일이겠지마는, 위선 그 작품을 전부 삭제하는 것부터라도 완화시킬 운동을 하는 것이 시급하겠다. 금월 중에도 『신민』에서와 『조선문단』에서 양개 작이 전부 삭제된 모양이니, 실로 중대한 현상이요, 한가지로 문단의 우려하는 바가 아니면 아니 될 것이다.

그 다음에 논단을 일별하려 하나, 이번에는 각지가 신년호라 하여, 특별한 용력(用力)을 하였음에도 불구하고 가관(可觀)할 만한 논평이 없었다. 『조선문단』에 실린 김기진 씨의 「문예사상과 사회사상」[226]이라는 것은 많은 기대를 가지고 대함에 비하여 소득이 없었던 것은 유감이다. 씨 자신의 말마따나 용두사미의 감이 없지 않았거니와, 『조선지광』에 발표한 씨의 논문[227]과 병독(倂讀)하라 하였으나 아직 동지를 구득(求得)치 못하여 못 본 것은 더욱 유감이다.

동지의 백악산인(白岳山人)[228]의 「문단 부정과 문학 구성」[229]은 매우 동감(同感)이다. 문단이 있어야 문학이 있는 것은 아니다. 문학이란 비상히 개인성이 있는 동시에 자기표현이라는 본능이라든지 사회적 공리(功利)로 보아 문단이 필요한 것이며, 또한 유기적으로 사회화하는 데에 문학의 진보가 많은 도움을 받는 것이지만, 문학의식보다 문단의식이 매양 앞을 서는 고로 문제가 되고 폐해가 생기는 것이다. 어쨌든 지금 형편에 문단 부인도 무용한 언설은 아니다.

K·S라는 사람의 「새해에 묵은 말」은, 그리 문제될 것 같지도 않거니와 논점도 빗나간 듯싶다. 첫째의 문예를 술에 견준 것은 실수다. 위에도 말한 것과 같이 예술은 비상히 개인성을 가진 것이지만은 오락이나 자기법열(自己法悅)에 끝나는 것은 아니다. 아니 그보다는 먼저 인간생활에 깊은 뿌리와 긴밀한 인과관계를 가진 것이다. K·S 씨와 같은 묵은 생각은 벌써 없어졌을 터인데 새삼스러이 무슨 소리냐. 또 "일예(一藝)에도 달(達)치 못한 범범(泛泛)한 소문사(小文士)가 억지로 그 축적을 다른 데에다가 나누려고 하는 것 같은 것

---

226 김기진의 「문예사상과 사회사상」(『조선문단』, 1927.1)을 가리킨다.
227 김기진의 「문예시평」(『조선지광』, 1927.2)을 가리킨다.
228 김환(金煥)의 필명.
229 백악산인, 「문단 부정과 문학 구성」(『조선문단』, 1927.1)을 가리킨다. 원문에는 「문단 부정과 문단 구성」이라고 표기되어 있으나 원제대로 바로잡았다.

은 도저히 불가한 일이다." 운운하고서, 일편에는 "아, 소설가는 마침내 호직업(好職業)이 아니다. 다른 직업을 배워 따로이 호구의 방편을 차리고 그리고 ……." 운운하였다. 다른 직업을 배운다는 것은 전(前) 독(獨) 황제의 윌리엄가(家)의 가풍(家風)과 같이 목수 일도 배우고 미장이 일도 배우라는 말인지 모르지만, 그리 한다 하여도 지금 세상에는 학리를 토대로 하고 배워야 하고, 그렇지 않고 단순히 기술만 학득(學得)한다더라도 일예에 달치 못하면서 허둥대게 될 것이다. 그러면 전자의 장탄(長嘆)은 무엇이며 후자의 새삼스러운 훈전(訓詮)은 어찌한 연고인가. 셋째로 씨는 문사와 문학자의 정의를 내린 모양이나, 기실 양자를 전도한 듯하다. K·S 씨의 문학자에 대한 정의를 문사에, 문사의 정의를 그대로 문학자에 적용함이 약하(若何)오. 문사는 예술가다. 문학자는 문예를 과학적으로 연구하는 사람이다. 적어도 내 생각으로는 문자로 표시된 것을 예술적으로 운위할 제는 '문예'라 하고, 그 문예를 과학적 견지로 볼 제는 '문학'이라 함이 타당하다고 생각한다. 지엽말단의 일이나, 이야기가 났기로 적은 것이다.

그 다음에 이것도 『조선문단』에서 보고 생각한 것이지만, 현철(玄哲) 씨의 「문단의 혼돈」이라는 일문(一文)은 재미도 있고 유익한 것이다. 씨는 문단인도 아니요, 문단인 아닌 것도 아닌 어중(於中)된 지위에 섰다고도 보겠지마는, 이러한 분이 문단에 대하여 백안(白眼)을 가지고 변죽만 울리고 돌아다니거나 신랄한 야유를 시치미 떼고 뒤집어써주거나 혹은 엄정한 경고를 발(發)하거나 하는 것은, 문단 향상의 촉진을 위하여 매우 필요할 줄 안다. 좋지 못하게 말하면 문단의 '거간(居間)'이라고 하겠지만, 선의로 해석하면 문단의 '총평자'라 하겠다. 여하간 그러한 분의 존재와 노력도 많은 도움이 될 것은 물론이다.

『동아일보』에서 양주동(梁柱東) 씨의 「문단신세어(文壇新歲語)」를 보았으나, 그것은 『동광』의 「병인문단개관(丙寅文壇概觀)」을 또 한 번 읽혀주는 것

같았다.[230] 그러나 여하간 '문단의 엄숙화'란다든지 신진에게 많은 촉망을 가지면서도 엄선을 주장한 것은 당연한 일이요, 동의를 느낀 바이다.

『동광』의 「문단 일 년」 ― 김기진 씨 ―[231]을 보고도 생각한 바이지만, 프롤레타리아 문학가들은 왜 그리 벼르고만 있는지 알 수 없다. 금시로 태산이나 떠올 듯이 "두고 봐라. 우리의 기세가 어떠한지를! 인제 나온다. 전초병(前哨兵), 보초병이 늘어서고 전투부대가 무장을 하였다. 기성문단은 제 방귀에 놀라서 각각(刻刻)으로 물러나간다!"고, 허구한 날 외쳐왔고, 또 그것이 벌써 이삼 년이나 되었으나, 이때까지 헛총소리 한 번도 '탕' 하는 것을 못 들었다. 아까도 어떤 지우(至愚)가 『중외일보』 몇 장을 가져다가 주며 나의 말이 쓰여 있더라고 주의를 하여 주기에 박영희(朴英熙) 씨의 「신문학 건축의 여명기적 운동」[232]이라는 일문의 일부를 보았지만, 거기에도 재작년 이만 때 하던 소리, 작년 이만 때 하던 소리를 되풀이하고 있다. 아마 내년 세초에도 세배 삼아 또 같은 소리를 뇌일 것이다. "신년 새해에는 아들 낳고 딸 낳고 부자 되고⋯⋯."

그러나 그중에 정말 아들 낳고 딸 낳고 부자까지 된 놈이 얼마나 되는지? "기성문단이 침체되고 신흥문단은 이제로부터 전진의 막이 열릴 것이다." 이것이 해마다 하는 프로문학의 세배인사다. 독자는 하는 수 없으니까 "감축하외다"고 대꾸는 하여주지만, 대관절 그 놈의 기성문단은 어떻게 된 놈이기에 '내일 죽습니다, 이따가 운명합니다' 하는 선통(先通)이나 호외가 허구한 날 돌아야 이때껏 죽어본 일도 없고, 또 그 놈의 신흥문단의 막은 무엇으로 드리운 것이길래 '열린다, 열린다' 한 지가 몇몇 해인데 이때껏 한 번도 열려보지

---

230 언급된 글은 양주동, 「문단신세어」(전5회)(『동아일보』, 1927.1.1~1.5), 「병인문단개관」(『동광』, 1927.1)을 가리킨다. 전자의 제목이 원문에는 「문단신세사」로 표기된 것을 바로잡았다.
231 김기진의 「문단 1년―상식문학론 '신경향파' 정음(正音) 기념 적극적 전투부대」(『동광』, 1927.1)를 가리킨다.
232 정확한 서지를 확인하지 못했다.

를 못하였는가? 병인(丙寅) 세수(歲首)에 열었던 막이 일 년 내 닫혀졌었는가? "이제로부터 …… 열릴 것이다."라고 하니!

　문학이, 마치 여자가 분만도구로 존재한 것과 같이, 어느 무엇의 전투무기의 하나이거나, 전시 밀정 같은 전초·보초라는 존재이유에만 만족하고 있을 수 있을지 없을지는 현(賢)한 제가의 견해에 맡겨 두려니와, 소위 기성문단이 침체, 몰락한다 하면서 왜 그리도 수명이 긴지 큰 두통거리다. 지게에 져다 버릴 수도 없고 고려장을 지낼 수도 없는 원수의 것이 그 소위 기성문단인가 보다. 박영희 씨는 "과거 1년의 신흥문단에는 논(論), 전(戰), 조직, 선전, 투쟁이 가장 미약하나마 미래성(未來性)을 가지고 있었다. 그러나 기성문단은 상섭 군의 '독어(獨語)'와 한가지 고적(孤寂)하였다. 이광수(李光洙) 군은 '내 본래 슬픔이 많은 사람이라 그러한지 모르거니와' 할 만치 낙엽이 구르는 소리가 처창(凄愴)하다"고 '각각으로 물러나가는 기성문단'에 대한 위문과 조의를 표하는 모양이다. 그러나 소위 신흥문단의 '미약하나마 미래성'을 가지고는 제 발등의 불도 끄기 어렵겠거든, 해가(奚暇)에 풍부하고 강장(强壯)한 미래성을 가진 기성문단에까지 말참견을 하랴. 지금 프로작가에게 필요한 것은 기성에 대한 역습이 아니라, 자기완성의 수세(守勢)일 것이다. 여북 기가 막혀야 몇 천 리 밖에서 '독어'를 하랴. 침체고적(沈滯孤寂)은 문단 총체로 온 주기적 현상이다. 미약한 논전, 조직, 선전, 전투밖에 없던 신흥문단, '전초가 나온다. 막이 열린다'고 소경 경(經) 읽는 소리만 하고 앉아있는 신흥문단이, 그 침체와 고적에 대하여 책임상으로는 더 클 것이다. 소위 기성문단이라는 것이 몇몇 사람으로 조직된 것인지는 모르겠다마는, 낙엽이 구를 리도 없고 구르더라도 발원(發願)할 언덕거리도 없고 사실 구르지도 않았다. 조선사람은 공연히 겉늙는다는 셈으로, 인제야 겨우 제1기적으로 문학적 생활을 마친 소위 기성작가들이 고대로 탈퇴하거나 몰락할 것도 없지만, 그랬다가는 조선문단을 위하여도 가엾은 일일 것이다. 연령으로 보아도 인제야 삼십 전후들이 겨우 된 사람들이다. 정말 세차게 살아야 할 20년, 30년이라는 세월이 앞에 있다. '기성문단'이라는 이름부터 어폐가 있는 말이다. 기성문단 혹은 기성작가가 몰락하거나 낙엽이 구르는 한이 있더라도 그것은 우리가 백발이 된 때에 가보아야 알 일이다. 그다지 서두를 일이 아니다.

하던 이야기 끝에 김기진 씨에게 부치고자 하는 바는 어찌하여 나의 「소위 신경향파에 여(與)한다」는 논문[233]이 "논리가 명쾌치 못하고 문장이 지리멸렬하였으며 논증이 충분치 못한 것이었"던가 함이다. 씨는 그 논문을 통독치 못한 이유가 거기에 있다 하였으나, 통독하여보지도 않고 그러한 무책임한 말은 못할 것이다. 지상(紙上)에 인쇄된 것을 보니까 오자, 낙자가 심하기는 하였으나, 결코 지리멸렬하거나 이로(理路)가 부정제(不整齊)한 것이라고는 도저히 생각지 않는다. 박영희 씨의 반박문은 이때껏 얻어볼 계제가 못 되었으니 지리멸렬하였던지, 논리가 불명쾌하였던지 논외거니와.

또 박영희 씨가 나오게 된다마는, 『조선일보』에 쓰신 「기성문학의 자연성과 계급문학의 필연성」이라는 논문[234]은 실례지만 무슨 뜻을 발표하시려던 것인가 여쭈어보고 싶다. 자연성과 필연성의 구별, '자연주의'의 '자연'이라는 것과 '기성문학의 자연성'이라는 '자연'과의 차이점, 또는 자연주의 그 자체의 의의를 명백히 알려주기를 바란다. 그 소논문을 두 번 읽을 성의는 없고 한 번 보고서는 아무 뜻을 깨닫지 못하였다는 것이 나의 솔직한 고백이다. 나의 두뇌가 열등이니까 그리할지도 모르거니와, 나는 남만큼은 자기 두뇌를 믿는다. 변명할 필요도 없지만 결코 협량의 악의를 품은 도전적 질문은 아니다.

신춘문예에 대하여는 이만한 정도에서 끊으려 하거니와, 빼놓아서는 아니

---

233 염상섭, 「계급문학을 논하여 소위 신경향파에 여(與)함」(전7회), 『조선일보』, 1926.1.22~2.2.
234 박영희, 「기성문학의 자연성과 계급문학의 필연성」, 『조선일보』, 1927.1.2.

될 일이 하나 있다. 그것은 『동아일보』에서 현상모집한 창작과 논문이다. 창작은 일등 당선된 「소작인 김첨지」를 초회만 보았고, 또 그것만으로 보면 결코 상승(上乘)의 작 같지는 않았다. 첫대배기[235]에 수법 같은 것에 불만이 없지 않았고, 그만한 정도일 지경이면 현 문단에도 수두룩이 있다고 생각하였다. 전부를 통독치 않고 이러한 말을 함은 작자에게 대하여 미안하나, 여하간 현상으로 신진을 문단에 내어보내는 다음에야 현재의 평균점을 돌파할 의기(意氣)가 보여야 할 것이라는 말을 하고자 함이다. 그 다음에 김성근(金聲近) 씨(김성진(金聲進)인지도 모른다. 초일(初日)에는 그렇게 쓰였다)의 「조선현대문예개관(朝鮮現代文藝槪觀)」[236]은 가치 있는 것이라고 생각하였다. 별로 신기한 관찰이 있다거나 주장이 있는 것은 아니나, 문단 외의 인으로 이만큼 조감도적 관찰을 가지고 있고, 또 그것을 거침없이 통일·표백하여 정곡에 가까운 비판을 하기가 용이치 않은 일이요, 평시(平時)의 주도(周到)한 주의와 노력을 엿볼 수 있다. 또한 반면으로 보아서는 조선의 일반 독서계가 결코 석일(昔日)의 비(比)가 아닌 것을 변호하는 동시에 현재의 작가에게도 좋은 자극을 주었으리라고 믿는다. 무엇보다도 논단이 위미부진(萎靡不振)한 금일에 새로운 평가(評家)를 신춘문단에 맞이하였다는 것은 사도(斯道)를 위하여 경하할 일이다. 작자 자신의 명예일 뿐 아니라, 『동아일보』 문예부가 문단에 보낸 선사라고도 할 것이다. 장래의 더 큰 희망을 씨에게 촉(囑)한다.

1월 10일 어(於) 동경(東京) 교외

---

235 첫대배기 : 맞닥뜨리자 맨 처음으로. 곽원석, 『염상섭 소설어사전』, 721쪽 참조.
236 김성진/김성근, 「조선현대문예개관」(전6회), 『동아일보』, 1927.1.1~1.6. 염상섭의 지적대로 연재분마다 필자의 성명 표기가 다르게 쓰임.

나에게 대한 반박에 답함[237]

　　나의 졸렬한 논문이 우리의 '학자'의 주의를 끌어 반박을 하는 것은 고마운 일이나, 건강치 못하고 겸하여 다소 분망한 이때에 일일이 답변쓰기는 매우 괴로운 일이다. 될 수 있으면 일소에 부(附)하고 말까 하였으나, 몰비평(沒批評)한 지금의 형편으로는 그대로 묵과키 어려울 듯도 하여 간략한 답변을 시험할까 한다.

　　『조선지광』 2월호 소재인 나에게 대한 반박문의 필자는 나는 교유(交遊)가 없는 분이므로 자세히는 모르나 문면(文面)에 나타난 것으로만 보아서 말하면 경복(敬服)할 만한 우리의 학자이신 모양이다. 철학·경제학·사회학·문학 등 각 방면에 조예가 깊으신 것은 적어도 나 일 개인의 무식을 꾸짖고 일반 문인의 필수 지식의 결핍을 질매(叱罵)한 점으로 보아도 알겠거니와 다만 한 가지 유감 되는 것은 그만큼 해박한 지식을 가지신 분이 비평이나 반박의 중요한 논점을 소외하고 무용무가치한 반박에 끝난 것이다. 원래 반박과 비평이라는 것은 본질적으로나 형식으로나 대상부동(大相不同)한 것이요, 정당한 비평이 아닌 소위 반박이라는 것은 유해무익한 것이거니와 적어도 나의 「민족,

---

사회운동의 유심적 일 고찰」[238]을 반박하거나 비평하려면 양개 방면으로 시험하리라는 것을 나는 그 논문을 『조선일보』에 기할 때부터 예상한 것이요, 또한 필요한 시기(時機)에는 자진하여서라도 자기의 견해를 속론하려고 하면서도 위선 보류하여 두었었다. 그러므로 『조선지광』에 반박문이 게재되었다는 말을 듣고, 나는 반드시 나의 예료(豫料)한 양 방면으로 공격을 받으리라 하는 생각으로 기실은 많은 기대를 가지고 있었다. 즉, 그 반박으로 인하여 나의 좀 더 세밀한 관찰을 발표할 기회를 얻게 되리라고 기뻐하기 때문이었다. 그러나 급기야에 그 반박문을 본즉, 나의 기대가 헛되고 만 것이 유감일 뿐 아니라, 도리어 많은 불쾌를 느끼지 않을 수 없었다. 싸움을 하여도 저편이 솜씨 있게 달려들면 승패는 제2문제요, 위선 싸움함직한 통쾌미가 있는 것이지마는, 돌연히 어설픈 시비만 걸어오면 대거리하기도 귀찮기 때문이다.

그는 하여간에 나의 예기(豫期)하였다는 양개 방면이라는 것은 다른 것이 아니다. 즉, 유심적 방면으로 관념개조를 제창하였은즉, 그 '관념개조'와 실제의 '사회개조'가 어떠한 관계로 진행하고 성취하겠느냐는 것을 생산관계, 즉 사회환경은 의식을 결정한다는 유물사관적 견지로 토구하는 것이 기(其) 일(一)일 것이요, 그 다음에 나의 논문에서는 양개 운동의 실제에 언급하여 민족운동의 해결이 '사회운동적 경제정책'에 의뢰한다고만 막연히 지적하였은즉 그러면 그것은 어떠한 과정과 수단으로인가를 더욱 명확히 논진(論陳)하여야 할 것이 기(其) 이(二)일 것이다. 그러므로 나의 당분간 보류하였다는 것도 이 양점이요, 따라서 반박, 혹은 비평을 시험하는 자의 목표도 이 양점에 있어야 할 것은 당연한 일이겠으며, 또한 나의 그 논문을 정독한 분이면 그만 것은 발견하였을 것이다. 그러나 실제의 그 반박문을 보면 오직 필자 자

---

238 염상섭, 「민족·사회운동의 유심적 고찰—반동, 전통, 문학의 관계」(전7회), 『조선일보』, 1927.1.4~1.16.

신의 소(小) 감정(그 감정은 무엇에 격동된 것인지 나는 조금도 모른다)에 휘둘려서 정곡을 잃어버렸거나, 억설과 중상과 참무(讒誣)로써 자기의 무용한 자만과 소소한 과령(誇怜)을 표백함에 급급한 혐(嫌)만을 발견한 것은 그 필자를 위하여서도 가석(可惜)타 아니할 수 없었다. 내가 더불어 논의키를 꺼리는 것도 이러한 이유거니와 이하에 약간의 개조(個條)를 따라서 그 분의 반박문만을 위선 일별함에 그치고, 전기한 나의 의견의 속론은 후일에 양(讓)하려 한다.

1. 나의 '무주의와 무색채'를 책(責)하였으나, 그것이 씨의 생활에 교섭이 없는 것이면, 씨의 오지랖 넓은 간섭은 내가 받을 이유가 없다. 그러나 구태여 그러한 태도 ― 즉 소위 '계급적 소외로써 만족'하는 태도를 설명하자면, 그것은 전연히 내가 내 분수를 지키자는 자중하는 태도에 지나지 않는 것이다. 나에게는 문학의 도(徒)로서의 자기를 완성시킬 시급한 의무가 있고, 겸하여 사회인으로 자처함보다는 일개 학도인 신분을 당분간 고수하여야 하겠기 때문이다. 그러므로 계급적 소외로 만족하기는 새로에, 장래 계급적 순연(純然)한 의식 하에 사회인이 새로이 될 시기까지 자중하려는 것에 불외(不外)한 것이다. 그러므로 나의 그 논문도 민족운동과 사회운동의 접촉선에서 방황하는 일반 청년에게 참고삼아 보아달라는 데에 그친 것이요, 그 이상 실제 문제에는 더 깊이 들어가기를 피한 것이다. 전술한 양개 문제를 일부러 보류하고 자기의 실제적 의견을 발표함에 주저한 것도 그 까닭이다. 또한 "현실에 있어서 인간을 상품으로 취급하면서 그 취급상태의 고백을 도리어 죄악시한다" 운운한 것은 반박자의 곡해나 고의에서 나온 참무다. 나의 그 논문이 잘 증명할 것이다.

2. "유심·유물이란 용의(用意)는 철학상 일원(一元)을 표시한다."고 하였다. 일원론도 있고 이원설도 있는 것이다. 유물사관이 가르치는 바로 보아서

는 일원으로 보는 것도 당연할 것이다. 그러나 그렇다고 '유물'·'유심'으로 구별하지 못할 것은 아니다. '유심'이란 '형이상'으로, '유물'이란 '형이하'로 사용할 수 있는 말이다. 단순히 '물질'이란 뜻으로 '유물'이란 숙어를 쓰는 통속용례가 허다하거니와, 관념 자체만을 가리켜서 '유심'이라 하여도 조금도 모순은 없다. 더욱이 유심·유물의 구분은 편의상 분류요, 양자가 절대한 경역(境域)을 가지지 않았다는 것은 '전통'을 논한 서두에 주석까지 첨부하여 둔 것이다. 그뿐 아니라, 반박자는 "절대를 '절대'로 상대시킨다는 것은 논리를 알지 못하는 소아(小兒)의 구변(口辯)"이라고 하였으니, 그 뜻을 다시 말하면 '유심'이 절대요, '유물'이 절대라는 의미이다. 갱언(更言)하면 이원적 절대를 상대시킨다는 뜻이니, 대관절 그는 '일원', '이원'이라는 뜻이나 알고 하는 말인지 모르겠다. 그야말로 "소아의 구변"이다.

3. "'유(唯)' 자(字)의 의미를 불통한대서는 너무나 말이 못 된다" 하여 "우리나라에 소위 문사 시인 — 신구(新舊) 물론하고 — 들은 너무 필수지식이 박약하다"고 매우 꾸지람을 내리셨으나, 위선 '유물주의'라 함은 '물질주의'라고 하는 경우에 그 '유' 자는 어떻게 해석할꼬? 또 유물·유심이 일원인 다음에야 '유' 자를 쓰는 것은 — 아니 그보다도 그렇게 사용한 씨(氏)는 내가 쓴 것을 잠깐 모방하였을 따름인가? 그와 같은 말단 우(又) 말단인 문자에 구니(拘泥)하는 동안에 더 급한 일에나 여력을 남김이 없도록 함이 옳은 일일 것이다. 설사 백보를 양(讓)하여, '유' 자의 의미를 모르고 썼기로서니, 그것이 염상섭 일 개인의 무식은 고사하고, 조선의 문인 전체의 무식을 "연상"한다는 것도 조리에 닿지 않는 말이요, 또 설령 조선의 문인이 "신구를 물론하고" 그다지도 필수지식이 박약하기로서니 씨가 그처럼 도거리[239]로 맡아가지고 나

---

239 도거리 : 따로따로 나누지 않고 한데 합쳐서 몰아치는 일.

설 필요가 있을까? 문인 시객이, 더욱이 신구 각 파가 연합을 하여가지고 질문을 하면 무어라고 대답을 하려는고? 그러한 무용한 감정을 뾰족한 가시 끝에 묻혀서, 향방(向方) 없이 내두르는 것은 씨 자신을 위하여도 취할 바가 아니라고 생각한다. 감정을 너그럽게 눅여가지고 질책을 하든지 편달을 하는 것은 필요한 일이요, 또 그처럼 조소하느니보다는 그러한 문인을 불러놓고 강습이라도 시키는 것도 유위(有爲)한 사업이겠다.

4. "경제적 생활의 원동력인 생산력에는 지리, 인종적 조건도 포함되어 있다"[240]고 하였다. 나의 사유하는 바로 말하면, 지리·인종적 조건이 생산'력'을 결정하기 전에, 먼저 생산의 '질'과 생산 '수단'을 결정한다고 생각하거니와, 그는 하여간에 (그 원동력의 1, 2 요소가 경제적 생활과 대립시킬 수 있겠지만 그 능불능을 막론하고) 나의 논문이 설명한 바는 어디까지든지 유심적 방면, 선험적 방면인 것을 주의하여 둔다. 그 다음에 "계급문화를 가져 경제적 생활과 대립시키는 것도 되지 못할 일이다."고 하였다. 이 말은 왜 하였는가? 누가 된다고 하였던가? 바짓가랑이 밑으로 하늘을 쳐다보면 신기루와 같은 착각이 일어나는 것이다. 나의 "입체적 전통"을 논한 부분을 가랑이 밑으로 보지 않았으면 씨로서 다시는 아니할 말이었다.

5. "사이비 학자의 저작에서 표절한 것인지?"라는 말을 썼다. 논박할 자료에 결핍한 경우에 성급한 사람에게서 볼 수 있는 말이거니와, 씨가 정대(正大)한 사회인이며 자기인격의 존귀를 생각하면, 그런 타인의 인격을 능욕하는 언사를 피할 만한 겸양의 염(念)이 있을 것이요, 또한 나에게 사과적(謝過的) 취소를 할 만한 양심이 있었어야 할 것이다. 이것은 나를 위하여 그러함이 아니요, 씨 자신을 위하여 그리 함이 온당하리라는 것이다. 씨와 같은 박학의

---

240 원문은 '포함되엿다'인데, 문맥상 '포함되어 있다'로 수정했다.

인(人)으로도 일찍이 서양인이나 일본인의 저서에서 보지 못한 바인즉 "군 자신의 창작인지?" 모르되, 만일 씨의 박학강기(博學強記)로도 아직 그러한 저술을 있기는 있으되 못 보았으니 분명히 어디서 표절하였으리라는 의미일 것이다. 태서의 석학이나 일본의 학자들은 어엿한 제 국가를 가지고 있고, 또 계급운동을 할지라도 현재의 조선인같이 사회운동과 민족운동이 대립 혹은 병진하여야 할 신세들이 아니므로 이러한 문제는 등한에 부(附)할 것이요, 또한 따라서 민족성을 고조하면서 동시에 계급의식을 활발케 하려는 의견이나 저술도 없을 것이다. 그는 하여간에 사상 및 지식이란 생이지지(生而知之)가 아닌 다음에야, 또한 소유권으로 지지되지 않는 다음에야 인류의 공산물(共産物)이다. 다만 그 낱낱의 지식과 사상을 이용하여 추상하고 다시 종합하고 귀납함으로써 자기 유(流)로 결론을 얻을 때에 거기에서 생기는 독창적 가치만이 그 사람의 소유로 돌아가라는 것이다. 그런 유아의 택견 씨름 같은 종작 없는 말을 입에서 나오는 대로 하는 것이 사회인으로서 책임이 있고 없으면,[241] 또는 인격과 인격 사이에 반드시 보중(保重)하여야 할 예의를 삼가고 삼가지 못한 것을 나 자신을 위하여만 책하려 함이 아니다. 씨의 자중(自重)과 자계(自戒)를 바란다.

6.[242] "군은 현대 무산계급적 문화의 수립을 부인하기에 대단히 자자(孜孜)하는 것 같다."고 한 뒤에 나의 논문의 일편을 인용하였으나, 그 인용구가 되풀이로 씨의 오류와 중상을 지적하겠기에, 이에는 번설(煩說)을 피하려 한다. 그 다음에 반동운동의 파괴성에 대하여, 씨는 파괴가 '아나키스트'와 '테러리스트'에 한한 듯이 말하였다. 그러나 파괴를 요치 않으면 현상(現狀)을 지지하려는가? 문제는 '건설을 위한 것이냐 아니냐'는 데에 있는 것이다.

---

241 문맥으로 볼 때 '있고 없는 것'이 자연스럽다.
242 원문에 5로 되어 있으나 6으로 바로잡았다. 이하의 문번 표시도 잘못되어 바로잡았다.

7. 나의 논문 중에 "반동운동이 종결된 뒤에 출현한 생활양식이라든지 모든 활동의 근본원리와 실제라는 것은 오직 상상과 계획에 그치고 아무도 아는 사람이 없다. 그것은 아직도 경험한 바가 없는 까닭이다" 함에 대하여, 씨는 반대의 의사표시로 "역사적·필연적 진전의 인과관계를 알므로 미래사회의 제도를 추측키 곤란치 않다"고 하였다. 나의 "상상과 계획"이란 말과 "추측"이란 말의 상이점은 무엇인고? 역사적·필연적 진전의 인과관계가 지구의 자공전(自公轉)같이 영원한 일정한 법칙에 규약되어 매암을 돌면 추측할 필요도 없고, 상상할 필요도 없으며 계획할 필요도 없을 것이다. 봉건시대의 역사가 되풀이하지 않았기에 자본주의시대의 역사는 출현한 것이다. 또 자본주의시대의 역사가 ××될 때에 미래의 역사가 인과관계에 의하여 전개될 것이다. 다만 문제는 그 인과관계가 유동하는 인간생활과 한 가지 흘러가는 것이요, 유동하는 인간생활은 사람의 두뇌활동 여하에 따라서 일체가 지배되는 고로 그 인과관계도 결국에는 사람 자신의 이념과 행위에 지배되는 것 — 다시 말하면 숙명이라든지 운명이라든지 공리라는 일정불변의 것이 아니므로 우리에게 경험이 없는 동안 — 즉 신사회의 실제 건설에 착수할 때까지는, 추측과 상상과 계획에 그친다는 것이다. 그러면 추측과 상상과 계획에 그친다고 그것이 무산계급문화의 수립될 필요성과 필연성과, 가능성이 없다는 의미가 아님은 물론이다. 오직 현재에 있어서 독자의 문화가 없고 또한 반동기에 있어서는 전대의 계승의 것으로 미래의 수립의 발판이 된다 함이니, 이는 이(理)의 당연한 바일 것이다.

8. "부르주아 문화를 지지한다."고 하였다. 다만 이 점에만 대한 것이면, 나의 견해와 입장을 선명(鮮明)한 바 누누(累累)한즉 다시 여기에 번설을 피한다. 쓸데없는 억설에 대하여 일일이 해답하는 것은 무용한 정력낭비이기 때문이다.

또 반박자는 내재한 예술적 가치가 변이무당(變異無當)하다는 비유로 지동설을 인용하였다. 그러나 나는 이렇게 답변하려 한다. 과연 지구는 씨의 말과 같이 지금 이 순간에도 움직이고 있다. 그러나 1일 24시간의 행정(行程)을 지구가 1분간에 질주하여본 적은 없다고. 우주의 일체는 실재한 것이다. 사람의 두뇌가 그것을 성오(醒悟)하고 못 하며, 사람의 이념과 관찰이 변이(變易)할 따름이다. 예술가는 그 실재에 부딪치고 못 부딪치는 데에 따라서 그 생명의 영원성의 유무가 결정될 따름이다. 구원(久遠)한 미, 구원한 생명. 그것을 바라보며 우리는 노력할 따름이다. 그런 신념이 없으면 오직 자살뿐이다. 일체의 노력은 무엇을 위한 것이냐? 천박한 찰나주의자여! 무사상한 허무주의자여! 무자각한 현실의 노예여! 그대들과는 더불어 맡기를 즐기지 않는다.

9. "민족적"이란 말에 대하여 계급적 일면으로만 해석하여 그 계급발달의 과정을 말하고 우월계급의 편의로 동일한 사상·감정 하에 전(全) 민족을 통솔한다고 하였다. 이것도 나의 이미 전통을 논한 데서 설파한 것이다. 그리고 나는 이러한 견해를 시인하므로 전통을 이원으로 분립하여 '평면적 전통'은 그 민족의 계급적 존재 여하를 막론하고 그 피와 같이 흐른다는 일면을 역설한 것이요, 또한 그 반면에 계급의식을 자민족 내에서도 인정함으로써 선조(先祖)를 우월계급의 수호신으로 이용하여서는 아니 된다는 것까지를 부설(附說)한 것이었다.

10. "'개성'이란 말은 부르주아 문예가임에서 일 찰나도 떠나보지 못하는 생명적 표(標)다."고 하였다. 그러나 그러한 야유를 나는 받을 필요가 없다. 개성이란 과연 생명이다. 개성이 없는 것은 존재를 잃어버리기 때문이다. 생명의 근원·생명의 약동·생명의 주장은 개성이 있기 때문이다. 다만 '개(個)'와 '전체'에 있어서 '개'가 '전체'를 위하여 의식적으로 희생할 수는 있으나, '전체'가 '개'를 위하여 희생치 않을 뿐이다. 왜 그러냐 하면 '전체'가 '개'를 위

하여 희생하면, 다른 수만·수천만의 '개'가 1의 '개'를 위하여 희생되는 것이기 때문이다. 그러나 그렇다고 '전체'가 '개'를 의식적으로 무시하는 것은 아니다. 이에 이르러서 '개'의 신성과 '전체'의 신성이 병립할 수 있는 것이요, 조화될 수 있는 것이다. 따라서 개성과 사회성이 같이 귀중하고 조화되는 것이다. 다만 무정부주의가 '개'만을 주장하려는 데에, 공산주의와 반발성을 가진 것일 따름이다. 무정부주의자가 아닌 나는 일찍이 사회성을 무시하고 개성만을 고조한 일도 없었고, 또한 개성을 고조한 것이 곧 사회성을 부인하는 반어가 될 수 없는 것도 물론이다. "부르주아지 문예술(文藝術)의 개성 고조와 우리의 개성 인정은 이 두 점에서 천양적(天壤的) 구별이 있다"고 하고, 그 예로 요한과 야곱을 고유명사로만 알아서는 아니 되는 것과, 개성이 우주진화법칙 외에선 고정적 영원성을 가진 것이 아니라고 역설하였다. 이에 대하여도 비상한 모순을 볼 수 있다. 요한·야곱을 고유명사로 보지 않고 보통명사로 보는 데는 두 가지로 해석할 수 있을 것이다. 즉, 요한·야곱은 보편성에 매달린 '사람'이었고 또한 일 사회원이었다는 의미가 그 하나요, 또 하나는 요한 타입의 인(人), 야곱 타입의 인이라는 의미, 즉 모(某)는 조선의 레닌, 모는 조선의 나폴레옹(拿破崙)이라는 의미로 (영어에서 고유명사에 정관사를 붙여 쓰듯이 하여) 보편성을 주게 하는 경우가 있을 것이다. 그러나 첫째 경우에 있어서 요한·야곱이 보편적 일개 인물이나, 일개 사회인 혹은 역사적 인물이라는 것이 그의 개성을 무시하여도 좋다는 의미는 아니다. 또 제2와 같은 의미로서는 일층 더 요한, 야곱 자신의 개성을 고조치 않고는 그와 같은 보편성이 나오지 못할 것도 명백한 일이다. '요한 형(型)'·'야곱 형'이라는 것은 그 전형, 그 개성을 지시함이기 때문이다. 그리고 '요한 형'의 인, '야곱 형'의 인이라는 것은, 다만 그 현재 인물을 사회적 지위라든지 인격의 일부분이라든지 사업의 종류의 유사로 말하는 것은 물론이다. 즉, 양자의 개성이 전연 동일함을 의미함이 아니라는 말이다. 그러면 씨가 요한·야곱을 고유명사로만 쓰지 않고 보통명사로도 알라고 교훈한 것은 또 다른 의미이었던가 ?

그 다음에 개성이 변동될 수 있다는 것은, 하필 우주진화법칙까지 끌어내지 않아도 염상섭의 개성이 염상섭의 자식에게 고대로 이식되고 유전되지 않을 것과, 염상섭 자신의 개성도 선천적인 부분이 후천적으로 얼마간은 변화하는 실례만을 생각하여도 알 것이다. 그러나 그 변역(變易)은 사회적 생활환경에서 오는 극미한 부분이요, 본질적 개성은 도저히 변역케 못하는 것이며, 그 본질 부분은 지리적·혈통적의 것이라는 것이다. 또 그리고 그것은 '염상섭'이라는 존재를 '독이(獨異)'케 하는 것이라는 말이다. 이만하면 씨의 양개(兩個) 인용 예가 '문예술의 개성 고조와 우리의 개성 인정'의 차이를 입증치 못하였거니와, 다시 특히 문예와 개성에 대하여 일고를 여(與)하려 한다.

문예에서 개성을 고조함이 사회성을 무시한다는 어(語)가 아니라 함은 전술한 바도 있거니와, 만일에 일 사회의 십(十)작가가 개성을 몰각하고 사회성에 의하여만 제작을 한다 하면, 유사 혹은 동일한 작만을 내놓을 것이다. 질의 차이가 아니라 양만으로 소유할 것이다. 그러면 10인 10작을 우리는 요할 필요가 없지 않은가. 1작만을 남기고 9작은 불지를 것이다. 10의 민족이 10작을 발표하여 그중의 사회성과 인류의식만이 있고 각개의 민족성이 몰각되었을 경우도 마찬가지다. 사회성·인류성 및 그 의식만을 표백한 작품은 존재의 가치를 뺏길 경우가 있어도, 개성을 파지(把持)한 것은 오히려 존재를 주장할 수 있는 것이다. 다만 이 시대에 있어서 사회성과 및 그 의식을 일층 강조할 필요가 있을 따름이다. 그러므로 이 시대가 지나가고, 차대(次代)에 있어서 사회성이나 사회의식을 그다지 강조치 않아도 좋게 되면, 우리는 예술에서 보담 더 개성의 자유로운 호흡을 허할 것이요, 그러한 개성에 즉한 예술미를 요구하게 될 것이다.

이상으로 대략 요점은 논술하였거니와, 타인의 논문을 비평(반박은 정상한 비평적 정신을 가진 것이 아니나)하려 할진대, 그 내재한 정신과 의도를 붙들어서 공정히 관찰한 뒤에 시험하라는 말을 깨쳐둔다. 이러한 논전은 우리가 시급히 해결을 요하는 중대 문제에 대하여 하등의 소득이 없었다는 것을 생각하면 반박자도 자괴(自愧)하는 바가 있을 것이다.

2월 15일 어(於) 동경(東京) 고(稿)

의문이 왜 있습니까[243]

조선사람은 조선말을 쓸까, 시에는 운율이 있어야 할까, 소설에는 묘사가 필요할까, 논리에는 삼단논법을 기조로 할까, 태양은 동에서 떠야 옳을까……. 이러한 질문을 하면 누구나 손뼉을 치며 웃는다. 그러나 "시조는 부흥할까?"라고 하면 누구나 "글쎄" 한다. 이만큼 어림없는 일도 또 있을까! 시조란, 조선사람만이 가진 예술적 한 형식이다. 이 말을 뒤집어 하면 조선사람의 생명의 울림을 조선말로 표백하기에 꼭 들어맞는 일개(一個)의 조직 형체라는 말이다. 물론 시조만이 조선사람의 생명을 조선말로 표백하는 유일한 형식이라는 것은 아니다. 그러나 가장 조선다운, 조선인다운, 또한 조선말에 들어맞는 형식이라 함이다. 태서(泰西)의 시가와 동양의 그것을 비교함은 한층 어리석은 일이요, 우리말의 노래와 한시(漢詩)를 보아도 정조는 동양적인 점으로 같은 바가 없지 않지만 형식과 창(唱)에 있어서 다르기로 차치하고, 말의 구성된 순서와 형식이 흡사한 시조와 와카(和歌)를 견주어 보더라도 그 향토성은 어찌할 수 없는 것을 볼 수 있을 것이다.

---

243 염상섭(廉想涉), 「의문이 왜 있습니까」, 『신민』, 1927.3. 이 글은 『신민』에서 기획한 '시조는 부흥할 것이냐?'라는 주제의 설문에 답한 것이다. 여기에는 이병기, 주요한, 민태원, 권덕규, 손진태, 이은상, 이윤재, 정지용, 최남선의 글이 함께 수록되어 있다.

누운들 잠이 오며 기다린들 님이 오랴

이제 누었는들 허나 잠이 하마 오리

차라리 앉은 곳에서 긴 밤이나 새오자

하는 것을 일본의 사미센(三味線)이나 고토(琴)의 화식(和式) 해조(諧調)에 맞춰서 불러보고, 또 상기한 시조와 거진 동일한 의미를 가진 와카(和歌)의

ぎりぎりす鳴くや霜夜の寒しろに

衣かたしきひとりかも寝む。[244]

— 이라 하는 것이나

あしびきの山鳥の尾のしだり尾の

長々しき夜をひこりかも寝む。[245]

— 이라 한 것을 장고(長鼓)에 맞춰서 시조와 같이 창을 하여보면 어떻다 하겠는고?

길게 말할 것 없이, 시조는 결국에 시조다. 조선사람 아니고는 부를 수도 없고, 지을 수도 없으며, 맛볼 수도 없는 것이다. 만일 우리가 조선인이기를 꺼리면 버릴 것이다. 우리가 조선말을 쓰기 싫고, 또 쓸 필요가 없거든 얼마

---

244 헤이안 시대에서 가라마쿠 시대 전기시대의 공경(公卿)으로, 대표적 가인(歌人)들의 시를 모은 『히야쿠닌잇슈 百人一首』에 수록된 가인 구조 요시쓰네(九條良經, 1169~1206)의 작품이다. 해석하면 다음과 같다. "귀뚜라미 울고, 서리 내리는 이런 추운 밤에 / 난 멍석자리 위에 한쪽 소맷자락을 베개 삼아, 홀로 외로이 잠드는 것일까."
245 아스카 시대(飛鳥時代)의 가인인 가키노모토노 히토마로(柿本人麻呂)의 작품으로, "산새(山鳥)의 꼬리가 아래로 늘어진 것과 같은 / 길고 긴 밤을 홀로 자는가"라는 의미이다.

든지, 또 언제든지 버릴 것이다.

　과거의 사람들이 이 형식을 가지고 어떠한 사상과 감정을 표시하였든지 그것을 우리가 물을 바는 아니다. 그러한 것 중에는 지금의 우리가 버릴 것이 있을지 모른다. 가령 봉건적 사상이나 감정에서 읊어 나온 것 같은 것은 우리가 그 의미와 의의를 변작(變作)하여 해석하여 쓸 수 있으면 지금이라도 구음(口吟)하여 무관할 것이요, 그렇지 못한 것은 불질러버려도 좋을 것이다. (예(例)하면 정포은(鄭圃隱)의 유명한, "이 몸이 죽고 죽어 일백 번 고쳐 죽어 / 백골이 진토(塵土) 된 넋이야 있고 없고 / 님 향한 일편단심이야 가실 줄이 있으랴" 한 것 같은 것은, '님'이란 뜻을 생각하기에 따라서 우리가 버릴 수도 있고, 정반대로 비봉건적 의의를 찾아서 우리의 좌우명을 삼을 수도 있는 것이다. 또 정포은 모씨(母氏) 작이라는, "까마귀 싸우는 골에 백로야 가지마라 ……." 운운한 것 같은 것은 어느 세대에서나 좋은 교훈이 될 것이다.)

　하여간 과거의 기성한 시조라도 내용 여하에 따라서 취사할 것이 없지 않은 것이나, 그렇다고 과거인의 유한계급이 읊은 것이니까 무용한 것이라 하여 덮어놓고 버리지 못할 것은 물론이요, 설혹 그 내용이 (과거의 작(作)의) 전부 현대인의 사상 감정과는 상반하는 것이라 하기로서니 그것이 곧 시조라는 예술형식을 부인할 이유가 되는 것이 아님은 번설(煩說)하느니만큼 어리석은 일일 것이다.

　그 다음에 만일 현대인의 자유정신으로 말미암아 그와 같은 일정한 형식의 구속을 받기 싫다는 사람이 있으면 그 사람은 자유시, 산문시를 짓는 것이 좋을 것이니 구태여 시조만을 지으라고 강권할 묘리도 없는 일이거니와 그렇다고 그들로서 시조를 한사코 버리자고 할 못생긴 수작을 할 까닭도 없을 것이며, 또한 시조는 정적(靜的)이요, 현대의 특장인 동적(動的)이 아니라고 부인하는 다혈한이 있으면 그 역시 그 사람의 임의대로 화포(畫布)에 도료(塗料)를 빈틈없이 뒤바르고 앉았게 맡겨두는 대신에 동양화적·정적 정취를 시조로써 맛보려는 것을 심사 사납게 훼방을 놓고 게걸대게 할 맛도 없을 것은 물론이다.

그러나 요사이의 어떠한 부류의 사람들과 같이 시조에서 향토취(鄕土臭), 민족향(民族香)이 복욱(馥郁)히 흐르니까 못쓴다 하면 그것은 한층 더 우치용렬(愚痴庸劣)한 변설(辨說)이니 더불어 맡치 못할 것이다. 그러한 사람은 조선에서 얼른 떠나서 아무데도 주착(住着)치 말고 평생을 표류하여 다님이 마땅할 것이다. 그러한 사람은 비행기를 타고 살거나, 세계의 어느 나라에든지 국적을 두지 않은 기선(汽船)이 있거든 그것이나 타고 해양에서 살 사람이다. 왜 그러냐 하면 그가 어떠한 방토(邦土)나 민족과 관계를 맺고 주착하면 그가 일상에 먹는 음식에서도 그 향토성과 민족성을 발견할 것이요, 어떠한 기명(器皿)에서든지 그 향토성과 민족성에서 흘러나온 선(線)의 미를 발견할 것이며, 따라서 그것들과 오랫동안 접촉하고 교섭을 쌓는 동안에는 그와 그 자손이 점점 일 민족성에 삼투되어서 민족이라는 굴레를 쓰게 되고야 말 것이니까 그러한 사람에게는 흙을 밟는다는 것은 큰 고통이요, 큰 죄악일 것이니까 말이다. 가가(呵呵).

'시조는 부흥할까? 말까? 잃었던 어버이를 찾아올까? 말까? 잃었던 자식을 데려올까? 말까? 김(金) 가라는 성(姓)을 떼어버릴까? 말까?'부터 생각하여보고 나서 묻는 사람도 물을 것이요, 대답할 사람도 대답할 것이다. (이 외의 문제에 관한 것은 작추(昨秋) 『조선일보』 소재 「독어(獨語)」[246] 중에서 언급하였기로 이에서는 약(略)한다.)

2월 19일―동경(東京)에서

---

246 염상섭의 「시조에 관해서」(『조선일보』, 1926.10.6)를 가리키는 것으로 추정되나, 이 글을 찾지 못했다.

2월 문단시평[247]

이번에는『조선지광』과『조선문단』의 것만 가지고 보아도, 1월 것보다 질(質)로 좋았다. 계속 장편『가난한 아내』,『세 사람』(이상『조선지광』) 두 편과,『해 뜨는 지평선』,『첫사랑 값』(이상『조선문단』) 두 편과, 나의「밥」,「미해결(未解決)」,「남충서(南忠緒)」세 편은 빼놓고 나니, 분량으로는 내가 논평할 범위가 무척 좁아졌다마는 이위(已爲) 맡아놓은 것인즉 써보려 한다.

이기영(李箕永) 씨의「아사(餓死)」는「농부의 집」의 속편이라 하였으나 단독(單獨)히 읽히려는 작(作)인 고로 전편(前篇)을 못 본 나로도 읽기에 불편은 없었다. 1월의「실진(失眞)」을 본 바로 뒤요, 또 그것을 비난한 끝이므로 주의하여 읽었거니와. 물론「실진」에 비교할 것이 아니다. 두 편쯤 읽고서는 이분의 사상까지를 찾을 수는 없지마는, 대체의 경향과 수완은 알았다. 요사이의 작을 보면 누구의 것이나 비슷비슷하면서도 뚜렷한 것은 별로 못 보았지만, 이것도 그러한 불만은 없지 않았다. 뚜렷하다는 말은 좀 크게 말하면 소위 '문제소설'이라는 의미도 있지마는, 이러한 것은 단편소설 속에서 구하기 어려운 것인즉 다만 개개의 소(小) 문제를 강한 선으로 박박 긁어주거나, 큼직한 점으로 듬뿍이 찍어주었으면 좋겠다는 말이다. 가령 농촌의 소작문제

---

247 염상섭(廉想涉),「2월 문단시평(文壇時評)」,『조선문단』, 1927.3.

면 그 문제의 전폭을 그릴 수는 없지마는 한 모퉁이의 핵심을 집어낸다든지, 지방색이면 지방색, 성욕이면 성욕, 식욕이면 식욕 ……. 이러한 것을 그 낱낱에 대하여 하나씩 명확한 결론을 지어가며 처리하는 것은 작가 자신의 사상통일을 위하여 좋을 것 같다. 한 사건이나 한 사람의 생활 형자(形姿)나 또는 한 계급, 한 집단의 생활상을, 그 주제에만 충실하여 막연히 그린다는 것은 내 생각으로는 물론 비난할 것이라고 믿거니와, 그렇다고 작가의 대체의 인생관이나 사회관으로 일 작의 전체나 혹은 자기의 소작(所作) 총체를 개괄적으로 에워싸버리기만 하여도 매우 느슨하고 색채가 희박하여질 것이다. 물론 작가의 대체의 인생관이나 사회관이 그의 개개의 작품에서나 그 전작품의 총체에서나 언제든지 대가리로 잡고 앉아있는 것은 필요한 일이지마는, 그 일작(一作) 일작에서 무슨 문제든지를 세목적(細目的)으로 매듭을 맺어주어야 하겠다는 말이다. 한 사람의 열 개의 작품이 유사한 주제와 유사한 플롯과 유사한 수법과 유사한 결론에만 그친다면, 그는 그중에 어떠한 일작만을 쓰고 더 쓸 필요가 없을 것이다. 또 10인의 작가의 10편 작품이 역시 50퍼센트로 질정(質定)하여버리고 그 여(餘)는 불살라버리거나 읽지 말 것이요, 또 아무도 제작할 필요가 없을 것이다. 『조선지광』 2월호에 어떤 사람이 나의 어떠한 논문을 반박[248]하는 가운데에 "개성적이란 말은 부르주아지 문예가의 입에서 일(一) 찰나도 떠나보지 못하는 생명적 표어다."라고 무용한 분개를 한 것도 보았지만, 이러한 생각은 문예에 대한 문외한이거나 혹은 사회성과 개성과는 세불양립(勢不兩立)하는 것, 개성을 고조하는 것은 사회성을 무시하고 둔마(鈍磨)시키는 것으로 생각하는 데에서 나오는 몰리(沒理)의 유상(謬想)이다. 개성이란 참 정말 생명이요, 생명의 약동이요, 생명의 주장이요,

---

[248] 홍기문의 「염상섭 군의 반동적 사상을 반박함—조선일보의 「민족, 사회운동의 유심적 고찰을 읽고」(『조선지광』, 1927.2)를 가리킨다.

생명의 연소이다. 문예에서도 그렇고, 개인에게도 그렇고, 사회집단에도 그렇다. 개인, 사회에 그렇기에 문예에도 그러한 것이다. 문예에서 사회성, 사회의식만이 자리를 잡고 개성을 한각제척(閑却除斥)한다면 위에도 말한 것같이 그 시대에 맞는 일 작품만을 우리는 투표 선정하여놓고, 일제히 붓을 들든지. 그리고 그 작품에 나타난 사회성, 사회의식을 요치 않게 되는 신사회가 전개될 때에 그 작품까지를 불질러 버리자. 여러분! 동의하겠소? 가가(呵呵).

지금의 작품이 비슷비슷할 뿐만 아니라, 일 개인의 수작(數作)이 또한 개개의 특색을 잃어버리게 된 것이 여상(如上)한 이유로이거니와, 이것은 너무 이야기가 기로(岐路)에 들어간 듯하여 고만하고 다시 「아사」로 돌아오자.

작자의 노린 점은 빈곤과 도의심의 갈등이다. 이 점은 이 작자의 「실진」과 공통한 것이요, 근자(近者)의 다른 제 작가의 취하는 바 테마와 유사한 것도 이 점에 있다. 그러나 조금 색채가 다른 것은 '정 첨지'의 종교심을 끌어내다가 그것을 단순히 정의감으로 설명한 점이요, 그 후에는 다시 누구의 작에서나 발견할 수 있는 것과 같은 결말, 즉 빈궁(金錢) 앞에 정의감이 궤복(跪伏)한 데에 끌고 오고야 말았다. 이것은 물론 인생의 일부를 따서, 자기파(自己派)로 관조한 결과를 예술화하려 함보다는, 공통한 사회의식에 주력을 써서 생활의 표상(表相)을 그림에 그친 것이요, 따라서 이러한 테마는 「농부의 집」에서도 찾아낼 수 있고 도회에서도 드글드글[249]한 것이다.

다시 말하면 「농부의 집」 속편으로서는 다만 정 첨지가 수종(水腫) 다리를 앓게 된 원인을 말하기 위하여 지난 장마에 전답이 떠내려갔다는 일점 외에는 소작농으로서의 특수한 생활상을 보여주지도 못한 것이었고, 향촌색을 그린 것도 아니었다. 그보다도 도리어 경향(京鄕) 간 어디서나 구경할 수 있

---

249 원문은 '듸굴듸굴'인데 '드글드글'로 수정하였다.

는 무지한 소녀가 종래의 전형이요, 사건 발전도 통속 단순하니까 문제도 새삼스러이 아니 되겠고, 다만 후자에 관하여만 몇 마디 하려 한다.

종교와 정의는 별개시하여야 할 것이다. 우리는 종교 없이 살 수 있으나, 정의공도(正義公道) 없이는 어떠한 경제조직, 사회구성 하에도 살 수 없기 때문이다. 내가 「미해결」을 쓸 때에 비상한 곤란을 받은 것은 선과 악의 암투에 있어서 결국에 선이 승리는 하였더라도 그것이 종교적 신앙으로 보상된 것이 아니라는 것을 어떻게 하면 독자에게 명백히 전할까 하는 것이었다. 그 효과가 얼마나 나타났는지, 또는 아주 실패에 돌아갔는지 나의 명언(明言)할 수 없는 바이지마는 어떻든지 종교적 신앙이 정의감을 유발하기는 하지마는 그 정의감의 내용을 절대로 결정하지 못할 뿐만 아니라, 그 결과는 종교의 힘이 아니라 정의공도 그 자체의 위력이라는 것을 명백히 하여 종교와 정의를 혼동치 않는 것은 필요한 일이다. 이제 「아사」에서 이것을 보건대, 정 첨지나, '노파'나, '억돌이' 남매나 종교와 정의를 혼동하였다.

정 첨지를 제외한 세 사람이 그 아무것도 붙들지 못하였거나, 또는 빈궁과 도의심의 승패가 어떻게 해결되거나, 그것은 소설이 권선징악에 구속되는 것이 아닌 다음에야 아무 상관없는 일이지마는, 다만 정 첨지가 그것을 혼동하였다는 것은 작자 자신이 혼동하기 때문이 아니었던가 한다. 적어도 작자는 혼동치 않을 것이라는 적의(適宜)한 의사표시를 하여 주어야 할 것이요, 또한 그 정의감의 내용에 따라서는 어느 세상에서든지 반드시 가져야 할 인간의 자랑인데, 다만 "이놈에 세상"에서는 그 자랑을 잃는 것일 따름이라는 것을 가르쳐주어야 할 것이 아니었던가 한다. 정당한 신도덕관의 수립은 계급해방의 전투의사를 확실하게 하고 활발케 하며, 겸하여 그것이 신사회에 들어가는 증권이 될 것이기 때문이다. 그 다음에 기교상 부주의인 듯이 내 눈에 띤 것은 수일 동안 실종하였던 억돌이가 부친이 운명하자 머리를 풀고 곧 달려든 것이다. 이것으로 추측하건대 병인(病人)을 못살게 굴어서 마지막 한 마디의 승낙을 얻으려고(‘돌순이’ 시집보내는 데에 대하여) 모자가 음모하고 피신하였던 모양인데, 만일 그렇다면 그 전에 어떠한 복선이나, 또는 모친의 입을 빌어서 암시를 주어야 할 것이다. 그 다음에 딸이 꾸어온 숭늉을 죽어가는 부친에게 단 한 번만 권케 한 것도 잘못이다. 두서너 번 권하고 먹이려고 애를 쓰다가 나중에 임종할 때에 흘려 넣어 주어야 할 일이다. 그렇게 아니 하였으면 그 이유가 있어야 할 일이다. 끝으로 수삼행(數三行)은 필요 없는 것이다. ‘복술이 할머니’에 관하여는 전작(前作)과 관련된 것인 듯하니까 예외거니와. 하여간 정돈된 작품이다.

김운정(金雲汀)의 「라라·라·아빠빠」는 표제가 기발하니 만큼, 위선(爲先) 반(半) 벙어리들의 입씨름인가 하였다. 그는 하여간에 이것은 다소 혼선이 된 작품이다. S를 끌어내기 전(前)을 일단락으로 하고, S가 죽을 먹으려는 데와 그 이후를 구분하여 3단으로 하면 그 3단이 혼선되었다 할까? ― 혼선이라는 말이 득당(得當)치 못하면 필연적으로 연결되지 못하였다고 볼 수 있다. 제1단의 서술은 그리 필요한 것이 못되고, 제2단과 제3단에서는 타당성을 잃기 때문에, 매우 긴장한 듯하면서 어떤 부분은 실감을 희박케 하였다. 개념적 이론과 세밀한 묘사와 극적 강조가 3단 속에서 각각이 따로 놀기 때문이다. 특히 극적 강조에 있어서는 무대 위에서일 지경이면 충분히 연락과 조화를 얻어서 필요한 타당성을 줄 수 있겠지마는, 소설에서는 각본의 ‘지문’이라는 것까지를 기교 적의(適宜)히 안배 삽입하여야 하겠는 고로 다만 극적 신 (scene)의 강조에만 흥미를 끌려고 하면 실패는 당연한 것이다. 전등이 꺼진 것은 풍세(風勢)로 인하여 고장이 생긴 것이라고 추측하기 어려운 것은 아니다. 돌발적 사상(事相)만을 전하여는 그대로 더 효과가 날 때도 있고, 나지 않을 때도 있다. 이 경우에는 그 후자일 것이다. 그 다음에 벙어리가 안마루까지 불시에 들어온다는 것은 의문이다. 문간에서 소리를 지른 것이 풍성(風聲)에 휩싸여 아니 들렸다 하기로 마루 끝까지 왔으면 사람의 소리가 분명하여질 것이요, 따라서 방안의 사람이 어린아이만 있었더라도 끝끝내 그다지도 혼비백산은 아니 할 것이다. S라는 위인이 어떠한 겁장이기로 창문 밖을 그렇게 못 내어다 볼까. 날이 새이도록 기절들을 하고 있었던 것도 믿을 수 없는 일이다. 죽그릇이 방바닥에 구른 것은 작자가 노린 주요점일 듯하나, 너무나 기교적이었다. 씨의 작은 이번이 처녀작 혹은 시작(試作)인 모양인데 너무나 잔소리를 하여 미안하나, 기계적 기교에서 벗어날 일이 장래의 발전을 복(卜)할 줄로 믿으므로 동정을 물리치고 다언(多言)을 비(費)한 바이다.

최승일(崔承一) 씨의 「무엇?」은 일개의 개념에 붙들려서 사념(思念)과 감정을 되씹은 일 소품이다. 이러한 것은 깊은 관조와 간결한 기교와 명쾌한 필치로만 성공할 것이나, 그것이 부족하였다. (이상은 『조선지광』에서)

조중곤(趙重滾) 씨의 「산파역(産婆役)」. 제목에서 조금 ×취(×臭)를 맡았다. 그는 고사하고 어느 점을 붙들고 썼는지 알 수 없는 작품이다. 애를 써 찾자면 산모가 죽어 가는데 의사가 아니 온다는 것, 빈궁하면서도 아들 낳은 것이 반갑다고 한 것이겠으나, 전체로 보아서 분명히 어느 점이든지 일점을 잡지 못하였다. 무산자의 생활상이든지, 유산자의 그것이든지 다만 대상을 객관적으로 줄줄 묘사하고 설명한댔자, 독자에게 호소하는 힘은 적을 것이다. 힘이 적을 뿐 아니라 작자가 살아나오지를 않는다. 작자가 작품을 통하여 설법을 하여달라는 것이 아니라, 작자의 사회관 —통틀어 작자의 생활, 생명이 보이지 않기 쉽다는 말이다. 의사의 무정(無情)이 부르주아사회의 불합리와 원한을 설명하여주었고, 또 생목숨이 죽으려다가 살아난 것보다는, 낳은 아이가 아들인 것을 기뻐하는 주인공의 말로써, 그것이 역시 경제생활과 밀접한 관계를 가지었다는 암시, 즉 아들의 뒤를 보려는 생각이 아내의 생명을 구하였다거나 한낮의 새 생명이 무사히 나왔다는 기쁨보다 앞섰다는 것으로써 얼마나 생활고와 그 공포가 굳센 힘으로 모든 의식의 앞장을 서느냐는 것을 작자는 말하였으나, 이 역시 모든 작(作)에 요사이 얼마든지 보는 바이다. 이 작이 작품으로서 실패하였다는 것도 아니요, 묘사의 정치(精緻)함이라든지 기교에 취할 점이 없다는 것이 아니다. 다만 근자의 유행적 공통성을 떠나서 좀 더 취재범위와 체험을 넓히고 깊게 핵심을 붙들도록 주문하는 것이다. 묘사에서 부주의한 점으로는, 군불을 20전어치나 때면서 저녁도 아니 지어 먹고 물도 끓이지 않았는지 작자는 그와 같이 세밀하게 묘사를 하는 경우에 무심케도 지나지 못할 것이다. 한참 내려가다가 밤이 깊도록 밥을 아니 먹었다는 말이 있었거니와, 어린 자식을 위하여도 석반(夕飯)을 차렸을 것이다. 또한 계집이 해산을 하기로 종일 근로한 사람이 점심, 저녁을 다 굶었을까? 이러한 세세한 점까지 우리는 알고자 하는 바는 아니지만, 그 작풍으로 보아서는 빼놓지 못할 것이라 함이다. 또 해산 광경의 묘사는 훌륭하지만 머리가 걸린 채로 내버려 두고, 남편이 양처(兩處)나 의사를 청하러 다니고, 주인집으로 드나들고 나중에 도망까지 하려고 하는 동안이 적어도 1시간 이상이나 걸리었을 터인데, 어린아이에게 아무 이상이 없었던 것은 좀 의문이라면 의문이겠다. 이러한 것은 지엽의 일이나 다만 주의에 그친다. 최종 말(末)의 일절은 새 생명과 여명을 교호하여 상징적 우의(寓意)를 표시한 듯하나 그리 긴밀한 효과는 없었다. 잘못하면 어설프고 우습게만 보일 때가 많다.

　백악(白岳)의 「심당자(心當者)」도 제목에는 괄호를 치거나 하지 않으면 눈 서투른 듯하거니와, 정탐소설 같은 듯하면서도 독자를 끌고 가며 자기 하려는 말을 예사롭게 들려준 작품이다. 자기의 하려는 말이라야 역시 근일의 공통한 색채를 가진 것이지만, 그는 그렇다 하고 기교만으로도 솜씨 있는 작이다. 다만 한 가지, 작자는 네 살짜리 자식의 문제를 고려치 않은 것이 미흡한 점이다. 작자로서도 고려하여야 하겠지마는 자살한 여자(분명히 자살하였다면)가 자기의 모성애를 어떻게 처리하였을까? 그 아이는 동리 집에서 지금 운다!

약월(若月)의 콩트 「악희(惡戱)」와, 김화산(金華山)의 다다[250] 「악마도(惡魔道)」는 일(一)은 시작(試作)이요, 일은 미완고(未完稿)라 하였기로 구태여 시평(試評)하려지 않거니와, 양작(兩作)이 다 '악' 자(字)와 인연이 있는 것은 자미있는 대조이다. '악'이라고까지는 말하지 않으나 '호(好)'는 아닌 듯싶다. 전자는 김빠진 박하사탕을 혀끝에 대어 본 것 같고, 후자는 누르퀘퀘한 막고초장(苦草醬)에 시꺼먼 겨자(芥子)를 섞고, 게다가 초를 치고 후춧가루를 뿌려서 맛보고 앉아있는 것 같다. 전자는 단맛을 찾는지 '박하' 맛을 보려는지 그저 그러하고, 후자는 매우 구미가 젖혀지고 비위가 약하여진 모양이다. 위(胃) 확장(擴脹)에 위가타르[251]가 겹친 듯싶다. 전자는 배부른 도령님과 뒷방 서방님께 아무쪼록 정조생신(精造生新)한 것을 한 봉씩 호주머니에 넣고 자시게 하고, 후자는 현대문명이라는 독주(毒酒)에 오장(五腸)을 절인 주(酒) 망탁이의 뱃속에 들어부어줄 것이다. 그 이상 시비는 나는 모른다. 나는 '어떠한 것인가?' 하며 가다가다 심심파적으로 맡아만 보려 한다.

다른 잡지는 수중에 없어서 보지 못하였다. 논문들에 대하여도 일별을 여(與)하려 하였으나, 근일 매우 분망하여 위선 이만하고 만다.

---

250 '다다(dada)' 즉 '다다이즘(dadaism)'을 의미한다.
251 원문은 '위가타루'인데 여기서 '가타루'는 의학용어로 '염증'을 의미하는 '가타르(Katarr)'를 가리키는 것으로 보인다. 따라서 '위가타르'는 '위염'을 의미한다.

문예만담[252]

4월 창작 월평

월평의 필요를 설도(說道)한 일도 있고 하여 금년 1월, 2월 양월(兩月)의 월평을 써보았거니와 실제에 하여본즉 문단의 중심과 원격하여 있는 탓으로 잡지와 원고의 체송(遞送)에 시일이 많이 걸리고 기타 군색스러운 수고가 많아서 3월호에 대하여는 그만 두었었다. 그러나 4월호 분부터는 다시 본지(本紙)에 쓰기로 되었다. 일간지이니만큼 잡지에서와 같이 편집상 구애(拘碍)가 피차에 덜리겠는 고로 필자만 좀 분발하면 금후로 얼마동안은 계속될 줄 안다.

그러나 이런 일이란 남 보기에는 손쉬운 것 같아도 꾸준히 계속하여가기가 어려운 일이다. 쓰기보다도 읽기가 귀찮고 힘이 들기 때문이다. 주(朱) 군도 2월 창작평[253]에서(본지 소재) 그런 말을 하였거니와 그리 흥 나는 일은 못 된다. 주 군이 신년호 창작계에서 '빈곤'의 진열장을 다녀나오느라고 지긋지긋하고도 단조무쌍(單調無雙)한 광경의 기억을 없애버릴 수 없다고 한 것과 같이, 사실 나도 1월, 2월 두 번에 염증도 아니 났던 것은 아니다. 그러기에 지금 창작은 알코올을 생(生)으로 먹여준다고까지 한 것이었다.[254] 듣기에 좋은 소리를 하려도 쉽지 않거든, 이루 귀에 거슬릴 소리만 하는 수도 없고, 그

---

252 염상섭(廉想涉), 「문예만담—4월 창작 월평」(전11회), 『동아일보』, 1927.4.16~4.27.
253 주요한의 「2월창작별견」(전4회)(『동아일보』, 1927.2.21~2.24)을 가리킨다.
254 「문단시평」(『신민』, 1927.2)의 내용이다.

렇다고 어느 때까지 '제멋대로 아무려나 하게 내버려 두어라' 고 단념할 수
도 없고 보니까 자연 참다 참다 못하여서는 입 뾰족한 소리로 기어이 나오고
야 마는 것이다. 눈에 번쩍 뜨이는 것, 정신이 소스라칠 만한 것……. 그런
것을 식상한 사람이 구미(口味) 붙들 것이나 물색(物色)하듯이 찾으면서 작품
을 대하건마는 이거나 저거나 끝끝내 쫌증[255]이 나고 눈살이 한 번도 펴본 때
가 드물었다. 같은 작가의 한 사람으로 이러한 소리를 하면 더욱이 다른 작가
들의 귀에 거슬릴 것이요, (또 그렇기 때문에 어지간히 미움도 받는 것이지마는) 사
실 어떤 작품을 보고서는 몹시 후회할 때가 있다. 그런 작품을 보느라고 시간
을 버리고 애를 쓰는 자기가 아까웠었다. 여하간 이러한 것도 월평자로 하여
금 모처럼 뽐내던 성의를 줄게 하는 한 원인이요, 따라서 평단(評壇)이 활발하
여지지 못하는 소이일 것이다.

　이해한다는 것도 이해될 만한 내용과 가치가 있어야 말이다. 그뿐 아니라
쌀을 찧다가 말고 그대로 시루에 쏟아서 설익혀 놓고 떡이니 먹으라고 성화
를 바치는 작품이 많지나 않은가 싶다. 먹었다가는 아무리 고추장에 보리밥
을 먹고 논두렁에서 낮잠 자는 농군의 뱃속일지라도 식상하겠거든, 그래도
독자의 이해가 부족하다고 원망하고 자기 뱃속 셈으로만은 한몫 가는 작가라
고 하는 분도 없지는 않을 것이다. 하여간 전체로 우리는 소설이나 시나 그 작
법부터 공부하여야 하겠고, 창작에 필수되는 제반 수양과 체험과 사색을 다
시 하여가지고 튼튼히 발감개를 하고 새로이 출발을 하여야 하겠다고 나는
늘 생각한다. 이러한 말은 내가 제이자(第二者)에게 대하여 요구하는 것이라
고 하면 혹은 선배연한다고 오해할 분도 없지 않겠지마는, 피차에 다 같이 그
렇게 하지 않고는 우리 문단이 일단의 비약을 시험할 수 없겠다는 말이다. 문

255　쫌증 : 제 마음이나 몸이 괴로울 적에 걸핏하면 짜증을 내는 것. 곽원석, 『염상섭 소설어사전』,
　　703쪽.

단 외의 사람들이 비웃는 말에, "문단이란 어떻게 된 곳이기에 '사랑하는 님이시여!' 하고 소위 시 한 줄만 쓰면 벌써 작시(作詩) 대가(大家)가 되고, 소설이랍시고 몇 줄 끄적거려서 활자로 인쇄만 되면 소설 대가가 되느냐"고 할 제, 일편으로는 그들의 모멸과 야유가 심한 것을 책할지라도 오히려 우리는 자성하여 낯을 붉힐 만한 양심을 가져야 할 것이다. 우리 사회의 어느 방면이나 제법 진로를 올곧게 잡고 두서를 차린 데가 몇 곳이나 되는지 바이 의문이거니와 더욱이 문단이라는 데는 우심(尤甚)한 혼돈 중에서 방황하지 않는가 싶다.

생명의 발로(發露)될 길이라든지 소위 자아실현의 길이 너무나 두색(杜塞)되고 억압된 현대의 조선청년이 문예, 기타 예술의 길을 취하는 것은 당연한 일이요, 또 일부 인(人)과 같이 기우할 바도 아니지마는 그것이 정당한 발전을 보이기 전에 지름길로 들어서서 허영의 노예가 된다는 것은 그 개인으로서나 사회 전체로서나 또는 예원(藝苑)의 장래를 위하여서나 가우(可優)할 현상이라고 아니할 수 없다. 사람에게는 명예욕과 야심이 필요한 경우도 있다. 될 수 있으면 사람의 일체의 행위가 다만 진선미를 추구하는 일층 고상한 동기나 본능으로 시종(始終)하느니만 같지 못하지마는, 하여간에 발발(潑潑)한 야심과 명예욕이 정당히만 발휘되면 그것은 그 사람의 사업을 격려편달(激勵鞭撻)하는 점으로 보아서 매우 필요한 것이라고 볼 수 있다. 그러나 그것이 빗나가서 허영의 노예가 된다면 또 그만치 화근거리가 되는 것도 없을 것이다. 지금 조선사람은 실로 이 화근을 누구나 한 아름씩 품에 안고 있다. 실망, 퇴영, 은둔이 아니면 허명(虛名)에 갈급이 들린 것이 지금의 조선사람이 아닌가 한다. 열 사람이 모인 곳에서 아홉 사람이 한 사람의 성명을 기억하여주면 곧 명예요, 이 세상에서는 성공이라고 생각하는 모양이다. 그 결과는 다만 자기의 성명 3자(字)가 활자화하여 신문잡지에 나타나는 것만이 유일한 소원이 되고 마는 듯싶다. 대단히 비열한 말 같고 천박한 소견 같으나 사실은 사실이다. 소위 사회인이 그리 중대한 일도 아닌 여행을 하는 때에 신문의 인사 소식란에 소개가 되면 자기 지방에 가서는 참봉 첩지 이상으로 행세거리가 되고, 결혼하는 청년남녀가 비루하게도 신문기자에게 좌청우촉(左請右囑)하여 신랑신부의 사진광고를 무료로 내려고 하는 등 심사(心事)는 소위 문단에서 한층 더 노골화하지나 않았는가? 심하여서는 그 소위 문예품이 신문잡지에 소개된다는 것이 그 소위 연애라는 추행(醜行)의 매개가 되는 사실을 볼 때, 생각 있고 지각 난 사람이면야 문단이라는 데에 곁눈이나 거들떠보랴! 말이 좀 추하지마는 문학적 노력의 효과가 '뚜쟁이'밖에 아니 된다면야 그 문단은 영골[256]부터 타락이 아니고 무엇이냐? 대관절 자기 이름이 활자화한다고 얼만한 명예냐?

이미 생명의 발로할 길이 사색(四塞)하고 일세(一世)에 영달할 희망을 잃고서 문단을 유일한 피난처(어폐가 있는 말이지만), 혹은 위안 자적할 곳으로 알고 들어오는지 다음에야 여기에서까지 관문(關門)을 베풀고 출입의 자유를 허락지 못할 것은 아니로되 문단이라는 것이 위기(圍碁) 구락부나 왕발(王勃)[257]이를 불러올려 앉혀놓고 재롱이나 보려는 등왕각(藤王閣)이 아닌지 다음에야 그따위 유희적 분자(分子)까지 수용할 수는 없는 것이다. 더구나 잣단 매명(賣名)이나 하고, 철없이 타락한 계집아이들의 염서장(艶書張)을 받으려거나, 부모덕에 얻어먹은 밥이나 삭이려고 소견(消遣) 몰려드는 고등유민(高等遊民)의 활터(弓場)나 놀이터는 절대로 아니다. 문예를 조명(釣名)의 구(具)로 아는 자, 문예를 야합의 경품권으로 생각하는 자, 문단을 희락(戲樂)의 수라장화(修羅

---

256 영골 : 유소년 어린아이를 속되게 이를 말. 곽원석, 『염상섭 소설어사전』.558쪽.
257 왕발(王勃, 650~676)은 중국 당나라 초기의 시인이다. 자는 자안(子安). 초당(初唐) 4걸(四傑)의 한 사람으로, 특히 오언 절구에 뛰어났다. 작품에 시문집 『왕자안집(王子安集)』 6권이 있다. 중국 강남의 3대 명주 중 하나인 등왕각 재건 시 지은 시문인 「등왕각서(藤王閣序)」가 유명하다.

場化)하려는 자, 이 따위들은 문단의 부랑자들이다. 대소제(大掃除)를 하여야
할 것이다. 문단으로 하여금 어느 때든지 누구에게든지 자유롭고 생신(生新)
하고 활기 있고 정직하고 순결한 분위기에 싸이게 하기 위하여 그러한 무지
각(無知覺)·몰염의(沒廉義)하고, 야비경박한 부랑분자를 구축(驅逐)하고 대청
결·대곽청(大廓淸)을 하자는 것이다. 이 말을 다시 뒤집어 표면으로, 적극적
으로 말하면 피차에 제각기가 말절(末節)을 버리고 대본(大本)에 취하자 함이
요, 각자의 품위를 가꾸고 또한 그 향상을 도모하자 함이며, 예술적 정진을
위하여 서로 일단 고상한 착안점에 주목하자 함이요, 좀 더 이상에 심혈을 끓
이는 문인답고 어른다운 벗들이 되자는 말이다. (1927.4.16)

　이러한 폐풍(弊風)의 책임은 물론 문예가 총체(總體)에 있는 것이요, 따라서
맹성(猛省) 일번(一番)하여야 할 것이지마는, 일편으로 보면 각 간행물의 편집
자에게도 책임이 전무하다고는 할 수 없을 것이다. 조선이라는 사회는 중학
교만 졸업하여도 각 신문이 대서특서(大書特書)하고 사진광고까지 내어줄 만
큼 고마운 사회요, 감사한 학계니까 범백(凡百)의 사정이 이 표준이 이 범위에
서 뛰어나갈 수는 없지마는, 문예품이라는 것이 문예란의 소정(所定)한 지면
만을 채우면 고만이라고 생각하여서는 문단의 전도를 위하여서 불행한 일일
것이다. 문학이 인생 생활의 제일의(第一義)라거나 사회현상의 전반이라고는
못할망정 그 '노리개'는 아니다. 출판물의 고명이나 양념은 아니다. 더구나
일 지면의 여백이나 채워주려는 기사 재료로 제작되는 것이 아님은 물론이
다. 이러한 말을 하면 신문잡지의 편집자는 듣기 싫어하겠지마는 사실상 지
금 형편에 그밖에 더 가치를 인정치 않는 모양이다. 인정치 않는지? 인정되
지 못하는지? 하여간에 소설에 대한 대우는 자연 조금 나은 모양이나 시나
평론은 그만도 못한 처지에 있는 것은 사실이다. 여기에는 여러 가지 원인이
있다. 첫째에 작가의 작품에 권위와 가치가 미흡한 것, 둘째에 일반 독자의

식별력이 부족한 것, 셋째에 편집자의 안식(眼識)이 없는 것, 넷째에 고료(稿料) 문제 등일 것이다. 작가와 작품의 권위와 가치는 문예가 자신에게 7분(分)의 책임과 독자와 평가(評家)에게 3분의 책임이 있는 것이거니와 지금의 각 간행물, 취중(就中)에서도 신문의 문예란이 더욱이 저급한 것은 제2, 제3, 제4의 이유로일 것이다. 자기 신문에 아무것을 발표할지라도 독자에게 다만 오락물 이상으로는 하등의 반향이 없는 다음에야 구태여 고료를 지불하여가면서 고심하여 선택할 필요도 없고 또 성의를 가지게도 못 되는 때문이 아닌가 한다. 이것은 소위 고료를 지출할 능력이 있고, 또 편집자의 식견이 충분한 경우에라도 자연히 그렇게 될 것이다. 그러므로 만일에 편집 당사자에게 견식(見識)이 부족하다거나, 경영상 실력이 확실치 못하다거나 하면 더욱이 말 못 될 것은 물론이다. 이에 있어서 기회균등주의를 암묵리에 부르짖고 나오게 되는 것은 소위 무명작가라는 신진의 원고 무조건 공급자이다. 이 수요공급은 실로 경영자로서나 조명자(釣名者) 유(流)로서나 호혜적 관계로 매우 피차에 유리할 것이다. 그러므로 이러한 사실은 소위 기성작가(근자의 프로, 비프로를 막론하고)에게는 다소 타격이 없지 않겠지마는 더욱이 문예가협회(文藝家協會)가 생긴 이래로 고료가 종래보다는 다소 오른데다가 수수(受授) 관계에도 약간의 충돌, 힐난을 면치 못함을 따라서 더욱 심하여갈지 모르겠다. (1927.4.18)

그러나 일편으로 생각하면 위에 말한 바와 같이 현하의 우리 청년이 문예, 기타 예술 방면에 비교적 많은 지망(志望)을 가지게 되는 것은 사회 사정 및 정치적 관계에 유인(由因)한 바가 많다고 볼 수 있은즉, 지금의 문단이 여상(如上)한 변칙으로 신진의 출현할 방도가 자유로운 것은 도리어 다행한 일이요, 억하심정으로 두색(杜塞)케 할 필요가 절무(絶無)한 것은 물론이다. 더욱이 현재의 문단을 돌려볼 제, 장래의 진정한 작가를 구하자면은 신진의 출현을 갈망치 않는 바가 아닌지 다음에야 그리 우려할 바가 아니라고도 생각할 것이다. 그러나 실제에 보면은 결과는 이와 반대인 경우가 많다. 다시 말하면 신구(新舊) 작가를 막론하고 저널리스트에게 이용거리가 되어서 기성작가는 고료를 위하여 저두궤복(低頭跪伏)하는 동안에 신진은 발표할 기회나 얻으려고 또한 좌청우촉(左請右囑)하는 형편이다. 그뿐 아니라 우심(尤甚)한 폐단은 무책임하고 저열한 논쟁을 신문지상에 당당히 게재하여 득의양양 하는 근자의 풍조이다. 이 점이 나로서는 그 발표의 자유를 찬동하면서도 어떠한 정도까지는 제한하자고 주장케 함이다. 사실 그러한 수단으로는 자기의 유치한 작문이 활자화하고 조명(釣名)의 목적이나 달하여 얼마간 허영심은 만족시킬 수 있으며, 따라서 자기의 고향에서나 자기의 그룹 안에서는 큰소리도 치게 될지 모르나, 문학상으로나 문단상으로는 그다지 효과와 공헌이 없음은 물론이다. 그야 개중(個中)에서는 상당한 작품과 작가를 양성하고 발견치 못하는 것은 아니나 지금과 같은 현상으로는 옥석(玉石)이 구분(俱焚)될 것이니 이래저래 질적 향상은 어려울 것이라는 말이다.

그러면 신문에서 문예란을 폐지하겠느냐, 혹은 그리 함도 피차에 무방하냐 하면 결코 그러한 것은 아니다. 문예란의 독자 수효로 보면 각 간행물이 고료를 지불하여 문제 많은 문예란을 설치함은 손(損)일 경우도 없지 않을 것이요, 그보다는 근자 유행인 영화란 기타의 오락기사라든지 통속소설의 연재물을 증가하는 편이 유리할 듯도 하나, 그 역시 재료가 무진장으로 있는 것도 아니요, 또한 일반 기사가 폭주(輻輳)할 만큼 사회의 동상(動相)이 활발치 못하고 지방통신이 완비·원활치 못하며, 집필하는 학자·사상가가 희귀하고, 광고 역시 불충분한 현상(現狀)으로서는 재료 수집난(收集難)을 면할 수 없는 터인 고로 부득불 문예란을 요하게 될 것이다. 사실 또 문예란도 색채삼아 한 귀퉁이에 설치하여두어야 지면의 조화도 얻게 될 것이며 더욱이 문학의 발달을 위하여 금전과 지면을 희생까지라도 하겠다는 고마운 의사가 경영자에게 있는 경우면 더욱이 말할 것도 없는 일이다. 또 일편의 기고가들의 처지로 보아도 현하의 저널리즘이라는 것이 어느 모로 보든지 폐단이 없는 게 아니나 유리(有利) 필요한 것일 뿐 아니라, 금후에 자본주의적 발달이 고도에 달할수록 더욱 왕성할 것은 물론이요, 수십 수백 년 후의 신사회가 출현한다손 치더라도 저널리즘이 쇠퇴할 리는 만무한 이상 이것을 이용치 않을 수 없고, 이용하자면 다소의 절제를 받지 않을 수 없게 되는 것이다. 그러므로 이 쌍방간에 결국 귀착되는 문제의 요점은 어떻게 하였으면 이 저널리스트가 빠지기 쉬운 폐단을 개선하여 가겠느냐는 것이다. 사실 문단의 지도자라는 것은 작가와 평가(評家)가 아울러서 책임을 지면 족한 일이나, 저널리스트가 은연히 문단의 일방(一方)을 좌우하는 입장에 있게 되고, 또한 금후로는 이러한 현상이 더욱 현저하여갈 것인즉 (그 시비는 차치하고) 이 점에 대하여 일반 간행물 경영자는 고려하는 바가 있어야 하겠고, 또한 그만한 책임도 자부하여야 할 것이다. 만일 종래와 같이 신문의 문예란이 무표준, 무권위한 상태대로 나간다면 차라리 전폐(全廢)하여 안고수비(眼高手卑)한 매명자배(賣名者輩)의 도량(跳梁)을 방지함이 도리어 좋을 듯싶다. (1927.4.19)

이와 같은 언설은 누구에게든지 불쾌한 말이요, 또한 가혹한 말이지만 사실인지 다음에야 어떠한 비난이 있더라도 문단의 향상을 위하여 지적치 아니할 수 없는 일이다. 작품의 우열은 수련과 재질 문제니까 오히려 문제가 덜 되는 것이나, 근자에 모모(某某) 지(紙)의 문예란에 발표되는 소위 평론이라는 것을 떠들쳐본 사람이면 결코 나의 말이 무언(誣言)이라고는 못할 것이다. 무용(無用)한 취모멱자(吹毛覓疵),[258] 무용한 중상, 무용한 변명, 무가치한 평설

---

258 취모멱자(吹毛覓疵) : 털 사이를 불어가면서 남의 흠을 찾는다는 뜻으로, 남의 결점을 억지로 낱낱이 찾아내는 것을 말한다.

(評說), 고의의 도전 ……. 이러한 것으로만 문단이 구성되고 이러한 것만이 문학의 내용이라고 큰 얼굴로 횡행을 하면 어쩌자는 말인지 피차에 좀 생각하여볼 일이 아니냐. 이러한 것을 가리켜서 편자(編者)는 지면만 채우려고 위주(爲主)하고, 필자들은 희롱적 혹은 조명적(釣名的), 혹은 그 이상의 불순한 동기로 문단을 교란하고, 문학적 발달을 저해하고, 문인의 체면을 손상케 함이라고 통탄하고 경고하려는 내가 잘못이라는 건가? 피차에 자중하자. 책임을 느끼자. 향자(向者)에 일본의회에서 난투사건이 있는 것을 보고 나는 '그들이 자기 집에 돌아가서 자여손(子與孫)을 볼 낯이 있을까' 하고 혼자 웃은 일이 있다만, 지금의 소위 문단의 작품이나 논평을 만일 2, 30년 후에 차대(次代)에 올 우리의 자여손이 들추어 보고 비소(鼻笑), 냉소할 것을 상상하면 한만(閑漫)히 할 수 없지 않은 일이 아니냐. 하물며 생명의 비약적 부르짖음이요, 인생의 진선미를 체험하고 구현코자 하는 예술의 도(道)를 그릇하여 천박한 논의와 무가치한 감정적 언쟁을 만발하여 일 지면의 이용거리나 되고, 일시적 매명(賣名)이나 하면 족하다 함에야 피차에 냉정 예민히 자성하면 자괴자계(自愧自戒) 함이 없지 못할 것이다

또 요사이 웬 욕설들이 그리 심한가? 문단이란 지게꾼 병문(屛門)인가? 아무리 지게꾼 천속배(賤俗輩)라고 멸시들은 할망정 그네들이 처음 만난 친구를 붙들고 "애, 이 자식아, 한 잔 먹으러 가자." 하고 첫인사부터 농담은 아니 붙일 것이다. 그러면 문단이란 것은 병문친구 이하 사람들이 모인 데냐? 알 수 없는 일이다. 피차에 일면식조차 없는 사람들끼리 일쑤 욕설들을 하고 있으니 그렇게 하는 것이 당세(當世)의 신식풍인가? 일전에도 모(某) 지(紙)에 나의 「문단시평(文壇時評)」을 반박인가 한다는 어떤 사람이 반박이고 공격이고 간에 단 한 구절일망정 쓸모 있는 말, 들어둠직한 말은 없이 덮어놓고 모멸하는 뜻의 야비한 말을 사용하여 놓았으니 그렇게 아니하면 아니 될 필요나 있

었던가? 그것은 무슨 나를 존경하여 달라는 얕은 생각으로가 아니라 피차에 정정당당히 토론할 것은 토론하고, 공박할 것은 공박할지라도, 서로 지켜야 할 예의는 지켜야 하는 것이라는 말이다. 더구나 일면식도 없는 사람들 사이에야 이러한 경향은 비단 나에게 대한 반박문들에서만 발견되는 것이 아니라 요사이에 각 지상(紙上)에 산견(散見)하는 소위 반박문이나 평론문의 거의 전부가 다 그와 같은 천속한 언사로 상대자의 인신을 공격하거나 욕설을 남발하는 모양이기에 고언(苦言)을 제(提)함이다. '의식족이지예절(衣食足而知禮節)'이라더니 프로문학이 창도되고 무산자운동의 반려가 되느라고 그러함인가? 우리는 사람다운 예의와 겸양의 덕까지 내버려야 될 일이 되는 것은 아니다. 개인으로나 사회인으로나 각자의 품격을 손상치 않게 하기를 주의함이 어떨까? (1927.4.20)

그뿐 아니라 반박한다는 글의 내용을 보면, 이거나 저거나 정확한 논점을 붙들어서 조리 있고 명쾌한 박론(駁論)을 시험한 것은 찾으려야 찾을 수가 없다. 다만 경모(輕侮) 능멸(凌蔑)의 언사(言辭)만 늘어놓으면 되는 줄 아는 모양이다. 전기(前記)한 나의 시평(時評)에 대하여 반박한 것을 보아도 그저 '안 되었다 못 쓰겠다'고 하였을 뿐이요, 어디가 안 되었는지 어찌하여 못 쓰는지 논거라든지 이유는 한 마디도 없다. 논증할 만한 힘이 없다면 처음부터 그런 반박은 하고 싶더라도 참는 것이 옳은 일이겠다. 지금 생각나는 것으로 볼지라도 나의 서해(曙海) 군에 대한 평(評)[259]이 최(崔) 군에게 대한 모욕이라고 하였을 따름이요, 어찌하니까 모욕이 되는 것이요, 어찌 하니까 최 군에 대한 평이 글렀다는 것을 지적치 않으면 쓴 사람도 보람 없는 일이요, 본 사람도 소득이 없으며 발표한 지면으로서도 인쇄비만 허비한 것이 아니냐. 그 필자

---

259 「문단시평」, 『신민』, 1927.2.

는 자기의 심기가 일전(一轉)하여 프로문학 예찬자가 되었다고 하였지마는 자기의 심기일전이라는 사실만이 나를 공격할 이유가 못되는 것은 물론이다. 성세(聲勢)를 허장(虛張)하여서 자기선전이나 하면 일이 되는 것은 아니다. 좀 앞뒤를 살피고 경위를 따져가지고 발언을 하여야 할 만한 소리, 들음직한 말이 나오게 될 것이다.

일전에 누가 와서 하는 말이 "프로 파(派)라 하는 사람 중에 누구나 한 사람만 붙들어서 공격을 할까 ……." 하기에 그건 왜 그러느냐고 물은즉 "어떻게, 그렇게 해야 문단참여를 하게 되지 않겠느냐"고 하며 피차에 웃어버린 일이 있었다. 사업 그러한 것도 영리한 사람의 문단 출진의 일 방도일지도 모른다. 이것저것 할 것 없이 딱한 일들이다. 공격할 일이 있어서 하는 것이 아니라 발판 삼아 잠깐 이용해보겠다는 것이다. 그러한 심사부터 버리고서야 문학의 도(徒)도 될 수 있고, '자기의 생활'을 생활하게도 될 것이다.

남의 귀에 거슬릴 말만을 하자는 것은 아니나 입을 벌리면 자연히 신신(申申)한 말이 나오기 어려운 형편이고 보니 낸들 어찌 하랴. 그렇다고 이 혼돈무쌍(混沌無雙)한 문단일망정 모두 한 묶음에 열 넉 냥 금으로 그대로 쓸어 내버리려는 것이 아니다. 썩은 고기(石首魚)만이 길거리에 즐비한 것 같되, 가다가다는 잔가시는 있을 법하되 눈알이 새빨간 준치도 미구(未久)에 시정(市井)에 퍼질 것이요, 금린(金麟)이 번득이는 도미도 있는 게다. 그것을 바라고 읽기 싫은 작품도 읽고 하기 싫은 월평도 하는 것이다. 정미소에 가서 보면 겨를 뽀얗게 뒤어쓰고 백미(白米)의 돌을 고르고 있는 가엾은 품팔이도 있다. 올차고 기름진 쌀알을 가려내면 그것이 그의 입으로 들어가는 것은 못된다. 어느 부르주아지의 식탁에 오르는지, 어느 작은댁 마마님이라는 개값 서 치도 못되는 목숨을 부질없이 부지하여주는지는 모를 일이다. 그러나 그것을 먼저 물을 바는 아니다. 언제든지 간에 쌀에서 돌을 고르고 뉘를 고른다는 그 일만은 필요한 일이요, 의의 있는 일이다. 올차고 기름진 쌀알을 가려낸 뒤에 모든 사단(事端)과 문제는 다시 시작되는 것이다. 그때에 다시 의논하는 것이다. 그리하여 부르주아지의 식탁에도 올려 보낼 수 있고, 프롤레타리아의 주린 창자에도 넣어주어야 하겠고, 또 그리하도록 힘써야 할 것이다. 다만 걱정되는 것은 '낱낱의 쌀알이 올찼느냐? 기름졌느냐?'는 것이다. 평자(評者)는 모든 작품이 옥(玉)이기를 욕심내지는 않는다. 돌에서 옥을 가려내면 그에서 더 즐겁고 기쁜 일이 또 어디 있으랴. 그러나 옥은 아닐망정 옥 같은 살진 쌀알이고 보면 위선(爲先) 만족하는 수밖에 없다. (1927.4.21)

그러나 기름진 쌀이란 여물은 씨와 좋은 거름과 끊임없는 단성(丹誠)에서 나오는 것이다. 나의 둘째로 걱정하는 것은 여물은 씨와 기름진 거름과 줄기찬 정성이 우리에게 있느냐 없느냐는 것이다. 내가 "조선의 작가들이 조선문학의 수련 기반을 확립할 때까지 프로 병(病)에 걸리지 않았으면 여간 좋지 않았을 것이다. 백일도 못된 갓난 아해가 태독(胎毒)에 걸려서 헐떡인다."고 하니까 이것을 되잡아서 부끄러운 줄도 모르고 토해놓는 '가증(可憎)한 섬언(譫言)'이라고 책망한 분이 있었다. 부끄러운 줄을 누가 모르는지 모르겠다. 나의 말이 가증할 것도 없거니와 나는 섬언해 본 일도 없다. 내가 잠꼬대를 하였다면 그것은 조선의 작가들이 여물은 씨와 걸쭉한 거름과 끓는 충성을 가지지도 못하고, 초봄에 앉아서 늦은 가을에 거두게 될 듯한 나락은 누구의 입에 들어갈 게냐고 대가리를 맞부딪혀가며 싸우는 양(樣)이 하도 어이가 없는 나머지 오매(寤寐)에 못 잊어서 한 것인지 모르겠다. '조선문학의 수련·기조'라는 것은 씨와 거름과 정성과 및 그것들로써 결실한 새로운 '나락'을 가리킴이다. 새로운 나락은 새로운 힘을 나게 하는 영양소다. 새로운 문화로 세울 힘이다. 그 힘이 없이 만날 무산(無産)이나 자본이니 하며 갑론을박을 한댔자 소용이 무어냐. 소설을 꾸미고 시를 읊는 사람이 꾸미는 법도 모르고,

읊을 재조(才操)도 기르지 않고, 소설이란 어찌하여 쓰는 것이요, 시란 무엇 때문에 읊는 것이며, 소설이란 무엇을 써야 하고, 시란 어디서 울려나오는 것인지도 분명히 깨닫지 못하고, 민족적이면 안 되느니 공산주의 예찬이니 한댔자, 결국 작품은 작품대로 떠나가고, 민족주의나 맑시즘 대로 베돌게 될 것이 아니냐. 지금 형편에 민족주의를 고양하든지 맑스주의를 예찬하든지 시비하는 것이 급한 것은 아니다. 어떠한 주의주장이든지 간에 그 주의주장이 작품 속에서 충분히 삭아서 작품의 속속들이 스며들어가게 되려면 그 주의주장의 시비를 따지기 전에, 먼저 작품으로서 반드시 구비하여야 할 조건과 수련과 기조가 있어야 말이 아니냐. 조각가가 석고를 반죽하는 법부터 배워야 할 것이다. 그 다음에 조형을 만드는 법을 배워야 할 것이다. 그리고 그 다음에 비로소 레닌의 초상이든지 단군의 성상(聖像)이든지를 만들게 될 것이다. 그래도 조선문학의 수련과 기반을 확립하라는 말이 가증히 들리느냐? 그래도 섬언으로 들리느냐? 그래도 내가 무치후안(無恥厚顔)한 수작을 한다느냐? 작품다운 틀거지를 가진 작품 하나도 소확(所穫)은 없이 '프로', '부르' 하고 개구리의 교향악을 울리는 것은 피차에 잠깐 중지하는 것도 무방할 게 아니냐? 그 중지하는 동안에는 작품이 나올 것이니 ……. 하고 싶은 말은 이루 많으나 위선(爲先) 이만하고 4월 중의 작품이나 보려 한다. (1927.4.22)

「조고만 심판」(독견(獨鵑) 작, 『동광』)은 판에 박은 작이다. '250호'가 "글쎄 이 세상에 점잖은 놈이 어디 있고 믿을 놈이 어디가 있어요." 할 제, 벌써 이 소설은 끝마디까지 본 듯싶었다. 사실 나의 예료(豫料)대로 사건은 진행되고 또 종결되었다. 작자는 250호의 이야기를 듣고 있던 사람들이 250호의 이 말에 "무슨 뜻인지 모른다는 듯이 멀뚱멀뚱"히 앉았다고 하였지마는 그것은 작자의 서투른 설명이다. 그러한 설명으로 독자의 떨어져가는 홍미를 붙들기에는 힘이 부족할 것이다. 어쨌든 독자로 하여금 읽기 전에 전편을 다 들여다보고 앉았게 하는 것은 기술사(奇術師)가 요술의 방법을 설명하여 가며 손장난을 하는 것 같아서야 작자로서는 손(損)이다. 250호가 간부(姦夫)·간부(姦婦)를 살해한 것으로 종막(終幕)을 마치기는 하였으나, 그런 일을 할 만한 사람같이 보이지도 않았다. 인물묘사가 틀렸다는 말이다. 더구나 두 주먹만 가진 머슴살이꾼에게 다 시집을 보낼 수밖에 없는 촌부(村婦)가 부호(富豪)의 첩이 될 만큼 미인이었던 것도 기적이려니와 아무리 1, 2년간쯤 호화로운 생활을 하였기로 농사짓던 계집의 손이 붓끝같이 그렇게 고운 것도 좀 그럴 듯이 들리지 않는다. 얼굴이 원판이 예쁘면야 갖추기에 달렸겠지마는 뼈대가 굵어진 손까지가 바로 귀부인의 손이 될 수는 없을 것이다. 또 감옥에서 나오는 사람이 하필 찰인절미를 사서 먹었던지? 안성(安城) 내려가다가 배탈나지 않은 것만 다행하다. 행문(行文)과 묘사는 좋은 데가 많으나 작자는 대화 쓰는 법이 서투르다. 말을 골라 쓸 줄을 모르는 데도 눈에 띠고, 또 대화가 있어야 할 데에 없고, 없어도 좋을 데에 군부치도 있었다. 그 다음에 주인공의 심리적 발전이 불분명하기 때문에 인물이 충분히 살지도 못하고, 더욱이 최후범행의 암시가 전연(全然)히 없었던 것은 긴장미를 독자에게 주지 못한 결과에 이르렀다. 원래 이 작은 내가 쓴다면 '복돌이'가 출옥한 뒤부터를 중심으로 하여 부부의 심리적 갈등을 그리는 동안에 이 작에 나타난 내력을 삽입하면 더욱 통일 있고 인상 깊은 것이 될 것이다. 나뿐 아니라 누구나 그렇게 플롯을 정하는 것이 제격일 것이다.

　이상은 다만 기교 혹은 작법에 관한 것이기 때문에 진정한 평은 아니거니와 작자는 제재를 충분히 객관화하지도 못하고, 또한 주관의 체에서 십분(十分)으로 밭아내지를 못한 모양이다. 그러므로 오직 소설의 틀에만 끼워놓으려고 한 작품이 되고 말았다. 그리하여 부르주아는 '성적(性的) 자본주의자'라는 답안만을 보여주었다. 강간을 당하고 울 뿐 아니라 당장에 남편에게 호소할 만한 계집으로도 그와 같이 될 수 있는 것이지마는 작자는 여성의 심리를 어떤 선입견에 의하여 너무 단순히 보지나 않았는가 싶다. 화간(和姦)이 아니요, 강간이었으며 또한 그것을 통념(痛念)히 생각한 데는 김 모라는 자를 생리적·감정적으로 혐오한 것이 주요한 이유이었을 것이요, 따라서 호화한 생활에 심취는 하여도 김 모라는 인물에서 심취하지 못 하였을 듯할지며, 그렇다면 전부(前夫)에게 대한 태도와 감정에도 달리 변화가 있었을 것이다. 전체로 열(熱)과 의지가 부족하다. (1927.4.23)

「산지기 최 영감」(김남주(金南柱) 작, 『현대평론』). 무리히 얽어놓은 데가 보인다. 「조그만 심판」과 유사한 제재로 동일한 견해·경향을 가진 것이라고 보겠다. 다만 하나는 화풀이를 하고, 하나는 아니 할 뿐이다. 사회의식을 고조한다든지, 우리의 생활의 불합리나 제4계급의 무지를 그리는 것은 좋은 일이나, 분명한 파악한 데가 없으면 아무 감흥도 감명도 주는 것은 없다. 그것은 작자의 사회관이 투철치 못한 데에 기인한 바도 있고, 또한 제재 그것이 작가의 내부에서 충분히 소화되지 못함에도 원인이 있을 것이다. '최 영감'이 학교의 직원이 변동된 것을 수년 내(來)에 몰랐더라는 것도 너무나 과장한 기교요, 교원실 내에서 최 영감이 이유 없이 조롱을 함부로 받았던 것도 공연히 최 영감에게 동정을 시키려는 고의에서 나온 무리한 설명이 되고 말았다. 군청에서의 일장(一場)도 역시 그러하였다. 도대체 일개의 성의나 선입견으로서 과장을 하는 것은 소기의 효과를 얻지 못할 뿐 아니라 도리어 반대의 결과를 낸다. 더구나 그것이 작자의 설명적 서술에 그칠 때에는 반감까지 생긴다. 작자가 주안점으로 생각하는 부분은 일층 묘사에 주력을 써야 효과가 현저하여질 것이다. 그리고 묘사는 조각적일 것을 나는 요구한다.

「김 주부(主簿)」(윤귀영(尹貴榮) 작, 『습작시대』)는 사실 습작이다. 조금 힘을 더 써 정돈을 시켰으면 작자가 그런 점을 산뜻하게 보여주었을 듯하나 그렇지 못하였다. 싸움의 경위를 알자는 것은 아니나 싸울 이유가 나타나지 않았고, '김 주부'의 양반 몰래와 돈 취하여 달라는 데에 "기막히는 고통"까지 느꼈다고 한 것이든지, 김 주부를 보낸 뒤에 한숨을 쉬며 방금 지낸 일이 무슨 꿈을 꾼 것 같다는 말은 모두 심한 과장이다. 도리어 우습고 부유한 집에서 자라난 어린아이의 말 같다. 하여간 요사이에는 '의사 대(對) 빈민'이라든지 '약가(藥價) 힐난'이 제재로 유행하는 것은 우스운 일이다. 제재를 찾으려면야 쌔고 버렸는데 왜 그 따위의 단조무미(單調無味)한 것에 여러 사람이 손을 대이는지 알 수 없다. 프로를 그려야는 하겠고, 안계(眼界)와 체험은 부족하고 하니까 자연 그렇게 되는 것은 아닌가 하는 생각도 난다.

「그 사람들」(김운정(金雲汀) 작, 『현대평론』)은 희곡이다. 작자는 "금(禁) 무단 흥행(興行)"이라 하였지만 실제에 지금 조선에서 좋은 희곡이 있기로 상연할 만한 힘이 있고 극장이 있는지? 저변(這邊)의 소식은 나는 문외한이므로 모르거니와 토월회(土月會)조차 요사이는 경학(經學)을 계속하는지 신문지상으로도 별로 소식을 못 듣게 되었다. 그러나 하여간에 근경(近頃)에 이르러 희곡을 시작하는 분이 비교적 많아진 것은 사실이다. 그것은 표현이 소설과 달라서 단적으로 일정한 규모와 전형에 들어맞게만 하면 비교적 효과가 얼른 나타날 듯한 관계인 듯도 싶거니와 일일이 묘사를 아니 하니 만큼 주도(周到)한 수법이 아니고는 어려운 점도 적지 않을 것이다. 하여간에 지금 형편으로는 실연(實演)을 목표로 하느니보다는 읽히기 위하여 쓰는 데에 불과하고, 또 더욱이 희곡에 있어서는 아직도 초창기에 있다는 점으로 보아 각 작가가 습작의 태도로 수련을 쌓아가는 것은 필요한 일이겠다. 즉, 당장 실연에 유용될 수도 없고 또 될 만큼 완성된 것을 발표하지는 못할지라도 후일의 발전을 위하여 수완을 길러나가는 것은 매우 필요한 일이라 하겠다. 이 점으로 보아서 현재의 희곡이 다만 사상만을 전한다는 범위에서 일보를 갱진(更進)하여는 실연에 불가결한 제(諸) 조건이라든지 기교 수법에도 유의하여 여러 가지로 시험하여보는 것은 좋을 것이다. 사실상 지금 당장에는 상연될 수 없더라도 후일 극계(劇界)가 활기를 정(呈)하게 될 때에는 즉시 채용될 만한 것을 발표하여두는 것은 문학상 소획(所獲)으로도 대단한 가치가 있는 노력일 것이다. (1927.4.24)

운정(雲汀)의 이 희곡은 다만 읽힌다는 점으로 보아서 하등의 감명은 없는 것이었다. 무대에 관한 지식이 나에게는 없으므로 거기까지 간섭하여 용훼(容喙)할 수는 없으나, 실제에 상연한다 할지라도 과연 극적 효과가 있겠느냐는 것도 기실 나는 보장할 수 없다. 문학적으로 예술미라든지 명확한 사상을 포지(抱持)치 못한 다음에야 읽히기만 위한 것으로도 아무 감흥이 없을 것이요, 또한 실연을 한댔자 별로 신통할 게 못될 것은 분명한 노릇이 아니냐.

일체로 요사이의 작가들에게는 사회의식 이상의 것, 빈궁 이상의 것을 깊이 파들어가려는 노력이 매우 부족하다. '이상의 것'이라는 말은 반드시 '이외의 것'이라는 의미가 아니다. 빈곤을 제재로 하고, 농촌의 피폐를 주제로 하는 것은 얼마든지 좋은 일일 것이다. 그러나 그것을 다만 표면에 나타난 사실의 전달이나 복사 — 충실한 묘사도 아니다 — 로만은 예술적으로 살리지 못할 것이 아니냐. 객관적, 사실적 묘사만이라도 충실하고 면밀할 지경이면 어떠한 정도까지는 효과가 있을 것이지마는 그거나마가 결핍하고 다만 천박한 관찰로써 표피한 껍질의 일 국부(局部)만을 복잡하게 그려놓으면야 신문 기사 이상으로 가치 있을 수 없을 것이 명백한 일이 아니냐. 게다가 작품으로서 통일도 없고 기교도 없고 표현도 부족하며 사상의 저류도 없고 연출의 효과도 예상할 수 없으면야 전연히 도로(徒勞)가 아니냐. 사회의식의 강조를 목표로 하면서도 사회의식 이상의 것, 빈궁을 제재로 하면서도 빈궁 이상의 것을 요구한다는 것은 인생과 인성의 본연의 형자(形姿)와 그 핵심을 붙들어달라는 말이다. 일개의 작품으로 천만인의 마음을 혹은 천만의 마음으로 붙들 수도 있고 또 혹은 한 마음 붙들어 매일 수도 있는 것은 작자가 인생과 인성의 본류와 핵심을 꼭 붙들어가지고 자기의 성격과 사상으로써 임의로 조종하고 또한 자기의 예술적 수완 역량으로 안배하며 표현하기 때문이다. 표현과 사상은 예술이 성립되고 존재하는 데에 불가결한 요건이나 예술이 발생하는 과정으로 보아서 그 출발점이요, 기본인 조건은 인생의 '마음'을 붙드는 것일 것이다. 노상의 기한(飢寒)에 우는 어린아이를 그린다손 치더라도 그것이 '인생에 향하여 무엇을 말하는가, 작자는 그것에 향하여 무어라고 제언하는가.'를 인생이라는 넓은 시야에 서서 관조하고 가리움 없는 인성의 본연에 입각하여 부르짖어야 할 것이 아니냐. 여기에 이르러서 예술은 오직 미(美)만이 아니고 진리이며 윤리의 값을 가지게 될 것이다.

이상에 말은 운정(雲汀)의 작에 대하여 한 말이라는 것보다는 일반적 의미로 우감(偶感)을 적은 것이거니와 「그 사람들」은 희곡으로서 매우 실감이나 인상이나 암시가 부족한 것이었다. 거의 아무것도 얻은 것이 없었다고 하는 것이 정직할지 모른다. 실감·인상·암시는 작품에서 서로 연결을 가진 작용이요, 이 3자가 없으면 예술적 가치가 전연히 결여한 것이라고 하겠거니와 「그 사람들」의 대화가 모두 공중에 뜬 것 같다. 제 뱃속에서 우러나는 소리라고는 '봉실이'의 "고향이 야속"하다고 저주하는 한 마디인 듯하나, 그것마저도 기분적임에 불과한 듯싶다. 고향이 야속하여 떠나가겠다고 버둥질만 쳤을 뿐이요, 작자는 그 결론을 어디로 가지고 가려는지 조금도 알 수 없기 때문이다.

그 외에는 젊은 남녀의 대화 '맹녀(盲女)'의 술회가 다 실감에서 떠나간 것이었다. 즉 그만치 그들의 심경이 분명한 자리를 잡지 못한 것이었다. 그 이외에는 아무것도 찾아볼 것이 없었던 것은 유감이다. (1927.4.25)

기교로 볼지라도 서두에서 모녀의 대화로 전국(全局)의 내용을 관객이 미리 알고 앉아 보게 되었다. 그것은 감흥을 여간 손상하는 것이 아닐 것이다. 또 '고모'를 칠십 노인으로 하고 맹녀(盲女)로 한 것은 장면을 침통케 하려는 의도이겠으나 도리어 봉실이에게 대한 반감을 유발시키었다. 노수(路需)도 마련 못한 놈이 특별한 사정이 있는 것도 아닌데 맹목의 노모를 끌고 이민(移民)을 하여간다는 것도 무리하거니와 부득부득 명효(明曉)에 출발한다고 고집하는 이유가 알 수 없다. 순전히 신경질적 기분에 노는 놈이다. 명효에 도피를 하지 않을 수 없는 중대한 사건과 동기가 있어야 봉실이의 핍박이 여실하여지고 관자(觀者)의 동정이 모일 것이다.

그 다음에 '오(吳) 씨'가 무의미하게 무대에 들락날락하는 것은 실연(實演)을 해본대도 우스운 일일 것이요, 상련(相戀)하는 남녀의 대화는 천박한 희극에서나 보임직한 수작이었다. 가령 '옥순이'가 "아까도 말한 것처럼 당신이 이곳을 떠나가는 날 ……." 하고 말을 못 맺으니까 '복삼이'가 뒤따라서 "죽는단 말이지?" 하는 것 따위다. 대화가 꾸어다 막은 것같이 뱃속에서 우러나온 것이 아니라 함은 상술한 바와도 같거니와 전체 인물의 어법이 순탄치 않고 제 귀에 들어맞지 않은 점이 많다. 이러한 실수는 소설에서도 주의할 바이거니와 더욱이 희곡에서는 물론일 것이다. 또 무대에서 독언(獨言)을 하는 것은 어떨까 한다. 적어도 동양사람에게는 그러한 관습이 없는 것 같아서 서툴러 보일 것이다.

또한 운정(雲汀)의 작 「잔설(殘雪)」(『조선지광』)은 무대에서는 전작(前作)보다 좀 나을 듯하나, 이 역시 기교상으로나 내용으로나 완전한 것이라고는 하기 어려웠다. 원래 통속적의 것이거니와 아무리 통속적이라 하더라도 '소사(召史)'와 '광일이'의 추태는 너무 야비한 것이었다. 실연(實演)한다면 좀 고치어야 할 것이다. 또 제재가 매우 평범하니만큼 작자가 좀 수단을 써서 변화를 주어야 하겠으나 그렇지 못하여서 학생들의 순회연극단이 각본 없이 임기응변하여 꾸민다 할지라도 그만한 것은 넉넉히 만들 수 있을 것 같았다. 내용에 들어가서라도 소사가 광일이와 앉아서 후회 자탄하는 것까지는 좋으나 특수한 동기가 없이 (아무리 취중이라 할망정) 별안간 딸을 껴안으면서 "내 뱃속으로 낳은 자식을 미끼로 그 고약한 짓을 하는 이년이 ……." 하며 후회를 한다거나 우는 것은 언사(言辭)에도 과장이 있거니와 심리적 현상으로도 믿을 수 없는 일이다. 더욱이 '참사(參事)'에게 3백 원을 받으면서 "자식의 살을 저며 판다 ……" 운운한 것은 자연성을 잃은 작자의 개념적 설교 이외에 아무것도 아니다. 대관절 이 여자의 회오(悔悟)의 동기가 분명치 못하다. 소설에서도 이러한 종류의 꾸어다 박은 듯한 비장한 독백이나 설교를 가끔 보지마는, 볼 때마다 근질근질한 느낌을 받을 뿐이다. 최후에 소사가 실족(失足)한 것은 왜 썼는가? 툇마루가 얼마나 높은지는 몰라도 설사 자살할 의사로 그리하였다 하더라도 동에 닿지를 않는다. 소사가 참사와 작별할 제, "그럼 또 다시는 못, 아니 또 오시지요." 한 것이라든지, "내일까지는 모든 책임을 다하지요. 꼭 칠 말을 내지요." 한 말로 보아서 소사의 심중에는 무슨 결심이 그때부터 있었던 듯이 보이나, 그러면 그 결심은 어디서 온 것이냐? 사람의 자살하려는 결심이 그렇게도 일순간에 무반성하게 날 수 있을까? 또 만일 소사의 낙상(落傷)으로 인한 뇌진탕이 우발적 사건이면 더욱이 아무 해결을 준 것도 못 되거니와 관자나 독자는 그런 보고에 접할 필요가 없다. 좋은 작품도 못 되고 잘된 작품이라고도 생각할 수 없는 것은 유감이다. (1927. 4. 26)

「선상(船上)」(유영(柳榮) 작, 『조선지광』). 좋은 소품문(小品文)으로 보았다. 명쾌한 관찰과 섬세한 필법을 엿볼 수 있다. 이 분의 것은 처음 보기로 말이거니와 장래에 촉망한다. 그러나 소설이라고 하기를 꺼리는 것은 사건으로나 또는 내재한 관조점(觀照点)(이 말이 이해되기 서투를 용어라 하면 '작자 자신의 관조점')에 통일을 가지지 못하였기 때문이다. 너무 산만한다는 말이다. 기행문의 일절로 보면 좋을 것이다. 그러나 그 배가 어디서 출범한 것이기에 '제주도'가 보이었는지 의문이다. 분명히 착오일 것이다. 또 원산(原山) 혹은 청진(淸津) 등지에서 출항하였기로 일야지간(一夜之間)에 해삼위(海蔘威)[260] 같은 데에 득달(得達)할지? 나는 항정(航程)을 모르니까 명언(明言)치는 않는다. 그 다음에 기병사관 K가 갑판 상에서 전술에 관한 책을 읽는다고 하였는데 과연 음독(音讀)을 하였을지? 그것도 쇄세(瑣細)한 말절(末節)인 듯하나 좀 서투르게 생각되었다. 그 경우에 독서의 내용을 쓸 필요는 있겠지마는.

　「복수(復讐)」(유진오(兪鎭午), 작,『조선지광』). 미문(美文)인 것을 위선(爲先) 한 마디 한다. 묘사의 수법이 종래의 제가(諸家)의 것에 비하여 생신(生新)한 것도 찬양할 만하다. 작중인물의 A를 '신감각파' 운운하였거니와 작자 자신이 그야말로 매우 예민한 감각을 가지고 있다. '꽃송이가 가지에 달린 채 잘강잘강 씹으면서 분홍빛 편지지를 꺼낸다' 운운한 것을 보고도 알 수 있는 일이다. 기교적임에 편중(偏重)하고 그리 깊은 맛, 듬직한 힘이 보인다고는 할 수 없으나 근일(近日)의 일반적 경향인 소위 프로작품에 보이는 천편일률의 구차(苟且) 타령에서 넌덜머리를 내다가 청량제(淸凉劑)를 마시는 것 같다. 만일 프로문학 비평가더러 이 작을 논의하라면 "A, B, C, Y는 현대의 청년남녀다 — 그 말은 부르주아 문명의 침전물이요, 자본가 계급 자제(子弟)의 '인생 유희'라는 말이다 — 운운할 것이다. 그러나 나는 그러한 견해를 이 작에서 극소부분에서 발견치 않은 것은 아니나, 그것보다도 해방된 여성의 생리적 혹은 심리적 현상에서 다량의 가치를 발견한다. 그것이 만일에 천속(賤俗)한 필법으로 야비(野卑)에 흘렀으면 나 역시 찬양코자는 아니하나, 그만큼 세련된

---

260 해삼위(海蔘威) : 러시아의 블라디보스토크를 한자음으로 바꾸어 이르는 말이다.

다음에야 예술적 가치를 먼저 인식하여주는 것이 옳은 일이라고 생각한다.

어쨌든 이 일 작만 가지고 이 작가의 장래를 속단키 어려우나, 심화하여갈수록 좋은 작가가 될 것이요, 또한 신경지(新境地)를 개척하여갈 줄로 믿는다. 지금 잠깐 생각하는 것은, 로스탕[261]의 『시라노 드 베르주라크(Cyrano de Bergerac)』는 나는 서양영화로만 보았으나 "나는 당신을 사랑합니다. 당신은 나의 생명입니다." 운운한 데에 여자가 불만을 느끼는 것은 로스탕의 작(作)의 히로인을 연상케도 한다. 혹은 그것이 여성의 공통인지도 모르겠고, 또한 그러한 강렬한 자극을 요구하는 것이 현대인·문명인의 장점인 동시에 병적 현상이라고도 하겠지마는 작자는 사실 그러한 점에서 힌트를 얻어서 쓴 것 같기도 하다.

나의 비평은 기교와 묘사에 더욱 주력을 썼다. 그것은 당분간에 필요한 일이기 때문이다. 문예비평이 정말 비평답게 되려면 제작(諸作)이 기교와 묘사에 있어서 현재와 같은 불만과 조잡에서 벗어난 뒤에 비로소 출현될 수 있고, 또한 나도 그와 같이 노력하게 될 것이다. 그리고 금월(今月)에는 『조선문단』과 『신민』이 아직 오지 않기 때문에 창작은 위선 이만하고 다음에는 평론에 대하여 일별을 여(與)할까 한다. (1927.4.27)

---

261 에드몽 로스탕(Edmond Rostand, 1868~1918) : 19세기 프랑스의 극작가, 시인이다. 작품은 『로마네스크』, 『사마리아 여인』 등이다. 세계적 명작 『시라노 드 베르주라크』는 당시 자연주의에 싫증난 관객들에게 영웅주의와 연애감정, 화려한 시구 등으로 큰 성공을 거둔 작품이다.

시조와 민요[262]

문예만담에서

시조에 관하여는 이미 두어 번 비견(鄙見)을 약술한 바가 있거니와 김기진(金基鎭) 씨의 이에 대한 의견[263]을 『조선지광』에서 보았기로 다시 한 마디 하려 한다.

김 씨의 주장은 민요와 시조가 '원시농업시대―가내공업시대―가장가족제도시대―봉건군주시대'의 산물로서 그 인습적 사상과 그 전통적 취미 속에서 배태된 것인즉 이미 조선(祖先) 계승의 생활양식과 생산방법이 변역(變易)된 금일에는 현존(現存)을 불허할 골동품에 불과하다함에 있으며, 또한 그 규율의 엄격은 봉건적 군주 정신의 반영이요, 민요의 도피적·현상유지적·현상만족적·우상숭배적 정신과 및 그 조율이 용만유장(冗漫悠長)함도 이와 동단(同斷)이라고 관찰함에 있다. 그러나 다만 역사적 의미에 있어 고전연구를 시인한 점만은 종래에 무산문학 제창자 ― 또는 일반 그 운동자 ― 가 무조건으로 거부하려 하였던 것에 비하여 인식의 진전이 보인다고 하겠다.

그런데 김 씨는 위선(爲先) 내용과 형식을 혼동하려는 혐(嫌)이 있는 것을

---

262 염상섭(廉想涉), 「시조와 민요―문예만담에서」, 『동아일보』, 1927.4.30.
263 김기진의 「문예시평」(『조선지광』, 1927.4)을 가리킨다.

지적하여 둔다. 『신민』에서 '시조는 부흥할까' 하는 문제에 대하여도 언급한 바[264]가 있었거니와 내용과 형식은 혼동치 못할 것이다. 이 양자(兩者)를 모두 부인할지라도 그것은 각개(各個)의 원인을 가져야 할 것이다. 다시 말하면 내용이 형식을 부인하는 원인, 또는 형식이 내용을 부인하는 원인이 되지는 못한다는 말이다. 이 소설은 못 쓰겠다고 할 제, 소설이라는 폼(form)까지를 부인할 수 없는 것과 일반이다. 민요의 내용이 도피적·투안적(偸安的)·우상 숭배적이었다기로 그것이 곧 그 형식이나 리듬까지를 결정하는 조건은 못된다. 또 시조의 형식이 엄격한 규율에 구속된 것이요, 리듬이 용만유장하다 할지라도 거기에 담긴 내용이 따라서 그렇다고는 못할 것이다.

그러므로 과거의 작품, 지금 우리가 가지고 있는 조선의 작품이 그러한 폐단을 가지고 있는 것이라 할지라도 그것을 전연히 부인할 수 없음은 물론이다. 다시 말하면 과거의 시요(詩謠)의 내용이 봉건적·원시농업시대적 정신사상을 발휘한 것이라 할지라도 그것이 곧 시조 그 자체, 민요 그 자체를 부인할 이유가 되지 않는다. 더구나 그 내용에 있어 우리가 파기하려는 봉건적 사상이나 전통을 떠나서는 종으로나 횡으로나 (즉, 시간으로나 공간으로나 인간성으로나) 보편적 예술미를 가진 것을 발견할 제, 우리는 그것을 다만 고전적 골동품으로, 혹은 역사의 가치전도적 연구자료로만 인정하고 예술적 생명을 부인할 수는 없는 것이다. 설사 그 과거의 작품, 즉 우리가 지금도 구가·음송하는 시요의 내용이 전부 파기할 것이라도, 시가 그것의 폼이라는 것을 절대 부인치 못한 것은 물론이요, 민요 그 자체가 없어지거나 시요의 근본적 리듬이 없어지지 않을 것은 물론이다.

그 다음에 형식 문제, 즉 폼과 리듬으로 보건대 이것을 생산관계와 경제조

---

264 염상섭의 「의문이 왜 있습니까」(『신민』, 1927.3)를 가리킨다.

직과 정치현상에 비추어서만 보려는 것은 편견이요, 고집이다. 이러한 것이 영향을 주지 않는다는 것은 아니다.

위선 폼에 관하여 고찰하면, 시조가 소위 '엄격한 규율'을 가지게 된 것은 (나는 그다지 엄격타고까지는 생각지 않거니와) 자연스럽고 자유스럽던 민요가 변천하여 조직화한 것이기 때문이요, 그것은 다시 봉건군주적 사상의 영향이라고도 볼 듯하다. 그러나 '산만'에서 '조직'으로 진전하는 것은 무에나 권위에 대한 복종을 의미함이 아님은 물론이다. 과학과 같이 조직적인 것이 없으나 김 씨의 이론과 같을진대 과학도 봉건군주시대의 산물이 아니면 아니 될 것이다. 조직이라는 것은 말을 바꾸어 하면 정리(整理)요, 정교요, 세련이다. 정리·정교·세련은 향상과 발달에서 생기는 것이다. 사람의 이지(理智)가 발달하여 경험을 쌓음을 따라서 종래의 것을 보담 정리하여 보담 정교·세련되고 복잡다취(複雜多趣)한 것을 요구할 제, 그것은 어떠한 규율 또는 조직을 약속하게 된다. 그러나 그것이 본래의 기본적 리듬이라든지 향상과 발달을 목표 삼던 당초의 정신을 저버리고 규율 그것, 조직 그것에만 구니(拘泥)하게 될 제, 사람은 그 조직을 다시 깨뜨리고 말 따름이다.

그뿐 아니라 김 씨 자신도 「내용과 표현」[265]에서 말할 것과 같이 개개의 음이 무규율(無規律)하게 종합되었다 한댔자 음악이 아닌 것은 물론이다. 즉, 조직이 필요한 것이다. 규율 있고 조직이 있다 하여 음악의 기본적 폼이 경신(敬神), 우상숭배, 봉건군주적 정신을 가진 것일까?

정신과 감정이라는 것은 그 내용에 따라서 다른 것이다. 즉, 그 작곡에 따라서 그 시대상을 엿보게 될 것이다. 음악의 기원을 종교음악에 둔다 하거니와 그러한 음악을 듣고 숭신(崇神)의 경건한 감각을 받고, 못 받는 것은 각자의

---

265 김기진의 「내용과 표현」(『조선문단』, 1927.3)을 가리킨다.

신앙에 따라 다를 것이로되 그 음악이 성립된 규율과 조직은 있는 것이다. 이러한 예까지를 들 필요도 없거니와 훈민정음은 군주 자신의 창제요, 법령으로 시행케 한 것이다. 그러나 그 조직과 규율은 군주적 정신의 것이 아니었다.

하여간에 예술상 규율, 혹은 조직이 있다는 것이 군주적 우상숭배적 정신의 발로라는 것은 속단이요, 억설(臆說)이다. 또 생산상태(生産狀態)로 온 것이라 할 지경이면 현대의 생산상태는 가장 조직적인 점으로 보아서 현대의 예술은 도리어 삼각정규(三角正規)와 컴퍼스에서 벗어나지 못할 것이니 사실은 그러한 것이 아니다. 그뿐 아니라 실제에 있어서 지금의 시조 형식을 우리가 버리고, 아니 버리는 것은 문제 외로 하고, 그 형식이 김 씨의 말과 같이 그다지도 엄격이라거나 악착이라는 말로 표시할 만큼 심하지 않은 것은 사실이니 자수(字數)의 제한이 불일(不一)하여 혹은 3·3조 혹은 4·4조 혹은 3·4조 혹은 3·5조, 4·5조 등으로써 자구(字句) 사용에 자유롭고 한시(漢詩), 영시(英詩)에서와 같은 압운(押韻)이 전무한 것은 김 씨의 입론을 무색케 할 것이다.

다음에 리듬으로 볼지라도 시대가 이에 변화를 주는 것은 일면으로 시인할 바이다. 즉, 원시농업시대나 가정수공업시대에는 민요가 왕성하고 그 리듬이 용만유장할 것이요, 향토성에 풍부하며, 대공업시대, 도회문명시대에는 복잡악착하고 기교가 섬세하여질 것이다. 그뿐 아니라 궁중음악이나 종교음악이 왕성한 시대에는 다만 숭엄·경건한 정서만을 위주할 것이요, 민생이 도탄에 있을 때에는 민요에 애조(哀調)가 넘칠지나 격양가(擊壤歌)를 부를 때에는 화창한 해조(諧調)를 듣게 될 것이다. 그러나 이것은 일반적 혹은 총체적 또는 기본적 의의를 가진 것은 아니다.

쉬운 예로 민요가 4·4조로 유행한다고 가정하여 그 4·4조가 어떠한 일 방식의 선율을 가지고 구창(口唱)된다 할진대 그것은 여러 가지 조율로 불러보다가 제일 적합한 것, 취중(就中)의 특선된 것이 최후의 결정권을 얻게 된 것이라 하겠다. 그리고 그것은 어떠한 특수한 일 개인이 어떠한 성의를 가지고 제작하여서 민중에게 준 것이 아니라 민중 사이에서 자연히 출생하여 오랫동안 구전하는 동안에 탁마된 것이다. 그러므로 그야말로 무기교 중에 기교를 가지게 된 것이요, 원시적이며 야생적이요, 또한 향토적(鄕土的)의 것이다. 그러면 이 제일 적합하다는 것 — 자연히 출생하여 자연히 선정되고 자연히 기교화하였다는 것 — 따라서 원시적·야생적·향토적이라는 말은 무엇을 의미하는가? 즉, 지리적 조건에 약속된 '자연의 소리' 혹은 '자연의 노래'라는 것이다. 그러므로 그 민족이 가진 '소리'와 '노래'의 기본적 '리듬'은 자연 — 지리 — 이 결정한 것이라고 할 것이다. 가장 자연히 자연이 결정한 것이다. 민족은 경제적 결정이라고 하여 지리적 결정을 부인하려고 하나, 그것은 전반적 관찰이라고는 할 수 없다. 민요에서 혹시는 은둔적 사상이나 원차(怨嗟)의 소리를 듣게 되며 애조를 띠우게 되기도 하고, 또 혹시는 그와 정반대의 경향을 발견케 되는 것은 경제적 조건에 의함임을 나도 시인한다. 그러나 민요가 일개의 음조, 운율을 가지게 되는 그 기본적 조건은 지리에 구하지 않을 수 없는 것이다. 「수심가(愁心歌)」와 「육자배기」가 동일히 애조를 띠우면서도 남북도(南北道)의 수이(殊異)한 지방색을 발견케 하는 것은 그 적례(適例)이다. 그러면 우리가 시요의 리듬에서 도피(逃避), 애소(哀訴) 등 소극적 표현과 내용을 발표한다고 그 시요 자체를 부인할 수 없는 것은 물론이다. 그뿐 아니라 우리의 시요에서 특히 그러한 도피적 애조를 발견케 되는 것은 경제적 조건 이외에 동양 정조와 현실부정의 불교사상이 또한 유력한 원인을 준 것이라고 볼 수도 있을지니, 이 점으로도 다만 막연히 생산상태와 생활양식이 변혁되었으니까 우리의 시요의 형식은 부활할 것이 아니라고 독단할 바가 아니라고 생각한다.

도대체 (모든 예술이 그러한 것이거니와) 시요를 어떠한 문학사상이나 문학상의 이론으로 제정, 구속하지 못할 것은 물론이다. 더욱이 민요에 있어서는 자연히 부르짖은 민생의 소박한 소리이다. 민중의 예술을 구하는 마음에서 흘러나온 꾸밈없는 소리이다. 그러므로 그것을 막을 것도 아니요, 막을 수도 없는 것이며 또한 어떠한 구속을 베풀 것이 아니다. 그러므로 과거의 민요는 과거의 생활의 반영이요, 현재의 민중에게서 민요가 나오면 현재의 민중의 생활의 반영이다. 그러면 현재의 조선민중의 생활은 원시농업시대, 수공업 시대, 가장권시대에서 얼만한 거리에 떨어져 있는가? 문제는 새로이 여기에 서부터 고찰하여갈 것이 아닌가 한다. 대중 다수의 조선사람의 실생활이 이 러한 구시대에서 한 걸음쯤 나섰거나 말거나 한 상태에 앉아서 대량생산사 회의 민중이나 분산주의(分散主義) 가족제도의 정신만을 가지라 함은 우스운 말이다. 그거나마 대량생활제도의 사회나 분류주의 가족제도의 정신이 본질 적으로 인류생활의 이상에 적합하고 최선한 것이면 우리는 원시성, 향토성 을 일축할 것이다. 그러나 우리 생활은 자본주의적 일체에서 벗어나서 또다 시 새로이 '대지(大地)의 자(子)'로서 당연히 획득할 생활양식에 비약하려 하 지 않는가? 그러면 우리는 과거의 생활양식의 불합리를 부인함으로써 전통 의 일부를 파기하려 하기는 하지마는, 세계가 대공업시대가 되었다고 이 시 대에 쫓으려고는 아니한다. 그것은 조선의 현대가 뒤졌다는 의미로만이 아 니다. 자본주의 문명을 부인하는 일반적 의미로이다. 그러므로 우리는 오히 려 내용 다른 원시성, 내용 다른 향토성을 요구하고, 새로운 가치를 가진 민 요를 듣게 되기를 바라는 바이다. 즉, 우리는 우리의 시요를 부인하거나, 그 형식을 무용하다고 하기 전에 우리의 생활 그 자체가 합리화하여질 것이 제 일 조건이요, 따라서 우리의 시조와 민요가 새로운 내용을 가지고 부활되기 를 기다리는 바이다. 새로운 내용을 가지고 원숙하고 정련된 표현을 아울러 가꿀 제, 우리 문학은 신생면(新生面)을 얻을 것이다. 그러므로 새로운 내용을

염상섭 문장 전집 I

가진다는 점으로서 구(舊) 관념을 버린다는 점만을 우리는 찬동하는 것이요, 그 이상으로 우리의 시조와 민요를 버리자고 할 용기는 없다. 그리할 필요도 없다.

다만 금후의 조선이 자력으로든지 외래력(外來力)으로든지 진정한 산업혁명시대가 출현한다면은 원시성, 향토성을 가진 소박한 민요와 같은 '자연의 자(子)', '대지의 호흡'은 들을 수 없게 되겠거니와 그렇다고 민요가 없어질 것도 아니요, 또 그와 같은 원시성, 향토성을 잃어버린다는 것은 경하할 일도 못 될 것은 물론이다. 우리는 기계의 노예에서 벗어날 때 우리의 진정한 평화, 자유의 생활을 얻을 것이니까.

나는 시조연구자가 아니므로 위선 이만한 정도에 그친다.

작금_{昨今}의 무산문학_{無産文學}[266]

무산문학(無産文學)이란 암만 보아도 성세(聲勢)만 높았을 따름이지 이론의 체계가 있다거나, 종국(終局)의 목표 혹은 이상을 표명하여준 것은 없다. 작품에 있어서도 그러하거니와 근경(近頃) 무산문학 논단을 주의하여 보았어야 위태위태한 발씨로 일본무산문학의 뒤를 따라가기에 골몰인 모양이다. 일본의 그것만큼 논제의 범위도 넓지 못하고, 관찰과 입론이 심화하여가는 것 같지도 못하다. 즉, 작금의 무산문학론자는 다만 감정적·기분적임에서 겨우 벗어나왔다는 데에 약간의 진경(進境)이 있을 뿐이요, 그 외는 향토성·개인성·민족성의 부인론(否認論)으로 시종한 관(觀)이 없지 않다.

근자(近者) 무산문학의 중심 문제는 '표현과 내용', '국민문학의 배격', 이 두 가지가 초점인 듯한 것은 김기진 씨의 월평[267]에서 보아 알았다. (김 씨가 프로문학논단의 대표자가 아닌지 다음에는 김 씨의 단평으로만 속단할 수는 없으나 나는 김 씨가 그중에서는 조리 닿는 말을 하는 분이요, 또 그 이외의 것은 보지 못하였다.) 하여간에 그러면 김 씨의 월평에서 본 전기(前記)한 양(兩) 문제는 어떻게 관찰되고 입론되었는가? 나는 이것을 『조선문단』 3월호의 「내용과 표현」[268](김 군)과

---

266 염상섭(廉想涉), 「작금(昨今)의 무산문학(無産文學)」(전3회), 『동아일보』, 1927.5.6~5.8.
267 김기진의 「문예시평」(『조선지광』, 1927.4)을 가리킨다.
268 이 글은 『조선문단』 1927년 2월호, 3월호에 2회에 걸쳐 연재되었다.

『조선지광』 소게(所揭) 4월 월평(동(同) 군(君))[269]으로써 잠깐 그 주장의 시비를 검토하려 한다.

　'내용과 표현' 문제에 있어서 김 씨는 권구현(權九玄) 씨의 의견,[270] 즉 무산문학의 작품을 장검(長劍)에 비유하여 그 비평의 방법을 "먼저 강철의 양부(良否)를 심사하고, 다음으로 검인(劍刃)을 만져봄에 그칠 것이다. 그리고 여분의 요건은 평화기(平和期)에 가서 찾을 것이다." 운운한 매우 모호한 주장에 찬성하고, 또 김 씨는 "어떻게 표현되었느냐는 조건보다도 무엇을 표현하였느냐 하는 조건이 예술의 기본조건이 아닐까?" 하여 "어떠하게 표현되었느냐 하는 것보다도 먼저 성립할 것은 무엇을 어떻게 표현하겠다는 정신적 활동과 그 '무엇'이라는 것이 두 가지다."라고 하였다. 그리고 "표현이 예술의 전부가 아니라는 것이 우리의 인식이다. 우리들이 형식파가 아닌 소이가 실로 이곳에 있다."고 하면서, 결론에 가서는 "내용이 즉 표현이요, 표현이 즉 내용이니 이것은 둘이 아니요, 하나이다."고 한 것 등을 보면은 암만 하여도 프로문학비평, 그 이론을 대표하고 섰다고도 볼 수 있는 김 군 역시 자기 주장의 이론적 근저에 시시로 균열이 생기고 지함(地陷)이 일어나는 듯싶다. 따라서 김 씨가 무산문학의 대언자(代言者)라고 하면은 그 균열, 그 지함은 곧 무산문학 자체의 것이라고도 볼 수 있다.

　위선(爲先) 프롤레타리아문화의 성립과 그 존재를 주장하는 김기진 씨로서 그 문화의 표백이요, 현현인 예술에 있어서 질의 심사와 이둔(利鈍)만을 검찰(檢察)하고, 그 여분의 조건은 평화기에 가서 찾는다는 의사(意思)에 찬동한다는 것은 알 수 없는 모순이다. (권 씨가 검인을 만져본다는 의견을 김 씨가 표현방법을 검토하라는 의미로 해석하는 것은 권 씨의 진정한 의사는 모르겠으나 하여간 김 씨

---

269 김기진, 「문단시평」, 『조선지광』, 1927.5.
270 권구현, 「계급문학과 그 비판적 요소－김기진 군 대 박영희 군의 논전을 읽고」, 『동광』, 1927.2.

로서는 모순을 가진 해석이다.) 즉, '표현=내용, 내용=표현'이라고 한 김 씨로서는 강철의 양부(良否)를 심사할 때에 벌써 표현의 방법과 효과까지를 사료(査了) 하였을 것이니까 검인까지 만져보지 않아도 좋을 것이요, 만일 검인도 만져 본다면은 그것은 표현방법을 알려고 함이 아니라 나의 해석과 같이 '이둔(利 鈍)', 즉 무산문학으로서의 특수한 사명(선전적 효과=실제운동에 대한 사명)에 대 하여 얼만한 능력과 가치가 있느냐는 것을 비판하라는 말일 것이요, 또 그와 같이 해석하는 것이 권 씨의 뜻을 얻을 것이다. (1927.5.6)

하여간에 무산문학이 일부의 주장에 반대하여 선전용구로만 성립될 수 없 다고 김 씨가 주장하게 된 것은 프롤레타리아문화가 성립되고, 또 존재한다 는 의사(意思)일 것이요, 따라서 일 작품이 프롤레타리아의 전투기(戰鬪期)에 만 한하여 생명이 있는 것이 아니라, 시대적으로 보편성을 가져야 할 것이다. 다시 말하면 무산문학도 진정한 예술로서 생명과 광휘를 가져야 하겠다는 주장이요, 또 그러한 희구일 것이다. 그러면서도 질의 양부(良否)(그 질의 양부 도 무산문학의 범주에 들어맞고, 또 현전(現前)의 사명을 감당할까 못할까를 심사함에 불 과한 것이다)와 용도(用途)의 이둔(利鈍)만을 사정(査定)하고 기(其) 여(餘)의, 혹 은 그 이상의 조건은 평화기에 구하라는 의견에 찬동할 수 있는 이유가 어디 에 있는가 의문이다. 이 점으로 보아서 나는 김 씨가 프롤레타리아문화의 성 부(成否)와 존재와 그 실질에 대하여 명확한 주견(主見)이 없는 듯이 생각한 다.(이 문제에 대한 나의 주장은 이미 명언한 바가 있으니까 이에서는 지면 경제로 다시 번설(煩設)키를 피한다.)

그 다음에 나는 작품에서 '어떻게' 표현되었는가를 탐색하려 함에 대하여 김 씨는 '무엇'과 '무엇을 표현'하였는가를 중시한 모양이나, 이것도 김 씨로 서는 자아당착(自我撞着)을 난면(難免)할 것이다. 김 씨는 『조선지광』 시평(時 評)에서 인류 역사의 유물사관적 비판의 신(新) 발견을 설도(說道)하고, 따라서 조선의 4천년사(史)도 이 준승(準繩)에 의하여 새로운 비판을 우리가 가져가야 할 것을 주장하였다. 그러면 그 신(新) 비판의 정신은 '무엇'을 발견하자는 데 있는가? 혹은 '어떠한가'를 투득(透得)하려 함에 치중할 것인가? 동일한 사실에 대하여 연구의 방법이 다른 것은 견지(見地)가 다름을 따라서 새로이 '어떠한가'를 찾으려는 노력이다. 그와 마찬가지로 동일한 작품을 가지고서도 혹자는 내재적 비평에 치중하고 혹자는 소위 외재적 비평을 제일의(第一義)로 하는 것은 '무엇'이라는 사실이 그다지 중요한 것이 아니라, '어떠한가'를, 즉 작자는 어떻게 관조하고 어떻게 표현하였는가를 찾으려 함이다. 또 작가의 경우로 볼지라도 일개 사상(事相)에 관하여 이를 예술화하고 표현함에 있어서 그 사상(事相)이 '무엇'인가를 보고함에는 거세(巨細)의 차(差)가 있을 따름이지마는, '어떻게' 보고, '어떻게' 표현하겠느냐는 것은 그 작자의 사상과 견지와 개성에 따라서 다른 것이요, 다르기 때문에 비평이 다기(多岐)로 나가고 비평이 다기로 갈리기 때문에 문학상 분파가 생기어서 혹은 무산문학이니 하는 것이 아니냐? 무엇을 표현하였느냐는 것을 탐색하려는 비평은 작자에게 제재를 구속하자는 주장밖에 아무것도 아니 된다. 제재는 광범하고 자유로운 것이다. 다만 무산자 의식으로 볼 제, 무산자의 사상·감정·의지가 표현되고, 부르주아의 편견이 활동할 제, 부르주아적 사상·감정·감각·의식이 표현될 따름이다. '무엇'이 아니라 '어떻게'다. (1927.5.7)

셋째로 김 씨는 비(非) 형식주의자라 하여 표현이 예술의 전부가 아니라고 명언(明言)하고서 다시 내용과 표현은 이(二)가 아니요, 일(一)이라 함은 어떠한 의미인가? (만일 나의 해석이 그릇되지 않았다 하면) 전자(前者)에 "표현이 예술의 전부가 아니다."라고 한 의사(意思)는 예술에는 내재적 또는 외재적 가치와 공리적 혹은 일층 노골 단순하게 말하여 선전적 사명이 있다는 말이겠다. (외재적 가치가 곧 공리적 혹은 선전적 효과라고는 간주치 못한다.) 그러나 내용이란 무엇이냐? 제재, 사상, 감정, 감각, 기분 등과 및 이것을 한 줄기 실에 묶인 것, 즉 작자의 개성, 민족성(각 개성의 공통성) 향토성 및 가장 보편적인 인간성, 인류의식 등이다. 그 다음에 표현이란 무엇이냐? 기교요, 묘사다. 거기에는 음영(音影)(리듬)·동작·색채·언어·문자가 기구로 사용되는 것이다. 넷째로 내재적 가치란 무엇이냐? 이상의 모든 것이 작자 자신의 천품(天稟)과 수련에 의한 수완 역량과, 그의 표준에 의하여 종합하여진 미(美)다. 끝으로 외재적 가치란 무어냐? 사회적 생활과 연락한 관찰에서 나온 것이니 내재적 비평의 미에 대하여 여기에서는 사회현상 비판과 공리적 가치에 치중할 것이다.

그러면 김 씨의 비형식주의라 하고, 표현만이 예술의 전부가 아니라는 말이 '예술에는 내용도 있어야 한다'는 반어일 지경이면 구태여 이의를 제출코자는 아니한다. 왜 그러냐 하면 표현만으로 내재적 또는 외재적 가치가 생기는 것이 아니라 작자의 천품, 수련에 의한 수완 역량과 미의 표준으로써 내용과 표현이 십이분(十二分)으로 융합하고 전개되어야 할 것이니까 예술은 표현만이 아니다. 즉, 표현만으로는 내용을 결정할 수 없다고 하는 의견이 정당하다고 인정하겠는 까닭이다. 그러나 외재적 가치 또는 직접 공리적, 선전적 가치를 예술에서 인정하거나 일보를 갱진(更進)하여서는, 그것을 중시하기 때문에 표현만이 아니라고 하기 전에, 도리어 예술은 내용으로만 된 것이라고 주장함이 직경(直徑)일 것이다. 그러나 이 경우에라도 '내용 즉 표현', '표현 즉 내용'이라는 결론과는 도저히 병립할 수 없는 입론이 되고 말 것이다.

통틀어서 엄밀히 말하면 내재적 가치고 외재적 가치고 간에 이것은 비평의 직능의 범위 내에 속한 것이며, 공리니 선전이니 하는 것은 그 가치 비판의 속성에 그치는 것이므로 작품이 성립되는 그 과정, 혹은 현상으로 보아서는 단순히 내용과 표현뿐이다. 그러면 문제를 다시 환원시켜서 예술은 표현뿐만이 아니냐? 혹은 표현 외에 내용이라는 별개의 항목이 있는데 그 양개(兩個)의 엘리먼트(element)는 이(二)가 아니요, 일(一)이냐는 것을 검토하여볼 필요가 생긴다. 이에 대하여 나의 의견은 상술한 바로써 일개의 귀납을 얻을지니 즉, 내용과 표현이 긴밀한 관계를 가진 것은 물론이나, 반드시 일(一)이라고는 할 수 없다는 말이다. 그것은 구태여 내가 설명치 않더라도 김 씨 자신이 설명한 바가 있다. 즉 쿡(cook)과 시계직공의 예가 그것이다. 동일한 재료를 가지고도 각인각양(各人各樣)의 결과를 얻는 것은 표현수단에 우열이 있기 때문이다. 이 경우에 개성이라는 것을 고려하겠지마는, 개성이라는 것은 독이성(獨異性)을 부여할 따름이요, 표현의 우열을 결정하는 데는 전연히 관계가 없거나 극히 엄밀히 말하여 있다 할지라도 간접적으로 미약한 영향을 보일 뿐이다. 김 씨의 재고를 촉(促)하여 둔다.

그러나 최후로 한 마디 하는 것은 표현과 내용 문제는 문학상 당연히 논의될 문제이거니와 도대체 무산문학 평단에서 박(朴)·김(金), 양씨(兩氏) 간에 이러한 문제가 발단된 것은 무산문학자 자신이 당초에 무정견(無定見)하게도 '표현'을 무시하고 정서, 기타 요건을 부인하며, 예술의 직능을 무리히 곡해하였거나 과신하고 출발하였다가 자승자박의 궁지에 빠지게 된 결과, 다시 본류로 환원코자 노력함에 불과한 것이라고 볼 수 있다는 것이다. 그러므로 궁지로 끌고 들어간 것은 박 군의 책임이요, 궁지에서 구원해내려는 것은 김 군의 노력이다. —나의 보는 바로는 헛노력, 헛고심을 일부러 사서 하는 것밖에 아니 된다마는 김 군의 구원의 노력은 박부득이(迫不得已)한 일, 크게 필요한 일이다. 다만 입론이 불철저할 따름이다. (1927.5.8)

문예(文藝) 만비키(萬引)[271]

  '만비키(萬引)'라는 말은 일본어의 'まんびき'다. 조선에는 이러한 말이 없어서 번역치 않는다. 조선은 동방예의지국(東方禮義之國)이기 때문에 이런 불미한 말조차 없었던 모양이다. 그러나 근자에 문단이라는 것이 생기자 예의(禮義) 민족의 체면을 손상케 하는 무례의배(無禮儀輩)가 생긴 것은 이천만 동포가 한가지 수치로 아는 바일 것이다. 현대문명은 화류병균(花柳病菌)을 끌고 다니는 문명이라고 볼 수 있거니와 어느 나라의 문단이든지 '문예 만비키'가 있는 모양이다. 여기에는 예의 백성도 하는 수 없는 듯싶다.

  일본문단에서 일시(一時) 일류(一流)라고 하던 모(某)가 신진문학청년의 작품을 문단에 소개하마고 맡아두었다가, 자기의 명의로 발표하여 원고료와 창작의 명예(?)를 횡령한 사실이 최근에 있었다. 이것은 화류병의 전파자인 매춘부로서 보담 더 문명국의 일류에 처한 일본이니까 문단의 화류병이라고 할 문예 만비키가 있을 것은 당연 우(又) 당연한 일이라고 생각하였었다. 그러나 '만비키'라는 말조차 없는 우리나라 문단에서는 이것까지 일(日) 문단의 모방으로 목하(目下) 대유행인 모양이다. 그리 반가운 일이 아님은 물론이다.

  전자(前者)에 동아(東亞) 지(紙) 「문단시비(文壇是非)」에서 소금쟁이-방귀장

---

271 염상섭(廉想涉), 「문예(文藝) 만비키(萬引)」(전2회), 『동아일보』, 1927.5.9~5.10.

이 노래[272]도 그것인 듯싶었거니와 근일 모 신문지 문예란에서 또 이러한 '만비키' 현행범을 발견한 것은 불상사의 하나이다. 그리 명예로운 사건이 아니므로 당자(當者)의 전정(前程)을 위하여 특히 씨명(氏名)은 감추거니와 그것은 모허인(某許人)의 서명(署名)으로 일본의 아리시마 다케오(有島武郎) 저(著)『신구(新舊) 예술의 교섭』을 역재(譯載)하는 중인 것이다. 번역이면 '모(某) 역(譯)'이라고 명기하여야 할 것이요, 서명 하에 명기치 않을 이유도 없거니와 만일 명기치 않으려면 본문 서두에라도 기지(其旨)를 표명하여야 할 것이다. 그러나 철두철미 자기의 논문인 듯시피 발표하였다. 혹은 개작이나 초역(抄譯)인가 하여 원문과 상조(相照)하여 보았으나 그렇지도 않다. 추자역(追字譯)일 뿐 아니라 원문 중에서 번역인 것이 탄로될 듯한 점은 임의로 고친 부분이 눈에 띈다. 나는 이것을 작일(昨日)에 우연히 발견하고 그 신문사에만 호의로 기별을 하여 주었다. 그것은 나도 경험하여 보았거니와 시(詩) 같은 것을 표절하여 투서하면 속아 넘어가는 수도 있고, 또 편집자는 분망한 중에 일일이 정독치 않고 필자만을 신용하고 게재하거나, 정독할지라도 원문을 보지 못한 경우에 흔히 생기기 쉬운 일이기에 그리 하였던 것이다. 그러나 그 필자가 한사코 번역한 것이라는 것을 숨기려고 한 구절을 발견하고서는 그 심사(心事)가 가증하기로 전 문단에 향하여 일언하여 두려는 것이다.

그 예를 들면, 가령 원문에 "私は先月の『改造』に「描かれた花」と題する想片を書いたが……." 한 것을 "나는 이전 모 지(誌)에 「그리운(描寫) 꽃」이라는 제목의 상편(想片)을 발표한 일 있었다."고 썼다. "선월(先月)"과 "이전(以前)", "『개조(改造)』"와 "모 지(誌)", 그럴 듯한 일이 아니냐! 또 그 다음에,

"色彩について非常に鋭敏な感覺を持つた二十三歳の青年が米澤市に現

---

272 1926년 10월 한정동(韓晶東)의 동화 「소금쟁이」 표절사건을 둘러싸고 『동아일보』 지상에 펼쳐진 논쟁을 일컫는다.

はれて一つの大發見を爲し遂げた ……”라 한 것을 그 필자는 “색채에 비상히 예민한 감각을 가진 23세의 청년 한 명이 K시(市)에 나타나서 대발견 하나를 성취하였다.”고 썼다.

“요네자와(米澤) 시”를 어찌하여 “K시”라 하였는가? 번역이면 이러한 점들을 무슨 이유로 임의대로 고치었는가? (1927.5.9)

자세한 사정은 나는 모른다. 또 그리 추구하고자 하는 악의도 내게는 없다. 다만 이러한 사실을 나는 이 동경(東京)에서 들어서 안다. 어떠한 처녀가 약혼은 하여 놓고 혼비(婚費)는 없고 능라(綾羅) 주의(紬衣)는 입고 싶고 하니까, 시내 각 상점에서 혼인 제구(諸具) 일습(一襲)을 금반지, 금시계까지 만비키 하였다가 법학사 부인은 일장춘몽이 되었다고 하는 사실이다. 문단이라는 것은 신랑이던가? 천분(天分)의 부족은 빈궁이던가? 약혼은 집필발표의 자유이었던가? 혼수 흥정은 아리시마 다케오 전집에서 하였던가? 허영심은 활자에 있었던가? 그러나 아리시마 다케오 자신을 시정(市井)의 주단패금상(綢緞貝金商) 주인으로 생각하였으면 아리시마 다케오는 지하에서 울 것이다. 아리시마 다케오는 공정히 보아서 인격자이었기 때문에 자살한 것이라고 본다. 보통 정사(情死)라 할지라도 그 일면을 나는 인정한다. 유부녀와의 연애라는 사실 그 자체는 비인격, 부도덕할지라도 그 원인과 결과만에서는 나는 그렇게 본다. 나는 아리시마 다케오의 인격·비인격을 논하자는 것이 아니기로 장제(長堤)를 피하거니와 아리시마 다케오 만한 인격이 있더라도 그러한 짓은 아니 할 게 아니냐? 아리시마가 비인격자라고 하면 더구나 말 못 될 일이 아니냐? 이러한 분이 조선문단을 짊어지고 선다면 문인폐업동맹이라도 할 일이다. 문단이고 뭐고 요사이의 일본의 약소은행같이 문 닫고 다 집어치우자. 문단이 똑똑한 신랑이거든 그러한 손버릇 고약한 신부와는 파약(破約)할 일이다. 손버릇이 선천 부족으로 생긴 것이거든, 소년감화원으로 보내두

는 것도 좋을 일이다. 남이 묻지 않는데 아는 체하고 팔을 걷고 나서는 사람
도 어리석은 사람이거니와 알지도 못하고 안다고 장담하는 것은 더 어리석
은 짓이다. 이번 경우로 보면 또 그와도 다르다. 만일 그러한 문제로 하여 논
전이 있었다든지 하면 남의 것이라도 꾸어다가 박을지 모르나, 그러한 문제
를 발표하여야 할 절박한 처리를 당하지도 않았을 것이다. 그런 것을 자청하
여 표절하는 것은 아무리 죽은 사람, 더욱이 외국사람의 것이라 할지라도 너
무 만만히 본 탓이다. 혼자 보기가 아깝거든 번역하여 소개할 일이다. 허영
은 생활의 파괴자다.

　내 말은 매양 가시를 품은 듯하여 스스로 삼가는 바이거니와 이 경우에는
누구나 하염직한 말을 내가 자기의 불리를 알면서도 박부득이(迫不得已)하여
한 것이다. 세전(歲前)에 이 분의 글을 모 지(紙)에서 보고도 일본어로 번역치
않으면 이해되지 못할 구절을 산견(散見)하였거니와 이번에도 역시 자기의
의견을 진술한 것이 마침 아리시마 다케오의 논문과 부합된 것이라면 내 말
은 취소한다. 또 사실 상위(相違)가 판명되면 어느 때든지 그 필자에게 사과
키를 주저치 않는다. (1927.5.10)

배울 것은 기교[273]

일본문단 잡관雜觀

　월평(月評)을 써야 하겠으나 『조선문단』은 휴간, 『현대평론』의 3편 중 나의 연속물 외에는 전부 삭제, 『동광』에는 전무(全無)이고 보니 『조선지광』에 수삼편과, 『신민』에 1편밖에 없다. 일시 활기가 보이던 창작단이 또다시 한풀 꺾이는 듯이도 보인다. 작가들이 휴양을 하느라고 그러한지 웬만치 기진(氣盡)들이 되었거나 감흥을 잃었는지 모르나, 유력한 발표기관의 하나인 『조선문단』이 휴간된 것도 다소의 영향이 있을 줄 안다. 도시 우리의 얼굴에 피로의 빛이 보는 것은 곧 문단에 반영되는 것이거니와 소위 문단이라 하면서 순문예잡지 한 개나 다 없다는 것은 우리의 수치다. 5월 한 달의 현상으로 속단할 바는 아니로되 또다시 이 모양으로 나가다가는 금년 1년 역시 아무 의의 없이 허송치나 않을까 하여 매우 염려다. 공소(空疎)한 이론유희에서 떠나서 작품 하나라도 낳도록 힘쓸 일이요, 당파적 편견이나 고집을 버리고 『조선문단』과 같은 순문예지 하나라도 가지도록 힘써야 할 노릇이다. 요사이 민중운동에 있어서 '단일'이라는 말이 표어 대(代)한 듯이 문단에서도 '프로'니 '부르'니 '쁘띠'니 '부르'니 하는 문자만 가지고 힐난할 것이 아니라, '우

---

273 염상섭(廉想涉), 「배울 것은 기교―일본문단 잡관(雜觀)」(전6회), 『동아일보』, 1927.6.7~
　　6.13.

리 문단'이라는 토대부터 튼튼히 만들어야 할 일이다. 모래밭 위에서는 싸움을 하려야 싸움답게 못 될 것이다. 한 달에 불과 수삼 편밖에 볼 수 없는 창작을 가지고 '이것이 문단이요' 하고 큰소리를 할 면목이 어디 있단 말인가.[274] '좀 힘쓰려는 생각이 있고 공동 책임감을 느끼면 아니 될 리도 없으련마는…….' 하는 생각도 한다.

하여튼지 이번에는 평필(評筆)을 들 흥미가 없기로 6월 월평을 하게 되면 그때에 몰아서 하기로 하고, 이번에는 약간 일본문단의 이야기나 하여볼까 한다.

일본문단 사정이나 인상이라야 금일의 조선 독서계로서는 별로 신기할 것도 없고, 또한 직접 견문한 바가 있다기로서니 새삼스러이 문제를 삼는 것은 도리어 우습게 생각할지도 모른다. 그러나 실상은 아는 듯하면서도 모르고 넘기는 경우가 적지 않은 것이다. 일본문단과의 거리가 동경(東京)과 경성 간의 그것 이상으로 밀접한 듯하나, 사실은 그렇지도 못한 것이다. 내용으로 그렇지 못함은 물론이거니와 그 대체의 경향 혹은 윤곽에 대한 관찰도 그러할 듯싶다. 그러므로 작동(昨冬)에 『조선문단』에 한번 쓰려던 것을 미루미루 두었다가 이번에 잠깐 쓰려 함이다. 다만 나의 본 바가 인상적으로일망정 정곡을 얻겠느냐가 문제이다.

'생활' 또는 '생활태도'라는 말은 인생고·인간고를 극복하는 행위 또는 그 태도를 일컬음이라고 볼 수 있으니, 따라서 문학을 '생활의 기록'이라는 견지로 보면 문학의 주제가 고뇌에 있다고 할 수 있을 것이다. 이원적 대립이 서로 모순되고 반발하면서도 오히려 일조(一條)의 조화·융합의 길을 찾으려는 형자(形資)의 노력이 곧 생활의 형자요, 살려는 노력이다. 그러므로 깊고 굳

---

274 원문에는 '말가로 되어있는데, 문맥상 '말인가'가 자연스러워 보인다.

세계 산다는 말은 그 이원적 모순과 반발에 대하여 얼마나 깊이 고민하며 얼마나 굳세게 저항하느냐는 말이다. 따라서 깊은 고뇌와 굳센 저항이 없는 생활에서 심원하고 장중하고 통렬한 문학이 나오지 못할 것은 물론이다.

사람이 보라매가 제 목을 뜯듯이 고뇌에 시달리는 것이 좋은 일은 물론 아니로되 괴롬을 모르는 것이 반드시 인생의 자랑이라고는 못할 것이다. 사람은 웃는 때보다도 울 때에 인생의 엄숙과 생활의 진지함을 깨닫는 것이다. 소리를 죽여 우는 것은 낄낄 웃는 것보다 몇 곱이나 나은 일이다. 낄낄 웃은 뒤에는 모든 자취가 스러져버리나, 뼈가 저리게 울거나 울음을 참은 뒤에는 노도(怒濤)가 곧 비칠 것이다. 미래는 여기에서부터 시작되는 것이다. 조선사람은 웃기를 좋아하는 백성이라고 하여 자랑은 못될 것이다. 울음을 이를 갈고 씹어 삼키는 백성이기를 나는 차라리 원한다. 그러한 백성은 좋든 그르든 간에 무엇이고 큰일을 저지를 만한 미래를 가질 권리가 있기 때문이다. 나는 이러한 관점으로 일본인과 및 일본문학을 고견(瞽見)하려 한다. (1927.6.7)

일본사람은 괴롬을, 괴로워 할 줄을 모르는 백성이라고 볼 수는 없을까? 그들에게도 인생고·생활고가 있는지 다음에야 괴롬을 모르는 백성, 낄낄 웃지도 않는 대신에 훌쩍훌쩍 울지도 않는 백성이다.

역사적으로 볼지라도 그들에게 유리한 지리적 조건은 다른 민족, 더욱이 조선민족과 같은 이민족과의 갈등이나 압박에서 구하여 주었다. 그들이 언필칭(言必稱) 금구무결(金甌無缺)이라 하듯이 그처럼 외구(外寇)의 환난(患難)이 없던 것이 아니요, 더욱이 원구(元寇)의 난(亂)과 같은 것은 천우(天祐)가 아니었으면 그들의 운명의 지침을 바꾸었을지 모를 만한 것이었지마는 그래도 전 민족적으로 타 민족에게 굴욕을 받음이 그리 심(甚)치는 않았던 것이다. 이것은 결코 조선민족과 동일한 담(談)이 아니다.

이와 같이 도국(島國) 속에 파립(派立)하여 외모(外侮)를 받음이 적었다는 것은 그들의 인생관에 명쾌한 일면을 가지게 한 것이거니와 이것을 다시 내국적(內國的)으로 보면 외구의 고생애(苦生涯)로 하여금 골육상식(骨肉相喰)의 봉건적 전란에 시종(始終)케 하였다고 하겠고, 이것은 또다시 신(新) 일본을 완성하는 관건인 일청(日淸) · 일로(日露) 양역(兩役)에서 승리자 될 자격을 오랫동안 길러준 것이 있다고 할 수 있다. 그리하여 그들의 민족적 운명은 순풍에 돛을 올린 듯이 오늘의 일본은 순산(順産)한 것이다. 그들은 민족적으로 부대낀 백성이 아니다.

문화적으로 볼지라도 아라사의 "서구와 동방의 쟁투는 노서아(露西亞) 국민의 자당사(自黨史)와 노서아 지식계급의 역사에 관류(貫流)한 것이니 이 쟁투의 초점은 국민의 심장에 부닥뜨린 바가 있다."(메레시콥스키)[275]고 함과 같이 "종교적 동방과 과학적 서구[276]의 전투"와 같은 것은 일본에 없었다. 동양인이요, 또한 외래문화를 거척(拒斥)하고 자기의 것을 고집할 만한 특수한 문화를 가지지 않았던 그들은 유교나 불교를 아무 고통과 갈등을 경험하지 않고, 오히려 갈망을 가지고 받아들였다. 다만 영리한 그들은 자기를 유(儒) · 불(佛)에 동화시키지 않고 유 · 불을 자기 생활에 적응하였다는 데에 자존심과 자긍을 가질 것이다. 여기에서도 그들은 고민을 맛보지는 않았던 것이다.

메이지유신(明治維新), 여기에서 신일본 해산의 진통을 약간 체험하였을 것이다. 그러나 그것조차가 그득한 것은 아니었다. 그러므로 만일 현대의 일본인에게 고민이 있다 하면, 그것은 전환기의 고민이 아니라 일단의 앙진(昻進)을 위한 초조와 시대모순의 갈등일 것이다. 다시 말하면 제국주의, 자본주의의 몰락에 대한 비가(悲歌)이나 신시대 창조의 고뇌가 아니라, 현실의 일단

---

275 드미트리 메레시콥스키(Дми́трий Серге́евич Мережко́вский, 1865~1941) : 러시아의 시인 · 소설가 · 비평가이다. 귀족 출신으로 러시아 상징주의의 창시자 및 활동가 중 한 사람이다.
276 원문에는 '亞歐'로 되어 있다. '西歐'의 오식으로 보인다.

높은 전개를 위한 노력의 고통이 있을 따름이요, 봉건시대 사상과 현대 사상과의 충돌, 모순이 그들에게 있을 따름이라는 말이다. 현재의 일본인은 현실상(現實相)을 부인하기에는 어중(於中)된 시대에 처하였고, 어중된 산업상태에 놓여 있고, 어중된 관념에 지배되어 있기 때문이다.

일본의 문명은 나의 본 바가 틀리지 않았으면 쇼윈도(점두장식(店頭裝飾))의 문명이다. 쇼윈도는 광고에 필요한 것이요, 상점의 내용, 실력의 표상이지만 그 표상이 못될 경우도 없지 않은 것이다. 이 말은 현대의 일본이 자본주의 발달의 극점에 달하지는 못하였다는 말이다. 또다시 이 말을 번역하면 중산계급이 완전히 몰락하지 않았다는 말, 중간계급의 존재가 엄연하다는 말이다. 그러면 중간계급이 엄연히 존재한 이상, 계급의식이 철저화하기 어려운 것도 당연한 일이요, 신시대 창조의 갈망과 의기(意氣)가 저상(沮喪)될 것도 물론이다. 그들에게는 신시대 창조의 갈앙(渴仰)보다도 현실 긍정, 자본주의적 극점에 향한 행진의 길을 재촉하는 데에서 초조와 번민을 느끼고 있다. 그러므로 그들의 고민은 '신(新)'에 대한 그것이 아니라, '구(舊)'의 유지, '구'에 대한 희망, '구'에 대한 노력에서 나오는 것이다. 그러나 이 '구'에 대한 희구와 노력에서 나오는 초조와 고민은 비통이라든가 참담이라는 말로 형용할 것이 아니라, 도리어 포만을 위한 것이라든가 버릴 수 없는 구악(舊惡)의 연장이라든가 타성이라는 말로 설명할 것이다. 일언(一言)으로 폐(蔽)하면 현하의 일본은 신시대 창조의 의욕이 왕성한 국민이 아니라, 그 의욕의 발아를 준비하는 시대에 놓여 있다. 그만치 그들은 시대고(時代苦)에도 아직은 감각이 둔하다는 말이다. (1927.6.9)

그들이 봉건적 생활에서 탈각하고 현대에 진출한 지가 60년이다. 그러나 그들은 완전한 현대인일 수가 있을까? 일본의 소위 '모던 걸'이라는 단발 양장녀가 검극(劍劇) 영화의 스크린 앞에서 손뼉을 치고 가부키(歌舞伎) 무대 앞에서 얼이 빠진다는 사실은 족히 현대의 일본인의 내면생활을 심볼(symbol) 함이 아닐까? 두발과 의상은 런던(倫敦)이요, 파리(巴里)요, 뉴욕(紐育)이로되 두뇌와 심경은 헤이안쿄(平安京)요, 가마쿠라(鎌倉)요, 에도(江戶)다. 봉건과 현대를 배접한 것이 그들의 금일의 생활이 아닌가? 그러나 지금 나는 이러한 모순의 시비를 지적하려는 것이 본의가 아니다. 나의 말하고자 하는 바는 이 러한 모순에 대하여 그들은 의문을 발한 일이 있느냐는 것이다. 의문이 없는 다음에야 자기의 감정과 의식의 분열에 대하여 스스로 고민한 일이 없을 것 은 물론이 아니냐. 여기에서도 우리는 그들의 고민의 그림자를 찾을 수 없는 것이다.

그들은 허리띠 한 줄기로 옷을 입고, 목판(木板)에 세 구멍 뚫어서 신이 되 고, 피자 떨어지는 것이 그들의 꽃이다. 죽음은 그들이 언제든지 심리(心裡) 에 준비하여 가지고 있는 가장 간단, 경쾌한 최후의 답안이다. 집착과 준순 (逡巡)이라는 것은 사(死) 이상으로 그들의 꺼리는 바이다. 집착이니 준순이 니 하는 것은 결국에 고민의 웃껍질이다. 집착이 없는 곳에 고뇌는 꼬리를 감 추는 것이다. 그리고 준순을 물리칠 제, 명쾌를 느낄 것이다. 그러나 그 명쾌 가 반드시 깊은 뿌리를 가진 것은 못 된다. 다만 그것이 선도될 때에 진취의 기상을 엿보일 따름이다. 일본인은 그 선도의 묘법을 알 따름이다.

이와 같은 언설은 누구나 짐작하는 일이니 나의 장제(長堤)를 웃을지 모르 거니와 어쨌든 이러한 견지로 일본문학을 살피면 우리는 깨닫는 바가 없지 않을 것이다. (1927.6.10)

연전(年前)에 경성에서 일문(日文)으로 발행한 『문예(文藝)』라는 잡지를 본 일본의 모 작가는 나더러 말하기를 "조선의 작품은 그 잡지에 게재된 것을 처 음 보았거니와 전편(全篇)에 흐르는 기분이나 감정은 우리로서는 도저히 상 상할 수도 없습니다. 어느 것에서나 그야말로 조선정서라고 할 일종의 애수,

고적(孤寂)의 속삭임을 엿들을 수 있습다 ……."라고 한 말을 들었다. 우리 자신은 무심코 지나치는 일이건마는 다른 민족에게는 그처럼 뚜렷이 느껴지는 모양이다. (더구나 그런 말을 한 작가가 일본에서는 상당한 지반을 가진 소위 프로작가라는 점에 주의를 하여둘 일이다.) 그러면 이러한 언설 — "우리로서는 도저히 상상할 수도 없습다."라고 한 일본작가의 말은 무엇을 의미하는가?

나는 위에서 일본인은 괴롬을 모르는 백성, 적어도 괴로워 할 줄 모르는 백성이라고 하였고, 이것을 간단히 '명쾌'라는 말로 설명하였다. 일본인의 국법성(國法性)을 '명쾌'라는 일언으로 설명하고 마는 것은 경솔한 일일지 모르거니와 이 말에 다소간 복잡한 의의와 개념을 주어서 생각하면 사실상 일본 국민성은 '명쾌' · '표경(剽輕)'이라는 말로 대체의 윤곽은 전할 수 있을 것이다. 일본의 자연이 그러하고, 생활이 그러하고, 색채가 그러한 것과 같이 일본인의 국민성은 경쾌한 일면이 확실히 있다. 그러면 그들이 우리 늙은 반도의 설움 많은 조선 마음을 상상할 수도 없다는 것은 당연한 일이 아니냐.

그러나 그 '명쾌'라는 것은 반드시 깊이(深)를 가진 것은 못 된다. 넓이가 있는 것이라고도 할 수 없다. 보통 '남구적(南歐的)'이라는 말로 표시되는 것과 같이 그처럼 찬란 · 영롱 · 웅장이라는 말을 붙일 것도 못 된다. 전등불, 와사등불, 아크등불, 촉(燭)불, 기름불 ……. 불에도 여러 가지 불이 있고, 불도 켜는 곳에 따라서 불빛이 다른 것이다. 일본의 국민성은 단칸방에 와사불을 켠 것이 아닐까. 이 말에는 단조(單調)하다는 의미 외의 의미를 가진 것이다.

일본의 국민성을 새삼스러이 문제 삼자는 것은 아니다. 이러한 여러 가지 관점을 종합하여가지고 그들의 문학을 살피면 용이히 그 내용의 윤곽을 잡을 수 있으리라는 것이 나의 하고자 하는 말이다. 그들의 문학은 우리의 것보다 비단 일일(一日)의 장(長)뿐만 아니다. 그러나 다만 세련되고 명쾌하고 정교하다는 점 외에는 심원하다거나 웅대하다는 말을 붙일 만한 것은 볼 수 없다. 역사적·지리적 또는 현실 문제로 정치·경제·생산·사회 등 모든 사정이 혹은 순조에 있고, 혹은 발달의 도정에 있다는 사실은 전 국민으로 하여금 쁘띠부르주아적 일체에 유도케 한 것이 현하의 일본국민이다. 중산계급의 자제가 그다지 호강은 못하였을망정 어렵지 않게 귀히 길러내었다는 것이 일본인의 생활과 사상을 설명함에 적절한 말일지 모른다. 큰 환희, 큰 감격, 큰 고뇌를 체험하여보지 못한 국민은 불행한 국민이 아닐 수는 있으나, 위대한 국민, 심각한 국민성의 소유자일 수는 없는 것이다.

사람은 역경(逆境)에 처하여 보지 않고는 깊어질 수가 없는 것이다. 그러면 그의 문학이 심원, 웅대에서 거리가 먼 것은 당연한 바가 아닐 것이냐. (1927. 6.11)

일본에는 동상이 많다. 동경(東京) 시내만 하여도 전신주보다는 적겠지마는 거리거리에 즐비하다. 그 모든 동상의 임자가 얼마나 잘났는지는 모르되 하여간 그들은 이미 고인이다. 다시 말하면 일본의 현재의 인물은 메이지 인물에 비하여 한풀 꺾이지나 않았나 하는 감이 없지 않다는 말이다. 정계나 일반 사회나 교육·종교·사상계 할 것 없이 골고루 상당한 레벨에 처한 사람은 많지만, 위인이라고 할 만한 사람은 매우 드물 것이다. 나무도 60년을 자라면 '노오(老朽)'라 한다. 시대도 다르기는 하지만 메이지 인물의 뒤받칠 인물이 금후에는 모르겠으나 현재로는 열 손 꼽기 어려울 것이다.

일반적으로 그러한 것과 같이 문단으로 보아도 두수(頭數)로는 많을지 모르나, 메이지 문단의 유물이 역시 중심세력을 여전히 잡고 있는 형편이다. 출세한 작가, 시인, 논객이 약 3백 명, 그중에서 소위 '유행아(流行兒)'라 하여 순전히 필경(筆耕)으로만 상당한 중류(中流)의 생활을 유지하는 자가 약 1할이라 하거니와 그 1할이라는 30여 명의 중견작가나 논객에서 그다지 장(壯)하다고 할 만한 인물을 찾을 수 있을지 의문이다. 근자(近者)에 『문예춘추(文

藝春秋)』로 인하여 '기쿠치 간(菊池寬), 기쿠치 간' 하지만 문단적, 다시 말하면 사회적 의미로 2각(角)의 세력을 가졌다는 점으로는 속중(俗衆)의 인기를 전할 법 하여도 그다지 향기로운 재분(才分)을 가졌다거나 웅대한 붓을 가진 사람 같지는 않다. 기쿠치라든지 다니자키(준)(谷崎(潤))라든지 하는 요사이의 작가의 작품도 외국어로 번역되고, 외국무대에도 상연은 된다 하지마는, 인제야 겨우 서구문단에 소개되었다는 것밖에는 별로 세계적 의의나 성가(聲價)가 있는 것이 아님은 물론이다. 『아사히신문(朝日新聞)』의 전무의 말을 들으면 일본의 연합통신사에서 일본의 중심인물의 인터뷰한 것을 아무리 타전하여야 서양신문에는 게재되지 않고, 지금까지도 '오쿠마(大隈) 세이쓰'라고 하면 신문기사로 취급하리라 한다. 신일본이 60년을 살았어도 아직 그러한 터임을 보면 더구나 현(現) 문단을 가지고 세계적으로 비약하기는 좀 어려울 것이다. 일본의 어떤 작가가 나쓰메 소세키는 멸망하리라고까지 하는 말을 들었으나, 아무리 보아도 나는 메이지, 다이쇼(大正)를 통하여 나쓰메 만한 작가도 찾을 수 없을 것 같다. (그가 아무리 부르주아적으로 일관하였다 할지라도) 그의 작품을 근자에도 보고 생각하였지만, 그가 기교에 있어서는 현재의 일류 작가들에 비하여 손색이 없지 않을지 모르나, 비교적 넓고 깊은 시야와 관조가 있었던 작가는 그이 이외에 없을 것 같다. 그 외에는 과거, 현재를 통하여 다만 상당한 레벨에 올라들 섰다고나 할 따름이겠다.

일본의 현 문단을 설명함에 정족지세(鼎足之勢)(?)라는 말은 좀 우스운 듯하나 대체로 보아서 3파로 구분하여볼 수가 있다. 구(舊) 자연주의파의 계통을 끌고 나오는 종래의 중심 세력과, 무산문학의 신흥세력과, 이 양자의 중간파라고 할 구(舊) 백화파(白樺派) 등 3자(者)로 구분하는 것이 어떠할까 한다. 물론 세별(細別)하면 도저히 이처럼 단순할 수도 없고, 또 『신조(新潮)』, 『문학춘추(文藝春秋)』, 『문예전선(文藝戰線)』 등 잡지를 중심으로 하고 보면 세력의 분립을 엿볼 수도 있으나, 대체로 문예사상을 관점으로 하고 분류하면 전기(前記)와 같이 프로, 비프로와, 그 중간파적 인도주의의 일파가 있다 함이다. 프로파라는 것은 신흥운동이니만큼 일본에서도 아직 미숙한 이론에 그치거니와 문단의 중심세력인 비프로 작가들도 최근에 와서는 인식이 여기에 미치게 된 것은 사실이다. 그러나 무산문학운동이 일본에서 문단적 중심세력이 되려면은 전도요원(前途遙遠)한 일이다. 뇌호(牢乎)한 기성문단의 세력을 제주(制肘)치 못할 것도 물론이려니와 자본주의적 발달의 과정에 있는 일본, 쁘띠부르주아적 국민인 일본에서는 도저히 어려우리라는 말이다. 요컨대 일본의 무산문학도 겨우 입문하였음에 불과하다. (1927.6.12)

백화파(白樺派)라는 것은 지금엔 사실로는 해체되었으나 무샤노코지(武者小路),[277] 나가요(長與),[278] 센게(千家)[279] 등 소위 '뒷방 서방님' 격의 인도주의자가 문단의 일각을 아직도 점하고 있는 것은 사실이다. 그들의 주장이 무산자운동 및 그 문예운동자에게 공격을 당할 것은 물론이요, 국외자(局外者)인 나로서도 불만을 느끼는 바가 많으나, 일면으로는 공명되는 점도 나는 많이 발견한다. 무저항주의도 아니면서 투쟁의지를 가지지 않는 것, 현실에 대한 인식이 부족하거나, 또는 당초부터 한각(閑却)하고서 다만 생명의 근간, 이상(理想)의 대본(大本)에만 갈앙(渴仰)하고 도취하는 것은 나로서는 시인할 수 없는 일이다. 그러나 무샤노코지 일파의 주장을 무산운동 이후, 무산자독재 이

---

277 무샤노코지 사네아쓰(武者小路實篤, 1885~1976) : 일본의 시인, 소설가, 화가. 귀족가의 자제. 가쿠슈인(學習院) 출신으로 젊은 문학도들과 함께 1910년 잡지『시라카바(白樺)』를 창간했다. 시라카바 파의 정신적 지주로, 이상촌 건설 등을 실천했다.
278 나가요 요시로(長與善郎, 1888~1961) : 일본의 소설가, 극작가. 대대로 유력한 한의이던 가문의 자제. 가쿠슈인 출신으로 19011년 시가 나오야(志賀直哉), 무샤노코지 사네아쓰의 동인지『시라카바』에 참여했다.
279 센게 모토마로(千家元麿, 1888~1948) : 일본 신도의 중요한 신앙의 대상인 이즈모타이샤(出雲大社)의 고위 승려의 아들로 귀족원 출신. 일본의 시인. 무샤노코지의 지도를 받고 1913년 동인지『테라코타(テラコッタ)』를 창간하고, 1918년 첫 시집『나는 보았다(自分は見た)』를 간행했다.

후의 사회에 적용·실현한다고 가상(假想)하면 우리는 넉넉히 시인할 수 있을 것이다. 인도주의란 원래 한 걸음 뛰어 넘어간 것이다. 현실을 밟지 않고, 현실의 등성이를 훌쩍 뛰어 넘어가서 이리 오라고 손짓을 하는 것이 인도주의다. 이러한 해석부(解釋付)로 시인할 것이다.

그 외에 신감각파니 무어니 하나 그것도 일시 유행에 불과한 것이요, 문단의 본류에 돛을 달지는 못한 것이다. 문단 출진의 방편으로 현기(衒奇)함에서 나온 것일지도 모른다. 하여간 일본문단도 연년(年年)이 소위 신진작가가 배출하나 1, 2년이 못 되어서 소침(銷沈)하는 것이 보통이다. 중견세력은 역시 메이지 문단인에게서 빼앗지 못하는 모양이다. 기쿠치 간 일파가 예외라면 예외이겠다.

그러나 최근 일본문학의 진전은 괄목할 바가 있고, 특히 진재(震災) 후에는 문화의 중심이 동경에서 떠나 간사이(關西)로 옮아갈 듯한 관(觀)이 없지 않던 것에다 비하면 근자 4, 5년 내(來)로 매우 성황을 보인 모양이나, 기실은 오직 양적임에 그치고 질로 보아서는 그리 가관(可觀)할 바가 없는 것은 주지의 사실일 것이다. 진재로 인한 인심(人心)의 동요라든지 도회문명의 보급·진전이라는 이유도 있겠지마는, 단편소설의 전성시대라 할지 장편은 좀처럼 볼 수 없고, 있다는 것은 거개 통속물에 불과하다. 일류작가라는 사람들도 순전히 직업화하여 통속물을 강담잡지에 기탄없이 연재하는 터이다. 더구나 단편이라는 것도 순전히 평범쇄세(平凡瑣細)한 신변잡사에 그치는 고로 수필인지 소설인지 분간키 어려운 것이 많다. 본격소설이니 심경소설이니 하는 말도 이러한 여러 가지 폐단을 광정(匡正)하여 문학의 본도(本道)로 환원시키려는 노력에서 나온 바이지마는 일본문단은 어떠한 동기나 기운(機運)을 붙들어서 일반의 비약적 방향전환을 하지 않고는 질적으로 보임직한 것이 나오기 어려울 뿐 아니라, 양으로 장족적(長足的) 보급을 보이는 것과는 정반대로 문학적으로는 막다른 길을 걷고 있다.

　작년의 현상으로 볼지라도 문단의 센세이션을 일으킨 것은 역시 노(老) 작가인 시마자키 도손(島崎藤村)의 「아지랑이(嵐)」와 도쿠다 슈세이(德田秋聲)의 「본래의 가지로(元の枝へ)」쯤밖에 아니 되었으나 둘이 다 신변잡사를 노숙한 필치로 그린 것에 불과하다. 도대체 일본의 작품은 제재의 규모가 작고 종류가 국한하여 대륙문학에서 보는 것과 같은 큼직한 근본문제를 건드리는 것이 없거니와 전기(前記)한 양작(兩作)도 그만큼 평판이 좋은 데에 비하여 나로 보아서는 다만 세련된 기교에 감복할 따름이다. 물론 우리보다는 선진이요, 우리보다는 노련한 수완 역량을 가지었고, 우리보다는 깊은 관조를 가지고 있겠지마는 우주와 인생 사회에 대하여 좀 더 근간에 부닥뜨리는 큰 눈이 없고 호흡이 세차지 못한 것은 가릴 수 없는 사실이다.

　그러나 우리는 그 기교와 표현에서는 많이 배울 것이 있다. 그 이상으로는 배울 수도 없고 배울 필요도 없지마는, 섬세한 묘사와 정치한 기교와 면밀한 관찰은 어디까지든지 우리의 배울 바이다. 그러나 거기에서 응축하고 모방하여서도 물론 아니 된다.

　하여간 침통한 고뇌에 부대껴보지 못한 국민에게서는 깊은 문학이 나오기 어렵고, 대륙의 바람을 쏘이지 못한 백성에게서는 영혼의 큰 울림을 바랄 수 없는 모양이다. 이러한 점으로 보아서는 장래의 조선사람은 분명히 좋은 문학을 가질 백성이라고 하겠거니와 일본도 금후에 자본주의적 발달의 절정까지 가게 되면 신시대를 낳지 않을 수 없는 침통한 고뇌의 세례를 받게 될 것이요, 심각한 고뇌의 체험이 있은 뒤에는 바야흐로 크고 깊은 인생을 파게 될 것이며 또한 문학의 새 발족점을 잡게 될 것이다. 사실 일본은 아직도 과도기에 있는 나라이다. 일본의 갈 길은 자본주의의 정점으로 향하여 달음질하는 이외에 현하에는 없다. 그러면 그 정점까지에 득달한 뒤의 일본이 어떻게 되

겠느냐는 것은 예단할 바 아니로되 거기까지 아니 가면 일본의 새 길은 나서

기 어려울 것이다. 따라서 일본의 문학이 또한 그러한 것이다. (1927.6.13)

정신적 승화가 남녀 풍기風氣의 취체取締 일까[280]

연애라는 것은 생명의 승화라고 할 수 있다. 오분(分)의 정신적 생명의 승화와 오분의 육체적 생명의 승화가 완전히, 또는 과부족 없이 운융(運融)함으로써 연애는 완성되는 것이 아닌가 한다. 그러나 정신적으로 생명의 승화를 십분이면 십분 다 얻겠다고 하면 그것은 소위 플라토닉 애(愛)라 할 것이요, 그와 정반대의 현상은 오늘날의 조선 청년남녀에게서 볼 수 있을 것이다. 육체적 향락에서 십분의 승화를 얻으려 하는 것이 금일의 조선 청년남녀의 성생활이라는 말이다. 여자에게는 영혼이 없다는 사람이 있으되 반드시 그러함이 아닌 것과 같이 요사이의 사나이, 깨이고 교양 있고 아는 것이 있다는 사나이까지가 영혼은 잃어버리고 사는 모양인 듯싶으니, 따라서 이러한 상태를 성적 방면으로 보면 십분의 육적(肉的) 승화만을 병적으로 갈구하게 됨이 도리어 당연한 일이 아니랴.

그러므로 여자에게 정신적 요구, 영혼을 살려는 요구가 있든지 없든지 간에 남자에게 그러한 요구가 왕성히 있으면 좋았을 것이다. 다시 말하면 남자 편에 정신적 생명 승화의 요구가 강렬하였더라면 소위 남녀 풍기문제라는 것은 그다지 문젯거리가 될만치 일어나지 않을 것이라는 말이다. 그것은 현

---

280 염상섭(廉想涉), 「정신적 승화가 남녀 풍기(風氣)의 취체(取締)일까」, 『현대평론』, 1927.7.

재의 사회형편으로 문교(文敎) 상으로나 실제의 경제적 능력으로나 남자가 우월한 지위를 점하고 있기 때문이다.

이와 같이 문화적으로 보아도 교양이 앞선 남자부터가 육적 생활에 몰두 매신(埋身)할 뿐 아니라 일반의 경제생활이 점점 저열화하는 금일의 형편으로서는 도저히 남녀풍기의 문란을 광정(匡正)키 어려울 것은 당연한 사태인 것이다. 원래 여자는 현재의 경제조직 하에서는 생활의 최후의 무기가 성적 제공에 있는 것이다. 경제적 독립의 능력이 절무(絶無)할 때 사람은 자기의 몸을 팔지 않고 호구(糊口)의 책(策)을 얻지 못하는 것이니 금일의 여자가 교양이 있고 없고 간에 점점 타락하여가는 것은 경제적 파멸에서 헤어나지 못하는 조선의 현상으로 보아서 부득이한 일일지 모른다. 사실상 금후의 조선 청년남녀는 더욱더욱 풍기문란의 모든 악증(惡症)을 벌여 놓을 것이다. 피폐한 백성에게서 정신적으로나 육체적으로나 올곧은 생활을 바랄 수 없는 까닭이다. 일세(一世)에 탁랑(濁浪)이 굽이치거늘 어찌 인심의 청류(淸流)를 바랄 쏘냐.

더욱이 현대의 동양인은 서구문명과 그 소위 아메리카니즘의 압두(壓頭)에 혼백을 잃어서 사상적으로 성적 해방의 수도(首途)에 방황하고, 경제적으로는 산업혁명의 과도기에서 부대끼는 현하의 조선인이며, 또한 현대문명의 제(諸) 악증, 다시 말하면 말초신경의 예민 진기한 자극의 갈망, '악의 화(華)' 찬미자 되기를 원하는 현대인이 되어가는 지금의 조선인사회는 일세를 거(擧)하여 부란(腐爛)한 육(肉)의 궁전을 짓지 않고는 마지못할 것이다.

그러나 사람의 마음은 매양 반동적으로 움직이는 것이니, 그러므로 역사의 자취는 반동률(反動律)('반동률'이라는 말이 이해되지 못하면 반동하는 탄력의 비(比)라고 하자)에 지배되는 것이다. 이 말은 일세를 거하여 혼돈과 타락에 헤매게 할진대 또한 그 반동으로 청고(淸高)한 지사(志士)가 나타나서 서울의 소크라테스, 조선의 불(佛), 야(耶)가 나타날지며 그와 같은 시운(時運)에 제회(際會)하면 우리 범인의 심경에도 크게 깨닫는 바가 있을지니, 그때에 이르러 비로소 남녀 풍기의 근본적 해결을 얻으리라 함이다. 그리고 남녀 풍기, 또는 성 급(及) 성욕 문제는 언제든 영혼에 호소하여 정신적 자율에 구하여야 할 것이라는 말을 부언하여둔다. 그것은 성 급(及) 성욕이라는 것은 육적 조건과 요구에 편벽되기 쉽기 때문이다.

6월 15일 조망(朝忙) 중 잡기(雜記)

여름밤[281]

여름의 정취는 밤에 있다. 도회고 향촌이고 산곡(山谷)이고 수변(水邊)이고 간에 여름밤은 봄 아침·가을 석양·겨울 밤과 같이 헤일 것이다. 여름밤은 짧은 듯하면서도 긴 것이다. 새로 한 시, 두 시 ……. 밤 가는 줄을 모른다.

뒤뜰에서 목물한 후, 앞마당에 모깃불을 놓고 평상에 걸어앉아 부채질도 한가(閑暇)로이 이 이야기, 저 이야기에 반(半) 밤은 벌써 훌쩍 간다.

앞밭에 널어 달밤의 세찬 이슬 받은 푸지개[282]를 주섬주섬 거두어들이어다가 마당에 채를 잡고 벌겋게 달은 다리미의 불똥을 날리면서 속살속살 깔깔깔 하는 동안에 달그림자가 담 밑에 이우는 것 쫓아 깨닫지 못하는 것도 조선의 여름밤의 풍경의 하나일까.

반딧불을 동무 삼아 원두막 위에 동그란 목침 베고 데굴데굴 구르며 앞마을 처녀, 뒷동리 총각의 아기자기한 염문 타령에 얼이 빠지다가, 수박, 참외 따다 놓고 단침으로 목을 축이는 것이 농가(農家)의 젊은네의 여름밤이고 보면 우거진 고목 밑에 곰방대불만 어두운 밤을 보살피듯 반뜩여가며 총총 두리 박힌 별 하늘을 이리저리 치쳐보고 연사(年事)를 염려하는 촌로인(村老人)

---

281 염상섭(廉想涉), 「여름밤」, 『동광』, 1927.8.
282 푸지개 : 새 사냥꾼이 제 몸을 감추기 위해 사용하는, 풀이나 나무 따위를 엮은 기구.

의 여름밤도 짧으나 길고 무더우나 청신(淸新)한 맛을 잃지 않으리라. 그 이상으로 로맨틱한 맛을 구하지 말라.

그러면 도회의 여름밤은 그 어떠한고? 도회의 여름밤은 가두(街頭)의 밤이요, 가두의 밤은 사람구경, 불구경이다. 대낮 같은 큰 길거리에 흰옷 입은 남녀노약(男女老弱)이 정처 없고 취미 없이 오락가락 오글오글하는 동안에 더운 김 서린 한 밤은 새이고 만다. 그러면 서울사람이 여름밤에 모이는 곳은 어디인가?

우리는 종로 야시(夜市)로 비지땀을 흘리며 헤맨다. 그러나 “싸구려” 소리와 “한 푼 줍쇼” 소리가 전원의 개구리 우는 소리보다 낫다 할까?

양복 신사는 한강으로 모이어 들어 쓰러질 듯한 철교 위, 자살자를 계칙(戒飭)하는 ‘一寸お待ら’[283] 패(牌) 아래에 배회하거나 양녀(洋女)의 자리옷 입은 양장(洋裝) 소녀와 단정(短艇) 젓기와 왜주(倭酒) 마시며 장고(長鼓) 치기로 넋이 빠진다. ‘一寸お待ら’에도 여름밤 풍치는 남았는가?

제 소위 풍류객은 악박골 약수(藥水)를 마시려고 자동차를 몰아 나간다. 물병 매고 콧노래 부르며 앞서 가던 사람은 입에서 욕이 아니 나오려야 아니 나올 수 없다. 물 마시기 전에 뿌얀 먼지를 무더기로 들이키게 되기 때문이다. 그리하여 기껏 나가서는 수천(數千)의 생령(生靈)이 까닭 있고 없고 간에 신음하고 있는 붉은 벽돌집을 바라보며 김 나간 미지근한 물 한 잔에 생돈 주고 헛배 불러서 어깨로 숨을 쉬며 돌쳐서[284] 온다.

우리는 한양공원(漢陽公園)으로 돌아 조선신궁(朝鮮神宮)의 삼백팔십 몇 단이라는 돌층계를 한 층, 두 층 정성껏 밟고 내려온다. 내려와서는 기진(氣盡)

---

283 ‘잠깐만 다시 생각하라’는 의미이다.
284 돌쳐서다: 되돌아서다. 위치나 방향을 다른 쪽으로 바꾸다. 곽원석,『염상섭 소설어사전』, 166쪽.

하고, 게다 소리만 귀에 요란히 남을 뿐이다.

절 놀이도 여름행락의 하나다. 그러나 여기에까지 나라즈케(奈良漬)[285]가 쫓아와서 풀나물 곁에 채를 잡고 있고, 부처님은 무색한 듯이 이맛살을 찌푸리고 깜냥 없이 모여드는 중생을 가엾이 비웃을 뿐이다.

이러한 것이 도회의 여름 정조, 도회인의 여름밤 기분이다.

봄소식을 우이동(牛耳洞)에 듣고 창경원(昌慶苑)의 야앵(夜櫻)에게 화신(花信)을 받는 서울사람이라 여름밤을 이렇게라도 맞고 보냄이 팔자에 겨운 일이겠고, 놀라는 세상이 아니고 보니 이도저도 없은들 어떠리요마는 이러한 것을 가지고 제법 풍운(風韻)이 진진(津津)한 조선사람의 살림이거니 하는 것만은 딱하다는 말이다. 우리의 도회가 퇴폐하였다는 것도 아니요, 우리의 생활에 현대적 퇴폐의 기분이 넘친다고 개탄함도 아니다. 다만 이 딱한 몰풍취(沒風趣), 이 딱한 혼돈 난조를 정(呈)한 세대가 자고급금(自古及今)에 다시 없으리라는 말이다. 과시(果是) 우리는 절에 가서 나라즈케에 입맛을 다시고 한강에 그 소위 모던 걸과 보트를 젓느니보다는 원두막에 누워 달을 벗 삼아 개구리의 사랑가에 귀를 기울여나 볼까. 그것은 비록 간소, 단조하되 오히려 구차한 도회미가 없느니 만큼은 순수단일한 조선정서를 그 속에 찾을 수 있으리라.

그러나 나는 아무리 하여도 도회인이다. 도회를 전연히 떠나서 살 수도 없고 또 도회를 떠난다손 치더라도 몸에 배인 도회 기분은 어디까지 쫓아다닐 것이다. 그렇다고 취미와 생활의 순수단일을 요구하는 것과 모순을 느끼지는 않는다. 그러므로 철두철미 도회인이니 만큼 도회의 여름, 도회의 여름밤에서도 일맥(一脉)의 정취를 감각하지 못하는 것은 아니다.

---

285 나라즈케(奈良漬) : 일본 나라(奈良)지방에서 울외에 술지게미를 넣어 만든 장아찌의 일종이다.

 염상섭 문장 전집 I

대체로 '여성미'라는 것은 어떠한 경우, 어떠한 곳에서든지 빛이요, 기름이거니와 조선사람의 생활과 같이 이러한 무미건조한 속에서는 한층 더한 효과를 주는 것이다. 더구나 자유로운 사교가 허락되지 않느니 만큼 그러한 것이다.

여름의 여성, 그것은 봄의 여성처럼 육체의 미를 더함은 아니로되 여름의 생활이 개방적이니 만큼 가두에 나타나는 여자가 많기도 하거니와 그 의상의 경쾌, 정묘(精妙)한 점으로 보아 나는 여름의 여성을 찬미한다. 그러나 의상이란 밤에 볼 것은 아니다. 가히 '금의야행(錦衣夜行)'이라고 비웃는 뜻을 알지라. 그러므로 여름의 여자의 의상을 감상할 양이면 도회의 밤에 찾을 것이 아니라, 밤보다는 석양(夕陽) 판에 엿볼 것이다. 사실 산뜻이 하고 곱게 꾸민 여자의 뒷모양을 석양판 햇발 밑에서 몇 곱이나 돋보이는 것이다. 그러나 요사이의 서울 길거리같이 뒤숭숭 산란하여서는 그만한 정취나마 손상됨이 많지마는 그래도 육조 앞에서 대한문(大漢門)으로 가는 길가에서 물을 뿌린 번지르르한 대로상(大路上)을 옥색 생물치마에 비단적삼을 받쳐 입고 색 맞은 양산으로 지는 해를 가리며 거니는 여자의 뒷맵시를 건너다보는 것은 일조(一條)의 양미(涼味)를 끼치어 주며 삽삽(颯颯)한 상미(爽味)를 깨닫게 한다. 그러나 보기는 보되, 모름지기 멀리 뒤로 바라볼지니 무에나 가까이 보면 환멸을 느끼는 법이기 때문이다.

그런데 여기에서 잠깐 생각나는 것은, 그러면 머리를 쪽지고 긴 치마에 소위 외씨 같은 발길이 나오는 여자의 자태냐, 그렇지 않으면 양두(洋頭), 양화(洋靴)의 신여자냐는 것이다. 따라서 현대의 조선여자(남자도 그렇지마는)에게는 보법(步法)이 두 가지로 나누어 있다. 구조선 보법과 신조선의 보법. 말이 좀 우스운 듯하다. 하여간 전자를 극단으로 대표한 것은 기생이요, 후자는 일반 신여성의 보조다. 나의 주의(主義) 상으로 보아서는 물론 신조선 보법에 찬성이나, 취미로 보아서는 쪽진 머리에 조선신 신고 구조선 보법으로 걸어가는 것이 비위에 맞는다. 전자는 과도기에 있는 탓으로 균제(均齊)의 미를 잃고, 후자는 수백, 수천 년 내(來)에 세련된 보조이기 때문이다. 이 말은 왜 하였느냐 하면 사람의 걸음걸이라는 것은 형자(形姿)의 미(美)에 큰 관계가 있고, 또한 그것이 시대상을 표백하는 것이며, 그 사람의 성격을 보이는 것이기 때문에 여담으로 한 것이다. 사실 말이지 아무리 잘생기고 아무리 곱게 꾸미었으되 걸음걸이가 제 격(格)에 들어박히지 못하면 보고 싶지는 않다. 요사이 거리로 다니며 '여름 석양판의 여자'의 미(美)를 행여나 놓칠세라고 유의하여 보지마는 멀리 뚝 떼어놓고 제법 구격에 맞게 걸어가는 여자가 여간 드물지 않다.

그러나 실상 여름 여성의 미는 그 용모에서는 물론이거니와 그 의상보다도 그 육체의 부분적 노출에서 발견할 것이다. 나는 양풍(洋風)에 서투르고 그 부분적 정취도 이해하기 어렵거니와 나의 이해하는 범위 내에서는 여름의 일본여자의 발의 미를 더욱 찬상(讚賞)하려 한다. 원래 나는 일본의 자연, 일본의 인물, 또는 일본의 생활상태와 취미를 싫어하지마는 다만 여자의 언어와 의복에 대하여는 하필 눈에 익었다는 의미로 뿐만 아니라 언어의 선율과 의복의 색채로 보아 마음에 든다. 그러나 그보다도 여름의 일녀(日女)의 벗은 발에서는 그 이상의 미를 발견할 수 있다.

여자의 나족(裸足)의 곡선미, 그것은 반드시 일본여성에게서만 구할 것은 아니로되 조선여자에게서는 물론이요, 서양여자에게서도 구지부득(求之不得)하는 것이기 때문이다. 사실 여름 여자의 발의 미는 미모 이상의 매력을 가진 것이다. 더구나 전등불 밑에서 보는 여자의 균제 있는 나족의 곡선미, 혈색미(血色美)는 다만 육체미·감각미뿐만이 아니다. 미의 앞에 일조의 경건미를 느끼지 않는 자가 그 뉘랴.

나는 봄보다 가을, 여름보다 겨울을 즐긴다. 골격 보아서는 그다지 비만한 체질은 아니로되 여름은 즐기는 바가 아니다. 더구나 해수욕은 손방이요, 등산은 시험할 기회가 많지 못하고 보니 저변의 소식을 전할 수 없으나 조선의 여름에서는 의상의 미, 일본에서는 발의 미를 발견할 따름이다.

7월 14일 장마든 지 닷샛날

병중病中의 도향稻香[286]

　　도향이도 세상을 떠난 지 벌써 일년인가. 지금 붓을 들려고 망설이니까, 내가 앉아있는 방 옆의 집에서 별안간 곡성이 낭자(浪藉)히 일어난다. 오늘이 그의 맏아들의 소기(小朞)[287]라 하여 전(奠)을 지내는 것이라 한다. 평시(平時)에 조석(朝夕)으로 과부댁이 홀로이 애호(哀號)하는 청승맞고 쓸쓸한 데 비하여는 여러 곡성이 어우러지니 엉정벙정히 들린다. 슬피 우는 소리건마는 여럿이고 보면 오히려 번화한 느낌을 준다. "아구 불쌍해, 아구 불쌍해" 하며 넋두리를 하는 것은 그의 누이인지? 수삼(數三) 시간 안에 급사한 오라비가 더욱이 불쌍할 것이다. 어쩐둥 나도 까닭 없는 눈물이 스미는 것을 깨달았다. 애착이나 인연이 있는 때문이 아니라 자극과 상상으로 흐르는 것이다. 그것이 상정(常情)이라는 것이다.

　　그러나 지금 생각나는 것은 도향의 임종이다. 도향의 임종을 아무도 보지 못하였다는 것은 그 최후가 얼마나 쓸쓸하고 참혹하였던가를 또다시 뉘우치게 한다. 자기 집, 자기 방에서 다시 오지 못할 길을 떠나면서 부모, 동생의 얼굴 하나 못 보았다는 것 ― 가는 사람, 뒤에 남는 사람이 매일반으로 보고

---

286 염상섭(廉想涉), 「병중의 도향(稻香)」, 『현대평론』, 1927.8.
287 소기(小朞) : 소상(小祥)과 같은 말. 사람이 죽은 지 1년 만에 지내는 제사.

저도 아니하고 보이고저도 아니하였던지는 모르나 — 은 사람의 자취가 얼마나 쓸쓸하고 하잘 것 없으며, 또한 사람의 마음이 그다지도 모진가를 다시금 생각게 한다. 회장(會葬)하였던 어떤 친구의 말을 들으면, 상여 옆에 섰던 그의 매씨(妹氏)는 지분(脂粉)으로 곱게 꾸미고 뭇사람의 얼굴만 말뚱말뚱 쳐다보며 눈물 한 점 반짝하는 것을 못 보았다 한다. 안 나오는 눈물을 거짓 지을 것이 아니요, 조선사람의 너무 심히 곡하는 풍속이 절대로 좋다는 것은 아니나 도향은 동기간에도 행복스럽지는 못하였던가 싶다.

　도향은 원체 그의 작품이 로맨틱하고 센티멘털한 데에 비하면 퍽 쌀쌀하고 맑은 사람이었고 고독한 사람이었다. 그를 내가 만난 것은 『동아일보』에 『환희(幻戱)』를 쓴 뒤, 조선도서(朝鮮圖書)에 있을 때라고 생각하거니와 그 후, 강원도 등지로 유랑을 하였거나 또 뒤미처 『시대일보』 입사 후에 폭음을 하며 너털웃음을 웃고 다니던 것 같은 것은 그의 성격의 적은 일면은 보일망정 그 전면은 도저히 아니었다. 그러한 것은 이십 전후의 문학청년에게 흔히 보는 현상이었거나, 그렇지 않으면 자기의 본연한 성격이나 소질과 중심 생명의 요구를 마음껏 펴볼 기회가 없는 울념(鬱念)이 반동적으로 변화하여 역류된 상태이었다. 만일 그로 하여금 가정적으로나 사회적으로나 좀 행운을 타고나게 하였으면 그는 그의 작품에서 보는 것과 같이 따뜻한 정미(情味)를 담북히 가진 재사(才士)이었을 것이다. 그는 그가 타고나온 재화(才華)를 정말 피어볼 기회도 가져보지 못하고 자기의 성미에 맞는 생활을 하루도 하여보지 못하고 이 알뜰한 세상을 소리 없이 떠난 사람이다.

　작년 1월 19일 정오쯤 해서 나는 동경역(東京驛)에 내렸다. 플랫폼밖에 후줄근한 일복(日服)에 발을 벗고 우산을 들고 서 있는 도향이 내 눈 앞에 나타났다. 비가 와서 버선발은 흙에 더럽고, 우그려 쓴 캡 밑에서 유난히 반짝대는 두 눈은 한층 더 움푹 패어 보였다. 안색의 초췌함은 눈에 현저히 띄었거니와 차차 생활의 내용을 보니 여간한 곤색(困塞)이 아니었다. 도저히 분동(分銅)을 □환(環)할 진리(進理)가 없는 모양이었다.

첫대백에 어떤 여자를 두고 시조 3편을 쓴 것을 내어 보이며 한결같은 너털웃음을 내놓았으나 모든 것을 농조로 넘기려는 자기조소, 자기냉소가 섞기인 것이 분명하였다. 그날 밤에 둘이 우에노공원(上野公園)으로 돌아다니며 막차를 겨우 탈 때까지 통음(痛飮), 쾌담(快談)으로 반(半) 밤을 보내었다.

"돌아가면 무엇 하오. 여기 있으면 어떻게든지 있게 되는 것이지."

이렇게 나를 만류하면서도 자기는 동경에 있을 흥미가 있는 것도 아니요, 동경살이를 안정시킬 방도를 차리는 것도 아니었다. 차차 병세가 심하여가는 것이 완연히 보이고, 고민하는 양이 나날이 달라갔다. 산 사람이 모든 것에 대한 흥미를 잃는다는 것은 무서운 일이다. 어디까지 살아야 하겠다는 열의가 쓰러져가는 사람의 생활은 가을 파리의 날개 같은 것이다. 작년 봄의 도향이 그러한 상태이었다. 당시 도향의 일과는 매일 입욕(入浴)하고 누웠다가 값싼 포도주 한 잔 마시는 것이었다. 주색(酒色)은 벌써 전부터의 일이어니와 나중에는 금연까지 단행하는 수밖에 없이 되었었다. 어떻게든지 불계(不計)하고 대학병원이고 어디고 가서 진찰을 받아보려면 받아보았겠지마는 자기가 기억하고 있던 처방으로 양약을 간혹 지어다가 먹을 뿐이었다. 돈이 없는 탓이겠지마는 병원에 간대야 진찰료 2, 30전(錢)이면 될 일을 아니하는 것은 자기 병을 자기가 분명히 알거나, 그렇지 않으면 어렴풋이 짐작만 하고 두는 것이 밝은 데에 내놓느니보다는 위안이 되리라는 생각과, 또 친구들에게라도 떠들려서 기피하고 혐오하는 감정을 주지 않으려는 생각으로이었던지 모른다. 그는 여러 사람과 식사를 할 때에도 자기 혼자서는 매우 주의하였던 모양이다. 다만 나하고만은 같은 잔에 술도 마시고 찻종도 한데 쓰고 있었지마는 그러나 그럭저럭 점점 깊어가는 것을 자기도 분명히 깨달은 뒤에는 기회가 있으면 화풀이 술을 다시 마시기도 하고 담배도 빨았다. 우리들의 권고로 경성(京城) 본제(本第)에 통기하고 한약을 지어 보내라고 하였으나 인편에까지 신신 부탁하여 보았어도 끝끝내 아무 소식이 없었다. 본제에서 약국은 하지마는 고가(高價)한 약재를 구하기 어려워 그리하였는지 몰랐다.

그 후 센다가야(千駄ヶ谷)[288]로 간 뒤에 한번 찾아가니까 자리보전을 하고 누워서 모지(某誌)의 원고를 쓰며 쉬며 하고 있었다. 귀국할 노수(路需)를 벌려는 것이라 하였다. 그 알뜰한 고료가 와서 귀국하자면 어느 천 년에 될꼬 하는 생각도 없지 않았으나 그렇다고 낸들 어찌하는 수 없었다. 어떻든 하루 바삐 귀국하기만 바랐다.

그때 도향이는 "이것을 좀 보오." 하고 웃으며 엽서를 보여주었다. 나도 받아보고 웃지 않을 수 없었다. 그것은 도향이가 홀로 그리워하던 이성(異性)의 동생이 보낸 편지이었다. 도향이 이도(移徙)하였다는 통지를 하고 놀러오라고 한 데 대하여 비꼬는 수작으로 놀러갈 필요가 없다는 반어(反語)를 쓴 것이었다. 도향의 말을 들으면 "꼭 놀러오라는 것도 아니요, 자기 누이에게 별다른 생각을 지금 가진 것도 아니다. 다만 내게 늘 오던 사람이기 통기(通奇)를 하고 인사로 놀러오라고 한 것에 불과하나, 말이 우습지 않은가. 입학시험에 도와 달라 할 제는 자주 들리다가 인제는 더 볼 일 없다는 말이지!" 하며 그는 쓸쓸히 웃었다. 그러나 그는 새삼스러이 인심의 부박한 것을 놀라지도 않고 원망하지도 않았다. 냉연히 비소(鼻笑)하고 마르는 것은 그와 나와 일반이었다. 오늘날 와서 그런 생각을 하면 감개무량하다는 것보다는 사람의 애욕이란 무서운 것이요, 또 한편으로는 체면이니 타산이니 하여 급급영영(汲汲營營)하는 꼴이 우스운 것을 새삼스러이 생각게 한다.

---

288 원문에는 '千駄谷'으로 되어 있는데, '센다가야(千駄ヶ谷)'를 가리키는 것으로 보인다.

내가 다녀온 지 얼마 아니 되어서 도향이 귀국한 소식을 들었다. 나의 우거(寓居)와 상거(相距)가 매우 멀고 하니까 상약(相約)한 대로 나에게 찾아오지도 못하였겠지마는 그 후, 엽서 한 장도 받지 못하고 피차에 유명(幽明)의 지경을 달리하게 되었다. 그때에 쓰던 그 원고로 노수가 되지 못하였을 것은 물론이나 혹은 그 원고가 창작으로는 도향 절필(絶筆)이었을지 모른다.

나는 원래 운명이니 명수(命數)니 하는 것을 의심하거니와 도향의 죽음을 보고도 이에 대하여 여러 가지 생각이 없지 않다. 그의 병의 원인이 어디 있었든지 간에 그에게 약간의 자력(資力)만 허락되었더라도 그처럼 참혹한 요절을 보지는 않았을 것이다. 그의 수년간 폭음만 할지라도 그의 사생활이 순조(順調)이었으면 그렇게 심(甚)치 않았을 것이요, 우리의 민족적 처지라든지 사회적 환경이 이렇지 않았으면 그와 같이 되지는 않았을 것이다. 이와 같이 말하면 비단 고인의 경우뿐만 아니라 누구에게든지 이러한 논법은 적용될 것이지마는 요컨대 사람의 운명이라든지 천정(天定)한 명수(命數)라든지 하는 숙명론적 견해로 그의 불운과 요절을 볼 수는 없다는 말이다.

붓을 놓으려 할 제, 이웃집 울음은 또 한소끔 자지러진다. 목주(木主) 앞에 벌려놓은 산해(山海)의 진미(珍味)는 뉘를 위한 것이며, 남은 설움을 억제치 못한들 또 어이하련마는 도향을 위해서는 몇 사람이나 눈물지려는고?

7월 21일 석(夕) 기(記)

작자의 말[289]

『사랑과 죄』

예로부터 효(孝)는 백행의 근원이라 하였거니와 '효'란 사랑의 한 모퉁이입니다. 다만 이를 으뜸으로 한 것은 유교사상으로 실천 도덕의 바탕을 삼은 연고이니 그러므로 다시 그 근본에 찾아 올라가면 '사랑은 백행의 근원'이라고 할 수 있습니다.

과연 사랑은 백행의 근원입니다. 그리고 이 말을 다시 뒤집으면 생명의 근원은 사랑에 있다고도 할 수 있으니 사람의 모든 행위(百行)란 그 생명의 발로요, 또한 생명의 발생적 방면으로 볼지라도 사랑에서부터 비롯하기 때문입니다. 그러므로 사랑의 도리에서 어그러진 생명은 굴레 벗은 말과 다름이 없나니 굴레 벗은 말이 가는 족족 일을 저질러놓음과 같이 사람도 사랑을 잊어버리면 죄덩어리가 되고 그의 생명은 시들어버릴 것입니다.

그러면 사랑이란 무엇입니까? 빈 마음에서 솟아나는 순정이요 진심이니, '빈 마음'이란 탐욕을 물리친 마음입니다. 이기의 탐욕을 버리고 나설 때 전

---

289 염상섭(廉想涉), 「작가의 말」, 『동아일보』, 1927.8.9. 이 글은 '본보(本報) 차회(次回) 연재소설 ―『사랑과 죄』 염상섭(廉想涉) 작(作)'이라는 소설연재 예고에 포함되어 있다. 부기된 소설연재 예고기사는 다음과 같다.
"본보에 다음에 실릴 소설은 조선문단에 명성이 높은 염상섭 씨의 신작품『사랑과 죄』입니다. 씨는 이번 작품에는 특히 정력을 들여 조선사람의 생활을 그려낸 걸작입니다. 지면에 나타나는 날을 기다리시기를 바랍니다."

심(全心)·전령(全靈)·전정(全情)은 자기 이외의 모든 것에 향응하여 이를 용납하고 포용하려 합니다. 그러므로 사랑은 결국에 희생적 정신의 나타냄입니다.

자기의 입에 넣을 밥 반 톨을 곁 사람의 입에 넣어주고 나서 갸륵한 기쁨을 느낄 수 없다면 그것은 사람이라고 할 수 없을 것입니다. 사람인 다음에는 반드시 그와 같이 실행할 수 없을지 모르되 만일 실행하기만 하면 그러한 기쁨을 느낄 것입니다. 그 기쁨이란 무엇입니까? 사랑에서 나온 행복입니다. 그러므로 희생적 정신은 사람의 가장 높은 기쁨이요, 자랑이요, 행복입니다. 그리고 희망과 광명과 용기가 여기에서 나옵니다.

사람의 천 갈래 생각과 만 가지 경영이 기쁨과 희망과 광명과 만족과 그리고 행복을 구함에 있건마는 구하여 얻는 자가 그 얼마나 됩니까? 천에 하나, 만에 하나밖에 못됨은 사주팔자를 잘못 타고나온 탓입니까? 얻기는 얻었으되 사람의 탐욕이 끝 간 데를 몰라 흡족한 줄을 모르는 연고입니까? 부귀를 지극히 한데 왕도 일찍이 행복에 겨움을 자랑치 못하였으니 사람으로서 구하지 못할 것을 구함인 까닭입니까? 아닙니다. 스스로 제 마음을 두드리면 구할 수 있을 것입니까. 빈 마음에 구할 것입니다. 제 마음이 외에서 행복을 구하려 할 제, 사람은 죄악만 거듭하고 생명에는 구김살만 늘어갈 것입니다.

이러한 말을 하는 나에게 유심론자라고 비웃을 사람이 있거든 비웃게 내버려두려 합니다. 다만 나는 지금 『동아일보』 독자를 위하여, 나의 동포를 위하여 이 소설에 붓을 대이기 전에, 조선사람은 얼마나 사랑할 줄을 아는 백성인가 생각하여 보았습니다. 또한 그들은 부모, 형제, 부부, 일가, 친척, 이웃, 동포, 인류끼리 얼마나 서로 죄를 지으며 불행한 생활에 시달리며 그들의 생명은 얼마나 시들고 졸아들어가는지 생각하여 보았습니다. 그리하여 위선 이러한 표제를 내어걸었습니다.

무엇을 어떻게 쓸지는 여기에 당황히 말씀할 수는 없으나 『사랑과 죄』는 가슴과 등처럼 서로 반대의 길을 밟는 것이나 그것이 어떠한 연락을 가지고 어떠한 인과관계로 전개되는가를 살피려 함입니다.

소설이란 거짓말을 꾸민 것이라고 하나 그렇지 않습니다. 소설이란 붓끝으로 새김질하여서 보는 이의 마음에 아름답고 깊은 감명을 줌으로 말미암아 눈치 채지 못하였던 인생의 형용과 자기와 및 자기가 놓여 있는 현실을 깨닫게 하는 데에 공리적 사명을 가진 것입니다. 그러므로 시대와 환경을 그리며 지금 조선사람은 어떤 생각을 가지고 어떻게 사는가를 그리려 합니다.

과연 얼만한 효과가 나타날지는 모르겠습니다마는 다행히 이 일 편으로써 우리가 행복의 길, 사랑의 길, 갱생의 길을 뚫어나가는 데에 의논하염직한 말동무가 된다 하면 문학적 가치는 별 문제로 하고 헛된 노력이 아닐까 합니다.

그러면 이 변변치 못한 일편을 통하여 얼마동안 슬픔과 기쁨을 나눌 독자 여러분과 축복을 받으면서 벼루를 닦으려 합니다.

추야단상 秋夜斷想[290]

과거

사람이 가진 것, 분명히 가진 것은 무엇이냐? 과거. 그것뿐이다. 누구에게 든지 모든 진리보다도 분명하고 튼튼한 것은 과거를 가졌다는 것이다. 진리 그것조차 때 있어 과거라는 나선통에 휩쓸려 들어가지 않는가!

인생이 광음(光陰)에 멍예할 제, 시간의 바퀴는 토분(兎糞) 같고 소 침(牛涎) 같은 과거라는 지스러기를 질질 흘리면서 현재를 미래에 나른(運搬)다. 바자 위게[291] 말하면 과거와 미래 사이에 현재라는 다리가 걸치어 있는 것이 아니 다. 현재라는 그 순간이 벌써 인생의 지스러기로 뒤넘어가는 것이다. 그리고 미래는 산가지(算柯枝)의 가진 재주로도 미칠 수 없는 부진수(不盡數)요, 서죽 (筮竹)[292]의 모든 영괘(靈卦)에도 기록되지 못한 비밀이다. 사람은 오직 과거 만을 가지었다.

사람은 진리를 찾고, 또 그것을 어느 모양으로든지 가지고 있다. 사람은 왕관을 자랑한다. 창름(倉廩)[293]을 베푼다. 또 그리고 사람은 자기의 영리(怜

---

290 염상섭(廉想涉), 「추야단상(秋夜斷想)」(전5회), 『동아일보』, 1927.9.5〜9.9.
291 바자위다 : 성질이 너그러운 말이 없다.
292 서죽(筮竹) : 무속에서, 점치는 데 쓰는 댓개비.

㑃)를 믿는 탓으로 과학을 낳았다. 낳은 것이 아니라 기실은 깨단하였다.[294] 그리하여 사람의 독생자인 과학에게 모든 '세간사리'를 내어 맡기어서 우주의 일체를 조직화하고 합리화하면서 묵묵히 처리하고 진행케 한다.

그러나 진리는 '프로그레시브 폼(progressive form)'이 아니었던가? 진행과정 상 인식의 영상일 따름이 아니었던가?

부귀와 영예는 감각생활의 순간적 유혹은 아니었던가?

그리고 과학은 벙어리와 같이 눈만 깜빡거리고 얼음과 같이 차(冷)며 1에 가(加) 1은 2요, 동시동처(同時同處)에 동용적(同容積)의 물체는 점령치 못한다는 결정적의 것은 아니었던가? 그렇지 않기로서니 사람이 가진 유일한 자산, 결정적 운명이 '과거'라는 말을 번복시킬 증빙이야 될 수 있을까?

과거는 시간의 우연(牛涎)이다. 거미줄 같으면 토(吐)하였다가 삼켜 들이기도 하련마는 오직 미래의 뒤에 느즈러져 있을 뿐이다.

과거는 인생의 토분(兎糞)이다. 고치(繭絲) 같으면야 역사적 연락(連絡)이라도 있으련마는 범용한 존재의 행위는 기억의 스크린에 점점이 산재하여 있을 따름이다.

과거는 생활의 지스러기다. 올찬 열매나 품었더라면 미래에 씨도 뿌려 보았으련마는 목에 걸려 넘어가지 않는 '시래기'이고 보니 체수(滯祟)거리밖에 아니 되노라. 그러나 딱 잘라 버릴 수도 없고 쓱쓱 지워버릴 수도 없으며 꿀꺽 삼켜서 밑으로 쑥 쏟아져버릴 수도 없는 것이다. 일생의 뒤를 줄줄 쫓아오는 절대적 '필료(畢了)'요, 결정적 사실이다. 한 발을 무덤에 걸칠 때까지 싫어도 끌고 나아가는 수밖에는 꼼짝 할 수 없다. 과거는 그 사람의 일생 운명의

---

293 창름(倉廩) : 1. 예전에 곳간으로 쓰려고 지은 집. 백성이 굶주리자 조정에서는 각 관청의 창름을 열어 구휼했다. 2. 곳집에 저장하여 둔 곡식.
294 깨단하다 : 오랫동안 생각해내지 못하던 일 따위를 어떠한 실마리로 말미암아 깨닫거나 분명히 알다.

방면까지를 결정하는 수가 있다.

구고(舊稿)의 일절

회상

　인생의 불행은 '후회'에 있다. 진정한 불행은 죽음이 아니라 회한이다. 죽음은 인생에 대하여 당연한 귀결이면서도 다만 행복스럽지 못한 무거운 짐일 따름이로되 오히려 사람을 과거에서 해방하여준다. 그러나 회한은 사람은 오뇌(懊惱)와 호곡(號哭)과 전율(戰慄)에 가둔다. 회한이란 무어냐? 과거와 야합한 요부(妖婦)이다. 과거의 영상이 기억의 스크린에 떠오를 제, 오뇌하고 호곡하며 전율함은 회한의 요부가 난무하기 때문이다. 제왕(帝王)도 이 요부의 앞에서는 왕관을 땅에 떨어뜨리고, 장자(長者)도 열쇠꾸러미를 연못에 잠그며, 진리도 구원키를 망설이고, 과학도 코웃음 치며 수수방관할 따름이다.

　양심에 숨이 끊이지 않고 영혼에 녹이 슬지 않은 자(者)이어든 어찌 과거의 회한에 눈을 감을 수 있으랴! 죽음의 유혹도 오히려 힘겨워 하리라.

　냉탑(冷榻)에 누워 손에 쥐인 부채를 놓으니 간사로이 엿보던 첫가을 바람은 이루지 못한 단꿈을 뜻 없이 깨우치노라! 천(千) 갈래 생각과 만(萬) 얽이 근심이 도시(都是) 내일 일, 모레 일이 아니요, 어제 일이어니 나는 여기에 제 과거를 어루만지며 홀로 울어나 볼까!

　그러나 무엇을 위한 울음이냐? 비굴한 비소(鼻笑), 염연(恬然)한 조소, 무관심한 냉소보다는 나으리라. 그러나 눈물에서 무엇을 구하려느뇨? 구하여 얻음이 있을진대 내 눈물을 아끼지 않으리라. 참되고 정(淨)한 눈물은 빗간 과거를 바로 매만져줄 건가? 내 영혼의 티끌을 곱고 맑게 씻어주려는가? 내 반생의 어지러운 자취를 모든 사람의 기억과 아픈 이마 속에서 흔적 없이 훔쳐 주려나? 과연 그렇다 하면 내 이 자리에 울고, 내일 울고, 또 다음날 울어 남은 반생을 눈물로 마치리라.

그러나 눈물은 과연 그다지도 귀한 건가? 나는 오직 가벼운 이 바람결에 끓고 타는 이내 가슴이 식을까 두려워할 따름이노라. (1927.9.5)

약자의 눈물

회한의 눈물은 귀하다. 비통의 눈물도 귀하다. 그러나 약자의 눈물은 쓸데가 무어냐! 회한에서 회한에, 비통에서 비통에, 눈물에서 눈물에 끝날 따름이다.

회한이란 약자의 '타협'에서 나온 것이다. 타협이란 약자의 백기(白旗)다. 그러므로 그 백기를 눈물로만 적실 때, 그의 앞에 놓인 길은 다만 하나, 자멸의 길일 뿐이다.

눈물이 귀한 것이 아니라 그 눈물의 뒤를 받아 나오는 자기혁명의 반기(反旗)를 들 만한 힘이 귀한 것이다. 반역적 비약은 타협을 물리칠 힘이 있는 용자(勇者)의 할 일이다.

나는 사위(四圍)에 동화되기 쉬운 자기의 타협성을 스스로 미워한다. 이 가련한 약자여!

생명에는

생명에는 초점이 아니거든 빙점(氷點)을 가질 일이다. 큰 비극의 주인공이 못 되겠거든 큰 경이, 큰 희망, 큰 환희에 가슴을 울렁거리며 인생을 개척하여나가고 근기(根氣) 있게 깊이 파 들어가고 싶다. 그러면서도 불완(不緩), 불급(不急), 침정(沈靜), 안은(安隱)을 잃지 않으면 가히 달(達)하였다 할까! 초점도, 빙점도 잃은 생활은 '죽음'과 같이 다만 무거운 짐일 것이다.

불안

불안은 안정보다 나은 때가 많다. 그러나 불안정한 자기의 형자(形姿)를 관조할 힘이 없거든 차라리 적고 옅은 대로 안정하느니만 같지 못하다. 위험성이 없기 때문이다.

자살

허영은 생활의 파괴자다. 자살은 그 극치다. 만족시킬 수 없는 허영의 최후의 해결이 자살이다. 어떠한 동기, 어떠한 모양의 자살이든지 허영의 분자(分子)가 섞이지 않은 것은 없다.

자살의 동기가 과거의 회한의 무거운 짐에서 해방되려는 초조(焦燥)로거나, 미래의 불안에 대한 울민(鬱悶)으로거나, 모두 허영이다. 생활난에 동기를 가진 자살도 물론이거니와 사(死)의 공포나, 사(死)라는 무거운 부담에서 벗어나려는 자살도 결국에 자기의 사(死)를 예술화하려는 허영심에서 나온 것이거나, 그렇지 않으면 자연의 사(死)를 자주적으로 해결하려는 욕망으로이다. 가장 순결하고 시적(詩的)이라는 실연한 소녀의 사(死)에서도 자존심을 손상한 울분이라는 것이 일부의 동기를 짓는 다음에는 역시 허영의 그림자를 발견할 것이다. (1927.9.6)

아쿠타가와(芥川) 씨의 사(死)

아쿠타가와 류노스케(芥川龍之介)라 하면 일본작가의 재사(才士)이니만큼 그의 자살이 일본사회의 큰 센세이션을 일으킨 것은 물론이요, 조선의 문학청년 사이에도 얼마간 화제가 되었을 것이다. 나는 그의 작품으로는 「자죄(自罪)」, 「라쇼몽(羅生門)」 기타 몇 편의 구작(舊作)을 읽었으나 지금은 기억이 희미히 남아 있고, 최근에는 금춘(今春)에든가 「갓파(河童)」라는 것을 보았을 뿐이다. 일(日) 문단에서는 문젯거리가 된 모양이나 나 보기에는 작자의 의도와 관찰은 취할 바이나 그닥 한 것이 아니었다. '갓파'가 자살을 이미 암시한 것이라는 말도 그들 사이에는 있으나 다시 보기 전에는 그 역(亦) 수긍할 수는 없다.

그는 하여간에 나는 사인(死因), 동기가 무엇이었느냐는 것이 생각하여보고자 하는 바이다. 일(日) 문단인끼리도 적확히 포착키 어려워하는 모양이요, 또 규명코자도 아니 하는 듯싶거니와 그의 유고 「어떤 구우(舊友)에게 보내는 수기」를 보아도 "자기의 장래에 대한 다만 막연한 불안"이라 함과 같이 모호하다면 모호하다고도 할 것이다. 그러나 또다시 '막연한 불안'이라는 것이 예술가인 경우에는 충분한 이유가 된다고 하면 그것도 이해 못 될 것은 아니다.

예술가로서 '장래에 대한 불안'을 막연한 대로라도 절실히 느낄 제, 그것은 무엇보다 더한 고통이요, 오뇌인 것이다. 그가 자기반성과 및 자기의 장래에 대한 통찰력이 예리하면 예리할 수록에 그러할 것이요, 예술적 양심이 발발하면 발발할 수록에 일점(一點)의 자기위만(自己僞瞞)을 용허(容許)치 않을 것이기 때문이다. 자기 생명을 보담 더 가치 있는 노력에 공헌하리라는 자기애호의 염(念)과 자기충실의 책임감과, 또 예술적 의욕이 왕성하기는 하나 생리적으로나 예술적 감흥으로나 지진두(地盡頭)에 맞닥뜨리게 됨을 실감하였거나 혹은 예상할 경우에 불안과 초조는 제이자(第二者)로 추측키 어려운 바가 있을 것이다.

그러므로 이러한 점으로 보면 모든 사람의 자살이 보담 더 잘 살려는 욕구에서 나온 것과 같이, 아쿠타가와 씨의 그것도 예술가로서 일단의 새로운 비약을 갈망하면서도 실제의 역량이 부족하여 소극적 수단을 취하는 수밖에 없었던 것이 아니냐고 생각할 수 있고, 또 이 점에서 동정할 수 있는 것이다.

그러나 그 불안을 사(死)로써 신속히 해결하여 예술가로서의 현실적 무거운 짐과 인생으로서의 '죽음'이란 무거운 짐에서 한시바삐 해방되어 평안에 입적하려는 것은 비겁한 태도이다. 어찌하여 자살하려는 심경에서 재전(再轉)하여 죽었다가 살아난 세음 치고 새 용기를 진작하여 새 출발점에서 저사일번(抵死一番)의 비약을 시험치 못하였느냐고 할 수도 있을 것이다. 그러나 이것은 사자(死者)가 '부득이'하다고 한 다음에야 제이자(第二者)로써 용훼(容喙)할 수 없을 것이다. 다만 나로서 여기에 한 마디 할 수 있는 것은, 그 죽음에서도 어떠한 것이 그 진인(眞因)이었든지 간에 허영의 분자를 볼 수 있다는 말이다.

예술가로서 비참한 말로를 예각할 제, 사(死)로써 그 비참한 말로를 미연에 예방하려는 심리를 허영에 싸인 초조, 고민이라고밖에 설명할 수 없을 것이다. (1927.9.7)

그 다음에 '막연한 불안'이라든지 '부득이'라는 말에 그의 우인(友人)인 우노(宇野)[295]라는 작가가 발광한 것을 보고, 자기도 그와 같이 되지나 않을까 하는 예감과 공포도 포함되어 있을 것 같기도 하다. 또 "식색(食色)에 염증이 났다"라는 말을 들으면 이러한 범속한 생리적 원인도 없지 않을 것 같으니 '부득이'라는 말이 이러한 것을 의미함이나 아닐까?

"우리들 사람은 인간수(人間獸)이기 때문에 동물적 사(死)를 두려워한다. 소위 생활력이라는 것은 기실 동물력(動物力)의 이명(異名)에 불과하다. 나 역시 인간수의 한 마리다. 그러나 식색에도 염증이 난 것을 보면 점점 동물력을 잃은 모양이다. 나의 살고 있는 데는 얼음과 같이 청정(淸淨)하여진 병적 신경의 세계다 ……." 운운한 것을 보면 생리적 조건도 중요한 일인(一因)을 가진 모양이나, 이 점은 예술가의 자살로서는 평범한 원인이요, 또한 그의 사(死)를 예술화함에 하등의 효과를 주지 못한 것이다.

이와 같이 보면 그의 자살은 예술가로서의 정신적 불안·고통과, 보통 인생으로서의 육체적 고통의 양개(兩個) 원인을 가진 것이나 그 어느 것이 보담 더 중요하였던가는 모를 일이다.

우리 문단의 춘원(春園)이 다년(多年) 병고로 신음하면서도 많은 역작을 근기(根氣) 있게 발표하여왔고, 또한 금후에도 그의 건강만이 복상(復常)하면 또 다시 값있는 업적을 보여줄 것이니, 이 점으로 보면 예술가에 있어서는 육체적 병고는 문제가 되지 않는 것 같다. 즉 예술적 감흥이라든지 예술적 천분(天分)의 양(量)이라든지 또 그 의욕이라는 것이 선행문제일 것이다. 따라서 아쿠타가와 씨의 자살은 그 정신적 불안, 즉 예술적 천분, 감흥, 의욕의 학갈(涸渴)에서 생긴 불안으로 인유(因由)함이 더 유력하지는 않았던가 싶다.

---

295 우노 고지(宇野浩二, 1891.7.26~1961.9.21) : 일본의 소설가. 다이쇼 시기 대표적인 사소설 작가로 평가됨.

최후로 그의 수기 중에

"나는 작야(昨夜) 어떤 매소부(賣笑婦)와 같이 궐녀(厥女)의 임금 이야기를 듣고 깊이깊이 '살기를 위하여서는' 우리 인생의 가엾음을 느꼈다"고 한 것은 좀 과장한 '자살변호'의 일항(一項) 같았다. 매소부의 임금 문제라든지 "살기를 위하여 사는" 인생들의 가련한 꼬락서니는 우리가 가는 곳마다 체험하는 일이요, 그이도 30여 년 생애에는 충분히 체험하고 문견(聞見)하였을 것이다. 사(死)에 임하여 특히 감격을 느꼈다는 것은 그럴 법도 하나, 그렇지 않을 법도 하다. 만일 매소물(賣笑物)의 생활 이면을 사(死) 전(前) 일일(一日)을 격(隔)하여 발견하고 그로써 비로소 살기 위하여 사는 인생들의 가련 비참한 형자(形姿)를 여실히 보았다하면 그의 체험이 넓지 못하였다고도 하겠고, 또한 부르주아 생활권 외에는 시야를 발견치 못한 까닭에 인생관이 국한되었었으며, 따라서 현실의 추악에 대한 경악이 급격하고도 더 침통한 바가 있었을 것이다. 그러면 이러한 점도 자살 동기의 일부가 되었을지도 모른다.

(아쿠타가와 씨의 사(死)가 우리의 생활과 그다지 밀착하다거나 문단적 또는 사회적 의의가 깊다 하여 특수적 의미로 평한 것은 아니다. 일반적 의미로이다.)

미(美), 생명

미소는 구원(久遠)한 미(美)다. 소녀의 무심한 미소에 영겁의 생명은 자랑을 느낀다.

모독

매춘부는 식(食)을 위한 생명 모독자다. 모던 걸은 색(色)을 위한 영성(靈性) 모독자다.

일(一)은 국민 체육 건강을 위하여 박멸할 것이요, 일(一)은 국민 정신보건상 박멸책을 입안하여야 할 것이다. 다만 전자는 경제적·사회적 의미와 깊은 관련이 있느니 만큼 무책임한 방언(放言)을 허(許)치 못할 따름이다.

조선의 문명

조선은 훌륭한 문명국이다. 나는 일찍이 일본은 쇼윈도 문명을 가졌다고 하였거니와 조선은 촌부가 분 바른 문명을 자랑하고 있다. 철도를 가지고 양옥을 짓고 전기를 부리고 라디오를 듣는다. 그러나 그보다도 더 훌륭한 문명을 가졌다고 자랑할 것은 여자의 분만술(分娩術)의 진보·발달이다. 원래 문명이란 속도의 기록으로 바로미터를 삼는 것이다. 백 리의 하룻길을 한 시간에 돌파하는 것도 문명이지마는, 십분(十分)에 비상(飛翔)하는 것은 그 이상의 문명이다. 사람의 일생에 맛보는 60년 간 쾌락을 1년에 모아서 맛보는 것이 문명의 공덕이다. 그러므로 현대인이 60년 사는 것은 전대인(前代人)이 360년 사는 폭이다.

하여긴에 이 세상은 속(速)한 것이 위주다. 가령 열 달에 낳던 아이를 한 달에 낳는 기계가 있다면 이것이야말로 문명의 극치가 아니냐? 그런데 요사이의 조선남녀를 보면 결혼한 지 반세(半歲) 만에 혹은 2, 3삭(朔) 만에 '어머니, 아버지' 소리를 듣는다. 고지식한 옛날 노인들은 열 달 동안 고생을 하고서야 겨우 해복(解腹)을 하였지만, 문명의 이기를 이용할 대로 이용할 줄 아는 현대의 청년은 결혼식장에서도 동태(動胎) 해복(解腹)한다. 여러분! 이렇게 문명한 나라가 또 어디 있겠습니까? (1927.9.8)

조선인의 속보(速步)

어느 친구가 어슬렁어슬렁 따라오기에, "좀 빨랑빨랑 걷게, 그려" 하였다. "속히 걸으면 무얼 하나?" 하며 하는 말이, "하루는 두 주먹을 부르쥐고 삼청동(三淸洞)에서 ××구락부까지 단숨에 뛰어와서 앉으니 땀이 부적 나서 옷 한 벌만 버렸을 따름이지, 급기야 와 앉아보니 할 일이 무에 있어야 말이 아니오" 하는 말을 듣고 웃지 못 할 것을 웃고 말은 일이 있었다.

걸음걸이에도 계급의 별(別)은 물론이요, 시대의 반영이 있는 것이다. 나는 '신조선 보법(步法)'과 '구조선 보법'이라는 것을 어느 기회에 말한 바가 있지마는 조선인의 보속(步速)을 보면 과거, 현재의 조선인이 얼마나 현대적 생활에서 거리가 먼가를 알 수 있으리라.

일본에서 제일 생활이 긴장하고 교통이 복잡하다는 오사카인(大阪人)의 보속이 겨우 구미인(歐米人)의 자다 깨어 변소에 가는 보속만 밖에 아니 된다는 말을 들었거니와 조선에서는 제일 수도라는 경성(京城)에서도 종로사거리로 왕래하는 백의인(白衣人)의 보조(步調)와 보속을 보면 실로 한심한 일이다.

"빨리 걸어가면 할 일이 무에냐?" 얼마나 비참한 말이요, 전율할 말이냐? 일어나려는 국민의 입에서는 들을 수 없는 말이 있다.

우리나라 말에 '벗어젖히다'라는 말이 있다. 가장 긴장한 태도를 형용한 말이다. 그것은 우리의 주의(周衣)가 실무적이 아니기 때문에 벗어젖혀야만 몸

쓰기에 경편(輕便)한 탓이겠지마는 우리의 의복개량 여하를 막론하고 언제든지 벗어젖히는 생각과 정신을 가지면야 삼대(三代) 주린 사람 모양으로 두 어깨를 축 처뜨리고 흐느적거릴 리야 없을 게 아니냐.

서양 사절이 론 테니스(lawn tennis) 경기하는 것을 보고 점잖은 체통에 그런 장난을 할 것이 아니라 하인들에게나 시켜놓고 구경하자는 대감(大監)들 아래서 통치된 국민이 체육이고 무어고 말할 것도 없지만, 건확(建確)한 정신이 어느 한 구석에라도 있으면야 보조(步調)부터 씩씩한 맛을 보여줄 것이다. 지금 우리의 보조, 우리의 보속은 우리의 생활, 현재의 조선의 표상이다.

모던 보이의 회화

기차 속에서다. 나의 앞에는 여학생이 앉았고, 내 뒤에는 일본 유학생인 듯한 그 소위 모던보이가 5, 6명이나 채를 잡고 앉았다.

경부선을 내려오면서 다섯 입(口), 여섯 입에서 줄로 친 듯이 나오는 소리는 남녀생식기에서 벗어남이 없다. 내 앞에 여학생은 몸 둘 곳을 몰라 하는 모양이다.

욕설과 농담과 음담패설은 조선사람의 세 가지 자랑 아닌 자랑이라고도 하겠거니와 소위 유식계급에 더구나 신조선을 짊어졌다고 자처, 자긍하는 청년의 입에서 이처럼 심한 음담을 듣는 것은 조선의 과거를 반영한 것으로 보아 그 소이연(所以然)을 알 수 있다 할지라도 미래의 조선을 위하여 슬픈 일이 아니냐! '무항산(無恒産)이면 무항심(無恒心)'이라 하거니와 안일(安逸)에 결은[296] 백성의 자식이고 보니 뉘 탓을 하랴. 유한계급의 자멸이여!

민족성의 일면

산협(山峽)의 소역(小驛)이다. 기차가 도착하여야 내 눈에 보이는 것은 7, 8세쯤의 목동? 촌동(村童)이 뒷짐을 지고 장사(長蛇)와 같은 검은 괴구(怪驅) 앞에 딱 버티고 서있는 것뿐이다. 오동칠갑을 하고 콧물을 흘리면서도 20세기 문명을 표상하는 이 괴물 앞에 태연자약(泰然自若)히 뒷짐을 지고 비티고 서있는 이 소년의 오만한 태도를 보고 누가 실소치 않으랴.

기차가 떠나려니까 이 가련한 소년은 별안간 뒷짐을 풀더니 두 팔을 얼레 바퀴 돌리듯이 돌리어 기차를 향하고 무엇을 던지는 입내를 낸다. 기차 안의 사람들은 누구나 또 한 번 실소치 않을 수 없었다. 역장과 차장 사이에 신호통(信號筒)을 교환하는 입내이다.

조선사람의 유머, 시퉁그러진 맛은 이러한 데에서도 볼 수 있다. 그러나 그 시퉁그러지고 엇먹고 비웃기 좋아하는 민족성의 일면이 만일 심각하기만 하였으면 조선사람에게도 자기 생활을 능히 지도하여갈 만한 철학이 있었을 것이다.

당신은 천재

"당신은 천재십니다." 하고 졸업논문의 번역을 부탁하는 친고(親故)가 있다. "나는 천재가 아닙니다."고 돌려보냈다. 만일 나에게 소학교 훈도만한 변재(辯才)가 있었던들 좀 더 이야기를 하여 주었겠건마는.

---

296 견다 : '가름 따위가 흠씬 배다. 또는 그렇게 하다.' 또는 '어떤 일이나 기술 따위가 익어서 몸에 배다'라는 뜻.

승무(僧舞)

요전에 모 일지(日紙) 주최로 구(舊) 부청사(府廳舍)에 박람회가 열렸을 때다. 승무를 추다가 법고(法鼓)를 칠 때가 되니까 급기야에 법고는 남치마짜리의 기생이 한 편을 붙들고 당일에 출연한다는 양복 남장을 한 동기(童妓)가 또 한 편을 붙들고 섰다. 흑장삼(黑長衫)에 홍가사(紅袈裟)를 휘두른 무기(舞技)와 남상(濫賞) 기녀에다가 천속한 양복남장의 소녀를 배합한 광경을 꿈에라도 머리에 그려보아라.

잃어가는 조선! 잃어버리는 줄조차 깨닫지 못하는 조선정서는 어디 가서 찾아볼까? 나는 소리 없이 장태식(長太息)을 마지않았다.

이와 저와는 다른 이야기지마는 함남(咸南) 정평(定平) 땅 환희사(歡喜寺)는 예로부터 유명한 승방(僧房)이다. 한참 때는 5, 6백의 여승(女僧)이 우글우글하였다 하나 지금도 아직 능히 2, 3백은 산(算)한다 한다. 그러나 이러한 속리(俗離)의 정토(淨土)에도 현대의 도회적 풍진(風塵)에서는 벗어나지 못하여 근자(近者)에는 방년(芳年) 사춘(思春)의 기(期)를 맞은 여승들이 녹의홍상에 고이 꾸미고 송낙[297] 대신에 캡을 머리에 얹히는 것이 모더나이즈한 신유행이 되었다 한다. 이와 같이 하여 조선은 문명하였다 한다!

서울

서울은 첩시(喋匙)[298]를 엎어놓은 것 같은 느낌을 준다. 서울에서 자라났건

---

297 송낙 : 승려가 평상시에 납의(衲衣)와 함께 착용하는 모자.
298 첩시 : ‘접시’의 방언.

마는 암만 보아도 형용할 수 없는 것이 서울이다. 그러나 종로네거리에 서서 사방을 살펴보면 할 일 없이 굽 없는 첩시를 엎어놓고 한복판에 서있는 것 같다. 지형(地形)이나 지세(地勢)가 그렇다는 것이 아니라 감촉으로 그러하다는 말이다. 오백년 고도(古都)이고 보니 그래도 고전적 풍운(風韻)이 남아있으려면 어느 귀퉁이에서라도 찾으련만 이렇게도 쌀쌀하고 깔쭉깔쭉하고 되바라진 도시는 보려야 볼 수가 없다.

조선의 문명은 촌부가 분 바른 세음이라고 하였거니와 서울은 그 상징이다. 무슨 통(通), 무슨 통하는 큰길거리에서 한 걸음만 들여다보아라. 거기에는 '오백년'이 숨이 막혀서 허덕인다. 그러나 촌부의 분 같은 현대식 건축은 '오백년'을 행랑뒷골에 유폐한 뒤, 활수 좋고 제 세상 만난 듯이 버티고 섰다. 그러나 '오백년'과 '현대' 사이에 어떠한 다리를 놓아서 연락(連絡)을 취하려는가. 내실적(內實的)으로 어떠한 기맥(氣脈)을 통하고 있는가. '현대'라는 물 위에 '오백년'이라는 기름이 떠 있는 것이라 할까?

나는 조부(祖父) 시대에 태어나지 않았거든 차라리 오십년, 백년 후 손자 대(代)에 태어나지 못한 것을 한탄하였거니와 서울의 시가(市街)를 놀려볼 제, 이러한 생각은 한층 더함을 느낀다. 나는 삼각산 아래에 호흡하기를 즐기지 않는다. 경종(京種)인 자기 자신을 저주까지 하고 싶다.

서울은 드디어 멸망하려는가! '오백년'은 어디나 가서 찾을까?

8월 20일 교외에서

(1927.9.9)

민족 호패戶牌[299]
『아시조선兒時朝鮮』을 읽고

길 잃은 아해에게 필요한 것은 호패(戶牌)요, 서투른 길에는 지로꾼(指路軍)을 앞세워야 할 일이다.

지금의 조선사람이 호패 없어도 어버이의 품을 찾아갈 수 있을만치 숙성하고, 지로꾼을 데리지 않아도 일모도원(日暮途遠)을 한탄치 않을 만큼 발씨 익은 길을 걸어간다 하면 나는 구태여[300] 조선사람이 무엇보다도 먼저 자기 패(牌)를 찬 아해면 길을 잃어도 제 집을 찾아가는 게 아니냐.

사람은 현실에 산다 하고, 또한 미래에 살아야 할 것이라고 한다. 물론 옳은 말이다. 생명이란 현실적인 동시에 미래에 향하여 비약하는 탄성을 가진 것이기 때문이다. 그러나 사람은 과거에도 사는 것이다. 현실적이면 현실적일 수록에 과거에 사는 것이다. 왜 그러냐 하면 현실은 과거의 퇴적 위에 놓인 것이기 때문이다.

가장 현실적 생명만 연소되는 동물이 가장 많이 과거에 사는 것을 보면 알 일이다. 견마(犬馬)의 생활은 언제나 견마의 조선(祖先) 이래에 인습된 습성을 반복하는 것이니, 즉 현실의 생활을 과거에 제약시키는 것이다.

---

299 염상섭(廉想涉), 「민족 호패(戶牌)―『아시조선(兒時朝鮮)』을 읽고」(전2회), 『조선일보』, 1927.11. 4~11.5.

300 문맥으로 볼 때 호패와 지로군이 필요 없다는 문장이 빠졌으나, 원문 그대로 두었다.

사람도 가장 현실적 방면인 동물적 생활은 약간의 개량을 가하기는 하나 역여시(亦如是) 과거를 반복한다. 그뿐 아니라 미래에 살려는 탄성을 가진 정신적 활동조차가 과거에서 얻은 전통적 관념과 습성적(習性的)에서 전연(全然)히 벗어나지 못하는 것이다.

그러나 다만 우리의 영성(靈性)이 미래에 향하여 맹렬히 일대 비약을 시험할 제, 비로소 현실을 타파함으로 말미암아 과거를 뿌리치고 약진할 것이다. 이것이 혁명이다. 그러나 개혁이란 비개혁 상태, 즉 현실 및 현실의 모체인 과거와 대립한 반동행위인 이상, 그 현실과 과거를 알지 못하고는 개혁이 있을 리가 만무함은 물론이다. 여기에도 역사의 필요는 또한 절실함을 알리라.

(역사의 효용론은 새삼스러운 사족이다. 그러나 호패 없는 똑똑이가 세상에는 드물지도 않을 것이니 도이(徒爾)[301]의 변(辯)이라고만도 못할 듯하다.) (1927.11.4)

『아시조선』은 길 잃은 아해의 호패다. 일모도원한 정부(征夫)의 첫 지로군이다. 입론과 인증 여하를 막론하고 모든 조선사람은 누구나 한 번씩 읽었으면 하는 간절한 생각이 있고, 또한 강권이라도 하고 싶다.

비단 『아시조선』뿐이 아니라 자민족사(自民族史)는 그 민족의 호패요, 지로군이겠지마는 이 『아시조선』을 가리켜 특히 우리 민족의 호패라고 하는 소이연(所以然)은 조선 인문의 창세적(創世的) 발상으로부터 기론(起論)하여 조선정신의 연원과 대본(大本)을 천명·제시함에 있다. 따라서 저술의 태도와 표현이 종래의 역사 편찬과 같이 평범한 사실 나열에 그치지 않고, 독창적 입론과 해박득당(該博得當)한 어원의 인증으로써 위선(爲先) 독자로 하여금 경탄을 마지않게 하고, 주도명철한 관찰과 평이유려한 서술은 독자의 흥미를 놓치지 않으니 모든 독서계급을 흡수할 만한 호저(好著)이다.

---

301 도이하다 : 보람이 없다.

만일 이를 중학 정도의 학생에게 과(課)하면 호개(好個)의 교과서가 될 지요, 역사 연구자에게는 중요한 참고서가 될 지며, 일반 독서자에 있어서는 조선심(朝鮮心)을 체득하고 귀추(歸趨)의 자명함을 깨달을 것이다.

저자 육당(六堂) 최남선(崔南善) 씨는 필자가 여기에 다시 소개할 필요를 느끼지 않는다. 그가 사학가(史學家)로서, 문학자로서 현하 조선에 있어 어떠한 지위에 임하였는가는 내외의 □□하는 바이며, 또한 우리의 경모하여 마지 않는 바이어니와 이 일 편을 통하여 더욱이 경복치 않을 수 없음은 그의 박학강기(博學强記)보다도 차라리 그 □부(富)한 창견력(創見力)이라 하겠다.

'밝-밝안'은 씨의 사가(史家)로서 독특한 학설의 기반이 되고, '당굴'론 같은 것은 사론(史論)으로나 또는 조선정신 고취라는 공리적 견지로나 특히 심대한 주의와 경청을 요할 바이거니와 '개아지'론과 여(如)한 것은 일견 현기(衒奇)한 억설 같으면서도 개절(凱切)[302]한 타당성을 가졌으며, 장래 민족 교도(敎導) 상 다대한 비익(裨益)과 정신발양 상 심중한 의의 및 공효(功效)를 끼칠지며, 위만조선의 영향을 논함과 여(如)함도 또한 가히 씨의 사안(史眼)이 얼마나 명철심각한가를 규지(窺知)케 하는 바이라 하겠다.

다음에 몽고족의 기상과 이상을 논하며 고구려 건국의 유래인 마한의 민족적 기상을 설(說)하여 조선민족의 정통적 정신이 나변(那邊)에 잠재한가를 암시·고조함은 씨(氏)가 사가이면서도 자민족의 운명 전향(轉向)에 대하여 어떠한 열성과 희망과 지도적 용의를 가졌는가 짐작하고도 남음이 있을 것이며, '문화 편'에 있어서는 오직 토속학적 고찰의 가치뿐만 아니라 단순히 토속민풍(土俗民風)의 각 방면에 대한 흥미만으로도 많은 가치를 발견할지며, 더욱이 조선 건국의 유래와 정신을 '사력(事歷)편'과 아울러 일층 더 선명히

---

302 개절하다 : 아주 알맞고 적절하다.

함을 깨달으리라고 믿는 바이다.

육당은 서재(書齋)의 인(人)이며 산야(山野)의 인이요, 필(筆)의 인이며 설(舌)의 인이요, 또한 학자면서 시인이요, 그리고 사가이면서 정객이다. 그러나 우리는 항상 그의 전문 연찬(硏鑽)하던 사학 방면의 저술에 일찍이 양필(梁筆)치 못함을 통석(痛惜)히 생각하여 왔더니 작추(昨秋) 이래로 혹은 시집 혹은 기행문 혹은 논문 혹은 역사 등 여러 방면으로 그 연대(椽大)[303]한 붓을 휘둘러 불과 일재지간(一載之間)에 이미 5, 6종의 저술을 발표하고, 이제 또한 이 『아시조선』으로써 역사 술작(述作)의 선(先) 일편(一鞭)을 하(下)하였으니 이는 다만 사정(私情)으로 흔하(欣賀)함을 마지않을 뿐 아니라 민족문화상으로 보아서도 동경(同慶)의 일이라 하겠다.

근자에 이르러서 '조선학'이니 '한글'이니 '국민문학 진흥'이니 '조선사정연구조사'니 하는 등 훤전(喧傳)하는 바를 듣게 됨은 비록 만시지탄은 없지 않되 신조선(新朝鮮)의 효종(曉鐘)이 울리는 느낌이 없지는 않다. 그러나 생각하면 우리는 너무나 조선땅에 대하여 부끄럽고 죄송스럽지 않을 수 없었다. 조선사람은 제 몸뚱어리를 길러준 그 땅이 수척할 때도 파먹을 줄은 알아도 기름지게 하여줄 염두도 없었고, 남의 발굽이 짓밟아도 가꾸어 지킬 줄을 몰랐을 뿐 아니라, 그 땅이 겪어 내려온 내력조차를 알려고 아니 하였다. 정사·야사는 물론이요, 심지어 민요 가곡의 말단에 이르기까지 조선사람의 손으로 연구되고 집성된 것이 과연 얼마나 되는가를 생각하면 참한(慚汗)이 점배(沾背)함을 금치 못할 것이다. 임자일 수 없는 임자는 다만 정치경제상으로도 송이채 삼키고 입 씻을 뿐 아니라 조선사람의 뇌장(腦漿)까지를 짜내었으나 오히려 깨달을 날이 없다 하면 지금의 우리는 비단 호패 없이 길 잃은 아해로만

---

303 연대(椽大) : 서까래 만한 크기.

언론이랴. 그러면 이때를 당하여도 우리의 학자의 손으로 기록된 민족적 호패를 오히려 차지 않겠다고 앙버티려 할 자가 그 누구냐?

학설상 논의를 초월하여 우리는 먼저 이 책을 손에 들어 우리 자신의 혈관에 어떠한 피가 순환하는가부터 살펴보자. (1927.11.5)

염상섭 문장 전집
1928

소설시대 = 사대사상[304]

‘어떠한 문학’이라는 말은 두 가지 방면으로 볼 수 있을 것이다. 즉, 형체의 문제와 문예사조의 문제라는 말이다. 다시 구체적으로 평이하게 말하면, 시(詩)냐 희곡이냐 소설이냐 하는 일면의 관찰이 형체의 문제요, 문예사조로서는 당면한 문제로 소위 무산(無産)·비무산(非無産)의 논의라든지 농민문학·국민문학의 제창이라든지 또는 무산파문학이라는 것 중에도 ‘뽈’[305] 파니 ‘아나’[306] 파니 하는 등을 가리킴이다.

그러면 현재와 및 장래를 통하여 조선사람이 요구하는, 또 조선이 형성·축조하여간 우리의 문학이 어떠한 것이겠느냐? 또는 어떠한 것이어야 하겠느냐는 문제를 제일의 관점에 비춰보면 누구나 용이히 소설의 시대라고 말할 것이다. ‘소설의 시대’라는 것은 조선의 현재와 장래를 지배하는 현상일 따름이 아니라 실로 세계적 추세인 것도 췌언(贅言)을 요(要)치 않을 바이다.

문학의 기원이나 근저는 가장 원시적이요, 가장 자연적인 규율에 있다고 할 것이다. 사람과 사람의 접촉, 사람과 자연의 관계, 사람의 관념의 최고 종

---

304 염상섭(廉想涉), 「소설시대=사대사상」, 『조선지광』, 1928.1. 이 글은 ‘현 계단의 조선사랑은 어떠한 예술을 요구하는가’라는 표제하에 실린 글 중에 하나이다. 최학송, 김기진, 이익상, 한설야, 이기영, 윤기정, 박팔양, 변영로, 임화의 글이 실려있다.
305 원문 그대로이나, ‘볼세비키’의 준말로 추정된다.
306 ‘아나키스트’를 의미한다.

합체인 신과 사람의 교섭 등에 대한 의혹과 공포와 불가사의를 표시하는 수단으로서는 정서적 □탄(嘆)의 선율을 빌지 않을 수 없었을 것이다. 그리고 이것을 인문의 발달을 따라서 세련하고 탁마한 것이 곧 시이다. 즉, 야생적·원시적 자연 그대로의 정서를 정련하는 동시에 그 운율의 기교화로 형식미를 구성(具成)한 것이 시(詩)이다. 그러나 시가 시로서 형성되는 데에 필요한 조건과 약속에 제한을 받게 될 때부터 본래의 보편적 성질과 작용을 잃고, 귀족적 경향을 밟게 되었다. 이러한 현상은 시 그 자체로서는 진화요, 고상화한 것이나, 사회적 의의로 보아서는 시가 일반 민중의 하트(heart)에서 배반하고 나와서 특수계급의 전유물이 됨에 만족하였다는 현상을 이루었다 할 것이다. 미인은 부귀를 따르고, 시는 궁전에서 안식을 얻은 것이다.

그러나 '데모크라시'라는 말은 정치적·사회적 의미만을 가진 것은 아니다. 다시 말하면 지식의 해방, 정서의 해방까지를 의미하는 것이다. 차라리 지식의 해방, 정서의 해방을 기다려서 정치적 및 사회적으로 ××××이 성취되는 것이라고도 할 것이다. 여하간에 시는 지식의 보고에서, 궁전의 음일(淫佚)에서 민중의 품으로 다시 찾아내오게 되었다. 그러나 민중은 분훈(粉薰) 곱게 꾸민 비자연적·기교적·인공적·귀족적 미의(美衣)에 싸인 대로의 시를 받아들일 수는 없다. 여기에서 민중은 퇴폐·부란(腐爛)한 궁중 비빈(妃嬪)의 분합(粉盒) 같은 시를 민중에게 적당한 형체로 개조하기를 착수하였다. 그리하여 얻은 것이 산문이다. 우리는 산문의 시대에서 예술을 건조(建造)함에 노력하고 있는 것이다. 시의 타락이 아니요, 시의 본래의 생명을 가장 건강상태로 만회(挽回)·소생(甦生)케 하려는 노력이다. 소설이라는 예술형태가 곧 그것이다.

그러므로 소설이란 데모크라시 정서에 의하여 귀족의 수중에서 탈환하여 온 시를 산문화한 것이요, 따라서 민중의 공향공락(共享共樂)을 위하여 제공된 보편성을 가진 예술이다. 현대가 또는 금후의 세대가 민중의 시대인 다음에는 소설은 더욱, 더욱이 그 노력을 증대할 것이요, 또한 민중의 교양의 향상과 보급을 따라서 소설은 그 발달의 진로를 다시 운율적 시가(詩歌)로 향하여 취할 것이다. 그러나 그렇다고 다시 귀족적 시가로 역전되는 것이 아니라, 민중과 같이, 차라리 민중의 손에서 진전되는 것인 고로 의의와 그 실질에 있어서 판이할 것이다. 하여간 현대의 문학은 소설의 시대요, 또 소설은 민중의 예술이다.

그중에서도 조선문학이 소설에 근저를 가지게 된 것은 시의 민중 ××× 이라는 이유보다는 직접으로 데모크라시 정신의 체득과 소설의 황금시대라는 외계의 풍랑을 그대로 받아들인 소이(所以)라 하겠다. 원래 조선사람은 명상적, 독창적 민족이라고 칭찬할 수 있을지 주저한다. 또한 자기 특유한 종교가 발달되지 못한 이유로서 예술이 독이성(獨異性)을 키우거나 또는 왕성한 자의식적 의욕 하에 형성·발달되었다고 볼 수 없을 것이다. 근자에 신라 유물이나 낙랑 미술 운운하지만, 그 속에서 과연 알 만한 '조선'을 발견할까 의문이다. 즉, 조선인 독자의 창조력이 얼만한 포함되었는가? 의문이라면 의문이다. 모방의 체(篩)를 거치어 나온 것이라면 조선인의 생명이 약동하는 것이라고 단언하기를 주저할 수밖에 없기 때문이다. 독자의 것, 창세적(創世的) 창조라는 것을 우리 민족은 자립할 수 있었던가? 또는 그러한 자립감을 지금 가지고 있는가? 의문이다. 이러한 의문은 문학에 있어서 한층 더할 것이다. 우리가 명상적이요, 독창력이 왕일(旺溢)한 민족이었으면 우리의 문학사를 꾸밀 찬란한 그 무엇을 가졌을 것이다. 일언이폐(一言以蔽) 하면 우리는 독자의 예술을 자랑할 것이 없는 동시에 시의 민족이라고 보기 어렵다. 그 결과는 우리의 문학이 우리 독자(獨自) 운율 위에서 형성되기에 매우 곤란을 받는다는 말이요, 또한 우리의 문학은 패가(敗家)한 사람의 신접살림쯤밖에 아니 된다는 말이다. 따라서 우리는 신문학운동이 개시된 지 일천(日淺)도 하지만, 남의 장단에 춤추는 셈으로 외래예술에만 지배되고 있는 것이다. 그러므로 문학의 본질로만 그러한 것이 아니라 형체로도 그러하다. 즉, 해방한 '우리의 시'가 없거나 부족하였으므로 우리는 신문학의 출발을 시에서도 있지 못하고 극(劇)에서 있지도 못하고 오직 현대의식의 생명으로서 겨우 소설을 붙들었을 따름이요, 또 다행히 세계문학의 추세가 소설에 있는 까닭에 근근이 그 추세에 적응시켜갈 뿐이다. 심하게 말하면 조박(糟粕)이나 맛본다고 하여도 또다시 큰소리는 못할 것이다.

그 외에 지금 형편으로는 극예술을 논의할 여지가 없음은 나의 석편(釋篇)을 부대(不待)하는 바일 것이다.

이러한 형편이고 보니 더욱이 문예사조로서 장래의 조선문학을 추단(推斷)한다는 것은 망상에 가까운 일일지 모른다. 각성한 조선사람은 사대사상(事大思想)을 사갈(蛇蝎)같이 생각한다. 물론 떳떳한 일이다. 그러나 주머니가 빈 자는 남의 주머니와 남의 안식만 살피는 것이다. 제 버릇으로도 그러하고, 마지못해서도 그러한 것이다. 이조(李朝) 말기로 끝난 사대사상은 '중화(中華)'에 대하여서만이다. 지금은 그보다도 광범하고 다방면으로 사대(事大)를 하고 있는 터이다. 다만 전자는 직접 정치적 문제가 앞섰더니 만큼 노골적이었다. 그러나 지금 사람은 누구나 입밖에 '사대'라는 말은 하지 않으나, 자기 자신마저 속이며 은연히 사대를 한다. 누구나 일본의 문화나 일본을 거쳐 오는 구미문화에 대하여 사대라고는 말하지 않는다. 그것은 노골적으로 ××× ××를 가지고 있으니까. 그러니 조선의 문화는 누가 지배하고 있는가? 인위적으로 누가 지배한다는가는 고사하고 우리 자체의 의식상 문제로 말이다. 우리는 일본 자체의 문화가 아니면 일본을 통하여 오는 구미문화와 떨어져서 무엇을 가지고 있는가? 그러면 조선의 금후의 문학사상과 방향이 어디로 추진하겠느냐는 문제를 또다시 검토할 필요가 있을까? 불쾌, ××××× ××××××××× 주워섬길 수 있는 모든 ××의 형용사를 나열하여 놓아도 사실인 다음에야 하는 수 없다. 진정한 '국면 타개, 방면 전개'라는 것은 '조선'이라는 독자성을 심절(深切)히 각오·파악하는 때이다. 자기의 생명을 붙들고 늘어질 힘이 있을 때의 일이다.

우리의 눈은 남쪽으로 향하지 않으면 북편으로 돌릴 것이다. 그것이 소위 '무산문학, 비무산문학'이란 논쟁의 유래다. 그러나 그 역시 문화, 문학상의 사대가 아니고 무어냐. 원래 문화의 세력이라는 것은 정치상 세력과 병행하는 것이지마는, '사대'라는 말은 무의식, 유의식을 막문(莫問)하고 자기부정, 자기포기를 의미하는 것이다. 자기를 고집·파악한 자는 어떠한 것을 받아들이든지 사대가 아니라 수입이요, 이식이요, 이용이요, 제작에 필요한 원료 구매에 불과한 것이다. 그러나 조선사람은 부정하고 포기할 '자기'라는 것도 변변치 않은데다가 의식적으로 부정 포기부터 양언(揚言)하고 덤비기 때문에 자기망각의 사대라는 말이다. 그러나 북방의 문학사상조차 기류의 변조라 할지, 남방의 우회하여 들어오는 동안에는 삭풍의 참렬(慘烈)한 기세조차 삭감되는 것이다. 그나마가 이중번역이다. 결국에 조선문학의 장래를 귀복(龜卜)할 유일의 표준은 남북풍이다. 남북풍의 체류(替流) 여하에 달린 것이다. 그러나 예술이 외입(外入)적의 것이 아니요, 내발적 생명의 연소요, ××된 생명이 ××에 향하여 ××되고자 하는 내적 필지(必至)의 의욕에서 창조되는 것이라 하면 외계(外界)의 영향으로 좌우되는 동안에는, 또는 그 외력에 의하여서만은 도저히 자기의 독창적 문학이 수립될 수 없는 것이다.

조선의 문학은 자기본연의 요구에 봉착할 때까지 오랫동안 신고(辛苦)를 하여야 할 것이요, 또한 방재(方在) 암중모색 중이다. 명일(明日)을 요구하기 전에, 또는 유파(流派) 문제를 논의하기 전에 '자기본연(自己本然)'이라는 것이 무엇인가? 또는 어디 가서 찾을까부터를 충분히 생각하여야 할 것이다.

12월 15일

내게도 간신히 하나 있다[307]

　'사람의 은혜만 빼어놓고 모두 잊어버려라.' 이렇게 생활의 모토를 정하면 몸이 가뿐하여질 것이다. 그러나 그렇게 되면 인생이란 빼빼 마른 흰무리떡 같이 목이 멜 것이다. 과거의 추억, 그것이 눈물을 자아내는 것이든지 아름다운 정서의 재롱거리가 되는 것이든지 하여간에 과거를 회고·추억하는 데서 인생은 맛이 나는 것이요, 생활내용이 풍부하여지고 시(詩)가 나오고 소설이 씌이는 것이다. 그리고 그 추억의 대상은 언제든지 어떤 인물이거나 인물에 관련된 일인 것이다. 그러나 일심각명(一心刻銘)하여 행주좌와(行住坐臥)[308]에 뇌리에서 떠나지 않는 사람을 얼마나 가졌을까? 그렇게 긴절(緊切)치는 않다 하더라도 응시(應時) 응기(應機)에 회억(回憶)하는 인물이 사람의 일생을 통하여 얼마나 될까? 회상 추억에 나타나는 것, 잊으려야 잊을 수 없는 것은 경험의 반복이라고 설명할 것이요, 인상의 재현(再現) 소생(甦生)이라고 하겠으나, 자기의 경험의 부류 속에서 심각 통절한 인상의 낙인을 쳐주고 지나간 사람이란 그리 용이히 발견할 수 없는 것이다. 부모가 자식 생각하는 것도 삼

307　염상섭(廉想涉), 「내게도 간신히 하나 있다」, 『별건곤』, 1928.2. 이 글은 '지금까지 잊히지 않는 여자'라는 표제 하에 실린 글 중 하나이다. 염상섭 글 외에도 이성환, 최학송, 현진건의 글이 함께 실려있다.
308　행주좌와(行住坐臥) : 불교용어로 다니고, 머물고, 앉고, 눕고 하는 일상의 움직임을 통틀어 이르는 말이다.

대독자가 비명의 횡사하였다거나 청상(靑孀)의 유복자가 요절하였다는 사실이나 있으면 모르겠거니와 그 외에는 잊으려야 잊을 수 없는 정회(情懷)를 엿볼 수 없을 것이요, 지기지우(知己之友)라 하여도 인세(人世)에 희귀할 뿐 아니라 정도 문제요, 소위 연인끼리면 잊으려야 잊을 수 없을지 모르나 연애도 포만상태에 이르면 심절미(深切味)는 삭감되는 것이다. 정적(情的) 포화는 반비례적으로 인상을 퇴색하기 때문이다.

이렇게 생각하고 보니 잊으려야 잊을 수 없는 여성을 구하자면 박부득이(迫不得己) 실연한 여자에 낙착되고 말 것이다. 사람의 정의(情意)란 불만족한 데에 향하여 더 활동하는 것이다. 불만은 요구를 낳고, 요구는 의욕을 낳는 것이니 일상 사랑, 놓친 연인이면 과연 잊히지 않을 것이다. 누구나 경험이 있겠지만 상사(相思)하던 이성끼리 육교(肉交)가 없으면 비교적 오래 친교가 계속되어 정(淨)하고 아름다운 우의(友誼)로 변하는 수가 많은 것과 같이 소위 플라토닉 러브라는 것에 욕망, 불망(不忘)하는 정상(情狀)을 엿볼 수 있지나 않을까?

서론이 장황하였지마는 그러면 과제(課題)한 소청(所請)에 따라서 자기의 경험상 '잊히지 않는 여자'란 어떠한 것인가?

인생의 근반(近半)은 살았으니 병신 아니면 이성과 교섭이 절무(絶無)하지는 않겠지만 암만 머릿속을 뒤져보아야 아기자기하게 잊히지 않는 여자란 약에 쓸래도 없다. 여자의 죄인지, 메떨어지고[309] 잔재미란 손톱만큼도 없는 자기 죄인지는 모르나 하여간 독자의 흥미를 돋울 만한 이야깃거리는 마침 절종(絶種)이라. 일전(日前) 밤에 길거리에서 딱 마주친 소복(素服)한 중년여자의 육감적 눈, 시름없이 멋있게 걷는 자세 ……. 이러한 것이 지금 내 머릿속

---

309 메떨어지다 : 모양이나 행동 따위가 세련되지 못하여 어울리지 않고 촌스럽다.

에 떠오르는 것을 보면 아마 내 잠재의식 속에는 일초 동안 내 눈에 비쳤다가 꺼져버린 그 여자의 그 눈과 그 자태가 그 소위 '잊을 수 없는 여자'로서 숨어 있었던 모양이다.

이십 전후에 소위 연애란 장난을 해보았으나, 지금 생각하면 참 정말 어린 아이의 소꿉장난이요, 청춘의 정기를 발산할 길을 찾느라고 발광 객기를 잠깐 부려보았던 것이다. 특별한 인상도 없고 잊을 수 없을 정도도 아니다. 시간이란 열(熱)을 잡아먹는 귀신인지라 연구세심(年久歲深)하면 정화(情火)도 식는 것이요, 기억도 엷어가는 것이지마는 원체 여자와 인연이 없는 자기로서도 반생(半生)의 생활사의 히로인으로 활약할 만한 여성이란 여피(女皮)도 찾을 수 없다. 간혹 연애의 정서를 상상도 하여보고 소설에 묘사도 하여보나, 시적·공상적임보다는 너무나 현실적·직관적 성향을 가진 자기로서는 실행도 어렵지만 요구도 없다. 생김생김이가 평균점 이하에다가, 가(加)하기를 의식(衣食)에 분주, 또 가하기를 예술에 몰두(?)하고 보니 남은 반생에도 잊을 수 없는 여성의 예찬은 염려 없이 안 하고도 배길 것이다.

그러면 소설이나 역사에서 잊을 수 없는 여성을 구하여 볼까 하고 이리저리 생각하여 보아도 머리에 떠오르는 것은 없다. 어떤 외국작가가 『죄와 벌』에 나오는 '소냐'라는 매소부(賣笑婦)의 성격을 추상(推賞)한 것을 보고 나도 동감이라고 하였으나 잊을 수 없는 정도는 물론 아니요, 내가 지금 집필 중인 『사랑과 죄』의 '순영'이란 간호부의 성격에서 조선여성의 이상이라고까지 할 수 없으면, 적어도 자기의 희망하는 여성미를 발견하도록 묘사하려 하였으나 순영이의 주위 사정이 충분한 활약을 저지케 하여 화호성구(畵虎成狗)의 감이 없지 않거니와 이 역시 나의 잊을 수 없는 여성은 아니다.

정명총혜(淨明聰慧)하고 단아과묵(端雅寡黙)한 여성. 그러한 여성이 없지 않을 것이다. 만일 그러한 여성과 5분간만 침묵 가운데에 대좌(對座)하였다가 영원히 재회할 기회를 잃으면 일생의 잊을 수 없는 여성을 가슴속에 품어둘 행복을 갖게 될 것이다.

　이러한 표준으로 기억을 뒤지면 내게도 반가운 사실 하나가 없지 않다. 내가 동경(東京)에서 S학원이라는 교회중학교 삼사학년 시대였다. 자유사상을 생탄(生吞)한 십육칠 세의 문학소년은 수신(修身) 시험 답안 대신에 수신시험 폐지론을 써서 바치고 교(校)의 훈유(訓諭)에 적은 가슴을 덜렁거리던 때이다. 하여간 이 수신시험 폐지론으로 하여 도리어 교장의 눈에 들었던지 신교(信敎)를 강권하여 교회에 다니게 되었었다. 이 교회에 풍금 타는 서양여자로 '미스 브라운'이라는 18, 9세가량의 묘령 처녀가 있었다. 사춘기를 지낸 심지미정(心志未定)한 문학소년은 센티멘털하고 로맨틱한 꿈속에서 열심히 교회 문턱이 닳게 다니었다. 물론 『신약전서』 한 권도 통독 못하고, 종교란 것이 무언지 자가견(自家見)이 있을 리도 없다. 다만 이 교회에 발을 들여 놓던 첫날에 크나큰 경이를 발견하였기 때문이다. 그 경이의 대상이 곧 미스 브라운이라는 이국처녀이었다. 나의 독필(禿筆)[310]은 최고급의 숭경(崇敬)을 받던 우리 브라운 양의 용자(容姿)를 그리기에 힘이 미치지 못한다. 일설에는 '튀기'라는 말도 있었지만 서양인 중에도 동양인에 가깝고, 키가 작은 것으론 동양부인 중에도 희귀할 만하였다. 설부화용(雪膚花容)이란 말은 미인의 형용사만이 아니었다. 오똑한 조고만 코에 흰나비가 날아 앉은 듯한 코안경 뒤에서 대륵거리는 눈은 차마 쳐다보기에 눈이 부시었다. 하여간 교회에서 모임이 있는 때면 부지런히 출석하였다. 물론 염불에 정성이 있을 리는 없다. 잿밥이라는 풍금 뒤에서 알찐거리었던 것이다. 다만 한번 보기만 하고 소년의 가슴은 천파만파 고비를 쳤다.

---

310 독필(禿筆) : 1. 몽당붓. 2. 자신이 쓴 문장을 겸손하게 이르는 말.

교장은 사오 삭(朔)도 못되어 세례를 받으라고 또 강권하였다. 여기에는 자기도 주저하였고, 신학부의 연장(年長)한 선배는 요 반지빠른 소년이 세례를 받는다는 데에 불찬성의 기미를 보였으나 교장의 말을 쫓았다. 디사이플 처치[311]의 관례대로 교단의 욕조 같은 냉수 속에서 서양선교사의 인도대로 사악(邪惡)의 육체를 잠가 영혼의 속죄를 하였다. 속죄가 되었는지 않았는지는 모를 일이나 하여간 미스 브라운의 풍금소리는 천당의 기쁜 노래이었다.

이로부터 성찬례(聖餐禮)에 참가할 자격이 생기고, 찬양대의 일 부원으로 선발되었다. 찬양대의 지도자는 물론 브라운 양이다. 내일부터는 연습시작이라 할 제, 홍안(紅顏)의 추(醜)소년은 잠을 못 잤을 것이다.

연습이 시작된 날이다. 우중중하고 휑뎅그렁한 교당(敎堂) 한 귀퉁이에는 풍금 앞에 앉은 브라운 양의 천녀(天女) 같은 교자(嬌姿)를 에워싸고 청소년의 십수 명이 크고 작은 입을 앵무새처럼 브라운 양의 지휘봉대로 놀린다. 음계의 기초적 연습을 하는 것이었다. 그러나 일개의 교오불기(驕傲不羈)한 소년은 함구(緘口) 응시하고 냉연히 버티고 섰을 뿐이다. 미스 브라운의 창백한 얼굴에서는 냉풍한 기운이 자기의 가슴에 스며드는 듯하였다. 소년의 눈에는 이 소녀의 육체가 숭고 엄숙한 존재로서 신성불가침의 권화(權化)로 되어 보이었던 것이다. 현실적 반성으로 절망한 것도 아니요, 공상적 열정으로 황홀자실(恍惚自失)의 경(境)도 아니다. 다만 신비적 감격이 떨리는 가슴에 철철 넘쳐서는 진저리가 전신에 파동을 일으키는 것이었다.

소녀의 주의(注意)는 함구한 소년에게로 여러 번 왔다. 다른 대원이 5, 6차 발성한 후에 비로소 소년은 침정(沈靜)한 성대를 흔들었다. 소녀의 찬사는 준비하였던 듯이 소년에게 향하여 발(發)하였다. 소년은 자기가 생각하여도 부

---

311 원문은 '씌싸이플 처-취'인데, '디사이플 교회(Disciple Community Church)'를 가리키는 것으로 보인다.

끄러울만치 얼굴이 발개졌다. 피가 용솟음을 쳤다. 브라운 양의 칭찬의 광영
을 얻지 못한 동배(同輩)들은 부러운 듯이 놀렸다.

그 후, 브라운 양의 집에서 영어회(英語會)가 열렸을 제, 이 소년의 서재를
구경하고 얼마 아니 되어 교토(京都)로 전학하였다. 미스 브라운의 자태는 영
원히 안계(眼界)에서 스러졌다. 지금쯤은 이 세계의 어느 귀퉁이에서 수삼인
(數三人)의 어머니가 되었을 것이다.

1월 19일

조선과 문예, 문예와 민중[312]

1

　인물이 시대를 움직이고 민중을 좌우할 수 있는 듯이 믿는 것은 역사가가 어떠한 사건에 대하여 반드시 대표적 책임자를 내세우기 때문이다. 카이저(哥伊玆)[313]가 세계대전의 책임자요, 레닌(禮仁)이 노농러시아(勞農露西亞)의 건설자요, 윌슨(韋乙孫)이 평화론자요, 무솔리니(無率理尼)[314]가 국수주의자의 권화(權化)라고 하는 것은 과시(果是) 그러할 듯한 말이지만 카이저의 군대에게 싸울 의사와 기개가 없고, 구노(舊露)의 오랜 역사가 혁명의 계기를 짓지 않고, 미국의 부(富)가 없고, 남구반도(南歐半島)의 혁명적 동란이 없었던들 어떠하였을꼬? 대개 어떠한 현상이든지 아무리 표면적으로는 우발적 사실 같다 하더라도 몇 천만 가지의 사건의 결과가 종합하여 비로소 나타난 것이요, 몇 천만 사람의 조그만 의사(意思)가 움직인 결과의 총적(總積)으로서 출현되는 것이다.

---

312 염상섭(廉想涉), 「조선과 문예, 문예와 민중」(전7회), 『동아일보』, 1928.4.10~4.17.
313 원문에는 '가이자'로 되어 있다. 독일황제 겸 프로이센 왕이었던 카이저 빌헬름 2세(Wilhelm II, 1859~1941)를 가리킨다.
314 원문에는 레닌은 예인, 윌슨은 위을손, 무솔리니는 무을리니로 되어 있는데, 현대어로 바로잡음.

이와 같이 일 시대의 문운(文運)은 웅문거벽(雄文巨擘)의 출현에 바라고, 위대한 작가는 한 에포크 메이커(epoch-maker)라고 생각하는 것은 보통 일반의 의견으로 틀림없으나 근본적으로는 정곡을 얻은 것은 못 된다.

한 위대한 작가를 연구의 조상(俎上)에 올려놓을 제, 모든 학자는 각자의 견지에서 의견을 발표하리라. 생리학자는 그의 혈통에 대하여 얼마나 예술적 유전을 가졌는가, 역사가는 그 민족성이 얼마나 시적·명상적인가, 지리학자는 그의 고향의 자연풍물이 어떠한가, 병리학자는 그의 건강상태가 어떠한가, 정치학자는 당시의 정치상태가 어떠하였던가, 경제학자는 인민의 산업상황과 생활정도가 어떠하였던가, 교육가는 민지(民智)가 어떠하였던가, 철학자는 시대사조의 중축이 무엇이던가 ……. 이러한 모든 사정과 조건과 필연적 동기를 포착·종합함으로써 한 위대한 작가와 작품을 설명할 수 있을 것이다. 그리고 그 개개의 조건과 동기, 즉 유전과 건강과 민족성과 생활 상태와 민중의 교육정도와 사회사정과 시대사조와 그 자신의 지식과 감정과 사상은 역사적 연락(聯絡)과 지리적 연결로써 종합·수집된 억만(億萬) 인의 노력과 행위와 의사의 총적이다.

가령 한 예를 문학자에 대한 국어(國語)에 들어보자. 한 위대한 작가가 출현하여 자기의 작품을 통하여 혼동불일(混同不一)한 자국어의 문법과 및 그 어원과 용법, 용례 등에 대하여 정확한 신기축(新機軸)을 세우고 어휘의 양을 증대시키며, 개개의 단어가 가진 내용과 음향미(音響美)를 확충교정(擴充校正)하여 자국어로 하여금 언어 그대로도 능히 예술적 가치를 자랑하게 하였다고 가정하자. 그러나 그 언어는 그가 창조한 것인가? 말의 신비로운 법칙을 그는 제정하였는가? 그는 다만 말의 정수(精髓)를 깨닫는 민감이 있고, 말을 구사하는 묘체(妙諦)를 알 뿐이다. 그의 민족적 조상으로부터 그가 '아빠, 엄마' 소리를 배울 때까지 수억만 인의 혀끝에서 세련되고, 수천 혹은 수만 년 동안 그 말을 쓰던 사람의 지혜와 감성 속에서 탁마된 것이다. 또한 그 말의 원리를 고찰하고 조직을 검핵(檢覈)하여 토론하고 연찬(研鑽)에 연찬을 거듭하여 내려온 무수한 언어학자의 고심과 노력을 고려에 넣지 않으면 아니 될 것이다. 그뿐 아니라 한층 더 들어가서는 그 말의 발생을 약속하였던 모든 시대의 자연풍물과 사상문화 등 허다한 원인과 조건을 무시할 수 없다. 그러면 그는 다만 자기의 예술적 능력으로서 말의 역사에 결론을 여(與)하고 그 필연적 효과를 교묘히 이용하였다 함에 불과하나, 만일에 그 모든 사람의 지혜와 노력과 모든 사정의 원인과 조건이 없었던들 그는 위대한 작품을 쓸 수단에 결여하였을 것이오, 말의 어머니가 될 영예도 차지하지 못하였을 것이다.

문학을 말하는 자 누구나 이두(李杜)[315]를 일컫고 사옹(沙翁), 두옹(杜翁)을 찬탄한다. 과시 그들은 각자의 민족적 자랑일 뿐 아니라 인류에게 영원한 황금의 탑을 쌓은 사람이 아님이 아니나, 그들이 출생하였더니라는 사실보다도 먼저 그들이 출생하기에 필요필연한 사정과 원인과 조건이 구비하였더니라는 점을 간과하여서는 아니 될 것이다. 문화라 일컫고, 그 문화를 대표하는 거인의 출생을 갈앙(渴仰)하나, 어제 없던 화산(火山)이 일조(一朝)에 폭발·흘립(屹立)하는 것과 같을 수 없을 것은 당연한 바가 아니냐. 화산일지라도 그 결과로만 보면 일조일석(一朝一夕)의 일이지만, 폭발을 가능케 한 원인과 준비 열도(熱度)와 와사(瓦斯)의 증발력과 용출량과 지각의 밀도와 지구 자체의 생명, 성질, 역사 등 여러 가지 조건이 필요한 것이다.

그러면 이와 같은 견지 하에서 미래 조선의 문학과 작가를 복(卜)하여 볼진대 우리의 전통, 우리의 유흥(遺興), 우리의 풍토, 우리의 정치경제 사정, 우리의 민지(民智). 이 모든 환경과 기운이 과연 시대를 대표하고 '위대(偉大)'라는

---

315 이백(李白)과 두보(杜甫)를 아울러 이르는 말이다.

이름을 붙일 만한 작가와 작품을 낳을 수 있을까? 조선의 문학과 문학가의 태반(胎盤)은 건강상태에 있느냐? (1928.4.10)

2

종래에 조선의 문학을 운위하는 자는 누구나 먼저 작가와 작품의 무능 졸렬만을 논의하여 혹은 비난 공격하고 혹은 매도 멸시하거나 전연 무시하여 왔다. 그러나 (아전인수적 변호같이 들릴 말이나) 비난 매도하기 전에 그 원인에 대하여 양해가 있으면 차라리 동정할 바가 없을까? 금춘(今春) 초에 『동아일보』 사설에도 금일의 조선문예의 내용이 노서아에 구할 것이 아니면 이태리인에게 들을 말이오, 문예상 논쟁은 문단이라는 소국부(小局部)의 집안싸움이니 이와 같이 민중과 격리하여서는 문학의 사회적 의의가 어디 있고 민중의 소리를 어찌 들으려하느냐는 의미의 비난이 있었다. 비난은 격려를 의미하는 것으로 보아 유용한 것 일 수 있고, 또한 차등(此等) 언설이 정곡에 가깝지 않은 게 아니라고 나는 생각하거니와 종래에 예술이라면 은방세공(銀房細工), 소설이라면 『구운몽』, 『홍루몽』, 『옥루몽』 하는 등 실인생(實人生)을 몽(夢) 세상, 농(弄) 세상으로만 보려 하는 것이나, 음악은 광대의 할 짓, 신시(新詩)는 염서습작(艶書習作)이라는 경멸적 태도를 버리지 못하던 일반의 인식이 일단의 진보를 보인 것이라고도 하겠으며, 또한 욕심으로 말하면 민중의 이해와 접근이 그 사설에 반영된 이상으로 갱진일보(更進一步)한다면 문운(文運)의 조성을 위하여 기뻐할 바이라고도 생각한다. 그러나 우리는 비난하거나 작가난, 작품난을 호소하기 전에 우리의 역사적 사정, 시대적 의의, 사회적 형세, 민중적 관계 등을 살필지면 과연 우리는 좋은 작가, 훌륭한 작품을 가질 수 있는 조건이 구비하고도 인물이 나오지 않는가를 알리라. 번설(煩設)을 장제(長堤)할 필요도 없이 위선 민중적 관계로만 보더라도 '민중에게로 접근하라, 민중의 소리에 귀를 기울여라'고 하나, 어떻게 접근하고 어떠한 소리를 들으란 말인가? 금일의 민중은 전통, 교육, 사상, 관념, 감정, 감각, 생활양식 등 모든 점으로 보아서 한 환자라고 가정하자. 그리고 요행히 여기에 한 양의(良醫)가 있다고 하자. 양의일 수록에 환자에게 들을 말이 많으리라. 무엇을 먹었는가, 어디 어떻게 아픈가를 들어야 할 것이다. 그러나 시큼털털한 개살구를 먹고 체한 사람이 역시 개살구가 아니어든 비빔밥을 먹겠다고 보채고 열(熱)에 띠어서 문밖에 나가 개천물이라도 먹겠다고 고집을 세우면야 이것도 들을 말인가? 편작(扁鵲)인들 하는 수 없는 일이다. 훌륭한 작품을 낳을 역량이 지금 사람에게 없는 것도 사실이지만 민중이 그것을 요구치 않으면야 나올 기회를 막는 것이다. 이러한 여러 가지 실제 사정에 관한 논의는 후단(後段)에서 상술할 기회가 있겠거니와 우리는 위선 '가갸'를 배우는 한 소동(小童)이 작가를 얼마나 지배하는가부터를 고찰의 출발점으로 정함이 당연하리라고 생각한다. 왜 그러냐 하면 현대문학의 배태(胚胎)가 '가갸'에 있는 것이 그 이유의 하나요, 또 하나는 나파륜(奈破崙)[316]에 한 병사가 싸우기를 거절하였으면 나파륜의 원정은 역사에서 삭제되었으리라 하는 논법이 일반으로 당신의 아들이 '가갸'를 배울 기회가 없고 배울 의사가 없고 배워도 그 글로 쓰인 것을 읽기 싫어하면, 그리고 그 친구가 그리하고 그 손자가 그리하고 그 손자의 동모(同侔)[317]가 그리하고, 그와 같이 하면 아무리 위대한 작가와 작품이라도 전연히 필요치 않기 때문이다. 작가의 출현이나 작품의 품위나 문단의 구성이나 ……. 그 모든 것은 민중과 민중을 현재에 끌어온 생활의 퇴적

---

316 '나폴레옹'의 음역어이다.
317 '동무'를 의미한다.

과 역사가 매듭을 지어주고 가는 시대의 제상(諸相)이 서로 어우러져서 공중의 전류와 같이 사람의 심정 속에서 잠류(潛流)하는 미묘한 기운을 온(醞)함으로서 지배되기 때문이다. 그러나 우리는 지금 그 미묘한 기운, 예술적 모든 작용을 자극·유발하고 세련·완성시키기에 필요한 분위기에 싸여 있는가? (1928.4.11)

3

　문예는 언어와 문자에 의한 예술적 표현이라는 의미로 ― 문예의 보급은 민중의 문자의 학득(學得)과 교양의 정도에 따른다는 의미로 ― 예술적 자극과 분위기(문운(文運))는 문예의 민중화로써 양성된다는 의미로서 독자의 문자를 가지지 못하였던 여조(麗朝) 말까지 막문(莫聞)에 부(附)하고라도 이조(李朝) 5백 년간에는 만일 조선사람이 독자의 문학을 가질 만한 정서적 훈련과 가지고자 하는 의욕이 있었으면 십이분(十二分) 가능하였고 문예의 민중적 함양도 얻을 수 있었을 것이다. 그러나 훈민정음의 역사가 우리에게 남겨주고 간 업적은 시조 몇 수와 「용비어천가」나, 『춘향전』, 『심청전』, 『홍길동전』, 『운영전』, 『장화홍련전』, 『사씨남정기』……. 십지(十指)에 미치지 못할 조잡한 통속소설 몇 편과 기타 잡가, 속요의 구전(口傳)을 문자화한 것 등에서 더 벗어나지 못하였다. 그러나 그것이나마 대개가 한문 원작의 직역이다. 번역이나마가 조선어로 충분히 새기어서 ('조선문학화'라는 말은 너무나 과한 말일지 모르나) 조선문자화하여 민중에게 평이히 이해케 한 것이냐 하면 그렇지도 못한 것이다. 통속소설, 가정소설, 인정소설(人情小說)이라는 것은 소위 민중문예라는 의미에서 그 저급함을 간신히 변명할 수 있는 것이다. 그러나 그 내용의 가정소설로서 또는 민중독물(民衆讀物)로서 적부적(適不適)은 고사하고라도, 한문의 소양이 없이는 난해한 문체이고 보면야 민중적 보급이라는 점에서도 존재의 의의가 박약하여질 것은 물론이다. 그러나 이것을 근대의 민중이, 오히려 지금도 대다수의 민중이 유일한 호독물(好讀物)로 탐독한다는 사실은 그들이 얼마나 문예에 주렸던가를 우리에게 가르친다.

　인생은 예술 없이 살 수 없다. 숭신(崇神)의 정서와 제신(祭神)의 의식이 예술발생의 연원이라 하거니와 사람은 무서운 감정도 예술의 수단을 빌어 표현하고, 기뻐도 예술, 슬퍼도 예술 없이 자기를 표현할 수 없다. 사람에게 감정이 있는 때까지는 예술을 요(要)하리라. 자기의 심정을 토로하여 타인의 공명을 얻고 자기에게 동화되기를 바라는 자기표현의 욕망과 본능이 있는 동안은 예술 없이 살 수 없으리라. 자기와 및 자기의 주위를 일층 아름다운 것, 일층 완전한 것으로 향상하려는 노력과 과장성(誇張性)이 사람에게 있는 동안에는 예술적 표현을 희구하리라. 아름다운 정서에 감격하고 도취하려 하며 자기의 심정을 미화하고 선화(善化)하려는 희망이 있는 자에게 예술은 영혼의 양식이 되리라. 감정이 고갈한 자는 이에서 윤택을 얻으려 하고, 생활력이 활발한 자는 생욕(生欲)의 충실을 이에서 기대하고, 생활력이 침체한 자에 이르기까지 그 자극을 위하여 예술의 영기(靈氣)를 쏘이고자 한다. 예술은 사람과 사람의 심정이 멸망할 때까지 운명을 한가지 한다. 그러면 조선사람도 4천여년 동안 예술이라는 명칭 아래 의식하였든지 안 하였든지, 많든 적든지 예술을 가지었기에 살아왔다. 그것은 밥을 먹었기에 산 것과 똑같은 사실이다. 그러나 자기의 자유로운 문자를 가지기 비롯한 5백 년 동안 민중의 예술적 욕구에 대답하여준 것은 다만 몇 수의 시조와 몇 편의 난해 추잡한 통속소설이었다는 사실은 그 죄를 어디로 돌려보냄이 타당타 할까? 국문의 창제가 늦었다는 것, 한문·한학의 압박 하에 국문의 발달·보급이 극도로 저해되었다는 것,

예술을 장공(匠工)의 업으로 천시하고 문예를 한문·한시에 제한하고 소설과 같은 데모크라틱(democratic)한 문예는 제작·발표부터를 불명예로 관념된 것, 감정을 억압하여 생활 자체에 자유와 활기와 윤활미와 미감이 위축하고 고담무미(枯淡無味)한 것 등 여러 가지 원인을 들 수 있을 것이다. 그러나 이러한 모든 원인을 종합하면 근본적으로 예술의식을 두색(杜塞)하고 그 의욕을 불활발게 하였다는 결론을 얻을 것이니 조선사람이라고 특별히 비예술적 민족성을 가졌다고 단언할 수 없고, 또 비록 비예술적 민족성을 가졌다 할지라도 그것은 선천적이라 함보다도 상술함과 같은 전통적 사정에 기인함이라고 보겠으나, 하여간에 자기의 글을 5백 년 동안 가진 늙은 백성의 가진 문예, 자기 자신의 말과 글로 쓴 기록이 그밖에 못 된다는 사실은 그 죄가 먼저 민족성 속에 예술적 욕망이 결핍함에 돌리지 않을 수 없다. 더구나 그 잔핍(殘乏)한 수확 중에 단 하나라도 문학사를 빛있게 할 만한 것이 없다는 사실은 오래 문화를 가진 백성의 수치로 생각지 않으면 아니 될 일이다. (1928.4.12)

4

세계의 어떠한 민족이든지 예술은 민중의 것이 아니었다. 서양에서 궁정과 사원 속에 비장(秘藏)되었던 것과 같이, 동양에서도 궁정을 중심으로 한 소수의 특권자 유(流)나 유식계급에 한한 것이었던 것은 사실이다. 여기에도 문자의 난해라는 이유도 있을 것이요, 서양에서는 특히 종교신앙이라는 점으로 서민의 지력(智力)을 투기(妬忌)하였던 것도 사실일 듯하나, 그보다도 더한 것은 정치적 사정, 경제적 관계, 인쇄술, 문통(交通) 등의 불완전 등 조건은 지식의 계급적 전유(專有)라는 사실을 유치(誘致)하였다고 하겠다. 그리고 이와 같은 사정은 문예로 하여금 그 형식과 내용을 아울러 귀족적, 고전적으로 발달케 하여 일반 민중과는 더욱더욱 격원(隔遠)하여간 것이다. 그러나 이러한 현상은 동서(東西)가 그 규(揆)를 동일히 하면서, 특히 조선에 한하여만 4천여 년의 문화를 헛자랑하게 된 것은 하고(何故)인가? 헛자랑이라는 말에 어폐가 있다 하면 예술적으로 이처럼 유치한 진인(眞因)이 어디 있는가? 그 제일 원인을 가장 난해한 한자, 한문의 수입·사용에 있다고 할 것이다. 그러나 동일한 문화를 받은 일본과 비교하여서는 어떠한가? 저들이 한자, 한문을 배우기 시작한 것이 약 천 5백 년 전 일이니 (왕인(王仁)이 『논어』를 전함으로 보아서) 우리보다 뒤진 지 근 3천년이다. 그 후 5백 년을 지나서는 일본문자가 발명되었다. 그러면 저들은 문화적 출발은 늦었으나 자기문자로 문학의 발전을 조성한 것은 우리보다 5백 년 앞선 일이다. 그리고 일본문학의 발원은 문자 발명보다 앞서기를 약 백여 년이었다. (『고사기(古事記)』, 『일본서기(日本書記)』 등)

그러면 문자 창견(創見)에 5백 년 차이가 있었으니까 양방(兩方)의 국민문학의 발달도 그만한 상거(相距)가 있는 것은 당연하다고 하리라. 그러나 저들은 자기문학을 얻기 전에 한학과 전연히 독립한 형체를 가진 국민문학의 기반을 세웠고, 또한 문자의 창견이 5백 년 앞섰다는 사실은 우리에게 어떠한 교훈을 주는가? 우리 시조의 틀(形)이 완성된 것은 여조(麗朝)의 일이라거나 그 연원을 삼국시대에 구할 수 있다면, 일본의 『고사기』 등과 연대가 비등하거나 앞섰다고 할지라도 남은 문제, 즉 한자를 쓴 지 5백 년 만에 자기 문자를 가진 사람과 3, 4천 년에 비로소 자기 것을 얻어도 자기 것으로 생각지 않던 사람의 근본정신의 차위(差違)는 무엇으로 설명하려는가? 가장 적고 가장 우스운 말 같되 또한 가장 크고 가장 근본적인 따짐이다.

이와 같은 문자나 자주적 정신의 유무나 국민문학의 발원의 지속은 차치하자. 그러나 남이 우리의 현상(現狀)이 문약(文弱)에 원인하였다 하고, 우리의 민족성이 비평하듯이 과연 우리는 그러한가? 우리가 즐겨 회구(膾炙)하듯이 "채국동리하유연견남산(采菊東籬下悠然見南山)"[318]이라 외는 것처럼 내 생각 같아서는 동양정취의 간명한 표징이 또다시 없을 것이며, 비단 동양적 시취(詩趣)뿐만 아니라 일반의 예술심(藝術心), 예술경(藝術境)의 궁극은 여기에 있다고까지 생각하는 바이요, 좀 더한 비현실, 비실제적, 정적(靜的), 도피적 동양미를 찾자면 나 본 바로는 왕유(王維)의 "황리탄금(篁裏彈琴)"[319]에서 엿볼 수 있으리라고 하겠으나, 조선사람은 이러한 심경을 진정으로 체득할 수 있는 백성인가? 나는 한학에 어두운지라 우리 후생(後生)이 모신 선배 거유(巨儒)의 업적을 살피지 못하였으니 몇 분의 이두(李杜)를 모시었는지 알 수 없고, 따라서 모든 단언을 보류하겠거니와 우리의 민족성을 가만히 생각해 볼 제, 이러한 시경(詩境) 예술심이 우리 피 속에 숨기었던가 하면 바이 의문이다. 다만 추숭(推崇), 모방뿐이 아니었던가? 자기 생명의 전적 절실한 울림이었으면, 그래도 우리에게 무슨 흔적이든지 뚜렷한 것이 남았을 것이다.

그러나 만일 이와 같이 순수한 초현실적, 비실제적, 정적 동양미를 대륙 백성과 같이 못하였다 하면 우리는 실제적이요, 이론적이며 현실적이요, 동적일 수가 있을까? 우리는 과학과 친할 만한 성정을 가졌던가? 우리는 햄릿일 수 있고, 돈키호테일 수 있고, 파우스트일 수 있었던가? '전(全)이 아니면 무(無)'를 부르짖고 '애(愛)는 지상(至上)이니라'고 대담히 소녀의 입술을 예찬할 만큼 치열한 탐구력과 왕일(旺溢)한 생명력을 자기 자신에게 감득(感得)하였던가? (1929.4.13)

분방한 정열도 없고 정밀한 명상도 없고 뇌호(牢乎)한 탐구력도 없고 치열

---

318 "동쪽 울타리 밑에 있는 국화꽃을 따면서 유연히 남산을 본다."는 뜻으로 국화꽃을 안주로 하여 남산의 아름다운 자연을 즐기며 혼자 술잔을 기울이겠다는 의미이다. 도연명(陶淵明)의 「음주(飮酒)」 연작시 중의 한 구절이다.
319 '대나무 숲에서 거문고를 탄다'는 뜻으로 왕유(王維)의 「죽리관(竹里館)」에 나온다.

한 생명력도 없으면야 그것은 중성(中性)이다. 반도가 대륙도 아니요, 도서(島嶼)도 아닌 것과 같이 비정비동(非靜非動)에 공중에 떠있는 성격이다. 배도 없고 헤엄도 모르는 자는 다만 물결에 맡기어 떠내려갈 따름이다. 사정과 현상에 자기를 순응시키면서 다시 자기에게 사정과 현상을 순응시키는 것이 생활하는 온당한 법칙이겠거늘 조선사람은 사정과 현상에 전아(全我)를 탁 실어버리고는 조금도 의심치 않는 백성이었던 것 같다. 자주적 태도가 없다. 자의식이 명료치 못하다. 독자(獨自)의 의견이 없다. 자기를 가지지 않은 자에게 무엇이 있으랴. 의욕이 없다. 충동이 없다. 이러하고서는 예술적 독창력이 있을 수 없다. 자민족성을 너무나 자비멸시(自卑蔑視)하는 것 같으나 오직 참무(讒誣)를 위한 참무가 아니다. 동양적이거나 서양적이거나 대륙적이거나 도서적이거나 어떠한 편으로든지 치우쳤으면 자기의 생명을 살릴 방향이 질정(質定)되었을 것이다. 그리고 그 생명력을 토로할 예술욕이 왕일하였을 것이며 그 기틀이 튼튼히 섰을 것이다. 동서(東西)의 별(別)이 없이 예술이 특수계급의 전당 안에서 자라났고 지식이 계급적 독점에 있었음은 일반이었건마는 모든 문화국(文化國)이 각자의 현란한 예술을 자랑하고 또한 그것이 점차 민중화하여 가되 우리에게 그것이 없음을 보면 우리의 성정 속에는 근본적으로 예술적 요소가 결핍하였거나 결핍케 된 무수한 원인이 있었던 것이라고 볼 수밖에 없다.

그러나 아무리 불리한 여러 가지 조건 하에 놓였더라 할지라도 이태리의 예를 들어 소위 남구(南歐)와 같이 영롱다감(玲瓏多感)한 정서를 왜 못 가졌느냐고 물을지나, 여기에는 정치적 조건(내환외구(內患外寇), 음모, 살육, 가렴주구 등)과 유불사상의 침윤과 감정생활의 무시 탄압 등 제(諸) 원인을 헤일 수 있을 것이다. 그리고 이것은 민족성에 대하여 지대한 영향을 준 것이었다.

그러면 이처럼 예술적 혜택을 입을 모든 기회에서 떨어져 산 백성에게 '문약'이라 함은 웬 말인가? 과연 문약이란 말의 책임은 서민계급이 질 것은 아니다. 가명인(假明人), 모화배(慕華輩), 유교적 바리새교인, 일세(一世)의 정교(政敎)를 농락하던 소수자에게 보낼 말이다. 진정한 예술적 정신은 정의와 용기와 신념에 타는 불굴불요(不屈不撓)의 정신이다. 채국동리하(采菊東籬下)하고 유연견남산(悠然見南山)하는 지순한 예술경을 비굴한 정신, 겁나(怯懦)한 성정, 건확(建確)한 자시(自恃)가 없이 체득할 수는 없는 것이다. 현대인에게 대하여는 그러한 초속적(超俗的), 초현실적 태도를 실생활과 합치케 함이 반드시 득당한 생활태도라고는 할 수 없으나, 그러한 '노블 마인드(noble mind)'는 어떠한 시대, 어떠한 사정 하의 어떠한 사람에게든지 있어서 필요한 것이다. 나는 예술가가 민중에게로 갈지라도 '마음의 상아탑'을 버리지 말라고 하였거니와 '마음의 상아탑'이란 이와 같은 고결한 마음을 가리킴이요, 예술과 도덕과 진리는 그 속에서 나오기 때문이다. 그뿐 아니라 무사도(武士道)로 국시(國是)를 삼은 일본이 국민문학 수립에 일일장(一日長)인 것을 보면 예술정신의 진흥이 문약을 유치(誘致)함이 아님을 가까운 사실로써 우리는 목도하는 바이다. 조선은 예술을 갖지 않고 예술심이 잠자기 때문에 문약하였던 것이다. 자기를 팖으로서 독창의 정신을 잃고, 조박(糟粕)에 심취하였기 때문이다. 독창적 정신의 함양과 왕일이 오직 장래의 조선을 복(卜)하리라. (1929.4.14)

5

　나는 소설을 쓰면서 매양 누구에게 읽히려고 쓰느냐는 질문을 자기에게 발하는 때가 많다. 자기 딴은 다소 고급이라 할 만한 표준으로 쓸 때에는 소위 문단인끼리만 읽으려고 쓰는 것인가 하고 스스로 묻는다. 또 그보다 좀 낮쳐서 소위 신문소설, 통속소설을 쓸 때에는 독자의 계급적 성질과 교양의 최고·최저점과 평균점이라는 것을 고려치 않을 수 없다. 그리하여 자기는 동호자(同好者)끼리를 위한 소설과, 중학교 3, 4학년 생도의 정도를 표준으로 한 통속소설을 쓴다는 답안에 도달하였다. 어찌하여 그러하냐? 여기에 대한 설명은 문예와 계급적 관계를 제시할 것이요, 아울러서 조선의 현상(現狀)은 얼만한 정도의 문예를 가질 수 있겠느냐는 것을 지적할 것이다.

정치적, 경제적으로 보아서 2대 계급으로 분류함에는 누구나 의문이 없다. 또 그 중간적 인텔리겐치아를 경향에 따라서 양개(兩個) 계급에 분속(分屬)시키는 것도 당연한 일이다. 그러나 이것은 외면적 생활사정에만 의한 분류이다. 그 내면적 생활에 있어서는 인텔리겐치아는 인텔리겐치아로서의 독신(獨身)의 경지를 가지고 있다. 갑(甲) 계급에 종속한 자이나 을(乙) 계급에 편입된 자이나 일괄하여 놓고 보면(유산·무산의 양 계급의 취미, 성정, 전통, 사상, 사회관, 인생관이 각이(各異)함과 같이) 인텔리겐치아의 총체로 자기의 것을 따로 가지고 있다. 다만 저 자신이 부르주아이거나, 부르주아를 지지하느냐, 혹은 무산파에 가입하느냐는 관계로 분파될 뿐이요, 자기의 교양과 세련된 취미, 성정은 부르주아의 그것과도 전연히 맞지 않고, 프롤레타리아의 그것과 같이 저하시키고 합치시킬 수 없는 일부분이나 본질적 조건을 가지었다. 더욱이 인생을 보는 방법(인생관의 내용까지 말함이 아니요, 그 방법을 이름이다)에 있어서는 전기(前記) 양자(兩者)와 현수(懸殊)한 바가 있다. 그러므로 나는 그들의 내면적 경향의 각이함으로 보아 인류를 3개의 부류로 정하려 한다. 그러면 그들의 인생을 보는 방법이 어떠한가? 인텔리겐치아는 인생을 횡단적으로 본다. 인생을 깊이로 보려는 것은 그중에서도 철학자, 종교가, 문학자 같은 사람의 인생을 보는 법이라고 하겠으나, 하여간 일반적으로 인텔리겐치아는 평면적 전폭 또는 전후좌우로 본다. 그러나 다른 두 부류 인(人)은 인생을 종단적으로 본다. 자기가 서 있는 점에서 수직선을 세워가지고 그것이 인생이라고 생각한다. 마치 포플러나무가 아래 가지를 툭툭 쳐버리면서 하늘이 높은 줄만 알고 쭉쭉 뻗어 올라가듯이 올라가는 게 인생이라고 생각한다. 이러한 차이는 그들이 예술에 대한 이해력과 태도에 있어서 현저한 바가 있다.

인생을 전폭으로 보는 사람은 인생의 개념을 얻은 사람이다. 그는 어떻게 살겠느냐는 의견을 가진 사람이다. 인생을 전후로 보는 사람은 생활의 양단(兩端)을 의식적, 자각적으로 미래와 과거에 비끄러매어서 현실의 의식을 깨달으며 분명히 걸어 나가는 사람이다. 그리고 미래에 대한 동경과 희망은 환상미로써 그의 생활기력과 생활욕망을 자극하여준다. 그는 언제든지 발자(潑剌)한 정력을 가지고 생(生)을 향락할 수 있을 것이다. 또한 과거의 체험은 현실을 요리하고 미래를 예상하는 데에 유조(有助)하고, 추억의 정서는 생활 내용을 풍부·윤택케 하여준다. 그리고 미래에 대한 환상은 무제한으로 자유분방한 상상력에 맡기어 얼마든지 미화하고 과대하는 고로 과거의 체험과 추억이 그 환상미를 합리성과 가유성(可有性)으로 구속·조절하여 현실성을 가진 내면생활의 내용이 되게 하여준다. 사람은 밥을 먹지 않고는 살 수 없는 것이나, 동시에 감정적·사회적 생활, 즉 인간 대 인간의 생활을 영위하는 것이기 때문에 추억의 미감과 정미(情味) 없이는 인생이 사막 같은 것이요, 미래에 대한 환상의 미와 동경이 없으면 일보도 전진할 기력이 없고 생명은 위축하여 자멸하는 수밖에 없는 것이다. 실로 이 두 가지에 생활의 토대와 문예의 엘리먼트(element)가 있는 것이다.

그 다음에 인생을 좌우로 본다는 것은 자기와 어깨를 나란히 한 사람을 본다는 말이다. 여기에서 사회관을 얻고 윤리관을 얻을 것이다. 일층 널리 말하면 우주현상의 상관적 인과적 이법(理法)을 살핀다는 말이다. 인인(隣人)에게 어떻게 대할까를 생각하고 일초일석(一草一石)이라도 그것이 어떻게 존재한가를 생각할 제, 애(愛)와 조화와 진리를 얻거나 얻지는 못할지라도 거기에 가까울 수가 있을 것이다. (1928.1.15)

이와 같이 인생의 의의를 생각하고 추억의 정미(情味), 환영 동경의 미감과 대인관계의 애욕, 대물(對物)의 진지(眞智) ……. 이러한 것을 얻으면 다만 생활을 순적(順適)케 지도하는 원리가 될 뿐 아니라, 이것은 또한 문예를 구성하는 기초적 요소가 되고 문예를 구성하는 동기도 되며 예술적 표현욕의 원동력도 되는 것이다. 왜 그러냐 하면 문예란 인생의 반영인 까닭이요, 또 누구나 인생을 널리 분명히 보고 자기가 경험하고 희망·공상하는 일을 별개의 생활형태에서 발견하면 유쾌하기 때문이요(문예를 요구하고 이해하는 이유), 또 누구나 자기의 경험하고 생각하는 것은 타인에게 알리어 공명을 얻고자 하는 표현욕이 있기 때문이다.(당신은 어떻게 행복스러웠던가, 어떻게 감격하였던가, 어떻게 실연의 독배가 쓰던가를 시로 읊어보고, 소설로 기록해 보고 싶은 생각이 나지 않았습니까?)

6

그러나 인생을 종단적으로만 보려는 부르주아 군(郡)과, 준 부르주아 군이나 프롤레타리아 군에게는 다만 현실의 일점(一點), 그것만이 자기의 모든 상념을 흡수하는 전체이다. 마치 백양목이 서있는 제자리에서 가능한 최대한도의 양분을 흡수하면서 불필요한 가지를 말려 떨어뜨리고 뻗어 올라가듯이 자체적 생활의 층을 올려쌓기만 하면 그만이다.

'과거'는 어떠한 수단으로 정권을 잡았던가. 어떠한 기미로 주식(株式)에서 천금을 일확(一攫)하였던가를 회상하기에 필요할 만큼 기억에 남아있을 뿐이다. 그리고 프롤레타리아는 과거의 앞에서 눈을 감는다. 간궁(艱窮)과 불명예와 굴욕밖에 추억할 것이 없기 때문이다. 판에 박은 듯한 구차 살림을 찾자면 일전(日前)의 일만 생각해도 넉넉하기 때문이다. '미래'는 '신명이 도우소서'라고 단순히 생각한다. 정치가는 국가백년지계(國家百年之計)라고 떠드나, 백년은 고사하고 내일을 생각지 않는다. 정치의 이상이 없기 때문이다. 상인은 자기 상점에 고사를 지내고 제를 올리고, 빈자(貧者)는 뒤주 밑에서 됫박 긁히는 소리에 정신이 번쩍 날 뿐이다. 아름다운 환상, 즐거운 희망이 나올 여유가 없는 것이다. '인인(隣人)'은 그들에게 필요가 없다. 백양목이 늙은 가지를 쳐버리고 기어 올라가듯이, 일신의 영달을 위하여서는 무슨 희생이든지 불사한다. 정권, 금권 앞에는 일체가 빛과 가치를 잃는 것이다. 시군(弑君), 살자(殺子), 암살, 짐독(鴆毒), 학살. 이것은 정치의 공인(公認)한 부작용이다. 돈 안 주는 아비의 밥에 독약도 넣는 것이다. 그리고 프롤레타리아는 노인이 노인에게 구할 것이 없고, 소아(小兒)가 소아에게 구할 것이 없는 것과 같이 피차에 구할 것이 없는 것이다. (1928.4.17)

세 가지 자랑[320]

　수수팥떡 같은 얼굴에 들창코 째보라도 내 자식이면 귀엽고 자랑도 하는 것이다. 철창 밑에 멍석 짜고 있는 종신수(終身囚)에게 가서 네 자랑이 무어냐고 물어보아라. 그가 어떻게 금고를 교묘히 깨뜨렸는가를 말하기에 입에 침이 없으리라. 칭찬은 저 사람 임의요, 자랑은 내 주관이다. 남은 웃든 말든 자랑 없이 자기 존재를 주장하고 설명할 수단이 또 어디 있으랴. 그만치 사람은 허영으로 된 것이다. 살아 있다는 그 일에 자랑을 느끼지 않으면 자살할 것이다. 자기의 국적에 자랑을 느끼지 않으면, 국욕(國辱) 앞에서 낄낄 웃고 말리라. 그러나 자랑도 제 분수를 알고 하는 자랑이 아니면 남의 치소(嗤笑)를 받는 것은 그만두고 제 앞길을 제가 막는 것이다.

　조선의 자랑, 조선사람의 자랑. 사기를 진작하고 애국혼을 자극함에 필요한 일이다. 그러나 잘못하면 소견 없는 만심(慢心)만 기르기 쉬우리라. 조선사람에게 네 자랑이 무어냐고 물어보아라. 언하(言下)에 동방예의지국(東方禮義之國)이라 하고 족보 첫 장을 뒤지리라. 그들은 예의로 왜구를 막고 예의로 만동묘(萬東廟), 모화관(慕華館)을 지었더니라. 그들은 족보로 먹고 족보로 입

320 염상섭(廉想涉), 「세 가지 자랑」, 『별건곤』, 1928.5. 이 글은 '내가 자랑하고 싶은 조선 것'이라는 표제 하에 실린 글 중 하나이다. 염상섭의 글 외에도 권덕규, 박팔양, 박찬희, 안재홍, 장응진, 박희도, 정강조, 한기악, 박동완, 최성우, 서세충, 국기열의 글이 함께 실려 있다.

었더니라. 제 속 남 주는 것이 조선사람의 첫 자랑이었고, 자기 자신이 자랑 감이 되기 전에 몇 천대(千代) 몇 백세(百世) 전의 고총(古冢)과 백골이 자랑이 었더니라.

조선사람의 자랑을 꼽아 보았다. 왈(曰) 무골(無骨), 왈 무용(無勇), 왈 무신(無信), 왈 무의(無義), 왈 무감위진취지기개(無敢爲進取之氣槪), 왈 무독창욕(無獨創慾), 왈 무독립자행력(無獨立自行力), 왈 무취미(無趣味), 왈 무정조(無情操) ……. 너무 '무(無)' 자(字)로만 꼽자니 십지(十指)가 피로를 느낀다. 다음에는 '유(有)' 자로 헤아려보자. 교활, 간지(奸智), 음모, 사기, 시기, 태타(怠惰), 음일(淫逸), 유안(愉安), 고식(姑息), 상허식욕례(尙虛飾縟禮), 중혈록양의뢰심(重血綠養依賴心) ……. 제 밑 들어 남 보이기니 이만하여두리라. 유(有)와 무(無)가 전환 교체될 때에 나는 자랑하련다.

자랑할 만한 인정미담(人情美談)을 쓰라는 주문이다. 효자문, 충신문, 열녀문을 두드리고 이끼 앉은 송덕비, 선정비(善政碑)의 비문이나 물로 씻고 보면 강담사(講談士)의 이야깃감도 진진(津津)할 것이요, 어느 대감은 아니나 금가락지 개(個)라도 좋게 만들어야 되겠으나, 내 붓끝은 너무나 모자라졌고 내 궁한 품이 금가락지가 있으면 팔아먹게 되었으니, 살짝 덮어두자. 그러나 저러나 조선사람은 너무나 정미(情味)에 고갈하고 상호부조의 정신이 박약한 모양이요, 소위 의기(意氣)에 감읍(感泣)하며 의리에 호협(豪俠)하고 정도(正道)에 용약(勇躍)하는 기개가 넉넉지 못한 백성 같아서 이야기책 하나를 꾸며도 기껏해야 공양미 삼백석에 맹부(盲父)를 버리고 제 목숨을 파는 철부지의 어린계집을 출천(出天)의 효녀라고 찬양하거나, 쥐 잡아 전실(前室) 딸 모함하는 이야기, 계모 손에 횡사한 누이의 원혼 따라 물에 빠지는 죽음 같은 것을 동기(同氣)의 정리(情理)인 듯싶이 칭상(稱賞)하려는 깜냥밖에 아니 되니, 이따위 표준으로 고담(古談)이고 세속정화(世俗情話)고를 횡견설(橫堅設) 할진대 백해

(百害)에 무일익(無一益)일 것이다. 그따위 완명(頑冥), 진부, 고정한 윤리사상이나 인생관이 당시의 인심을 지배하는 중축이었으니, 소설은 시대풍조의 반영이라는 의미로 보아서 과거인의 생활 실담(實談)이 아무리 아름답던 것이라 할지라도, 현대의 우리에게는 연(緣)이 먼 것이요, 우리의 사상, 감정, 관념에는 용납될 수 없을 뿐 아니라, 아무 흥미나 민중교화적 비익(裨益)을 주지는 못할 것이니 특히 민족적으로 자랑하여 고취할 필요가 있을지 없을지 바이 의문이다.

(이것은 여담이거니와 연전(年前)에 일본에서 도코나미(床次)[321] 내상(內相)이 국민사상 선도라는 간판 하에 '나니와부시(浪花節)'[322]를 장려하여 일반의 비소(鼻笑)를 받은 일을 생각하면, 근자에 신흥하는 강담·야담운동이 민중교화와 인정도야(人情陶冶), 사기진양(士氣振揚)에 의의 있는 노력이라고 하겠지마는, 그 근본정신의 견해에 대하여는 고려함이 없으면 민중을 진정히 현대적으로 지도할 수 없으리라고 믿는 바이다.)

조선민족의 예술적 천분을 자랑해 보겠느냐 한다. 도적맞은 신라왕관, '청인'의 손이 아니면 그 본을 뜬 낙랑유물을 자랑하는 말이요, 강서(江西)의 벽화다, 마지못해 이사 보낸 '개칠'한 광화문을 자랑하는 말이요, 고려자기의 소위 선의 예술을 예찬하라는 말인 듯하나, 반만년 지통지통 살림을 한 민족이 가진 것으로 보아서 자랑할 용기까지는 아니 난다. 근자에 고악(古樂)에서 자랑할 만한 것이 새삼스러이 발견되었다 하나, 두고 보아야 알 일이요, (무에나 그렇지만) 자랑하기 전에 연구하는 사람부터 나와야 할 일이다. 자기 진가를 알고 자랑하여야 뱃심이 있는 자랑, 알토란같은 자랑이 나올 것이다.

한시, 가요, 서화에 있어서는 문외한이라 저번저번히 큰소리도 못하지만 명시(名詩) 몇 편이요, 명화 몇 첩이요, 대문장가는 누구누구요, 명필 몇 사람

---

321 도코나미 다케지로(床次竹二郎, 1867~1935) : 일본의 제36, 37대 내무대신
322 나니와부시(浪花節) : 샤이센의 반주로 곡조를 붙여서 부르는 일본 고유의 창(唱).

이었던가? 어떤 사람이 영(英) 문단의 애란인(愛蘭人)과 일본문단에 대한 조선인을 비유하여 말하는 것도 들었지만, 그렇다면 그보다도 먼저 우리 조상은 남의 조박(糟粕)만 고르고 있었던가? 조상 탓이요, 자기 모독이라고 꾸지람이 내리면 감수하리라.

자랑은 오는 날 하리라. 오는 사람에게 흠뻑 자랑시키게 하여라.

그러나 자랑 없이 살 수는 없다. 생각다 못하여 다시 꼽아보니 첫째에 조선의 하늘 자랑이다. 우로(雨露)를 주었으니 감사도 하겠지마는, 조선의 하늘은 취미 있는 이의 말을 들으면 참 좋다고 한다. 이태리란 나라의 하늘도 좋다고 하니 반도를 덮은 하늘은 의례 좋은 모양이다. 나만 가진 게 못되니 모처럼 자랑이 헤식기도 한 듯하나, 들창코 언청이 자식도 제 자랑되거든 남에게 있다고 자랑 못하랴. 어째서 좋은지는 나는 모르나 모두들 좋다고 칭찬하니 "아마 그럴세."라고 나는 자랑한다. 이것이 그 하나.

금강산도 식(食) 구경이라 한다. 일생에 중한 것이 뭔고 하니 먹는 것이다. 어찌나 먹기가 급하고 소중한지 어머니 뱃속에서도 피 빨아 먹고 세상에 나왔고, 숨이 헐떡거리는 단말마에서도 물 한 술이라도 떠 넣어주어야 겨우 안심하고 이 세상을 하직하는 것이 사람이라 한다. 그렇게 소중한 '식(食)' 다음으로 칠 만한 것이 삼천리강토 속에 있다 하니 왜 아니 자랑일꼬! 부끄러운 말이다마는 아직 식(食)이 부족해서 그 좋은 일만이천 봉의 영자(靈姿)에도 예알(詣謁)치 못한 터이니, 무어라고 큰 소리는 못하나마 세계사람이 '코리아'는 몰라도 'The Mt. Geumgang'[323]이라면 안다 하니, 이야말로 자랑의 자랑이다. 이것이 그 둘째.

그러나 이러한 것은 우주개벽 이후에 자연히 있는 바이요, 천지조화(造化)

---

323 원문은 '「되 mt 금강」'으로 되어 있다.

의 신공(神工)이니, 자랑은 자랑이로되 이 땅에서 길러낸 백성의 노력으로 된 자랑은 아니다.

'가갸거겨 …….' 어떤 나라 백성 쳐놓고 제 나라 말, 제 나라 글 없으련마는 이같이 째이고 이같이 묘하고, 이같이 알기 쉽고, 이같이 쓰기 편하고, 이같이 우주의 소리란 소리의 정수를 뽑아 만든 큰 예술은 없을 것이다. 이 끝없는 자랑은 그 특별한 학자에게 맡기려니와 이것이야말로 자랑의 자랑의 자랑이다. 이조(李朝) 오백 년은 밑천을 거덜 내어 천추만세(千秋萬世)에 큰 죄를 저지르고 남 못할 노릇을 하고 갔으나, 오직 이 기념탑에 공 들인 탓으로 조금은 죄땜이 되리라. 그러나 만일 이것만이 조선사람 자신의 손으로 만든 것 중에 홀로 한 가지 자랑이라 하면 오백 년을 제한 근 사천 년 동안에 무엇들을 하고 그 긴긴 세월을 살아왔던고? 밥만 먹고 똥만 누며 사천 년 동안 사지를 늘어뜨리고 좁은 방구석에서 데굴데굴 굴렀었더라면 아무런지 용히 배겨내기도 하였지만 줄기차게 참을성도 많았을 것이니 밑동 질기게 무료를 참은 그것도 그들의 자랑이었을까?

소설과 민중[324]

「조선과 문예, 문예와 민중」의 속론續論

전자(前者) 게재하던 소론(小論)이 중단되었음을 양(諒)하거니와 본문의 내용은 소설에 대한 고찰을 중심으로 하고자 하나 속론(續論)으로 보아주기를 바란다.

유산(有産)·무산(無産)의 양 계급은 인생을 현실의 일점(一點)에서 종단적으로 보고, 인텔리겐치아는 인생을 횡단적으로 본다고 하였다. 그리고 유산·무산의 차이는 현세적 영예와 감각적 쾌락을 탐구하느냐, 구복(口腹)을 위하여 전 생애를 임금노예에 희생하느냐는 구별이 있을 따름이요, 그 본질에 있어서는 물질적·동물적 생욕의 충족을 최고·최후의 생활목표로 하고, 따라서 배타적 자기본위의 생활을 영위한다고 볼 수 있다. 그리하여 그들이 정전(政戰)과 상략(商略)에 피로한 머리는 미주가효(美酒佳肴)와 성욕적 환락으로 마비된 영성(靈性)과 양심을 또다시 마비시킴으로써 인생을 도호(塗糊)하거나 혹은 일일(一日)의 고역에 비폐(憊弊)한 심신을 감수(甘睡)로써 위자(慰藉)를 얻는 것이 유산·무산의 차(差)일 따름이다. 그들에게는 정미(情味)니,

---

324 염상섭(廉想涉), 「소설과 민중―「조선과 문예, 문예와 민중」의 속론(續論)」(전7회), 『동아일보』, 1928.5.27~6.3.

미감이니, 인인(隣人)의 애(愛)니, 인류의 이상이니 하는 등 인생의 가장 유익하고 근본적 의미를 가진 모든 요소를 사념(思念)에 중심으로 할 여유를 가지지 못하였다. 그러면 이와 같이 생활의 고아순실(古雅純實)한 의식이 없으면야 인생의 의의를 알 바 없으니, 하물며 예술을 그들과 더불어 논의할 수 있으랴.

이와 같이 생각하면 오늘날의 문예라는 것은 결국에 소수의 인텔리겐치아를 상대로 한 것이라고 할 수밖에 없다. 그들은 인생에 대하여 비판욕(批判慾)도 있고, 비판력도 있으니 인생비판욕이라는 것이 문예애호욕이 되고, 인생비판력이 문예감상력으로 나타나는 것이다. 그것은 문예의 중심작용이 인생비평에 있기 때문이다.

그러나 조선의 현세로 보아서는 인텔리겐치아에게도 예술에 대한 이해를 구함은 지난(至難)의 사(事)이다. 유산계급이 영리(營利) 유타(遊惰), 한학(漢學)의 숭신(崇信), 구 관념의 중하(重荷) 등에 휘둘려서 신문예를 멸시하고 또 무산계급이 무지와 빈궁에 시달려서 예술에 접촉할 기회와 여유가 없음과 같이, 유식계급은 정치의식과 사회적 투쟁욕에 누가 되어 예술을 비소(鼻笑)하고 무기력한 서생배(書生輩)의 완롱물시할 뿐 아니라, 또한 그와 같이 몰간섭의 태도를 취함이 도리어 속소위(俗所謂) 점잖은 체도(體度)요, 자기의 생활을 사회적으로 의의 있게 함이라고 자시자신(自恃自信)한다. 이와 같이 하여 현하의 조선에 있어서는 비단 유산·무산 계급에게 뿐만 아니라 최후로 지식계급에게까지 문예는 저버린바 되었다. 그것은 지식계급이 일층 고상한 문학을 요구하기 때문이 아니라 전연히 몰이해이거나 혹은 규지(窺知)코자 하는 정신생활의 여유가 없는 소이거니와 또다시 이것은 현하의 조선 인텔리겐치아가 인생에 대하야 널리, 깊이 정관(靜觀)할 여유가 없고 또 그 관조력이 부족하다 함을 반증하는 것이라 할 것이다.

이로써 보면 내가 소설을 쓰는 표준을 동호자(同好者)에게 두거나 중학생 정도를 그 평균점으로 한다는 말이 무리치 않음을 알 것이다. 문예는 결코 유한계급의 완롱물이 아니로되 조선에서는 유한계급에게도 용납되지 못한 처지인 고로 새로운 것에 대하여 민감을 가진 청소년, 학생이 아니면 유한계급 중에서도 사회적으로 책임이 없는 유복한 부녀자에 한하여 그 독자를 구함에 그치지 말 것이라는 말이다. (1928.5.27)

그러나 이와 같은 문예의 비사회적, 비민중적 상태가 언제까지 지속될 것은 아니다. 사람의 예술본능은 무의식적으로라도 어떠한 수단, 어떠한 형태로든지 표현되는 것이니, 그것이 비록 잠자고 계발·세련되지는 못하였다 하더라도, 시기가 당래하면 환성(喚醒)[325]될 것이다. 그리고 우리의 앞에는 지완(遲緩)할지라도 진경(進境)이 있을 뿐이니, 왜 그러냐 하면 아무리 침체한다 하여도 이 이상 침체될 여지가 없기 때문이다. 우리가 만일 축일(逐日)[326] 우심(尤甚)한 실생활의 핍박을 생각하면 문화적 발전, 그중에도 문학의 민중에게로의 침윤이라는 것은 도저히 기대할 수 없을 것 같다. 그러나 일편으로 생각하면 민지(民智)의 계발은 비록 경제사정과 밀접한 관계를 가진 것이라 할지라도 시운(時運)의 추이와 지도의 노력으로 완만히라도 진보하는 것이니, 문운(文運)이 이에 따른 것은 췌언(贅言)할 바 아니다. 그러나 모든 사물의 발전의 계기가 종국에 정치에 있음과 같이 문운의 융체(隆替)도 정치적 운명과 한가지 함을 고려에 넣지 않으면 아니 될 것이다.

왕권이 쇠미(衰微)하고 쟁패(爭覇)의 난세를 이룰 때는 대의명분적 논책(論策)이라든지, 청류(淸流)의 둔피적(遁避的) 시문(詩文)은 있을지언정 영롱한 문화, 현란한 예술을 볼 수 없으며 지방분권이 득세하면 중앙집권의 실(實)이

---

325 환성(喚醒) : 1. 장자는 사랑을 깨움. 2. 어리석은 사람을 깨우쳐줌.
326 축일(逐日) : 1. 하루하루를 쫓음. 2. 하루도 거르지 않고 날마다.

영허(零虛)함을 따라 문화의 중심을 잃고, 따라서 문학이 양잔(襄殘)하여짐은 동서의 문학사가 그 규(揆)를 한 가지 하는 바이다. 사옹(沙翁)은 엘리자베스 치세의 융성과 아울러 출현하였고, 이두(李杜)는 당(唐)의 가장 공고한 중앙집권이 행한 승평(昇平) 시대에 났으며, 조선의 문화의 기반은 신라통일에서 나온 것이라 하겠다. 춘추전국시대에 『주례(周禮)』 편찬을 비롯하여 제자백가서(書)가 있고 육조(六朝) 문학에 도사(陶謝)가 있고 음운학이 있다 하더라도 난숙한 순예술미를 찾자면 당송(唐宋)에 미치지 못함은 그 시대배경, 즉 정치적 영향의 상이에 있다고 아니할 수 없다. 일본의 예로 볼지라도 헤이안(平安) 시대의 난숙한 문학 이후에는 겐페이(源平) 양가(兩家)의 쟁패가 오랫동안 계속되는 동안 가관(可觀)할 바가 없다가, 도쿠가와(德川) 가의 집권이 확립된 후에야 비로소 소위 강호문학(江湖文學)의 융성을 보게 되고, 또다시 국정(國情)이 소연(騷然)한 메이지유신(明治維新) 전후에는 쇠운(衰運)을 유치하였다가, 국가통일의 대업이 완성됨을 따라 신문학의 기반이 건확(建確)하게 된 것이다. 그러므로 이러한 관점에서 금일과 장래의 조선문학을 고찰하면 정치적으로 그러함과 같이 실로 불운에 제회(際會)하였다고 할 수밖에 없다. 만일에 조선문학이 과거에 황금시대를 가졌던 일이 있었다 하더라도 금대(今代)에는 도리어 쇠운에 기울었을 터이거늘 하물며 신문학 초창시대에 있고 보니 위미침체(萎微沈滯)함이야 차라리 당연타 할 바이다. 이와 같이 입론함에 대하여 혹은 인도의 타고르라든지 영(英) 문단에 대한 애란인(愛蘭人) 제(諸)작가를 인례(引例)하여 반박할지 모른다. 그러나 인도의 문화는 몇 천 년의 역사를 가졌는가? 영애(英愛)의 관계는 몇 백 년이었던가? 아무리 정치적으로 불리한 세대라도 1, 2인의 대가가 나지 못하리라는 것도 아니요, 또 조선이 영애의 관계와 같이 장구한 시일에 동일한 국어를 사용하고 통치민족의 정치세력 하에 통일되어야만 그와 같이 되리라는 것도 아니요, 무론(毋論) 그리 되기를 요망하는 것은 아니로되 하여간 조선문학의 현상으로서는 개인적으로도 위대한 작가를 산출하기에는 근본적 요건에 결여하고 시대적 풍조로 보아도 여간 불리한 시대에 처하지 않은 게 아니다. (1928.5.29)

그러나 이러한 예술적 불우의 경향은 비단 조선의 특수사정만이 아니라, 일반 이 세계의 공통한 정세가 아닌가도 싶다. 물질문명의 중하(重荷)에 부대끼는 것이 현대인류의 생활이요, 개조의 고민 ○○○○○○○○ ○○○○ ○○○[327] 반발 반동의 기운이 일세(一世)에 팽배하였으니 해가(奚暇)에 풍류우아(風流優雅)한 문사(文事)를 논하려는 악착(齷齪)한 기분이 전(全) 생활을 지배하는 현세(現勢)라 하여도 과언은 아닐 것이다. 무론(毋論) 살벌의 난세에 있어서도 소인묵객(騷人墨客)의 자취를 찾을 수 없음이 아니거든 하물며 동서양 대륙의 뿌리 깊은 문화가 있는 바에야 그처럼 용이히 쇠운(衰運)에 침윤할 리 만무타 하겠으나, 동서문화가 그 방향을 전환할 기운에 제회(際會)함도 사실이요, 또한 19세기 후기로부터 비롯한 현대문명의 동점구화(東漸歐化)의 경향이 재전(再轉)하여 동양문화의 서구이식의 경향을 띤 사실 등은 전 인류가 문화적으로 안정을 잃은 상태로 볼 수 있으며, 그러면 20세기의 후반기에 있어서는 세국(勢局)이 어떠하게 전환될지 모를 지라도 전반기에는 오직 무선문명(無線文明)이나 비기(飛機) 발달의 시대임을 문명사 상에 남길지로되 문학예술사로 보아서는 도저히 특서(特書)할 만한 수확은 없을 것 같다. 그러나 다만 조선에 있어서는 이식·모방에 불과할지라도 조선문학의 소지·기초를 얼마쯤 장만한다는 점으로 보아 20세기 전반기의 시대적 사명이 있다고 할 것이다.

이와 같이 우리 문자의 창견(創見) 이후의 문학과, 우리의 민족성과 사회적

---

[327] 원문상의 복자(伏字)임.

또는 정치적 사정에 비추어서 현재와 장래를 생각하면 우리 문학의 전도는 결코 낙관을 허하지 못하고 또한 위대하고 일컬을 만한 작가나 작품을 낳기에는 매우 불리한 주위사정과 시대기운에 제회(際會)하였다. 그러나 인생은 예술 없이 살 수는 없다. 우리의 추상력이 늘어가고 우리의 오성(悟性)과 감정과 감각이 예민 복잡하여짐을 따라서 필연적으로 예술을 요구하고 예술의 표현욕을 갖게 되는 것이다. 예술을 가지고 못 가진 것이나 또는 예술의 질적 우열에 따라서 문명과 야만을 촌탁(忖度)[328]한다 함은 당연한 말이니, 예술이 없거나 저급한 백성은 생활내용이 단순하고 지력과 감수성의 둔중함을 의미함인 까닭이다. 이러한 점을 생각하면 우리가 예술을 가지지 못하고 예술을 천시함은 아무리 문화인이라고 자찬(自讚)할지라도 민족적으로 수치라고 하지 않을 수 없는 일이다. (1928.5.30)

예술이라 하고 문학이라 하지만 그러면 현재의 우리는 소지(素地)를 닦고 기초를 장만함에 그친다 할지라도 그 방향은 어디에서 구할 것인가? 일반이 예술이라 하면 미술, 음악, 연극, 시, 소설 등을 들 것이요, 미술에도 회화, 조각, 건축 등의 별(別)이 있으며 이러한 모든 부문이 각자의 경지를 개척 확립하여 혼연히 상지융합(相支融合)됨으로써 비로소 일세일대(一世一代)의 예술의 찬연한 꽃이 피우는 것임은 물론이나, 조선의 현상(現狀)으로 보아서는 그 계몽상태로나 시운으로나 재력으로나 미술·음악·연극의 시대가 아님은 새삼스러이 노노(呶呶)할 바 아니다. 그러면 우리가 간신히 가질 수 있는 예술은 시와 소설에 그치고 말 것이나, 그러나 현대는 운문의 시대가 아니라 산문의 시대이다. 시상(詩想) 없이 문학이 성립될 수 없고, 또 소설은 시의 산문화한 인생기록, 인생비판이라 하겠거니와 하여간 이 시대는 민중의 시대 — 데

---

328 촌탁(忖度) : 남의 마음을 미루어서 헤아림.

모크라시 — 의 시대이니만큼 시보다는 소설의 시대이다. 시를 귀족적이라 하면 소설은 평민적, 민중에게로의 예술이다. 그리고 조선사람은 비명상적(非冥想的), 비시적(非詩的)인 만큼 시보다 소설에서 문학의 기반을 세울 것은 차라리 당연한 일이라 하겠으나, 이것은 또한 조선인의 문화가 역사적으로 한문학에 의한 시문(詩文) 이외의 예술에 대하여 괄목할 만한 업적이 많이 못하다는 점(고악(古樂)이나 소위 선(線)의 예술이라는 신라 이후의 미술품이 없음이 아니나)으로 보거나, 또는 세계의 현하 추세로 보아서 역시 그 외에는 유리한 방도가 없는 소이이다. 무론 우리에게도 음악, 회화, 조각, 건축, 연극 등에 용력(用力)하여 장려한다면 가기(可期)할 바 없음이 아니로되 이것은 무엇보다도 한층 더 경제사정과 긴밀한 관계에 있으니 당면한 문제로도 지난의 사(事)요, 또한 금후의 발전 여하에 대하여도 역도(逆睹)를 불허하는 바다. 또 그리고 원래 조선에는 운문이고 산문이고 간에 하등의 특징을 가진 시대를 경험한 일은 없었으며, 더욱이 문학 방면으로 희곡에 있어서는 그 형태조차 찾을 수 없는 바이요, 다만 '남사당'이니 '여사당'이니 하는 것과, 무녀의 '굿' 같은 것에서 연극의 원시적 소질을 엿볼 뿐이거나, 아직도 유행하는 『춘향전』, 『심청전』 등의 다소 실연(實演)이 없지 않을지라도 이것이 현대적 의의를 가진 연예(演藝)가 못됨은 물론이니, 이로써 보면 조선에서 극운동이라는 것도 역사적, 전통적으로 거의 추거(推擧)할 바가 없을 뿐 아니라, 금일의 경제사정으로는 이도 그 발달을 가까운 장래에 기약할 수 없는 바이다. 최근에 이르러서 영화의 운동이 소위 대중예술이라는 명목 하에 비교적 성황을 보이게 되었으나, 극의 소양을 전연히 결여한 우리로서는 그 제작에 있어서 금후 얼만한 기능을 보여 줄까는 역시 의문이라 아니할 수 없다.

이와 같은 제다(諸多) 사정을 고찰하여 조선의 예술운동을 생각하면 결국에 소설 이외에는 진로가 또다시 없다 할 것이다.

그러나 현재의 조선인에게 겨우 예술에 접촉할 기회를 주는 소설이라는 문학의 일 부문이나마 그 실질은 어떠하며 민중은 이에서 무엇을 구하고자 하는가를 살펴볼 필요가 있다. 현재 소설단의 유행을 보면 3개의 경향이 있으니, 소위 통속소설, 즉 대중문예가 그 일(一)이요, 무산파 작가들의 소위 '작품행위'라는 투쟁선전작품이 그 이(二)요, 그 다음에는 부르주아적이라고 하는 고급의 제작이다.

'고급'이라 하며 '부르주아적'이라는 말의 내용이라든지 의미에 있어서는 여러 가지 해석이 있는 것이요, 혹은 전연히 무의미한 말이라고 일축에 부(附)할 수도 있는 말이거니와 어쨌든지 비교적 순예술미를 가진 소위 고급이라는 작품은 대중과 연(緣)이 먼 것으로 동호자(同好者)끼리의 감상에 공(供)하는 범위에서 더 나가지 못하는 터이니 차치하고, 대중문예라는 통속소설의 현상(現狀)과 및 소설과 민중과의 관계를 약간 고찰하여보고자 한다.

원래 운문이 산문에, 시로부터 소설에 전환한 것은 문예의 민중화를 의미함이요, 데모크라시 정신의 소산이라 하겠는 고로 특히 대중문예라는 말은 어떻게 생각하면 도리어 모순된 말이라고도 할 것이다.

지나(支那)의 소설, 희곡이 당송(唐宋)의 운문시대의 뒤를 받아서 원대(元代)에 신기원을 지은 것이라든지, 영문학에 있어서 사무엘 리처드슨의 『파멜라(Pamela)』가 소설의 최초작품이라는 것이라든지, 조선에서 『춘향전』, 『홍길동전』 등이 출현한 사실과 그 작품의 내용으로 보아서든지 모두가 서민계급의 세력이 바야흐로 대두하려는 시운(時運)의 추이에 말미암음이라고 볼 수 있다. 원(元)의 소설을 발흥케 한 동기가 몽고인, 기타 외국인으로 말미암아 신사상에 접촉케 되고 각지의 이문기담(異聞奇譚)을 상호(尙好) 채록케 된 결과에 있다 하거니와 이것은 즉, 시문(詩文)과 같이 초속적(超俗的) 전아(典雅)라든지 신운(神韻)이 표묘(縹渺)라는 귀족적, 고답적 경지에서 민중적으로 보편화하여 실인생(實人生), 실생활의 내용과 형태를 직관·비판하려는 예술적 새 시험이라 할 것이다. 또 리처드슨의 『파멜라』로 말할지라도 그 발표가 구미의 데모크라시 사상이 바야흐로 왕성한 18세기 중엽의 사(事)이라 함은 주목할 만한 사실이다.

즉, 『파멜라』가 발표된 것이 1740년인데 불란서혁명이 49년 후의 1789년이요, 미국의 독립선언이 36년을 격(隔)한 1776년이며, 맑스의 탄생이 18세기에 들어서서 1818년이라는 등 사실로 보아 18세기 말엽 이래로 구주(歐洲)의 민주주의적 경향이 농후하고 민중의식이 왕일한 시대적 기운이 소설 발생을 촉성(促成)함이라 함은 타당한 관찰이라 할 것이다. 그뿐 아니라 『파멜라』의 내용이 천비(賤婢)의 몸으로 귀공자의 농락과 유혹을 배제하고 굳이 정조를 가꾸어 필경 일 소녀의 정숙·고결한 인격의 감화로 귀공자를 번연(飜然) 회오(悔悟)케 하는 동시에, 인습을 타파하고 마침내 예를 갖추어 정실로 맞게 되었다는 사실은 마치 조선의 춘향이의 수절로써 천기의 몸이 정경부인의 영화를 누리게 되었다는 사실과 이곡동음(異曲同音)이니, 이는 서민계급이 특권계급에 대하여 승리하였다거나 혹은 계급의식이나 인습도덕에 반항하고 인물 본위와 도의관념으로 평등사상을 고조한 것이라 볼 것이다. 그 외에 『홍길동전』이 서얼의 천시, 압박에 대한 반동사상을 표백하고, 『심청전』이 미천한 소녀로도 덕행의 응보(應報)로써 능히 왕후의 존귀를 누릴 수 있음을 묘사한 것도 역시 데모크라시 정신의 일 발로요, 서민을 위한 만장(萬丈)의 기염(氣焰)이라고 할 것이다.

이와 같이 소설의 발생적 동기라든지 그 내용에 있어서 민중의 예술이요, 따라서 소설은 시나 회화, 기타의 예술과 같이 특수한 교양이나 감상력을 요(要)치 않고 오직 문자를 해득하기만 하면 요해(了解)키 가능한 것이거늘 고급적이라고 대중적이라 함은 웬 까닭일까? 이러한 문제를 새삼스럽게 논의할

필요가 없을 듯하나 일반 독자를 위하여 약간 논급하려 한다. (1928.5.31)

　일언일구(一言一句)의 함축이 심대하고 일세(一世)의 절창(絶唱)이라고 하는 것은 이를 음송(吟誦)하고 이해하는 독자의 오성(悟性), 감성이 그 시문(詩文)의 작자만 한 정도에 있는 소이이다. 그러므로 만일에 전 인류의 지력(智力)과 감수력(感受力)이 원만·균등히 발달되는 날이 있다 하면 우리는 산문을 반드시 요(要)치 않을지도 모른다. 그리고 운문은 더욱더욱 상징화하여 갈 것이다. 왜 그러냐 하면 한 감흥, 한 기분, 한 사물을 표백 혹은 설명함에 용장(冗長)한 수십, 수백의 어구를 사용함은 청자(聽者)의 지력과 감민성(感敏性)이 저열함을 반증하는 것이기 때문이다. 백낙천(白樂天)의 「장한가(長恨歌)」가 「장생전(長生殿)」 전기(傳奇)를 낳은 것은 시로서 충분히 표현되지 못한 사설(詞說)이라든지 예술미를 다시 부연하여 가장 민중적으로 읽히고 연출하려는 데에 있다고 하겠으나, 만일에 모든 사람의 상상력이 「장생전」의 전기 작자만큼 풍부하다면, 혹은 「장한가」로만도 충분하였을 것이요, 특히 이것을 희곡화하지 않았을지도 모를 일이다. (물론 희곡은 희곡으로서의 가치와 묘미가 있는 바이지마는) 하여간 그러므로 나의 보는 바로 하면 금대(今代)는 산문시대, 소설시대라 하지마는 소설이 발달함을 따라서 소설의 표현수단보다는 직설적이요, 또 직접적 효과가 있는 희곡전성시대를 거치어서 시극(詩劇) 시대에 재전(再轉)하여 궁극에는 가장 상징적 시율(詩律)의 시대로 다시 돌아가고야 말리라고 생각한다. 즉, 지금의 소설은 문학이 시에서 출발하여 시에 돌아가는 도정이라고 볼 수 있다. 일인(一人)의 부유자(富裕者)의 창고에 있는 방순(芳醇)한 음료를 빼앗아서 다량의 청수(淸水)에 혼용(混溶)하여 백인(百人)의 민중이 동락(同樂)하려는 것이 금일의 소설이라 하겠으니, 그만치 방향(芳香)은 희박하여졌을지 모르나, 이로써 백인의 민중은 그 음료가 무엇인지를 비로소 깨닫고 각자의 감각이 발달되어갈 것이다. 그리고 민중 자신이 음료에 대한 이해와 미각의 발달로 인하여 원래의 방순한 음료 그것을 자제할 수 있을 제, 빈부의 차별 없이 그를 공유하게 될 것이다. 이와 일반으로 서민계급은 정치적, 경제적으로 특수·유리한 사정에 놓였다거나 또는 천품(天稟)의 혜택으로 소수계급이 독점하였던 시문을 빼앗아서 소설이라는 형체로 개조하여 비로소 예술에 가까이 할 기회를 얻었다. 그러나 민중이 정치적, 경제적으로 해방되어 지력과 감성과 예술본능이 더욱 향상하고 성오(醒悟)함을 따라서 민중의 예술 감상력이 풍부케 되면 소설에 대하여 지금의 형식대로는 불만을 느낄지니, 만일 변화를 구한다면 그것은 필연지세로 운문에 재전(再轉)하리라 함이다.

이와 같이 보아오면 그 발전단계에 있어서 소설에 통속과 고급의 별(別)이 있음은 당연한 일이요, 또 고급이라 하여 그것의 '부르주아적'이라고 함은 부당한 일임을 알 수 있으나 그러면 통속소설이란 무엇이요, 고급소설이란 어떠한 것인가? (1928.6.1)

나는 여기에서 위선 소설이란 대체 무엇이냐는 것부터 생각해보려 한다. 나는 일찍이 어떠한 경우에 이러한 말을 쓴 일이 있었다.

"소설이란 거짓말을 꾸민 것이라고 하나 그렇지 않습니다. 소설이란 붓끝으로 새김질하여 써 보는 이의 마음에 아름답고 깊은 감명을 줌으로 말미암아 눈치 채지 못하였던 인생의 형용과 자기와 및 자기가 놓여 있는 현실을 깨닫게 하는 데에 공리적 사명을 가진 것입니다."

이 말을 다시 주석(注釋)한다면, 소설은 꾸민 이야기로되 다만 공상(空想)의 산물이 아니라 실인생에, 즉 한 생활기록이라는 말이요, 또 정세 긴밀한 묘사로되 보는 사람의 심금을 건드리는 바가 있어 미감(美感)을 후기(嗅起)하고, 인생의 진상과 현실상을 해부·비판하여 인생행로의 귀추를 보이고 실제생활에 향도적(嚮導的) 패익(稗益)을 주는 것이라 함이다.

문사(文詞), 문체(文體)의 미(美)와, 묘사·표현된 인생의 기미(機微), 정의(情意)의 갈등·반발과 융화상구(融和相求)하는 묘미 자연의 오묘한 풍취 등 ……. 이러한 것이 혼연한 조화를 이루어 일개(一個)의 작품으로서 우리 앞에 나타날 제, 우리는 그 표현미로써 진세(塵世)의 육욕(六慾) 번뇌와 사념(邪念) 망집(妄執)에서 벗어나는 순결한 순간순간을 경험할지요, 인간세태의 복잡다 단함과 천사만물(千事萬物)의 인과정명(因果定命)을 구명제성(究明提醒)케 하려 는 그 소위 격물치지(格物致知)하여 생활의 원활 자유와 생명의 창서(暢敍)· 충족을 얻을 것이니, 이것이 소설의 본질이요, 또 본직(本職)이라 할 것이다.

이를 통틀어 일언으로 말하면, 소설이란 '작자의 경험한 인생의 편편(片片) 의 실상을 진실성과 필연성을 잃지 않는 범위에서 가상적으로 종합안배한 일(一) 인격자의 생활상'이라고 할 수 있고, 또 소설과 독자와의 관계를 말하 면 소설은 독자의 감정과 이지에 호소하여 미감과 교훈을 주는 것, 다시 말하 면 예술적 효과와 윤리적 효과를 가진 것이라고 볼 수 있다. 다른 예술에 있 어서는 미, 그것만이 절대적 가치가 되고 윤리적 요소는 그 유무를 괘념치 않 나니 시(詩)에 있어서도 왕왕히 그러한 것이다. 대체로 순정한 예술은 윤리적 가치라든지 공리성이라는 것을 의식적으로 생각지 않는 것이 당연한 일이 다. 가장 순정한 예술미는 사람에게 호영향(好影響)을 주어서 무의식한 중에 윤리적 결과 공리적 공효(功效)를 발휘하기 때문이다. 그러나 소설에 있어서 는 다른 어떠한 예술보다도 지성에 호소하는 분량이 많은 동시에, 윤리적 의 의의 유무 여하를 불문에 부(附)할 수는 없는 것이다. 소설은 다른 어떠한 예 술보다도 직접 인생의 모든 문제의 핵심에 돌입하려는 인생비판이요, 인생 의 존립과 조화의 대본(大本)은 윤리에 있기 때문에 아무리 예술적 효과를 중 요시한다 할지라도 그 주체에 종속된 대본을 무시할 수 없는 당연한 일이다.

그러나 이렇게 말한다고 소위 권징주의(勸懲主義) 시대의 문학을 효칙(效則)하라는 말은 아니다. 예술은 어디까지든지 예술인 조건과 본령에서 떠나서는 아니 될 것이로되, 다만 타자(他者)에 비하여 윤리성, 즉 교훈적 의의가 농후하다는 말이다. (1928.6.2)

톨스토이는 첫째로 작자가 제재에 대하여 정당한 도덕적 관계를 가지라 하고, 그 다음에 가서야 표현의 명백과 미를 제언하였다. 톨스토이와 같이 윤리성을 특히 고조하거나 제일의적(第一義的)으로 생각하고, 아니 하는 것은 각자의 사상에 따라서 자유로되 소설작가의 유의식(有意識) 무의식(無意識)을 막론하고 소설의 감화력, 교화력이 위대한 것은 사실이다. 위에서 용(用)한 리처드슨의 『파멜라』의 서문에 "만일 청년남녀의 마음을 위로하고 동시에 교화를 개량할 수 있다면 ─ 만일 종교와 도덕을 가장 용이하고 유쾌히 가르치어 환락과 이익을 평등이 얻게 하려면 ─ 만일에 부자간(父子間)의 의무와 사회의 의무를 가장 모범적으로 명시할 수 있다면 ─ (약(略)) ─ 만일에 인물을 정확히 묘사할 수 있다면, 만일에 총명한 독자의 열정을 자극하여 부지불식간에 소설 중에 몰(沒)하여 상기한 모든 목적을 달할 수가 있다면 ─ 만일 이러한 모든 것을 추상(推賞)할 가치가 있는 것이라 하면 저자는 차등(此等) 목적을 이 소설 가운데에서 충분히 달하였다고 단언하기에 주저치 않는다. ─ 기무라(木村) 씨의 일역(日譯)에서"라고 하였고, 또 빅토르 위고의 『애사(哀史)』[329]의 서문에는 "법률과 풍속에 의하여 어떠한 영겁의 사회적 처벌이 존재하고 그리하여 인위적 지옥을 문명의 중심에 세워 신성한 운명을 세간적(世間的) 인과로써 분규케 하는 동안은, 즉 하층계급으로 인한 남자의 실패, 기아로 인한 여자의 타락, 암흑으로 인한 아동의 위축, 이러한 시대적 3개 문

---

329 『레미제라블(Les Misérables)』을 말한다.

제가 해결되지 못하는 동안은, 즉 어떤 방면에서 사회적 질식이 가능한 동안은, 즉 환언하여 더 한층 광범한 견지로 보면 지상에 무지와 비참이 있는 동안은 본서(本書)와 같은 성질의 서적이 아마 무익하지는 않을 것이다.”라고 하였다.

이러한 제가설(諸家說)을 보면 호풍호우(呼風呼雨)식의 황당무계한 공상으로 소설이 되는 것이 아니라, 어디까지든지 진실한 태도로 인생의 정체(正體)를 포착·간파하고 해부 정사(精寫)하여야 할 것이요, 소설인 다음에는 흥미와 유쾌의 정(情)을 십분 미득(味得)케 할지로되 또한 교훈과 윤리적 정신에 등한치 아니하여 민중으로 하여금 일층 높은 인격을 도야케 하고 인류의 이상에 향하여 일층 크고 넓고 광명에 비추인 세계로 끌어올려야 할 것을 가르침이라 할 것이다.

그러나 민중이 소설에서 구하고자 하는 것은 윤리적 교화적 요소가 아니다. 자미있는 것, 일시적 흥미를 만족시키는 것, 이것이 민중의 요구하는 것이다. 독후(讀後)에 그 무엇이 뇌리에 침전하거나 말거나, 인생의 실상을 묘파하였거나 말거나, 표현이 얼마나 불명하거나 말거나, 인생에 대하여 어떠한 교훈이 그 속에 포함되었거나 말거나, 예술적으로 어떠한 힘과 빛이 그 속에 맺혀 있거나 말거나, 그것에는 몰간섭으로 다만 사건이 어떻게 발전되고 환변(幻變)하는가만이 흥미의 중심이다.

어떠한 문예기자가 소설작가에게 “당신의 소설의 주인공은 연애에 성공하는가요? 실연하는가요? 실연을 하면 그 소설은 독자에게 환영은 받지 못하리다.”라고 하는 말을 들은 일이 있다. 이러한 언설은 신문기자의 입장으로서 다소간 용허할 수 있는 바이나 이 일언(一言)으로써 가히 금일의 민중의 문예에 대한 이해력을 단적으로 표명하는 바이다.

소설이라면 연애, 연애라면 반드시 실연이어서는 아니 된다는 생각부터 우스운 것이거니와 소설을 다만 흥미라든지 사건의 복잡과 곡절의 기구함으로써 일시적 호기심이나 쾌감을 주면 족함이라고 함은 아무리 대중문예라 하여도 가장 저열한 견해라 아니할 수 없다. 소설의 진정한 가치는 위에도 말하였거니와 읽은 뒤에 생각게 하는 것, 불의·부정에 대하여 의분·증오의 염(念)을 환기게 하는 것, 자기의 감정을 순화하고 자성케 하는 것, 지금까지 모르던 깊고 넓은 인생의 형용을 깨닫게 하는 것, 자기의 소아(小我)를 버리고 대아(大我)를 체득하면서 이상의 세계에 비약할 용기를 주는 것 ……. 이러한 모든 점에서 결정되어야 할 것이다. 그러므로 고급이라는 말은 가장 윤리적이요, 인생에 대하여 가장 희망과 애착과 용기와 자랑을 가지고 생명의 본연한 부르짖음에 귀를 기울이고 인생을 깊이로 보면 넓이로 보는 작품에게 줄 수 있는 말이요, 또 이러한 작품이어야 비로소 인생을 위한 예술이라 할 것이다. 이러한 것이 진주(眞珠)라 하면, 연애소설은 실연에 끝나서는 아니 되겠다는 유(類)의 소설은 초자(硝子)로 만든 목걸이에 지나지 않는다.

그러나 문예 및 문예가가 민중의 독서력 여하에 구속되고 독자에게 영합키 위하여 예술적 양심을 팔아버린다는 것은 도저히 용허할 수 없는 일이로되 작가로서는 역시 인기이니 명성이니 하는 것에 무관심일 수가 없는 까닭에 작가에 따라서 다소의 차이는 있다 할지라도 자연히 이에 견제되지 않을 수 없는 것도 사실이다. 그리하여 민중을 자기에까지 끌어올리는 것은 새로에 자기를 대중에게까지 인하시키고 마는 것이니 이는 확실히 문예가의 타락인 동시에 문예 및 문단의 타락이요, 또한 문운(文運)의 진전을 저해하는 결과에 빠지고 마는 것이다. 이러한 현상은 문학 중에도 소설이나 희곡에 한하여만 볼 수 있는 일이니, 가령 미술이나 음악과 같은 것으로 말하면 결코 민중의 감상비판력에 적응하도록 자기의 역량을 참작가감(參酌加減)하는 일은 있을 수 없는 일이다. 오늘날 조선에 있어서는 위에도 누술(屢述)한 바와 같이 역사적, 정치, 경제, 사회, 교육 등 제반 정세가 문운의 융성을 기필(期必)키도 어렵고 작가·작품의 획시대적 출현을 가능케 할 조건도 구비치 못하거니와 취중(就中)에도 발표기관이 수종의 신문 이외에 없음을 보아 더욱이 발전할 전도가 망연한 감이 있다. 만일 우리 사회에 고급작품을 목표로 한 순문예지라든지 권위 있는 간행물이 있고, 또 각성한 출판업자가 있다 하면 다대한 자극과 공헌이 있겠으나, 완전한 문예지 하나도 없이 저급의 신문소설만이 문예의 전체요, 구소설이 여전히 견실한 세력을 지속하고 있다는 사실은 민중의 요구가 그에서 더 나가지 못한 까닭인지, 또는 작가의 미숙으로 민중은 기대 요구하되 이에 응치 못함인지 생각하여볼 일이다. 그러나 구미 작품이나 일본의 작품이나 거의 예술의 권내에 들기 어려운 가정소설, 연애소설, 탐정소설 이외에는 번역소개된 예가 없는 것을 보면 비록 일어(日語)의 세력과 일본출판의 저렴보급된 영향이라 할지라도 일편으로 다시 보면 민중 자체의 독서력과 독서욕에 그 책임이 더 돌아갈 것 같다. 이러한 점을 생각하면 우리의 급무는 민중의 독서열을 고취함에 있고 취미의 선도향상을 도모하여야 할 것이다. 이것은 반드시 교육, 정치, 경제 등 문제와 관련하여만 생각할 것은 아니다. 아무리 빈곤한 가운데서라도 아무리 불리한 정치사정 하에 있더라도 또 아무리 완전한 교육을 보급시키지는 못할지라도 독서열과 취미성을 고취·향상시킬 수는 있는 것이다. 사회단체나 교육, 종교단체가 가장 평화로운 수단으로 '독서데이' 같은 것을 혹은 매월, 혹은 매주에 지정하여 포스터 선전이라든지 강화(講話) 등을 이용한다면 얼마든지 가능한 일이다.

우리가 장래에 세계에 대하여 구할 것이 있고, 발언권을 얻고자 할진대 정치적, 과학적 공헌이 있어야 함과 같이 예술, 문학에서도 또한 자기의 존재를 주장할 만하여야 할 것은 물론이요, 매양 등한시하기 쉬운 예술에 의한 세력도 결코 정치 기타와 아울러 세계적 의의를 가진 것임을 깊이 생각하여야 할 필요가 있다. 또한 우리의 경우가 동일한 점으로 보아 언필칭 인도의 타고르, 타고르 하지만 세소위(世所謂) 로마(羅馬)는 일일(一日)에 된 것이 아니라 함과 같이 타고르는 어제 땅에서 솟은 사람이 아니다.

5월 3일 야(夜)

(1928.6.3)

문예가의 사회성[330]

전문(全文) 12면(頁) 삭제[331]

---

330 염상섭(廉想涉), 「문예가의 사회성」, 『여시(如是)』, 1928.6.
331 원문 그대로이다. 목차에는 다른 글과 똑같이 작가와 제목이 명시되어 있지만, 본문은 '전문 삭제'되어 있다.

들리는 대로 비치는 대로[332]

P형, 형에게 대하여 붓을 들기는 이번이 아마 처음인 듯싶소. 어떤 때는 마음이 부족하여 서로 찾기를 게을리 하던 사람이 무슨 정성으로 편지까지 쓰겠소마는 들리는 대로, 비치는 대로를 쓰고도 싶고, 한 가지는 형에게 약속한 일 ― 언젠가 수일 전에 여러 가지 이야기를 하다가 "군은 구원된다!"고 한 마디 웃음의 말처럼 하고 다시 "지금 이야기한 것을 후일에 써볼까?" 하고 약속한 일이 있고, 또 한 가지는 어제 저녁에 약속한 일 때문에 ―『여명(黎明)』지(誌)에 나의 원고는 어떻게든지 쓰게 하마고 김(金) 형[333]에게 내 대신 승낙하였으니 단 다섯 줄만이라도 쓰라는 형의 부탁을 거절할 용기 없이 쾌락하였기 때문에 속이 볶이고 기분이 적이 좋지 못하건마는 이 편지를 쓰고 앉아있는 것이요, 이런 말을 하면 형은 "또 용퉁스런[334] 소리를 한다."고 핀잔을 주겠지만 용퉁스럽든 영리하든 하고 싶은 말이니 하는 것이 시원스럽지 않소? 그는 고사하고 다섯 줄이 다섯 장, 열다섯 장이나 되겠으니 그게 걱정이요.

---

332 염상섭(廉想涉), 「들리는 대로 비치는 대로」,『여명문예선집』, 여명사, 1928.7.『여명문예선집』은 편집과 발행을 맡은 김승묵(金昇黙) 등 대구, 경북 문인 및 지식인들이 주도한 매체인『여명』(1925.7〜1927.1 총4호)에 실린 글들을 가려낸 선집인데, 영남대본(1928.5)과 박태일소장본(1928.7)이 있는 것으로 알려졌다. 여기에 대해서는 박태일, 「『여명문예선집』 연구」(『어문론총』 43, 2005) 참조.

333 김 형은『여명』의 편집, 발행을 맡은 김승묵을 가리키는 것으로 보인다.

334 용퉁하다 : 소견머리가 없고 미련하다.

　금주(禁酒)를 하겠다고 하더란 형의 말을 R씨에게 들은 지 한 시간 뒤에 내일 자실 양식이라고 맥주병을 들고 가시던 형이 눈앞에 보이오. 술을 양식이라고까지 하는 것은 너무 심한 내 말이지만 나로서 보면 그러하기에 "군은 구원된다!"는 것이요. '구원'이란 말이 모가 지기 때문에 듣는 사람의 귀에 거슬리어서 형도 너무 심한 말이라고 합디다마는 이 말이 반드시 타락하였다거나 작죄(作罪)하였다는 말의 상대어로만 쓸 것이 아니라, 생명에 빛(光)을 더한다는 뜻으로 쓴다면 사람은 누구나 끊임없는 구원의 은혜를 받아야 할 것이요, 또 그리함보다 이상 가는 인생의 행복과 은총이 없다고 나는 생각하오.

　이러한 말을 하면 부지중의 종교적 설법같이 들리기 쉽소이다마는 생명이라는 커다란 신비적 대상에 대하여 늘 경이와 감탄을 느끼는 외에 더 큰 감격을 상상할 수 없는 자로서는 '생명 예찬'이 이미 종교적 감명에까지 끌고 가는 다음에야 또다시 신(神)을 가상하여 신의 구원을 말하고 신의 은총을 느낄 여유가 없지 않은가 하오.

　하므로 나의 '구원'이라는 말은 신에게 애걸하는 것도 아니요, 신앙의 대상으로 신에게서 받으려는 것도 아니요. 다만 자기생명의 연소로 말미암은 거룩한 빛에 보담 더 곱고 보담 더 살찌게 도야되려는 온전한 자기의 노력, 스스로를 위한 스스로의 노력을 가리킴이요.

　기도를 한 지 10분 만에 술을 마시었다는 말을 듣고, 온종일 미색(美色)에 의롭지 않게 취하였다가 『신약전서(新約全書)』를 들고 밤에 예배를 보러 가는 사람을 보았소. 이것은 내 귀로 듣고 내 눈으로 본 일이니까 천만 사람이 못 믿어도 나만은 믿을 수 있는 사실이요. 그런데 이 두 사람을 가리켜 세상 사람은 구원되지 못한다 하는 것을 나는 듣도 보도 못하였지만 아마 불성문적(不成文的)으로 그렇게 이르리라 하지마는, 나는 하나는 구원되고 하나는 영원히 구원되지 못한다고 하오. 이것은 나의 도그마가 아니요.

　10분 전의 기도, 10분 후의 술. 그리고 12시간의 불의(不義)의 도취, 2시간의 숭배! 거기에서 발견할 수 있는 차이는 오직 시간의 장단(長短)뿐이요. 그리고 술 마시는 것이나 계집을 희롱하는 것이나 반드시 죄라고 단언할 권리가 나에게 없지만, 만일 이것을 기도라 예배라 하는 말에 비추어 종교적 상식으로 판단하면 죄라고도 하겠고, 혹은 도덕상 죄를 구성하는 예비행위라고도 할 듯싶소. 그러므로 이 두 가지 행위는 '기도'란 행위, '예배'란 행위에 대하여만 똑같은 가치와 경중을 가진 것이라고 할 수 있소. 혹은 술 마시는 것이 계집을 희롱함보다는 가벼운 일이라고 항의를 제출하는 사람도 없지 않겠지만 그러기에 10분, 20분, 한껏 길어야 30분이라는 짧은 시간의 기도로 술 마시는 '그릇'과 비겨 떨어지는 한편에, 오입이라는 허물은 그 네 곱 혹은 여섯 곱, 열두 곱이나 되는 시간의 예배로서 대속(代贖)되는 것이 아니요. 하여간 산(算)가지는 이렇게 분명히 들어맞소.

　말이 좀 실없어진 것 같아서 요령을 아시기가 어려우실 듯도 하오마는 내가 여기서 하고자 하는 말은 10분 전의 기도가 '구원의 길'이란 말씀이요. 아침에 일어나서 10분이나 20분의 기도를 하고 10분 후에 술을 마셨다 하니 그는 분명히 그 전날 술을 마시고 실수한 일이 있음을 뉘우치며, 술을 마시지 않겠다는 결심까지는 못하였더라도 그 근처까지는 갔을 것이 아니오. 절실한 회오! 심각한 반성! 이것이 10분 전의 기도이었을 것이오. 무엇에 대한 기도? 자기생명에 대한 사과요, 커다란 생명의 흐름에 대한 예배가 그 기도일 것이오. 머리를 짚고 눈을 감고 입으로 사람에게 준 말을 놓는 것만이 기도가 아니오. 나는 오히려 그러한 데서 생명의 껍질만을 발견하고 혼자 깊은 애수에 싸일 때가 많소. 그러나 소리 없는 눈물에 적신 회오와 반성이 가만히 가슴 밑에 서릴 제, 거기에서 나는 축복 받은 생명의 아리따운 성장의 자취와 좋은 모든 그림자를 비추일 만한 영혼을 발견하오.

10분간, 20분간의 기도! 그것이 다만 10분간, 20분간의 생명의 빛이 되고 쓰러진다 하더라도 어찌 귀한 것이 아니라고 하겠소! 생명의 빛의 영원성을 20분간에 엿볼 수가 있고 또한 10분간의 빛의 퇴적이 곧 영원의 빛이 아니요?

설사 10분 후에 술을 마셨다 하기로서니 그것이 10분 전의 '기도'의 가치를 깎지는 않을 것이오. 회오와 반성의 반복에 대하여 "약한 자여!"라고 냉소하는 자는 너무나 '사람'에게 동정이 없는 자요, '사람'과 및 그의 포지(抱持)한 생명에 대하여 크고 굳센 일면만을 보고 하는 말이오. 반복에 반복을 거듭하는 거기에서 '완전'을 성취하는 것 아니요?

그러나 세상은 웃소. 12시간 계집과 의(義) 아닌 희롱을 하고 두 시간 예배 보는 신사를 공경하는 지금 사람은 10분 전에 '기도'할 제 웃고, 10분 후에 술 마실 제 더 크게 웃을 줄을 아오. 그리고 세상은 전자(前者)를 가리켜서 신이 구원하였다고 하오. 신의 구원이란 그러한 것인지는 나는 모르오. 그러나 나는 그에게 '동물성'은 발견하여도 '생명예찬'을 의미하는 '구원'은 볼 수 없소

그 대신에, 과연 그 대신에 처세술이 교묘하다는 찬사를 나는 그러한 사람에게 바치오. 그러나 다시 한편으로는 그러한 처세술과 그러한 구원으로서 성립되고 지지되어가는 인간계의 비참을 생각하고 식지 않는 눈물이 고임을 깨달으오.

P형, 형이 들고 가던 맥주 한 병이 왜 나로 하여금 이러한 말을 쓰게 하였는지 나는 모르오.

그러나 호박빛의 술잔을 사랑하시면서 또한 그 애념(愛念)이 지나칠까 염려하시는 형이시며, '10분 전의 기도'가 귀한 줄 깨달으시면서 10분 후에 그 맥주를 자셨을 듯싶으신 형이시며, 인생의 영원한 구원의 길을 찾음에 힘쓰시면서 세상의 거짓을 미워하시는 형이심에 『여명』지 창간에 축배를 대신하여 형의 그 술병을 든 것이오니 잘못 있삽거든 용서하여 주실 줄 믿사옵.

6월 2일

답안[335]

제1문(問)

조선문단의 당면한 문제로는 아마 두 가지로 나누어볼 수 있을까 합니다. 하나는 소위 문예사조 문제, 즉 내부적 문제요, 또 하나는 실제적 외면의 문제이겠습니다. 그런데 문예사조의 문제는 간단히 논(論)□할 수 없는 것이

---

335 염상섭(廉想燮), 「답안」(전2회), 『중외일보』, 1928.7.5~7.6. 이 글은 '문단 제가(諸家)의 견해 : 외부 문제와 내부의 문제'라는 설문에서 여러 작가들이 답한 글 가운데 하나이다.
　"사회의식형태의 부분을 구성하는 문학은 온갖 의식형태와 마찬가지로 그 사회 인민의 생활현실 ― 계급적 관계 ― 의 표현이다. 그러므로 조선의 문학을 말하려면 조선의 학문이 의거하여서는 바, 조선인의 생활현실을 분석, 구명하지 않으면 안 될 것이니 이것은 복잡하고도 다난한 문제다. 조선의 문학은 얼마나 빛깔이 다른 여러 가지 색으로 나타나는가? 또 그 원인은 무엇인가? 그리고 현재 어떠한 발전과정 중에 처하였는가? 또 어떠한 필요와 어떠한 발전을 가져오기 위하여는 어떠한 노력이 있어야 할까? 무릇 개괄적인 이러한 문제 외에도 중요한 수다(數多)의 문제에 대하여 우리들은 명확한 구체적인 해답을 정히 요구하게 되었다. 이제, 수다의 문제 중에서 우선 몇 가지 문제에 대하여 제가(諸家)의 견해를 받아 이곳에 연재하는 것은 문사와 독서자에게 한가지로 기여됨이 있을 것을 믿음으로써이니 행(幸)히 대방(大方)의 미독(味讀)을 바라는 바이다. (기자)
문제
1. 조선의 문단이 전체적으로 현재 당면한 중대한 문제가 있습니까. 있으면 어떠어떠한 문제입니까.
2. 조선의 작가는 금일에 있어서 사회생활의 어느 부분에서 창작의 문제를 취하여야 하겠습니까.
3. 작품의 독자대중을 획득하려면 어떠한 조건이 구비되어야겠습니까.
4. 최근에 읽으신 책 중에서 다섯 권을 추천하십시오."(『중외일보』, 1928.6.25)

나, 현재의 상황으로는 어떠한 방면으로든지 신생면(新生面)의 타개를 꾀하지 않으면 아니 될 궁지에 빠지지 않았는가 합니다. 여기에는 소위 프롤레타리아 계, 비프롤레타리아 계의 별(別)이 없습니다. 도대체 막연히 프롤레타리아, 비프롤레타리아로 대별함에 그치고 각 작가의 경향을 세별(細別)하거나 문단의 주류(主流), 지류(支流), 분류(分流), 세류(細流)의 별이 없는 것은 작가의 수효가 얼마 안 된다는 것, 또는 문예사상이 10년간 고정하였다는 것 등의 원인이 있다 하겠습니다. 물론 사상계가 일정한 목표 하에 기준이 확립한다 하면 변동무상(變動無常)하여 불안정상태에 방황함보다는 몇 곱이나 좋은 일이겠지마는, 다시 한편으로 사상의 변동은 진보를 보임이라는 관점에서 보면 문예사상의 단순고체(單純固滯)함이 반드시 경하할 일은 못될 상 싶습니다. 우리가 의식적으로 신문예운동을 한 지 10년, 더 적절히 말하여 문예사조라는 형체를 가지고 나온 지 10년 동안에 모든 작가를 지배하여 내려온 사조가 자연주의와 신이상주의, 혹은 인도주의 등의 그 어름에서 일진일퇴하였음에 그치었고, 최근의 프롤레타리아 문학운동이라는 것이 겨우 그 신성(新聲)이었음에 그친 것을 보아도 10년의 문예사조사로서는 단순·불활발하였다고 아니할 수 없을 것입니다.

그러나 그 자연주의, 인도주의, 신이상주의 등이 충분히 논구·창도·보급되지 못하고 문단 혹은 작품의 뒤에 도도히 잠류(潛流)하였을 따름이요, 또 그만치 완성, 완숙치 못한 대로 지금 와서는 전기(前記) 3자(者)가 그대로 전면 타개를 꾀할 수 없는 처지에 이르렀다고 하겠습니다. 그리고 이러한 진로□□의 현상은 비단 그 소위 '부르주아 파'라는 기성작가에 한한 것이 아니라 최신식 프롤레타리아 파에도 동일한 당면의 문제입니다.

그러면 당래할 조선문학의 주조는 무엇일까? 이것은 지금의 나로 경경(輕輕)히 논(論)□할 수도 없고 또 논(論)□하여야 할 의무도 없을 것이나, 가령 X

라는 문예사상이 새로 출현한다면 그것은 소위 프롤레타리아, 비프롤레타리아의 별이 있는 것도 아니요, 그렇다고 거기에서 초월한 것도 아닌, 즉 일체를 포용한 것, 현실조선의 견지이면서 동시에 현실조선에서 미래조선에 향하여 비약하려는 조선 자신의 문예사상이어야 할 것입니다. 그것은 자연주의도 아니요, 단순한 신이상주의거나 종래의 인도주의도 아닐 것입니다. 현실의 조선이 그러한 단순한 일 주의(主義)로 표현될 수 없고, 또 지도될 수 없기 때문입니다. 그러나 그렇다고 현재의 무산파 문예운동의 실제와 이론으로도 현재 장래의 조선문학을 지배할 것도 물론 아닙니다. 그러므로 결국에 X라는 어떠한 신사상이 출현한다면 프롤레타리아, 비프롤레타리아를 막론하고 동일한 기치 하에 모이고야 말 것입니다. 그러므로 국민문학이니 무산문학이니 하지마는 제각기 아무리 앙탈을 하고 버팅길지라도 동일한 현실, 동일한 이상, 동일한 환경에 놓여 있는 다음에는 이론의 귀일점(歸一點)을 얻고 실제의 □□을 얻어 나가고야 말 일이라고 생각합니다. 이것은 이미 조선의 특수사정이겠다고도 하겠으나, 또 그렇다고 개개(個個)의 작가의 주의(主義) 경향이 단일화한다는 것이 아니라 상술한 논지는 장래할 문예사상의 주조를 총괄적으로 말함입니다. 그러면 X란 문예사상의 정체는 무엇일까? 그것은 내가 독단으로 말할 것도 아니요, 당신이 혼자 말할 것도 아니겠지요. 발전의 과정에서 □□된 후에 비로소 당신의 입이나 내 입이나 혹은 한 그룹의 주장으로서 나타나게 될 것이요, 그 때에 가서 비로소 무슨 이즘이라는 명명(命名)이 생기겠지요.

그 다음에 외면(外面) 문제로는 누구나 뻔히 아는 생활 문제니, 검열 문제니 하는 것이 있으나 여기에는 또 새삼스러이 논급하기가 귀찮습니다. (1928.7.5)

제2문

창작의 제재를 국한한다거나 받들어 일정한 방면에서 제재를 취하여야 할 것이라는 것은 무의미한 말입니다. 이러한 문제는 대개 계급의식에서 나온 것인 듯싶으나 톨스토이가 귀족생활에 더 많이 이해와 흥미를 가지고 그 제재의 대부분이 귀족계급에게 나왔다 할지라도 톨스토이는 톨스토이였습니다. 말하자면 다만 작가의 특정이나 흥미나 생활환경에 따라서 어떠한 작가는 어떠한 제재를 많이 쓰고 어떠한 기간에는 어떠한 방면의 묘사가 특장이라고 할 수 있을 따름입니다. 그러므로 지금의 무산파 작품이라고 귀족사회나 중산계급의 몰락하여가는 현실에 염필(染筆)할 수 없는 것이 아니요, 또 그 소위 비무산파 작품이라 하여 무산자의 생활을 묘파하여서 아니 될 것도 없지 않습니까. 결국에 작품은 □□□조업자(造業者)가 아닌 다음에야 □분(粉)만을 먼저 그려야 할 게 아니요, 대장장이가 아니어든 망치만 연장으로 가질 것이 아닙니다. 무엇이든 한 어릿광대도 아닙니다.

제3문

대중을 획득한다느니[336]보다는 차라리 대중을 교도한다 함이 어떨까요? '대중 교도' 하면 매우 자만, 자시(自恃), 자과(自誇)한 말 같으나 실제에 있어서 금일의 대중에게 영합되기 위하여 작품을 발표한다면 어느 때 가도 조선 문학은 유치함을 면치 못할 것이 아닙니까. 대중문예라 하기로 그 진(眞)목적

---

336 원문에는 '획득이라느니'로 되어 있는데 '획득한다느니'로 수정하였다.

이 대중을 획득함에 있는 것이 아니라, 대중을 교도하여 대중으로 하여금 향상케 하려는 공리적 내지 윤리적 의미를 고조하는 것이 옳은 줄로 압니다. 그러니까 자연히 대중의 흥미를 끌 만큼 되어야 할 것이요, 대중을 끌 만한 호작품(好作品)이면 결국에 대중을 획득하는 결과에 이를 것이겠지요. 이렇게 말하면 '대중 획득'이란 말을 비난할 것은 없을 듯하나 가만히 생각하면 주객(主客)은 □개(個)한 말이라고 아니할 수 없습니다. 즉, 주안점은 대중으로 하여금 예술에 접촉하며 교화의 목적을 달(達)케 하는 것에 있는 것이요, 대중을 흥미로 끄는 것, 다시 말하면 대중 획득은 그 수단이라고 생각하는 것이 옳을 것입니다. 그러니까 결국 문제는 일반(一般)히 공리적 윤리적 의의와 예술적 효과를 주요소로 하겠으나, 대중문예에 있어서는 그 예술미를 다소 참작하여 통속화함으로써 흥미, 혹은 자미(滋味)라는 데에 보담 더 용력(用力)함이 옳으리라고 생각합니다.

제4문

최남선(崔南善) 저, 『아시조선(兒時朝鮮)』

　　톨스토이 저, 『전쟁과 평화』

　　저자 망각, 『희랍로마신화(希臘羅馬神話)』

　　다니자키 준이치로(谷岐潤一郎) 저, 『치인(痴人)의 애(愛)』

　　아리시마 다케오(有島武郎) 저, 『내 어린 아이들에게(小きものへ)』

이상은 최근에 읽은 것이 아니요, 작년 본 것 중에서 생각나는 대로 적어본 것이요, 최근에는 그리 독서도 못하거니와 특히 최남선 씨 편(編)의 『시조

유취(時調類聚)』를 요전에 보았기로 부기합니다. 또『치인의 애』를 추천한 것
은 진재(震災) 이후의 일본인(특히 소위 모던 보이와 모던 걸)의 실상의 생활경향
을 알 수 있을 듯싶고, 또『내 어린 아이들에게』는 그다지 대수롭지는 않을
듯하나 특히 부녀계(婦女界)에서 보아주었으면 좋을 듯하여 연전(年前)에 모
여성지에 번역·게재코자까지 한 것입니다.

7월 2일 석(夕)

(1928.7.6)

축사 祝辭[337]

　　상아탑(象牙塔)의 시인, 장미촌(薔薇村)의 시인 황석우(黃錫禹) 군은 그동안 사상 상 전환에 의하여 상아탑을 무찌르고 장미촌을 불사르고 표연히 그 몸을 남북만주(南北滿洲)에 던져버렸었다. 그는 그 황진몽몽(黃塵濛濛)한 이역(異域)의 넓은 벌판에서 방랑하는 나그네 생활을 진 지가 꽤 오래라 할 수 있다. 그로 인하여 군의 시인으로의 소식은 들을 길이 실로 묘연[338]하였었다. 전혀 그의 생사조차 알 수 없는 형편이었다. 그런데 뜻밖에 군은 그 건재한 옛날과 다름없는 모습을 우리 시단(詩壇) 위에 나타내게 되었다. 곧 그는 그의 옛 고향 되는 시단의 전당(殿堂)을 다시 찾아왔다. 반가운 일이라 아니할 수 없다. 나는 명부(冥府)[339]에 보냈던 친구를 다시 찾아온 것 같이 반갑다. 나는 참으로 잃었던 친구 하나를 다시 찾게 되었다. 아! 예원(藝苑)의 동무들아, 이 다시 찾은 벗을 위하여 술 부어 맞고 그 앞길을 위하여 축가를 높이 부르자.

---

337 염상섭(廉尙燮), 「축사(祝辭), 『조선시단』, 1928.11.
338 원문에는 '답연(杳然)'이라고 되어 있으나 '묘연(杳然)'의 오기인 것으로 추정되어 바로잡았다.
339 명부(冥府) : 사람이 죽은 뒤에 간다는 영혼의 세계. 사람이 죽은 뒤에 심판을 받는 곳.